40

改革开放四十年文学丛书

先锋文学

陈晓明 主编

作家出版社

出版说明

今年是改革开放40周年。40年来，当代中国发生了翻天覆地的变化，社会经济繁荣发展，人民生活幸福美好，当代文学硕果累累。为了庆祝这一盛大的节日，展示改革开放40年来的文学创作成就，进一步树立文化自信和文学自信，推动中国文学创作的大发展大繁荣，根据中宣部和中国作家协会的部署，我们特别策划了这套规模宏大的"改革开放40年文学丛书"。

文学是时代的一面镜子。40年来，中国当代文学在反映时代变化和人民精神面貌上做出了突出贡献，一大批反映改革开放伟大历程和人民精神风貌变化的作品涌现出来，真实地记录了改革开放40年来我们伟大祖国和人民所走过的不平凡的道路。因此，这套丛书的编辑出版一方面在展示当代文学40年的光辉历史，同时也展现改革开放40年的伟大成就。

在体例上，丛书以文学思潮和重大题材为纲，选取了改革开放40年中出现的比较有典型性和影响力的文学思潮和重大题材，以此为中心，遴选最能代表该文学思潮的作家作品。需要说明的是，这些文学思潮是历时性地交叉出现的，有一个更迭演变的过程，彼此之间在文学理念上各不相同又有诸多联系。受此文学环境的影响，作家们的创作也多是穿插于这些文学思潮之间的，许多作家在不同的文学思潮中有多个优秀的作品出现。但出于丛书体量和编排体例的整体考虑，我们每位作家只选取了一部作品并放置于某一个文学思潮的类目之下，这绝不是说该作家只有这一种类型的文学创作，而是为了显示其对某一个文学思潮的突出贡献，展现其创作的独特性。

入选丛书的作品经过了论证委员会的认真评审，专家评审从文学性、时代性、影响力等多方面进行综合考察，选取了最具代表性的作品。在一定意义上，这些作品构成了一部特殊形态的当代文学史，代表了当代文学40年的伟大成就。

　　40年来，中国文学始终与人民同心，与时代同行，文学既植根于时代生活的沃土，又以自身的发展融入时代的洪流，推动历史的前进。我们期待，丛书的出版能够实现对于当代文学40年光辉历程的展示，能够实现对于改革开放40年伟大成就的留影。更期待当代文学能够继续为人民美好生活的需要提供更多更优秀的精神食粮，为中华民族伟大复兴中国梦的实现贡献力量。

　　由于丛书体量有限，遗珠之憾在所难免，恳请读者朋友理解并谅解，同时更盼批评指正。

作家出版社

2018年10月

目 录

拉萨河女神

马 原

一

拉萨河流经圣城拉萨一段海拔三千六百多米。水流湍急而且清澈。河岸是树林、草滩、砾石和细沙。在拉萨城东郊一段是漂亮的拉萨河大桥。拉萨河是不冻河，有不多几种鱼类。

读者应该首先知道几种简单又很要紧的事实。拉萨东经九十一度，北京东经一百一十八度。也就是说这里经度向西偏大约三十度，也就是说拉萨与北京时差晚两小时左右。一种。第二种，海拔。空气稀薄算第三。据传，这里空气约相当于北京的百分之六十。空气稀薄的好处是空气透明度好因而能见度好，拉萨的天空也就格外蓝。比想象的要蓝。但也有坏处。缺氧呼吸困难，所谓高山反应和高山病；心脏负担过重。最后是气候，高原地区气候多变，这在故事里要谈。

于是几个人说好在星期天到拉萨河去。我们假设这一天是夏至后第二个十天，这时候天正热，大概可以游泳。这么说下去，读者可以因此推断这是在拉萨河里游泳度假日的故事。还可以进一步假设，夜里刚刚下过雨，所以早晨尽管晴朗仍然凉爽，是个典型的理想假日。

根据拉萨现阶段的可能，带的食品除以各类罐头为主外还有圆根

（一种比拳头稍小的白色萝卜类），还有黄瓜，还有咖啡壶（一种西式奢侈）。成员包括文艺界各方面人士十三人。最大年龄四十岁左右，最小二十岁稍多。其中一名藏族青年作家，两名女士。因为故事不大而人员较多，我依照年龄顺序分别称他们为阿拉伯数字1、2、3、4以至13。各自职业在他们进入角色再提一下，以避免读者混淆。他们在早晨十点半进入拉萨河（请不要忘记时差）岸区，骑着自行车，带着桶、挎包、录音机、凉帽。

为了把故事讲得活脱，我想玩一点儿小花样儿，不依照时序流水式陈述。就这样吧。

二

选择营地是件大事。1和2作为先行官早半小时出发。1是剧作家，也是西藏中世纪史学家，和2是一对老朋友。2是民间文学研究家和作家，是国内有数的西藏民谚民俗专家。对着拉萨城这一段岸区有许多树，大致营地范围就限定在这一段。这一段滩头形势多变，多数地方是砾石和细沙相间。草坪早被一些玩林卡的藏族家庭占据了，搭起帐篷烧起牛粪炉熬茶。有几片小段沙滩多已有人，几乎全都是来洗涤的藏族同胞。这片林子其实是个椭圆狭长的河心岛，到岛上需要过一座类似索道的木便桥。最后选下的营地在桥下东侧。这是片宽五米、长三十米左右的细沙滩。桥离地面一米半。背后是密集的屏障一样的红柳类高丛灌木。应该说是块相当理想的营地了。

有个不足是桥上过往行人多，不安静，还有一个，大家开始都没意识到问题的严重——在桥下偏西有两具猪尸，肠子已经绽出来吸引了无数苍蝇。当时很凉爽，问题不是很大。来过西藏的人都知道，西藏尸骸随处可见，畜尸和兽尸。时间久了，鹰兽们就把它啄得只剩了骸骨。在藏的人们对这些新鲜事物早就熟视无睹了。营地选择方案确定下来。十二辆自行车塞到灌木丛里，铺下一条棉毯、一块塑料布（我们没有地毯卡垫），把几十筒罐头摆出来。

濒临的河面不宽，拉萨河主流在岛子另一面。但河水还是湍急的。

东侧的灌木一直延伸到水边，正是一道天然屏障。死猪西面十几米远有几个男人在洗羊毛被，也是一段大约三十米的河滩。

开始的时候是桥上行人捏着鼻子咒骂，我们蛮有兴致地看着。后来6突然猛吸了几下鼻子说臭，接着大家也都应和起来。6是诗人，是那种写风马牛的现代诗人，他的敏感显然在嗅觉方面比较突出。这时太阳移到正顶，浮云时时要捣它的乱。7正患热伤风，鼻子不通，完全无动于衷。7是个继承古典主义遗风的小说家，才气不足又自命不凡，他用树叶塞住耳孔趴在热沙上享受日光浴。他大概正昏昏欲睡。青年油画家8是个活跃分子，他提议用沙子把臭气冲天的猪腐尸埋起来。黑管吹奏家11马上响应。两个人抢过两位正在洗衣的女士手里的洗衣板，在离死猪五米远处扬沙子。三分钟后猪身上已经蒙起一层白沙，苍蝇落上去构成有趣的淋点图案。8和11迅速撤下来了，8发誓说这三分钟里他一直屏住呼吸，没喘哪怕半口气。以他三分钟不喘气计算，估计他潜泳能游二百米，可算一个奇才了。11老老实实地承认他快给臭气熏昏了。

大家都不想说话，天热是原因之一，同时大概也为了少吸些尸臭气到肺里去。我猜都是半屏息状态。看来风向有极大关系，雕塑家9首先声明臭味消失，他拽出手帕高举，证明风是向西吹。大家都吸着鼻子用力嗅，是的。然而，风并非总是向西吹，因此臭味儿像海水潮汐一样时高时低时起时落。大家给搞得紧张起来。索性都保持高度警惕，一直呈半屏息状态。要不是两个勇士出现，真不能想象这种状况要持续到什么时候。

是洗羊毛被中的两个，他们一边比我们受害更甚。他们对我们笑笑，用一根粗铁丝挂住一条猪腿，一个人穿裤衩下河，扶着桥桩往河里拉。猪尸在沙滩上拖出一道辙印，立刻围满苍蝇。我们十三个人都来了精神，有几个还自愿充当顾问帮着出主意。死猪到水面就漂浮起来。下河的那个不能再往前走，河水又深又急，他只能扶着桥桩站在没腰深的水里。他摘下铁丝；8折下一根比指头粗些的树枝扔给他；他用树枝撑住死猪往激流里推？它终于给水流推着往下游去了。接着拉另一个。意外的是第一个往下到平缓水域后，又给回流沿着岸边推回来。结果下游洗涤的人们怨声载道，大喊大叫闹得不可开交。又一次重复工作？这次它给推得更深更远，正位于激流当中一直朝下去了，再没有回漂的迹象时，所有沿岸的人们才松了口气。有经验了，如此炮制第二个，这里略去不讲了。

三

野餐是一项主要内容。这次聚餐耗资近百元，算得上奢侈了。圆根水分大辣味儿小，很受欢迎。圆根是零食不是正餐；黄瓜可全部做了凉菜，而且是餐中最受瞩目的菜肴。

一项比较艰巨的任务是开罐头，疏忽的是只带了一把罐头刀。这个任务历史地落到了罐头刀主人3的肩上。3是个上海学者，主要搞文艺评论工作，他的小说曾引起海内轰动。十三个同胞中他学历最高，硕士研究生。说开罐头的任务历史地落到3的肩上，主要原因他是唯一没下水游泳又没其他事可干的人。他主动担负了这一重任，博得大家一致好评。先是橘子——又是橘子，烈日当头只有水果最带劲了。

没有啤酒是一大憾事，连甜酒都没有，8临时找了半瓶白酒凑数。可以想见野餐尽管丰盛其实并非尽兴。13一直沉默，自始至终。他是藏区最好的作家，又最年轻正在热恋，他心里肯定在想他那位好看的小姑娘。他拿着一本刊载3的小说的刊物，一个人躺在人群圈子后面苦读，别人叫也叫不动。聚餐中表现最出色的除3，就是女批评家12。12承担了大家往蛋糕上涂黄油果酱的全部工作。这是件女孩子们最适宜的工作，需要细致和耐心，这两者12都具备。进口黄油，新西兰造，据说是人造黄油。管它呢，大家都吃得满嘴黄乎乎的。

应该历数一下罐头种类。

菠萝、枇杷果、橘子、桃子。水果类。

茄汁青鱼、五香凤尾鱼、红烧带鱼。

辣椒菜头、榨菜肉丝、盐水青刀豆。

红烧鸡、鸭、排骨、猪肉、羊肉。

回锅肉、午餐肉。

不能再写了，我正在流口涎。请原谅。

吃东西有一个秘诀，就是别去想那猪尸。净谈吃没意思。主要节目是游泳。

还有，女士们来洗衣服。学藏胞。

在吃东西时，8和7都是勇士。

（读者这时一定发现了，作者居然称所有十三个人都为"家"，这实属荒唐。而且听口气作者也是其中之一，换句话说也是某位艺术家。说不定他自视为一个极端重要的角色呢。据作者自辩，所谓家不过是三种职业，把这个单音词理解为某种荣誉实在是同胞们弄错了。）

算一算缺谁？4是在洗衣的女编辑，那么5和10呢？两个家伙都在埋头苦干，吃。

四

该巡视一下这个乐园河心岛。

那么走吧。穿上点衣服。算了，这里没有正人君子。那么走，走西边。对，先看看洗羊毛被和洗卡垫的人们。还可以到帐篷里喝杯茶。我可喝不来酥油茶。是你没福。西藏有三样好东西：酥油茶、青稞酒和手抓羊肉。

经过死猪拖出的辙印时我跨大步迈过去。尽管只有辙印在，仍然可以勾起不快的联想，我看到在这个瞬间大家都表情严肃，13还在看杂志，4和12还在洗衣服，2和6捂着深颜色制服在树荫下打瞌睡。还走了两个，10和9有约会，吃过东西向大家抱抱拳。用这减法读者可以知道参加巡视的有六个人。

在洗涤的藏胞多挽起袖子裤脚，我们这些只剩一块遮羞布在身上的人群显然不太雅观。他们瞅我们，说着我们不懂的话还指指点点。也有例外，在玩水的孩子们是光腚的，光腚的孩子在藏区随处可见。有两个大约十岁的光腚娃执拗地跟着我们。我们没有钻帐篷要茶喝，因为没人提议。洗过的藏被和卡垫就晾在砾石或细沙上，和洗过的衣服一起，构成五颜六色的彩绘，这大约是西藏特有的风光吧。

8搞油画也是摄影爱好者。他说他有几张去年沐浴节偷拍的黑白照片，是用长焦距镜头从远处抢出来的。都是些姑娘裸浴的珍贵资料。他说他亲眼看见有汉族人在拍照时被人砸了相机。

光腚娃娃在我们后面聚了七个，有两个小丫头，7回头时发现了这一奇观，惊呼是一群小天使下凡。这群天使都脏得要命，表情里带着天真的迟钝，还有好奇。这么好的拉萨河，这么可爱的小天使，他们真该彻底洗洗身子。

有一片洼地是半干的淤泥，泥地上用碎石摆出一个卍形图案。11第一个反应过来说法西斯。接着发现了第二个和第三个。看来是个有宗教内容的图形，像用石块石子堆起的玛尼堆（佛塔）。小天使们一直跟着不彻底的大天使们。我们踩着烫脚的沙子和硌脚的砾石，穿过一片没有林木的开阔地到了拉萨河主流（河心岛的另一面河岸）。这里岸边有极好的小石片。

11是打水漂好手，无奈因身小力薄，石片在水面滑一段就跌下激流了。两个想一试高下的对手是7和8。8先有领先趋势，随即趾高气扬。7用心揣摩11的姿势，用心寻找形状相宜的石片，利用强大的臂力优势最终击败了8。1说主流不比支流，支流勉强可以游泳，主流是决意不能游的。有位在全国各主要河流都游过泳的运动员，到西藏就想征服拉萨河。结果下去就不见了，第二天在下游三十里处找到他，他已经给鱼啄得残缺不全面目全非了。

1的故事吓住了其余五个人，本来大家是准备在拉萨河主流里沉浮几次的。孩子们也在打水漂，叽叽喳喳吵个不停。5想解手，吆喝孩子们走开，孩子们不懂发愣地看5。而唯一的藏族伙伴13又不在。于是5和8一起怒气冲冲地奔向七个小天使，这群小家伙到底给吓跑了。几位大天使得空儿抓紧卸了包袱。1在几个小伙子打水漂时捡了块黑色石头，有鸡蛋大呈椭圆，表面上有两个套在一起的白石环图案。大家围上来看，1给它起了个文雅的名字：双环石。

拉萨河是雪水河，夏天最热时水温也刚在冰点以上。8接过双环石在河水里洗净，抖着手叫凉。这条只有五十米稍宽的河流，居然从来没有人能横渡过去。做第一个的想法对我是个大诱惑。要不是1执意拉我，我怕早就或是英雄或喂鱼鳖了。

我是谁？一句只属于二十世纪的时髦话。我是谁？

4此行带了大批脏衣服，包括床单在内。我不能想象这个干净的女人怎么攒下如此多脏衣服。还有羽绒服和一件黄棉衣。她带了毛刷，把大件衣物摊放在沙地上用毛刷蘸肥皂刷净。是个好办法。12洗的东西不多，后来一直充当4的助手。由于站在水里时间较长，4的小腿给冷水冰得红赤赤的好难看。

8永远不知道疲倦。他不知从哪儿捡来一个带角的羊头骨，又折下一根齐肩高的粗枝，把骨骸头插在枝头，声称是现代图腾崇拜，大家都说头骨脏让他扔掉。他反驳说这个头骨早经过阳光多年消毒烤晒，比食品商店的点心还干净。他说做点心的师傅擦完鼻涕解完手都从不洗手。完全是一副煞有介事的样子。

2有满肚子的故事：下面是他的独角戏。

五

你们看城西那座山，龇牙咧嘴地和其他山都不一样。传说是哲蚌寺七千喇嘛用一口特大的锅煮茶喝，够七千人喝茶的大锅有多大，你们自己可以想象。突然天上来了一只大鹏鸟，用两只巨爪抓住大锅就往西天飞去。七千喇嘛齐声呐喊，大鹏鸟一惊一抖，满锅的沸茶倾倒出来，那座山就给烫坏了，烫成现在这个样子。你们看，山顶那些沟沟槽槽都是热茶冲烫的结果。真的，你们看像不像？

别急嘛，当然还要讲一个。讲一个关于一张完整无缺的虎皮的故事。猎人宁扎在山里露宿，点着篝火，周围有狼嚎熊吼。宁扎拼命往火上添柴，只要火旺野兽就不敢靠前。挨到天亮宁扎就安全了，他有一支步枪和一手远近闻名的好枪法。这一次不灵了，居然有声音大步走来。声音径直朝着背后。他没敢回头，伸手去抓搁在一边的枪。枪被先抓去了，他回头时看到一个他伸手才能摸到他面颊的毛人，毛人抓着枪像一把玩具枪似的。他坐在火堆旁像宁扎一样烤火，枪给他一下抛到远处黑暗里。宁扎不敢乱动，发呆地看着毛人。这时他突然发现狼嚎熊吼不知什么时候都平息了。毛人站起身折下一根比胳膊还粗的树枝，坐下来用两只脚小心翼翼地把树枝送上火堆。给我支烟抽。

后来宁扎更紧张了，因为突然听见虎啸。虎不怕火，这一点宁扎知道。虎已经近了。毛人也显得紧张。他站起身，用手臂把宁扎揽到身后倒抱住，宁扎一动也不动了。他嗅到一股令人窒息的狐臭，是毛人的气味，这时宁扎发现毛人手里攥着个鸡蛋大的椭圆石头。宁扎从他身后探出头，他看到远处老虎的眼睛像两盏小绿灯一样在闪烁，他吓坏了。突然毛人扬臂抛出石头。宁扎听到老虎痛叫一声，紧接着毛人也飞快窜入黑暗。老虎不见了，剩下的半夜再也没有任何动物来骚扰。再来支烟。

云烟不好买，你怎么搞到的？宁扎不敢合眼，不敢离开火堆，天终于亮了。他首先想到的是该把枪找回来。他到周围找枪时惊呆了。老虎就在四十米远的地方卧着，他扭头就跑，没跑出几步就站住了。不对，虎像是睡了。他回头再看，它已经死了，舌头露在外面。他过去到跟前，又发现老虎的两眼凸出充血，浑身上下没有一处伤破。他想起毛人投的石子。他想，一定是石子击中老虎眉心，致使虎眼迸出。我有佛爷保佑，阿弥陀佛。宁扎祈祷，然后用刀子小心地剥了虎皮，献给本地宗本。这张虎皮后来卖到印度去了，因为没有枪洞，卖了大价钱。宁扎已经死了，那个宗本的儿子还在。

西藏关于野人、毛人、雪人和人熊的传说多的是。听说野人还是世界四大谜之一呢。

六

在大家刚坐下来的时候4就开始洗衣了。她先看到那只长毛短腿的藏狗下水，随即喊大家看它如何泅水。开始它四腿在水里走，后来水深了它开始漂浮，身子一耸一耸地向前。激流努力把它往下游推，它努力克服激流朝横向游，它到对岸时离下水位置漂移了十几米。它上岸后样子很猥琐，真就像鲁迅先生说的耸掉皮毛上的水，然后一躬身跳开了。

迫不及待地脱衣下水的是两个东北人。5是老西藏又是拉萨新起来的作家，十三年前穿着新军装剃着小平头到拉萨。他刚到而立之年却已经皮肉松弛。当他只穿游泳裤在沙滩上做准备活动时，还用力绷紧胸大肌津津有味地自我欣赏。7是个人熊般的大块头，下水游泳是叫他顶顶兴奋的事。水真凉，刚走几步就觉得小腿发麻抽搐，7撩水往肚皮上背上，让身体整个适应一下就回身上岸倒在热沙上。5义无反顾，下水就往深处走，到没腰时扑下去让激流裹着他，从桥桩空隙迅速游下去了。7被刺激了再不顾忌水凉，紧跟着5游下去。据他俩上岸到下水这段距离，目测约为一百米。尽管太阳后来晒脱了他们背上的皮，他们当时还是冷得打抖，完全不能自已。他们沿着沙滩走回来，经过洗羊毛藏被的人们，到自己的领地时两个人都栽到沙地上。

毕竟男儿血热。第三个是8，第四个是国画家10，第五个是9。这是三个美院同学。一会再说他们。今天是他们三个唱主角。

洗过衣服4也下水了。她带了游泳衣而12没带，12的游泳衣在北京家里。4是个意志力和体力都很强的女人，又是这里九个人的老大姐，她的举动使年龄最大的1惭愧了。1早已发胖松懈，居然也咬着牙下水了，2和1只差一岁，然而他无动于衷只顾在阴凉下讲故事。最瘦小然而有着一部最辉煌大胡子的11和1同时下水，艺术家的浪漫和想象在显示力量（作者就不在此提自尊心这样敏感的字眼了）。

最后一个下水的是12，她等4洗过换上4的游泳衣时，所有男人们都已经精疲力尽穿好衣服了。大家劝12不要冒险，万一出问题救助都来不及。12满不在乎，显然胸有成竹。

全天上下次数最多的是7，晒得最久的是8，这两个人皮肤都给晒碎了，此后一个星期躺卧不安。成了其他诸君的笑柄。

游泳活动历时五小时，其间有两个插曲。第一个留在下面讲。第二个是沙滩上跳摇摆。有录音机就有迪斯科舞曲，这是今天中国的特征之一。拉萨最负盛名的男舞星9穿着窄窄的游泳裤几乎裸体一样，和穿着长衣长裤的12相对蛇行般扭动。音乐声和放浪不羁的舞蹈吸引了桥上过客和河对面公路上的行人。拉萨是歌舞之乡，公共场合唱歌跳舞本不稀罕，实在是艺术家们的狂放稍嫌过火了。有观众鼓掌。

这片漂亮的白沙滩，从河对面看就像一块理想的露天剧场。后面的高丛灌木是长帷。

七

第一次下水上来，9和10就把8按在沙滩上。8表现得老老实实。9和

10在8背上堆起沙包，只留下8的四肢和头在外面。沙包堆了一尺高，2在埋住屁股的部位插栽了一棵绿枝作尾巴。一只大乌龟。6操起柯尼卡傻瓜相机给乌龟留影。12调皮地让9和10各踩住8的左右手，然后拿一个剥了皮的圆根垫在一张干净纸上放在离8头部半尺远的沙地上。8努力伸着脖子想吃到爽口的圆根，当然不成。拍照。大概是给沙子压得累了。8一跃而起，在他趴过的地方留下了一个身体印痕。这时太阳正好。

8、9、10突然有了默契，在细沙地的人体印痕基础上迅速堆起沙梁。腿部给拉长了，没有脚，胳膊也作同样处理。躯干部分加厚，干沙堆砌变得困难了。11操起塑料桶提来满桶河水加入雕塑者行列。9是总体指挥，又是细部处理的行家。脚与躯干的连接部位、脖子和头和躯干的过渡都是9完成的。这些工作都是用水浸润过细沙做材料，又经过蘸水抹光。

10在胸上精心塑起一对大乳房，使12看了大叫——这个缺德家伙！8在用心琢磨头部，前额高高眼窝深陷，窄而狭长的鼻梁很美，没有嘴和眼珠儿。8说是大写意处理。现代观念。马里尼雕塑效果。点睛之笔由10完成。他用手帕蘸湿，在塑像腹部滴出其极形象的肚脐眼。

两个高耸的大乳房和平滑的下腹部表明这是女人。8和10带着受宠的神情，真正迷醉地枕着她左右臂，和她并排仰面躺着。闭上眼睛。9躺在她叉开的两腿之间。闭上眼睛。3说了句话，是英国影片《阳光下的罪恶》中的台词，大意是在海滩沐浴的人一动不动，就像停尸房里的尸体。一次极为恰当的引用。

6没有放过机会，从几个角度给他们拍了照。又安排8、9、10加上7四个人，两个人头朝肩窝，两个人头朝腋窝，和她一起作特写留影。四个人头都无力地歪向一边，闭了眼睛像受难的耶稣。一样的痛苦又一样的可笑。

我们的大声笑闹招来许多双眼睛，桥上和对面岸坡上起码聚了几十人。为了加强效果，8提议用沙洒在塑像周围，以突出湿沙塑像的色彩和立体感。这容易，三个美术家只用五分钟就最后完成了。她真美，她有两米高，是个大个子。9提议命名她为拉萨河女神。

1和2在树丛后面玩火。他们毕竟在不惑之年了，激动是青年们的事。他俩在任劳任怨地为他们这群年轻人做一点事。青枝篝火冒着蓝烟。1从树丛里伸出脑袋，揉着给烟熏得发红的眼睛喊道：喂，你们谁喝咖啡？

褐色鸟群

格非

眼下，季节这条大船似乎已经搁浅了。黎明和日暮仍像祖父的步履一样更替。我蛰居在一个被人称作"水边"的地域，写一部类似圣约翰预言的书。我想把它献给我从前的恋人。她在三十岁生日的烛光晚会上过于激动，患脑血栓，不幸逝世。从那以后，我就再也没有见过她。

"水边"这一带，正像我在那本书里记述的一样，天天晴空万里，光线的能见度很好。我坐在寓所的窗口，能够清晰地看见远处水底各种颜色的鹅卵石，以及白如积雪的茅穗上甲壳状或蛾状微生物爬行的姿势。但是我无法分辨季节的变化。我每天都能从寓所屋顶的黑瓦上发现一层白霜。这些霜在中午温暖的太阳光渐渐增强了它的热度时，才化成水从屋檐滴落。这个地带从未下过一场雨。另外，在漆黑如鸦的深夜我还能观察到一些奇异的天象，诸如流星作匀速四周运动，月亮成为不规则的樱桃形，等等。我想如果不是我的记忆出现了梗阻，那一定是时间出了毛病。幸好，每天都有一些褐色的候鸟从水边的上空飞过，我能够根据这些褐色的鸟飞动的方向（往南或往北），隐约猜测时序的嬗递。就像我记忆中某个医生曾声称"血是受伤的符号"一样，我以为，候鸟则是季节的符号。

我的书写得很慢。因为我总担心那些褐色的鸟群有一天会不再出现，我想，这些鸟群的消失会把时间一同带走。我的忧虑和潜心谛听常常使我写作分心，甚至剥夺了我在静心写作时所能得到的快乐。后来，我怀疑自己是否出现了幻觉，我耳畔常常回荡着一种空旷而模糊的声响，我想它不会是候鸟渐近时悠长的哨子般的翅膀拍击空气的声音，它像是来自一个拥挤的车站，或者一座肃穆的墓地。这声音听上去像是落雪，又像是落沙。

有一天，一个穿橙红（或者棕红色）衣服的女人到我"水边"的寓所里来，她沿着"水边"低浅的石子滩走得很快。我起先把她当作一个过路的人，当她在我寓所前趋身朝我走来时，我终于在正午的阳光下看清了她的清澈的脸。我想，来者或许是一位姑娘呢。她怀里抱着一个大夹子，很像是一个画夹或者镜子之类的东西。直到后来，她解开草绿的帆布，让我仔细端详那个夹子，我才知道果真是一个画夹，而不是镜子。

我的寓所里从未有过任何来访者。她见到我并未遵循两个陌生人相遇应有的程序，而是表现出妻子般的温馨和亲昵。她说她叫棋。她在给我看她的画夹时顺便提了一句现在是秋天了。我的记忆深处痛苦地抽搐了一下，但并未就此而唤醒往事。我为秋天而感到高兴。她站在寓所的门前和我说话，胸脯上像是坠着两个暖袋，里面像是盛满了水或者柠檬汁之类的液体，这两个隔着橙红（棕红）色毛衣的椭圆形的袋子让我感觉到温暖。和棋的初次相遇就使我错过了一次注视候鸟的机会，我想，它们可能在我和棋说话的时候飞走的。我徒劳的目光越过棋的双肩，投视远处"水边"青蓝的水线时，她问了一句：你在看什么？

那些候鸟……

她转过身朝"水边"的石子滩望了一眼，又用一种天真而老练的目光看我。

我将棋让进了屋内，接着我们就在两只矮凳上坐下，看她带来的那些画。那些画上也画着一些女人，脸形和身材和棋相似的许就是棋的画像。她有时倚在一个电线杆上，远处是一望无际的戈壁滩。有时她穿着夏装斜侧躺在海滨，也有一些画公园的落叶的。她翘着细长的腿俯卧在覆盖着厚厚叶被的迤逦小径旁。

她在给我看这些画时，两个暖暖的袋子就耷拉在我的手背上，这两个仿佛就要漏下水来的东西让我觉得难受。

这些都是你画的？我说。

不，是一个叫李朴的男孩给我画的。棋说。

李朴？

是啊，李朴。

我摇了摇头，我说我不仅不认识什么李朴，而且您是谁我一时也想不起来了。恕我冒昧，我接着说，李朴给你赠这些画大概是想和您谈恋爱吧。不过。我又说，我对这些画也一样不感兴趣。

好哇，格非——

棋陡然坐直了身体，一字一顿地说：李朴你也不认识我你也不认识，你难道连李劼也不认识吗？

我猛然一惊，我的如灰烬一般的记忆之绳像是被一种奇怪的胶粘接起来，我满腹焦虑地回忆从前，就像在注视着雪白的墙壁寻找两眼的盲点。我隐约记起来了，我和棋说的那个李劼相识那是很久以前的事了，大概是一九八七年……

不过，你是怎么知道我的名字？

别装蒜了，格非。你离开都市到这个锯木厂旁边的臭水沟来才几年，你的神志竟垮成这样啦，我三个月前曾到你这里来过，你还答应给我看你的小说，还答应过其他一些事。你的记忆全让小说给毁了。

棋说完了这些话，静静垂手而坐，像是等待我沉入往事的梦境，又像是等待我从冥想中挣脱出来。

渐渐地，我眼前的这红色的影像模糊起来，但立即它又重新变得异常清晰。

好吧，我认识你，我说（实际上我想说：我认识你算了）。

棋显出满意的样子，她突然抬手在我脸上皱纹最深的地方抚摸了一下——这是一个仪式，一个我们本来就已相识的仪式，我想大概不会是所谓"情不自禁"。但是我立刻嗅闻到了皮肤相触的一刹那蛋白质释放出来的臭鸡蛋的气味。我觉得这种气味很不错。棋看了我一眼，又将画夹摊在她拢起的双膝上，她在看画的时候不断地注意我的神态，我想她一定是想知道我是否也在看那些画。她从那些画中挑出一张递给我，就是那张画着公园秋天的那幅。

这幅画上是什么？棋问。

一个人的背影。

还有什么？

枯叶子。

落叶象征着什么？

一个人的背影。

棋没有再问下去，她说了一句你这个人怎么一点都不懂画就沉默了。过了一会儿，棋又说：

你一点也不像李劼。

李劼？

他不仅懂画而且懂诗、懂开密封罐头、懂治疗牛皮癣，甚至——他还懂不生不生。

不生是一种哲学，棋说。

我不懂。

晚上，棋没有离开我的寓所。当然也没有一对男女在一处静僻之所的夜晚可能有的那种事。整个晚上她都在静静地听我说故事，关于我的婚姻的故事。我想棋的聪颖机智使她猜测我在意念深处一定存在着某种障碍或者她宁愿称之为压抑。这是不是我们在看画时才发现的呢？在整个晚上她充当了一个倾听诉说的心理分析医生的角色，这也许不仅出于对我的怜悯，而且我似乎看出来我们都信奉这样一句格言：

回忆就是力量。

夜晚，奇异的天象没有出现。"水边"的石子滩变成一种冰莹的纯蓝色。就像化学实验中几种物质产生化学反应后析出的某种蓝色晶体粉末。这些玛瑙似的蓝色石子泛出的冷清的光亮和故事的氛围大相径庭。

后来呢？棋问。

后来——我尽量用一种平淡而真实的语调叙述故事，因为我想任何添枝加叶故弄玄虚反而会损害它的纯洁性。

后来，我就在那个卖木梳的老女人身边站住了。

那时正是四月，春天来得很迟。我看见积雪和泥浆冻在一起，高大的城市建筑物挡住了南下的寒流，形成了巨大的风的声音。那些早已废弃不用的商店霓虹灯上挂满了锥状的冰凌。我在企鹅饭店被一个漂亮的女人招引，不知不觉尾随着她走完了半个城市。我想处在我当时那个年龄被一个女人所迷惑是常有的事，但我决定跟着她走一段，仅仅因为我喜欢她走路的姿势。她的栗树色靴子交错斜提膝部微曲双腿棕色——咖啡色裤管的皱褶成沟状圆润的力从臀部下移使皱褶复原腰部浅红色 ——浅黄色的凹陷和胯部成锐角背部石榴红色的墙成板块状向左向右微斜，身体处于舞蹈和僵直之间笨拙而又有弹性地起伏颠簸。

我想这样一个在风中行走的女人要在火炉旁烤火或者在浴缸里洗澡不知是怎样一个模样，我还准备往下想下去，她突然站住了。我也在那个卖木梳的老女人身旁停了下来。

买木梳吗？

接下来离奇的事发生了。

我想那个女人毫无缘由地在街道上停下来，是因为我在意念深处产生了一种当时我认为是下流的臆想——譬如裸体之类。不过随之我又认为这个女人停在人行道上是由于她自己遇到了什么事，并非我的意念感应所致。

买木梳吗？

我在思索该不该买一把木梳，同时又朦胧地感觉到她不久就会回过头来。她果真回过头来。她的目光像是注视着我，又像是留意别处。我回避着她的目光。我知道，心灵感应术曾在这个城市里风靡一时，人们只要在一所称之为"心灵感应中心"的地方训练三个月，就能用意念驱使幻想中的情人来到自己身边。有一些造诣精深的通灵大师还能使意念和星际相通。我心里意识到了一丝隐隐的恐惧感，这种恐惧感只有当一个罪犯在明朗的月光下撬锁行窃才会有的。

我又感觉到她马上就会朝我走来。好像她在行动之前她动作的信号就从她身上散发出来穿透冬天凝固的空气，预先告知了我一样。

现在，她正朝我走来。

我看了看岗亭上在冷风中瑟瑟发抖的警察。行人各自走着自己的路，没有注意到我正在遭遇的一幕。

她朝我走来干什么……

她迎面走来的姿势跟我刚才在她背影中看到的一模一样，她的鬼惑力像泉水一样从她的浅黄色、深棕色、栗树色的衣饰的折褶中流淌出来。我等待着她走近，我的心情一点也不轻松，她双腿轻盈地朝前迈动，我突然有了一种感觉，好像她是静止的，而我正朝她走近。

她在我跟前停下来，朝地面俯下身去。

她在我脚边捡起了一枚亮晶晶的靴钉。

后来呢——棋问。

后来我就再也没有见过她，她捡起靴钉，转身走远，在人流中消失了。

棋审判一样的目光紧盯着我，让我觉得很不舒服。棋说，你有自恋情结。我说大概有吧。棋沉默了片刻，继续说，事情好像还没完。我说，什么事情？

你和那个女人的事。

我不由得一怔。

那个女人捡起靴钉后，朝一个公共汽车站走去，她上了一辆开往郊区的电车，你没能赶上那趟车，但你叫了一辆出租车尾随她来到郊外她的住所——棋漫不经心地说。

事情确实如棋所说的那样，不过她说错了一个无关紧要的细节：我当时没有足够的钱叫出租车，而是租了一辆自行车来到了郊外。

不过，我说，你是怎么知道事情还没完呢？

根据爱情公式，棋说。

爱情公式？

我想事情远未了结并不是棋所说的所谓恋爱公式的推断，它完全依赖于我的叙述规则。我之所以不愿意将这样一个故事和盘托出，是因为我内心深处极其隐秘的角落，想起这件事就让人觉得不痛快，下面我就来讲讲这件事。

我去车铺租自行车的时候，天空已经飘起了鹅毛大雪。雪花在春天的幌子市布下寒流的种子。城市通向郊区的路一会儿就变得非常狭窄了。渐渐我的车轮下露出泥土和煤屑混合的路面。路上行人和车辆渐渐变得稀少，雪花落在上面很快就积成了白白的一片。大路两旁的农舍和绵延的丛林突然出现在眼前。我前面那辆电车开得不快，我的自行车全速追赶，使它不至于从我视野里消失。

电车在郊区站停下后，天已快黑了。我想大概是狂啸的西北风裹着满天大雪使黑夜提前了。她下车后就沿着一条低洼不平的路朝远处亮着忽明忽暗灯光的村舍走去，那个村舍在傍晚的雪中显出一带黑魆魆的影子。这条路不算很窄，但是车轮的印辙和马蹄踏成的圆洞在雪中封冻住了形成一条条硬深的凹槽，我的自行车轮常常在这些凹槽上打滑，发出挡泥板和车架的黑轱碰撞的铮铮之声。她在距离我约有二十丈远的地方不紧不慢地走着。我们仿佛在路上走了很久，但是在郊外迷茫的雪原上，我很难看到它的尽头。我的自行车链条被坎坷不平的路面震得脱落过几次，但它最后一次脱落时，我的双手已冻得发麻。我不得不花了很多时间才把它重新装好。这一次，当我重新跨上启行车的时候，她的身影已经在远处变得模糊不清了。我狠命地蹬着自行车，它就像是一匹盲马跌跌撞撞地朝前疾奔。

这时，我的前面出现了另一个骑着自行车的人。这个人驮伏在车上显得很小，他也像是在朝前急急赶路。在这样一个寂寥无声的风雪之夜，遇到他让我觉得亲切。它的身影在路面上歪歪斜斜地画着漂亮的弧。在黑夜中，他像是一只黑蝴蝶，或者一只蝙蝠。

我的车轮又一次滑到了大路的边缘。大路和田野之间仿佛有一条很深的沟渠，我想这大概是农人为铺设排水管道而挖的。

我的自行车和他相错时，我觉得我右胳膊的袖子和它左边的一只擦了一下，我像是听到了一种轻微的刷子在羽绒布上摩擦发出的声响。

前面那个女人的身影终于又在我眼前出现。在雪夜中我分辨不出她的栗树色的靴子和浅黄色——深棕色的腰部衣饰的皱褶，以及她圆润的臀部成豆瓣状分裂的节奏。她像一摊墨渍在米色的画布上蠕动。我不知道她的住宅是否就在我依稀能看见的灯光闪烁的村子里，我也不知道我究竟会被她带到一个怎样陌生的地带。但我似乎有了一种不祥的预感，冬天晚上凛冽的风和远处传来的狗的吠叫使我的呼吸越来越急促。

大约又过了二十分钟，她走上了一条窄窄的木桥。这座桥架在很宽的河道上显得很不坚固。我来到桥头的时候，犹豫了一下。因为我没有看到桥面上她刚刚走过去留下的靴印。那些半圆形的靴印在河边突然消失了。我想，也许是大雪将那些靴印遮盖住了——桥面上覆着一层厚厚的积雪。我推着自行车不得不放慢了步子。

深黛色的河流在孤零零的木桥下冥寂地流淌。我竭力在桥上寻找她的影子。

这是一座一边有扶手的木桥。扶手的铁链连接着一些东倒西歪的木桩。像是被毁坏了栅栏的残骸，西北风不断地吹散铁链上的浮雪，铁链在风中发出重金属滑碰的橐橐声响。我有时也偶尔扶一下那铁链，因为桥面没有扶手的一面的边缘已经和桥下的黑影悄悄缝在一起了。夜色已渐渐地深了。远处一直在招引我的村舍的灯火也不知什么时候突然熄灭了。我仿佛置身梦境，从一个很高的冰坡上朝山下滑坠。我似乎感到，那个穿树色靴子的女人像是已经到了对岸，但我又觉得她像是仍在我前面不远的桥上——黑夜和风雪将我分隔了。

我的平底胶鞋踩踏积雪在木桥上摩擦着，我的心情不像刚走上桥时那样糟，或许是因为我深信对岸就在不远处，根据桥面微微下斜的弧度判断，它离开我最多不过三四丈远。可就在这时，我站住了。因为我看不清桥面朝前延伸的灰暗的轮廓。我不得不摸索着桥的铁链朝前移动，但是突然我感到桥链也没了。我的脑袋一阵晕眩。我迟疑了一下，回过头。

有一个提着灯笼的人影朝我走过来。那灯光在稠浓的黑暗中像一只毛茸茸的小鸡。

他走近我的时候，我才看清他手里拎着的是一只马灯。他是一个花白胡须的老人。他在我跟前停下来，他的长须上结满了玻璃碴似的冰凌。

这桥你不能往前走了。

为什么？

它在二十年前就被一次洪水冲垮了。

老人将马灯抱在怀里，从腰间摸出一支旱烟管，点着了火。在马灯模糊的亮光中，我看见絮絮扬扬的大雪无声地落着。老人猛吸了几口烟。用手指指远处的河面：

那边有一座水泥桥。

我朝老人指向的地方看了一眼，在风中打了个冷战。

刚才有一个女人从这桥上过去了。

没有女人从这过去。

你是谁?

老人没有搭理我,他熟练地将旱烟管别在腰间,将马灯递给我,然后从我手里接过自行车。我们开始往回走。我想他大概是一个看桥人。

我守在桥头劝告每一个黑夜上桥的人,不听阻拦的人注定要走到河里去。

可是,刚才有一个女人从这桥上过去了。

我没有看见什么女人过去。

我们已经来到了桥头。我把马灯递给老人。雪花飘落在马灯的玻璃罩上化成水滴滚落。老人说你上车吧,我举着马灯照你一段,他说话的时候,呼出的气柱在空中迅速凝结了,宛如一束手电的光亮。我像是又想起了什么,我对老人说:

你们为什么不把桥拆掉呢?

还会有更大一次的洪水。

在我跨上自行车的时候,老人又对我说:没有女人从这桥上过去,你可能是在雪夜中看花了眼,雪的光亮会给人造成错觉,而错觉会把人领入深渊。

我就此和老人告别,他在桥头举着马灯,照着那已经封冻的路面。过了一会儿,我身后的灯光消失了,我又重新陷入黑暗之中。

我又想起了那个穿栗树色靴子的女人——我似乎看见她上了那座木桥。她现在在哪里?那个老人是谁?那究竟是一座怎样的桥?也许等天晴了,我该重新到桥边来看看。我正想着,自行车又开始猛烈地跳动起来。我记起了这段路面。这路面被车轮和马蹄压轧成一道道深深的凹槽,车轮在上边不断打滑。我还记起了那个骑自行车的人,我的耳畔又响起了我和他袖子相擦的那种刷子在羽绒布上划出的声音。想起那个像蝴蝶一般歪歪斜斜的骑车人,我的心情变得轻松了一些,因为我能够通过他把自己和现实联结起来,我担心自己是否丧失了理智,而处在一个桥边老人所谓的雪夜错觉之中。

我的自行车更加剧烈地颤动了一下,车轮像是碰到了一个硬物上,我差一点从自行车上摔下来,我的好奇心和探究心理使我停下车来,想看看那个硬物是什么。

那是一辆歪倒在路边的自行车。

接下来我看到的事情或许棋早已猜到了。她在我"水边"寓所的椅子上不安分地躁动着。她一会儿拿起她的画夹，一会儿哼哼唧唧地看着天花板，对我的故事显示极度的不满。

这是一个非常庸俗的结尾。棋说。

你在路边发现了那辆自行车，你马上意识到了是你刚才在追赶那个穿栗色靴子的女人时匆忙之中将它撞倒的。你开始四处寻找它的人影最后你在路边那个埋排水管道的沟渠里发现了它的尸体。尸体已冻得僵硬，它的脸上落满了雪花。

是这样。

我开始陷入了沉默之中。棋也呆呆地托着下巴，凝视着"水边"青蓝色的石子滩。现在夜色正潮。"水边"的凉气沿着远处水面朝公寓斜升的坡道，悄悄越过窗格爬进室内，我感到一阵微微的凉意。我打了一个长长的呵欠，棋在沉思中黑眼珠朝我突然翻动了一下，含糊不清地说：你困倦了？我说没有。我想在夜阑人静的时候，面对一个姑娘独坐，大概不大适宜提出诸如睡觉之类的要求。我想我们都已忘记了时间，也许在天亮之前我们会一直这样默坐下去。我试着找出一些无关紧要的话题来润滑一下现在多少变得有点尴尬的气氛。我觉得我的大脑像是一个空空落落的器皿，里面塞满了稻草和刨灰。就在这个时候，我想到了棋在我和初见时谈到的那个李劫。

你是怎么认识李劫的？我说。

棋的脸上慢慢地浮现出一层红晕。她似乎立刻沉浸在幸福的回忆之中。她潮湿的眼睫毛参差错落像一排芦苇的篱掩住了黑白的眼球。她用妻子般空旷而充满诗意的语调告诉我：她先认识那个叫李朴的男孩。

李朴是谁？我问。

李劫的儿子。

我思索着这个被棋称作"李朴"的男孩在我记忆中的印象。我记得在一九八七年，我在李劫的乡间别墅做客，我们隔着会客厅透亮的玻璃看见后花园的雪地上，一个男孩正在滚雪球。我想那个玩雪的小男孩会不会就是棋所说的李朴？

棋的目光仍注视着窗外。她的双眸熠熠发亮，像是要沁出白色或黑色的水汁。我想所有的女人沉入对恋人的回忆和想象之中大概都是这么一副自命不凡的神态。对于女人来说，生活有时就是想象。

我真的感到困倦了。我点燃了一支烟，但它并未使我清醒。我倚着公寓白色的墙壁昏昏欲睡。"水边"的夜晚静极了。微风轻轻吹拂着窗帘，潮水有节奏地漫过石子滩。我在混沌而沉重的睡意之中，仿佛听到棋在呼唤我的名字，她的童音未脱的呼唤像是从一个遥远的地方传过来。她的衣服在椅子上摩擦发出之声。棋像是又处在焦灼不安之中，她的飘忽不定的影子在我眼前不断地徘徊。我渐渐坠入梦乡。

时间过去了很久。棋轻轻地将我推醒。

那个女人——

什么女人？

那个穿栗树色靴子的女人——

怎么？

你后来再也没有没有见过她吗？

天还没有亮。棋蓬松着长发站在我对面。有一些汗粒顺着她的发梢慢慢滴落。我听到棋的呼吸声很重。我想她大概已经被故事的那些悬念和细节织成的网罩住了。她对故事的过于敏感使我注定要谈到以下所叙述的这些事。这些事离我很久很远了，但是当我每次重温许多年前的阳光和空气，我仿佛觉得伸手就可触摸到它。我无法不回忆往事。即使在这样一个平常而宁静的夜晚棋不向我提起它，"水边"的那些候鸟也会叠映出它们清晰的影子。我在决定如何向棋叙述那些事时，颇费了一点踌躇。因为它不仅涉及我本人，也涉及我在"水边"正在写作中的那部书，以及许多年以前，我的死于脑血栓的妻子。

我和那个穿栗树色靴子女人的重逢是一次意外的巧合。一九九二年春天，我因黑鸭出版社之约来到郊外修改一个长篇小说。我住在歌谣湖畔的一幢白色小楼里。这幢新建的小楼没有人住，因为自来水管道还未铺设，房间的设施很不完备，楼前的花园还是一片荒芜。小楼竣工后多余的一些建筑木料和钢筋混凝土的果柱被横七竖八地搁在楼房的四周，让人觉得有些压抑。我来到这里之前，黑鸭出版社的几个董事副董事把我的右手握得又疼又酸；很抱歉条件很差，连撒尿的抽水马桶还没有运去，格非你看着办吧。

我的卧室朝南有一个很大的阳台。现在正是早春时节，太阳在午后照临阳台时，我就在那儿抽烟憩息。远处歌谣湖浩瀚的水面上空，白色的云块很低很厚，静静地悬挂着，湖水由于酸雨和城市排泄的废气和残渣已变得污浊不堪，湖面边缘的沼泽上绵延的原始森林蒙上了一层灰黄的颜色。有几只白鹤和鹭鸶贴水面盘旋而过。每天黄昏的时候，我总看见几个园丁在那片花园里忙碌着，他们将长在荒地上的荆棘和杂草拔掉，然后在上面栽金盏花和鸢尾。我有时也来到花园和那些园丁聊天。这些如土地一般沉默的老人回答我的问话时显得非常吃力。对于农事和天气他们并不像我那样感兴趣。我一有空就到花园里帮助他们编织花圃的竹篱，给金钟和鸢尾花浇水。当花园里到处盛开着灿烂的金盏花和鸢尾时，我的小说快要完稿了，我在歌谣湖的这段日子里，时间悄无声息地过去了，这个远离城市噪声的地带给了我安定的心绪和美妙的感觉，但是不久以后发生的一些事却使这幢白楼在我的心中留下了灰暗而并不愉快的记忆。

这天下午，我像往常一样来到歌谣湖边散步。湖边枯黄的草地正在抽出新芽。那些新翻的泥土像波浪一样在广阔的田野上匍匐着。

我觉得我已经走了很远。我回望波光斑斓的湖面，那幢傍水而筑的小白楼已看不见了。温暖的阳光中裹夹了一丝北风，这些风像清晨还未完全褪尽的夜色，让我觉得有点冷。我脚下的地上渐渐出现了一些米黄色、灰白色的鸟粪。我在一只正在湖边饮水的山羊旁停住了脚步，因为在这时，我听到了一缕很不清晰的哭叫声。我四下里张望了一会儿，宽阔而高远的田野上不见一个人影。我点燃了一支烟继续往前走，不久我就看见在一片微斜的坡地上，一个高大的男人和一个女人滚在一起。他们沿着山坡往下滚，女人的茶绿色的头巾脱落在坡地上，她的长发飘散开沾满了草屑和泥土。

当我憋足了劲冲到他们身边时，那个男人已经把女人松开了。那个女人俯卧在地上，轻轻地啜泣着。我走到那个男人面前，正想揪住他的衣领问个明白，没想到他先给我的膝盖来了一脚，我倒在地上趴了三分钟。我昏昏沉沉地从地上爬起来，那个男人已经走上了那个斜坡。女人的脸上几排牙印还在不断地往外渗血。她整好了衣扣，跌跌撞撞地从我身边捡起了那茶绿色的头巾。她朝我歉意地笑了笑：

那是我男人。

我的脑壳"咯噔"一下，像是关节错位的榫头弥合了一样，我突然发现她就是我早些年在企鹅饭店碰到的那个女人，我的眼前一遍又一遍地重现她刚才俯身捡头巾的动作，它仿佛和我早已在眼帘的屏幕上成为定格的捡靴钉的姿势叠合了。这个女人我觉得已全力将她忘记。今天她突然出现在我的眼前，使我感到胸脯一阵阵抽搐。她扑闪着泪花看着我，她也像是觉得我有些面熟，异样的目光中透出疑问和猜忌。

我看了看那个已经走远的男人，又看了看她。

刚才你干吗哭叫？我问。

他——女人显得有些语塞，她的脸涨得彤红。

他刚才把我弄疼了。

女人将头巾搭在头上，匆匆追赶她的丈夫去了。我走上了那道斜坡。我看见那个高大的男人步履蹒跚地在田野上走着，他的腿脚看起来不太灵便。果真，他一会儿就在面前的一条闪亮的沟渠里跌倒了。女人朝前跑了几步，又远远地回过头来朝我叫了一声：

他是个瘸子——

瘸子？我苦笑了一下；他刚才在我膝盖上那一脚倒是踢得很卖力。

我手里玩捏着一枚镍币，沿湖边颓然若失地往回走。那个女人已经跑到男人身边。他们的身影在我的眼前越来越小了。在我们之间，潮湿的风在一望无垠的田野上吹着，我看着他们消失的方向——西斜的太阳暗红色的光照亮了那片密密的白桦林和村舍白色的屋顶。我想他们也许就住在离我的小白楼不远的村子里。

以后的几天，我再也没有在这一带的田畴上看见他们。每天午后，我的影子伴随我来到离白楼很远的这片坡地上，我等待着那个女人到田野里来耕作。麦子已经长得很高了，几场大雨浇过，田野里到处都是绿色植物的清香，成群的蜜蜂飞过来预示着气候日渐温暖。但是那个女人的身影一直没有出现。

黑鸭出版社的一位常务编辑来到歌谣湖畔看我，我告诉他，我的稿子只完成了一半。我想在我没有重新见到那个女人之前，我不打算离开这儿。

我在小白楼渐渐觉得孤寂无聊。一天，一个老园丁答应带我去白楼附近的村子里去喝酒。我们在狭窄的田垄上一前一后地走着。我在路上向老人打听村子里的情况，同时我请他回忆一下村里是否有一个常穿栗树色靴的女人？老人说村里的女人很多，但是他不知道她们穿什么颜色的靴子。

那个酒店就在村口。我吮吸着晚风中浓浓的酒气走进了酒店院门的木栅栏。栅栏旁有一个腰间围着泥黄色裙布的人正从一口大缸里往外掏酒糟。酒店墙上原先像是涂抹着一排深红色的大字，这些字迹经过长年的风吹日晒已经变得难以辨认了。我几乎是挑起门帘走进酒店的同时就看到了坐在墙角的那个瘸子。他似乎已经喝醉了。

酒店里昏暗的灯光被劣质烟草的雾气笼罩着，潮湿的地面散发出一阵腐烂霉饼的气味。我要了一瓶洋河大曲，挨着离酒柜最近的一张桌子坐了下来。酒店里没有什么人，柜台上那个店主模样的老人手里握着两个咔咔作响的钢球正在打盹。

瘸子在墙角独自喝着酒。他的背像是有点驼。黧黑的脸上刻着衰老的沟纹。他的胡须卷曲着，沾满了晶莹的酒滴。他高大的身躯稳稳地坐着，像是永远在聆听着什么，只是当他伸出手在桌面上摸索酒瓶时，我才看到他被烟熏得焦黄的手指有些颤抖。

那个女人来到酒店的时候，我一点也没有察觉。当一些类似于酒瓶或酒杯之类的玻璃器皿砸在地上，发出很响的破碎之声时我才在朦胧的醉意中看见那个女人正在把已瘫倒在桌下的瘸子扶起来。瘸子踉踉跄跄靠着桌沿站起来，将脸凑近那个女人，朝她脸上啐了一口痰。女人刚想摘下头巾擦去痰迹，我看见瘸子的手在她眼前挥动了一下，那个女人就在酒店潮湿的地面摔倒了。女人像一摊墨渍一样卧在反射出酒店暗绿色灯光的地上。她软软腰肢扭动了一下双手撑着地面，浑身的筋络像杯子里盛满的水一样晃浮着。这时，我已经走到她身边，我拽起她的一只手把她搀起来，那个男人已伏倒在桌上睡着了。女人的脖子上被手指抓破的细长的血印像一条美丽的蜈蚣。女人用手指拢了一下湿漉漉的发尖，走到桌边拉了拉那个男人，同时她哀怜的目光朝我瞥了一眼，我走过去将男人背起来，女人从地上捡起那个瘸子脱落的一只胶鞋，我们就走出了酒店。店主手里仍然在捏玩着两个亮晶晶的钢球在打盹，有一缕稠浓的口涎在他嘴角挂着。我们走到院子里的木栅栏门边，一个黑影依旧在一只巨大的缸里往外掏酒糟。我仿佛感到这个酒店里的时间是静止的。

在路上，那个女人没有说话。漆黑的夜里有只狗在村头猖猖地叫着。

她的家不像我想象的那样邋遢。我在路上一直被背上的男人喷着的酒气呛得想吐，当我在她卧室明亮的窗前坐下后，女人已将丈夫在床上安顿好了。女人朝我招招手，我们来到外间的一个很小的客室。她为我沏了一杯茶。我手抚茶杯的边沿，转动着它，女人在我对面坐下来，双手合抱在胸前痴呆地看着茶几的桌面。这时我站起来，女人也跟着站起来：你喝杯茶再走。我说我想再到你卧室里看一眼。女人先是迟疑了一下，随后就说：好吧。我们又回到她的卧室。我看见她的床前整齐地放着一双擦得油光锃亮的栗树色靴子：她的栗树色靴子交错斜提膝部微曲双腿棕色——咖啡色裤管的皱褶成沟状圆润的力从臀部下移使皱褶复原腰部浅红色——浅黄色的凹陷和膝部成锐角背部石榴红色的墙成板块状向左向右微斜，身体处于舞蹈和僵直之间笨拙而又有弹性地起伏颠簸。我的眼睛眨闪了几下从卧室出来。女人说你有什么东西丢了吗？我说没有。我们重新在客室里坐下。我想从企鹅饭店和这个女人偶尔相遇，至今已有许多年，重新浇灌这棵在我记忆中已枯死的青春之树显然已经没有太大的意义。我正视着面前这个女人清澈的眼波，嘴里隐隐有了一种酸涩的咸味。我点燃了一支烟，又递给她一支。她重重地吸了一口，眼角变得有些潮湿。腾起的烟雾在日光灯管上切割缭绕，灯管发出咝咝的声音。

烟草的香味使我在浓浓的酒意中感到异常清醒，我的脸有些烫。女人抽烟的姿势很好看，她夹着烟卷的白皙的手在我眼前晃动着。我们听到了里屋男人悠长的鼾声。

我第一次看到你是在七八年前。我说。

七八年前？

我在企鹅饭店的门外遇见你。

企鹅饭店？

后来我跟着你来到大街上。

什么大街？

后来你在一个卖木梳的老人前面站住了。

卖木梳的老人？

你在我脚边的街道上捡起了一枚靴钉。

靴钉？

你随后上了一辆开往郊区的电车。

你说什么？

那天雪下得很大，我租了一辆自行车追赶那电车。

我不明白。

你下车后天已经黑了。

你喝醉了。

后来你上了一座木桥就消失了。

你喝醉了。

你喝醉了。女人温存地对我说：在我们这儿没有什么企鹅饭店，没有大街，也没有卖木梳的老人。你喝醉了，要不你是记错人了？

我说我是在城里遇见你的。

女人笑了一下，她伸手端起我面前的茶杯呷了一口茶将茶叶末轻轻吐掉：

我从十岁起就没有去过城里。

夜已经很深了。我呆呆地凝视天花板。那个雪夜我尾随那个女人来到郊外的种种细节又一次清晰地呈现在我眼前，我看了看面前的这个美丽的女人，她诚挚而坦然，脸上浮现出乡村纯朴的妇女特有的腼腆。她站起来给我的茶杯倒满了水，然后问我是不是觉得冷，要不要关窗。我说不用了。

那么，我说，你们这儿是不是有一座倒塌的木桥？

通往城里的方向是有一座断桥。

是洪水冲垮的吧？

不，是给人偷拆了木料。

女人像是突然想起了什么，她告诉我这样一件事：有一天夜里，雪下得很大，我男人从邻村喝酒回来曾路过那座木桥。他提着马灯走到桥头，他看见木桥上有一些胶鞋的鞋印和自行车车轮的胎辙。他举起马灯朝桥上晃了晃，看不见人影。他看见桥一侧的铁索链上积满了雪，有些地方显露出手抓过的痕迹。桥面上的那些鞋印和胎辙还没有完全被大雪遮盖。他想也许有人推着自行车刚刚从这断桥上过去。但那天他喝得醉醺醺的，另外他的腿脚也不灵便就没有上桥去看看。第二天雪晴了，人们从河里捞起了一辆自行车和一个年轻人的尸体。

女人打着呵欠说完了这件事。

我说我该走了。

女人没有吱声。她的沉默似乎是她有意挽留我的一种隐晦的方式，我想。我坐着没动。

你住在哪儿？女人问。

我告诉她那幢白楼。

女人像是知道那幢楼。女人说夜已经很深了，春天麦子和油菜都长高了，有一些狼夜里常在荒野上转悠，要不就明天早上走吧。

我们就在客室里坐到天亮。

"水边"的夜幕悄悄隐去了。天亮的时候我和棋都没有察觉。现在阳光穿透公寓的玻璃窗投射到棋橙红色的衣服上。在早晨清晰而温暖的光线中，我看见棋的脸有些憔悴。我问她是不是饿了？要不要喝杯咖啡？棋点点头。我从厨房给她弄来了咖啡，棋似乎仍在想着我的故事。

你和那个女人一直坐到天亮？棋用塑料小勺在杯中轻轻搅动着，问我。

是这样。我说。

你那天是不是有些醉了？

是的。

你没有碰那个女人？棋诡秘地微笑着。

黎明的时候天有些凉，她给我披上了她男人的大衣，我在浑浑噩噩中抓住了她的手，但她马上把手抽了回去，像一些水从我指缝中流走了一样。

我坦白地对棋说。

我发觉你的故事有些特别。棋说。

怎么？

你的故事始终是一个圆圈，它在展开情节的同时，也意味着重复。只要你高兴，你就可以永远讲下去。不过，你还是接着讲下去吧。

我呷了一口咖啡，继续对棋描述以后发生的事。

一天深夜，歌谣湖一带突然下起了飘泼大雨，雨下到第二天早晨还没有停。我拥着薄薄的棉被坐在床上吸烟。现在梅雨季节来临了。我看见绿色的田野上空，雨幕像密密的珠帘一样悬挂着。大风将白楼的木栅栏院门刮得砰砰直响。我谛听着大雨中的各种声响，又渐渐入眠了。到了晌午的时候，我恍惚听到楼下有人在砸门。我想那大概是白楼花园里的园丁。可是下着这么大的雨，园丁来干吗？砸门声越来越响。我懒洋洋地披上衣服下楼开门。我轻轻地拨开门闩，大风扑面直灌进屋来。我一连打了好几个冷战。

那个女人站在雨中。

她的衣服已被雨水淋得透湿。她披肩长发上不断地有一些晶亮的水滴滚落下来。她告诉我，她的男人死了。

我披了一件雨衣就跟着她走出了白楼。

大雨模糊了村子的轮廓。我们在狭窄泥泞的田埂上朝那片影影绰绰的村舍跑去。女人由于焦急和慌乱，在路上摔倒了几次，使得我们的速度反而慢了下来。女人说，她的丈夫昨夜又去了那家小酒店，晚上回来时跌倒在村中的一个粪池里。第二天早上，两个清理阴沟排水的老人发现他的尸体。他的脸已被雨水浇得煞白，耳朵里灌满了大粪。我拽住女人的手——她的小手像鳗鱼一样冰凉，我的思绪像是给大雨搅乱了。眼前一片空白。

当我们来到村头的时候，我看见有几个中年人拢着袖管，抱着扎有红布绸的铁锹往田野里走。女人啜泣着轻轻地说，他们要去墓地挖坑穴。

女人的院子显得依旧清朗。大雨把黄泥地面冲刷得又硬又平，地上有一些稀稀落落的鞋印。有一个木匠模样的人正在盛开的木榛花丛弯锯着一段木料。屋子里传来叮叮当当钉棺材的声音。

那个男人躺在一扇破旧的门板上。他的身体已被几个年老的妇女收拾干净了。他穿着硬挺的哔叽制服，刮净了胡须的脸上显得清癯而红润。尸体旁那些钉棺材的人像是完全沉浸在熟练的操作中，榔头敲在腐蚀的木板上，松针一样的木屑由于振荡而不断地跳动着。一个巫婆模样的女人走到尸体旁，双膝跪下，她高高地举起了双手，正准备哭叫，她突然想起了什么，灰白的眼珠朝我翻动了一下：钉子还不够。我去院子里木匠身旁找来了钉子，巫婆又看了我一眼：再去找些绳子来，我刚一转身，巫婆高举着双手往地上一拍，伤心地哭了起来。

我去房里找绳子时，那个女人紧紧地跟着我，她哆嗦的身体和我贴得很紧。

尸体入殓的时候，呼啸了一夜的大风突然停了，雨还在淅淅沥沥地下着。屋子里静寂无声，女人伏在棺材的边沿，久久地望着她男人的尸体。她的哭声感染了室内尘封的空气。钉棺材的几个男人把榔头扔在地上，拍了拍手里的灰尘，蹲在一旁吸烟。

时间过去了很久。

女人的嗓音显得有些喑哑了。我看见她一边哭泣着，一边骨碌碌翻动着清亮的眼球朝四周察看，一片蜘蛛网像靶环一样悬挂在梁下，青绿色的蜘蛛攀缘在一根细长的丝线上，像钟的下摆在微风中晃动。我忽然意识到这个女人的悲伤也许是装出来的。又过了一会儿，木匠冲着我做了一个手势，我们抬起那块像隧道的穹顶般的棺盖，将它轻轻盖在棺木上。巫婆过来把那个女人扶开了。在盖棺的一瞬间——那几个钉格的男人朝棺木围过来，准备将它钉死，我突然看见棺内的尸体动了一下。我相信没有看错，如果说死者的脸上肌肉抽搐一下或者膝盖颤抖什么的，那也许是由于人们常说的什么神经反应。但是，我真切地看见那个尸体抬起右手解开了上衣领口的一个扣子——他穿着硬挺的哔叽制服也许觉得太熟了。

我没有吱声。

送葬后的当天，我没有离开那个女人的屋子。女人对我说，她一个人在晚上的时候会感到害怕。她让我至少陪她三天。

第三天晚上，梅雨连绵。

女人坐在我对面，她的眼圈微微泛红。我们之间的冗长的话题已经在前两个晚上谈完了。我觉得在喋喋不休的对话中，时间流逝得很快。而面对沉默，我们的心力都显得非常脆弱，我还在想着那个男人的死。他的死多少有些蹊跷，有时我觉得这也许是一个阴谋。

你的男人醉死，你怎么想起去白楼找我？我说。

不知道。

他深夜未归，你为什么不去酒店看看？

别去提它了——

女人妩媚地对我笑了笑。我觉得她笑得有些勉强。但我的内心还是悸动了一下，她摊开双手平放在桌面上，我迟疑了一阵，我手心朝下，轻轻地滑向她的柔润的手腕。接下来我们俩做的事不便详尽描绘，但有一些和那种事本身并无太大关联的枝节，如下所述，权且当作这个故事的结尾。

窗外雨声越来越大。女人叹息般的目光久久地注视着我，她俯下身帮我解鞋带的时候，天空炸过一串闷雷。我的腿一阵抽搐。女人抬头看了看我，又低下头去解鞋带。我们俩在床上躺下来，由于连日梅雨，我觉得棉被有些潮湿。我在无意中碰到她青蛙皮一样冰凉的皮肤，闻到了散落在她发中樟脑丸的气息。我木然地凝视着帐顶，好久没动。

我宁神屏息谛听室外风雨。

你在想什么？女人说。

屋外像是有一种奇怪的声音。

什么声音？

一个女人在哭泣。我说。

那是大风溜过树梢的声响。

不，是有人在哭。

什么地方？

院子里。

女人和我翻身下床。我裹了一条毛毯，趿着鞋子推开房门来到院子里。院子里什么也看不见。那个女人按亮了手电筒。随着那条惨白的光柱的缓缓移动，我看见了废旧的鸡埘，在大风中摇曳的木槿花树，和泛着污秽黑水的墙根阴沟。

大概是一只猫——女人说。她把我拉进屋内，关上了门。

我们重新在床上躺下。女人伸手拉灭了电灯。过不多久，那哭声又出现了，它像是来自一个死神笼罩的病榻，又仿佛从更加遥远的河面上传来。那哭声稚音未脱，时隐时现，我觉得我的头颅在这种弱节拍的声音中正逐渐膨胀。

我第二次下床的时候，女人躺着没动。

我拉开通向院落的大门。一道耀眼的闪电在天空中无声地出现，远处墨绿色的田畴和宽广的湖面一下被闪电照亮了。

在闪电出现的一刹那间，我看见一个少女站在院子的当中，她赤裸的身体在地面上的水洼中形成了清晰的倒影。她婴儿一样的脸上挂满了泪珠。

我的记忆似一条锈蚀的铁链如灰烬般寸寸断落。在记忆消失的瞬间，我脑子里浮现出在我六岁时，看着我的妹妹在澡盆里洗澡的画面，同时我的耳边又回荡起那个如梦的夜雪，我在那段四槽封冻的路面上曾听到的羽绒布摩擦而发出的微弱声响。剩下的什么不都知道了。我扶着门框的手无力地滑落——我在门边晕倒了。

我醒过来的时候，那个女人守护在我的床前。她如母亲一般深沉而温暖的目光正注视着我。她静静地吸着烟，朝我嫣然一笑。我也要了一支烟点上，浓郁的烟味使我慢慢镇定起来。

你刚才看到什么——

我把我看到的全对她说了。

你的胆子比我还小，那都是你的幻觉，你累了。女人说。

我说在我刚才昏睡的时候，做了一个奇怪的梦。什么梦？女人问。我梦见你的尸体漂浮在那断桥下的河面上，你的乳房上长满了青草。桥头有人在唱着《玫瑰，玫瑰处处开》。

女人苦笑了一下。

我们结婚吧？我说。

好吧。

后来你就跟那个女人结婚了？棋长长地舒了一口气。

是的。

现在"水边"一带正是中午时分。炽烈阳光将退潮后棕红色的石子滩晒得灰白。棋追问着我和那个女人结婚以后的情况，我说在结婚的当天她就死了。结婚的日子是按她的意愿选定的，那天是她三十岁的生日。我们在恬静安详的烛光中喝着葡萄酒，她突然一连说几声"灯灭了"，脑溢血模糊了她的视线，我眼看着她红润的脸色转为蜡黄，但我知道，已不可救。

棋从我公寓的椅子上站了起来，她一定是知道我的故事再也没有任何延伸的余地了。她说她该走了。她还说今天下午她要去"城市公园"参加一个大型未来派雕塑的揭幕仪式。她说这座雕塑是李朴和一些自称为"彗星群体"的年轻艺术家共同完成的，她说过一些时候再到"水边"的公寓里来看我。

棋在跟我临别的时候，我觉得她跟来时一样陌生。她抱着那个帆布裹着的画册，匆匆离开我"水边"的公寓，没有说再见。

我仍然在写那部圣约翰预言式的书。"水边"一带像往常一样寂静。那些"水边"的鹅卵石，密密麻麻地斜铺在浅浅的沙滩上，白天它们像肉红色的蛋，到了晚上则变成青蓝色。棋曾经别有用心地把"水边"称为锯木厂旁边的臭水沟，我一度被她的话所困扰。有一次，我沿着"水边"枯白的茅穗绵延的水线，朝北走了整整一天，没有发现什么锯木厂。回到公寓的时候。已经是深夜了。黑洞洞的天空中又出现了那拖着亮晶晶尾巴旋转的星辰和成不规则樱桃形的月亮。时间像是过去了很久。棋一直没有到公寓里来。我每天坐在公寓的窗口，看着那夜霜化成的水滴从高高的屋檐下坠落。

我天天期待着棋的出现。

不知过去了几个寒暑春秋。有一天，我终于看见棋沿着水边浅浅的石子滩朝我的公寓走来。她依旧穿着橙红色（或者棕红色）的罩衫，脚步在乱石中踩出空落的声响，她耸起的双乳不驯服地窜动着。她怀里抱着那方裹着帆布的画夹，而远远地看起来，那更像一面镜子，我坐在公寓的门前，等待着棋朝我走近。

棋走到正对我公寓大门的路口，突然停住了。她看了看明净宽阔的水面，又转过身来看了看我。我想，她大概是示意我过去。我走到棋的身边。

有水吗？棋说。

在晌午的阳光中，她一定是走渴了，我给她弄来水。她仰起脖子喝完了水，抹了抹嘴唇，将杯子递给我。

你又给我看画儿来了吗？我说。

什么？！

她像是没有听清楚我的话，漠然地看了我一眼。

那大概是李朴为你新画的吧。我说。

什么李朴？棋说。

李劼的儿子——

棋无可奈何地笑了一下，她说我不认识什么李朴、李劼，而且也从来没人给我画过画——您是谁？

棋——我说，前一段时间你不是到我的公寓里来过吗？你让我看了你说是李朴的画，那些画上画了一些落叶和电线杆，我们在夜晚说着故事，通宵未眠——

我竭力搜寻记忆中那次和棋的初逢的每一个细节。然而棋固执而有礼貌地打断了我的话。

我的名字不叫棋，我是一个过路人，天热了，我跟您讨杯水喝，您一定是记错人了。

那么——我指指她怀里抱着的画夹。

少女将那个帆布包裹搁在膝盖上，熟练地解开青绿色的带子。

那是一面锃亮的镜子。

少女将镜子重新包好，夹在怀里，她捋了捋披散的长发，朝我摆了摆手，转身走了。

少女的身影离我远去了。

褐色的鸟群扑闪着羽翅，掠过"水边"银白钢蓝色的天空，在看不到边际的棕红沙滩上布下如歌的哨音。这些褐色的候鸟天天飞过"水边"的公寓，但它们从不停留。

一九八六年

余华

一

多年前，一个循规蹈矩的中学历史教师突然失踪。扔下了年轻的妻子和三岁的女儿。从此他销声匿迹了。经过了动荡不安的几年，他的妻子内心也就风平浪静。于是在一个枯燥的星期天里她改嫁他人。女儿也换了姓名。那是因为女儿原先的姓名与过去紧密相连。然后又过了十多年，如今她们离那段苦难越来越远了，她们平静地生活。那往事已经烟消云散无法唤回。当时突然失踪的人不只是她丈夫一个。但是"文革"结束以后，一些失踪者的家属陆续得到了亲人的确切消息，尽管得到的都是死讯。唯有她一直没得到。她只是听说丈夫在被抓去的那个夜晚突然失踪了，仅此而已。告诉她这些的是一个商店的售货员，这人是当初那一群闯进来的红卫兵中的一个。他说："我们没有打他，只是把他带到学校办公室，让他写交代材料，也没有派人看守他，可第二天发现他没了。"她记得丈夫被带走的翌日清晨，那一群红卫兵又闯了进来，是来搜查她的丈夫。那售货员还补充道："你丈夫平时对我们学生不错，所以我们没有折磨他。"

不久以前，当她和女儿一起将一些旧时的报刊送到废品收购站去，在收购站乱七八糟的废纸中，突然发现了一张已经发黄，上面布满斑斑霉点的纸，那纸上的字迹却清晰可见。

　　　先秦：炮烙、剖腹、斩、焚……
　　　战国：抽胁、车裂、腰斩……
　　　辽初：活埋、炮掷、悬崖……
　　　金：击脑、棒杀、剥皮……
　　　车裂：将人头和四肢分别拴在五辆车上，以五马驾车，同
　　时分驰，撕裂躯体。
　　　凌迟：执刑时零刀碎割。

　　废品收购站里杂乱无章，一个戴老花眼镜的小老头站在磅秤旁。女
儿已经长大，她不愿让母亲动手，自己将报刊放到秤座上去。然后掏出
手帕擦起汗来，这时她感到母亲从身后慢慢走开，走向一堆废纸。而小
老头的眼睛此刻几乎和秤杆凑在了一起。她觉得滑稽，便不觉微微一
笑。随后她蓦然听到一声失声惊叫，当她转过身去时，母亲已经摔倒在
地，而且已经人事不省了。他们把他带到自己的办公室后，让他坐下，
又勒令他老老实实写交代材料。然后都走了，没留下看管他的人。

　　办公室十分宽敞，两只日光灯此刻都亮着，明晃晃地格外刺眼。西
北风在屋顶上呼啸着。他就那么坐了很久。就像这幢房屋在惨白的月光
下，在西北风的呼啸里默默而坐一样。

　　他看到自己正在洗脚，妻子正坐在床沿上看着他们的女儿。他们的
女儿已经睡去，一条胳膊伸到被窝外面。妻子没有发现。妻子正在发
呆。她还是梳着两根辫子，而且辫梢处还是用红绸结了两个蝴蝶结。一
如第一次见到她走来一样，那一次他俩擦肩而过。现在他仿佛看到两只
漂亮的红蝴蝶驮着两根乌黑发亮的辫子在眼前飞来飞去。三个多月前，
他就不让妻子外出了。妻子听了他的话，便没再出去过。他也很少外
出。他外出时总在街上看到几个胸前挂着扫帚、马桶盖，剃着阴阳头的
女人。他总害怕妻子美丽的辫子被毁掉，害怕那两只迷人的红蝴蝶被毁
掉。所以他不让妻子外出。他看到街上整天下起了大雪，那大雪只下在
街上。他看到在街上走着的人都弯腰捡起了雪片，然后读了起来。他看
到一个人躺在街旁邮筒前，已经死了。流出来的血是新鲜的，血还没有

凝固。一张传单正从上面飘了下来，盖住了这人半张脸。那些戴着各种高帽子挂着各种牌牌游街的人，从这里走了过去。他们朝那死人看了一眼，他们没有惊讶之色，他们的目光平静如水。仿佛他们是在早晨起床后从镜子中看到自己一样无动于衷。在他们中间，他开始看到一些同事的脸了。他想也许就要轮到他了。

他看到自己正在洗脚。水在凉下去，但他一点也不觉察。他在想也许就要轮到他了。他发现自己好些日子以来都会无端地发出一声惊叫，那时他的妻子总是转过脸来麻木地看着他。他看到他们进来了，他们进来以后屋内就响起了杂乱的声音。妻子依旧坐在床沿上，她正麻木地看着他。但女儿醒了，女儿的哭声让他觉得十分遥远。仿佛他正行走在街上，从一幢门窗紧闭的楼房里传出了女儿的哭声。这时他感到水已经完全凉了。然后那杂乱的声音走向单纯，一个人手里拿着一张纸走了过来。纸上写些什么他不知道。他们让他看，他看到了自己的笔迹，还看到了模糊的内容。随即他们把他提了起来，他就赤脚穿着拖鞋来到街上。街上的西北风贴着地面吹来，像是手巾擦脚一样擦干了他的脚。

他打了个寒战，看到桌上铺着一叠白纸。他朝白纸看了一会，然后去摸口袋里的钢笔，于是发现没带笔来。他就站起来到别的桌上去寻找，可所有的桌上都没有笔。他只得重新坐回去，坐回去时看到桌上有了两条手臂的印迹。他才知道自己已有三个多月没有来这里了。桌面上积了厚厚的一层灰尘。他想别的教师大概也有三个多月没来这里了。

他看到自己和很多人一起走进了师院的大门，同时有很多人从里面走出来。他看到自己手里正在翻着一本厚厚的书。那时他对刑罚特别热衷，那时他准备今后离开学校后专门去研究刑罚。他在师院图书馆里翻阅了很多资料，还做了笔记。但那时他恋爱了。那次恋爱没有成功。他的刑罚研究也因此有始无终。后来毕业了，他在整理东西时看到了那张纸。当时他是打算扔掉的，而后来怎样也就从此忘了。现在才知道当初没扔掉。

他看到自己正在洗脚，又看到自己正在师院内走着。同时看到自己正坐在这里。他看到对面墙上有一个很大的身影，那颗头颅看上去像篮球一样大。他就这样看着他自己。看久了，觉得那身影像是一个黑黑的洞口。

他感到响亮的西北风跑进屋里来叫唤了。并且贴在他衣角上叫唤，钻进头发里叫唤。叫唤声还拼命地擦起了他的脸颊。他开始哆嗦，开始冷了。他觉得那风越来越嘹亮。于是他转过脸去看门，门关得很严实。他再去看窗户，窗也关得很严实。他发现所有的玻璃都像刚刚擦过一样洁净无比，那些玻璃看上去像是没有一样。他觉得费解，桌上蒙了那么厚的灰尘，窗玻璃居然如此洁净。这时他看到了一块破了的玻璃，那破碎的模样十分凄惨。他不由站起来朝那块玻璃走去，那是一种凄惨向另一种凄惨走去。

走到窗前他大吃一惊，他才发现这破碎的竟是唯一幸存的玻璃。其他的窗格里都空空皆无。他不禁伸出手去抚摸，他感到那上面非常粗糙和锐利。摸了一会他觉得有一股热乎乎的东西正在手指尖上微微溢出来。摸着的时候，他看到玻璃正一小块一小块地掉落下去，一声一声清脆的破裂声在他听来如同心碎。不一会，玻璃只剩下一个小小的三角了。

他蓦然看到一双皮鞋对着他微微荡来又微微荡去。他伸出的手立刻缩回，他听到自己的心脏正在咚咚跳得十分激烈。他站住一动不动，看着这双皮鞋幽幽地荡来荡去。接着他发现了两只裤管，裤管罩在皮鞋上面，正在微微地左右飘动着。他猛地推开窗户，于是看到了一具吊着的僵尸。与此同时他听到了一声惊叫，声音来自左前方。他看到黑暗中一棵模糊的树和树底下一个模糊的人影。人影脱离地面，紧张的喘息声从那里飘来，传到他耳中时已经奄奄一息。过了好久他仿佛听到那人影低声嘟哝了一句——"是你"，然后看到那两条胳膊举起来抓住了一个圆圈，接着似乎是脑袋钻了进去。片刻后他听到了一声轻微的凳子被踢倒在地声，而一声窒息般的低语马上接踵而至。他扶着窗沿慢慢地倒了下去。

很久以后，他渐渐听到了一种野兽般的吼声。那声音逐步接近，同时又在慢慢扩散，不一会声音如巨浪般涌来了。

他猛地从地上跳起来，凝神细听。他听到屋外一片鬼哭狼嚎，仿佛有一群野兽正在将他包围。这声音使他异常兴奋。于是他在屋内手舞足蹈地跳来跳去，嘴里发出的吼声使他欣喜若狂。他想冲出去与那吼声汇合，却又不知从何处冲出去。而此刻屋外吼声正在越来越响亮，这使他心急火燎却又不知所措。他只能在屋内跳着吼着。后来累了，便一屁股坐在了刚才那个座位上，呼哧呼哧地喘气了。

这时他看到了墙上的身影，于是他看到了一个使他得以冲出去的黑洞。他立刻站了起来，朝那黑洞冲出，可冲到跟前他猛然收住了脚。他发现那黑洞一下子变小了。他满腹狐疑地重又退到原处，犹豫了片刻他才慢慢地重新走过去。他看到黑洞也在慢慢小起来。走到跟前时他发现黑洞和他人一样大小了。他疑惑地看了很久，肯定了黑洞没再变小，黑洞仍容得下他的身体后，便一头撞了过去。他又摔倒在地。

一阵狂风此刻将门打开，门重重地打在墙上，发出吱吱的骨折般声音。风从门口蜂拥而进，又立刻在屋内快速旋转了起来。他从地上昏昏沉沉爬起来，对着门口昏昏沉沉地站了一会。然后他看到了一个长方形的黑洞。他小心翼翼地朝黑洞走去，走到跟前时他又满腹狐疑了。因为这次黑洞没有变小。这次他没再一头撞去，而是十分小心地伸进去一个手指。他感到手指已经进入黑洞了，然后手臂也进去了。于是他侧着身体更加小心地往黑洞里挤了进去。随即他感到自己已经逃脱了，因为他感到自己进入了漆黑而且广阔无比的空间。

那吼声此刻更为热烈更为响亮，于是他也就更为热烈更为响亮地吼了起来，跳了起来。同时他朝声音跑去。尽管有各种各样大小不一的黑影阻挡了他的去路，但他都巧妙地绕过了它们。片刻后他就跑到了大街上。他收住脚步，辨别起声音传来的方向。他感到那声音似乎是从四面八方奔腾而来的。一时间他不知所措，他不知该往何处去。随后他看到东南方火光冲天，那火光看上去像是一堆晚霞。他就朝着火光跑了过去。越跑声音越响，然后他来到了那吼声四起的地方。

一座巨大的楼房正在熊熊燃烧。他看到燃烧的火中有无数的人扭在一起，同时无数人正在以各种姿态掉落下来。他在桥上吼着跳着，同时还哈哈狂笑。在一阵像下雨般掉下了一批批人后，他看到楼房没有了，只有一堆巨大的熊熊燃烧的火。这情景叫他异常激动。他在桥上拼命地吼，拼命地跳。随即他听到了轰隆一声巨响。他看到这堆火突然变矮了，也变得宽阔了。他发现火离自己越来越近了，火像水一样漫涌过来。这时他感到累了，他便在桥栏上坐了下来，不再喊叫，不再跳跃。但他依然兴致勃勃地看着这堆火。慢慢地这堆火开始分裂，分裂成一小堆一小堆了。他一直看着火势渐渐熄灭。火势熄灭后，他才从栏杆上跳下来，开始往回走，走了几步重新走回来。站了一会他又往回走。他在桥上走来走去。

后来黎明来临了，早霞开始从漆黑的东方流出来。太阳还没有升起，但是一片红光已经燃烧着升腾而起了。于是他看到了一堆火在遥远的地方燃烧起来，于是他又吼叫了，并且吼叫着朝那里跑去。从废品收购站回来后，她就变得恍恍惚惚起来。这天夜晚，她听到了一个奇妙的脚步声。那时没有月光，屋外一片漆黑而且寂静无声。就在这个时候，她听到一个脚步声从远处嚓嚓走来，那声音既像是擦地而来，又让人感到是腾空走来。而且那声音始终没有来到近旁，始终停留在远处。但她已经听出来了，是谁的脚步声。

此后的几个夜晚，她都听到了那种脚步声。那声音让她心惊肉跳，让她撕心裂胆地喊叫起来。

当初丈夫就是在这样一个漆黑的晚上被带走的。那一群红卫兵突然闯进门来的情景和丈夫穿着拖鞋嚓嚓离去时的声音，已经和那个黑夜永存了。十多年了，十多年来每个夜晚都是一样的漆黑。黑夜让她不胜恐惧。就这样，十多年来她精心埋葬掉的那个黑夜又重现了。

这一天，当她和女儿一起走在街上时，她突然看到了自己躺在阳光下漆黑的影子。那影子使她失声惊叫。那个黑夜居然以这样的形式出现了。

那人一瘸一拐地走进了这座小镇。那是初春时节。一星期前一场春雪浩荡而来，顷刻之间将整座小镇埋葬。然而接下去阳光灿烂了一个星期，于是春雪又在几日之内全面崩溃。如今除了一些阴暗处尚残留一些白色外，其他各处都开始生机勃勃了。几日来，整个小镇被一片滴答滴答的声音所充塞，那声音像是弹在温暖的阳光上一样美妙无比。这雪水融化的声音让人们心里轻松又愉快。而每一个接踵而至的夜晚又总是群星璀璨，让人在入睡前对翌日的灿烂景象深信不疑。

于是关闭了一个冬天的窗户都纷纷打开来了。那些窗口开始出现了少女的嘴唇，出现了一盆盆已在抽芽的花。风也不再从西北方吹来，不再那么寒冷刺骨。风开始从东南方吹来了，温暖又潮湿。吹在他们脸上滋润着他们的脸。他们从房屋里走了出来，又从臃肿的大衣里走了出来。他们来到了街上，来到了春天里，他们尽管还披着围巾，可此刻围巾不再为了御寒，开始成了装饰。他们感到衣内紧缩的皮肤正在慢慢松懈，而插在口袋里的双手也在微微渗汗了。于是就有人将双手伸出来，于是他们就感到阳光正在手上移动，感到春风正从手指间有趣地滑过。

也是在这个时候，他们看到了河两岸那些暗淡的柳树突然变得嫩绿无比，而这些变化仅仅只是在一个星期里完成的。此刻街上自行车的铃声像阳光一样灿烂，而那一阵阵脚步声和说话声则如潮水一样生动。

那人就是在这个时候走进小镇的。他的头发像瀑布一样披落下来，发梢在腰际飘荡。他的胡须则披落在胸前，胡须遮去了他三分之二的脸。他的眼睛浮肿又混浊。他就这样一瘸一拐走进了小镇。那条裤子破旧不堪，膝盖以下只是飘荡着几根布条而已。上身赤裸，披着一块麻袋。那双赤裸的脚看上去如一张苍老的脸，那一道道长长的裂痕像是一条条深深的皱纹，裂痕里又嵌满了黑黑的污垢。脚很大，每一脚踩在地上的声音，都像是一巴掌拍在脸上。他也走进了春天，和他们走在一起。他们都看到了他，但他们谁也没有注意他，他们在看到他的同时也在把他忘掉。他们尽情地在春天里走着，在欢乐里走着。女孩子往漂亮的提包里放进了化妆品，还放进了琼瑶小说。在宁静的夜晚来临后，她们坐到镜前打扮自己，打扮得漂漂亮亮后就捧起了琼瑶的小说。她们嗅着自己身上的芬芳去和书中的主人公相爱。男孩子口袋里装着万宝路、装着良友，天还没黑便已来到了街上，深更半夜时他们还在街上。他们也喜欢琼瑶，他们在街上寻找琼瑶书中的女主人公。

没待在家中的女孩子，没在街上闲逛的男孩子，他们则拥入影剧院，拥入工会俱乐部，还拥入夜校。他们坐在夜校课桌边多半不是为了听课，是为了恋爱。因为他们的眼睛多半都没看着黑板。多半都在搜寻异性。

老头那个时候还坐在茶馆里，他们坐了一天了，他坐了十多年，几十年了。他们还要坐下去。他们早已过了走的年龄。他们如今坐着就跟当初走着一样心满意足。

老太太们则坐在家中，坐在彩电旁。她们多半看不懂在演些什么，她们只是知道屏幕上的人在出来进去。就是看着人出来进去，她们也已经心满意足。

往那些敞着的窗口看看吧，沿着这条街走，可以走进两边的胡同。将会看到什么，将会听到什么，而心里又将会想起什么。十多年前那场浩劫如今已成了过眼烟云，那些留在墙上的标语被一次次粉刷给彻底掩盖了。他们走在街上时再也看不到过去，他们只看到现在。现在有很多人都在兴致勃勃地走着，现在有很多自行车在响着铃声，现在有很多汽车在掀起着很多灰尘。现在有一辆装着大喇叭的面包车在慢慢地驰着，喇叭里在宣传着计划生育，宣传着如何避孕。现在还有另一辆类似的面包车在慢慢地驰着，在宣传着车祸给人们生活带来的不幸。街道两旁还挂着牌牌，牌牌上的图画和照片吸引了他们。他们现在知道已经人满为患了，他们中间很多人都掌握了好几套避孕方法。他们现在也懂得了车祸的危害。他们知道尽管人满为患，可活着的人还是应该活得高高兴兴，千万不能让车祸给葬送了。他们看到中学生都牺牲了自己的星期天，站到桥边，站到转弯处来维持交通秩序了。

那人就是在这个时候出现的，他一瘸一拐地走进了小镇。

他看到前面有一个人躺着，就躺在脚前，那人的脚就连着自己的脚。他提起自己的脚去踢躺着的脚。不料那脚猛地缩了回去。当他把脚放下时，那脚又伸了过来，又和他的脚连在了一起。他不禁兴奋起来，于是悄悄地将脚再次提起来，他发现地上的脚同时在慢慢退缩，他感到对方警觉了，便将脚提着不动，看到对方的脚也提着不动后，他猛地一脚朝对方的腰部踩去。他听到一声沉重的响声，定睛一瞧，那躺着的人依旧完好无损，躺着的脚也依旧连着他的脚。这使他怒气冲冲了，于是他眼睛一闭，拼命地朝前奔跑了起来，两脚拼命地往地上踩。跑了一阵再睁眼一看，那家伙还躺在他前面，还是刚才的模样。这让他沮丧万分，他无可奈何地朝四周张望。此刻阳光照在他的背脊上，那披着的麻袋反射出粗糙的光亮。他看到右前方有一汪深绿的颜色。于是他思索起来，思索的结果是脸上露出滞呆的笑意。他悄悄地往那一汪深绿走去。他发现那躺着的人斜过去了一点，他就走得更警觉了。那斜过去的人没有逃跑，而是擦着地面往池塘滑去，走近了，他看到那人的脑袋掉进了池塘，接着身体和四肢也掉了进去。他站在塘沿上，看到那家伙浮在水面上没往下沉，便弯腰捡起一块大石头打了下去。他看到那人被打得粉身碎骨后，才心满意足地转过身去。一大片金色的阳光猛然刺来，让他头晕眼花。但他没闭上眼睛，相反却是抬起了头。于是他看到了一颗辉煌的头颅，正在喷射着鲜血。

他仰着头朝那颗高悬在云端的头颅走去，他看到头颅退缩着隐藏到了一块白云的背后，于是白云也闪闪发亮了。那是一块慢慢要燃烧起来的棉花。

　　他是在那个时候放下了头，于是他的视线中出现了一个巨大的障碍。他不能像刚才那样远眺一望无际的田野，因为他走近了一座小镇。这巨大的障碍突然出现，让他感到是一座坟墓的突然出现。他依稀看到阳光洒在上面，又像水一样四溅开去。然而他定睛观瞧后，发现那是很多形状不一的小障碍聚集在一起。它们中间出现了无数有趣的裂隙，像是用锯子锯出来似的。阳光掉了进去，像是尘土撒了进去，无声无息。

　　此刻他放弃了对逃跑的太阳的追逐，而走上了一条苍白的路。因为两旁梧桐树枝紧密地交叉在一起，阳光被阻止在树叶上，所以水泥路显得苍白无力，像一根新鲜的白骨横躺在那里。猛然离开热烈的阳光而走在了这里，仿佛进入阴森的洞穴。他看到每隔不远就有两颗人头悬挂着，这些人头已经流尽了鲜血，也成了苍白。但他仔细瞧后，又觉得这些人头仿佛是路灯。他知道当四周黑暗起来后，它们会突然闪亮，那时候里面又充满流动的鲜血了。

　　有几个一样颜色的人在迎面走来，他们单调的姿态也完全一样。那时他听到了古怪的声音，然后看到有两个人走到了一起。他们就在他前面站住不动，于是他也站住不动。他听到刚才那种声音在四溅开来。随后他看到一个瘸子在前面走着，瘸子的走姿深深吸引了他。比起此刻所有走着的人来，瘸子走得十分生动。因此他扔开了前面这两个人，开始跟着瘸子走了。不一会他感到四周一下子热烈起来，他看到四周一片金黄，刚才看到的那些灰暗的人体，此刻竟然闪闪发亮了。他不禁仰起头来，于是又看到了那辉煌的头颅。现在他认出刚才看到的障碍其实是楼房，因为他认出了那些敞着的窗和敞着的门。很多人在门口进进出出。出来的那些人有的走远了，有的经过他的身旁。他嗅到一股暖烘烘的气息，这气息仿佛是从屠场的窗口散发出来。他行走在这股气息中，呼吸很贪婪。后来他走到了河边，因为阳光的照射，河水显得又青又黄。他看到的仿佛是一股脓液在流淌，有几条船在上面漂着，像尸体似的在上面漂着。同时他注意到了那些柳树，柳树恍若垂下来的头发。这些头发几经发酵，才这么粗这么长，他走上前去抓住一根柳枝与自己的头发比较起来。接着又扯下一根拉直了放在地上，再扯下一根自己的头发也拉直了放在地上。又十分认真地比较了一阵。结果使他沮丧不已。于是他就离开了它们，走到了大街上。

他看到有两根辫子正朝他飘来，他看到是两只红蝴蝶驮着辫子朝他飞来。他心里涌上了一股奇怪的东西，他不由朝辫子迎了上去。那一家布店门庭若市，那是因为春天唤醒了人们对色彩的渴求。于是在散发着各种颜色的布店里，声音开始拥挤起来，那声音也五彩缤纷。她们多半是妙龄女子。她们渴望色彩就如渴望爱情。她们的母亲也置身于其中，母亲们看着这缤纷的色彩，就如看着自己的女儿，也如看着自己已经远去还在远去的青春。在这里，两代人能共享欢乐，无须平分。

她带着无比欢乐从里面走出来，左边是她的伙伴。她的两根辫子轻轻摆动。原先她不是梳着辫子，原先她的头发是披着的。她昨天才梳出了这两根辫子。那是她看到了一张母亲年轻时的照片，她发现梳着辫子的母亲格外漂亮。于是她也梳起了两根辫子，结果她大吃一惊。她又往辫子上结了两个红蝴蝶结，这更使她惊讶。现在她正喜悦无比地走了出来，她的喜悦一半来自布店，一半来自脑后微微晃动的辫子。她知道辫子晃动时，那两只红蝴蝶便会翩翩飞舞了。

可是迎面走来一个疯子，疯子的模样叫她吃惊，叫她害怕。她看到他正朝自己古怪地笑着，嘴角淌着口水。她不由惊叫一声拔腿就跑，她的伙伴也惊叫一声拔腿就逃。她们跑出了很远，跑到转了个弯才收住脚。然后两人面面相觑，接着咯咯大笑起来，笑得前仰后合。

她的伙伴说："春天来了，疯子也来了。"

她点点头。然后两人分手了，分手的时候十分亲密地拉了拉手，接着就各自回家。

她的家就在前面，只要在这条洒满阳光洒落各种声音的街上再走二十步。那里有一家钟表店，里面的钟表闪闪发亮，一个老头永远以一种坐姿坐了几十年。朝那戴着老花眼镜的老头望一眼，就可以转弯了，转进一条胡同。胡同里也洒满阳光，也走上二十步，她就可以看到那幢楼房了，她就可以看到自己家中那敞开的玻璃如何闪闪烁烁了。不知为何她开始心情沉重起来，越往家走越沉重。

母亲独自坐在家中，脸色苍白。她知道母亲又在疑神疑鬼了。母亲近来屡屡这样，母亲已有三天没去上班了。

她问母亲："是不是昨天晚上又听到脚步声了？"

母亲无动于衷，很久后才抬起头来，那双眼睛十分惊恐。

"不，是现在。"母亲说。

她在母亲身后站了一会，她感到心烦意乱，于是她就走向窗口。在那里能望到大街，在大街上她能看到自己的欢乐。可是她却看到一个头发披在腰间，麻袋盖在背脊上，正一瘸一拐走着的背影。她不由哆嗦了一下，不由恶心起来。她立刻离开窗口。这时她听到楼梯在响了，那声音非常熟悉，十多年来纹丝未变。她知道是父亲回来了。她立刻变得兴奋起来，赶紧跑过去将门打开。那声音蓦然响了很多，那声音越来越近。她看到了父亲已经花白的头发。便欢快地叫了一声，然后迎了上去。父亲微笑着，用手轻轻在她头上拍了一下，和她一起走进家中。她感到父亲的手很温暖，她心想自己只有这么一个父亲。她记得自己七岁那年，有一个大人朝她走来，送给了她一个皮球。母亲告诉她："这是你的父亲。"从此他和她们生活在一起了。他每天都让她感到亲切，感到温暖。可是不久前，母亲突然脸色苍白地对她说："我夜间常常听到你父亲走来的脚步声。"她惊愕不已，当知道母亲指的是另一个父亲时，不禁惶恐起来。这另一个父亲让他觉得非常陌生，又非常讨厌。她心里拒绝他的来到，因为他会挤走现在的父亲。

他感到父亲轻快的脚一迈入家中就立刻变得沉重起来，那时候母亲正抬起头来惊恐不安地望着他。她发现母亲的脸色越来越苍白了。

二

那时候黄昏已经来临，天色正在暗下来。一个戴着大口罩的清洁工人在扫拢着一堆垃圾。扫帚在水泥地上扫过去，发出了一种刷衣服似的声音，扬起的灰尘在昏暗中显得很沉重。此刻街上行人寥寥，而那些开始明亮起来的窗口则蒸腾出了热气，人声从那里缥缈而出。街旁商店里的灯光倾泻出来，像水一样流淌在街道上，站在柜里暂且无所事事的售货员那懒洋洋的影子，被拉长了扔在道旁。那个清洁工人此刻从口袋里掏出了火柴，划亮了那堆垃圾。

他看到一堆鲜血在熊熊燃烧，于是阴暗的四周一片明亮了。他走到燃烧的鲜血旁，感到噼噼啪啪四溅的鲜血有几滴溅到了他的脸上，跟火星一样灼烫。这时他感到自己手中正紧握着一根铁棒，他将手中的铁棒伸了过去，但又立刻缩回。他感到只一瞬间工夫铁棒就烧红了，握在手中手也在发烫。此刻那几个人正战战兢兢地走过来，于是他将铁棒在半空中拼命地挥舞了起来，他仿佛看到一阵阵闪烁的红光。那几个人仍在战战兢兢地走过来，他们没有逃跑是因为不敢逃跑。于是他停止了挥舞，而将铁棒刺向走来的他们。他仿佛听到一声漫长几乎是永无止境的"嗤——"的声音，同时他仿佛看到几股白烟正升腾而起。然后他将铁棒浸入黑黑的墨汁中，提出来后去涂那些已被刺过的疮口，通红通红的疮口立刻都变得黝黑无比。他们就这样战战兢兢地走了过去。这时疯子心满意足地大喊一声："墨！"

那几个人走过去的时候，显然看到了这个疯子。看到疯子将手伸入火堆之中，又因为灼烫猛地缩回了手。然后又看到疯子的手臂如何在挥舞，挥舞之后又如何朝他们指指点点。他们还看到疯子弯下腰把手指浸入道旁一小滩积水中，伸出来后再次朝他们指指点点。最后他们听到了疯子那一声古怪的叫喊。所有一切他们都看到都听到，但他们没有工夫没有闲心去注意疯子，他们就这样走了过去。

往往是这样，所有地方尚在寂静之中时，影剧院首先热烈起来了。它前面那块小小的空地已经被无数双脚分割，还有无数双脚正从远处走来，于是他们又去分割那条街道。那个时候电影还没有开映，口袋里装着电影票的人正抽着烟和没有电影票的人闲聊。而没有电影票的人都在手中举着一张钞票，朝那些新加入进来的人晃动。售票窗口已经挂出了"满"的招牌，可仍然有很多人挤在那里，他们假设那窗口会突然打开，几张残余的票会突然出现在里面。他们的脚下有一些纽扣散乱地躺着，纽扣反映出了刚才他们在这里拼抢的全部过程。这个时候一些人从口袋里拿出电影票进去了，他们进去时没有忘记向那些无票的打个招呼。于是那人堆开始出现空隙，而且越来越大。最后只剩下那些手里晃动着钞票的人，就是这时候他们仍然坚定地站在那里，尽管电影已经开演。他感到自己手中挥舞着一把砍刀，砍刀正把他四周的空气削成碎块。他挥舞了一阵子后就向那些人的鼻子削去，于是他看到一个个鼻子从刀刃里飞了出来，飞向空中。而那些没有了鼻子的鼻孔仰起后喷射出一股股鲜血，在半空中飞舞的鼻子纷纷被击落下来。于是满街的鼻子乱哄哄地翻滚起来。"劁！"他有力地喊了一声，然后一瘸一拐走开了。

那时候，有一个人手里举着几张电影票出现了，于是所有的人都一拥而上。那人求饶似的拼命叫喊声离疯子越来越远。

咖啡厅里响着流行歌曲，歌曲从敞着的门口流到街上，随着歌曲从里面流出了几个年轻人。他们嘴里叼着万宝路，鼻子里哼着歌曲来到了街上。他们是天天要到这里来的，在这里喝一杯雀巢咖啡，然后再走到街上去。在街上他们一直要逛到深更半夜。他们在街上不是大声说话，就是大声唱歌。他们希望街上所有的人都注意他们。

他们走出咖啡厅时刚好看到了疯子，疯子正挥舞着手一声声喊叫着"走来"。这情景使他们哈哈大笑。于是他们便跟在了后面，也装着一瘸一拐，也挥舞着手，也乱喊乱叫了。街上行走的人有些站下来看着他们，他们的叫唤便更起劲了。然而不一会他们就已经精疲力竭，他们就不再喊叫；也不再跟着疯子。他们摸出香烟在路旁抽起来。

砍刀向那些走来的人的膝盖砍去了，砍刀就像是削黄瓜一样将他们的下肢砍去了一半。他看到街上所有人仿佛都矮了许多，都用两个膝盖在行走了。他感到膝盖行走时十分有力，敲得地面咚咚响。他看到满地被砍下的脚正在被那些膝盖踩烂，像是碾过一样。街道是在此刻开始繁荣起来的。这时候月光灿烂地飘洒在街道上，路灯的光线和商店里倾泻而出的光线交织在一起，组成了像梧桐树阴影一般的光块。很多双脚在上面摆动，于是那组合起来的光亮时时被打碎，又时时重新组合。街道上面飘着春夜潮湿的风和杂乱的人之声。这个时候那些房屋的窗口尽管仍然亮着灯光，可那里面已经冷清了，那里面只有一两个人独自或者相对而坐。更多的他们此刻已在这里漫步。他们从商店的门口进进出出，在街道上来来往往。

他看到所有走来的人仿佛都赤身裸体。于是刀向那些走来的男子的下身削去。那些走来的男子在前面都长着一根尾巴，刀砍向那些尾巴。那些尾巴像沙袋似的一个一个重重地掉在地上，发出沉闷的响声。破裂后从里面滚出了奇妙的小球。不一会满街都是那些小球在滚来滚去，像是乒乓球一样。

她从商店里走出来时，看到街上的人像两股水一样在朝两个方向流去，那些脱离了人流而走进两旁商店的人，看去像是溅出来的水珠。这时候她看到了那个疯子，疯子正一瘸一拐地走在行人中间，双手挥舞着，嘴里沙哑地喊叫着"宫"。但是走在疯子身旁的人都仿佛没有看到他，他们都尽情地在街上走着。疯子沙哑的喊叫被他们杂乱的人声时而湮没。疯子从她身旁走了过去。

她开始慢慢往家走去。她故意走得很慢。这两天来她总是独自一人出来走走，家中的寂静使她难以忍受，即便是一根针掉在地上的声音，也会让她吓一跳。

尽管走得很慢，可她还是觉得很快来到了家门口。她在楼下站了一会，望了望天上的星光，那星光使此刻的天空璀璨无比。她又看起了别家明亮的窗户，轻微的说话声从那里隐约飘出。她在那里站了很久，然后才慢吞吞地沿着楼梯走了上去。她刚推开家门时，就听到了母亲的一声惊叫："把门关上。"她吓了一跳，赶紧关上门。母亲正头发蓬乱地坐在门旁。

她在母亲身旁站着，母亲惊恐地对她说："我听到了他的叫声。"她不知该对母亲说些什么，只是无声地站着。站了一会她才朝里屋走去。她看到父亲正坐在窗前发呆。她走上去轻轻叫了一声，父亲只是心不在焉地嗯了一声，继续发呆。而当她准备往自己屋里走去时，父亲却转过头来对她说："你以后没事就不要出去了。"说完，父亲转回头去又发呆了。

她轻轻答应一声后便走进了自己的房间，在床上坐了下来。四周非常寂静，听不到一丝声响。她望着窗户，在明净的窗玻璃上有几丝光亮在闪烁，那光亮像是水珠一般。透过玻璃她又看到了遥远的月亮，此刻月亮是红色的。然后她听到了自己的眼泪掉在胸口上的声音。

三

铁匠铺里火星四溅，叮叮当当的声音也在四溅，那口炉子正在熊熊燃烧，两个赤膊的背脊上红光闪闪，汗水像蚯蚓似的爬动着，汗水也在闪闪发光。

疯子此时正站在门口，他的出现使他们吓了一跳，于是锤声戛然而止，夹着的铁块也失落在地。疯子抬腿走了进去，咧着嘴古怪地笑着，走到那块掉在地上的铁块旁蹲了下去。刚才还是通红的铁块已经迅速地黑了下来，几丝白烟在袅袅升起。疯子伸出手去抓铁块，一接触到铁块立刻响出一声嗞的声音，他猛地缩回了手，将手放进嘴里吮吸起来。然后再伸过去。这次他猛地抓起来往脸上贴去，于是一股白烟从脸上升腾出来，焦臭无比。

两个铁匠吓得大惊失色，疯子却是大喊一声："墨！"接着站起来心满意足地走了出去。他一瘸一拐地走出了胡同，然后在街旁站了一会，接着往右走了。这时候一辆卡车从他身旁驶过，扬起的灰尘几乎将他覆盖。他走到了街道中央，继续往前走。走了一阵他收住腿，席地而坐了。那时有几个人走到他身旁也站住，奇怪地望着他。另外还有几个人正十分好奇地走来。母亲已经有一个来月没去上班了。这些日子以来，母亲整天都是呆呆地坐在外间，不言不语。因为她每次外出回来推开家门时，母亲都要惊恐地喊叫，父亲便要她没事别出去了。于是从那以后她就不再外出，就整日整日地待在自己房间里。父亲是要去上班的，父亲是早晨出去到晚上才回来，父亲中午不回家了。她独自而坐时，心里十分盼望伙伴的到来。可伙伴来了，来敲门了，她又不敢去开门。因为母亲坐在那里吓得直哆嗦，她不愿让伙伴看到母亲的模样。可当她听到伙伴下楼去的脚步声时，却不由流下了眼泪。

近来母亲连亮光都害怕了，于是父亲便将家中所有的窗帘都拉上。窗帘被拉上，家中一片昏暗。她置身于其间，再也感受不到阳光，感受不到春天，就连自己的青春气息也感受不到了。可是往年的现在她是在街上走着的，是和父母走在一起。她双手挽着他们在街上走着的时候，总会遇上一些父母的熟人走来。他们总是开玩笑地说："快把她嫁出去吧。"而父亲总是假装严肃地回答："我的女儿不嫁任何人。"母亲总是笑着补充一句："我们只有这么一个女儿。"

那年父亲拿着一个皮球朝她走来，从此欢乐便和她在一起了。多少年了，他们三人在一起时总是笑声不断。父亲总是那么会说笑话，母亲竟然也学会了，她则怎么也学不会。好几次三人一起出门时，邻居都用羡慕的口气说："你们每天都有那么多高兴事。"那时父亲总是得意洋洋地回答："那还用说。"而母亲则装出慷慨的样子说："分一点给你们吧。"她也想紧跟着说句什么，可她要说的没有趣，因此她只得不说。

可是如今屋里一片昏暗，一片寂静。哪怕是三人在一起时，也仍是无声无息。好几次她太想去和父亲说几句话，但一看到父亲也和母亲一样在发呆，她便什么也不说了，她便走进自己的房间将门关上。然后走到窗前，掀开窗帘的一角偷偷看起了那条大街。看着街上来来往往的人，看着有几个人站在人行道上说话，他们说了很久，可仍没说完。当看到几个熟人的身影时，她偷偷流下了眼泪。

那么多天来，她就是这样在窗前度过的。当她掀开窗帘的一角时，她的心便在那春天的街道上行走了。

此刻她就站在窗前，通过那一角玻璃。她看到街上的行人像蚂蚁似的在走动，然后发现他们走到了一起，他们围了起来。她看到所有走到那里的人都在围上去。她发现那个圈子在厚起来了。他在街道上盘腿而坐，头发披落在地，看去像一棵柳树。一个多月来，阳光一直普照，那街道像是涂了一层金黄的颜色，这颜色让人心中充满暖意。他伸出两条细长的手臂，好似黑漆漆过又已经陈旧褪色了的两条桌腿。他双手举着一把只有三寸来长的锈迹斑斑的钢锯，在阳光里仔细瞅着。

她看到一些孩子在往树上爬，而另一些则站到自行车上去了。她想也许是一个人在打拳卖药吧，可竟会站到街道上去，为何不站到人行道上去。她看到圈子正在扩张，一会儿工夫大半条街道被阻塞了。然后有一个交通警走了过去，交通警开始驱赶人群了。在一处赶开了几个再去另一处时，被赶开的那些人又回到了原处。她看着交通警不断重复又徒然地驱赶着。后来那交通警就不再走动了，而是站在尚未被阻塞的小半条街上，于是新围上去的人都被他赶到两旁去了。她发现那黑黑的圈子已经成了椭圆。

他嘴里大喊一声："劁！"然后将钢锯放在了鼻子下面，锯齿对准鼻子。那如手臂一样黑乎乎的嘴唇抖动了起来，像是在笑。接着两条手臂有力地摆动着，每摆动一下他都要拼命地喊上一声："劁！"钢锯开始锯进去，鲜血开始渗出来。于是黑乎乎的嘴唇开始红润了。不一会钢锯锯在了鼻骨上，发出沙沙的轻微摩擦声。于是他不像刚才那样喊叫，而是微微地摇头晃脑，嘴里相应地发出沙沙的声音。那锯子锯着鼻骨时的样子，让人感到他此刻正怡然自乐地吹着口琴。然而不久后他又一声一声狂喊起来，刚才那短暂的麻木过去之后，更沉重的疼痛来到了。他的脸开始歪了过去。锯了一会，他实在疼痛难熬，便将锯子取下来搁在腿上。然后仰着头大口大口地喘气。鲜血此刻畅流而下了，不一会工夫整个嘴唇和下巴都染得通红，胸膛上出现了无数歪曲交叉的血流，有几道流到了头发上，顺着发丝爬行而下，然后滴在水泥地上，像溅开来的火星。他喘了一阵气，又将钢锯举了起来，举到眼前，对着阳光仔细打量起来。接着伸出长得出奇也已经染红的指甲，去抠嵌入在锯齿里的骨屑，那骨屑已被鲜血浸透，在阳光里闪烁着红光。他的动作非常仔细，又非常迟钝。抠了一阵后，他又认认真真检查了一阵。随后用手将鼻子往外拉，另一只手把钢锯放了进去。但这次他的双手没再摆动，只是虚张声势地狂喊了一阵。接着就将钢锯取了出来，再用手去摇摇鼻子，于是那鼻子秋千般地在脸上荡了起来。

她看到那个椭圆形状正一点一点地散失开去，那些走开的人影和没走开的人影使她想起了什么，她想到那很像是一小摊不慎失落的墨汁，中间黑黑一团，四周溅出去了点点滴滴的墨汁。那些在树上的孩子此刻像猫一样迅速地滑了下去，自行车正在减少。显然街道正在被腾出来，因为那交通警不像刚才那么紧张地站在那里，他开始走动起来。

他将钢锯在阳光里看了很久，才放下。他双手搁在膝盖上，休息似的坐了好一会。然后用钢锯在抠脚背裂痕里的污垢，污垢被抠出来后他又用手重新将它们嵌进去。这样重复了好几次，十分悠闲。最后他将钢锯搁在膝盖上，仰起脑袋朝四周看看，随即大喊一声："刲！"皮肤在狂叫声里被锯开，被锯开的皮肤先是苍白地翻了开来，然后慢慢红润起来，接着血往外渗了。锯开皮肤后锯齿又搁在骨头上了。他停住手，得意地笑了笑。然后双手优美地摆动起来了，沙沙声又响了起来。可是不久后他的脸又歪了过去，嘴里又狂喊了起来。汗水从额上滴滴答答往下掉，并且大口呼哧呼哧地喘气。他双手的摆动越来越缓慢，嘴里的喊叫已经转化成一种呜呜声，而且声音越来越轻。随后两手一松耷拉了下去，钢锯掉在地上发出清脆的声响。他的脑袋也耷拉了下来，嘴里仍在轻轻地呜呜响着。他这样坐了很久，才重新抬起头，将地上的钢锯捡起来，重新搁在膝盖上，然而却迟迟没有动手。接着他像是突然发现了什么，血红的嘴唇又抖动了，又像是在笑。他将钢锯搁到另一个膝盖上，然后又是大喊一声："刲！"他开始锯左腿了。也是没多久，膝盖处的皮肤被锯开了，锯齿又挨在了骨头上。于是那狂喊戛然而止，他抬头得意地笑了起来，笑了好一阵才低下头去，随即嘴里沙沙地轻声叫唤，随着叫唤，他的双手摆动起来，同时脑袋也晃动，身体也晃动了。那两种沙沙声奇妙地合在一起，听去像是一双布鞋在草丛里走动。疯子此刻脸上的神色出现了一种古怪的亲切。从背影望去，仿佛他此刻正在擦着一双漂亮的皮鞋。这时钢锯清脆地响了一声，钢锯折断了。折断的钢锯掉在了地上，他的身体像是失去了平衡似的摇晃起来。剧痛这时来了，他浑身像筛谷似的抖动。很久后他才稳住身体，将折断的钢锯捡起来，举到眼前仔细观瞧。他不停地将两截钢锯比较着，像是要从里面找出稍长的一截来。比较了好一阵，他才扔掉一截，拿着另一截去锯右腿了。但他只是轻轻地锯了一下，嘴里却拼命地喊了一声。随后他又捡起地上那一截，又举到阳光里比较起来。比较了一会重新将那截扔掉，拿着刚才那截去锯左腿了。可也只是轻轻地锯了一下，然后再将地上那截捡起来比较。她看到围着的人越来越少，像墨汁一样一滴一滴被弹走。现在只有那么一圈了，很薄的一圈。街道此刻不必再为阻塞去烦恼，那个交通警也走远了。

他将两段钢锯比较来比较去，最后同时扔掉。接着打量起两个膝盖来了，伸直的腿重又盘起。看了一会膝盖，他仰头眯着眼睛看起了太阳。于是那血红的嘴唇又抖动了起来。随即他将两腿伸直，两手在腰间摸索了一阵，然后慢吞吞地脱下裤子。裤子脱下后他看到了自己那根长在前面的尾巴，脸上露出了滞呆的笑。他像是看刚才那截钢锯似的看了很久，随后用手去拨弄，随着这根尾巴的晃动，他的脑袋也晃动起来。最后他才从屁股后面摸出一块大石头。他把双腿叉开，将石头高高举起。他在阳光里认真看了看石头，随后仿佛是很满意似的点了点头。接着他鼓足劲大喊一声："宫！"就猛烈地将石头向自己砸去，随即他疯狂地咆哮了一声。

这时候她看到那薄薄的一圈顷刻散失了，那些人四下走了开去，像是一群聚集的麻雀惊慌失措地飞散。然后她远远地看到了一团坐着的鲜血。

四

　　天快亮的时候，她被母亲一声毛骨悚然的叫声惊醒。然后她听到母亲在穿衣服了，还听到父亲在轻声说些什么。她知道父亲是在阻止母亲。不一会母亲打开房门走到了外间，那把椅子微微摇晃出几声"吱呀"。她想母亲又坐在那里了。父亲沉重的叹息在她房门上无力地敲打了几下。她没法再睡了，透过窗帘她看到了微弱的月光，漆黑的屋内呈现着一道惨白。她躺在被窝里，倾听着父亲起床的声音。当父亲的双脚踩在地板上时，她感到自己的床微微晃了起来。父亲没有走到外间，而是在床上坐了下来，床摇动时发出了婴儿哭声般的声响。然后什么声音也没有了，只有她自己的呼吸声。

　　后来她看到窗帘不再惨白，开始慢慢红了起来。她知道太阳在升起，于是她坐起来，开始穿衣服。她听到父亲从床上站起，走到厨房去，接着传来了一丝轻微的声音。父亲已经习惯这样轻手轻脚了，她也已经习惯。穿衣服时她眼睛始终看着窗帘，她看到窗帘的色彩正在渐渐明快起来，不一会无数道火一样的光线穿过窗帘照射到了她的床上。

　　她来到外间时，看到父亲从厨房里走了出来。父亲已将早饭准备好了。母亲仍然坐在那里一动不动。她看到母亲那张被蓬乱头发围着的脸时，不觉心里一酸。这些日子来她还没有这么认真看过母亲。现在她才发现母亲一下子苍老了许多，苍老到了让她难以相认。她不由走过去将手轻轻放在母亲肩上，她感到母亲的身体紧张地一颤。母亲抬起头来，惊恐万分地对她说："我昨夜又看到他了，他鲜血淋漓地站在我床前。"听了这话，她心里不禁哆嗦了一下，她无端地联想起昨天看到的那一团坐着的鲜血。

　　此刻父亲走过来，双手轻轻地扶住母亲的肩膀，母亲便慢慢站起来走到桌旁坐下。三人便坐在一起默默地吃了一些早点，每人都只吃了几口。

　　父亲要去上班了，他向门口走去。她则回自己的房间。父亲走到门旁时犹豫了一下，然后转身走到她的房间。那时她正刚刚掀开窗帘在眺望街道。父亲走上去轻轻对她说:"你今天出去走走吧。"她转回身来看了父亲一眼,然后和他一起走了出去。来到楼下时,父亲问她:"你上同学家吗?"她摇摇头。一旦走出了那昏暗的屋子,她却开始感到不知所措。她真想再回到那昏暗中去,她已经习惯那能望到大街的一角玻璃了。尽管这样想,但她还是陪着父亲一直走到胡同口。然后她站住,她想到了自己的伙伴,她担心伙伴万一来了,会上楼去敲门。那时母亲又会害怕得缩成一团。所以她就在这里站住。父亲往右走了。这时候是上班时间,街上自行车蜂拥而来又蜂拥而去,铃声像一阵阵浪潮似的涌来和涌去。她一直看着父亲的背影,她看到父亲不知为何走进了一家小店,而不一会出来后竟朝她走来。父亲走到她跟前时,在她手里塞了一把糖,随后转身又走了。她看着父亲的背影是怎样消失在人堆里。然后她才低头看着手中的糖。她拿出一颗,其余的放进口袋。她将糖放进嘴里咀嚼起来。她只听到咀嚼的声音,没感觉出味道来。这时她看到有个年轻人正飞快地骑着自行车在车群里钻来钻去。她一直看着他。

她的伙伴此刻走来了,来到她跟前。伙伴说:"你们全家都到哪去了?"她迷惑地望着她,然后摇摇头。

"那怎么敲了半天门没人应声,而且窗帘都拉上了。"

她不知所措地搓起了手。

"你怎么了?""没什么。"她说,然后转过头去看刚才那辆自行车,但已经看不到了。"你脸色太差了。""是吗?"她回过头来。

"你病了吗?""没有。""你好像不高兴?""没有。"她努力笑了笑,然后振作精神问:"今天去哪?"

"展销会,今天是第一天。"伙伴说着挽起了她的胳膊,"走吧。"伙伴兴奋的脚步在身旁响着,她在心里对自己说:"忘记那些吧。"春季展销会在另一条街道上。展销会就是让人忘记别的,就是让人此刻兴奋。冬天已经过去。春天已经来了。她们需要更换一下生活方式了。于是她们的目光挤到一起,她们的脚踩到一起。在两旁搭起简易棚的街道里,他们挑选着服装,挑选着生活用品。她们是在挑选着接下去的生活。

每一个棚顶都挂着大喇叭,为了竞争每个喇叭都在声嘶力竭地叫唤着。跻身于其间的他们,正被巨大的又杂乱无章的音乐剧烈地敲打。尽管头晕眼花,尽管累得气喘吁吁,可他们仍兴致勃勃地互相挤压着,仍兴致勃勃地大喊大叫。他们的声音比那音乐更杂乱更声嘶力竭。而此刻一个喇叭突然响起了沉重的哀乐，于是它立刻战胜了同伴。因为几乎是所有的人都朝它挤去，挤过去的人都哈哈大笑。他们此刻听到这哀乐感到特别愉快，他们都不把它的出现理解成恶作剧，他们全把它当作一个幽默。他们在这个幽默里挤着行走。

她们已经身不由己了，后面那么多人推着她们，她们只能往前不能往后走了。她怀里抱着伙伴买下的东西，伙伴买下的东西两人都快抱不下了，可伙伴的眼睛还在贪婪地张望着。她什么也没买，她只是挤在人堆里张望，就是张望也使她心满意足。挤在拥挤的人堆里，挤在拥挤的声音里，她果然忘记了她决定忘记的那些。她此刻仿佛正在感受着家庭的气息，往日的家庭不正是这样的气息？

她们就这样被人推着走了出去，于是后面那股力量突然消失。她站在那里，恍若一条小船被潮水冲到沙滩上，潮水又迅速退去，她搁浅在那里。她回身朝那一片拥挤望去，内心一片空白。她听到伙伴在说："那裙子真漂亮，可惜挤不过去。"

伙伴所说的裙子她也看到的，但她没感到它的迷人。是的，所有的服装都没有迷住她。迷住她的是那拥挤的人群。

"再挤进去吧。"她说。她很想再挤进去，但不是为了再去看那裙子一眼。伙伴没有回答，而是用手推推她，随着伙伴的暗示，她又看到了那个疯子。疯子此刻就站在不远的地方。他满身都是斑斑血迹，他此刻双手正在不停地挥舞，嘴里也在声嘶力竭地喊着什么。仿佛他与挤在一起的他们一样兴高采烈。

无边无际的人群正蜂拥而来，一把砍刀将他们的脑袋纷纷削上天去，那些头颅在半空中撞击起来，发出的无比的声响，仿佛是巨雷在轰鸣。声响又在破裂，破裂成一小块一小块的声音，而这一小块一小块的声音又重新组合起来，于是一股撕心裂肺的声音巨浪般涌来了。破碎的头颅在半空中如瓦片一样纷纷掉落下来，鲜血如阳光般四射。与此同时一把闪闪发亮的锯子出现了，飞快地锯进了他们的腰部。那些无头的上身便纷纷滚落在地，在地上沉重地翻动起来。溢出的鲜血如一把刷子似的，刷出了一道道鲜红的宽阔线条。这些线条弯弯曲曲，又交叉到了一起。那些没有了身体的双腿便在线条上盲目地行走，它们不时撞在一起，于是同时摔倒在地，倒在地上就再也爬不起来。一只巨大的油锅此刻油气蒸腾。那些尚是完整的人被下雨般地扔了进去，油锅里响起了巨大的爆裂声，一些人体像鱼跃出水面一样被炸了起来，又纷纷掉落下去。他看到半空中的头颅已经全部掉落在地了，在地上铺了厚厚的一层。将那些身体和下肢掩埋了起来。而油锅里那些人体还在被炸上来。他伸出手开始在剥那些还在走来的人的皮了。就像撕下一张张贴在墙上的纸一样，发出了一声声撕裂绸布般美妙无比的声音。被剥去皮后，他们身上的脂肪立刻鼓了出来，又耷拉了下去。他把手伸进肉中，将肋骨一根一根拔了出来，他们的身体立即朝前弯曲了下去。他再将他们胸前的肌肉一把一把抓出来，他便看到了那还在鼓动的肺。他专心地拨开左肺，挨个看起了还在一张一缩的心脏。两根辫子晃晃悠悠地独自飘了过来，两只美丽的红蝴蝶驮着两根辫子晃晃悠悠飞了过来。

她看到疯子又在盯着自己看了，口水从嘴角不停地滴答而下。她听到伙伴惊叫了一声，然后她感到自己的手被伙伴拉住了，于是她的脚也摆动了起来。她知道伙伴拉着她在跑动。

五

那场春雪如今已被彻底遗忘，如今桃花正在挑逗着开放了，河边的柳树和街旁的梧桐已经一片浓绿，阳光不用说更加灿烂。尽管春天只是走到中途，尽管走到目的地还需要时间。但他们开始摆出迎接夏天的姿态了。女孩子们从展销会上挂着的裙子里最早开始布置起她们的夏天，在她们心中的街道上，想象的裙子已在优美地飘动了。男孩子则从箱底翻出了游泳裤，看着它便能看到夏天里荡漾的水波。他们将游泳裤在枕边放了几天，重又塞回箱底去。毕竟夏天还在远处。

这时候在那街道的一隅，疯子盘腿而坐。街道晒满阳光，风在上面行走，一粒粒小小的灰尘冉冉升起，如烟般飘扬过去。因为阳光的注视，街道洋溢着温暖。很多人在这温暖上走着，他们拖着自己倾斜的影子，影子在地上滑去时显得很愉快。那影子是凉爽的。有几个影子从疯子屁股下钻了过去。那时他正专心致志地在打量着一把菜刀。这是一把从垃圾中捡来的菜刀，锈迹斑斑，刀刃上的缺口非常不规则地起伏着。

他将菜刀翻来覆去举起放下地看了好一阵，然后滞呆的脸上露出了满意的笑容，口水便从嘴角滴了下来。此刻他脸上烫出的伤口已在化脓了，那脸因为肿胀而圆了起来，鼻子更是粗大无比，脓水如口水般往下滴。他的身体正在散发着一股无比的奇臭，奇臭肆无忌惮地扩张开去，在他的四周徘徊起来。从他身旁走过去的人都嗅到了这股奇臭，他们仿佛走入一个昏暗的空间，走近了他的身旁，随后又像逃离一样走远了。他将菜刀往地上一放，然后又仔细看了起来，看着看着他将菜刀调了个方向，认真端详了一番后，接着又将菜刀摆成原来的样子。最后他慢慢地伸直盘起的双腿，龇牙咧嘴了一番。他伸出长长的指甲在阳光里消毒似的照了一会后，就伸到腿上十分认真十分小心地剥那沾在上面的血迹。一个多星期下来，腿上的血迹已像玻璃纸那么薄薄地贴在上面了，他很耐心地一点一点将它们剥离下来，剥下一块便小心翼翼地放在一旁，再去剥另一块。全部剥完后，他又仔细地将两腿检查了一番，看看确实没有了，就将玻璃纸一样的血迹片拿到眼前，抬头看起了太阳。他看到了一团暗红的血块。看一会后他就将血迹片放在另一端。这里拿完他又从另一端一张张拿起来继续看。他就这么兴致勃勃地看了好一阵，然后才收起垫到屁股下面。他将地上的菜刀拿起来，也放在眼前看，可刀背遮住了他的眼睛，他只看到一团漆黑，四周倒有一道道光亮。接下去他把菜刀放下，用手指在刀刃上试试。随后将菜刀高高举起，对准自己的大腿，嘴里大喊一声："凌迟！"菜刀便砍在了腿上。他疼得嗷嗷直叫。叫了一会低头看去，看到鲜血正在慢慢溢出来，他用指甲去拨弄伤口，发现伤口很浅。于是他很不满意地将菜刀举起来，在阳光里仔细打量了一阵，再用手去试试刀刃。然后将腿上的血沾到刀上去，在水泥地上狠狠地磨了起来，发出一种粗糙尖厉的声响。他摇头晃脑地磨着，一直磨到火星四散，刀背烫得无法碰的时候，他才住手，又将菜刀拿起来看了，又用手指去试试刀刃。他仍不满意，于是再拼命地磨了一阵，直磨得他大汗淋漓精疲力竭为止。他松开手，歪着脑袋喘了一会气，接着又将菜刀举在眼前看了看，又去试试刀刃，这次他很满意。

他重新将菜刀举过头顶，嘴里大喊一声后朝另一侧大腿砍去。这次他嘴里发出一声尖细又非常响亮的呻吟，然后呜呜地叫唤了起来，全身如筛谷般地抖动，耷拉着的双手也不由自主地摇摆了。那菜刀还竖在腿里，因为腿的抖动，菜刀此刻也在不停地摇摆。摇摆了好一阵菜刀才掉在地上，声响很迟钝。于是鲜血从伤口慢慢地涌出来，如屋檐滴水般滴在地上。过了很久，他才提起耷拉着的手，从地上捡起菜刀，菜刀便在他手里不停地抖动，他迟疑了片刻，双手将刀放进刚才砍出的伤口，然后嘴里又发出了那种毛骨悚然的呜呜声，慢慢地他从腿上割下了一块肉。此刻他全身剧烈地摇晃了起来，那呜呜声更为响亮。那已不是一声声短促的喊叫，而是漫长的几乎是无边无际的野兽般的呜咽声了。

这声音让所有在不远地方的人不胜恐惧。此刻这条街上已空无一人，而两端却站满了人。他们怀着惊恐的心情听这叫人胆战心惊的声音。有几个大胆一点的走过去看了一眼，可回来时个个脸色苍白。一些人开始纷纷退去，而新上来的人却再不敢上前去看了。那声音开始慢慢轻下去，虽说轻下去可不知为何更为恐惧。那声音现在鬼哭狼嚎般了，仿佛从一个遥远的地方传来，阴沉又刺耳。尽管他们此刻挤在一起，却又各自恍若是在昏暗的夜间行走时听到的骇人的声音，而且声音就在背后，就在背后十分从容地响着，既不远去也不走近。他们感到一股力量正在挤压心脏，呼吸就是这样困难起来。

"去拿根绳子把他捆起来。"一个窒息的声音在他们中间亮了出来。于是他们开始说话，他们的声音仿佛被一根绳子牵住似的，响亮不起来。他们都表示赞同。有人走开了，不一会工夫就拿来了一根麻绳。但是没人愿意过去，刚才说话的那人已经消失了。此时那声音越来越低，像是擦着地面呼啸而来。他们已经无法忍受，却又没有离去。他们感到若不把疯子捆起来，这毛骨悚然的声音就不会离开耳边，哪怕他们走得再远，仍会不绝地回响着。于是大家都推荐那个交通警走过去，因为这是他的职责。但交通警不愿一人走过去，交涉了好久才有四个年轻人站出来愿意陪他去。他们每人手里都拿着一根棍子，以防疯子手中的刀向他们砍过来。

他已不再呜咽，已不再感到疼痛，只是感到身上像火烧一样燥热。他嘴里吐着白沫，神情僵死又动作迟缓地在腿上割着。尽管那样子看上去已经奄奄一息，可他依旧十分认真十分入迷。最后他终于双手无力地一松，菜刀掉在了地上。然后他如死去一般坐了很久，才长长地吐了口气，又吃力地从地上捡起了菜刀。他们五个人拿着绳子走过去，有一个用木棍打掉他手中的菜刀，另四人便立刻用麻绳将他捆起来。他没有反抗，只是费劲地微微抬起头来望着他们。

　　他看到五个刽子手走了过来，他们的脚踩在满地的头颅和血肉模糊的躯体上，那些杂乱的肋骨微微翘起，他们的脚踩在上面居然如履平地。他看到他们身后跟着一大群人，那些人都鲜血淋漓，身上的皮肉都被割去了大半，而剩下的已经无法掩盖暴露的骨骼。他们跟在后面，无声地拥来。他看到五个刽子手手里牵着五辆马车走来，马蹄扬起却没有声音，车轮在满地的头颅和躯体上碾过，也没有声音。他们越来越近，他知道他们为何走来。他没有逃跑，只是默默地看着他们走来。他们已经走到了跟前，那后面一大群血淋淋的骨骼便分散开去，将他团团围住。五个刽子手走了上来，一人抓住他的脖子，另四人抓起他的四肢。他脱离了地面，身体被横了起来。他看到天空一片血色，一团团凝固了的暗红血块在空中飘来飘去。他感到自己的脖子里套上了一根很粗的绳子，随即四肢也被绑上了相同的绳子。五辆马车正朝五个方向站着。五个刽子手跳上了各自的马车。他的身体就这样荡了一会儿。然后他看到五个刽子手同时扬起了皮鞭，有五条黑蛇在半空中飞舞起来。皮鞭停留了片刻，然后打了下去。于是五辆马车朝五个方向奔跑了起来。他看到自己的四肢和头颅在顷刻之间离开了躯体。躯体则沉重地掉了下去，和许多别的躯体混在了一起。而头颅和四肢还在半空中飞翔。随即那五个刽子手勒住了马，他的头颅和四肢便也掉在了地上，也和别的头颅和四肢混在一起。然后五个刽子手牵着马朝远处走去，那一大群血淋淋的骨骼也跟着朝远处走去。不一会他们全都消失了。于是他开始去寻找自己的头颅，自己的四肢还有自己的躯体。可是找不到了，它们已经混在了满地的头颅、四肢和躯体之中。黄昏来临时，街上行人如同春天里掉落的树叶一样稀少。他们此刻大多围坐在餐桌旁，他们正在享受着热气腾腾的菜肴。那明亮的灯光从窗口流到户外，和户外的月光交织在一起，又和街上路灯的光线擦身而过。于是整个小镇沐浴在一片倾泻的光线里。他们围坐在餐桌旁，围坐在这一天的尾声里。在此刻他们没有半点挽留之感，黄昏的来临让他们喜悦无比，尽管这一天已进入了尾声，可最美妙的时刻便是此刻，便是接下去自由自在的夜晚。他们愉快地吃着，又愉快地交谈着。所有在餐桌旁说出的话都是那么引人发笑，那么叫人欢快。于是他们也说起了白天见到的奇观和白天听到的奇闻。这些奇观和奇闻就是关于那个疯子。那个疯子用刀割自己的肉，让他们一次次重复着惊讶不已，然后是哈哈大笑。于是他们又说起了早些日子的疯子，疯子用钢锯锯自己的鼻子，锯自己的腿。他们又反复惊讶起来，还叹息起来。叹息里没有半点怜悯之意，叹息里包含着的还是惊讶。他们就这样谈着疯子，他们已经没有了当初的恐惧。他们觉得这种事是多么有趣，而有趣的事小镇里时常出现，他们便时常谈论。这一桩开始旧了，另一桩新的趣事就会接踵而至。他们就这样坐到餐桌旁，就这样离开了餐桌。

接着他们走到了窗前，走到了阳台上。看到月光这么明亮，感到空气这么温馨。于是他们互相说："去走走吧。"他们便走了出去，他们知道饭后散步有益于健康。不想出去的则坐在彩电旁，看起了与他们无关、却与他们相似的生活来。而此刻年轻人已经在街上走来走去了。

孩子是什么时候出去的，父母根本没觉察，只记得吃饭时他们还坐在桌旁。年轻人来到了街上，夜晚便热烈起来。灯光被他们搅乱了，于是刚才的宁静也被搅乱了。尽管他们分别走向影剧院，走向俱乐部，走向朋友，走向恋爱。可街道上依旧人来人往。人群依旧如浪潮般从商店的门口拥进去，又从另一个门口退出来。他们走在街上只是为了走，走进商店也是为了走。父母们稍微走走便回家了，他们还要走，因为他们需要走。他们只有在走着的时候才感到自己正年轻。

可是夜晚竟是那样的短暂，夜晚才刚刚来临，却已是深更半夜。尽管夜晚快要结束，尽管他们开始互道"明天见"了，开始独个回家了，可他们心中仍是充满喜悦。因为他们已经尽情享受了这个夜晚，而且他们明天还要继续享受。于是他们兴致勃勃地回家了，于是街道重又宁静了。

此刻商店的灯火已经熄灭，而那些家庭的灯火也已经或者正在熄灭。唯有路灯还亮着，唯有月光还在照耀着。他们开始沉沉睡去，小镇也开始沉沉睡去。但睡不了多久了，因为后半夜马上就会过去，那清晨的太阳也马上就会升起。

那疯子依旧坐着，身上绳子捆得十分结实，从那时到现在他一动不动。直到天快亮的时候，他才从深深的昏迷中醒过来。那时太阳快要升起了，一片灿烂的红光正从东方放射出来。他从昏迷中醒来时，第一眼就看到了那一片红光。于是这时候他仿佛听到了一种吼声，吼声由远至近，由轻到响，仿佛无数野兽正呜咽着跑来。这时候他精神振奋起来了，因为他还看到了一堆熊熊燃烧的大火。现在他可以断定吼声就是从那里飘来。他似乎看到了无数人体以各种姿态纷纷在掉落下来。于是他兴高采烈地跳跃着朝那里跑去。

恍若从沉沉昏睡中醒来，他的内心慢慢洋溢出一种全新的感觉。他的眼睛在无知无觉中费力地睁了开来。于是看到了一条街道躺在黎明里，对面的梧桐树如布景一样。

像是昏迷了很久，此刻他清醒过来了。在清醒过来的时候里，他脑中似乎一团烟雾在缭绕，然而现在开始慢慢散去。等到烟雾消散后，他脑中竟像一座空空的房屋一样，里面什么也没有。但透过那个小小的窗口，他开始看到了一些什么，而一些全新的情景也从那个窗口走了进来。

但是现在他感觉不到自己，他想活动一下四肢，可四肢没动静，于是他想晃动一下脑袋，脑袋没有反应。然而他内心却渐渐清晰起来。可是越是清晰便越麻木了，麻木是对身体而言。他明显地感到自己正在失去身体，或者说正在徒劳地寻找自己的身体。竟然会没有了身体，竟然会找不到身体。他于是惊讶起来。那个时候他开始想起了一些什么，那些东西很多，挤在一起乱糟糟的。他很费力地把它们整理起来。不久后他终于想起自己是在学校的办公室里，两只日光灯明晃晃地闪着，西北风正在屋顶上呼啸。桌上的灰尘很厚，而窗玻璃却格外明净。他想起了自己是在街上走着，是穿着拖鞋在街上走着，有很多人拥着他也在走着。他想起了一群人闯进了他的家，那时他正在洗脚，妻子正坐在床沿上，他们的女儿已经睡了。

现在他完全清醒了，他发现刚才自己所想到的一切都发生在昨夜。现在早霞已经升起来了，太阳尽管还没有升起，可也快了。他肯定那些是发生在昨天夜晚。他是昨天夜晚离开家的，是被人带走的，那时妻子仍然坐在床沿上，妻子麻木地看着他被人带走了。他的女儿哭了，女儿为什么要哭呢？

但是现在他感到自己不在学校办公室里，因为他看到的不是明净的窗玻璃和积满灰尘的办公桌，他看到的是街道和梧桐树。他不知道自己怎么会来到这里。他费劲将脑袋整理了一番，仍然不知道自己为何会在这里。于是他不再想下去。他感到自己应该回家了。妻子和女儿也许还在睡，女儿正枕在妻子的胳膊上睡着，而妻子应该将头枕在他的胳膊上，可他现在竟然在这里。他要回家了。他想站起来，可他的身体没有反应。他不知道自己的身体被丢到什么地方去了。没有身体他就不能回家，不能回家让他感到非常伤心。现在他似乎认出这条街道来了。他想只要沿着它往前走，走不远就可以拐弯，拐弯以后就可以看到自己家的窗户了。他发现自己此刻离家很近，可他没有了身体，他没法回家。

　　他仿佛看到自己正拿着厚厚的书在师院里走着。他看到妻子梳着两根辫子朝他走来，但那时他们不相识，他们擦身而过。擦身而过后他回头看到了两只漂亮的红蝴蝶。他仿佛看到街上下起了大雪，他看到在街上走着的人都弯腰捡起了雪片，然后读了起来。他看到一个人躺在街旁邮筒前死了。流出来的血是新鲜的，血还没有凝固，一张雪片飘了下来，盖住了这人半张脸。太阳已经升起来了，光芒从远处的云端滑了过来，无声无息。他看到有人在那条街道上走动了。他看到他们时仿佛是坐在远处看着一个舞台，他们在舞台上出现，在舞台上说话并摆出了各种姿势。他不在他们中间，他和他们之间隔着什么。他们只是他们，而他只是他。然后他感到自己站起来走了，走向舞台的远处。然而他似乎仍在原处，是舞台在退去，退向远处。天亮的时候，她醒了过来。她听到了厨房里碗碟碰撞的声音，她想父亲已经在准备早饭了。而母亲大概还是在原先的地方坐着，还是原先的神态。她不知道这样还要持续多久，不知道发展下去将会怎样。她实在不愿去想这些。她开始起床了，她看到窗帘又如往常一样在闪闪烁烁，她看到阳光在上面移动。她真想去扯开窗帘，让阳光透过明净的玻璃照到床上来，照到她身上来。她下了床，走到镜前慢慢地梳起了头发，她看到镜中自己的脸已经没有生气，已经在憔悴。她心想这一天又将如何度过？这样想着她来到了外间。她突然发现外间一片明亮，她大吃一惊。她看到是窗帘被扯开来，阳光从那里蜂拥而进。那把椅子空空地站在那里，阳光照亮它的一角。母亲呢？她想。这么一想使她万分紧张。她赶紧往厨房走去。然而在厨房里她看到的不是父亲，而是母亲。那时母亲刚好转过身来，朝她亲切地一笑。她发现母亲的头发已经梳理整齐了，那从前的神色又回到了母亲脸上，尽管这张脸已经憔悴不堪。看着惊讶的她，母亲轻轻说："天亮时我听到他的脚步，他走远了。"母亲的声音很疲倦。她如释重负地微笑了。母亲已经转回身去继续忙碌来，她朝母亲的背影看了很久。然后她突然想起了什么，赶紧转过身去。她发现父亲正站在背后，父亲的脸色此刻像阳光一样明亮。她想父亲已经知道了。父亲的手伸过来轻轻在她脑后拍打了几下。她看到父亲的头发全白了。她知道他的头发为何全白了。

吃过早饭，母亲拿起菜篮，问他们："想吃点什么？"母亲的声音里充满内疚，"已经很久没让你们好好吃了。"

父亲看着她，她也看着父亲。父亲不知如何回答，她也不知说什么。母亲等了一会，然后微微一笑，又问："想吃什么？"她开始想了，可想了很久什么都没想起来。于是只得重新看起了父亲。这时父亲问她了："你想吃什么？"

"你呢？"她反问。"我什么都想吃。""我也什么都想吃。"她说。她感到这话说对了。

母亲说："好吧，我什么都买。"

三人轻轻笑了起来。她说："我和你一起去吧。"母亲点点头，于是他们三人一起走了出去。

她的双手重新挽住父母了，因此从前的生活也重又回来了。他们现在一起走着，一些熟人又和他们开玩笑了，开的玩笑也是从前的。她走在中间，心里充满喜悦。

来到胡同口，父亲往右走了，他要去上班。她和母亲就站在那里，看着父亲潇洒的背影和有力的双腿。父亲走了不远又回过头来看她们，发现她们正看着自己，他就走得越发潇洒了。她和母亲都禁不住笑了起来。

这时她突然想起了什么，急忙喊了起来。父亲站住脚回头望来。她继续喊："给我买一个皮球。"

父亲显然一怔，但他随即点点头转身走去了。她不禁潸然泪下。母亲转过脸去，装作没有看到。然后她们两人就这样默默无语地走了起来。她们看到前面围着一群人，便走上去看。于是她们看到了那个疯子。疯子还被捆着，疯子已经死了，躺在一个邮筒旁，满身的血迹看去像是染过一样。有几个人正骂骂咧咧地把他抬起来，扔到一辆板车上。另一个骂骂咧咧地提着一桶水走来，往那一摊血迹上一冲，然后用扫帚胡乱地扫了几下便走了。板车被推走了，围着的人群也散了开去。于是她们继续走路。她在看到疯子被扔进板车时，暮然在心里感到一阵轻松。走着的时候，她告诉母亲说这个疯子曾两次看到她如何如何，母亲听着听着不由笑了起来。此刻阳光正洒在街上，她们在街上走着，也在阳光里走着。

六

就这样春天走了，夏天来了。夏天来时人们一点也没有觉察，尽管还是阳春时他们已在准备迎接夏天了，可他们还是没有听到夏天走来的脚步。他们只是感到身上的衣服正在轻起来。但他们谁也没有觉察到夏天来了，他们始终以为自己依旧生活在春天里，他们感到每一天都是一样的美好，所以他们以为春天还在继续着，他们以为春天将会无休止地继续下去。可当他们穿着西装短裤、穿着裙子来到街上时，他们才发现夏天早就来了。他们开始听到知了在叫唤，开始听到敲打冰棍箱的声音。他们开始感到阳光不再美好，而美好的应该是树荫。于是他们比春天里更喜爱现在的夜晚，那夜晚像井水一样清凉，那夜晚里有微风在吹来吹去。于是在夜晚里所有的人都跑出房屋来了，他们将椅子搬到阳台上搬到家门口，他们将竹床搬到胡同里，而更多的他们则走向田野。在无边无际的田野里，他们寻找到了一条条弯弯曲曲的田埂，他们便走上去，走在洒满月光的田埂上。青蛙在两旁稻田里声声叫唤，萤火虫在他们四周闪闪烁烁地飞舞。

总是太阳刚刚落山、晚霞刚刚升起的时候，她从家里走了出来，在胡同口和她的伙伴相遇。她看到伙伴穿着和她一样漂亮的裙子。于是她们并肩走上了大街，她感到伙伴的裙子正在拂打着自己的裙子，而自己的裙子也在拂打着伙伴的裙子。她看到街上飘满了裙子，还有不少裙子正从一个个敞着的门口、一个个敞着的胡同口飘出来。街上的裙子就这样汇聚起来，又那样分散开去。街上的裙子像是一个舞蹈。

这时她们看到一个疯子正一跃一跃地走来，像是跳蚤般地走来。那是个干净的疯子，他嘴里一声声叫唤着"妹妹"走来。她们想起来了，这人是谁？她们知道他是在"文革"中变疯的，他的妻子已和他离婚，他的女儿是她们的同学。他嘴里叫着"妹妹"，那是在寻找他的妻子。

"好久没看到他了，我还以为他死了。"伙伴这么说，说毕伙伴轻轻拉了拉她的手，随即暗示她看前面走来的母女两人。"就是她们。"伙伴低声说。其实不说她也知道。

她看到这母女俩与疯子擦身而过，那神态仿佛他们之间从不相识。疯子依旧一跃一跃走着，依旧叫唤着"妹妹"。那母女俩也依旧走着。没有回过头。她俩走得很优雅。

瀚海

洪峰

一

我一直没能对生活，对周围的一切做出诗意的理解。我不是没进行努力，只是发现那样做的结果总是得出似是而非的结论。我的结论是也只能是：生活就是生活，一切就是一切。这就决定了我的故事很难讲述——没有诗意。而诗意对于故事和人们来说是多么重要！我之所以还要讲它，却正是出于这种没来由的自信——

没有诗意。

我想，只要你去过沙漠然后再到我的故乡来，你就会觉得我的故乡跟天堂差不多。当然，这必须先有一个很不可靠的假设：除了沙漠之外你没去过任何地方，或者你干脆就生活在沙漠里面。

这是我提供给您的一个大背景，别的就没有什么可提供的了。这决定了故事的难度是不是？

在我要讲这个故事的时候，我的对门跑出一个疯子。这是一个非常年轻非常美丽的姑娘。在她从门里闯出来奔下楼梯的一瞬间，我看见她的眼睛充满泪水。我认为那完全是正常人所拥有的泪水。我还看见她妈在后面追她，不喊不叫，灰白的头发朝后飘起，精瘦的脊梁佝偻着，喘息声一直留在脚步声后面。我还听见姑娘十分嘶哑的诘问：你让不让我死吧！你让不让我死吧！与此同时，隔壁的作家老冯的女儿从她家的门里探出头来。我看见她那对黑亮的眼睛里同样充满泪水。我跟她说：看见了？她点点头，抽抽鼻子，缩回头去。这个时候，我发现我已经无法讲我的故事。我恍恍惚惚记起了一年冬天，我妹妹就冻死在一片盐碱滩上。如果她是去收碱土面养家糊口，我绝不至于这样悲伤。我妹妹冻死的时候，跟我家对门的姑娘一样，也是疯子。那时候，妹妹九岁，我十一岁。从那以后我就没有妹妹了。妹妹从来没说过死，但她还是死了。我记得妈妈自言自语：死了好。死了好。然后她就扯长了声音哭。她的哭声十分瘆人。那时候我的故乡有狼出没。妈妈的哭声使我联想到深夜里的狼嗥。我这样说毫不过分，有相似经历的人一定会同情我的看法。尤其是在多雪的冬天。

不管别人怎么想，自从我看见姑娘眼里的泪水，我就认为妹妹没有疯。说到她的死，只能有一个结论：她不想死，于是她就死了。我曾经想问妈为什么说妹妹死了好。但一九八二年我回故乡的时候，妈已经死了。我只是在乡下看见了妈的坟。坟周围是重重叠叠的脚印。土湿润松散，飘浮着盐碱的咸苦味。夕阳照着低矮的坟，黑褐色。

你或许仍旧可以对生活做出诗意的理解，但我所能理解的，就这些。这并不说明我有什么更深刻的理解，只能说明生活对每个人不太相同。

我的故事如果从妹妹讲起，恐怕没多大意思。我刚才说到的那些，只不过是故事被打断之后的一点联想。它与我以后的故事没有关系，至少没有太大关系。所以今后我就尽可能不讲或少讲。这有助于故事少出岔头，听起来方便。

我觉得自己的知识够丰富修养够意思，但我始终无法解释我的故乡为什么有那许多人世代生息在那里。我不是不能做出各种历史的文化的哲学的解释，但它们都无法叫人满意，就如同不满意人非死不可一样。

我的故乡地处吉林内蒙古交界处。风大，一年刮两场，一场六个月。用不着开窗，炕上地上就铺了厚厚一层沙子。盐碱地白茫茫接向天际，跟隆冬的冰原一般。我去过黄土高原，如果说中原文化凝聚那块贫瘠土地上的人们，使人们在那里付出生命和血汗可以赞美，那么在我的故乡如此消磨生命，就不能叫我认可了。我想大家都知道闯关东的事。

我家曾祖辈就是从胶东湾闯过来的。问题是有松辽平原、三江平原，有长白山有大小兴安岭，有那么多美丽神秘富饶的地方不去，却偏偏落脚在这块寸草难生的鬼地方。

爷爷清醒的时候跟我说过：人啊就像树钱儿，飘到哪儿落了，就生根了。这个道理简单，却不容置疑。但我觉得人毕竟不是树钱儿。两者之间很难类比。

这里的人大都得大骨节病，手伸出去像斑竹节。粗脖子的多，转转脑袋都费劲。牙齿忒黄，一张嘴人家疑心是涂了一层黄釉子、吃的水里边含氟太高，哪个人也逃不了它的糟害。三年自然灾害期间，饿死的人用车拉。就这样，也没把人饿跑，照样活得滋滋味味。

不可理喻。我直以为该骂祖宗。

我讲这些，绝没有"寻根儿"的意思。我看不出有什么"根儿"可寻。胡扯淡。到这里寻根儿，不如寻死痛快。我讲我的故乡，仅仅因为我爹妈我爷奶我哥姐还有其他许许多多杂人包括我自己在那里生活过。不管愿意不愿意，只要我说起我的过去，就不能回避它，就不能不讲到它。我所能做到的，就是诚实地讲它。我知道做到这一点很不容易。我力争这样做。

我首先讲姥姥。这期间有可能牵涉其他人或事，但我认为无关宏旨。

姥姥死的时候我不满二十岁。我几乎目睹了姥姥死时的所有细节，甚至包括她怎样伸手摸我的脸怎样头一歪的细节。但我现在要讲的是姥姥活着时候的事。准确些说，是从我第一回见到姥姥时讲起。

那年我十二岁多一点。十二岁之前，我一直尿炕。这使我的童年有悲剧色彩。爹长得又高又壮，脸贼黑，打起人来又凶又狠。我在梦里边曾不止一次把他杀了。有一回我在梦里梦见把爹捆上脱光屁股，用皮带抽得他皮开肉绽。结果我又兴奋又害怕。醒来的时候褥子早尿透了。如同梦里一样，只不过挨打的是我。我曾坚持不睡觉，这反而加剧了尿炕的程度，同时也加剧了挨打的强度。如今我儿子也尿炕，但我从来没打过他。因为每当我看见儿子羞怯的眼睛，我就要想起自己的童年，我就差不多要流泪，我于是就安慰儿子，别怕，长大了就好了。爸爸小时候也尿炕。儿子有好几回扑进我怀里放声大哭，我妻子也泪花闪闪。

还是讲我十二岁多一点时的事情。那是秋天，风沙吹得人睁不开眼睛，就是在这样的天气里，我跟着妈妈去看望姥姥。

我想象的姥姥跟妈差不多，所不同的只能是姥姥有一双溜溜尖的小脚。我还没看过小脚，所以盼快些见到姥姥。我知道姥姥住在白城子，和舅舅在一起。听妈说过，舅舅当过八路，打起胡子（东北方言，土匪的意思）忒能耐。他是我心中最了不起的英雄，这种形象一直耸立到一九六六年。那年我和姐姐扒火车去看他，正碰上他撅着大屁股挨斗，三角皮带抽得他爹一声妈一声杀猪样叫。从那以后，我就开始可怜他。这种心情一直到他死后才有所改变。

姥姥年轻时唱过二人转，这门儿民间艺术老百姓叫它蹦蹦戏。这二人转如今风靡北京城，惹得曹禺陈白尘老权威鼓掌不算，还写文章讴歌赞叹。若我奶奶在天有灵，说不准会重操旧业成为艺术家。这是闲话。——年轻时的姥姥相当俊俏。梳一条大辫子，一直甩到屁股。她十六岁的时候，让邻屯一个财主的大少爷拽进高粱地里强奸了。说强奸算不上精确。后来她差不多隔几天就去大甸子，那少爷也总能适时出现强奸得逞。说穿了，两相情愿或者干脆就是爱情。只不过这爱情让文明人士忍受不了就是。后来她生了个闺女，但不是我妈。我妈是姥姥嫁给一个长工后生的。那个闺女一生出来就叫姥姥的爹扔进尿盆子淹死了。这屠杀使得姥姥出逃。那个财主少爷本有可能成为我姥爷，但遗憾的是他在和姥姥私奔的路上让胡子给打死了。过程十分简单：他们让几个胡子截了。胡子想糟蹋姥姥，他不让，就被一个胡子一刀砍了，从肩膀斜劈开到软肋。我认为这少爷值得尊敬。他没当成我的姥爷，说不定是我们家族的重大损失。姥姥当了压寨夫人，跟着这绺胡子东流西窜了一年多。后来这绺胡子让另一绺胡子吃了。姥姥趁乱跑出去，碰上一伙唱蹦蹦戏的，就入了伙，开始了她的艺术生涯。她免不了让掌包的睡她，后来又和大师兄相好。这两个人最终都没做我的姥爷。掌包的喝醉酒死在窑子里面，大师兄当了八路一去不回。解放后回来过，已经是一个军区副司令员。他理所当然把姥姥忘了。而那时候，我妹妹已经两岁了。

这些事都是一个朋友的奶奶告诉我的。这个朋友我以后要提到他，只是他现在还没必要出现。按说这些事情可信可不信，但我情愿信。后来的一些事好像也能证明那老太太没有撒谎。据我所知，姥姥的确会唱二人转。那时她虽然已经七十多岁，但唱起那东西来依旧挺撩人的。

可以说姥爷是叫我姥姥迷住的。姥爷给大地主李金斗家当打头的，身子骨壮得牧牛一样，据说一顿饭吃过三十个豆包。冬闲猫冬，就遇上了姥姥一伙人唱蹦蹦。早年间唱蹦蹦不像现在，《计划生育好》《责任田》什么的，最讲究的是《王二姐思夫》一类，那也是远离政治。唱到后半夜，就吼着要唱"粉"的，姑娘媳妇一哄躲出去，就专拣白天说不出口听了坐不住的唱，"跳粉墙""十八摸"，反正离不了男男女女床上的事情。直唱得小伙子们唾沫咽不下去。姥爷听姥姥唱看姥姥扭，恨不得登时抢上去搂进怀里成了好事。大概是命中注定他们要当我妈的爹娘，姥姥唱着扭到姥爷跟前时，姥爷实在忍不住伸手捏了一把姥姥的大腿，姥姥一挣顺手打了小伙子一个耳刮子。散戏后姥爷就守在蹦蹦班子的房后。天快亮的时候，姥姥出屋解溲，冻得发僵的小伙子扑上去摁住，当时就在柴火堆上成了事。待人们出来找，两个人刚刚爬起还没收拾停当。蹦蹦班子敲了姥爷十五块现大洋，扔下姥姥走了。这类事情过去在我们这一带并不稀奇。于是有了我妈，我妈又嫁给我爹，于是又有了我们这一大家子人。至于这里边有没有爱情，没有人去考察它。我想有吧。这并不重要，重要的是它发生了并且真实、没有这个事实，就不会有我甚至我的儿子。这比什么都重要。

我姥姥和我奶奶成亲家，既偶然又必然，追溯起来话就长了。我暂且提供这样一个事实：我曾祖父从山东到这八百里瀚海的时候，这里几乎没有人烟。他和他老爹挖了一眼土井。有了水，人就可以活下去。过了三五年又有三户人家来，土井就增加到四眼。当土井增加到七眼的时候，外曾祖家也到这儿落了脚。我祖父和外祖父成了光腚娃娃交。至于后来的诸多变故生生死死，等一等再讲。我还是先讲第一回见到姥姥的事。

当时我家已经住进县城。县城的最雄伟建筑是城西的票房子（票房子，指火车站候车室）。票房子方不方扁不扁，跟日本人的炮楼子差不多，有平齐铁路从这里经过。这时候我们这叫开通。

姥姥住在舅舅家。舅舅家在白城子。那是十几万人口的小城市。没什么工业，手工业作坊构成经济命脉。舅舅在市里做官，舅母是舅舅打土豪打到手的财主小姐，也在市里做官，只是比舅舅矮两级。也就是说姥姥在舅舅家享清福。估计是因为白城子距开通二百多里，姥姥也就不容易来我家，这一年，姥姥好像已经七十五岁了。

我和妈是坐火车去的。虽然我看见过很多回火车，坐它却是头一回。大家可以猜得出我当时的兴奋，猴子似的。我们没用三小时就到了白城子。我第一回看见三层高的楼房和柏油马路。回忆起来好像我的兴趣已经不是看姥姥而是看马路和楼房了，甚至红砖房厕所也引起我的骚动。不讲这些，还是讲怎样见到的姥姥。

差一点忘了，我舅舅有个独生女儿，她将在我的故事里边占有相当重要的位置，这里边也理所当然地有故事产生。

当妈妈用很小很温情的声音叫了几次妈的时候，我才适应了小屋子的黑暗。我看见小炕上躺着一个人，那自然就是我姥姥了。姥姥坐起来，显出很高的身架。这在我的意料之中。我妈就十分高大，入选篮球队也够格。电灯拉亮之后，我看清了姥姥。她的脸黄白，下巴努力朝前翘出，嘴瘪瘪着，两只眼朝里抠进。这也在我的意料之中。老太太大都这样子。我接着就听见她说话，喉音很重："桂芝，是你来了？"接着我听见妈妈哭了。接着我听见舅妈大声咳嗽两次。妈不哭了，拉着我见姥姥。

我就叫姥姥。姥姥连续答应三四次，伸出手摸到了我的脸。这有点出乎我的意料。许多年之后我好像还能感觉到：姥姥的手又粗又大又硬又凉。我记得当时我莫名其妙地哭了，还把脸埋进她怀里。

我要讲的，好像就这些。要更详细更富于人情味地讲出当时的情形，已经没有这个可能。要补充说明一点的是：我和妈从白城子回开通的时候带着姥姥。从那以后，姥姥就和我们生活在一起一直到她死去。

二

那是深秋，风和往年一样大，吹得人睁不开眼睛。那是一九六二年的秋天。

我二哥从监狱里出来的时候，是一九八四年。他被捕比较早，组成三结合革委会时就被抓起来了。他指挥过一次武斗，那次武斗死了两个人。抓他的时候，我们所痛恨的"四人帮"还在台上。这似乎可以证明我二哥入狱怪不得别人，只能怪他自己。他出狱之后就来我家。我这时候已经调到长春，和妻子生活在一起。

我告诉他爹和妈都死了。家乡没有什么亲人了。我本以为他会哭，至少会十分沉痛。但二哥没有任何表情，他只顾喝酒吃菜抽烟，弄得小屋子锅炉房似的。自始至终，二哥什么话也没说，只是在吃完饭我妻子给他沏茶时他才说：我走了。然后他就走。再见到他是一九八六年夏天。他仍旧一言不发闷头喝酒吃菜抽烟。我只知道他正办一个商店。他依旧说我走了。这时候我儿子喊："大大再见。"二哥一下子就流泪了。他站一会，掏出一沓钱塞进我儿子的口袋里，转身走了。

不知怎么回事，在所有亲人里边，我最崇拜最尊敬的就是我二哥。直到现在还是。不可思议了。

从那以后到现在，我没再见到二哥。我希望我的这个故事他能读到，并且来看看他的弟弟。那五百元钱我存在银行里，我预感到二哥终有一天会需要它。

我后悔忘了问二哥是不是结婚。那个姑娘等了他十几年，如今也有四十岁。这里边是不是有爱情？我想可能有吧。

我二哥一直是我们家的骄傲，至于他后来带给我家的耻辱，是我爹妈所始料不及的。否则，我爹也绝对不会让他参加什么红卫兵，更不用说对他的领袖风度大加赞许了。

二哥毕业的前一年，领了一个姑娘回开通。这姑娘就是等了他十几年的那个。我对她极有好感。我觉得她太俊气太有风度了。这使我对二哥敬而远之。那时，我十六岁。从那以后，我再见到二哥是一九六九年。他在家里住到第六十五天的时候就被捕了。

我记得那天的一些事。二哥站在屋子中间，手上戴着手铐。妈坐在凳子上直勾勾看着哥。爸爸躲出去了，从早晨至中午一直没有露面。我拽着二哥的衣服，不哭不叫，我当时大概是给吓傻了。后来我认真回忆的时候，想起了姥姥。姥姥那时候已经不能动。二哥临出门的时候她竟挣起来爬到炕边并且喊一声："二胖子！"二哥回头叫一声："姥！"就被推走了。

那是冬天。外面很晴朗，白色的阳光照着路上的积雪，很刺眼。风不大，天空和大地温温和和，行人不多，四周特别安详，这是入冬以后一个少有的好天气。门外有十几个孩子和女人围着看热闹，二哥一出门，就叫一个汉子在脖子上挂了铁牌子。二哥被摁低了头，黑头发垂下去挡住他的脸。这期间我始终拽着二哥的手。我看见二哥朝我笑，同时我还看见眼泪就从他的大眼睛里滚出来掉在我脸上。我也哭了。后来一个背手枪的警察掰开我的手并且把我推倒我就什么都不知道了。

后来我知道，二哥在那会儿突然挣起来扑上去打了那警察一手铐。我估计，如果没有那一手铐，二哥也许判不了那么多年的刑。当时二哥的未婚妻不在场，她那时和她父亲住在省城。至于她一直不嫁等着二哥，是后来听别人说的。我得到的亲自证实，是我调到省城之后的事了。

讲这些让我伤心，我本不愿讲。但我发现我无法躲开二哥。这个故事离了他似乎就没法子讲下去。这使得我的故事讲起来十分艰难，我所能保证的就是我要讲得诚实。

下面我讲一个故事。这个故事也许和二哥无关。在某种意义上讲，是一个战争与爱情的故事。

——一个女红卫兵，面对敌人的冲锋枪和刺刀，从大厦上纵身跳下，殷殷红叶从她年轻的脸上拂过，一抹残阳辉映着她身下紫红的血液。楼顶，胜利者中的一个男红卫兵把一排子弹射向绚丽多彩的天空。

——男红卫兵和女红卫兵是恋人，也是敌人。这不奇怪。在那个年月里，死人的事是经常发生的。

爱情与战争的故事已经不能再感动人们。我讲他，是一个抄袭。有一部小说和电影讲过这个故事，我就是从它们那抄的。这不太光彩。

故事的结局是：那男红卫兵可能被枪决了。

就这么回事。它属于过去。责任似乎要由历史去承担。

问题在于：我所要讲的另外一个故事和上面这个故事完完全全是两码事。

故事的男女主人公应该分别是二十三岁和二十二岁。这是一个爱情故事所需要的最佳年龄。它容易使这爱情充满诗意同时也可能充满痛苦。我的想法是：这个故事会使人既不感到浪漫也不感到痛苦。它取决于是否客观。

两个年轻人是怎么相爱的，在什么情况下相爱的，这不重要。故事的开始是：他们爱得很热烈很真诚很坚决。他们甚至和古往今来千千万万年轻恋人一样，说过海枯石烂心不变之类的话。按常规他们无可争议要成婚生子白头偕老，但后来事情发生了变化。这变化就有了故事。

那是一九六七年。

林琳的爸爸被查明是叛徒，由于他的出卖，致使两位地下党员惨死在重庆的"中美合作所"。林琳和张卫民的爱情由此开始叫人担心。

初秋的夜色清凉如水。街灯昏然投下紫丁香树斑驳的影子。张卫民和林琳就站在校园的大墙外面。他们站得很近。这是爱情故事最常见的场面。

这时他们正要分手。张卫民说："别害怕，林琳。"

林琳说："我不知道能不能……"

卫民说："我爱你你知道。为了我们的爱情，你好自为之。"

林琳哭了，她扑进卫民怀里："我明天就搬出去住。"

卫民没有哭，他扶住姑娘的肩膀："我一直尊敬你爸爸。我想不出他……"他又说，"我多希望这不是真的。"他又说，"我想你爸爸会理解你的。"他又说，"我也理解你。"林琳这时候已经泣不成声了。

这的确又感人又糊涂，我无法说清楚。我们讲下一个变故。这是一个出人意料的变故。它有可能使故事失去真实色彩。但事实如此，我不得不信它。

林琳从家里搬出的第三天，林老教授突然失踪。这是一。林琳毕竟爱她父亲，她就去找张卫民，而张卫民也不知去向。这是二。"红革会"的战士在林荫路上截住林琳要叛徒，林琳自然交不出人，她就被抓到"红革会"总部彻夜审讯。为了保护一个姑娘的贞洁，林琳在第二天贴出大字报，揭发了林老教授偷听敌电（台湾）的罪行。她被"红革会"破例吸收为红卫兵战士。这是三了。当张卫民返回学校的时候，看见了那份大字报。还有一份让他伤心到极处，林琳指控他是资产阶级走资派的走狗，要把他打翻在地踏上一万只脚。这是四。

张卫民逐字逐句读完，笑了，接着他咳了一口血，那鲜血溅到大字报上，鲜花一样绚烂多姿。

很清楚了，一对恋人反目成仇。这种事情经常发生，不值得大惊小怪。但前提必须是事情到此为止。然而事情并没有到此为止。

三天后的晚上。秋风吹拂着校园里凋落的树叶，唰唰唰唰响的树叶伴随着轻轻而杂乱的脚步声。没有月亮也没有灯光。细碎的繁星眨着它们迷惑的眼睛。校部大楼里没有一丝声息。只有哨兵偶尔咳几声打破这寂静。

黎明前，黑暗中炸响三颗清脆的信号弹。那莹绿的光团画一条美丽的弧线挂上天空，随后悠然飘进黑暗。"'红革会'的革命战友们！受蒙蔽无罪！反戈一击有功！我们造反大军时刻欢迎你们回到毛主席的无产阶级革命路线上来！"回答喊话的，是校部大楼窗口吐出的条条火舌和震耳的枪声。正在喊话的年轻人哼一声，扑在水泥地上。张卫民抱住他，就摸到了黏稠的血液。借着四周闪闪烁烁的火光，他看见同学的胸口一次次吹起泡沫。那泡沫无声破碎，血汁就溅到他冰冷的脸上。

张卫民愣愣看了一会，抓起脚下的冲锋枪。他直立起来，咬着嘴唇冲向火网交织的大楼。子弹在他四周的水泥路面上弹出点点火花，响着尖厉的哨音激向天空。造反大军百十人随张卫民一拥而上。张卫民身后又摔倒一个高大的年轻人。张卫民依旧咬着嘴唇，一缕鲜血顺着他的下颏滴落。一颗手榴弹炸开了校部大门。

当朝霞染红了东天的时候，满身破洞的张卫民率领他的部下冲上了大楼最上层的平顶。"红革会"弹尽粮绝，团缩在平顶一端。

朝霞映衬着硝烟袅袅的大楼。黑黄色人群覆盖着它。造反大军的军旗在晨风中猎猎飘动，焦黢黢的弹洞框映着橘黄色的天空。

张卫民瞪着血红的眼睛扫视着战败的敌人。他最先看见了林琳。这十分合理，他不能第二个看到林琳。

林琳站在前面。风缭乱她柔软乌黑的长发。黄军装沾满尘土和血迹。苍白的脸同样沾满尘土和血迹。那两只张卫民所熟悉和亲吻过的眼睛漠然地注视着一脸杀气的张卫民。这悲怆的一幕让人不忍目睹。

接下去发生的事情变得不可想象。

张卫民朝前跨了两步，站住，犹豫了几秒钟，接着他就抛下灼热的冲锋枪，接着他就跑上去，接着他就抱住林琳。林琳一动不动把头伏在张卫民宽厚的肩上。她的喉咙响了两声，就放声大哭。哭声回荡在楼顶，使人们猛然联想到自己幸福的无忧无虑的童年，还有清晨的温馨的空气，还有傍晚宁静的街道窗子透出的柔媚的灯光和晃动的人影——小将们竟都垂下高昂的头颅，默默退下楼顶。楼顶上只剩下林琳和张卫民。

张卫民和林琳依偎着坐在平台上，肮脏的脸上留着泪水冲出的白色痕迹。当时的情形就这样。后来，张卫民在一九六九年冬天被捕入狱，林琳等了他十五年。我想大家早知道了，张卫民就是我二哥。林琳就是二哥领回家的那个姑娘。

有必要说到一九八三年夏天的一个早晨。这个早晨能使这个故事有一个最后结局。

那天早晨，我和妻子抱着我们十个月的儿子散步。那是在绿树掩映的人民广场。我看见一个略显憔悴的青年妇女。她坐在苏联红军烈士纪念塔下的台阶上，冷漠地看着闲适的人们。当我已经从她旁边走过去的时候，我站住了。我一下就记起了林琳。我就折回去，又折回来。在妻子疑惑的询问下，我又折回去，我问："你是林琳大姐吧？"

她愣住了，看我，然后站起身。我知道是了，就说："我是张卫民的弟弟。"

她慢慢走近我，看了我好一会，说："你是卫民的弟弟？"我突然鼻子很酸。我点点头。

她看我又看我妻子然后摸我儿子白胖胖的脸蛋。突然她就哭了。泪顺着她的脸无声地滑落："真的是卫民的弟弟，真的是……"

我就知道了多年来想知道却无法知道的事。

林教授是我二哥送走的。这我已经知道了。因为林教授在爷爷那住了近一年，一直到风潮过去才回到省城（后来证明他是红色知识分子予以平反。这是惯例）。我想知道的是那次武斗的起因和最终结果。

相当简单。简单得使普通人、更使政治家历史学家出奇地愤怒。二哥只是要把林琳从"红革会"手里抢回来。他爱林琳。虽然他吐了血，但他还是爱林琳。他认为他不能失去林琳。为了夺回他的所爱，他什么都肯做。于是他就指挥了那次战斗并且身先士卒在枪林弹雨中冲在最前面。

起因是爱情，最终结果还是爱情。没有其他任何值得同情的理由。

子弹夺去了两个年轻人的生命。他们的墓碑如今可能树立在他们各自的家乡，大概已经被蒿草掩盖了。

一个平庸的司空见惯的战争与爱情的故事。我无法改变它的性质。就这么回事。

成立"革命委员会"那年冬天，二哥锒铛入狱。我只能说他罪有应得。但不知怎么回事，我还是最尊敬最崇拜我二哥。我发现我一直爱他。现在还爱。我知道这种感情十分危险。但我说过我要讲得诚实。

这大概就是因为生活对每个人不太相同。

接下来我想讲一个更轻松些的故事，而且它会具有某种传奇色彩，因而不一定真实可信。

我的故乡有一部分处在科尔沁草原东端。若干年前，那里杂草树木丛生，黑熊和狼群野猪出没其间。这就免不了发生野兽祸害人的事。

也许是一百年前，也许是几十年前的一天傍晚，有一个妇女掰苞米回屯子的路上撞见了黑熊。黑熊把这妇女捉住塞到屁股下面。黑熊有几百斤重，它高兴把人坐在身下然后一颠一颠玩耍。直至把人压得五脏破裂气绝身亡才爬起来晃晃悠悠走路。被压住的妇女是极聪明的一个，估计她是想到给猪挠痒痒的情形，于是她就用手在黑熊胯下用力挠，后来就抚摸黑熊硕大的卵子。黑熊马上觉得十分舒服，哼哼唧唧早忘了颠屁股，以至于阳物也凸露出来。这妇女不失时机地腾出一只手解下老长的布腰带，齐根儿系住黑熊卵子，然后再偷偷把腰带绑在旁边的一棵树上。这时候黑熊已经不能熬下去，竟颤抖抖欠起沉重的身子。嘴里发出呼噜噜的声音。这时候妇女趁机一滚，脱离了危险区。黑熊发觉受骗上当吼一声要扑过去，然而布腰带拽得它疼痛不堪无法动弹。妇女挣命般逃回屯子叫来壮汉们。钩杆铁齿乱刨乱剁，将黑熊打死。这野兽死于贪色，无可非议。可非议的是这个故事。但我说过，这是一个具有某种传奇色彩的故事，可以信也可以不信的。

三

下面要讲到的这个故事信不信依然由你。

我很难准确无误地描绘我的家乡，这大概如同一个人对把握自己最没信心一样。我的故乡如今看上去，碱地多，庄稼不好生长，没有很像样的草原，沙碱化已经使这个地区变成八百里热廊。每到夏天其酷热程度怕要胜过武汉。根据故乡的现在推断过去就会犯错误。几百年前或更近些年头的故乡，怕是要比如今少一些树，但却多一些草多一些野兽，活起人大概要稍显容易些。我现在讲的故事是发生在过去的大背景下面的。

八百里瀚海人烟稀疏。为数不多的人家各守园田，经年累月也很难见到生人。正因如此，闯关东过来的那个汉子长到二十八岁还没见除了娘以外的女人才合情合理。这小伙子在深秋时节终于获准进洮南府卖碱坨。洮南府当时是方圆数百里之中最繁华的街市，百十户人家的规模。偏远小屯的农民每年都要闯一回洮南府，用一年的辛苦所得换些油盐酱醋维系来年生计。这山东汉子在老爹的千叮咛万嘱咐声里上了路。

汉子进了洮南府，用一车碱坨和粮食换了四块大洋。待置办完杂碎东西，天已经黑了。夜路是不敢走的，便寻店住。在一所低矮的土坯房前立着一个老太太。她见这汉子东张西望，就招呼："那位兄弟，可是找宿？"汉子应："是哩。"

回答间屋里跑出两个年轻女子，一个拿过汉子手里的牛缰绳，一个对汉子浅浅一笑道："这位大哥请哩。"

汉子给那女子叫得甜丝丝又十分不好意思，涨红着脸相跟着进了屋。这屋子收拾得干干净净，堂屋坐了三五个庄稼人，看汉子进去也不打招呼，只顾埋头吃饭。汉子也坐在那女子搬来的凳上吃饭。吃过饭老太太说："各位大哥歇了吧。明儿早起要赶路哩。"

晚上，就发生了大家已经猜得出而山东汉子做梦也想不出的事。

外面蛐蛐叫蛤蟆也叫响成一片。汉子睡不着是因为眼前总有那两个女子的影子晃来晃去的。早就到了年龄的小伙子着实心里烦乱，在小炕上翻身不停，突然间布门帘一掀，飘进人来。汉子一惊，刚要喝问，嘴已经合不拢了。进来的正是引他进店的女子。一时间汉子竟抖起来，吓得缩到炕里。姑娘一声不响脱了衣裳，黑暗中灰白一条身子靠过去。汉子看了一会，被柔软的肉体贴住动弹不得。血仿佛要从太阳穴迸出去。汉子急促喘息四肢僵硬了一阵，就狼一样扑住。结果可以预料：汉子激情过分什么事也没有做成反弄得筋疲力竭，却也不肯罢休。天快亮时，那女子叹一口气。帮助傻汉子来了一回真事。汉子如愿以偿，领略了一点点女人的风光，竟有些缠缠绵绵，那姑娘也开始尽力帮他。汉子知道是住进了窑子，但他没料到早晨会有悲剧发生。

当他扔下一块大洋想走的时候，老太太扯住他的袖子："俺们一个黄花闺女就那么便宜？"

汉子嗫嚅："那……你说咋办？""那好说，牛和车留下，走你的道儿。"汉子这才意识到问题严重："那不成！俺还靠它们过日子哩。"

老太太撇着嘴："啧啧啧，嫖得起姐儿出不起钱，你算哪路神仙？牛和车留下！滚蛋！"

汉子憋红了脸要发作，猛看见门口站着三个杀气腾腾的壮汉，手里掂着片刀，斜着眼瞧他。汉子短了胆子，松了拳头一跺脚走了。

如果大家已经熟悉我这种故弄玄虚的讲述方式，我想大家现在就一定预感到这个故事的后半截又要发生某种意料之外的变故，的确如此。

汉子又怒又悲伤，望着荒凉的大草甸子，觉得没脸回家跟爹娘交代。他就抱住脑袋蹲在沙丘旁边大哭一场，一边哭一边祖宗八代毛驴畜生地骂那窑子，骂完窑子又骂自己。后来就躺在沙丘上睡了。也许是昨天夜里过度劳累，这一睡觉沉沉睡到夕阳残照。醒过来的汉子又渴又饿。傻呆呆地眺望模模糊糊的洮南府，不知不觉又想起昨天夜晚那场事，心中又涌起千般风情，接着又痛骂自己不是人是牲口，又骂那女子是妖怪。猛然间汉子大骂一句："俺日他奶奶！"就站起来。

他等太阳没了，等看不见人影，就溜回到那窑子附近。他看见了他的牛和牛车。牛看见他，很思念地叫了两声。他摸摸牛的脸，然后爬到牛车下面。他十分耐心地盯着窗纸透出的昏暗灯光。他终于看见那女子走出来。女子刚刚要在车轴辘旁边蹲下，汉子爬出去捂住女子的嘴巴，一只胳膊夹起，几步就消失在黑暗里。那女子挣扎不已，将汉子的手和脸抓得鲜血淋漓。汉子忍着，一声不吭，直跑到野地里才放下姑娘。姑娘才要叫，汉子就掐住她的脖子，说："叫！老子就宰了你！"姑娘摇摇头。汉子松开手，说："爷们儿叫你们给要了！今儿要捞捞！"说着就掀翻姑娘。姑娘先还抗拒，但很快便瘫软了。后来汉子说："在这儿待一宿吧！明儿放你回去！"姑娘没回答，过了一会哭了，说："大哥，你要了俺吧。"

汉子吃了一惊："什么？要你！"

姑娘哭得更凶："你嫌俺……"

汉子急得磕磕巴巴："不是……是、你愿跟俺过日子？"姑娘止住哭，睁着水灵灵的眼睛，说："你愿要俺？"汉子连声说："要要要。"急忙忙爬起来并且拽起姑娘，帮她穿好衣裳。"那就快走吧。"

姑娘问："他们能不能追上俺？"

汉子笑了，说："追他奶奶屁！荒郊野甸追哪个爷去？走！"的确如此，我的故乡的过去，百里荒原，别说个把人，就是千军万马撒进去，也如同大海里抛根针一般。此外，野牲口伤人不提，遇上胡子杀人越货也说不准。我那半个姥爷不就是叫胡子给砍的么？他窑子的几个保镖有多大胆子敢黑天巴地满甸子追人？

就这样，山东汉子因祸得福，一头牛一架车换回个媳妇，说合适也不合适，说不合适也合适，反正也就那么回事了，讲不得那些，毕竟和买卖婚姻不太相同。

那女子就是我奶奶。

我爷爷带我奶奶回家的途中，还遇上了五只狼，这里边有一场惊心动魄的生死搏斗，我爷爷自然是胜利者。而且还使我奶奶终生服他。这些事没必要细讲。一讲，就更不真实可信了。

我爷爷带着奶奶回到七井子的时候，最先碰见的是我姥姥。不过那时候我妈还没生出来，我舅舅也才四岁。不知什么原因，我爸爸比我妈早出生三个月。那是奶奶进我家半年多的时候发生的事，后来我奶奶再也没给我生过叔叔或者姑妈。

就是说，我爸爸不大可能是我爷爷的亲儿子。但这一点没有影响我爷爷跟我爸爸叫儿子，我爸爸跟我爷爷叫爹，很自然更没有影响我还有哥姐他们跟爷爷叫爷爷，爷爷更是始终疼我们一直到他神志不清。

我恳请大家不要把奶奶想得很贱，如果你到东北打探一下长辈人，他们都会告诉你，那年月间关东过来的许多婆娘和黄花闺女都干这个，我想她们是没别的出路可走。能挣钱糊口活命的东西只有两个。其实人们想得开些，就不会对此惊讶。自古至今这行业也没断过，只不过有明暗之分罢了。我奶奶随她爹娘从河北逃过来，到了洮南府就让她爹给卖了。两个大人要奔漠河去淘金，急着用钱。总不能卖了续香火的儿子吧。

那大概是民国十几年间的事。

奶奶就是这样干的娼妓生计。这怪不得她，她被爷爷领回家的那一年刚满十七岁。这是一对货真价实的老夫少妻。爷爷土里打滚三十岁不到看上去像个五六十岁的老头子。而奶奶越活越俊气。两个人站在一块就跟爹和闺女差不多。大家就可能想到以后要有故事。遗憾的是截至目前为止我还没听说有什么故事。这会让大家失望，但我无能为力，我总不能为了吸引大家而去糟蹋我的祖宗。

完全可能——有一些事我还不知道。这只能等待。时间或许能对我们有所帮助。况且，我还提到过我的一个朋友的奶奶。我这样推测：既然她能提供我姥姥的许多风流韵事，未尝就不能回忆起我奶奶活着时候的诸多故事。

我曾祖辈到东北到这八百里瀚海一处落脚，可能是光绪二十五年的前前后后。曾祖父肯定梳辫子，也肯定不会十分苗壮油亮，因为我爷爷的辫子就不很景气，苞米缨子一样又细又绒又黄又短。我只能从爷爷身上去寻找太爷爷的尊容。这大概符合科学，不会有大的差错。爷爷活了八十多岁，那小辫子却直到死还留着。

使人惊奇的是他入殓那天，全部黄头发自己掉了，让我爸爸同尸首一块捅进了炼人炉。

爷爷这人很怪。临死前两年，他总说些莫名其妙的话。听上去十分吓人。有这样的场面：他整天坐在炕头上，叼一根三尺长短的烟袋，吧嗒吧嗒，松弛的腮帮子鼓出瘪进，冒不冒烟是不很理会的。嘴里叨叨咕咕说些谁都听不懂的话。最明了畅达的是对计划生育的论述："这毛主席也真是！骗人！老糊涂了不是？"那正是戴像章举红书的年月。他把乡邻们吓得望风而逃。（我绝没有一点点编造的成分。他若不是这么说的，我天打五雷轰。）有乡亲进城找我爸爸让他把老头子接进城。爸爸吓得彻夜难眠，第二天就带着姐姐赶到乡下，结果无功而返。姐姐说，爷爷先是理也不理，后来一烟锅就把爸爸敲倒在地。这有爸爸头顶一块疤痕为证。我想爷爷并没有侮辱毛主席的意思，他十分可能是出于对自己只有一个儿子的遗憾才说的。

奶奶竟比爷爷早死了半年。她死得十分痛苦。屎尿弄得衣服被褥全是。她彻夜叫喊哭天骂地骂爷爷，骂得十分有条理难得重复。我想这一定是她太痛苦，用谩骂起转移兴奋点的效果。并不一定真的就恨天恨地更不会恨爷爷。当年爷爷带她回家时，曾经被狼咬碎了卵子她不会忘记。没有爷爷她不是毁灭在窑子里就是葬送狼口没别的出路。她绝对不会恨爷爷。

那时奶奶瘦得跟苞米秸似的。使人无法想象她年轻时会那么吸引男人。奶奶白天基本上是处于昏迷状态。偶尔睁开眼，就一动不动凝望着挂满塌灰的屋顶。我觉得那屋顶除了熏得红黄色的檩条和秫秸之外没什么可爱之处，但奶奶却能盯住它们看上一两个小时，一直到再度昏睡。

爷爷那时候耳朵差不多全聋了。奶奶对他的谩骂他几乎一无所闻，只顾叨咕他自己那一套。有时他会突然大着嗓子哑哑地问："老不死的，好受吗？"但这种时候奶奶大都或是看屋顶或是高声骂人。前一种时刻奶奶充耳不闻，后一种时刻奶奶便更大声骂人。爷爷问了这一句话之后就吧嗒吧嗒继续抽自己的烟袋，抽冷子冒出一句："骗人！您糊涂了不是？"

奶奶在这场折磨自己又折磨别人的苦难里坚持了二十多天。这些天里，我和妈始终住在爷爷家里。我那时已经是很健壮的小伙子。在奶奶彻夜的谩骂声中我无法入睡，只有白天才能迷迷糊糊睡一会。我估计奶奶如果再多活一个月，妈妈就会让她折磨死，我大概也熬不到结婚。

那天晚上奶奶没有骂人。她坐起来，两只眼贼亮贼亮像灯泡一样。她很羞涩地让妈给她洗脸，然后穿上簇新的寿衣。我那时已经懂得回光返照的含义，心里顿时可诅咒地感到兴奋。事后检讨起来我以为自己没什么错。这老太太只能给别人添麻烦，不如死了利索。我说这些只是要表明自己对生死的一种理解。我以为自己有一天只会给别人添麻烦，我必自寻出路。还是不讲这些的好。

奶奶神灵一样端坐在破碎的炕席上。煤油灯的黑烟绵绵不绝升上棚。有猫头鹰在遥远处尖厉地叫几声。风撩动窗纸，噗噗噗抖动。爷爷坐在炕另一端与奶奶遥遥相对，叼着他那杆大烟袋，头一点一点、小辫子一翘一翘。他很安闲，没有再对骗人事宜发表议论。蒙了白缀的小眼睛眨巴眨巴地瞅着灯光那一端黑色的奶奶。妈妈站在地中央，高大的身影在灯光中弯弯曲曲。看上去她十分疲惫，脸上蜡黄。我坐在墙角的小板凳上，心里盼着老太太死。

这一切都证明，奶奶不会活到明天。

黎明之前，屋子里变得寒冷。我预感到事情就要有结果。我听见奶奶说："我该走了。"这句话使我和妈都振作起来。爷爷也似乎听见了这句话，直勾勾地看奶奶。当然，他脸上和眼睛里没什么表情。

妈说："妈，还有什么话要嘱咐吗？"

奶奶说："没有。"

妈说："我们会孝敬爹的。"

奶奶说："我要走了。"说完她又坐了几分钟，然后让妈扶她躺下。她一躺下就咽气了。妈叫了几回然后就哭了。我不知该怎么做，就看爷爷。爷爷看着奶奶，始终直勾勾的。他突然说："死了？走俺前边喽？"他就呵呵呵呵笑起来。我一下子就看见两颗泪很缓慢地挤出他粘满眼屎的眼角，这时他依然叼着那根大烟袋。我终于开始感到难过，不过我没哭。

奶奶死后爷爷还活了半年。其实已经和死人没有什么区别，若说区别就是他经常掐着指头计算什么，嘴里说些话更无法听清楚。他指头掐来掐去会突然呵呵呵笑一阵，说："是哩……怪事儿哩。"这把我姐姐吓得魂不附体。虽然她生来受的是唯物主义教育，但她还是无法在爷爷的笑声里泰然自若。我这个姐姐后来经历了巨大的痛苦，进了火葬场当工人。不过这和爷爷没有必然联系。

关于爷爷是怎么死的，我想他死得很一般，没什么可讲的。

此刻，我正坐在北京的一家宾馆门前百无聊赖地看行人。我发现我无法看清从我身前走过的人的脸。但却发现她们一律的高颧骨小眼睛黄皮肤，只是声音很婉转但过分饶舌吵架一样叙家常。于是我就格外想念我的妻子。我猜她此刻一定正在床上辗转反侧不能入睡，心里边回忆着我们在一起时的安宁和幸福。我于是就有欲望讲一个爱情故事。

小伙子爱上姑娘相当偶然。

我要说明的是，这故事和我的故乡也有很大干系。

四

一九七八年春天，兴华考上了大学。那年他已经二十八岁了。上学之前他改了名字。这很正常。

入学的第六天，他就认识了那个叫雪雪的姑娘。这很偶然。归功于他的懒散。兴华上大学的目的不高尚，只是想改变一下自己的处境，其中也包括找一个更高层次的妻子。他一直在镇砖厂当工人。夏天烧窑出砖，冬天放炮崩土。现在他腿上还有一块疤，那是让哑炮炸起的冻土块砸的，阴天下雨还免不了酸痛。考大学时他没怎么复习但考上了。他穿一件有补丁的上衣走进校门，有人看他他没太在意。因为他直到第七天才发现衣服上有补丁。

先是入学教育，然后就上课。他发觉自己的屁股老发麻，总忍不住要站起来。忍到第六天他终于忍不住，课间休息就溜了。

于是他就认识了白雪雪。

他溜出教室瞎转一气就转到体校的冰场。他当时就被白雪雪吸引住了。当然，他当时还不知道姑娘叫白雪雪，只知道姑娘实在迷人。后来白雪雪问兴华究竟喜欢她什么，她指的是第一回。兴华想也没想就说："大腿。"这个回答使雪雪气愤不已又骄傲万分。白雪雪的大腿的确漂亮，让你说你也会说"大腿"。这里我不做色情描写，只告诉你白雪雪的腿跟体操运动员、游泳运动员、排球运动员、舞蹈运动员、芭蕾舞演员的腿差不多十分迷人，兴华当时无法离开，盯着白雪雪滑冰完全是情理之中的事。

后来白雪雪告诉兴华说她早就看见一个大老爷们儿贼溜溜看她。所以她采取行动是有预谋的，只是没有料到事情会闹到这个地步——闹到恋爱的地步。

事情这样发生，兴华正看得发呆，白雪雪溜过他身旁时摔倒了，他还没来得及做出反应，白雪雪已经把一只冰鞋撞到他脚脖子上。他叫一声就叭嚓摔了，还在挣扎时白雪雪已经爬起来继续滑行。疼痛中兴华好像听到了白雪雪的笑声。

以后的事情就能猜得出，兴华被送进校医院，白雪雪不得不天天去看望，再以后他们就相爱了，再以后他们就商量着结婚，再以后白雪雪讲了自己的故事，这个故事使他们的爱情经历了危机。

白雪雪讲她的故事。

爸爸特别喜欢我这你不知道。一直到他死那天他才告诉我他不是我的亲爸爸。这没有什么好大惊小怪的。看你那副模样好像我就要死了似的，不过当时我也够吃惊的。我大哭大叫说不是这么回事，你是我亲爸爸我没有别的爸爸。爸爸也哭了还没来得及再说话他就咽气了。说这个我非常不好受，但我讲这个不是主要的，你好好听着就是了。

我问妈妈到底是怎么回事，妈妈哭了一阵就告诉我说是真的他不是你亲生父亲。我和妈守在爸爸的遗体旁边。我看着爸爸没有血色的脸怎么也不愿相信妈妈讲的那些事是真的，可我不能不相信妈的话，我妈从来不会撒谎，更不会骗她女儿。

我跟你说过你别急你怎么还急，你这急猴子，你得让我一点一点说才行啊。我告诉你我亲爸爸在我刚满月的时候就叫政府给枪毙了。枪毙我亲爸爸的是我爸爸，其实不是他亲自开的枪是他指挥的。我亲爸爸死了之后，我亲妈就自杀了，是喝耗子药死的。我妈妈把我抱回来我就成了他们的女儿。我告诉你我亲爸爸是我爸爸的大舅子也就是我妈的亲哥哥。这回你真吃惊了吧？你吃惊的时候在后头呢。

我姥爷也就是我亲爷爷是七井子那一带，对了，也就是你家那一带最大的地主。但听我妈说我亲爷爷对庄稼人一点也不残酷。可土改时还是给崩了。就打死在当年小日本儿的刑场上。你知道那刑场？知道就好。后来那刑场盖了房子，成了镇政府所在地。你也知道？

我亲爸爸当过土匪，就是胡子。他是洮南府一带最霸道的胡子头，连日本人都怕他。我没见过我亲爸爸。听妈说他长得忒英俊。你看我长得这么漂亮，可见我妈说得一定不错。你问一个大地主的儿子怎么当了胡子？我也这么问的。我妈说那是因为和小日本儿结了仇，你不信？你当我就信？那不成了抗日英雄？共产党也不会毙他啊。妈说他打小日本儿也杀老百姓还霸占良家妇女。我亲妈就是他逼迫成婚的。我亲爸爸念国高，在洮南府睡了一个日本女人，那日本女人恋上了我爸爸，我爸爸也恋上了她。日本县长知道了这件事，就把他们抓了。爸爸竟逃出去投奔了胡子，后来他成了胡子头。别看咱家那一带没山没水，可地广人稀，小自然屯成百成千，三五户人家也算个屯子。十几个胡子躲在哪个屯子里，跟庄户人一模一样。各家各户户口也没有，你认得哪个是良民哪个是胡子？咱家那一带是日本人的大后方，一个县镇里边没几个日本人。维持事务的大都是中国人和二鬼子（朝鲜人）。连警察也是本地人，有家有口的，就是真认出哪个是胡子也不太敢抓。都怕胡子抄了家。我亲爸爸他们的确打鬼子。洮南府的鬼子县长就是他亲手砍的。但这功劳让他抢男霸女杀老百姓给淹没了。

搞土改时政府毙了我亲爷爷。我爸爸因为打日本人有功，没人动他，他就在洮南府完小教书。肃反他也漏了网。他本以为平安无事，却偏偏让一个仇家给认出来告到县政府。我养父是公安局副局长。他大义灭亲，毙了我亲爸爸。

听妈说我亲爸爸饶过我爸的命，我亲爷爷救过我爷爷的命，但我亲爸爸和亲爷爷都死在我爸爸手里，他还娶了我姑姑也就是我妈，我亲妈也死了，他还把我抚养成人。这到底是怎么回事，你能不能告诉我，你比我大八岁你知道得多，你还是大学生，我不是，我只是个体育棒子，你告诉我，你说啊！

然后白雪雪就哇哇哭。兴华木呆呆不说话只是看着大哭的雪雪。半小时以后他们就都清楚了：白雪雪的养父就是兴华的舅舅，白雪雪就是我前面提起过的那个表妹。接着大家都清楚了：兴华就是我，我在上大学时一高兴就改了名字，就是现在写在小说题目下边的那个。

我绝没有蒙大家。

我和妈去白城子的时候表妹只四岁。她那时是娇小姐，根本不稀罕和我说话。从那以后我再没去过舅舅家，舅舅家的人也从未到我家来过，甚至我姥姥死的时候他们也没有人来。这决定了我在舅舅去世的时候也不去送葬。为此妈妈还打了我一个嘴巴。第二次见到雪雪的时候我已经二十八岁，她已经二十岁，况且我舅舅姓王，雪雪那时候也不叫这个名字。我想我们互不相知没有什么奇怪。我爱她她爱我并没有想你家我家的事情。至于大家怀疑我故意制造偶然事件，我就无可奈何了。我以为这段故事合情合理，如果有错误，也不是我的错更不是雪雪的错。

不知怎么回事，我不仅认为舅舅毁了雪雪一家，而且觉得这一切似乎都和我有关系。我觉得自己没脸娶雪雪，我娶雪雪这容易让我想到舅舅娶雪雪的姑姑。我把这些想法都跟雪雪说了。雪雪哭得很凶，一句话也说不出来。后来她不哭了，问："你不爱我吗？"我说："问题不在这。是我不能……"雪雪说："我爱你你知道？"我说："我知道。我也爱你。"雪雪说："那不就行了吗？"

我以为那不行，摇摇头就走了。那是一九八〇年夏天的一个早晨。雪雪刚刚结束身体素质训练。我想着她那美丽的眼睛，修长健美的大腿，坚挺丰满的乳峰。我还想到她二十二岁了，体育生涯就要结束，我还想到她就该结婚。就该和我永远分手一生不能重逢……我的心就如同撕裂一般。我听见我心里发出的呻吟。那恰似雪雪一样的灿烂朝霞辉映着我干热的眼睛。我几乎无力迈开离去的脚步。

那个夏天的清晨，多么美丽，多么清新，多么……多么……清晨。身后是雪雪悲伤绝望的呼唤。我蹒跚离去。

很明显，这是几年前的事了。

我写这个故事的时候，正是晚上，灯光十分柔和地圈住稿纸，妻子抱着我们的儿子站在我身后。她还不时指出我讲述过程中出现的错误。她认为我的故事有一处必须讲清楚：到底是谁追谁？按你的写法好像是女的死皮赖脸追男的。这不真实。我说这无关大局。他们互相爱了，这就足够了。你说我们结了婚有了孩子不是很幸福吗？妻子把下巴搁在我肩头蹭着说："是的，这很不容易。"说着她的泪滴下来。

我的妻子就是雪雪而不是别人。

我们住的是吉林省地质矿产局招待所的306室。这个房间里有四张床。每张床收费三元钱。房间里有一台14英寸黑白电视机。客人很多，每天都十分喧闹，一直到子夜时分才会安静下来。我前边说到的那个疯姑娘昨天走了，听服务员说已经送进四平精神病院了。她住的房间里住进了一个新疆来的中年妇女，她的臂上戴着黑纱。服务员说她丈夫来局里进修，正听课就死了，死的时候连声音都没出。据说是心肌梗塞。他好像不到四十岁。我听到这个消息时想到我的母亲。她也死于心肌梗塞。她死的时候还哼了两声。我舅舅也死于心肌梗塞，但他从发病到死亡，这中间隔了七年。这七年他始终躺在白城市医院的特殊病房里。因此他多活了七年，大约花掉了国家十万元钱。我不知道他值不值那么多钱。他是一个十三级干部，也许值。我现在没房子住，住招待所，每年也要花掉国家四千多块钱。想来也愧对国家，因为我到目前为止还不能为她做点什么。我所能做的就是每年花她四千多块钱替自己写几篇小说骗额外的钱。如果说还有一点理直气壮的地方，就是我的小说写得很真诚。反过来说，用真诚赚钱又不太高尚。为了这个，我就放下笔，并且把这个心思跟雪雪说了。雪雪说："大家或许还不如你呢。我觉得你挺可爱。"我说："还可以写？"雪雪说："当然。而且我建议你写写舅舅。"我没有回答。雪雪问："不好写是不是？"我点点头，说："我没有理由说假话是不是？即使为咱们和咱们的孩子，也必须诚实是不是？"

　　说这些话的时候，我已经很激动了。恍惚间我认为我看到了家乡辽阔的荒草甸子，起伏的沙丘、白色的盐碱滩、泥泞的沼泽地、稀落的拉条榆、一汪汪灰亮的泡子、广袤的庄稼地、低矮破烂的土平房、风沙中跃马扬枪的胡子、赶着大马车的土改工作队、日本鬼子的劳工营、吴大舌头的烟枪、张作霖的铁路……我觉得故事该继续下去。

　　如果姥爷知道姥姥会逃跑，他说什么也不会去庄稼地干活。怪只怪一点兆头也没有。姥姥逃跑那天，姥爷正和往常一样在庄稼地里干活。大地主李金斗在树下边歇凉。他躺在地上抽大烟，一边抽一边极舒畅地哼哼。淡蓝的烟雾在他头上升起再缓缓散去。苍蝇离他很远地飞舞但不敢落下。高远的天空有几片绒绒的云安详地悬浮着。有云雀盘旋并且婉转地啼叫。斜阳照着原野，原野散发着湿热的气息。几株黑色的树探出，黄绿的庄稼地十分孤寂。稍远处有几条黑色人影在庄稼地里时隐时现，那里边就有打头的长工我的姥爷。

　　姥爷干活有点心神不宁。天边开始呈现橙黄色，那颗太阳显得特别大，让庄稼支撑一会就坠落了。天突然就昏暗了许多。原野在这时候就变得模糊，几乎是一种颜色。连人也变得含含糊糊差不多和天地融成一个。云雀已经不见飞，蛙开始断断续续叫，蝈蝈叫得比有太阳时更稠密嘹亮。当然，姥爷那时肯定没心情注意这些，他只顾急惶惶朝他的土房走。这时候李金斗在后面开他的玩笑，说他离不了老婆。他不还嘴。几个庄稼汉子远远地哄他他也不理睬。尘土在他脚下面一团团溅起。起哄的庄稼汉子里边有一个是我爷爷。

　　姥爷一进门就发现姥姥不见了。他等待一直到天蒙蒙亮，就断定出了事，他最直接的推断就是那戏子跑了。他就跑到李金斗家借马，李金斗牵了马给他，对他说："真熊包！老娘们儿都看不住，不如把她给我算了。"姥爷含糊不清地骂了两句什么，跨上马就跑。

　　这是一个十分壮丽的场景。野甸子一望无际，和天空一样辽阔，稀落落地庄稼地可以增添生气。不时有野兔和傻狍子被奔马冲起旋即无影无踪。马蹄闪电般打地击起团团黄土，远远望去，一溜烟雾紧贴草尖滚动再无声散尽。活跃而宁静的世界。只不过姥爷的心境不会壮丽。他一定又怒又急，那张挂满泥土的脸上有汗流下来，嘴里不停地吆喝汗流浃背的马。他认准通向洮南府的唯一的毛毛道，马不停蹄。

姥姥的确是要逃往洮南府。至于她为什么要跑，如今也没谁知道，后辈人当然也不好打听，她后晌出逃，不敢走正路串庄稼地和荒草甸子走。晚上星星闪闪的时候，她发觉自己已经迷失了方向。茫茫草甸子南北东西没有什么不同，连沙丘也那样相同甚至树木也长得一模一样。风吹着蒿草和树叶簌簌籁响，不断有小动物嗖一声从身前脚后蹿起再掠过。遥远处有野狼寻找同伴的深情悲凉的嗥叫，有时候仿佛就在身边贪婪地对你凝视。姥姥终于吓哭了。她一边叨叨咕咕说些连自己也不懂的话，一边腿软塌塌走路。她不时被什么东西绊倒，挣命一样爬起来再走。她知道即使想返回去也不可能了，只有横下一条心走到底，走到哪儿算哪儿。她寄希望于天亮，那时候老天爷或许会帮助她辨明方向并且指引她走进洮南府。她无论如何没想到姥爷彻夜不眠马不停蹄一边骂她一边傻子般满世界找人。她不知道姥爷更担心她叫狼吃了或者是让熊瞎子给糟害了。姥姥那个时候想不了那许多，她只晓得乱七八糟走路，后来她累得实在走不动了，就靠在一棵老榆树下嘤嘤嘤低声哭泣，再后来她就蜷做一团睡了。蛙和蝈蝈已都不再叫。野兽们似乎也感到疲倦。一切都没生气，大概都睡了。

屯子里舆论大哗。议论中更主要的是推测那娘们儿的去向。没什么恶意，说说而已。我爷爷跑到他好朋友家。只见门户开放，老母猪拱翻了饭锅，粮食囤子里飞满了鸡们。爷爷回家叫娘帮着照看，就下地去干活。心里边直替朋友抱不平，想着抓着娘们儿一准胖揍一顿管教管教。

歇气的时候爷爷钻出庄稼地撵一只跳鼠子。这就使他看见了大树下边蜷成一团的姥姥。

姥姥自己也绝没想到跑了半天一宿子跑了回来。我以为这大概是命里活该她必须和姥爷过一辈子。事实也足以证明这一点。从那以后，姥姥就再没跑过。她自己也说是命中注定的，要不怎么跑来跑去又跑回七井子？

爷爷看见姥姥时，姥姥还睡着，据说脸上还笑眯眯的。我估计她一定是梦见了什么，十有八九是梦见和姥爷重逢。她突然被叫醒，吓得面无人色，待看清是爷爷才笑一笑，并且说："真他娘的老天没眼。"说完，夹起小包袱就回了屯子。爷爷愣怔怔看着姥姥袅袅婷婷的背影，竟忘了揍她教训她。

五

傍晚，残阳血红地照着狼狈不堪的姥爷。他晃晃荡荡走进院子，猛地瞪大眼睛嘴合不拢。姥姥笑吟吟迎出来。姥爷傻了一会大骂："日你祖宗！"扬起瓦罐一样的拳头。姥姥夸张地叫一声就扑进对方的怀里，身体像蛇一样扭来扭去，哼哼唧唧："你打你打你打啊。"姥爷的拳头在空中停一会，松开，接着就一把抱起姥姥回屋里。也许舅舅就是在那一天孕育的。

当然，这些细节我不可能知道，这也是我那个朋友的奶奶讲的。她说她当时正从姥爷家窗前走过去，亲眼看见屋里边两个人在做什么事。

不由我不信。年代久远，历史资料湮没无存，无从考证。我只能依据老奶奶提供的故事说话。

现在我要提起李金斗救我姥爷命的事。这件事必须讲。雪雪对此耿耿于怀，我对此怀有某种恶毒的兴趣。我认为它会是一个不大不小的笑话类的故事。至少，我们过分严肃了，需要有所调节。这个故事或许正好承担这个任务。在这一带，小日本儿用劳工从来用不着抓的。派下名额各屯子摊派就是，几乎没有人敢不去。例外的就是有钱的人家以出钱出粮雇人去。我姥爷出劳工，就是李金斗出十石粮雇的。

小日本儿要在齐齐哈尔一带修机场，从南满抓了一批劳工，又从本地和洮南一带征了一部分劳工。后一拨劳工和南满劳工待遇有所不同。后一拨可以干一点有技术性的活计，南满劳工则全出最苦力，挨打多也更吃不饱。据说南满劳工有不少是反满抗日分子。这些人全由鬼子兵看管，一到晚上连衣服也要扒下去，人也拿绳子链上。姥爷亲眼看见一个大胡子劳工让一个瘦鬼子一刺刀扎个透腔。人还没倒，狼狗就围上去。只一会工夫，啃得只剩下白森森的骨头架子。地上是一摊黏乎乎的血和碎布片。那副骨头架子就晒在飞机场旁边的土堆上没人敢动一动。多少年之后姥爷提起这件事，还浑身哆嗦。足见这个残酷恐怖的场面是如何影响了他后半生的性格。事情很有趣，劳工期满的时候，日本人奖给姥爷一把小铁锤。这东西在土改时险些成了罪证，好在舅舅是八路军干部，又是土改工作队队长，否则，姥爷是大汉奸无疑。

姥爷出劳工期满还家的当天，换上半新夹袄，背油布褡裢，小铁锤沉甸甸坠得厉害。他进小酒馆大碗喝酒吃肉，云山雾罩和人家吹牛，于是他替自己制造了一场悲剧。

姥爷让胡子绑了票。

这全怪他自己。胡子绑票从来都是拣大户。要钱要粮。十绑十中。没有哪个财主肯舍了性命。姥爷醉醺醺上路，劝也劝不住。他并没有料到大吹牛皮的过程中，早有胡子的眼线通了风。他一路哼哼唱唱出洮南府二十几里，树林子里蹿出五六个胡子，麻袋一套就装了去。拖拖扯扯到林子里翻褡裢，几捆不值钱的毛票子下面一把小铁锤。

胡子头气得暴跳如雷，掏出枪就要搂火。姥爷吓得坐在地上连磕头都不能，嘴里亲爹老祖宗叫着，连嚷要什么给什么只求别开枪别开枪留我小命一条来世当牛变马报答不尽。胡子头扭着脖子想一会，说你他妈也没多大油水。这样吧，你他妈拿一匹马换命回去。姥爷马上答应。

口信捎回七井子，姥姥哭得昏天黑地。舅舅那会儿才十岁，连陪娘哭也不会。爷爷也帮不上忙，一头牛还要自家种地结果换了一个媳妇。那牛也许早让窑子给卖了或是吃了。姥姥哭一夜就去求李金斗。

后来李金斗真就帮了忙，什么代价却无人知晓。只是姥爷回家后把姥姥狠狠打了一顿。见了李金斗也不谢谢。这里边的曲折奥秘，自然是可意会不可言喻。关东地主和农民的关系，从这方面也差不多见出特色。其实爷儿们睡娘儿们，不只是财主有特权，庄户人互相间也免不了要睡。习惯成自然，没人会大惊小怪。如今乡下还盛传俗谚："没有破鞋不成屯"。搞土改时，镇压财主有两大罪名，一是勾结日本人杀中国同胞，再就是霸占人家的媳妇糟蹋人家的姑娘。第一条，无论从民族的或历史的角度看，都罪不容赦。至于第二条，实在是此一时彼一时，无法说得清楚。听老人们讲，谁家姑娘若是叫大户人家看上，说不准是福气呢。真的能嫁过去，全屯子人家都高看娘家一等。被财主糟蹋的，只要不大肚子不养孩子，就没人张扬。和谁还不是那么一档子事哩。

土改的时候大伙都控诉李金斗抢男霸女。姥姥姥爷没有这方面的指控。倒是舅舅铁青着脸，拎着匣子枪把李金斗押到刑场就地正法以平民愤。枪不是舅舅打的。他只不过是站在不远处看着李金斗在枪声里一屁股撅进小土坑然后验明正身才走。

这个并不幽默的乏味故事到此结束，它自然而然引出了我舅舅，这才是我的目的。前面讲的无非是有意无意之中做的一点铺垫。我觉得舅舅这个人很难捉摸，我甚至无法对他做出稍微明晰的判断，我丝毫不想掩饰自己的愚笨和低能，我只能把我所知道的舅舅的一些片片断断的事情原原本本讲出来。

舅舅十八岁时也出过劳工。那是一九四二年。小日本儿在中国关内打得不怎么顺利。关东军大部分部署在和苏联接壤的满洲。南满的"抗联"闹来闹去。唯独这白城子洮南郑家屯一带还算安定。小日本儿抓紧时间修铁路采金伐木材。由南满抓的劳工里都是刁民。阴差阳错，舅舅由李金斗保举，竟当了小工头。

我省略复杂无味的过程交代，从事情的后半截说起。

舅舅最后终于偷了两包炸药塞进劳工棚子，然后提心吊胆地陪几个二鬼子熬夜侍候吃喝打洗脚水焐被窝。三更，就听见"轰轰"两声爆炸。马蹄灯哐啷一声掉在地上，屋子里一片漆黑，沉默了好一会，稀稀落落的枪声还有鬼子叽里咕噜的喊叫声传来。第二天舅舅才知道，南满的劳工把那两包炸药分别扔进鬼子宿舍和狼狗舍。几百劳工炸了营，跑了十分之九。小日本死了好几个，又没了狼狗帮忙，一家伙吃了大亏。

舅舅有二鬼子做证人，仍然是良民。小日本儿就杀了两个本地劳工，说是通共通匪反满抗日。血糊糊脑瓜子挂到洮南府的南城壕上，一直烂了才扔。

舅舅回家快半年的时候，七井子突然来了三个外乡人，进了屯直奔姥爷家。三更半夜，屯子里的狗叫成一片，家家户户吓得气不敢出，以为又闹胡子。三个人敲开姥爷家的破板门。舅舅一下子就认出其中最年轻的就是逼着他偷炸药的南满劳工。

这年轻人腰里别着王八盒子。他把舅舅扯到一边，说小鬼子已经知道是你偷的炸药！抓你的人正在路上！快跟我们走！晚了就没命了！

舅舅一跑就是五年。一直到一九四七年，才带着一支土改队开进离开通一百二十里的占榆镇。

补充一点：小鬼子并不知道谁偷的炸药。那年轻人是骗舅舅。舅舅却因祸得福。那年轻人后来当了团长，解放后回地方做了专署专员。"文化大革命"里边让一颗流弹给打死了。那时候舅舅正挨斗也没去看。为这个据说舅舅痛哭了一场。

舅舅带着十二人组成的土改工作队，走到五家子跟前的时候遇上了胡子。一阵排枪响过，工作队的人就趴在大车周围。那天风也特大，天空黄糊糊浆子似的。人睁不开眼睛嘴也张不开。枪不紧不慢却打不着人。

胡子头就是雪雪的亲爸爸李学文。

李学文的人有三十多个，成扇子面围住工作队。工作队人少，打得顽强。仗从后晌打到后半夜。工作队员伤了三个，子弹也所剩无几，眼瞅着全军覆没。舅舅和副队长商量决定跟胡子谈判。这大概是唯一出路。谁想喊了半天，胡子理也不理，枪打得更急。分明是要赶尽杀绝。走投无路硬着头皮还得打。

天快亮的时候，工作队员全让胡子给抓了。舅舅被推搡着弄到胡子头跟前。李学文和舅舅都愣了。

李学文叫一声："好小子，是你啊！"

舅舅也叫一声："是你啊！你怎么打起我来了？"

李学文说："他妈的！探子说是王歪嘴子那绺子。哪想是你小子。"

舅舅说："学文大哥，你是读书人。咱这也解放了，咋还不跟政府合作？"

李学文叹口气："政府能要我这土匪头子？瞅着政府杀了不少胡子头，我可不愿挨炸子儿。"

舅舅说："你跟他们不一样。鬼子县长不是你杀的？算起来，你也是抗日有功。"

李学文说："那也不敢，咱还做过对不起民众的事。"

舅舅说："功大于过嘛。"

李学文说："兄弟，你可不是蒙我？"

舅舅说："兄弟就是土改工作队队长，还能蒙人？共产党好就好在讲政策。"就这样，雪雪她爸爸带上队伍和舅舅一块进了占榆镇。就这样，李学文当了小学教员。就这样，李学文被舅舅给毙了，是在一九五六年。李学文投诚政府之前，一直漂泊四方打家劫舍睡女人，雪雪妈就一直住婆家，成年累月见不上丈夫一面，泪都干了。

一九四七年，舅舅二十三岁，雪雪她姑二十岁。她读完国高闲待在家里。那时候李家男人只剩李学文一个。

念国高的学生可了不得。走在街上警察见了得立正行礼。国高学生都说一口日本话，哇啦哇啦跟真的东洋人差不多。听说国高学生看哪个警察不顺眼，上去就抢一个嘴巴，呱呱响。警察立正挺住，嘴里也说："哈依！"一幕挺有趣的东洋景。

十年河东十年河西。日本人倒了台，国高学生也没了靠山。李慧兰就一天到晚不出二门，待在家里读书练字。我想，如果她知道毙她爹的人会看中她，也许早就逃了或是嫁人。可她偏偏不知道，还鬼使神差地遛一遭。结果成了舅舅的媳妇。

舅舅穿一身上黄色大制服，匣子枪斜挎着，带小勤务员上街闲逛。

迎面就遇上了国高学生李慧兰。舅舅立时叫李慧兰给震了。那女子穿一件藏蓝旗袍，开气儿挺高，一走路就露白生生的大腿。二十岁的深闺淑女风姿绰约，在小镇里可谓鹤立鸡群。李慧兰无论如何不该怯怯看舅舅一眼，双眼皮一瞄，已经把工作队长的魂摄了。舅舅看着姑娘一缕香风掠过面孔盈盈而去，心跳气短，喉咙里卡了什么东西一般。叫过勤务员："跟上她，看是谁家的。"

然后舅舅不再逛街，跑回镇政府静候消息。他无法静候，急得坐立不安，喝半瓢井拔凉水依旧火烧火燎。

小勤务员终于喘吁吁回来报告："是李学文的妹妹。队长。"队长愣了好一会，挥退勤务员，一个人在屋子里转磨磨。后来他拿定了主意。第二天舅舅去李学文家拜访。

李学文自从老爹被镇压，总是心神不宁，预感到有祸临头。今日工作队长登门造访，更是胆战心惊地接待。舅舅坐下先进行了一番政策宣传，说只要你安心为政府出力，政府就会重用。李学文感动得热泪盈眶，表决心要和老子划清界限，为政府出力。

不知李学文做何想法，他大声招呼慧兰。慧兰大大方方从耳房出来进了堂屋。舅舅起身客气，然后尽量文质彬彬："令妹是读书人吧？"

李学文说："惭愧，读了国高的。"

舅舅惊呼："哎呀呀巧了！政府正缺读书写字的人才，令妹能否为政府出力？"

李学文做惊喜交加状："正报国无门。只怕她力不胜任，给政府增添烦恼。"

舅舅言辞恳切："此言差了，这正是令妹大展宏图的好机会。还望老兄别走了眼呢，过了这村可就没这个店儿了。"

李慧兰突然插话："我去。"

李慧兰确实想为新政权做点事情。满腹经纶，总不好平庸度日。年轻人一腔热情，怎能不跃跃欲试？她哪里知道，一句话之间就扭转了她后半生的面目。

李慧兰第二天就进镇政府当了秘书，直接归舅舅领导。舅舅除了工作，差不多总泡在女秘书屋里。没有多少话可讲，只会开几句粗俗不堪的玩笑。女秘书只是红着脸，眼皮也不抬。舅舅恨不得就娶了这别具风韵的小姐过来，却羞于开口。

天赐良机，使舅舅如愿以偿。其实他得感谢李学文。

李学文请舅舅喝酒。一个劝一个喝十分投缘热烈。想来舅舅必须喝醉，只有喝醉才行动不便，只有行动不便才会产生下边的故事。

舅舅大概真的无法行动，李学文不能置朋友于不顾，就叫慧兰照顾她上级。慧兰就烧茶铺被子服侍队长休息。窗外明月高悬，秋风爽爽一派大好时光。这种时光里容易促成爱情。舅舅正是在这时光里醒来并且看见了灯影中的姑娘。姑娘正打瞌睡，脸让灯光映得毛茸茸轮廓朦胧，微微晃动如仙境之女。舅舅看一会就跳起来一把抱住手也伸进姑娘怀里揉抓。女秘书惊醒就喊却无人来救。这时候那手已经越发放肆挪到不可思议之处。女秘书一瞬间身体僵硬接着瘫软乏力。这就是发生在舅舅和李慧兰身上的爱情故事。这故事充满诗情画意，是由美丽的仲秋之夜酿造的。在此之后，姑娘哭了一天，选择了嫁给舅舅的方案。

有一回他闯了大祸，从此他开始走下坡路。

那天他竟有兴致上街闲走。他看中了一个姑娘身上的花衣服，先是跟在人家身后，走一会就扑上去扯。姑娘回头就看见他的老脸。他一边用力扯姑娘的衣服一面龇着黄板牙笑，涎水顺着他的嘴角挂下去。姑娘惊叫一声就晕了。如果不是行人揪住他并且揍懵他，他完全有可能将姑娘剥得一丝不挂。

祸闯大了。姑娘的父母找到我家，我爸爸妈妈赔着笑脸求情。最后达成协议：赔偿损失费50元。那年头钱很实，50元直顶眼下200元用。我爸爸一个月工资才42.50元。无论如何这损失太大了。

这时候大哥还在嘻嘻嘻笑，嘴里不停顿念叨："花衣花衣咧。"爸爸看他一会，走过去就抽他一个耳光。大哥尖叫一声土豆一样滚向屋角。二哥说："爸，他傻你打他有啥用？"爸恶狠狠骂："傻，傻还知道追女人！"

大哥就趴在地上尖声号叫。

后来爸爸就用绳子把大哥绑上挂进小耳房。大哥不哭反而嘿嘿嘿笑。有时候他把脸贴上门玻璃朝外张望，一看见鸡拉屎就尖叫着踢门，接着用大脑袋撞玻璃。

再后来大哥闹得凶了，爸爸就把他的手脚全都捆住，把人拴在柱脚上。除了吃饭，一会儿也不松开。这样就不必担心他肆意破坏耳房里的所有设施。但我们每天晚上就更难安静入睡了。他彻夜号叫，尖厉的声音简直可以刺穿心脏。他还时常把屎尿拉在裤子里，弄得无法洗涤。

再后来爸爸就干脆不给他衣服穿。

他的皮肤非常粗糙松弛，肉皮皱巴巴耷拉着。生殖器苗壮得与身材不成比例。我记得我曾经和两个小伙伴用小棍拨弄他那东西。起先他还尖声叫，后来就嘻嘻笑，再后来就嗯嗯嗯哼，再后来那东西就一点点粗大直立起来跳动。这使得我和两个伙伴吓得狂奔。我想，这大概是我所受到的第一次性教育，它充满了恐怖羞愧和罪恶。

再后来大哥就快死了——他一直被关了二年多。

爸爸终于将他放出来。大哥变得老实多了。除了继续吃鼻涕以外，别的癖好似乎都没有了。这使大家都松了一口气。那一年我十岁。

那一年，是1960年。大家都知道那一年是怎么回事。死的人很多，好像大部分是因为食物方面的原因。天灾人祸，历史可以忽略不计。后来我上大学的时候学习杨朔的散文，差点怀疑那年月里死的人都是因为有福不会享。

这是故事之外的闲话，我还是讲1960年以后的事情。

我家里似乎也没有什么东西吃，这不准确。应该说有酒糟和苞米面混成的发糕，有菜团子、有豆饼。到了冬天，恐怕真的就没什么东西好吃了。

北方的冬天特别难熬。下过雪，风就把地皮吹裂了。肚子空，就更觉得冷。我们哥儿几个整天围着破棉被挤在炕头，只眼巴巴盼老子回来。爸爸总说：毛主席还啃窝窝头呢！咱老百姓挺一挺就过去了。我们都信爸爸的话，只是肚子饿得受不了。我想这值不得抱怨，我家的生活也许相当不错，否则一定会死人。这证明我们家的人会享福。

但是，我家遇到了灾难。灾难的性质不带社会意义，只是一种个别的偶然的现象。这也是造成故事平淡的原因之一。

灾难之一：二哥不知从哪得到的信息。回家把我和姐姐叫到一块，说："告诉你们，刮硝土能换钱呢。"这的确是一项十分叫人眼馋的事业。我们就找了一对土篮子、一把铲子和一条扫帚。

天挺冷挺冷。地上没有雪。它们差不多都让风旋到洼地里去了。灰茫茫大地有雪沫和尘土贴住它滑动。我走起路来觉得非常吃力，但钱的诱惑使我坚定不移地走下去。二哥在风里边鼓吹刮硝的好处：可以换钱。知道嘛，换了钱咱们就可以买一只两只兔子和鸡。换得多，说不准能买一头猪呢。口水从我的嘴角淌出来，用袄袖子擦了。看看二哥，他的喉咙像是咽什么东西一滚一滚的。姐姐看着二哥，一副崇敬的面孔。

我们终于走上一块平坦辽阔的冰面。二哥踢一脚，一股白雾涌起，露出暗黑色的冰来。二哥说："就扫浮在上边的白面，你们扫，我挑。"

那时我没曾想到过二十多年后我还会写小说讲故事，否则我会彻底弄清楚"扫硝"是怎么回事。当时只糊里糊涂地听二哥说把白面儿收起来，放进大铁锅里熬成碱索。碱索就可以卖钱。我估计二哥也不知道究竟是怎么回事，他充其量知道把土碱面挑到人家作坊，换几分钱就是了。

打碱面并不轻松。看上去白花花老大一片，扫得腰酸腿疼也扫不满一筐。但我和姐还是坚持扫。扫满一副土篮子，二哥就挑它们回镇里。我看见二哥走得小心，两只手把着筐梁半点也不歪。从我们这到那镇里至少有三里路。可以想象二哥会累成什么样子。

我和姐留在野地里，顶着西北风扫土碱，四周平展展无遮拦，天都冻成青苍色。风把人的手刮出一道道血口子，血凝在手上，手就伸不直，我忍不住哭了，姐把我的手塞进她怀里暖着。两只手捂着我紫红的脸。待暖一暖，我仍旧咬着牙干活，我想象着，二哥换回一大把钱，然后买一个大兔子，然后回家，然后炖了，然后我吃个大肚蝈蝈，然后我就美美地睡觉。我就这样一边想象一边干活。

二哥终于回来了。他把手伸到我和姐眼前展开五指，大手掌上赫然趴着两枚二分的硬币。他的脸上挂着让人羡慕的笑。有热气从他的破皮帽子旁边飘出来。

我哇哇地哭了："才四分呀？"我真想立刻回家去。姐擦我的脸，说："四分也不少哇。五挑就两毛钱哩。"二哥说："积少成多嘛，用不了半个月就能买三只兔子。"

就这样，二哥领着我和姐姐天天出去扫碱面，后来妹妹也跑来跟着干活。二哥只管挑。这样，每天可以换两毛四分钱。

那真是一段使我每回忆起就要激动、要悲伤、要痛苦、要骄傲、要糊涂的日子。这日子以二分硬币积累到166枚作为结束。这个时候妹妹病了。她病得很厉害，起不了炕。稍近一点的地方没有碱面可扫了，我们就停止了艰辛又充满希望的劳动。

二哥领着我在乡下的猎户手里买了两只兔子。我将它们背上，兔子毛暖着我。进了镇子，哥领我进小卖店，他转来转去转了一会就掏出所有剩下的零钱。

他问我："老疙瘩，小伙子要心眼儿大是不是？"我说："二哥，我啥都不要。别绕乎了。"二哥怪不好意思地笑了，他就买了一件红花黄底的布衫。

妹妹这天精神一些，知道要东西吃。妈妈高兴坏了，二哥买了兔子回来她更高兴，乐颠颠收拾。

二哥说："老妹儿看哥买啥给你？"他抖开那件小布衫。妹妹竟跳起来去抢。她几乎摔了。她穿上又脱下又穿上又脱下。

大哥不知什么时候溜进来，他嘻嘻嘻笑着。小妹连忙把衣衫压在枕头下面。

叙述到此，聪明的读者已经有预感：灾难之一肯定与大哥或者小妹或者花衣衫有关。

的确与大哥、小妹、花衣衫有关。我尽可能让它不带感情之类的东西。这是出于一种道德范畴的慎重的考虑。

事情就发生在当天晚上。一家人都被我们的劳动果实弄懵了，根本没预料到会有事故发生，吃过饭一家人就去睡觉。生活在这天变得十分美好。于是就出了事。

半夜的时候，姐姐的屋里传出一声让人害怕的叫声，那无疑是妹妹的叫声。接着是姐姐招呼小妹的声音，接着我们又听见了大哥嘿嘿嘿的笑声。接着我们都跑进姐姐的屋子。接着灯光下我看见妹妹牙关紧咬人事不省，姐姐正抱着她连声呼唤。接着看见大哥一边嘿嘿嘿笑一边撕扯那件花布衫，那布衫已经成了若干布条。我还听见他叨咕："花衣真好看、花衣真好看。"我还注意到他没有穿衣服，皮肤青紫色，生殖器冻得缩在黑毛草里抖动。接着我听见二哥大吼一声。接着二哥一脚就把大哥踢出屋门。二哥打大哥这是唯一的一次。

妹妹终于醒过来，尖叫一声从妈妈怀里挣出去，一边朝外跑一边喊："给我衣裳，给我衣裳！"二哥一把抱住她瘦小的身体。她又撕又挠，二哥的脸流出鲜血，但二哥坚持没松手。

很清楚，妹妹让大哥给吓疯了。

妈妈拍着炕沿哭得天昏地暗。爸爸骂一句什么叹一口气，他没哭。

灾难之一讲完了。现在讲灾难之二。这一回没有什么意外的变故。一切都顺理成章——灾难之一导致了灾难之二。

妹妹从此精神失常。她整天把她的几件衣裳抱在怀里，再不就是东塞西藏。最难办的是她总往外跑，曾经跑丢过四次。后来爸爸把妹妹送进洮南精神病院住了半年多。秋天回到家却不见明显好转，只是不太往外跑了。

这本身就蕴藏了第二个灾难。

时间到了第二年冬天。这年冬天出奇冷。我无法形容冷到什么程度，它使人不敢出屋。这更预示着第二个灾难的发生。

那件事发生在一个雪不很猛烈的下午。我们好像突然间就发现妹妹没有了。于是大家就分头去找。一直到晚上也没找到。大家认为晚上也要找，不找到不行。

我已经冻破了脸，但我还是跟着二哥和姐一块出去。那时雪已经停了。道路上积雪不很厚。雪很疏松。月光下踢起的雪粉烁烁闪光。有几颗星很畏缩地明亮。风没有一丝。夜冷得十分干燥。如果没有找妹妹这事让人心焦，这无疑是绝顶美妙的冬夜踏雪行。我们自然没那种心境。夜空中不停迸发出我们呼喊小妹的声音。喊声可想而知异常干涩、嘶哑、悲愤。

我们就这样找了差不多一夜。天快亮的时候，我们终于找到了妹妹。那时候有一条月亮升起来。我们能看得遥远一些。我们看见一个白色小丘。我当时就说："是妹妹。"真的是妹妹。身上盖了一层不太厚的雪。身体的某些部分露在月光下，是黑色的或是紫色的。

我没必要把气氛弄得悲悲戚戚，我只明确地告诉大家：妹妹已经冻死了。很明显，她怀里不会不抱着她的几件衣裳。那些衣裳很破旧打了补丁。同样显然，那件被大哥撕破又被姐姐连缀起来的花布衫也在这些衣裳之中。

总之，她冻死了。至于她为什么非要冻死在这片盐碱地里，我无法做出回答。

是二哥把她抱回去的。这之后的事情没什么可说的。

如果我的眼界开阔一些，心胸开阔一些，我就不会把这两件事说成灾难。平心而论，比这严重，值得哭的事多着呢。我完全没有必要这么煞有介事。

现在，我的故事终于到了结尾。前边讲的那许多，想来是在拖延时间。目的在于利用这段时间考虑一下怎样才能最冷静地完成最后的故事，使全篇有一个完满的最后结局。现在我终于想好了，那就是把诚实贯彻到底。

我发现我恨大哥由来已久。我认为大哥害死了妹妹，我甚至怀疑他有一天会害我。我看得出来，全家人都有这个想法，只是没谁说。

大哥丝毫没有负疚之感，妹妹出殡那天他照样嘻嘻嘻笑，焦黄的大牙齿上粘着半透明鼻涕，涎水不断地从他湿漉漉的嘴角上流下。那天他格外兴奋，在人群里窜来窜去，一只猩猩似的发出没有内容的叫声。那天，别人不太好伸手打他。

自从妹妹死后，大哥每天晚上都要尖叫一直叫到黎明。白天他睡完觉就追逐日光下边群卧的鸡或者把雪沫鸡屎人粪扬得漫天飞舞。毫无疑问，家里叫他闹得没了最起码的安宁。家人好像变得激动不安，言行举止都有些神经质。爸爸和妈妈经常吵架，有时候交换耳光，一般都是你一个我一个十分公道。最温柔的姐姐有一回也用笤帚抽破了大哥的耳朵。

后来我们一致同意将大哥重新绑起来关进小耳房。他依旧在里边吱吱叫。有一天他不叫了。看来，已经奄奄一息。于是又把他弄回正房。待缓过来依然故我。再关押再释放，再释放再关押。就这样反反复复一直熬到了一九六三年夏天。

　　这是个新旧交接时期的夏天。大家都知道第二年夏天整个中华人民共和国就变得阳光灿烂，有饭吃有衣穿有肉吃有酒喝，全地球上所有的东西我们全都有。但那时我还不知道明年夏天与今年夏天会完全不同。我只预感到我们家今年夏天的运气有可能好转。我更预感到：能否好转将取决于我的行动。

　　这就越发接近了故事的结局。

　　行动的对象只能是我大哥。

　　这无疑是一个残酷可怕的选择，它可能给我的一生带来不幸。我当时并没有想到这种后果，也不可能想到。我没有一点替自己开脱的意思。事实就是如此。你们应该知道：那年我十三岁。对一个十三岁的傻乎乎的孩子，你要他怎么样呢？

　　我告诉大家：我"杀"了我大哥。一瞬间的情境促成了它。

　　那天我去镇边的水泡子洗澡。就在我要爬上岸的时候，我看见了大哥。

　　这是黄昏。红色的太阳就要沉没。天空浸泡在橘红的云霞里。没有风。天空平静得和我的心一样。泡子里的水没有波纹和天空那样平静。有一只蜻蜓落在岸边的一棵草上，翅膀透出红色的光辉。大哥就在这个时候来了。

　　事后我想：如果他那时不来，如果不是在那样一个夏天，如果不是在那样一个夏天的一个黄昏。如果不是在那样一个夏天的一个黄昏的那个时刻，如果……我就不一定杀他。这一切只说明我没有也不可能有别的什么选择。

　　就这么回事。

　　大哥就站在岸边。我正在齐腰深的水里扑腾。看见他，我就游过河心那片有两人深的地方爬到了河的对岸。

　　我讨厌看对面那张奇形怪状的脸。我就边用裤衩胡乱抹着身上的水边盯着水看。那会儿太阳几乎不见踪影了，却奇怪地把一抹玫瑰红和金黄色零零碎碎地撒了一河面。那会儿的河真美。那会儿我还是个屁事不懂的毛孩子，按说根本就不会明白什么叫美不美。可那会儿的河真的很美。所以我认为有的美是个人就懂。

大哥也懂。因为我听见了河对岸发出的笑声。

"花衣裳好看真好看。"他叨咕一阵。又笑。眼睛和我盯住的绝对是一个地方。

我盯一会儿河，再盯一会儿大哥。我希望大哥死。就在这里死。奇怪的是我想这些可怕的念头时心里一点也不紧张也不害怕，相反十分平静。

"花衣……"大哥又叨咕着嘿嘿着。

"花衣裳！花衣裳！"我也冲他冲河里喊。

"花衣……"

"花衣裳！快！花衣裳！"

我们俩就这样一唱一和一喊一应了二十多遍。我希望看到的事情终于发生了。大哥仍嘿嘿笑着叨叨咕咕着，却让自己的身体一摇一摆地挪到了水里。这一年大哥差不多二十二岁。他头一回像他那个岁数的人那样精确地明白了我的心思。他一边朝水里走一边还冲我叨咕花衣真好看真好看。水漫到了他的腰，漫到了他的胸。很快，水面上就只露出他那颗丑陋的脑袋。我知道就要发生什么事了。我兴奋起来，用更加声嘶力竭的嗓子冲他继续一声一声喊："花衣裳！花衣裳！花衣裳！"

直到我听见了大哥的一声尖叫和噼噼啪啪的击水声，直到我看见大哥那颗硕大的头颅在紫红色的水中冒了几次，细小的手扑打着紫红色的水面，水花闪着紫红色的光芒，同时水面传来没有节奏的清脆的响声。我才突然抓起背心裤衩疯狂地拼命地跑。一连摔了几跤。我就哭起来，我就一边哭一边兔子一样奔驰。

回到家我什么也没说。家里人也没问我看见大哥没有。事后我想，如果当时他们中间任何一个人问我，哪怕是问与大哥毫无关系的话，我也会告诉他：我杀了大哥。然而没人问我什么。到了夜晚也没有谁问起过大哥。

第三天中午，水泡子里漂起了大哥肿胀的尸体。那是一具脑袋占了全部身长四分之一的一米多长的尸体。露出水面的那片肚皮上，落着一些苍蝇。

就这些。

我的故事终于讲完了。如果说还有一些我刚刚提起又丢下的故事和人物，我已经没兴致讲了。无论如何，故事到这里必须结束了。

如果说我自己还有什么想法，那就是恳求大家等一等再说话。

最后我认为有必要告诉大家关于结构处理方面的问题。巴乌托夫斯基先生的那段话我原本是放在最后的，但现在我把它搁在题记的位置上了。我这样干是出于对自己的偏见的修正。也就是巴乌托夫斯基先生的话太有道理而我太没道理。我发现自己太偏狭太小家子气太那个。

最最后我还想说一遍我说过无数遍的那句话：生活对每个人不太相同。

这句话是不是说得太轻松了？

值得怀疑。

信使之函

孙甘露

> 当然，他不过是一个信使，而且不知道他所传递的信件的内容，但是他的眼色、笑容以及举止似乎都透露着一种消息，尽管他可能对此一无所知。
>
> ——卡夫卡

诗人在狭长的地带说道，在那里，一枚针用净水缝着时间……

那是候鸟的天空。它们已经在信使忧郁的视野里盘旋了若干世纪了。它们的飞翔令信使的眼球酸痛。这些冬季的街道因此在信使的想象中悠久地如此神秘而又神圣。世俗的无限世纪在信使路经它们的时候已经成为可能。

信风携带修女般的恼怒叹息着掠过这候鸟的天宇，信使的旅程平静了，沉睡着的是信使的记忆。我的爱欲在信使们的情感的慢跑中陡然苏醒。和信使交谈的是一个黑与白的世界，五彩的愉悦是后来岁月的事情。

信使是和那个叫作上帝的在同一个平凡的早晨一块醒来的。在上帝做健身操第五节"感官的倒立"时，信使赤裸的双脚走过处女之泉往尘封之海走去。

我们知道有一个看到这一悬置景象的人，他还会看到从信使怀中羽翼般飘落的信函。没有人会收拾这一切，因为拾遗者尚在梦寐之中，而上帝的早操已经做到了第六节"肢体的呆照"。

信使在无须吟诵的时候降至这个难于吟诵的丰沛之地，信使必须穿过时代的郊区才能步入睡面自干的城市。

上帝的听力有点儿问题。在上小学的时候，因为调皮捣蛋，叫一个教汉语的老处女一巴掌磬成了个半残废。信使要去的这个地方叫耳语城，对上帝来说，它是不存在的。

耳语城的人民生活在甜美的时光的片断里。在时光的大街上，男女老幼摇摇晃晃地行走如蚁，他们热切的嘴唇以一种充满期待的姿态微张着，那迷惘的神态似乎是一种劝喻，又像是在暗示他们正穿行在自我迷恋的梦幻中。他们的恒定的历史以轮廓般的简练扫过他们火焰般抑或茅草般的头发，轻易地洞穿他们的躯壳，时时骚扰他们的灵魂。他们凄恻的目光在黯然无语中凝视信使梦游般的浮想。

信是纯朴情怀的伤感的流亡。

我几乎以为信使来自一本虚拟的著作，一个假设的城邦。信使走近这些逐渐远去的行人和雨景，走近这倚窗侧入温暖房间的冬日北风，走近光线中梦语般慵懒的粉尘。

耳语城人民在傍晚的余光中轻轻挥动他们健康的手臂，信使立刻就看出，这是一次季节的综合，是一次感受的速写，是一次性爱的造句作业。

信是私下里对典籍的公开模仿。

信使反复倾听环境的呓语，信使惊恐地在内心获得一种血腥的节奏、一种龟裂的韵律。通过它们，我得以维持内在的故乡感和对弃我而去的幼稚经历的眷恋以及对街景的审美意义上的迷信。

信是自我扮演的陌生人的一次陌生的外化旅行。

夜晚的大街上是众多的引人遐想的窗前的道别，同样众多的故事将不再被聆听。信会飘逝，它和骊歌一样没有颜色而又任人赋予。

信是一次遥远而飘逸的触动。

而它必将在无可挽回的阅读之后化为一堆纸屑。

夕阳已无处可寻，夜晚的水声已清晰可闻，我若还不打听一下这仅有的一夜的住所，我就不再是一个坦率的信使。

信使罗列了一下可能：在旋律中（在音乐中），在什么乐器吹奏之后的温热的吻印中（在某种操作之中），在谁叹息之后的空气悸动之中

（在对感伤的思索中），在谁分辨音响的耳膜的最后一刹那期待中（在理性的犹豫不决中），在人工音响的走失之中（在对自然的溶化中），在自然空间背后的深情之中（在对超验的趋向之中），在血液的浅浮雕前冥想般掠过的装饰性的姿态之中（在对人脑这一器官的深刻怀疑之中），在行走的困惑和漫步的悠闲之中（在对日常生活的证伪之中），在对日出般升起的请求之中（在对命运的请求之中），在白对黑的驱逐之中（在理想之中），在强烈而独特地扭曲着自己也扭曲着时代的抽象线条之中（在不懈的追求之中），在空气和水和季节之中（在生命之中），在浸润泥土的腐烂和泥土散发的芬芳之中（在诱惑和对诱惑的抗拒之中），在书写之中，在寄发之中，在传递之中，在收讫之中，在拆阅之中（在信使之函中）。

信是一种状态。

而阅读是无所不在的。

信是一种犹犹豫豫的自我追逐，一种卑微而体面的自恋方式，是个人隐私的谨慎的变形和无意间的揭示。

在无可回避的睡眠中，《信使之函》是很久以前广为流传的一首歌曲。歌曲的坏脾气的作者也是一位信使，他在我恍恍惚惚的少年时代的某日，把我领到一条僻静的街道的一个肮脏的拐角，大大咧咧地冲我说，小孩，拿着它，这是我的礼物。他从我的睡眠中抽出一个皱巴巴的信封，举到我的眼前。这就是那首著名的歌曲，我当场就在梦中唱了起来。事后我才知道，那天晚上，他多喝了几杯。不久，这位有点儿诗人气质的贪杯好饮的信使在夏夜的纳凉中断了气。

风卷云消，白日来临。睡眠之后的宽阔情怀尚未在行走前完全苏醒，黑夜的传说在天亮以前刚刚走散，沿街的门就要打开，在晨曦中串门的人也就数信使了。悲凉的叙述已成过去，帐幔间一夜的喟叹无人知晓。

信也就是一声喘息罢了。

昼夜观星的人自溺于可怕的心脏的湖泊。信使交替的脚步是命运之潮的两次波澜。我疲惫的肌体是青春脉搏在腕处的逗留，信使沿时光行走。

信是焦虑时钟的一根指针。

在耳语城鲜为人知的历史里，有过一段令人不堪回首的积雪年代，那时的街道在每日曙光的映照下似乎包含了拯救寒冷于灿烂的莫名悲壮。

信是耳语城低垂的眼帘。

街道为另外的街道的阴影所笼罩，它们在浅灰色的肃静中悄然度日。在街角的冷风中抖腿的不是处在变声期的喉音浊重的小无赖，而是一位致意者。他告诉我，他本人曾经是一位航海家。

"信使生就一张梦游者的脸孔。你看看我，我是积雪时代唯一的遗迹了。"

我听不清他在嘀咕什么。"我站在街道旁，就像水手在甲板上。"

信是锚地不明的孤独航行。

"那时候，人们热衷于航海，人们需要盐和伤口来点燃赤贫的理想。"

信是心灵创伤的一次快意的复制。

"不论在历史里，还是在眼下，你是第一个向我致意的人。"

"不仅如此，我也是最后一个向你致意的人，因为我是耳语城唯一的致意者。"

信是两次节日间的漫长等待，信是悦耳哨声中换气般的休止，信是理智的一次象征性晕眩。

致意者是个来历不明的人。在耳语城，致意者必须是一位丰富词汇的占有者，同时必须是一位沉默寡言的木讷的智者。航海家早年传奇般的冒险生涯赋予他以广博的见识和孤僻的性格，这使他轻而易举地获得了致意者的资格。他向我回忆他的第一个夜晚：欺骗是我的最初感觉。

信是陈词滥调的一种永恒款式。

"从某种意义上看，你我是同一类人，信使在陆地上漫游，而航海家则在海上。我甚至认为，信使也是一个致意者。"

"那样，我们可以相互致意。"

"不，我们互相向对方致以敌意。"航海家微笑道。

信是隐语者的游戏棒。

"耳语城在夜晚有若干个美好的去处。"他见我无意向他打听，索性径直说来："公共澡堂是一，公共烟馆是二，公共酒店是三，公共钱庄是四，公共……"

"这是些招人惹眼的地方。"

"不啦，如今已很少有人光顾这些地方啦。"

信使想：信是夏季的攀缘植物。信使又想，信也许是马戏表演的幕间音乐。

"热闹的地方让人倍感孤独。"耳语城的居民，风姿翩翩，怎能容得了令人作呕的拥挤。

信是遁世者的轻微耳语。

"即使如此，我还是要上这些公共场所转悠一番。"我到耳语城来，是来送一封信的。

"我该不会是那个收信者吧，我已经有许多年没收到任何信件了。我以前总是在海上给我自己写信，每次航行归来，我就阅读这些来自海上的信。自从我不再出海，我就不再享受到阅读的快乐了。"

"你如此凄凉，很使我难过。但这封信显然不是来自大海，它只是途经大海，来自另一块陆地。我想，它大概不是你的了。"

"是的，看来这封信一定是我之外的什么人的了。"

致意者之外的耳语城人大都生就一副骄傲的面孔，他们不分男女老幼均以大无畏的气概自豪地行走在脏里吧唧的大街上。

当信使在晨曦中匆忙赶到公共报栏前，刚好赶上一场公共斗殴。领头的人据说在用耳语向他周围的人说了些什么之后，在加之于肉体的拳脚尚处于酝酿阶段，便早已不知去向。一部分公众自觉投身到这一场公共斗殴中，而更多的公众则在周围自觉地围观。他们的热情溢于言表，只因耳语城人天生的素养决定了他们在如此壮观的公共活动面前表现得异常安静。

信是仇恨的哑语式的呈现。信是暴力的孤寂的符咒。

一点没错，据我打听得来，公共斗殴是近日来耳语城人的一大余兴。

信是沟壑对深渊的一次想望。

美好的天气保佑，但愿信别是一次空灵的呕吐。

正像历史上所有伟大的种族一样，耳语城人也有他们引为骄傲的不朽圣地。在城郊一处牧场的畜栏边沿，有一座古色古香的遗迹般的庭院。在一个终将被遗忘的下午，信使行走至此。

僧侣集市。最初，我是在那个满脸皱纹的致意者的口中，听到这一令人困惑的名字的。

远草更绿，近土弥香。山谷的胸脯沐浴在充足的光线中，山脉在逆光中暗含着危机般的凝固，大地则洋溢着青春的笑意。倘若有人从远处看来，我此刻就如一个低能的朝圣者，在郊外的沙土路上蹒跚而行。

是有一个人看见了信使。他幸福的面容在窗前出现。在信使不断的临近中，僧侣集市以一种悲怆的格局自成一体。我愿意设想我此行的终点在此之中，我奉命捎来的讯息的归宿将以畜栏边的接纳者的出现告一段落。

信是情人间的一次隔墙问候。

这个为信使虚设的收信者是一个文化僧侣，这是目前僧侣集市备受推崇的一类。他的祖先无从追溯，人们只是从他的闪烁其词中似乎感觉到他准备以毕生的精力撰写一部回忆录：《我的宫廷生活》。

在耳语城人悠久而又光怪陆离的以往岁月里，宫廷生活始终是各个阶层热烈议论的中心。有许多衣不遮体、食不果腹的江湖艺人，终其一生以一种纯洁的、非功利的态度谈论宫廷秘事，乐此不疲。他们在他人的屋檐下，以十二月的晚风和来年七月的正午的太阳作为他们谈话的背景，他们以际遇恩赐给他们的颤抖和嘶哑渲染早已随岁月远去、湮没不见的某个朝代某个后花园的宫苑韵事。除了他们徒劳推测的宫中波澜，他们的一生平淡无奇。这一点信使可以想见。

信是懦夫的一次优雅的殉难。

比之那些露宿街头的不安的灵魂，《我的宫廷生活》的作者显然要来得更为高贵。他所认死了的无与伦比的血缘和他的别出心裁的心不在焉得来的各类学问保证了他的臆想能够轻而易举地越过实际生活，毫不费力地与胡思乱想一块进入子虚乌有的在信使看来纯系匪夷所思的远古宫中。

在一年临近岁末的时候，这个信使尚不知其姓甚名谁的文化僧侣还未提笔早已泪水涟涟。他在诗意的哭泣中抒写宫中哀怨的往事。

信是畏惧的一次越界飞行。

我走到这位神情疲倦的作者的窗下，我想他会在他的著作的某个较乏味的段落开始之前和我聊上几句。信使并不是来自慰藉的源泉。

信是充作朝霞的一抹口红。

房间的窗户善意地虚掩着，屋内哗哗的书页翻动声，有一种催人垂爱的温馨之感。信使愿意看到一位将拇指含在口中玩味的垂死的儿童。

"令人难以置信的是，你确实打扰了我。"他用一种布道般的语气对我说话。然后，以一种显示习惯的自如趴到窗前，朝我伸长他的脖子。

"我正在写友情和爱与死，我用的是一种模棱两可的笔法，我要用力把一个句子变得荒诞不经。你认为这是办不到的吗？"

我看着他将拇指从口中抽出，然后依次将食指、中指一一塞入。

"你的书还要写很久吗？"

"是的，因为我还要写到死者的葬礼和生者的缅怀，你要知道，这个世界上还有什么比葬礼和缅怀这类折磨人的事情更费时间的？我看没有，除了在纸上复写这类事情，我看没有。"

"据说，你在宫中生活过很长一段时间？"

"这很难说，这要等我写完全书才能知道。人不能凭空断定什么，我们至少要凭借纸上的字。"

"那么，你的书中往事从何而来？"

他露出僧侣的微笑："从写作中来呀！"

信是上帝的假期铭文。

"你能让我读几段你的手稿吗？"

"你想读哪方面的呢？是女人和丝质的披巾，还是酒和纸牌，或者秋季与扫兴的蟋蟀的郊游？"

"哪方面都行，依你。"

"依我，那就不必读了，因为我想你最好从关键的山中故事读起，但那节我还没写呢。"信是一次温柔而虚假的沉默。

"你难道不想打听一下我从何而来？"信使将手臂搭到窗台上。

"我也许刚好来自你书中的那个宫廷。这不是完全不可能的。"

在信使看来，这位天才的作者似乎害怕什么东西与他的书发生关系。

"那是我的宫廷！"僧侣非常有教养地吼叫道。

这个写书的僧侣就这样死了。他可能死于气急败坏。我不知道耳语城的历史书上有没有这种死法的记载。因为信使要谈到另一个有趣的僧侣，只好让他死掉了。

愿他的书安息。

这是一个女性僧侣，她可以坐在冬日的草垛上数日不起。耳语城远远近近的人们送她一个美丽宜人的名字：温厚的睡莲。但实际上，她是一个杀人越货的强盗。她通常在阳光直射的午间打开生擒者的颅骨，吞吃混作一团的思维的浊液。

她有不计其数的情夫，他们如亡命者般来往于耳语城和域外的荒山野岭。每年的春季，他们如野兔般从四面八方窜回到她的身边，等候她的垂青。

"我总是能洁身自好。因为我已非世间俗人，我睡莲的淫思已入化境，我的偶一为之的恶习只是欲念惯性所使然。我已对犬马般的奔走兴味索然。有僧侣的格言为证：静是一种最深刻的动。"

信是瘫痪了的阳物对精液的一次节日礼花般怒放的回顾。

温厚的睡莲在下午四点转瞬即逝的微风中柔弱地抬起她的玉色手臂，用手指旁若无人地将油亮的乌发历史性地顺向脑后。此刻，仅有窗外的永恒阳光和回忆僧侣的初吻的一阵缱绻的鼻息。

她开口说话，像所有曾经是不幸的恋人的女性一样。她说，她说不下去。

信是初恋的旌旗。

那是个东逃西窜的人。若是在冬天，玻璃上结出了冰冷的图案，他就在屋内面壁枯坐，要不就焚烧那些涂满胡乱词句的纸片。他年轻的时候经历过几次著名的动乱，渐渐地他变得心灰意懒而又满腹牢骚。在他恶狠狠地赌咒永远离开耳语城的那个阳光明丽的秋日，他被耳语城人认定为乱世余生者的典型。当下，他就在充满每日恩典般的无微不至的关怀中陷入了秋日街头那无法自拔的狂乱自残。他的唇线因心智的迷乱而抽搐。当睡莲带着昏沉的梦意赶到街头，他的五官已在他的脸庞上拧作一团。他最后是带着白痴般的丑恶嘴脸客走他乡的。

信是时光的一次暖昧的阳痿。

有些云游四方的人士在驿道上撞见他。他逢人便说他打算以自焚谢世。因为他看见了唯一的一座住宅。"在我打开的那扇门的边上是另一扇门，透过我打开的那扇门可以看到一扇打开的门里还有一扇打开的门。现在，轮到我打开那扇关着的门了。"

"我要打开那扇典型的门。"她说。

是耳语城人葬送了他。众所周知，在耳语城，从古至今，仅仅有为数可怜的几个在街头玩把戏的蓬头垢面游手好闲的圣人在他们贫病交迫的弥留之际得过典型这一殊荣。

女僧侣的恋人那时还是个一脸稚气的孩子，他脆弱得如同一纸奏折，他叫那么多的街头欢呼吓坏了。他在忐忑不安中被告知，一个当选的典型必须在耳语城正中央的僧侣广场上披露梦呓一百至一百五十年。"温情脉脉的耳语城人呀。"他哆嗦道。

信是待燃的疯狂的柴堆。

围着他的是一群巨型侏儒。因为他们太想成为巨人了，耳语城专门用来仲裁父子纠纷的亚逻辑事务所恩准他们为小巨人。"耳语城唯一不受惩罚的事情就是胡说八道。笨蛋，笨蛋。真是耳语城的耻辱。"

信是情感亡灵的一次薄奠。

往事的追忆使女僧侣显得凄恻而优美，"我们到'锯木作坊'去吧。"

信使看见致意者在"锯木作坊"外的香樟树林里抽着卷烟。"我每周都要抽空上这儿来。"我们一块在浮动着苦香的香樟树林里徜徉，等候进入拥挤不堪的"锯木作坊"。

在耳语城"锯木作坊"就是庙宇及寺院的同义词，人们上这儿来领取尊严木片以慰憔悴之心。这些香喷喷的木片刚从一整块布满年轮的圆木截面上锯下。这可是免费的。耳语城人亲切地管它叫作：吱吱叫的尊严的源泉。

信是内心的一次例行独白。

"偷情者！"女僧侣散发着肉欲的嗓音浮过香樟树耳垂般的绿色叶瓣向致意者弥漫过来。

这树林深处的场景无疑将成为信使之旅最为色情的篇章，它无可避免地为谨小慎微的信使毫不含糊地略去。信使将从另一侧面涉及芬芳的时刻或者肌肤的触觉或者云雨之后隐隐闪现的意念之星。

信是一次悖理的复活。

正午的阳光之下，在我难以自圆其说的冬日偶然的户外暖意中，

《我的宫廷生活》的不容非议的作者口含木片，一脸尊严，脚尖朝外，以四方步稳稳踱来。

"泥土是松软的。"他说道。羞红的脸孔流露出返转阳世的轻微激动。

"在那里！"我猜想他指的是阴曹地府。

"在那里！"他用叠句渲染气氛。

"在那里，爸爸的，耳语城人一个也没看见，在那里。"他继续用叠句咏叹。

他指的究竟是哪里？哪里？哪里？除了用与叠句相同的方式追问一个死而复生的人，信使很难设想存在着一条抑或一条以上的捷径。永无止境的行走并不能保证信使洞察生命世界以外的往返途径。

"我真是爸爸的背运透了。那地方节日挨着节日，连换气的机会也找不到。诞辰，忌日，命名日，纪念日，周年，百周年，千周年，万周年，甚至还有休息纪念日，一年三百六十五天，没个清静的时候。爸爸的，我跑回来了，我是回来度假的。我要像个人那样休息！"这个鬼魂大口大口地吸着新鲜空气。我估计是"锯木作坊"里太闷的缘故。

不一会儿，他丰腴的面颊已涨到橘红，用不了多久，他就能再度胜任情人的角色了。

信使回过头去，女僧侣的目光在树林间炯炯闪烁。"你是一具发光的骷髅。"她忿忿地说。

信是夫妇间对等守护的秘密。

信使和信的距离，就是外部世界和瞬间思绪的距离，就是无所不在和恍惚逗留的距离。信使是信的任性的奴仆。

信是信使的一次并不存在的任意放纵。

"我是你唯一情真意切的情人。不瞒你说，我在那里得知你在向一个过路人谈论你的草垛上的恋情，而你以深切的思眷回忆的那个最令人销魂的情人竟不是我，这真是太不人道啦。"说到此，这个鬼魂咽了口唾沫。"难道你竟把我们俩在书斋中那非常适宜描写的抱吻忘得一干二净了！"

"哪个书斋？那个遥远的宫廷中的书斋么？"女僧侣反唇相讥。

"爸爸的！正是。"

"我们在铺天盖地的醒世恒言中碌碌无为地生活，庸而不俗地创造着耳语城无比悠久的历史。在我们的耀眼得致使我们看不太清的远古岁月里，耳语城清心寡欲的先哲们先是任意捣毁了仅有的几座尚在众人臆想中的玫瑰园，然后，先哲们精心挑选了一个秋高气爽的日子，以吮吸天穹的姿势仰望自然的高处，渴慕内心的拯救来自宇宙深处的某一个修和而光滑的理性的圣地。即使我们听不清灵性的急切而不可企及的私语，我们或可能够窥见圣地风景的若干世俗的段落。自古以来，耳语城那些为朴素的睿智折磨而死的圣贤们终身抱有此等可笑的愿望。"致意者目睹越过生与死的羁绊偎依而去的情人，不禁黯然神伤。

信是无休止的情爱颂歌。

信使在一面渐渐陷进泥土的颓败的城墙上小憩。趋于清冷的黄昏时分的日照正与闲置在街角的茅草作每日例行的无声的告别。晚风播送着它额外的赠予。我看见，致意者正拢着双手和驿道上那些匆匆赶路的骡马眉目传情。

"张王氏……"

"李赵氏……"

"周氏……"

"秦氏……"

他用带拖腔的颤音表达他的晚间情感。

"你在叫谁？"

"那些畜生。"他的回答一下转向干瘪以至于石冷。说罢，踩着那些沉默的乱石块一蹦一颠地走去。

在耳语城的一隅，时下正是风筝的黄昏。

风筝。耳语城人又管它叫纸鸟，布蝶，竹鹰。这是在大地上行走的人们和不可企及的云天联系的唯一方式，并且完全是一种超越尘世纷争的为虚无的美感所充盈的方式。

放风筝是耳语城人的黄昏娱乐，就跟晨间刷牙一样稀松平常。

一曲五声音阶的牧歌在执着的垂暮中为手持风筝的人们的迎风奔跑做着辽阔的背景伴奏。这单调的哼唱犹如仁慈的心灵在迅疾的默读间偶尔掺杂的游移的舌误，这纷忙的田野上洋溢着略带佶屈的和谐。

信是信念旷野中一次慢慢展开的残忍。

那些面容枯槁的僧侣成群结队在我视野的地平线上走过，他们柔弱无助的哀歌般的神情一如信使在命运的恩准下卷入的一次身不由己的行走。他们像神之子般在夕阳遥远飘摇的余晖中满怀对草木风光的景仰，手引棉线，牵着五彩缤纷的物质玩具做着祭礼般的意念的游戏。

信是无视神意的一次对谜的奢侈的谒见。

温厚的睡莲衣裙翩然，在款步中引一只灵巧的彩蝶与无定的风向作魔幻般的纠缠和情人承诺般的温存。这平和的原野断无半点灵怪的踪迹，纯朴的民风在耳语城随处可见，那种充满脂粉气的传奇早已与变态的公案一同埋进岁月的深处，三三两两的游人在纯洁无瑕的暮色中做着日趋没落的嬉戏。

女僧侣打我跟前掠过，向我展开她的手掌："我们是六指人。"

信使看见他们确实是一些梳理晚风的能手。在我未来的记忆中，耳语城的生活细节的含义将是含混的。它们远离扼要的象征和特指的隐喻，仅以瞬间的呈现勾画光滑无比的时空魔镜上微暗的疵点。

信是对破败的一次不求甚解的钟爱。

天高云淡。我为入夜后剪灭僧侣们幽暗的烛火的冲动所驱使，尾随着致意者折入弥漫着药丸气味的僧侣集市。

"你们，是迟到者吗?"一个少年僧侣拦住我们的去路。

"不，我来找一个人。"我上前作答。

"现在，你找不到任何人，所有的人都给神话中的人物送葬去了。他们要到午夜之后启明星出现之前方能返回。"

"能让我去看看么? 或许，我会碰见我要找的那个人。"

"好吧。"他无可奈何地说，"我还从来不知道，活人是那么固执。你沿着这些互相关联、彼此相像的街道去找吧。也许，你能赶上他们。"

"他们是朝哪个方向走的?"

"四面八方。"

信使从现实远方赶来。从那无从详尽转述的时光的某一刻出发。此刻，初始的印象已从远处走向我记忆的近端。所有在我之前的行走已和我的行走涓流般汇成一体。

我的语焉不详的叙述已在禁果前亚当式的乞食者的凝视之下和所述的耳语城的游历悄然分手。

信是叙述者以叙述向所述事物的剥离。

傍晚的微风吹临了这些陶醉于神话的偶像崇拜者。他们在我的四周梦游般地四处走动。他们以乞食者的哀怜之情博取人们的惠顾。他们以刽子手的无动于衷成为死亡之晨的更夫。

信是假面舞会上对陌生舞伴的一次徒劳的自我引见。

执行仪仗的六指人或拖刀而走，展示风度，或胡乱放枪，以此取乐。他们射击沿墙狭窄窗棂上随风垂荡的纸糊的洋红色饰物，然后忽地转身长吁短叹追赶着踩踏大家闺秀小家碧玉良家妇女诸如此类灵小或宽肥的鞋后跟，接着放枪打她们衬裙的花边，他们爱闻棉布绸缎发出的焦味。"嗅！嗅！嗅！"六指人公羊般满世界乱奔，他们充满情欲的身形皮影般简捷而隐晦。

"多么别致的狂欢。多么慈爱的放纵。神话中的死者有福了。他们得知耳语城人在葬礼中还能如此调笑移情，真要为没能投胎尘世而追悔莫及。"致意者在街角当下站住抒情。

"真是热闹。真是风光。"以我如此无知，也能情动于衷，可见僧侣集市果然不同凡响。

六指人是一些把玩季节的轻佻之客，他们以狱卒的矜持的麻木勉励自己度过嬗替不止的懒洋洋的春天，昏昏欲睡的夏天，乱梦般的秋天，蛰伏般睡死过去的冬天。他们以静止的升华模拟殉难的绮丽造型。他们以卑琐的玩笑回溯质朴的情感。他们在葬仪开始之前的神态兼有脸谱的癫狂和面具的恐怖。

"他们害怕仪式吗？他们不是擅于此道吗？"

"六指人不是没有牺牲精神，只不过这不是勇士的牺牲，而是狱卒的牺牲，他们与囚犯分享牢狱，但并不与囚犯分担罪恶。"致意者为葬仪前仓皇行走的六指人辩护，"他们的悲剧是狱卒的悲剧，置身其中又游离之外。"

信是陶醉于晚秋忧郁的同胞絮语。

"难道击鼓鸣枪也算得上牺牲？"耳语城人真是小题大做。

"难道还有什么事情比目睹悼念的旗帜缓缓地升起更令人心醉？"

"怎么可以将内心虚幻的放纵解释为牺牲？"

"难道情感解体时的愁苦和惨痛较之墓茔旁的挽歌不是同样狞厉不已吗？"

"哀悼应当沉痛而平静，而不是像六指人那样吵吵嚷嚷的。"信使瞧见女僧侣和她已故的情侣也夹杂在众人之中，不由对葬礼的纯洁程度深感怀疑。

"他们这是在活血运气，求丹田之韵，接下来就要沿墙书写挽联了。"

"在我看来，这些事情早该预备妥当，这简直像杂耍的节日。"

六指人仗着他们超人的腕力走笔如飞，不论笔势灵动或古拙，个个蕴蓄着超越哀挽之上的抽象之美。僧侣们写得来劲，忘情得宽衣解带，捶胸顿足以至于抱作一团，以十二指并行狂书。

信使似乎眼力不济，即使凑到跟前，依然不得要领。挽联充满尘世之俗媚，似乎是对死亡之痛的中和。

"爸爸的，爸爸的。"僧侣不断地念叨着。

我站在一旁，就如站在就人类想象而言并不存在的宇宙的旁边。信使与其素不相识的人的感情上的具体关系形同雾状。信使与他人以概念维持着可怜的观念的联系。

信是从未知的角度观察未知的状态。

我在周围世界的兴高采烈之中逐渐领悟到：信使所寻找的并不是一个确定的收信者，信使只有通过寻找使之逐渐确定。我有可能在耳语城的长着六个指头的僧侣中间获得肯定的答案吗？倘若答案是否定的，那么，我有能力驱使另外的陈述来替换耳语城令信使困惑的芸芸众生吗？假使答案依然是否定的，信使还有勇气在否定中继续前行吗？

如果漫步本身就是目的，那么，我只有将行走视为无目的的漫步了。

僧侣们虽然缺乏营养但毕竟富有教养。跑马占荒式的喧哗过去之后，号叫与骚动为葬礼之初景仰的默想所取代。

信使与致意者紧挨着挤在持枪的六指人中间。女僧侣则在一处藤荫遮掩的窗台下与她有争议的最佳情人相互吮吸舌苔上的唾沫消磨难挨的静默。

"你对亲昵的举动竟然如此无动于衷。"致意者就势将他纤弱的手搭到我的肩上。我无须借助任何光线来洞察他此举含义，致意者白皙的手上分明伸展出六个指头。在那矮小的拇指旁岔出的第六指鬼神般朝人世探头探脑。

"凶暴之徒。相书上这么说的。"见我入迷地注意手指家族的异端，他威胁似的为他和他同类的肌体的奇异造型进行阐释。

致意者的身子在向我渐渐地靠近中已经透出依偎的意思来了。"不近女色，酷爱男风。"不知道相书上有没有这条。

致意者的嗓音开始混浊，开始颤抖。伴随着他略带控制的呻吟，信使听取了一个为虚荣和痛苦所困扰的虚情假意者的感情历程。

六指人是一些细皮嫩肉而又表情呆板的多愁善感者，他们通常眼睛狭长而鼻子粗宽，这使他们纵使满腹柔情也难于形诸于色。他们一般多出于豪门，俗称大户人家。他们打小就与文房四宝结下不解之缘。他们幼时的恶作剧多有三至七言的韵文作注。他们倜傥的少年时代则以荒唐与风流的扩写纳入对仗工整的律诗。他们成年后的短暂而风雅的私情则由行文铿锵的散曲所表现。他们无以言告的不朽凤愿则为典雅的骈文所收藏。他们弥留之际的辞世之愿则是在道旁的坟头上有一方上好的青石有一笔遒劲的好字。

六指人的鼎盛时代早已熏染上了古籍的墨香，往事的神秘早已为代代相袭的传诵折腾得失却了任何值得记取的诗意，寓居陋室的六指人只能以清淡的寒风滋润他们皲裂的皮肤。

令人感怀的是，他们毕竟来源于一个家学渊源的整体，他们至少可以蚍蜉一撼震醒他们的千古睡思，他们至少得以戏文中丑角拖长腔调许出他们的百年之愿。

信是一次酒中自刎。

"你挠痒了我，蠢货。"我消受不了这类肉麻的接触，在死气沉沉的送葬的行列里无异于亵渎地喊叫起来。

六指人以整齐划一的目光来制止我。"你们不要这样，我是信使。"我不禁无措到裆里发虚。

他们的目光犹如僧侣的细软，它以伤春的痴情和怀古的怨愤交织而成，充满斜阳式的若明若暗的悱恻。他们是无象之象的史册。

哀思已由默想遣送到尘世之外的福祉逍遥去了，致意者在他的恩恩爱爱的故事荒原上燕口拾泥般点水而行。

送葬的行列过去了，街上阒无一人。从建筑物隙缝间吹来的劲风打着旋在空荡荡的街道间与枯枝败叶寻欢作乐，它们在墙根和道口带动起行人抛弃的废纸或果皮，迅疾地转几个舞步式的圆圈，便弃如敝屣似的舍之而去，再与沟沿或门角那些油腻的蹲伏者亲热一番，即刻钻入附近的过道或回廊无影无踪。

六指人的思绪生来以一种谦卑的姿态低俯潜行，他们暧昧的屋檐往事在黑瓦白墙间与蝼蚁之路并行不悖，他们在窖底资历深厚的米酒之畔攫取酸腐而深不可测的玄妙城府，并以枯井之侧的暗哑空寂充作问天之声，他们在槐榕之底的盘根错节间假侠肠行问罪之师，他们在坎坷的沟渠之巅作展望平川之状。

"总之，我们如沙似水般拥作一团。"致意者似乎在重温六指人的某些伦常准则。

他们所推崇备至的是列子乘风之勇，他们所鄙夷菲薄的是泥走刀锋之趣，他们来自海上的鱼人之国，他们为他们的岛上的祖先哭泣至今。

"你这是为谁守身如玉？"

"我是个平足、宽臀、龋齿的信使。"我才不管六指人的海岛是否被泪水所淹没了呢。我推开了他。

信是一次摇篮般的方舟之旅。

信使所热情思慕的是一位语义隽永的追随者，她必须有胆量像进入一个错误那样进入我的无节制的胡思乱想。她必须把未竟的旅程视作逃避之路，在无数重复到来之前，领悟最初的茫然无措，而此刻朝我走来的女僧侣刚好兼有断线般的慈母之泪和游子般的思乡之情，她在恋情的一厢走向我情欲的侧翼。

"我对匆匆赶路的人从来具有好感，他们那一闪而过的迟疑的模样，着实招人疼爱。"

"我对路遇者同样素来怀有好感，他们那一闪而过的坚定的神情，着实令人费解。"

信使和女僧侣在隆隆作响的礼炮声中，进行无益而谨慎的交谈。

这些乌有乡的不朽者的葬仪自有他伟大的烦琐之处，火焰和颂歌同时点燃，知觉在令人晕眩的光芒之中从麻木的绝望走向净化了的空虚。红色的皮肤在恢宏的脉动催促之下种马般骚动不已，时间和方向在瞬间为欲念之流的涌动所坼裂，南方的哀痛在平坦的土壤上空久聚不散，六指人开始向神话中的人物伸出他们异化的手指。

在某些必要的省略之后，我们在不死鸟的栖息之地摸索着向对方伸出手去，诗意的描述在史记之初就被细心的默想者分行编入蝉翼般的宣纸，在洪峰到来之前的片刻宁静中，生命媾和的幻象历历在目。冲动的沉沦由西向东演化成沉沦的冲动，意念在世代相传的风俗的深处造爱，世袭的婢女在参天古树的枝杈上悬挂她们愤怒的心愿，思辨的华盖上结满了仅供鼓眼蜘蛛爬行的甜腻的网络，风格的小腹上站满了披荆斩棘的探险者，他们纤弱的骨架在互相抚摸之中格格作响。籍贯使他们告老还乡，方言使他们钳口不语。在一本糜烂的黄历的点画之间他们找到了落叶归根般命中注定的良辰吉日。

　　呵。幸福。

　　葬礼的长度令信使无法保持矜持的形象，在我看来，耳语城可以用它的恶习征服所有的信使。

　　"我累了。"信使几乎是在哀求女僧侣。

　　"谁都别想在道旁得到喘息的机会，更何况葬礼马上就要进入欢乐的部分了，你应该挺住。"

　　"在葬礼上怎么个欢乐法？"

　　"你可以和你钟爱的死者对舞，这可是难得一遇的好机会。你要预先在心里想好你的舞伴，免得到时忙中出错。"

　　信使不知道死者里都有谁，更何况我也没有翩然起舞的兴致。"我在一旁看看得了，兴许我还能瞧见我要找的人。"

　　"不可能。死者里除医生和士兵没有第三种人，而他们除了给人治病和自己得病外，从来不干别的事情。"

　　我透过女僧侣预言式的陈述，目睹信使所无法摆脱的名词的偏见和术语的傲慢，在六指人谱写出的一大堆出色的音乐伴奏下翩翩起舞。

　　信是一次警告：躯体应当休息。

　　信使每前进一步，都有新映入眼帘的事实告诉我，生活已以我一无所知的方式存在过了。信使设想：世界是以已知和未知并存的。在我的阅历和智慧之外活动着一个广大而神秘的世界，它们并没有在焦急地等待我去接近它们，它们只是在我的焦急的意识之外等待它们自身的命运，我不可能同时整个儿地跟它们擦肩而过。

　　信是能够重复张贴的无句读的标语。

我对令人艳羡的舞步，素来缺乏记忆。信使的双脚因刻意的行走而被规范至循规蹈矩的一往直前，致使将略加变幻的迂回摸进视作内心图案的晦涩的翻版。伴舞的曲子过后，在我的视线里旋转的足迹已构成了一处冰冷的迷宫。

这类穿插在葬礼间的为声色所左右的艺术活动在女僧侣对信使的痛心疾首的指摘下于我沉重的臆想间消弭得杳无踪迹。

女僧侣在她昔日情人的朗声呼唤之下弃我而去。她那水墨般溶解于苍白街景的背景似乎在说，我是那种有滋有味地过日常生活的女人，不是那种有魅力但让人难以察觉诱惑的女人。

他们结伴而行的身影似乎是末日的重奏。

信永远是过去时态的文献。

"他就在那地方。"女僧侣在拐过街角的瞬间说道。

她所说的他指谁？那地方又是哪里？没有人知道，信使也不知道。我放弃了追上前去问个明白的企图。

这一有些微耳语、些微纯净的景象令我热泪盈眶，在所有昼与夜的晴朗和阴晦之中行走的人们，你们以审美的方式永生在信使的耳闻目睹之中。

我错过了唯一的机会，我想今后不会再有谁告诉信使：某人在某处。

信是一道仅供猜测的命题。

我不知道神话中的人物是否会在尘世的仪式中以凡人所设想的非凡的方式向天庭做一次金光闪闪的升华。

这个由六指人、各色僧侣（说不准还有善良的跛脚和和蔼的罗锅）勤勉营造的耳语城确实是演奏人间神曲的天择之地。

信是神话的封口。

我们打开信，就是和他人一道共同打开逝去的故事。信的撰写者是故事中的一个角色，而收信人是另一个角色。信使是情节，是悬念，是局外人，是为超我驱使的浪子，是人们所熟悉的那个陌生人。

现在，就是那个被我们称之为夜晚的时刻。傍晚之前的白天跑到此夜的身后等候下一次的替换。有人从暗中朝我走来。

"你是谁？"他像一个操演巫术以至隐身不见的道人在暗中发问。

"从来没人这样问我。"

"为什么?"他的低沉的嗓音向我逼近,而依然不见其人影。

"这是不言而喻的。"我迅速地回顾了一下我的身世,诧异地发现,在如此梦呓般地催问下,一个有自恋倾向的信使,同时不是他自己。我是我之外的任何人。

"不可能。世间只有一个人是不言而喻的,那就是我。"

"那么,你是谁?"我仍然看不见这声音出自何处。

"神话中的死者。"

"你生前是干什么的?"我想据此来推断这个隐身人的模样。

"我生前就是个死者。我是作为一个死者被耳语城人创造出来编入神话的。"这让我心惊肉跳。

"听你的嗓音,你是个很和气的人,你能让我瞧瞧你的脸么?"我发现我既胆怯又不聪明。

"六指人没有创造我的脸。"

"呵,这真是一个疏忽。凭他们的六个指头,本来是可以把脸造得好些的,太可惜了。"

"我这就来告诉你我是谁。"信使看看四下里阒无人迹,忽然放肆起来,"我正在写一本书。你知道什么叫书么?书就是人们用一支笔或者好几支笔在一叠很厚很厚的纸上写呀写,我不说你也明白。《我的宫廷生活》正是这样一本书。这是件叫人头晕眼花手脚冰凉的差事。写完以后,我还得删掉许多因曲折的叙述而容易招致误解的段落。比如,我极为详尽地描绘了赴早朝的丞相怎样忙里偷闲地先到妃子们的窗下闻闻花卉隔夜的幽香。然后,乘若干妃子起身小解之际,消消停停地以散步的节奏从皇帝的后花园溜达而出。你可以毫不费力地看出,这段话里漏洞百出。首先,读者很难根据这段文字来认定这个宫廷所处的朝代;其次,显然不曾出任丞相一职的作者究竟是在哪条小径上一睹在月洞门旁探了探身的妃子们的晨间芳容;再其次,丞相何以在一大早就具有此等闲情逸致。这样的文字有悖于我的初衷,理当删去。"

信使怎么能够就一部并不存在的著作侃侃而谈呢?我是想介入什么群体的梦幻吗?看来清醒的自我并不能抑制扯谎的机制。

"不过,既然要写一部书,那么,总有它的道理。基于我对神明、袈裟、蒲扇以及游手好闲的钦慕，我着重撰写了《蟋蟀的郊游》一章，有关蟋蟀的品类以及它们的格调层次我在书中略去不谈，因为那样只能招来专家的非议和外行的厌烦。当然，那无疑会由考证而引来后世的荣耀，但那毕竟太遥远了。我要说的是蟋蟀和一个隐士和一个食客和一个谦卑的智者和一个女里女气的滑头和一个假女人和一场战争的故事。"

信是一次合乎规范的侵略。

"你知道，一个人倘不能谋得一官半职，他难免要舞文弄墨一番。也好以此在耳语城的历史上好歹留下一笔。《我的宫廷生活》的作者也不能免俗。这一章开始的时候，我们读到一条宽广的大道，晴好的天气再加上美好的理想，如果不是在以后的叙述中加入了女性的纷乱这个故事无疑会纯洁得令处女都感到羞愧的。首先出场的是一个英俊的食客，他很潇洒地在寂寞中走了一会儿，就到树荫底下歇息去了。他摊手摊脚地躺倒在泥地上，饥饿是显而易见的。接着出现的是精通哑语、腹语以及眉目传情脚下使绊子背后扔小石子诸等十八般交际手段的老成持重的学者。就那会儿，他还未曾学会使刀子、正宗的国术和澡盆子里脏水呛婴孩，即便如此，还是可以他满是粉刺的脸上看出此公已得道多时。他在年轻食客的身旁俯下身去。书能写到这种份上全是高手，往下你可以写谋杀，写同性恋，写男人间的情意和父子相认什么的。挨上什么写什么，还可以大费笔墨写了半天啥也不是，这叫闲笔。为了避免因连续出现两个男人还未出现女人而使看官扫了兴，又因为再往下还是没得女人好交代，最好的方法是写动物。这样又会蹦又会跳又会哼哼又会叫的蟋蟀便被引至光亮处，如果我不嫌麻烦我可以写写它的妹子，等等。蟋蟀的媒介也是一种象征，不过，作者夹在行文中的解释多半不可靠，它不是另有所指就是有意卖关子。再往下，隐士出现在作为背景的红太阳之前，既因逆光，又因我眼力不济，隐士浑身闪闪发光而又轮廓模糊，按说这种人最好一直藏在幕后，可又有人说文不厌诈，时下流行将神秘人物推到前台，还曰一倍其神秘云云。其实倒是有一位暂不出场的，那就是女里女气的滑头，此君这会儿正在远方一所书院里用一种在外人看来极玄的手法丈量星星的腰围，就跟他要给她们做条带褶子的裙子似的。最后就是满腹柔情的假女人，只因他长得粗壮且蓄了少许用秃了的牙刷似的胡楂儿则使人大为怀疑他是否有脚气或者狐臭。"

"他们先是在树荫底下互相观察五官七窍，然后玩一种圆梦的游戏。就在这当口儿，隐士听到了蟋蟀的鸣叫……"

"接下来的一切是从蟋蟀角度写的，你感到乏味了吗？"

"是的。"死者的声音在冥冥之中答道。

幸亏如此，要不然，我都不知道再怎样往下编了。《我的宫廷生活》的真正的作者不是也没有写完它么？看来这是一部难以写完的书。

对话之际，天色微明，为杰出的神话人物所刻意安排的葬礼在僧侣们热热闹闹的渲染之下临近了为避免假正经而陷入的庸俗而杂乱的尾声。

僧侣们紧紧地簇拥在一块，正用合唱的形式哼着一支有那么点缠绵的挽歌。在信使这儿隐隐约约可以听到若断若续的片断歌词。"崇高""无限""极致"，是反复多次出现的，所以可听得比较真切。在一个含糊而冗长的"爱"字之后是一连串的唉声叹气。而那些自始至终浑成一片的感叹词"啊"所表达的敬挽之情则是无处不在的。

似乎是为了使人间的声音力达天庭，挽歌以一个震耳欲聋的欢呼结束在一阵稀里哗啦的掌声中。

僧侣们四散开来，要是以为葬礼在这当口儿结束了，那就错了，他们只是挨着墙角和树根喘喘气，好接着开始盛大的游行。

在信使看来，游行最好能有一位桂冠诗人参加，这样才既别致又有趣味，但从六指人懒散的模样来推测，他们可能对这类花哨的点缀不感兴趣。耳语城的葬仪搞得六指人既内向又内疚，他们的面影犹如一帧表现忧伤的版画布满了刀刻的柔和线条。

信使在耳语城的游历并未使我获得浏览所具有的粗略的领悟。这个通向无限未来的疆域似乎是封闭的，但在它的上空仿佛萦绕着圣灵的光圈，这使得它多了一重意味深长的以供索解的隐喻。灵性在此以二维的方式活动着，这些扁平的幻想尚未被编织进有序的故事已开始脱落他们单薄的关节。他们毫无痛觉地闲躺着，奢望着一次三维的骨折。

信使向所有的行人微笑，我感到愉快应当有一种健康的表情。

六指人在他们家乡的土地上满怀朴素的家园感呼来拥去。信使在茫茫的人海里已很难找见致意者诸人的影子。我想，他们准是因为这些隆重的公益活动而乐不可支。看来，耳语城人具有得天独厚的禀赋，以保证他们将这类虚幻的集会搞得兼有庆典的气派和骚乱的氛围。

信是友情的说明书或者梗概。

号角和笛手过去了，妇女和儿童过去了，走街串巷的民间艺人过去了，著书立说的愿望也过去了，凄苦的岁月和仁慈的心灵也过去了，郁闷的才华和幼稚的遐想也过去了，余下的唯有沉默寡言的死者和单独面对信使之函的我了。

一封信的收信者无疑是存在的。这封信也可能是写给一个信使。也就是说，是写给我的。假设是这样，那么，是什么催促一个信使去投送一封给他自己的信呢？信使能够通过一封给自己的信脱离自己而又通过缥缈地寻找与信一同回到自身吗？如果这封信确实是写给我的，那么只要我不打开它，而是在行使一个信使的职责，那么，我就不是我自己（那个收信者）那个当信使的人，而是一个真正的信使。而真正的信使就是一个充满种种猜测的过程。倘若信使之函的使命不是结束在一次实际的投送中，而是结束在一个虚拟环境的走投无路的迷惘中，那么，语词的梦幻效应有可能直接嵌入文体所归属的那个理性的领地。那样所有的杜撰都有可能在瞬间对意识较为混沌的那部分产生一次诗意的振荡。

信是人类的生命的另一个首次或者叫作再生。

"喂！"信使听到身后传来一声富有情调的吆喝。那个曾经教导我该朝无数个方向去追赶众僧侣的少年以一种与世无争的闲散在熙熙攘攘的人群中踱步。

"您是在喊我吗？"信使以为这偶然的召唤会陡然改变我的耳语城之旅的走向，就像无数戏剧故事中惯常发生的那样———所有的心灵为之一动。

没有。信使已经不再抱有此类汹涌的内心悬念，与生俱来而又与日俱增的境遇压力下的危机感在古往今来浩如烟海的描述性转述之后无可奈何地演变成了刺激麻痹已久的感官的杀手传说，我的最高使命已成了保持期待。因为少年僧侣喊我并无特殊事由。

"看你惶惑的样子，恐怕还没找着你要找的人吧？"他跟所有上了年纪的六指人一样浑身上下透着那种阅尽沧桑的平淡的自信。

"这无关紧要，对这码事儿我已有了些崭新的想法。"

"不幸啊！"他仍旧如一位长者那样陈腐而迂阔："新的想法未必能

帮你找到你要找的人。它仅仅是一些新的想法而已。"

信使非常恼火，岂能容忍一个乳臭未干的黄口小儿喋喋不休地说三道四。

"新想法能不能帮我找着我要找的人，无关紧要，要紧的是它是一个新想法。"我感到强词夺理很有快感。由此想到长舌妇们是很幸福的。

"既然你已改变了你的初衷，何必还待在耳语城呢，你到这儿不是来送一封信的吗？"少年僧侣尽管神态悠闲，但言辞犀利。

"据说，只要你赖在耳语城不走，这地方早晚会像一个虚构的故事那样，在历史和真实的逼问之下化作乌有。"信使想到有一天走在一处遗址上，并追想因为要做的事情太多因而什么都不干，以此过上了超越生活的六指人的点滴旧事不由得非常开心。对这些六合之外、无论方圆的人即便是一封有无穷可能性的信，对他们又有何用呢？

"但无论如何，你是一个信使！"

信是一出由丑角扮演主人公的悲剧。

"你这简直是在逼我，似乎我不做一个信使该做的，就要赶我走。"

"你是误入歧途，并且继续执迷不悟。倘使你找到那个收信的人，你最终还是要离开耳语城。一个人不可能在一个假设之处一直待下去的。"

怎么谁都像名宿先哲那样出言不逊而又强人所难呢？

耳语城是个让信使神魂颠倒的地方，生灵鬼魂交臂而过，奇谈怪论层出不穷，六指人不愧为生性诡异变化多端的人物。在他们的步步逼问之下，信使已经退到了现实感觉的尽头。

"迷乱的感觉就要来了。"少年僧侣倏地退向远方我所无法企及之处。在我障碍丛生的视觉中成了一具钢筋铁骨的大神。

"爸爸的……"我忽然想到用六指人的这句口头禅呼救也许灵验。

信使恍惚觉得驿道上挤满了人，他们在观看一个信使在烽火台上像一羽雁翼那样向虚空中垂下、坠落。躯体就如一纸信函那样在一片澄明中飘飘荡荡，听不到任何凡界抑或仙界的声音。

信是一次移动。

信使突然看到了那个收信的人。他不在他们中间。信使对我说。

那人的步态十分奇特，就如一个奔丧的孝子愁眉苦脸地在起伏的波涛前逡巡不前。他继续在信使孤家寡人般的幻觉中来回走动，四下张望，仿佛在思考怎样才能走出信使的幻觉。他不紧不慢的样子有点近似一个仲裁人员。

他让我感到他具有那样多的美德，甚至想到把他形容成德行的源泉也不过分。以至他在幻觉中的光彩一进入现实必定显得过于耀眼，使我视而不见而无力接近他。他在阳光下的影子向神话中的死者重叠过去，信使就像看见少女的目光与她注视爱人的眼睛汇聚在一起，湿润的恋情因此具有埋葬一切的威力。他朝我微笑。信使看见他露出洁白的牙齿，像海浪一样。他鲜红的舌苔和致意者一模一样，带有流浪的苦涩。我看见他流向远方，在冬天的尽头，他的眼帘低垂。从一个孩子的窗口，他的思念飘荡，沉重而且滑翔。海水蔚蓝，那么，大海沿岸的岛屿呢？那些在上的，珍重！第一次听到他的音响便跃起、振翅远去的，如今在某处盘旋。他们知道该忘却什么吗？弥留之际的岛屿。他只是在深处，在蓝色之下，把梦想送回大陆，千年如故，在秋天的道别声中，流传那些被大海遗弃的孤苦。晚安！他对那些闪烁地说，他不再诉说。潮水层层铺展，向天空和岸赠送夜的化石，在他的心潮上掠过音乐的泪珠。珍重，珍重，他把头颅浸在海水中，他说，倘若你想，无论说什么，你说吧！他尝到了那无边的孤寂，但孤寂不是他，他是梦，孤寂是蓝色，他们相互寻求，他要为它而献身，他在悬崖上挂上了他的赠言。留给沉默的石头，作为漫长岁月的慰问，当正午来临，有一道阳光，在他选中它的那一刻，失落他情感的要塞，从南向南送去他的旧式的创伤，让另一种岁月去痊愈他，他需要盐和新的伤口默默地相互守候。大海在一侧清点他的航道，风帆再次转入了他内心的河流。但是，信使看见他脱去了温文尔雅的服装，露出了戏谑的神情，他跳出了庄重的时间的行列，在耳语城的大街上同时扮演僧侣和他们以往的所有的想入非非。并且操着耳语城的方言，给我以警示：

"这一切全是特意为你而做。"

对信使来说，虔诚的行走就是肆意的拂逆，无纪元的夜晚就是亘古如初的白日，遭逢离奇的偶遇就是万劫不复的结局。一部并非别出心裁而杜撰的历史片断就是虚假的文学癔症，而非历史性陈述就是对无法遗忘的荒诞的沉默着的硕大无朋的历史及其阴影的一次不成功的遗忘。

我不知道，是否有一天，信使会成为耳语城的荣誉步行者，在耳语城洁净非凡的街道上，我是否有信心像一粒尘埃那样迈出轻盈的步履而不为神思鼓荡的僧侣所察觉。他们一如既往地沉浸在他们平凡而艰巨的创造中。我一如在别处那样，沿街行走。信使所携带的若非令人惊厥的噩耗那便是同样令人惊厥的喜讯。我不能设想，信使短暂而茫然占有的是一页空无点墨的白纸，一封纯粹的信函，一封抽象的作为概念的信。

在无法意识的行走中，信使的旅程已从无以追忆的黯淡的过去，无可阻拦地流向无从捉摸的耀眼的未来。

我想，信使还是轻轻地退出耳语城，信使预感到有什么灾难就要从天而降。诸如，在一场可供后人凄恻地追述百年之久的地震中被从容地夷为平地，而偏偏使那些极次的建筑师死里逃生，抑或叫一场滔天大水在一夜间使耳语城沦为水中宫殿而又使大量不谙水性的溺水者半死不活。

灾难的样式在信使的想象中如此丰富多彩，魑魅魍魉在其间忙碌不已，真要使我以为信使之函是禀告不幸的一道无人接收的谍报了。

最后是一个欢送场面。僧侣们站在城外的驿道旁齐声对我说：

"你也许，你注意，我们是说，也许，出生在一个措辞的墓园，尽管我们不知你为何而来，但你确实是从一个墓园走向另一个墓园。也许，你是误入耳语城，但被你的使命所埋葬是你的唯一结局，我们这样说是因为，我们是因你而设的死者。"

信使想到了上帝和那首著名的歌曲的作者。眼下，他们在什么地方喝酒和做操吧？

"也许！"

我无法逃避信使的结局，便在通往遥远古代的驿道旁，就着如血的残阳挑选了一个企图逃避结局的开端：

"信起源于一次意外的书写。"

苍老的浮云

残雪

之一：一

楮树上的大白花含满了雨水，变得滞重起来，隔一会儿就"啪嗒"一声落下一朵。

一通夜，更善无都在这种烦人的香气里做着梦。那香气里有股浊味儿，使人联想到阴沟水，闻到它人就头脑发昏，胡思乱想。更善无看见许多红脸女人拥挤着将头从窗口探进来，她们的颈脖都极长极细弱，脑袋耷拉着，像一大丛毒蕈。白天里，老婆偷偷摸摸地做了一个钩子安在一根竹竿上，将那花儿一朵一朵钩下来，捣烂，煮在菜汤里。她遮遮掩掩、躲躲闪闪，翘着屁股忙个不停，自以为自己的行动很秘密。老婆一喝了那种怪汤夜里就打臭屁，一个接一个，打个没完。

"墙角蹲着一个贼！"他虚张声势地喊了一声，扯亮了电灯。

慕兰"呼"的一声坐起来，蓬着头，用脚在床底下探来探去地找鞋子。

"我做了一个梦。"他松出一口气，脸上泛起不可捉摸的笑意。

"今天也许会有些什么事情发生。"他打算出门的时候这么想，"而且雨已停了，太阳马上就要出来。太阳一出来，什么都两样了，那就像是一种新生，一个崭新的开始，一……"他在脑袋里搜寻着夸张的字眼。

一开门，他立刻吓了一大跳：满地白晃晃的落花。被夜雨打落在地上的花儿依然显出生机勃勃的、贪欲的模样，仿佛正在用力吸吮着地上的雨水似的，一朵一朵地竖了起来。他生气地踏倒了一朵目中无人的小东西，用足尖在地上挖了一个浅浅的洞，拨着泥巴将那朵花埋起来。在他"劈劈啪啪"地干这勾当的时候，有一张吃惊的女人的瘦脸在他家隔壁的窗棂间晃了一晃，立刻缩回房间的黑暗里去了。"虚汝华……"他茫茫然地想，忽然意识到刚才自己的举动都被那女人窥看在眼里了，浑身都不自在起来。"落花的气味熏得人要发疯，我还以为是沤烂的白菜的味儿呢！"他歪着脖子大声地、辩解似的说，一边用脚在台阶上刮去鞋底的污泥。慕兰正在床上辗转不安，叹着气，蒙蒙眬眬地叽里咕噜："对啦，要这些花儿干什么呀？一看见这些鬼花我的食欲就来了，真没道理，我吃呀吃的，弄得晕头晕脑，现在我都搞不清自己是住在什么地方啦，我老以为自己躺在一片沼泽地里，周围的泥水正在鼓出气泡来……"隔壁黑洞洞的窗口仿佛传出来轻微的喘息，他脸一热，低了头踉踉跄跄地走出去，每一脚都踏倒了一朵落花。他不敢回头，像小偷一样逃窜。一只老鼠赶在他前头死命地窜到阴沟里去了。

他气喘吁吁地奔到街上，那双眼睛仍旧盯死在他狭窄的脊背上。"窥视者……"他愤愤地骂出来，见左右无人，连忙将一把鼻涕甩在街边上，又在衣襟上擦了擦拇指。

"你骂谁?"一个脸上墨黑的小孩拦住他，手里抓着一把灰。

"啊?!"那灰迎面撒来，眼珠像割破了似的痛。

那天早上，虚汝华也在看那些落下的花。

半夜醒来，听见她丈夫嘴里发出"嘣隆嘣隆"的声响。

"老况，你在干什么!"她有点儿吃惊。

"吃蚕豆。"他哑巴着嘴说："外面的香气烦人得很，雨水把树上的花朵都泡烂了，你不做梦吗？医生说十二点以前做梦伤害神经。我炒了一包蚕豆放在床头，准备一做梦醒了就吃，吃着吃着就睡着了。我一连试了三天，效果很好。"

果然，隔了一会儿，他就将一堵厚墙似的背脊冲着她，很响地打起鼾来了。在鼾声的间歇中，她听见隔壁床上的人被神经官能症折磨得翻来覆去，压得床板"吱吱呀呀"响个不停。天花板一角有许多老鼠在穿梭，爪子拨下的灰块不断地打在帐顶上。很久很久以前，她还是一个少女时，也曾有过做母亲的梦想的。自从门口的楮树结出红的浆果来以后，她的体内便渐渐干涸了。她时常拍一拍肚子，开玩笑地说："这里面长着一些芦秆嘛。"

"天一亮，花儿落得满地都是。"她用力摇醒了男人，对着他的耳朵大声说话。

"花儿？"老况迷迷糊糊地应道，"蚕豆的作用比安眠药更好，你也试一试吧，嗯？奇迹般的作用……"

"每一朵花的瓣子里都蓄满了雨水，"她又说，将床板踢得"咚咚"直响，"所以掉下来这么沉，'啪嗒'一响，你听见了没有？"

男人已经打起鼾来了。

有许多小虫子在胸膛里蠕动。黑风从树丫间穿过，变成好多小股。那棵树是风的筛子。

天亮时她打开窗户，看见了地上的白花，就痴痴地在窗前坐下来了。

"蚕豆的作用真是奇妙，我建议你也试一下。"男人在她背后说，"下半夜我睡得真沉，只是在天快亮的时候，我老在梦里担心着贼来偷东西，才挣扎着醒了过来。"

这时隔壁男人那狭长的背脊出现了，他正聚精会神地用足尖在地上戳出一个洞来，他的帽檐下面的一只耳朵上有一个肉瘤，随着他的身子一抖一抖的。虚汝华的内心出现一块很大的空白。

"要不要撒些杀虫剂呀？这种花的香味是特别能引诱虫子的。"老况用指关节敲打着床沿，打出四五个隔夜的蚕豆嗝。

傍晚，虚汝华正弯着腰在厨房洒杀虫剂，有人从窗外扔进来一个小纸团，展开来一看，上面歪七扭八地写着两句不可思议的话：

请不要窥视人家的私生活，因为这是一种目中无人的行为，比直接的干涉更霸道。

她从窗眼里望出去，看见婆婆从拐角处一颠一颠地向他们家走过来了。

"你们这里像个猪圈。"婆婆硬邦邦地立在屋当中，眼珠贼溜溜地转来转去，鼻孔里哼哼着。

"最近我又找到了一个治疗神经衰弱的验方。"老况挤出一个吓人的笑脸，"妈妈，我发觉天蓝色有理想的疗效。"

"这种雷雨天，你们还敢开收音机！"她拍着巴掌嚷嚷道，"我有个邻居，在打雷的当儿开收音机，一下就被雷劈成了两段！你们总要干些不寻常的事来炫耀自己！"说完她就跨过去"砰"的一声关了收音机，口里用力地、痛恨地啐着，摇摇摆摆出了门。

妈妈一走，老况就兴高采烈地喊："汝华！汝华！"虚汝华正在将杀虫剂洒到灶底下。

"你干吗不答应？"老况有点愠怒的表情。

"啊——"她从迷迷糊糊的状态中惊醒过来，脸上显出恍惚的微笑，"我一点儿也没听到——你在叫我吗？我以为是婆婆在房里嚷嚷呢！你和她的声音这么相像，我简直分不出。"

"妈妈老是生我们的气，妈妈已经走了。"他哭丧着脸回答，情绪一下子低落得那么厉害。"她完全有道理，我们太没有独立生活的能力了。"

她还在说梦话似的："时常你在院子里讲话，我就以为是婆婆来了……我的耳朵恐怕要出毛病。比如今天，我就一点没想到你在屋里，我以为婆婆一个人在那边提高了嗓子自言自语呢。"

"街上的老鞋匠耳朵里长出了桂花，香得不得了，"他再一次试着提起精神来，"我下班回来时看见人们将他的门都挤破了。"他挨着她伸出一只手臂，做出想要搂住她的姿势。

"这种杀虫剂真厉害，"她簌簌地发抖，牙齿磕响着，"我好像中毒了。"

他立刻缩回手臂，怕传染似的和她隔开一点。"你的体质太虚弱了。"他干巴巴地咽下一口唾沫。

一朵大白花飘落在窗台上，在幽暗中活生生地抖动着。

他是在沟里捡到那只小麻雀的。看来它是刚刚学飞，跌落到沟里去的。他将湿淋淋的小东西放到桌子上，稚嫩的心脏还在胸膛里搏动。他将它翻过来，拨过去，心不在焉地敲着，一直看着它咽了气。

"煞有介事！"听见慕兰在背后说。

"煞有介事！"十五岁的女儿也俨然地说，大概还伸出咬秃了指甲的手指指指戳戳。

"有些人真不可理解，"慕兰换了一种腔调，"你注意到了没有？隔壁在后面搭了一个棚子，大概是想养花？真是异想天开！我和他们做了八年邻居了，怎么也猜不透他们心里想些什么。我认为那女的特别阴险。每次她从我们窗前走过，总是一副恍恍惚惚的样子，连脚步声也没有！人怎么能没有脚步声呢？既是一个人，就该有一定的重量，不然算是怎么回事？我真担心她是不是会突然冲到我们房里来行凶。楮树的花香弄得人心神不定……"

更善无找出一个牛皮纸的信封，将死雀放进去，然后用两粒饭粘牢，在口子上"啪啪啪"地拍了几下。

"我出去一下。"他大声说，将装着死雀的信袋放进衣袋里。

他绕到隔壁的厨房外面，蹲下来，将装着死雀的信袋从窗口用力掷进去，然后猫着腰溜回了自己家里。

隔壁的女人忽然"哦——"地惊叹了一声，好像是在对她男人讲话，声音从板壁的缝里传了过来，很飘忽，很不真实：

"……那时我们常常坐在草地上玩丢手绢。太阳刚刚落山，草地还很热，碰巧还能捉到螳螂呢。我时常出其不意地扔出一只死老鼠！去年热天有一只蟋蟀在床脚叫了整整三天三夜，我猜它一定在心力交瘁中死掉了……"

更善无的脑子里浮出一双女人的眼睛，像死水深潭的，阴绿的眼睛。一想到自己狭长的背脊被这双眼睛盯住就觉得受不了。

"楮树上的花朵已经落完了，混浊的香味不久也会消失，"她用不相称的尖声继续说："一定有人失落了什么，在落花中寻找来着，我发现数不清的脚印……花朵究竟是被雨打落下来的，还是自己开得不耐烦了掉下来的？深夜我在房间里走来走去，看见月亮挂在树梢，正像一只淡黄的毛线球……"

一会儿台阶上响起了沉甸甸的脚步声，是她男人回来了，女人的声音戛然而止。原来那女的一直在屋里对着木板壁说话？或许她是在念一封写不完的信?

吃中饭的时候,他用力嚼着一块软骨,弄出"嘣隆嘣隆"的响声。

"好!好!"慕兰赞赏地说,喉结一动,"咕咚"一声咽下一大口酸汤。

女儿也学着他们的样儿,口里弄出"嘣隆嘣隆"的声音,喉咙不停地"咕咚"作响。

吃完了,他擦着嘴角的酸汤站起来,用指甲剔着牙,像是对老婆,又像是对什么别的人说:"窗棂上的蜘蛛逮蚊子,逮了一点多钟了,哪里逮得到!"

"工间操的时候,林老头把屎拉在裤裆里了。"慕兰说,一股酸水随着一个嗝涌上来,她"咕咚"一声又吞了回去。

"今天的排骨没炖烂。"

"你吃的是里脊肉!"她吃惊地看了他一眼。

"我吃的是里脊肉。"他看着蜘蛛说。"我是说排骨。"

"哈!"慕兰做了一个鬼脸,"你又在骗人嘛。"

夜晚,在楮树花朵最后一点残香里,更善无和隔壁那个女人做了一个相同的梦,两人都在梦中看见一只暴眼珠的乌龟向他们的房子爬来。门前的院子被暴雨落成了泥潭,它沿着泥潭的边缘不停地爬,爪子上沾满了泥巴,总也爬不到。当树上的风把梦搅碎的时候,两人都在各自的房里汗水淋淋地醒了过来。

从学院毕业的时候,他剃着光头,背上背着一个军用旅行袋。汗从腋下不停地冒出来,有股甜味儿。那时太阳很亮,天空就像个大玻璃盖,他老是眯缝着眼看东西。

"夜里我掉进了泥潭。"隔壁那女人又在尖声说话了,"到现在身上还黏糊糊的。天快亮的时候,'咔嚓'一声,树枝被风折断了。"

他很是纳闷:为什么每次都是只有他一个人能听见隔壁那女人的疯话?为什么慕兰听不见?她是不是装蒜?

慕兰在低着头剪她那短指头上的指甲,连眼皮都没抬一下。

"你听到什么响动了吗?"他试探性地问。

"听到了。"她若无其事地回答,仍旧没抬头,"是风刮得隔壁的窗纸'沙沙'作响,这家人家一副破落相,那男的居然还放了一个玻璃缸在后面，里面养了两条黑金鱼呢，真是幼稚可笑的举动！我已经在后面的墙上挂了一面大镜子，从镜子里可以侦察到他们的一举一动，方便极了。我对他们养金鱼的做法极为反感。"

地上被践踏的花儿全都成了黑色。

他打开门，赫然映入他眼中的是隔壁窗口女人的头部。她也在看地上的残花，两眼贪婪地闪闪发光，脖子伸得极长，好像就要从窗口跳出去。

"花儿已经死了。"他用自己意想不到的声音轻飘飘地说。

"它已经过去了，这个疯狂的季节……"女人的嘴唇动了动，几乎看不出她在讲话。

"真是梦游人的生活呀，日里夜里……然而这么快就过去了。这些日子里，这些扰人的花儿弄得我们全发疯了，你有没有梦见过……"他还要再说下去，然而女人已经不见了。

在大玻璃盖底下，所有的东西都是一个个黄色的椭圆形，外来的光芒是那样的刺人，没有任何地方可以遮阴。

花间的梦全部失落了。

之一：二

他踯躅着推开门的时候，她正坐在桌边吃一小碟酸黄瓜。桌上放着一只坛子，黄瓜就是从那里夹出来的。她轻轻地咀嚼，像兔子一样动着嘴唇，几乎不发出一点儿响声。她并不看他，吃完一条，又去夹第二条，垂着眼皮，细细地品味。黄瓜的汁水有两次从嘴角流出来了，她将舌头伸出来，舔得干干净净。

"我来谈一件事，或者说，根本不是一件事，只不过是一种象征。"他用一种奇怪的、像是探询、又像是发怒的语气开了口，"究竟，你是不是也看到过？或者说，你是不是也有那种预感？"

虚汝华痴呆地看了他一眼，一声不响，仍旧垂下眼皮嚼她的黄瓜。她记起来这是她的邻居，那个鬼鬼祟祟的男人，老在院子里搞些小动作，挡住她的视线。吃午饭的时候，老况看见她吃黄瓜，立刻惊骇得不得了，说是酸东西搞坏神经，吃不得。等他上班去了，她就一个人痛痛快快地大吃特吃起来。

"当我在梦里看见它的时候，好像有个人坐在窗子后面，我现在记起那个人是谁了……你说说看，那个泥潭，它爬了多久了？"他还不死心，胡搅蛮缠地说下去，"那个泥潭，是不是就在我们的院子里？"

"死麻雀是怎么回事？"她开了口，仍旧看也不看他，掏出手绢来擦了一下嘴巴，"这几天我都在屋里撒了杀虫剂。"她的声音这么冷静，弄得他脑袋里像塞满了石头，"哗啦哗啦"地响开了。

"不过是因为心里有点儿发慌。"他尴尬地承认，"你知道，那些花儿开得人心惶惶的。有一个时候，我是很不错的，我还干过地质队呢。山是很高的，太阳离得那么近，简直一伸手就可以碰到……当然，说这些有什么意思，我们在同一个屋顶下面住了八年，你天天看到我，你看到我的时候，我就这样了。夜里乌龟来的时候，你正在这间房子里辗转，我听见床板'吱吱呀呀'地响，心里就想，那间屋子里有个人也和我一样，正在受着噩梦的纠缠。噩梦袭击着小屋，从窗口钻进来，压在你身上……等树上结出了红的浆果，那时就会有金龟子飞来，我们就可以安安稳稳地睡觉了，年年都这样。我夜里喜欢用两块砖将枕头死死地压住，因为它会出其不意地轰响起来，把你吓一大跳。你整天洒杀虫剂，把蚊虫都毒死了。在黑暗里，当什么东西袭来的时候，心里不害怕吗？我喜欢有蚊虫在耳边嗡嗡地叫着，给我壮胆似的……"他说来说去的，连他自己都大吃一惊，不知在说些什么了。

"我要去洒杀虫剂了。"她看着他说，站起身去拿喷筒。她走了几步，又回转头来说："我在后面养了一盆洋金花。他们说这种东西很厉害，只要吃两朵以上就可以致人死命。我喜欢这种东西，它激起人漫无边际的梦想。你老婆总在镜子里偷看我们吧？要是你想谈你心里那件事，你可以常来谈，等我情绪好的时候。"

他张了一下嘴，打算说点什么，然而她已经在后面房里"哧哧"地弄响喷筒了。

她瞥了瞥镜子，看见里面那个人就像在气体里游动似的，那胸前有两大块油迹闪闪发亮，她记起是中午喝汤的时候心不在焉地弄下的。她忽然觉得羞愧起来，这是一种陌生的情绪，为了什么呢？大概是为了一件毫无意义的小事吧，她记不得了。当隔壁那个男人说话的时候，她觉得就是自己在说话，所以她一点也不感到怪异，她只是听着，听自己说话。她记起那些暴风雨的夜晚，黑黝黝的枝丫张牙舞爪地伸进窗口，直向她脸上戳来，隔壁那个人为什么和她这么相像呢？也许所有的人都是这么相像吧。比如她就总是分不清老况和他母亲。在她脑子里，她总把他们两人当作一个人，而且觉得这样很便当。但是每当她讲话中露出这样的意思，老况总要坐立不安，担心她的神经，劝她去实行一种疗法，等等。前天他又在和他母亲偷偷摸摸地商量，说是要骗她去看一回医生，又说如果不这样的话，天晓得有什么大难临头。他们俩讲话的那种郑重其事的神气使她忍不住"哧"地一笑。听到笑声，他们发觉她在偷听，两人同时恼羞成怒，向她猛扑过来，用力摇晃她的肩膀追问她有什么好笑的。"如果这样下去的话，后果全由你自己承担。"婆婆幸灾乐祸地说："我们已经尽到了责任。"近来老况每天偷偷地将小便撒在后面的阴沟里，他总以为她不知道，把后门关得紧紧的，一撒完又装得若无其事的样子。而她也就假装不知道，照旧按他的吩咐每天洒杀虫药。

他们刚刚结婚时，他还是一个中学教员，剪着平头，穿着短裤。那时他常常从学校带回诸如钢笔、日记簿等各种小东西，说是没收了学生的。有一回他还带回两条女学生的花手绢，说"洗一洗还可以用"。一开始他们俩都抱着希望，以为会有孩子，后来她反倒幸灾乐祸起来——他们这家子（她、老况、婆婆）遇事总爱幸灾乐祸。隔壁那鬼鬼祟祟的男人竟会有一个孩子，想到这一点就叫她觉得十分诧异。小孩子，总不可以像大人那样飘忽的吧？今天清早，她裸着上半身在屋里走来走去，不停地拍响肚子。"你干吗？"老况怒气冲冲地说。"有时候，"她对他揶揄地一笑，"我觉得这根本不是什么女人的肚子，只不过是一张皮和一些肮脏的肠子还有鬼知道是什么的一些东西。""你最好吃一片'安定'。"老况从她身边冲过去，差一点把她撞倒。

她拿着喷水壶到后面去给洋金花浇水的时候，看了一眼金鱼缸就怔住了。两条金鱼肚皮朝天浮在水面上，那水很混浊，有股肥皂味儿，她用手指拨了一下，金鱼仍旧一动不动。这当儿她瞥见隔壁那女人踮着脚站在镜子面前，正在观察她呢。她慢吞吞地捞起金鱼，扔到撮箕里面。

下一次那男人再来谈那件事的时候，她一定要告诉他，她喜欢过夹竹桃。当太阳离得很近（一伸手就可以抓到），夹竹桃的花朵带着苦涩的香味开起来的时候，她在树底下跑得像兔子一样快！她这样想着，又瞥了一眼那女人肥满的背部，心里泛起一种恶毒的快意。

"你在后面干吗？"更善无飞快地将一包饼干藏进皮包，"啪"的一声扣上按钮，大声地说："我要去上班啦。"

慕兰从后面走出来，黑着脸，失神地说："我倒了一盆肥皂水……我正在想……我怎么也……上月的房租还欠着呢。"

"你变得多愁善感起来了。"他冷笑一声，且说且走。一直过了大街，转了弯，他才回头看了一看，然后伸手到皮包里拿出饼干，很响地大嚼起来。

他的女儿从百货店出来了，昂着头发稀少的脑袋，趾高气扬地走着。他连忙往公共厕所后面一躲，一直看着她走到大街那边去了才出来。"她已经转了弯了。"一个人从背后耳语似的告诉他。回头一看，原来是岳父。老人长着稀稀拉拉的山羊胡子，上面有龌龊的酒渍。

"你说谁？"他板着脸，恶狠狠地问。

"凤君罢，还有谁！"岳父滑稽地眨了眨一只红眼睛，伸出瘦骨伶仃的长胳膊搭在他的肩膀上，兴致勃勃地说："来，你出钱，我们去喝一杯！"

"呸！"更善无嫌恶地甩脱了他的胳膊，只听见那只胳膊"嘎吱嘎吱"地乱响了一阵，那是里面的骨头在发出干燥的摩擦声。

"哈哈哈！躲猫猫，吃包包！哈哈哈……"岳父兴高采烈地手舞足蹈，大喊大叫。

他脸一热，下意识地摸了摸皮包，里面还剩得有三块饼干。

岳父也是一名讨厌的窥视者。从他娶了他女儿那天起，他每天都在暗中刺探他的一切。他像鬼魂一样，总在意想不到的地方冒了出来，钻进他的灵魂。有一回他实在怒不可遏，就冲上去将他的胳膊反剪起来。那一次他的胳膊就像今天这样发出"嘎吱嘎吱"的怪响，像是要断裂，弄得他害起怕来，不知不觉中松了手，于是他像蚂蚱那样蹦起来就逃走了，边跑口里还边威胁，说是"日后要实行致命的报复"。

"躲猫猫，吃包包……"岳父还在喊，大张着两臂，往一只垃圾箱上一扑，"咯咯咯……"地笑个不停。笑完之后，他就窜进寺院去了。

寺院已经破败，里面早没住人，岳父时常爬到那阁楼上，从小小的窗眼里向过往的行人身上扔石子，扔中了就"咚咚咚"地跑下楼，找个地方躲起来哈哈大笑一通。

十年前，他穿着卡其布的中山装到他们家去求婚。慕兰用很重的脚步在地板上走来走去，一副青春焕发的模样。岳母闷闷地放了几个消化不良的臭屁，朝着天井里那堵长了青苔的砖墙说："算我倒霉，把个女儿让你这痞子拐走了。"三年后她躺进了医院的太平间，他去看她时，她仍然是那副好笑的样子，鼓着暴眼，好像要吃了他一般。

他们结婚以后，有一天，两人在街上走，慕兰买了许多梅子，边走边往口里扔，那条街总也走不完似的。忽然她往他身上一靠，闭上眼，吐出一颗梅子核，说道："唉，我真悲伤！"她干吗要悲伤？更善无直到今天都莫名其妙。

岳父每次来都要绕着他们的房子侦察一番，然后选择一个有利的时机躲在后门那里轻轻地，没完没了地唤凤君出来，爷孙俩就站在屋檐下谈起话来。阳光斜斜地照着他的红鼻头，他的脸上显出恨恨的神气，眼珠不断地向屋里瞄来瞄去，肚子里暗暗打着主意。最后，在走的时候，飞快地窜进屋里捞起一样小东西跑掉了。接着就听见脚步声，慕兰气急败坏地走出来问女儿："该死的，又拿走什么啦？"

吃完三块饼干，正好走到所里的门口。昨天在所里办公的时候，他正偷偷地用事先准备好的干馒头屑喂平台上的那些麻雀，冷不防安国为在他屁股上拍了一掌，眯着三角小眼问他："你对泥潭问题做出了什么样的结论？"说完就将香烟头往外一吐，跷起二郎腿坐在他的办公桌边缘上。他惴惴地过了一整天，怎么也想不出那小子话里的用意。回家之后，他假装坐在门口修胡子，用一面镜子照着后面，偷眼观察隔壁那人的一举一动，确定并无可疑之处，才稍稍安下心来。也许是他这该死的心跳泄露了秘密？在楮树花朵扰乱人心的这些日子里，他的心脏跳得这么厉害，将手掌放在胸口上，里面"嗵！嗵！嗵！"的，像有条鱼在蹦。他觉得人家一定也听到这种声音了，所以所里的人都用那种意味深长的眼光盯视他，还假惺惺地说："啊——这阵子你的脸色……"为了防止心跳的声音让人听见，他一上班就飞快地钻到他的角落里，把脸一连几个钟头朝着窗外，从包里掏出事先预备好的馒头屑来喂麻雀。今天他伸出脑袋，竟发现其他两个窗口都有脑袋伸出来。转过身来一看，原来是他同室的同事。他们背着手，把脸朝着窗外，仿佛正在深思的样子。他又心怀鬼胎地溜到走廊上，从其他科室的门缝往里一看，发现那里面也一样，每个窗口都站着一个表情严肃的人，有的人还踱来踱去，现出焦虑不安的形状。后来同事们骚乱起来，原来是一只大花蝶摇摇晃晃地闯进来了，黑亮的翅膀闪着紫光，威风凛凛地在他们头上绕来绕去。所有的人都像弹子似的蹦起。关门的关门，关窗的关窗，有两个人拿着鸡毛帚在下死力扑打，其余的人则尖声叫着跳着来助威。一个个满脸紫胀，如醉如狂。更善无为了掩盖自己心中不可告人的隐私，也尖声叫着，并竭力和大家一样，做出发了狂的模样来。花蝶扑下来之后，原来站在窗口的那两个人马上恢复了严肃的表情，背着手脸朝窗外，陷入了高深莫测的遐想之中。他忽然想起，这两个假作正经的家伙也许是天天如此站在窗口的，只是自己平时没注意，直到现在与他们为伍，才发现这一点。他们三人像木桩子一样一直站到下班铃响，才拿起皮包回家。他注意到那两人在马路上走路的姿势也是那么一本正经，低着头，手背在后面，步子迈得又慢又稳。斜阳照着他们的驼背，透过肥大的裤管，他窥见了几条多毛的腿子。

"今天有炖得很烂很烂的骨头，你可以连骨髓都吸干净。"慕兰舔着嘴边的油脂，兴致勃勃地说。

"我对排骨总是害怕，它们总是让我的舌头上长出很大的血泡来。"他用一根小木棒拨弄着窗子上的蜘蛛网，"你不能想点其他的花样出来吗？"

"我想不出什么花样。隔壁又在大扫除，我从镜子里看见的。哼，成天煞有介事，洒杀虫药啦，大扫除啦，养金鱼啦，简直是神经过敏！那女的已经发现我在镜子里看她了。你闻见后面阴沟里的尿臊气没有？真是骇人听闻呀。都在传说喝生鸡血的秘方，你听说没有呀？说是可以长生不死呢。"

"吃炖得很烂的排骨也可以长生不死。"

"你又在骗人！"她惊骇得扭歪了脸，"今天早上我正要告诉你我在想什么，你没听完就走了。是这样的，当时我坐在这个门口，风吹得挺吓人的。我就想——对啦，我想了关于凤君的事。我看这孩子像是大有出息的样子。昨天我替她买了一件便宜的格子布衣，你猜她说什么？她说：'谢谢，我还不至于像个叫花子。'我琢磨着她话里的意思，高兴得不得了呢。这个丫头天生一种知足守己的好性格。"

"她像她妈妈，将来会出息得吓人一跳。"他讥诮地说。

一回到家里，乌龟的梦又萦绕在他脑子里，使他心烦意乱。他在屋子里踱来踱去，脚步"噎！噎！噎！"地响着，眼前不断地浮出被烈日晒蔫了的向日葵。隔壁那女人的尖嗓音顺着一股细细的风吹过来了，又干又热，还有点喑哑。

"……不错，泥浆热得像煮开了的粥，上面鼓着气泡。它爬过的时候，脚板上烫出了泡，眼珠暴得像要掉出来……夹竹桃与山菊花的香味有什么区别？你能分得清吗？我不敢睡觉，我一睡着，那些树枝就抽在我的脸上，痛得要发狂。我时常很奇怪，它们是怎么从窗口伸进来的呢？我不是已经叫老况钉上铁条了吗？（我假装对他说是防小偷。）我打算另外做两扇门，上面也钉满铁条，这一来屋子就像个铁笼子了。也许在铁笼子里我才睡得着觉？累死了！"

慕兰正从砂锅里将排骨夹出来，用牙齿去撕扯。看着她张开的血盆大嘴，更善无很惊异，很疑惑。

"什么东西作响……"他迟迟疑疑地说。

"老鼠。我早上不该拿掉鼠夹子的。总算过去了，开花的那些天真可怕……我以为你要搞什么名堂。"

"什么?!"

"我说开花的事呀，你干吗那么吓人地瞪着我！那些天你老在半夜里起来，把门开得'吱呀'一响。你一起来，冷风就钻进来。"

"原来她也是一个窥视者……"他迷迷糊糊地想。

之一：三

虚汝华倚在门边仔细地倾听着。一架飞机在天上飞，"嗡嗡嗡嗡"地叫得很恐怖。金鱼死掉以后，老况就一脚踢翻了她种的洋金花，把后门钉死了。"家里笼罩着一种谋杀气氛，"他惶惶不安地逢人就诉说，

"这都是由于我们缺乏独立生活的能力。"现在他变得很暴躁、很多疑，老在屋里搜来搜去的，担心着谋杀犯，有一回半夜里还突然跳起，打着手电，趴到床底下照了好久。婆婆来的时候总是戴一顶烂了边的草帽，穿一双长筒防雨胶鞋，手执一根铁棍。一来立刻用眼光将两间屋子搜索一遍，甚至门背后都要仔细查看。看过之后，紧张不安地站着，脸颊抽个不停，脖子上显出红色的疹子。有一天她回家，看见门关得死死的，甚至放下了窗帘，叫了老半天的门也叫不开。她从窗帘卷起的一角看见里面满屋子烟腾腾的，婆婆和老况正咬着牙，舞着铁棍在干那种"驱邪"的勾当。传来窃窃的讲话声，分不清是谁的声音。等了一会，门"吱呀"一声开了，老况扶着婆婆走下台阶，他们俩都垂着头，好像睡着了的样子，梦游着从她面前走过。"驱"过"邪"之后，老况就在门上装了一个铃铛，说是万一有人来谋杀抢劫，铃铛就会响起来。结果等了好久，谋杀犯没来，倒是他们自己被自己弄响的铃声搞得心惊肉跳。每次来了客人，老况就压低喉咙告诉他们：简直没法在这种恐怖气氛中生存下去了，他已经患了早期心肌梗塞，说不定会在哪一次惊吓中丧命。婆婆自从"驱"过"邪"之后就再也不上他们家来了。只是每隔两三天派她的一个秃头侄女送一张字条来。那侄女长年累月戴一顶青布小圆帽，梳着怪模怪样的发型，没牙的嘴里老在嚼什么。婆婆的字条上写着诸如此类的句子："要警惕周围的密探！""睡觉前别忘了：1. 洗冷水脸（并不包括脖子）。2. 在枕头底下放三块鹅卵石。""走路的姿势要正确，千万不要东张西望，尤其不能望左边。""每天睡觉前服用一颗消炎镇痛片（也可以用磺胺代替）。""望远可以消除下肢的疲劳。"等等。老况接到母亲的字条总要激动不安，身上奇痒难熬，东抓西抓，然后在椅子上扭过来扭过去地搞好半天，才勉强写好一张字条让那秃头的侄女带回去。他写字条的时候总用另外一只手死死遮住，生怕她偷看了去，只有一回她瞥见（不如说是猜出）字条上写的是："立即执行，前项已大见成效。"突然有一回秃头侄女不来了，老况心神恍惚地忍耐了好多天，夜里在床上翻来覆去，口中念念有词，人也消瘦了好多，吃饭的时候老是一惊，放下碗将耳朵贴在墙壁上，皱起眉头倾听什么声音。婆婆终于来将他接走了。那一天她站在屋角的阴影里，戴着大草帽，整个脸用一条奇大无比的黑围巾包得严严实实，只留两只眼在外面，口中不停地念叨"晦气，晦气……"大声斥责磨磨蹭蹭的儿子。出门的时候，婆婆紧紧拽住老况多毛的手臂，生怕他丢失的样子，两人逃跑似的离去。她听见婆婆边走边说："重要的是走路的姿势，我不是已经告诫过你了吗？我看你是太麻痹大意了，你从小就是这么麻痹大意，不着边际。"后来老况从婆婆那里回来过一次。那一次她正在楮树下面看那些金龟子，他"嗨"的一声，用力拍了一下她枯瘦的背脊，然后一抬脚窜到屋里去了。听到他在屋里乒乒乓乓地翻箱倒柜，折腾了好久，然后他挽好两个巨大的包袱出来了。"这阵子我的神经很振奋，"他用一方油腻腻的手帕抹着胡须上的汗珠子，"妈妈说得对，重要的问题在注意小节上面，首先要端正做人的态度……你对这个问题有什么感想？"他轻轻巧巧地提起包袱就走了。

夜里。她把钉满铁条的门关得紧紧的，还用箱子堵上了。黑暗中数不清的小东西在水泥地上穿梭，在天花板上穿梭，在她盖着的毯子上面穿梭。发胀的床脚下死力咬紧了牙关，身上的毯子轻飘飘的，不断地被风鼓起，又落下，用砖头压紧也无济于事。不知从哪里飞来的天牛"嗒！嗒！嗒……"地接二连三落在枕边，向她脸上爬来，害得她没个完的开灯，将它们拂去。

时常她用毯子蒙住头，还是听得见隔壁那个男人在床上扭来扭去，发出"咯咯"的、痛苦的磨牙声，其间又伴随着一种好似狼嗥的呼啸声，咬牙切齿的咒骂声。他提过泥潭的事，确实是这样。他提过的都是他梦里看见过的东西，是不是睡在同一个屋顶下的人都要做相同的梦呢？然而她自己逐日干涸下去了。她老是看见烈日、沙滩、滚烫的岩石，那些东西不断地煎熬着体内的水分。"虚脱产生的幻象。"老况从前总这样说。她每天早上汗水淋淋地爬起来，走到穿衣镜面前去，仔细打量着脸上的红晕。"你说，那件事究竟是不是幻象？"那声音停留在半空中。他终于又来了，他的长脖子从窗眼里伸进来，眼睛古怪地一闪一闪。原来他的脖子很红，上面有一层金黄色的汗毛。她正在吃老况扔下的半包蚕豆，蚕豆已经回了潮，软软的，有股霉味儿，嚼起来一点响声都没有。

"你吃不吃酸黄瓜？我还腌得有好多。飞机在头顶上叫了一上午了，我生怕我的脑袋会'轰'的一声炸成碎片。"她听出自己声音的急切，立刻像小姑娘那样涨红了脸，腋下的汗毛一炸一炸的，把腋窝弄得生痛。有一会儿他沉默着，于是她的声音也凝结在半空中，像一些印刷体的字。

他在屋里走来走去，到处都要嗅一嗅。他的动作很轻柔，扁平的身体如同在风中飘动的一块破布。最后他落在书桌上，两条瘦长的腿子差不多垂到了地上。书桌上有一层厚厚的白灰，他一坐上去，灰尘立刻向四处飞扬起来，钻进人的鼻孔里。"这屋里好久没洒过杀虫药了。"他肯定地说，"我听见夜里蚊虫猖狂得不得了。我还听见你把它们拍死在板壁上，这上面有好多血印。"

"蚊虫倒不见得怎么样，身上盖的毯子却发了疯似的，老要从窗口飞出去。我每天夜里与这条毯子搏斗，弄得浑身是汗，像是掉进了泥潭。"她不知不觉诉起苦来了。她忽然觉得，这个男人，夜里"咯咯"地磨牙的人，她很需要和他讲些什么亲切的悄悄话。"屋角长着一枚怪蕈，像人头那么大。天花板上常常出其不意地伸出一只脚来，上面爬满了蜘蛛。你也在这个屋顶下面睡觉，相类似的事，你也该习惯了吧?"

"对啦，相类似的事，我见得不少。"他忽然打了一个哈欠，显出睡意蒙眬的样子来。

她立刻慌张起来，她莽撞地将赤裸的手臂伸到他的鼻子底下，指着上面隆起的血管，滔滔不绝地说："你看我有多么瘦，在那个时候，你有没有注意到夹竹桃? 夹竹桃被热辣辣的阳光一晒，就有股苦涩味儿。我还当过短跑运动员呢，你看到我的时候，我就跟你一个样了。我们俩真像孪生姊妹，连讲起话来都差不多。我做了一个梦醒来，翻身的时候，听见你也在床上翻身，大概你也刚好做了一个梦醒来，说不定那个梦正好和我做的梦相同。今天早上你一来，提到那件事，我马上明白了你的意思，因为我也刚好正在想那件事。喂，你打起精神来呀。"她推他一把，那手就停留在他的背脊上了。"昨天在公园里，一棵枯树顶上长着人的头发……"

她来回地抚摸着他的背脊。

他缩起两条腿，像老猫一样弓着背，一动也不动。

"这些日子，我真累。"他的声音"嗡嗡"地从两个膝盖的缝里响起来，说着又打了一个哈欠，"到处都在窥视，逃也逃不开。"

"真可怜。"她说，同时就想到了自己萎缩的肚子，"楮树上已经结果了，等果子一熟，你就会睡得很熟很熟，这话是你告诉我的。从前母亲老跟我说：别到雨里去，别打湿了鞋子。她是一个很厉害的女人，打起小孩来把棍子都打断了。她身上老长疮，就因为她脾气大。不过那个时候，我还是睡得很熟很熟，一个梦也没做。"

"我到厕所去解手，就有人从裂开的门缝那里露出一只眼睛来。我在办公室里只好整天站着，把脸朝着窗外，一天下来，腿子像被人打断了似的。"

"真可怜。"她重复说，将他的头贴着自己干瘪的肚子。那头发真扎人，像刷子一样根根竖起。

后来他从桌子上下来，她牵着他到墨黑的蚊帐里去。

她的胯骨在床头狠狠地撞了一下，痛得她弯下了腰。

床上的灰尘腾得满屋都是，她很懊丧，但愿他没看见就好。

她还躺在床上，盖着那条会飞的毯子，他已经回家去了。

他坐过的桌上留下一个半圆的屁股印。

在他来之前，她盼望他讲一讲地质队的事，然而他忘记了，她也忘记了。

很久没洒杀虫药，虫子在屋里不断地繁殖起来。近来，那些新长出来的蟋蟀又开始鸣叫了，断断续续的，很凄苦，很吃力，总是使她为它们在手心里捏一把汗。老况说这屋里是个"虫窝"，或许他就是因为害怕虫子才搬走的。三年前，婆婆在他们房里发现了第一只蟋蟀。从那天起，老况就遵从婆婆的嘱咐买回大量杀虫剂，要她每天按时喷洒两次。虽然喷了杀虫剂，蟋蟀还是长起来，然而都是病态的，叫声也很可怜。婆婆每回来他家，只要听到蟋蟀叫，脸上就变了色，就要拿起一把扫帚，翘起屁股钻到床底下去，乱扑乱打一阵，将那些小东西们赶走，然后满面灰垢地爬出来，高声嚷嚷："岂有此理！"有时老况也帮着母亲赶，娘儿俩都往床底下钻，两个大屁股留在外面。完了老况总要发出这样的感叹："要是没有杀虫剂，这屋里真不知道成个什么体统！"今天早上从床上爬起来，听着蟋蟀的病吟，拍着干瘪的胸部和肚子，想起好久没洒杀虫剂了，不由得快意地冷笑起来。下一次老况来拿东西，她一定要叫他将后门也钉上铁条，另外还要叫他带两包蚕豆来（现在她夜里也嚼起蚕豆来了）。她又想另写一张字条叫人送去。她打开抽屉找笔，找了好久，怎么也找不到，只得放弃了这个想法。

　　结婚以后，她的母亲来看过她一次。那是她刚刚从一场肺炎里挣扎出来，脱离了危险期的那一天。母亲是穿着黑衣黑裤，包着黑头巾走来的，大概是打算赴丧的。她吃惊地看着恢复了神智的她，别扭地扯了扯嘴角，用两个指头捏了捏她苍白的手指尖，说道："这不是很好嘛，很好嘛。"然后气冲冲地扭转屁股回家去了。看她的神气很可能在懊悔白来了一趟。自从老况搬走之后，有一天，她又在屋子附近看到了母亲穿着黑衣黑裤的背影，她身上出着大汗，衣服粘在肥厚的背脊上。隔着老远，虚汝华都闻到了她身上透出的那股浴室的气味，一种熟悉而恶心的气味。为了避免和母亲打照面，她尽量少出门，每天下班回来都几乎是跑进屋里，一进屋就放下深棕色的窗帘。一天她撩起窗帘的一角，竟发现了树背后的黑影。果然，不久母亲就在她的门上贴了一张字条。上面写着很大的字：好逸恶劳、痴心妄想，必导致意志的衰退，成为社会上的垃圾！后来她又接连不断地写字条，有时用字条包着石头压在她的房门外面，有时又贴在楮树的树杆上。有一回她还躲在树背后，趁她一开门就将包着石头的字条扔进屋里，防也防不着。虚汝华总是看也不看就一脚将字条踢出老远，于是又听见她在树背后发出的切齿诅咒。楮树上飞来金龟子的那天夜里，她正在床上与毯子搏斗，满身虚汗，被灰呛得透不过气来，忽然她听到了窗外的脚步声："嗵！嗵！嗵……"阴森恐怖。她战栗着爬起来，用指头将窗帘拨出一条细缝，看见了从头到脚蒙黑的影子，影子摇曳着，像是在狞笑。虽然门窗钉满了铁条，她还是怕得不得了，也不敢开灯，隔一会就用手电照一照床底下，门背后，屋顶上，生怕她会意想不到地藏在那些地方。她在窗外"嗵！嗵！嗵！"地走过来，走过去，还恶作剧地不时咳嗽一下。一直闹到天明她拉开窗帘，才发现窗外并无一人。"也许只是一个幻影?"虚汝华惴惴地想。接下去又发生了没完没了地跟踪。当她暂时甩脱了身后的尾巴，精疲力竭地回到小屋里，轻轻地揉着肋间的排骨时，她感觉体内已经密密地长满了芦秆，一呼气就"轰轰"地响得吓人。昨天上午，母亲在她门上贴出了"最后通牒"。上面写着："如果一意孤行，夜里必有眼镜蛇前来复仇。"她还用红笔打了三个恶狠狠的惊叹号。当她揭下那张纸条时，她发现隔壁那女人正将颈脖伸得很长很长向这边看，她一转身，那女人连忙将颈脖一缩，自作聪明地装出呆板的神气，还假作正经地对着空中自言自语："这树叶响起来有种骚动不安的情绪。"后来她听见板壁那边在窃窃地讲话。

"我觉得悲哀透——了。"隔壁那女人拖长了声音。

"这件事搞得我就像热锅上的蚂蚁。"另一个陌生的声音说："人生莫测……请你把镜子移到外面来，就挂在树上也很方便，必须继续侦察，当心发生狗急跳墙。"

声音很怪异，使人汗毛竖起。

"我在这里踱来踱去，有个人正好也在我家的天井里兜圈子。周围黑得就像一桶漆……这已经有好几天了。"那个怪声音还在说。

门"吱呀"一响。她急忙撩开窗帘，看见母亲敏捷得像只黑山猫，一窜就不见了。原来是母亲在隔壁讲话！

"那母亲弄得心力衰竭了呢，真是不屈不挠呀。"慕兰用指头抹去嘴边的油脂，一边大嚼一边说："有人就是要弄得四邻不安，故作神秘，借此来标榜清高。其实仔细一想什么事也没有，不过就是精神空虚罢了。"

"簸箕里的排骨渣子引来了蚂蚁，爬得满桌全是。"更善无溜了她一眼，聚精会神地用牙剔出排骨上的那点筋。"我的胃里面填满了这些烂烂渣渣的排骨，稍微一动就扎得痛。"

"天热起来了。"慕兰擦了擦腋下流出来的汗，"我的头发只要隔一天不洗，就全馊了，我自己都不敢闻。"

之二：一

第一枚多汁的红果掉在窗台上时，小屋的门窗在炎热里"噼噼啪啪"地炸个不停了。天牛呻吟，金龟子"嗡嗡"，屋里凝滞的空气泛出淡红色。擦着通身大汗，虚汝华吃了两根酸黄瓜来醒脑子。

"我一闻到酸黄瓜的香味儿，就忍不住来了。"门一开，男人长长的影子投进屋里。

"你们不是要在树上挂镜子吗？"她怨恨地说，"要侦察我呢。"

他无声地笑着。原来他的牙齿很白，有两颗突出的犬牙，很尖利，是不是为着吃排骨而生的？一想到他牙缝里可能残留着排骨渣子，她就皱了一下眉头。每次他们家炖排骨的味儿飘过来，她都直想呕吐。

"每一夜都像在开水里煮，通身湿透。"她继续抱怨，带点儿撒娇的语调，连她自己听着都皮肤上起疙瘩。她指了指肚子，"我的体内已经长满芦秆了。瞧这儿，不信你拍一拍，声音很空洞，对不对？从前我还想过小孩的事呢，真不可理解呀。我时常觉得只要我一踮脚，就会随风飘到半空中。所以我总是睡得不踏实，因为这屋里总是有风来捣乱。人家说我成天恍恍惚惚的。"

在床上，他的肋骨紧擦着她的，很短，很难受的一瞬间。

在她的反复要求下，他终于讲了一个地质队的故事。

那故事发生在荒蛮之中，从头至尾贯穿着炎热，蜥蜴和蝗虫遍地皆是，太阳终日在头顶上轰响，释放出红的火花。

汗就像小河一样从毛孔里淌出来，结成盐霜。

"那地质队，后来怎样了？"她催促着他。

"后来？没有了。只不过是短暂的一瞬，毫无意思的。有时候我忍不住要说：'我还干过地质队呢。'其实也不过就说一说罢了，并没有什么其他的意思。我这个人，你看见我的时候早就是这么个人了。"

"也许是欺骗呢！不是还有结婚的事么？"她愤愤不平起来。

"对啦，结婚，那是由一篮梅子引起的。我们吃呀吃的，老没个完，后来不耐烦了，就结婚了。"

"你真可怜。"她怜悯地来回抚着他的脊背，"你还没开口，我就知道你要说些什么，你这么像我自己。等将来，我要跟你讲一讲夹竹桃的，但是现在我不讲。我还有一包蚕豆呢，是老况托人送来的。"

他们俩在幽暗里"嘣隆嘣隆"地嚼着蚕豆，很快活似的。

一只老鼠在床底下的破布堆里临产，弄出的响声。

蚕豆嚼完了，两人都觉得很不自在。

"这屋里很多老鼠。"他说，带点儿要刺伤她的意味。

"对呀，像睡在灰堆里，浑身黏糊糊的。"她惭愧地回答，心里暗暗盼望他快快离开。她瞥了一眼肚子，只觉得皱纹更多、更瘪了。她记起早上她为了他来，还在脸上擦了一点粉呢。她脸朝着墙，看见酸汗从他腋下不停地流出来，狭长的背部也在淌汗。他的头发湿淋淋的，一束一束地粘在一起。好像经过刚才一场，他全身的骨架都散了，变成了鳝鱼泥鳅一类的动物了。现在他全身都是柔滑的、布满黏液的，她隐隐约约地闻到了一股腥味儿。

"最近我生出了一种要养猫的愿望。"他说，还是没有要起身的样子，"我已经捉到了一只全黑的，精瘦，眼睛绿森森的，总是不怀好意地在打量我。你的金鱼，怎么会死的呢？"

"老况说这屋里凶杀的味儿太浓了。金鱼是吓死的。最近我对剪贴图片发生了兴趣，有时我半夜起来还搞一阵，贴出各种花样来。我有一个计划，将屋里糊墙纸全部撕掉，贴上各式图片。这样只要一进屋，神经就受到了图片的刺激，就不会感到心慌意乱了。你老是睡在这里，一点都不觉得腻味吗？"

沉默，两人都在后悔刚才的胡言乱语。

更善无一跨出门去，就踩在一块西瓜皮上，仰天摔了一大跤。他揉着屁股定睛一看，发现门槛下一字儿排开四五块西瓜皮。后来他又在厨房里发现了西瓜皮，堆成一大堆，成金字塔形状。在他搜集了西瓜皮扔到簸箕里去的时候，看见岳父正用一把铁锹在他房子的墙根起劲地刨，已经挖碎了两块砖。他的裤腿卷得高高的，露出多毛的细腿。

"滚！"他用力一撞，撞得他扑在地上。

他爬起来，拍了拍身上的灰土，将铁锹扛在肩上，边走边啐口水，还扬起拳头。

"爹爹拿走了你的青瓷茶壶。"慕兰哭丧着脸说。那茶壶是他心爱的东西。

"人都死了吗？！"他咆哮起来。

"我本来不准，但是他威胁说他会干出谋杀的勾当来。谁敢担保呢？也许他真的就做得出来，我看见他杀过一个小孩……他已经半疯了，这都是受了你的刺激，原来你什么才能也没有，原来你骗取了我们一家人的信任，母亲也是被你气死的……为什么？"她竟抹起泪来。

"屎从喉咙里屙出来！"他骂过就一顿脚走进屋，睡到竹躺椅上，瞪着天花板上的蛛网穗子，发着痴。

他在听，他听见鸟儿在树上"喳喳"叫，啄得红果一枚一枚掉在地上。他想起她说的那只在心力交瘁中死掉的蟋蟀。那蟋蟀最后的叫声是怎样的呢？要听一听才好。好久以来，他就在盼望树上的那些果子变红，因为他对她说过，等树上结出红浆果，大家就都能睡得安稳了。所以当第一枚红浆果掉在窗台上时，他简直欣喜若狂！然而他并不能睡得很安稳，当天夜里他就失眠了。他仍然受着炎热的煎熬，他在树下走来走去，用手电照着地上那些红浆果，一脚一脚地将它们踩扁。月亮很大，他的影子投在地上，怪好笑的。那女人的呻吟震响着闭得很严实的窗户，窗户底下就有那么一只心力衰竭的蟋蟀。她正在噩梦里搏斗，很柔弱、很艰难，难怪她早上总是汗水淋淋。有的人并不做梦，他们的夜是不是一团漆黑呢？有一次他忍不住问了慕兰这个问题，没想到女人直瞪瞪地看了他老半天，忽然一拍掌，号啕大哭起来，哭得他头发都竖起来了。后来她偷偷地在枕头底下塞了一只闹钟，半夜里毛骨悚然地闹将起来，她一睁眼就跳起来，倒一大杯水，逼着他吞下一粒黄不黄黑不黑的丸子。那丸子有股鸡屎味儿，他怀疑是鸡屎做的。这种把戏一直延续到有一回他在狂怒之下用菜刀剁烂那只闹钟为止。当时慕兰躲在柜子后面，吓得面无人色。慕兰传染上了他的失眠症，从那以后也睡不安了，虽然不做梦，却老在床上滚来滚去，伤心地放着臭屁，唠叨："自从认识到他的才能范围之后，消化功能就出了毛病。"黑猫又叫起来了，很饥饿、很凄惨。那只猫是女儿凤君的死敌。昨天他下班回来，看见她揪住猫的尾巴，正要举刀去剁。他一声大喝，刀子掉在地上。"我正在吓唬它呢。"她虚伪地笑着，那神气极像她外公。昨天与隔壁女人躺在床上时，他发现自己捏死了一只臭虫，将血渍擦在床沿上，心里暗暗打定主意再不到这床上来睡觉。"

"你们屋里有没有杀虫剂？"邻居麻老五探出下巴上生了一个大肉瘤的头，微笑着问。

他心中一惊，冷冷地说："早用完了。"

老头不甘心，钻进屋子，眼睛溜来溜去的。"就这个也行嘛。"他顺手拿了一瓶驱蚊水向外走。

"那是驱蚊水，我们要用的！"更善无喊道。

"很好，很好！"他假作糊涂地答道，撒腿就跑远了。

"你怎么能放他进来呀？"女人像猫一样钻进来了，"他是一个贼！他上别人家借东西，其实是去侦察形势，夜里好去偷。你真是痴呆得很！"

"我倒希望他来偷一些什么去，有什么大不了的？你父亲天天来偷，你心里还暗暗高兴呢。要一视同仁嘛。"

"有点什么发生，闹一闹，弄出点响动，倒也不错的，免得心里老是害怕。你的父亲，夜里潜伏在我们厨房里……我真想不通。"他含含糊糊地说。

"那个林老头，这是第三次拉屎拉在裤裆里了。"慕兰已经忘了刚才的龃龉，又兴致很好地说起话来。

"林老头？你们是一个人罢。"他想着心事，不知不觉说出了口。

"造孽呀。"

"我当真认为你们是一个人。"他认起真来，"你不是老惦记着他拉屎的事吗？那分明就如同惦记自己一样。你一定带得有一个小本子，上面记着这些你要操心的事。我很赞成，这一来……"他仍旧看着窗外，盯着那只在树上摇摇晃晃要掉下来的红果，心里暗暗地为它使着劲。

"赞成什么？"她仔细观察他的表情，越来越迷惑。

"赞成你们的事罢。所有的问题都是这棵树引起的。你当然知道，首先是开花，满屋子花的臭味，现在又是结红果，不知还有个完没有。我已经这么久没睡觉了，有时困得发狂，简直担心自己会自杀。"

他脸上游离的表情使她没法发火，他肯定是中了什么邪，讲话才这么疯疯癫癫的。

"你和林老头其实是一个人。"歇了一歇，他又说下去，"当你在想一件事的时候，倘若你去问问他，他一定也在想同一件事，你可以试验一下。其实你一点也用不着大惊小怪。比如住在我们这个屋顶下的人，就总是讲同样的话，做同样的梦……"他突然打住，因为意识到了自己是在重弹虚汝华的陈词滥调。她是不是隔着板壁在听呢？

"我和林老头怎么会是一个人呢？真岂有此理，要知道他拉屎拉在裤裆里，又是大家的笑柄。"她没有把握地辩解起来。

"那也一样。你笑他的时候，你自己就是一个笑柄。你讲起他来，我以为你在讲你自己。我看出来你心里害怕，你像小孩子一样异想天开，其实又有什么用呢？"

他老婆拼命将自己区别于那什么林老头。她们总要极力去笑别人，其实是因为心里害怕，怕暴露自己，才假装做出一副姿态，好像发现了什么惊人可笑的事。比如慕兰，就总将拉屎这类事记在小本本上，作为自己的发现，因为总得发现点什么，才好装出吃惊的神气。在他们认识的初期，她就开始搞这类把戏了。那时街上有一个炸油粑粑的老头，有一天，她挺神秘地将他唤到那老头的门口，要他从裂缝里朝里看，说是有"精彩的表演"。他弓着背看了好久，没看出什么名堂来，她却在一旁笑得直不起腰来了，还说什么"差点把我笑死"。原来她在笑他自己？他过了许多时候才明白过来。

"你干吗笑我？"他后来问。

"因为你是傻瓜。"

"那么你呢？"

"我怎么会是傻瓜，要是我是傻瓜的话还看得出你傻吗？"

"原来这样。"

他看透她了。

她却不知道，仍旧玩着那套老把戏。

所以他今天戳穿她，心里很痛快。

"吃饭前喝三口水是保持情绪平衡的有力措施。"老婆还在唠叨，"重要的是要有一种实际的态度，切忌精神恍惚。隔壁那一对是你的前车之鉴，以前我怎么观察也觉得他们的行为不可思议。那种自以为与众不同的、莫名其妙的举动导致了什么样的后果呢？这不是一个深刻的教训吗？要是……"

昨天所长对他大谈养鹦鹉的事，闪烁其词、七弯八拐地告诉他：如果他能为他物色到那种良种货色，他将会在他心目中留下良好的印象，等等，要知道饲养鹦鹉，这是一种高尚的娱乐。所长说话的时候，眯缝的笑眼透出凶光。而他，竟在谈话之间显出迷惑的神态，思想开了小差，而且在末尾毫不得体地插了一句话："您老是不是养猫？"所长当时拍着他瘦骨嶙峋的背脊，用吓死人的音量大笑起来，一直笑得流出了两粒细小的泪珠。

麻老五肯定已将那瓶驱蚊药水洒在屋里了。这可恶的老头子，裤子从不系好，动不动就掉下来，露出那可怕的东西。他养着一只脱光了毛的白公鸡。他几乎每天都要去拼命追那只小公鸡，有时还用石块朝它身上扔，将它背上打出几个肿块来才罢手。这老头极瞧不起他，每次看见他夹着公文包，猥猥琐琐地从街上走过，他就从鼻子里哼一声，说："低能。"有时还故意将这两个字说得很响，好让他听见。被这老头鄙视这件事使他万分苦恼，因为他每天上下班必须经过他的家。他想过种种办法来逃避，比如躲在老头家对面的公共厕所里，看见老头一进去，马上出来，从他门口一冲而过；或者拉一个同事一起走，边走边谈话，假装根本不注意他。但这麻老五竟是十分执着的人，自从看出他的逃避勾当之后，他比往常更勤快了。他往往估计好他上下班的时间，然后耐心地守候，一等他走近马上迎出来与他打个照面，然后，对着他的背影用怜悯的口气说出那使他发狂的字眼。这已经成了他一种最大的赏心乐事。哪怕落大雨大雪，他也必定准备好一把油布伞站在门口恭候他的来临。有一天他感冒没去上班，躺在床上，心里庆幸着逃脱了老头的侮辱。一抬眼，看见窗外站着一个戴草帽的人影，很面熟，那人一钻就不见了。他想了好久才想起来他是麻老五，原来他化了装来调查他的病情来了。

"这屋里有点儿潮。"老婆厂里的科长在前面房里大声嚷嚷。

"那家伙是个傻瓜。"老婆叹了一口气，很烦闷似的。

"是傻瓜。"科长很响地打了一个饱嗝。

"而且又固执。"

"正是，又固执。"

"我要把你耳朵里的这两根毫毛剪下来，装在盒子里。"

"干什么！？你说得怪吓人的。"

"作个纪念，你这小猴子。"

"别叫我小猴子，我是小公鸡。"

"小蜘蛛，小跳蚤，小蝗虫，小……"

科长忽然发出一声母鸡下蛋的啼叫，接下去又是第二声，第三……原来他在笑。笑了又笑，整个小屋都震动起来，地面发抖，碗柜里的碟子"当啷"作响，空气"嗞嗞"地锐叫。更善无心惊肉跳地捂住耳朵，打开后门逃到外面。差不多过了十来分钟，那怪笑才渐渐平静下来。屋里又"嘭！"的一声闷响。他从板壁缝里一瞧，看见老婆和科长抱在一起，正在床底下打滚。"原来他俩在打架。"他松了一口气，"那床底下有蝎子呢。"

科长出去后，他和慕兰也打起架来了。开始是闹着玩，他将她推在床上搔痒，忽然他情不自禁地踢了她一脚。她尖声叫着，扑上来咬他，死死地搂住他的脖子，用尽全身力气将他的头朝壁上乱碰。他被憋得出不了气，全身厌恶得发抖。最后他终于挣脱出来，发疯地朝她身上要害部位猛踢。他的女儿进来了，冷静地在一旁观察了好久，忽然捉住那只黑猫朝他们中间扔来。他俩一愣，同时住了手。女儿鄙视地笑着，溜出去了。黑猫将他油污的裤腿当作了练功的柱子，欢快地在上面练它的爪子。

"我活得真费力，"他对慕兰说，"这都是由于失眠引起的。"

"我们应该对隔壁那个女人加强监视。最近她通夜不熄灯，我总在半夜看见板壁缝里透着灯光。我有一次偷看到她正在搜集女人屁股的图片，她的壁上贴满了这类屁股，真是不堪入目。也许她在暗地作贩卖淫画的生意？"

她出去了。他拿起她的一只皮鞋，扔到后面的阴沟里，然后嘻嘻地笑了一阵。麻老五对他的侵犯已经到了忍无可忍的地步了，今天他当众死死揪住他的手臂，将一只臭虫塞到他手里，然后跳开去，向围着观看的人宣布：要将他的私人秘密公布于众。他吓破了胆，抱头鼠窜。

"我要活一百岁！"麻老五在他背后宣告。

之二：二

她找出一大叠报纸，剪成细的长条，然后搬来梯子，爬上去将板壁的每一条缝都仔细地封死了。她忙乎到半夜，身上不断地流出酸臭的汗液，屋里的灰尘又在她身上画出一道道污迹。

他们闹起来的时候，她一直坐在家里。她的窗帘破了一个大洞，一只丑陋不堪的麻点蛾子从那个洞里爬进来，撒了一泡黄水，还在窗帘上密密麻麻地产了一大片卵，叫人看着身上一阵阵发麻。炎热是一天天地厉害了，她一进屋就将全身脱得精光。在镜子里面看见熟悉的、皱巴巴的肢体，她又模模糊糊地想起了那个男人，那个瘦长的身影。在她的记忆中，他就是这么一个飘浮的东西，怎么也无法抓住。她使劲地回忆他们睡在床上的情形，总是只得到一些零落的，似有似无的片断。桌上的灰已被她扫去了，连半圆形的屁股印子都没留下。也许她完全弄错了？在一开始，她的确有过一种类似欲望的东西。自从最后一次和他吃完了那包蚕豆，他讲了地质队的事之后，她觉得欲望消失得无影无踪了。（也许原来就不存在的，不过是她自欺的想法？）好些天来，她一直在提心吊胆，生怕他出其不意地闯进来。她将门闩好，躲在蚊帐里面，汗流浃背，懊恼不已。他们闹起来的时候，她听得清清楚楚，但是她并不关心，她正在紧张地注视那只蛾子，生怕它飞到床上来产卵。"那男的是一个鬼鬼祟祟的怪物。"她心平气和地想。她已经忘了她说过他像自己这码事了。帐子里很闷，两只大苍蝇在帐顶嗡嗡叫着，滚成一团在那里交媾。外面太阳很毒，然而白天是昏沉的。在她的记忆中，白天总是昏沉的，楮树和小屋总是沉沦在那昏沉的底里，蚊虫在紧闭的屋里唱着窒闷的歌。亮晶晶的白天只有从前才有，那是与夹竹桃的苦涩一起到来的。那时满树的叶子就像着了火，地上有一个一个的小圆圈，像撒了一地的银圆。那时听不到蟋蟀的病吟，只有两只斑鸠温柔地、梦呓般地从早到晚啼叫。她的父亲是一个工程师。"她将来要继承父业。"小时母亲时常对人吹牛。但是她没能继承父业，她成了一个卖糖果的营业员。母亲因此恨透了她，发誓："要搅得她永远不得安宁。""这家伙要了我的命。"她逢人就诉说，还哭起来，"真是一条毒蛇呀，为什么?!"她这人总喜欢耿耿于怀，或许父亲就因为这个受不了她，去和街上一个摆香烟摊子的老太婆姘居了。母亲每天上街买菜总看见他从那老太婆的矮屋檐下钻出来，但她放不下臭架子，只好装得若无其事的样子。老况昨天又托人送来一包蚕豆，这一次炒得更硬，嚼久了很不舒服，太阳穴胀得不行。下班的时候，她看见老况被婆婆紧紧地挽着臂在街上溜达。婆婆穿着一件鲜亮刺目的绉纱衣裳，头上还是戴着那顶破烂的草帽，干枯平板的身子像斧头砍出的一般。老况脸上大放油光，显出和往日大不相同的、自信的神气，劲头十足地飞起一脚，将一块路上的碎砖头踢出老远。"生活要有明确的奋斗目标。"听见婆婆斩钉截铁地说，还把烂草帽自负地从头上摘下来，胸有成竹地抖掉上面的灰。她经过他们面前时，婆婆看见了她，镇定地、蔑视地向她点了两下头，然后目标明确地挽着老况，从她身边一擦而过。"这顶草帽对于我有非同寻常的意义……"她的语气那么热切，为的是掩饰内心的空虚。"原来她还搽香水呢。"她一看到这两人在一起那种一本正经的神态，总忍不住要笑。但这次她不敢笑，因为她发现谁家窗帘在抖，有人躲在帘子后面观察她。那人推开窗，弄虚作假地漱了好久的喉咙，朝外面吐了一口唾沫，翻着白眼打量了她一眼，又关上了窗，兴许还躲在帘子边上。婆婆他们已经走远了，声音还是顺着风不停地传到她耳朵里来，"保持心明眼亮，就会产生使不完的劲头……"

白天是昏沉的，在白天，桌上居然有成群的老鼠穿梭，跳出了弹性的、沉甸甸的脚步声。她一闭眼，立刻就看见向日葵的花盘，一个又一个，热烘烘的、金黄的……

"我真活不下去了呀。"他的声音拖着哭腔。她看见他头上的皮屑将肩头弄出一片白色。

"你一点也不冲动，别装样了。"她打开门，两臂交叉，傲慢地瞪着他，"你这种样子不是太可笑了吗？这上面有一只怪蛾子，老巴着不肯走，你替我打死它罢。"她指了指扫帚。

他猫着长腰接近蛾子的所在，用扫帚猛地一扑，蛾子掉在地上。

"也许，我是太不坚强了。"他发着窘，"当然你都听见了的，并没什么大不了的事，是这样吗？我的样子就像一个卖老鼠药的婆子。"

"完全是自作多情。"她舒了一口气，一脚踏死了蛾子，"你变得像我母亲了。我母亲这种人生活真不容易，一天到晚老是那么愤愤地，老是那么上蹿下跳，辛苦得很呢。我有时真想不出她怎么还能活到今天，也许她终究要得癌症死掉的。"

"最近我没做什么梦。"他嗫嚅地告诉她，退到了门边，似乎打算去开门。

"当然，你忙得不得了。"她谅解地说，"你一直想变一变看看。我想你或许会有成效的，你一直在努力，这有多难，无法想象……"

"难极了，我简直是一个白痴，"他满腔忧愤，站住不动了，"所有的人，讲什么话，做什么事，都规定得好好的。而我，什么也不是，也变不像。哪怕费尽心机模仿别人走路，哪怕整日站在办公室的窗口装出在思索的样子，腿子站断。其实我也是被规定好了的，就是这么一个什么也不是的人。"停了一停，他又说："几十年来，我一直这样，你怎样？"

"我？啊，我老是想不起你来。在我看来，你是一个影子一类的东西。你的确什么也不是。其实我也这样，但是我不为这个苦恼，也不去想变的事。我已经干涸了，我早告诉了你，长满了芦秆。我只有一件要苦恼的事，就是这条毯子。我打算睡觉前将它钉在床沿上，免得它再飞。在我们这类人里，有的想变，成功了，变成了一般的人。但还有一些不能成功，而又不安于什么也不是，总想给自己一个明确的规定，于是徒劳无益地挣扎了一辈子。我觉得你也不能成功，你的骨头这么笨重，又患着关节炎，你在人前转动你的身体都十分困难。你看，我就这个样，我吃腌黄瓜，过得很坦然。"

"邻居假装来跟我借杀虫剂，当着我的面把驱蚊药水抢走了。我老婆说这屈辱得很呢。"

"这一点也不屈辱，其实你也一定没感到屈辱，对不对？干吗要来这里装样呢？这多不好。你根本用不着那么怕他，我是说那个邻居。在黑暗中，你听见树干发出的爆裂声没有？这棵树真是狂怒得很呢，我看见满树的叶子都爆出了火星……"

"我这一向没做什么梦，我得走了。"他出去了，没有在桌上留下半圆形的屁股印子。

他说"我得走了"的时候那种做贼心虚的神气，她看了觉得挺开心的。她注意到他身上的那件汗衫已经十分脏，十分油腻了，靠腋窝处还有个地方散了线缝，他穿着它显得可怜巴巴的。他的女人大概已经跟他闹翻了，才不肯帮他补汗衫，而他，还要假模假样地说什么"一个梦也没做"。真是怪事。

其实他听见了树干的爆裂声，也看见了叶片上的火星，他说"没做梦"是因为心里着愧。当时他跳起来关紧了窗户，因为数不清的蛾子正带着火星飞进屋里来。在窗外，惨白的月光下，一动不动地站着一个披头散发的裸体女人，那身体的轮廓使他蓦地一惊，身上长满了疹子。他想来睡，后脑勺刚一接触枕头，就被什么尖锐的东西扎了一下。他将枕头拍打了一阵，翻了一个边，刚一躺下，又被更狠地扎了一下。"哎哟"，他失口叫出了声。那女人正站在窗玻璃外面，干瘪的乳房耷拉下来，浑身载满了火星。她无声地动了动嘴唇。

"你折腾些什么？"老婆重重地踢了他一脚。

"红果不停地掉在瓦片上，你一点也没有听见？你看看窗外吧，有样怪东西站在那里。"

"胡说，"她趿着鞋走到窗口，打开窗向外探了探头，说："呸！别吓人啦，大概是我白天挂的那面镜子的反光。它扰得你不能睡觉？你的神经真是太脆弱了，你怎么这样娇气，我上去把它取下来。"她"嗵嗵嗵"地走出去，又"嗵嗵嗵"地进来了，"明天是不是去找那法师来驱一驱邪，有人私下告诉我，说我们这小屋闹鬼，已经闹了好久了。你知道我干吗要用镜子来侦察隔壁的举动吗？我一直在怀疑！他们驱过邪，不管用，后来那男的才搬走了的，你注意到了没有？那女的肯定已经被缠上了，有天夜里我听见她在屋里跟什么东西厮打，弄得乒乒乓乓直响呢！你千万别朝她看，她的眼睛里面有一根两寸长的钢针，我看见她朝一个小孩身上发射，那小孩痛得哇哇直叫。"

因为和所长的那次谈话，他成了众人的笑柄了。那一天，安国为在办公室里大喊大叫地冲他说："喂，你有没有良种猫？请捐献一只！"其余的人都在交头接耳，挤眉弄眼，其中一个还用指头蘸着唾沫，大模大样地在蒙灰的玻璃上画了一只猫。他怔怔地站着，那伙人却又追赶起一只老鼠来了。叫叫嚷嚷，碰碰跌跌，还乘机将他推过来，撞过去，一下子将他挺到墙上，一下子又将他挺到桌子边。

"我并不养猫……"他揉着碰痛了的腰，吞吞吐吐地说。

"他说什么？"所有的人都停下来，老鼠也不追了，满怀兴致地朝他围拢来，死死地盯紧了他。

"你说什么？"

"我正在说……我打算说——我有一种特殊的自我感觉。"他胆怯地看着这一伙人。不敢往下说了。

"天老爷！"所有的人都蹦起老高老高，乐得要死，"他说他有特异功能！同志们！这家伙不是在吹牛吗？哈哈哈！！"

"哈哈哈。"他也迟疑地笑起来，因为总得表示点什么。老鼠又从桌子底下跑出来了，大家一窝蜂地去追老鼠，他忽然觉得自己仿佛也成了他们当中的一员，于是也去追老鼠。

"且慢！"安国为抠住他的脖子，"我要把这事报告所长，你并不养猫。"他笑眯眯地说。

他心怀鬼胎地熬了好多天，所长却没来找他，甚至远远见了他都要绕弯儿避开。只是有一回，他偶然在办公室门外偷听到了所长对他的评价，他说他是"一只滑稽的老鹦鹉"，说过就又用那种吓死人的音量大笑起来。"我的脚趾头为什么这么痒？呃？"他上气不接下气地说，"我一笑脚趾头就痒得不行，该死的东西！"

　　一个雨的早晨。麻老五又当街拦住他，还将发绿的鼻涕甩在他的裤管上。于是，他下定决心要脱胎换骨了，他鼓起勇气朝所长家里走去。

　　屋里乱糟糟的情况使他大吃一惊，他还以为走进了废品收购站。五花八门的东西一直堆到了天花板上，两个大阁楼全被压得摇摇欲坠。他使劲眨了眨眼，从那数不清的、蒙灰的什物堆里认出一个盛酒的坛子，一把没把的铁锹，一串念珠，一摞粗瓷碗，一个鸟笼（里面站着两只半死不活的鹦鹉），一大束女人的长发（颇为吓人地从阁楼上垂下来），一张三条腿的古式床，一大堆生殖器的石膏模型，一副鲨鱼头骨，一支断了的拐杖，等等。在一个角落里，所长和他夫人正在吃饭，饭菜都摆在一个竹制鸡笼上面，鸡笼里还养着一只黄母鸡。所长的夫人像一个墨黑的泥人，眼珠子一动也不动。

　　"我也许能……"他讷讷地开口，小心地挪动脚步，绕过那些杂物，"我想过了，我有办法搞到那种良种货色。"

　　"嘿嘿？"所长翻着白眼，停止了咀嚼，将酒糟鼻伸到他衣服上仔细地嗅了几嗅，"你觉得印象怎样？这下我可让你大开眼界了吧？你看见那副鲨鱼骨头没有？你有什么感想？现在你可以到所里去吹牛啦，你真运气！不过我这两只东西确实糟透了，哪里是什么鹦鹉，简直是乌鸦！我说你别坐在那张床上，它只有三条腿，你可以坐在这个鸟笼子上面，我们有时将它当凳子坐，在有客人的情况下。等你帮我搞来良种货色，我就让你参观我后面两间房里的东西，不过现在还不行，你得先交良种货色，我可不打算给你白看，看了好去吹牛。你也别想打这种鬼主意，老弟，他们说你鬼得很，对不对？也许你在偷偷地干搜集邮票的勾当，好一鸣惊人？呃，这种事你得跟我好好学。"

　　"实际上，我有一种很严肃的想法，我正打算脱胎……"

　　"嘘！别说话！近来我的心脏跳得很不正常。这就对啦，这就对啦。"他宽宏大量地拍拍他的背脊，忽又想起了什么，"你至迟不能超过后天，要是超过了后天，我就不让你参观我后面房里的宝贝了，你听明白了没有？要是看不到我的宝贝，你要后悔一辈子的，一直后悔到坟墓里去！"他竖起一个胖指头，警告地在他脸上戳了一下，"第一流的！举世无双的！明白了没有？"

近来他感到自己日渐衰老了。偶尔他还记得地质队的事，然而那些情景都已经退得极遥远，缩成了一个模糊的小光斑。时常在白天里，他发现自己在干一些不可思议的事：有一次他打算用一把锯把床脚锯断，还有一次他把尿撒在老婆的袜子上面。隔壁的女人竟能旁若无人地吃她的酸黄瓜，这件事想一想都使他心绪缭乱。他听见蚊虫在她那个房里拥挤着，简直像开运动会。虽然板壁缝贴上了纸条，仍然可听到她的髋关节在床板上嘎吱地磨响的声音，还有那种衰弱的喘息。他的耳朵怎么反而越老越灵敏了呢？比如慕兰，就从来听不到什么。她听不到红浆果落在瓦片上，也听不到树干的爆裂声，她听不到蚊虫在隔壁房里喧闹，也听不到女人在床上辗转。她每天夜里都在床上放着消化不良的臭屁，从前她母亲放屁的毛病遗传给她了。有时他卑怯地问一问她听到什么没有，她总要大发脾气，说他这种人"天生一副猥琐的相貌""心里藏着见不得人的鬼事"。他喂的那只黑猫已经从家里出走了。偶尔它也回来，阴谋家似的嗅来嗅去，献媚地朝他叫两声，又匆匆地逃离了。他注意到它的尾巴只剩了半截，是不是女儿剁的呢？这么看来她终于得手了。当他假意用玩笑的口吻谈起这件事的时候，女儿竟怪模怪样地哭起来，还说要跳到后面的井里去淹死，说她对这个家已经看够了，早就不耐烦了，倒好像她自己有多么清高似的！

终于有一天，当黑暗的窗口飘出热昏了的人的谵语时，最后一只红果"嚓！"的一声，落到了瓦缝里。

之二：三

"灵魂上的杂念是引起堕落的导火线。"这句话母亲已经说过五遍了，她正在吐唾沫。自从他搬回来以后，看见母亲每晚都坐在大柜后面的阴影里，朝一只纸盒里不停地吐唾沫，从来也不上任何地方去，也没人到她这儿来。开始他很惊讶，后来母亲告诉他："我正在进行灵魂上的清洗工作。"于是从那天起，他迷上了搜集名人语录的工作。两个月来，他已经搜集了两大本，而且越干越来劲儿。"名人的思想里有无穷的奥妙。"他跟人说话开始使用这样的口吻，"只要想一想都叫人诚惶诚恐，五体投地。从前在我没有找到生活的宗旨的时候，我心中是一片漆黑，真不知怎么活过来的。现在一切都有了一种不同的情景，生命的意义已经展现出来……"本来他是一个沉默寡言的人，现在竟出乎意料地变得像老婆子一般，逢人就唠叨心中的事儿了。"新的生活使他很振奋，"有一天他听见母亲跟摆香烟摊子的老太婆说。（那老太婆是跟一个瘦骨伶仃的秃头工程师姘居的，她说他是一个"妙不可言的人儿""有种说不出的高级派头"。）这就像一种崭新的姿态。你想一想吧，活了三十多岁，忽然整个生活的意义一下子展现在眼前！"每天傍晚他都和母亲到街上去散步，手挽着手，趾高气扬，他心中升起一种从未体验过的新奇感和自豪感。当这种情绪在他胸中涨满起来的时候，他总恨不得踢一脚路边的石子，恨不得捶一顿路边的电线杆，然后哈哈大笑，笑得一身打战。有时他也不由自主地回想起楮树下的小屋里的生活，那就如一个朦朦胧胧的梦境。那种嚼蚕豆的不眠之夜，那种挣不脱的恐怖，现在体验起来仍然使他脸色发青，汗如雨下。"一切都是由酸黄瓜引起的，"他向母亲诉说道，"不正常的嗜好常常引起罪恶的欲念。我有一个同事的老婆，每天要吃臭豆腐干，有一年冬天买不到，她馋得发了疯，竟把她丈夫干掉了。真是沉痛的教训呀。""你老婆这种人并不存在，"母亲一字一板地从牙缝里说，那门牙上有两个蛀洞，"她终将自行消失。"然而她到现在还没消失，她在阴暗发霉的小屋里像老鼠一样生活，悄悄地嚼着酸黄瓜和蚕豆，行踪越来越诡秘。他每星期给她送去蚕豆，那惭愧的心情就如同喂着一只老鼠。"分开后感觉怎样？"有一天她口里吐着蚕豆壳随随便便地问他，好像他是她的一个邻居。"也许身心两方面都健康得多。"他红光满面地回答，同时就涌上一股莫名其妙的负疚情绪，他冲口而出又补充了一句："你也可以搬过来住。"她冲他古怪地一笑，说："现在这屋里的蚊虫简直像在开运动会，你在夜里听见没有？在刮南风的时候，那声音兴许能传到你的枕边。"后来母亲称他那种负疚情绪为"残余的龌龊念头"。从那里搬出来之后好久，他才隐隐约约地听人讲起小屋闹鬼的事，他当晚就在床上捣鼓了一夜没睡，弄得好几天头昏脑涨，背心出冷汗。有的时候，他躺在窗旁，看见浮云从天边逝去，忽然很感动，甚至涌出了眼泪。"做到老，学到老。"他喃喃地自言自语，为一下子想到了用这句成语来形容自己的情绪而高兴。"你必须试一试吃蚕蛹。"母亲说，两只睁得圆圆的小眼很像鸡眼，"我的一个熟人试过了，简直有起死回生的作用。"

前天他从学校回家，看见岳母鬼头鬼脑地在酒店门背后将脖子一伸，等候着他走进去。他转身拔腿就跑。她在后面追着，高声大叫："骗子手！道德败坏的东西！我要送你上监狱去！"还捡起路边的碎石头来扔他呢。结婚以来，她一次也没上他们的小屋来过，从来也没承认过他是什么女婿。自从他从家里搬出之后，她却忽然对他们的私生活感到了极大的兴趣，整日整日在那小屋附近转悠，有时还当街拦住他，挥着拳头对他说，要将他的卑劣行径向学校领导作一个详细汇报。如果他不赶快醒悟，将是自取灭亡。边说还边跺脚，脸上沉痛的表情使他迷惑不解。她一直等着这一天，他去送蚕豆时虚汝华微笑着告诉他，"她的头发都已经等白了，你还没发现吗？现在她认定时机到了，就跳将出来。多少年来，不管日里夜里，她总在不断地诅咒，她这人太执着，太喜欢耿耿于怀了，看着她日子过得这般艰难，我都替她在手心捏一把汗呀。她快完蛋了，也许在做垂死的挣扎吧，我觉得她近来气色很坏。"他一回去就向母亲诉苦了："那屋里的蚊虫就如强盗一般迎面扑来，朝你身上乱叮乱咬。喷筒啦，杀虫剂啦，全不知扔到什么地方去啦。我不知道她心里全在想些什么，真是岂有此理，都是酸黄瓜引起的，当初我竟会由着她吃……"母亲从鼻眼里"吭吭"了一阵，说："有人告诉我，那屋里半夜传出狼嗥，真是阴森可怕呀。""对啦对啦。"他摆弄着名人的语录本，愁眉紧锁，"首先是金鱼的惨死，接着是暖水壶的失踪，当时我为什么不把所有的事联系起来想一想呢？我看了这么久，原来她已经完全无可救药了，原来事情是一场骗局，我完全弄错了。她一直企图咬死我……""这种女人终究会自行消失。"母亲又一字一板地说，"因为她从来就不存在。"

媒人介绍他们俩认识的时候，她已经是快嫁不出去的老姑娘，短头发乱蓬蓬的，从来也不用梳子梳理，只用指头抓两下了事。然而她一点也不固执，甚至像小孩一样毫无主见，正是这一点使他怦然心动。在她面前，他觉得自己仿佛是一个男子汉。他把她带到楮树下面的小屋里来，满脑子又空又大的计划，想要在屋前搭一个葡萄架，想要在后面搭一个花棚，这些都没来得及实现，因为蟋蟀的入侵把他拖得精疲力竭了。随着岁月的流逝，他才惶恐地发现，原来老婆是一只老鼠。她静悄悄的，总在"嘎吱嘎吱"地咬啮着什么东西，屋里所有的家具上都留下了她那尖利的牙齿印痕。有一天睡到半夜，他忽然觉得后脑勺上被什么东西蜇了一下，惊醒过来之后用手一摸，发现了手上的血渍。他狂怒地推醒了她，吼道："你要干什么?!""我?"她揉着泡肿的眼，揉得手上满是眼屎，"我抓着了一只小老鼠，它总想从我手里逃脱，我发了急，就咬了它一口。""原来你想咬死我!""咬死? 我咬死你干什么?"她漠然地对着空中喃喃低语，然后打了一个哈欠，倒下睡去了。他灭了灯，在黑暗中仔细倾听，听出来她的鼾声是虚假的，听出来她紧张得全身发抖。从那天起他就失眠了，不久就变成了神经官能症。后来她还咬过他好几次，因为他很警惕，伤势都不重。有一回咬在肩膀上，他醒来后她仍旧死死咬住不放，他只好打了她一个耳光，把她从床上打落到地下去。他让她张开嘴巴，于是发现了牙间的淤血，原来她之所以死死咬住不放，是在吸他的血! 有时他一下子意志软弱，怀疑起她是不是一个妖婆来，但他很快又打消了这种想法，他怕别人讥笑。他只好硬着头皮去捉蟋蟀，她则像机器人一样执行命令：每天喷洒三次杀虫剂，用棍子没个完地捣毁蟋蟀的巢穴，每天早上做几百下舒展动作（这是他熟识的一个医生的忠告），实行蚕豆疗法、睡觉时头朝东，等等。这些方案一点也没有起到应有的作用，他终于看着她一点一点地萎缩下去，变成了一颗干柠檬。她的牙齿慢慢地松动了，她不再咬啮什么东西，却开始吃起酸黄瓜来，而且腌了一坛又一坛。有时夜里一觉睡醒还起来吃一阵，整天嚼个没完。当他在屋里的时候，只要听见牙巴间"嘎嘣"一响，闭着眼也知道她在干什么勾当。虽然她尽量轻轻地嚼，那响声还是搞得他暴跳如雷。那一次他一下就砸烂了五个坛子，满屋子腌黄瓜气味熏得他通夜失眠，痛苦已极。她看着，若有所思，愁苦不堪。后来不知哪一天他发现，床底下又悄悄地摆起了五个新坛子。在他离开的前几天，她唆使他将屋里的窗子都钉上了铁条，说有个小偷在附近转悠，是不是要破门而入? 他一边钉一边心里却在想：她是不是以疯作邪，打算在他熟睡时给他一下子？不然她讲话的当儿为什么眼里冒出那种邪火来呢？那几天睡觉他一直睁一只眼闭一只眼，到母亲接走他的时候，他的神经已快错乱了。

"喂。"母亲端着纸盒，从大柜后面的阴影里走出来了，一边吐一边说，"我的灵魂清洗工作结束了。我跟你讲一桩奇事，是摆香烟摊子的老太婆（她从来不提她的名字，也许不知道？）告诉我的。她说只要过了夜里十二点，王鞋匠的家里就传出桂花香，整条街都香遍。昨夜十二点。我使劲嗅了嗅，果然有那么一股味儿。今天中午我一直在考虑这事，弄得烦躁不安，午睡都没睡成。今天夜里我一定要把这事调查个水落石出，说不定是搞什么阴谋呢。你吃过晚饭后不要闩门，我打算在他家门外守候到十二点，必要时还要查看他的耳朵，看看香味究竟是不是那里散发出来的。是不是报纸上讲的那种特异功能呢？要是那样倒也放下一桩心思。"

"妈妈，你看出来虚汝华现在变成什么东西了没有？"

"那个女人？"她将鸡眼凑近，从头到脚细细打量他。

"你没注意到吗？她早就变成一只老鼠了。人要是常模仿什么也许就会变成什么。过去她常模仿老鼠，在屋里咬来咬去的，现在果然变成了老鼠，一只牙齿松动的老鼠。有时我竟会起了这种念头，想在蚕豆里拌一点砒霜送去，悄悄地，就如毒死一只老鼠，这不是很卑鄙吗？"他迟疑了一下，害羞地补充说，"要是能离婚，其实我是很逗女人喜欢……"

"那种卑鄙念头你从来没起过，也不会去干。你怎么会起那一类念头呢？你从来也学不会自作主张去干一件事。那女人早就活得不耐烦了，她迟早会从这世界上消失得无影无踪，你时常软弱起来，以致丧失了信心。如果你每时每刻留心自己的一举一动，睡前别忘了服用消炎镇痛片，每天坚持灵魂的清洗工作，就会慢慢地强壮起来。别再提那种蠢事，你要我们成为大家的笑柄吗？你从小就很孱弱，很迟钝，又特别喜欢想入非非，自作多情，忘乎所以，像你这种人根本不能结婚，当初你怎么会没意识到这一点呢？幸亏我——"她陡地截住话头，板着面孔不作声了。此刻她心里大概对他的愚钝觉得分外憎恨。她大声地、威胁地嗽着喉咙，用力朝纸盒吐去，翻着白眼看了他一眼。

"妈妈说得对，我完全是发了疯了。"他在母亲的目光下沮丧地缩成一团，变成了一个大肉球，微微颤抖着。

"这就好了。"母亲缓和地说，两眼变得像毛玻璃那样混浊无光了。

他非常害怕母亲生气，只要母亲一对他生气，他就吓得走投无路，痛苦得活不下去。当天夜里他做了一个噩梦，梦见有人把他睡的那张床从身底下抽走了，他悬在半空中，落又落不下去。

"你没命地扑打些什么？"母亲在隔壁发问。

"床底下蹲着一只野猫，不断地要爬上床来，我正吓唬它呢。"

"你在心里背诵几条语录罢。"

月光像铺在地上的一长条尸布。

"你有没有碰见过野猫？"他说，竭力做出狰狞的鬼脸，"要知道野猫是很厉害的呢，你睡着了，它冷不防抓在你脸上。"

她陡然变了脸，向着天花板很快地说："你找什么东西呀？你的喷筒和杀虫剂，我全扔到垃圾堆里面去了，因为你不在，这些东西放在那里挺碍眼的，还是扔了干净。我倒是很能习惯在蚊虫里面过活的呢。蚊虫喜欢围着我嗡嗡并不咬。听见蟋蟀叫，我就觉得很亲切似的。你走了之后，蟋蟀的叫声越来越自信、有力了。现在我睡得很安稳，用不着为它们的心力衰竭日夜操心。"

"墙上怎么巴着这么多蛾子？"

"是飞进来产卵的，很可怜，不是吗？"

"我拿来的蚕豆，你好好嚼烂罢，有人说这屋里闹鬼呢！"

"闹鬼的也许是我。我总是半夜里起来，将毯子甩得呼呼作响，要是你不搬走的话，说不定会被吓死，你的性格太软弱了。"

"或许是这样，"他伤心地叹了一口气，"你一直想咬死我。"

"……"

"你早就疯了，我怎么会没发觉。"

"……"

"你母亲就有疯病，你是遗传的。我从前还打算种葡萄呢，那些蟋蟀差点要了我的命。我一回忆往事就出冷汗，发夜游症，我母亲老说我患了迫害狂。"

"……"

"你好好嚼蚕豆吧。"

"你下回不要亲自来了。隔壁的在大树上挂了一面镜子，你来的时候看见没有？他们从镜子里观察你的形迹呢。我实在弄不清他们的用心何在，挺可怕的，对不对？说不定他们打算搞谋杀吧？"

之二：四

当她闭上眼嚼着盐水豆的当儿，天花板上的石灰又剥落了一大块，这一次是露出里面的木条来了。八年来，她一直在这幢房子里苟延残喘，奇怪的是总不死。每次发病之后，她总能用细瘦的腿子颤颤巍巍地支起沉重的身躯，重又在屋里扶墙移动。稍一恢复，她就在天井里用箩筐捕麻雀，整天整天地守候。在天井里的墙上，钉着几十只麻雀的尸体，一律是从眼珠里钉进去的，外人看了无不目瞪口呆，满身鸡皮疙瘩。不久前她忽然食欲大增，一天一天地强壮起来了。有人告诉了她那边小屋里的事儿，她闻讯后立刻精神抖擞，全副武装，开始了她的监视活动。"原来如此！"她对卖油饼的老婆子嚷道，"想一想吧，八年的痛苦！凄惨的晚年！每天夜里臭虫的咬啮！你们有谁受过这种折磨？现在他终于看出了这条毒蛇了！有一回我在街上看见他，好小子，他的一边脸古怪地抽搐着，脖子上伤痕累累，浑身散发出狐臭，可怜的家伙，他怎么会落到她手中的呢？这就好比苍蝇落进了毒蜘蛛张开的网，她吸干了他的血！这事到死都是个谜。也许他是一个白痴？我觉得他走路的姿势很特别，邻居说他把葡萄架搭在卧房里，我的天！"在她小的时候，她也曾对她抱过期望的，然而她天生的性格卑贱，歪门邪道。"汝华呀，你又把菜汤滴在衬衫前襟上面了！真腻心呀！你的脚步跺得那么响，我疑心你的鞋底是不是钉着铁掌呢！"那时她总是心烦气躁地喊。她明明听到的，却一声不响，仍旧低头弯腰，沿着墙根找蚂蚁的巢穴。她吃起东西来毫无顾忌，满不在乎地嚼得牙巴大响，完全酷似她那疯疯癫癫的父亲。有一回她用棍子打她，她忽然跳起来咬了她一口，刚好咬在虎口上。咬得很轻，像是被什么鸟啄了一下，那伤口竟肿了一个多月。后来她细细查看了她的牙齿，发现那些牙齿生得很古怪，十分尖利，过于细小，简直不像人的牙齿。在她睡着了的时候，她多次起过一种欲念：想用锤子敲掉她几颗牙齿。有一次她已经举起了锤子，不料她睁开了眼讥笑地瞪着她，原来她一直在装睡，在肚子里暗笑。自从她丈夫与街上摆香烟摊子的老太婆姘居以来，她一直视而不见，生怕女儿知道。有一天她从那家路过，听见里面欢声笑语，好不热闹。从板壁缝往里一瞧，原来三人在里边喝茶呢。而在家里，他们一家人从来也没有一道喝过茶。桌上摆着几样小吃，一面大镜子吓死人地反着光。老头儿笑得嘴角流出了涎水，两条麻秆儿似的细腿在桌子底下蹭着那婆子墨黑多毛的大粗腿，女儿也在傻乎乎地笑，装模作样地捂住肚子。那老太婆已经老得如一棵枯树，皱巴巴的，满嘴大黑牙，成天一支接一支地抽烟，只有精神失常的疯子才会看上这样一件货色。而她的丈夫就正是一个疯子，现在疯病又传给了女儿。"真是一对活宝呀。"当时她从牙缝里咕噜了一句，喉咙里有一种吞了蛆的感觉。到她一成年，就将她这做母亲的当成了生死仇人，一味地胡作非为，想尽办法来刺激她的神经，而且装出一副麻木不仁的神气，来掩盖内心的快意。那次她患肺炎，她本来算好她一准完蛋，报复的好时机来了，谁知到头来又是空欢喜一场。"妈妈呀，"她故意嗲声嗲气地说，"您何必来看我？还好得很呢，离死还远着呢，您就放心了吧。您想想看，像我这种人怎么能死得了呢？"不久前她忽然心生一计，想跟那男的订立盟约，来共同对付她女儿。她满脑子幻想，在厕所的墙下边等了好久，看见他来了，仍旧是那种白痴模样。她冲上去拽住他的衣袖，滔滔不绝地诉说起来，什么"同病相怜"呀，"孤苦伶仃"呀，"要采取有力的措施来自卫"呀，等等。"我一直在心里把你当我的亲儿子，做梦也在担心你的生命安危呢。"她谄媚地说。他骨碌碌地转动钝重的眼珠，总也听不明白她的意思。"果然是个白痴呀。"她想。最后，他好像忽然下了大决心似的，脸色一变，用猛力甩脱她，粗声粗气地问："喂，你是什么人？我怎么从来没见过？也许你是想来谋财害命的吧？别打错了主意！我母亲可厉害啦，我要喊她来教训教训你！""你是我的女婿呀。""你别来搞诈骗，我不是你的什么女婿。你当街拦住我，眼珠不怀好意地盯着我，这是怎么回事？你再欺侮我我可要告诉我母亲，让她来给你点颜色看看！"他边说边逃跑，追也追不上。

　　他的腿的确是细得像麻秆儿一样了。好多年以前，他也曾是一个高大的汉子，脸上红彤彤的。有一天，他正在做一个梦，梦见窗前的美人蕉发了疯似的怒放，太阳又高又远。忽然他被什么东西扎了一下，痛醒了过来。他看见老婆正在吸吮着他的腿子，做出猫吃肉的种种姿态。她的舌头上生着密密麻麻的肉刺，刚才在梦里他就是被这些肉刺扎得痛。他想缩回腿子，无奈她使出从没有过的蛮力按得紧紧的，用力咬着，像要将小腿上的大块肌肉全撕下来吞进肚里去。他只好闭上眼，忍着恶心，听之任之。没想到这种把戏竟继续下去了，而且变本加厉。每天早上起来，他身上都是青一块紫一块的，有时还肿起老高。他的身子一天天变细，肌肉一天天消融，淋巴结像一个个鸽子蛋。他时常疑心他身上的肌肉是不是在睡着的时候被她吃掉了，因为她已经在不断地发胖。"你，干吗老吃我的肉?"他说。"呸!"她嚷嚷起来，"势利小人! 算计者! 我的天呀……"她老不洗头发，她一接近他，头发上那股酸臭味儿就猛冲他的鼻孔。后来有一天，她拿盆子来洗头了。大块的污垢连着发根从她脑袋上掉下来，落在盆子里，所有的头发全脱光了。她要他朝她头上浇水，他的手抖得厉害，瓢落到了地上。她跳起来，口里骂着污秽的粗话，光着发红的秃头，又着腰追赶他，提起一桶冷水从他头顶上淋下去。他在床上躺了一个星期，发着高烧，不断地摸着脑袋，嚷叫有人要剥他的头皮，又说头皮剥开就会露出里面的脑髓来。病好之后，他逃到了摆香烟摊子的老太婆这里，老太婆浑身冒着葵花子味儿，卧房又大又黑，他觉得十分安心。她起初夜里还来找，从窗眼里窥视，将门敲得"嘣嘣"地响。

"妈妈的头发长出来没有?"汝华小的时候，他总问她这个问题。

"没有。你没看见她包着头巾吗? 我看见她每天晚上按摩头皮，她怕伤风怕得要命，也许她会死掉吧?"她天真地分析着。

"可怜的人。"他沉思了一会，立刻又害怕地加了一句:"说不定她打算报复我吧?"

"昨天我轻轻地咬了她一口。"

他震惊地"啊"了一声，像梦游人那样伸出手来抚摸她的头发。"这些头发长得很结实，"他说，"你要经常洗涤它们。你睡觉时有没有看见天花板裂开过?"

"天花板?"

"对呀，天花板。那栋房子很大、很旧，墙壁里常常传出什么人厮打的响声。睡觉的时候，天花板会出其不意地在上面裂开，伸出许多细小得如蛇头的人脑袋……当然，我在骗你了，你该不会害怕的吧？我喜欢讲这些惊险的故事。"

最近有一次，他和汝华在街上劈面相遇，他竟没认出她来，一直从她身旁走过去了。后来他的同事告诉他这件事，他还觉得莫名其妙呢。汝华竟会去结婚，他想她一定是神经错乱了，要不就是受了坏人的利诱。这孩子从小就是一副自甘堕落的派头，和他自己一样无所作为，懒懒散散。女婿是个流氓加白痴，恋爱的头一天就跑到他这里来搞讹诈，异想天开地要他负担费用。

"原来你是一只大乌龟。"他一字一顿威严地说。

"你，你说什么？"那蠢材还摸了摸后脑勺呢。

"我说你是一只大乌龟！我女儿跟所有的男人都搞！听明白了吗？"他更加威严地逼近了他，"滚！"

他吓得屁滚尿流，一点也弄不清发生的事，然而还贼头贼脑地溜着眼珠，威胁说要"解除婚约"，假如他不负担费用的话。他一走，他就没命地大笑起来，笑得在床上打了三个滚。

后来他还和这女婿常见面，每次都是他来索钱，每次都被他讥笑一顿，空手而归。但这家伙脑子有毛病，总抱着希望，想入非非，而且态度老是那样不可思议地理直气壮。

"你得给钱。"他又来这一套了。

"我偏不给。"他感兴趣地用一只眼斜睨着他。

"你在耍流氓。"

"什么？你跟流氓来要钱？啊？"

"你是她父亲，你得给钱。"

"我是一个流氓，我偏不给钱。"

"我咒你马上暴死！"

每次他都气得发疯，看来他是狂躁型的。

女婿从家里出走后，他马上跑到女儿那里跟她说：

"你以为他跟你结婚是为了什么？"

"不知道。"她提防地瞄着他，"他说是为了在门口搭葡萄架，恐怕他是在说谎。"

"呸！他跟你结婚是为了谋害我！他一开始看中的就是我这老头子

而不是你，绝不是你！他一直误认为我藏得有大宗钱财。夜里我睡着了，他还在我房子周围转悠，烦躁地跺着脚，我知道他骗你说是起夜来着。你怎么这么自信，居然去结婚。他等了八年，一直没机会下手，现在是等得不耐烦了才走掉的。"

"说不定连你也弄错了吧？"她嘲笑地看着他，"我倒认为他看中的不是你的什么钱财。他看中的是你现在的老婆，我看见她向他卖弄过风情呢，这事很出乎你的意料吧？"

"胡说八道！"他觉得自己上了当，脸都红了，"你讲起话来真武断。刚才我在路上正在想你母亲的事。听说她在夹墙上挖了一个洞，天天将死雀子塞进去！什么东西老在她天井里嘤嘤地哭，我一经过那里总听见。她这人真是歹毒。"他很愿意讲一讲他前妻的坏话，这一来精神很畅快似的。

"从前你总说你是中了妈妈的计，怎么能使人相信呢？太出奇了。有人说你是想骗取她的私房积蓄，这很难听，是不是？我完全不相信那种中伤，至于你怎么会跟她结的婚，那是一个很微妙的问题。"她摆出一副局外人的派头，使他觉得有条虫子在咬啮他的牙根。

他很懊恼，本来是要谈女婿的事，刺激一下女儿，陶醉陶醉，没想到反被她抢白了去，改变了话题。近来她变得像蛇一样灵巧了，像他这种脑筋迟钝的老头子休想斗得过她。

"他时常到我那里去搞侦察，想嗅到钱财藏在什么地方。"他还不甘心。

"我梦见你变成了一只麻雀，'叽叽喳喳'地跳个不停。他干吗老说葡萄架的事？这是一个弥天大谎，你也在向我说一个弥天大谎，你和他一定合得来。"

屋里很暗，一些小东西在墙根和屋梁上窜来窜去，弄出很大的响声。墙上巴着的五六只大蛾子忽然"呼"的一下全飞起来，在他们头顶绕圈子，撒下有毒的粉末，弄得他眼发直脚发抖。女儿裸着上半身裹在一条破毯子里，在屋里大踏步地走来走去。毯子飘扬起来，使她看上去很可怕。

他忽然失去了主张，嗫嚅地说："我要走……"然后打开门撒腿就跑，一直跑到拐弯的那堵墙后面才停下来，回头一看，女儿的房门已关得紧紧的，有一个黑影从小屋后面钻出来，躲在大树后面，他发现那是前妻。窗帘抖动了一下，又毫无动静了。

她听见有人在拨屋顶上的瓦，"哗啦哗啦"的阴森恐怖。她拨开窗帘，看见母亲矮胖的身子，她正踮着脚用一根竹竿在干这勾当。"你想标榜一下自己吗？哼……你必须给一个明确的答复，听明白了没有？"她低语着，呼吸困难。她则在屋里踱来踱去，检查铁护栅的牢度。"哗啦哗啦"的声音越来越大，越来越蛮横，有几片瓦落到了天花板上，砸得粉碎。母亲近来特别放肆，昨天半夜她已经在屋顶上弄了一个洞，她还扬言要把所有的瓦全掀掉，冻死她，以解心头之恨。她还拾来毛毛虫，臭鱼烂虾，从板壁裂缝里塞到屋里来。父亲一来，就意味深长地打量屋顶，不怀好意地说："刮风的时候，这棵大树该不会把屋子砸垮吧？昨天你那个流氓又到了我那里，跟我说巴不得你马上死掉，又说要是你死掉了，他说不定要发大财。他时常来找我讲他心里的话，从一开始就这样。你老不相信，以为我骗你，你太自负了。他甚至还提出要和我交朋友呢，当然是为了钱财，也为了要我和他一起来对付你。我经过考虑，决定答应他的要求。不过他休想从我这里搞到什么，他远不是我的对手。你那个流氓也和你一样，目中无人，骄横得不得了，但是他蠢得很，简直是一个白痴，他老在我面前诽谤你……"他一啰唆起来就不收场，坐下又站起，站起又坐下，一会儿搔屁股，一会儿搔背心，像有数不清的跳蚤在咬他似的。她打断他的话，撩拨他说：

"你该去认识一下街上那个卖老鼠药的婆子。"

"我干吗要认识她？"他又上当了。

"没什么，我不过说说好玩。"她审视着天花板，假装在研究那些蛛网。

"好嘛！！"他恍然大悟了，"门口的大树会将屋子砸垮，所有的人都这么说。"

之三：一

她听见枯叶"沙沙"地掉在屋顶上、地下，她听见体内的芦秆发出

"哔哔啪啪"的爆裂声。她已经有一星期不曾大便了，也许是吃下的东西全变成了芦秆，在肚皮里面支棱着。她从桌上的玻璃罐里倒出水来喝，她必须不停地喝水，否则芦秆会燃烧起来，将她烧死。有一忽儿她张开嘴巴，一股焦味儿从嘴里喷出来，她大口吐着，一下子口里就冒烟了，还夹着一些火星。

"你必须喝些水。"黑影在窗外说。

她将整整一玻璃罐水全喝了进去，然后去打开门。影子飘了进来，有一股向日葵的香味儿。

"你身上有一股向日葵的味儿。"她背对着他说。

"对啦，刚才我正在想着一些遥远的事儿，长长的山坡上栽着一行向日葵，山脚下流着泉水。因为我在想那些事，我身上才有向日葵的味儿，你也是在想象中闻到了那股味儿吧，那不是真的。"

"我只好不停地喝水，否则我会被烧死。"她又倒了满满一玻璃罐水放在桌子上，"我体内出了什么岔子。"

"我已经放弃了那些努力，"他发着窘，"你算得真准，我终于什么也不是。我贴着墙根钻来钻去，把屎拉在裤裆里。时常天晚了，我的影子在地上拉得很长很长，我就哭起来。"

"这就对啦，"她体贴地凝视着他，在她的眼里，他的形象越来越模糊，"你看我，多么安然。我不受外界的刺激，我的烦恼是另一样的，我的体内出了岔子。我只好不停地喝水，真窝心。在外面的太阳里面，一个什么地方，蝉在树枝上长鸣，单调而平和。已经是秋天了，树林子里是不是枯燥得燃烧起来了呢？"

"你将壁缝全贴上了纸条，我还是听见芦秆在你体内'噼噼啪啪'地爆裂。你说你有一星期不曾大便了，这是真的么？"

"不仅这样，连汗也不出了。从前我总是通身大汗从床上爬起来的。我喂在瓦罐里的一只小蟋蟀，昨天死了，它还没有长大起来呢。也许这屋里的蟋蟀都是长不大的。从前我没注意过这一点，很可惜。你有一个女儿，这是怎么回事呢？"

"这事我也觉得很诧异。我在这里闭上眼想，怎么也想不出她的模样来。你想要说她根本不可能存在，因为我也是一个虚飘的东西，对不对？"

"在林子边上挂着一轮血红的太阳，红得很恐怖。我碰巧到那里去看，一直看得两边的太阳穴胀痛得不行。麻雀在我头顶上喧闹，枯叶不停地落下来，落在我的头上，肩膀上。有一个人从路上走过，怒气冲冲地朝我吐了一口痰，脚步重重地踏在水泥路边上，'咚咚'直响。"

"在同一个时候我也去看过，我在林子的另一边，我一直站到太阳落下去。那时蟋蟀用力鸣叫，周围的草木像活着一样荡动，我的周身熠熠生光。那些蟋蟀，也许是最后一批了。"

他们躺在那里，听见秋风匆匆地从屋顶上跑过，听见谁家小孩用弹弓将石子打在瓦上，听见最后一只小蟋蟀在瓦罐里呻吟。他们恐惧地相互搂紧了，然后又嫌恶地分开来。

"你的圆领汗衫在腋窝处有一股汗酸。"

"汗衫是今天早上换的！"

"也许，但是我闻到了。你以前说是一股甜味儿，可能你那时弄错了，只不过是一股酸味儿。不会有那么高的山，即算在山顶，也不会抓得到太阳的，你完全弄错了吧？"

"但是我爱说一说这些，总得说一些什么。"

"对，我也爱说，也可能我们都弄错了，也可能我们是故意弄错的，这一来就有些什么东西说一说了。比如刚才你来，身上就有股向日葵味儿，我们就说这个向日葵，其实那都没有的，你也知道。"

"我的岳父唆使他女儿不断地将屋里的东西偷到娘家去，他们以为我不知道，像演戏似的。"

"其实你根本不在乎。"

"我假装看不透他们的把戏，作出愤怒的样子。有时看见老人撺掇女儿的怪模样，真恨不得躲起来大笑一阵呢。昨天我的女儿跑来跟我说，她恨死了她母亲，再也不能忍受了。她一天到晚对她施加压力，睡觉前把老鼠藏在她的枕头底下，把她写给朋友的信偷去烧毁，还让她穿得像个叫花子，她一出门她就盯梢，看她是不是向谁卖弄风情，搞得她没脸见人，她反去跟她的同事们吹嘘，说她女儿正在发奋成材，不久就会有大出息。女儿又说家里的东西都是她母亲和外公串通了弄出去的。"

"你怎么说？"

"我？我决不上当！我鼓圆了眼大喝一声：'滚蛋！'她吓得魂飞魄

散，过了老半天才委委屈屈地说：'我来向你告密，你倒吆喝起我来了。''谁让你告密来着?!'我气势汹汹地说，'干这种奸细勾当！小小年纪倒学起这一手来了。'她惊恐地看了我一眼，一溜烟跑了。果然到晚上老婆就发起脾气来，说我怀疑她是贼！我冲到女儿睡的房里，在她床上乱捣一阵，捣出一个纸盒，里面装着半条猫的尾巴，我将猫尾巴朝女儿脸上掷去，她突然发了抽搐！这些人真是疯了。"

"你说得好像煞有介事。你说在同一个时候，你刚好站在林子的另一边？你还看到了一些东西。"

"我站在那里的时候，看见了长长的烟柱，整个城市都在红光中晃动，空中'噼啪'作响。一个什么东西，蹒跚地在泥浆中爬着，背上摔了一条裂缝，暗红的血迹拖出长长的一条。"

"满天红光?"

"满天红光弄得我头晕目眩，我心里懊恼地想着那东西也许爬不到了，一块最近的突出的石头将会把它弄个四脚朝天。它要爬到哪里去呢?"

"它要爬到哪里去呢?"她像回声似的应着。

风把窗帘吹开了，桌上那层细细的、白色的灰尘被风吹散，满屋子飞扬。玻璃罐里的冷水叮当作响。他们死死地按住线毯，免得它飞到空中去。一架飞机飞过来了，沉重地嗡叫着，像是在他们头上凝住了似的。风把两个男人讲话的声音送到他们的耳朵里，那声音时而遥远，时而贴近。

"所有值钱的东西都在屋后那口井里，老朋友。"一个甜蜜蜜的声音劝诱道，"你将一夜之间发财，如果你能借来抽水机。你等了多少年了啊，我有时真怕你会悄悄窜来割下我的脑袋呢。"

"你完全弄错了，我一点也不想发财，我只要属于我的那一份。你总是无中生有，编些故事说给人听。"另一个声音硬邦邦地说。

"干吗不发财呢？人应该有雄心壮志嘛。在我年轻的时候，总有一个找到一块金砖的念头诱惑着我。后来我就去干盗墓的勾当。在那些夜里，小枞树嘶哑地怒叫着，鬼火像落下的星子一样浮在你周围，数不清的黑影在那些乱冢间出没，我看见了那块金砖，它在地底下闪闪发光……这些年来，你每天夜里都用注射器抽出我女儿的骨髓，装在床脚一个玻璃瓶里，还泡上蜈蚣。我女儿一洗澡，你就将瓶子里的东西倒在澡盆里，你把她彻底搞垮了。你跟我交朋友，以为这些事我完全蒙在鼓里，其实我女儿每天到我这里来，把你的勾当告诉我，讲完以后还痛哭流涕。你是因为从我这里弄不到钱才这么干的，对不对？"

"我要把你对我的污蔑告诉我母亲，让你领教一下她的厉害，她可不是好惹的，她每天晚上吐的痰装在一处可以把你淹死。你们一家人都是阴谋家，你女儿嫁给我以前早就疯了，我这老实人竟没看出，呸！你想想看，八年来，她一直偷偷地在屋里饲养蟋蟀和蜈蚣，真肉麻呀。我日日夜夜担惊受怕，不断地买回杀虫药水，跟这些毒虫整整斗了八年，弄得我自己差不多都神经错乱了。八年青春！一生中最好的时光！我的天！你现在可以去看看，那里早就成了虫窝了，要是睡上一夜，虫子会把你啃得只剩下骨架。"

"你不要逗得我笑死。'八年青春'？'一生中最好的时光'？你装给谁看呢？不害臊吗？我女儿每天都向我揭发你，有时半夜还把我叫醒，诉说你的罪行。要是我把她讲的话学给你听，你说不定要吓得做噩梦死掉……"

两个男人的脚步声渐渐地远了，消失了。两只大苍蝇窜到蚊帐里面来，不断地绕圈子，想叮他们的脸，赶也赶不开。他懊丧地站起身，将出汗的背脊冲着她，开始穿圆领汗衫。那汗衫被压得皱皱巴巴，上面还粘着一只麻点蛾子，他害怕地用猛力一抖，蛾子跌在地上。她盯着他狭窄的出汗的背脊，想象着自己的眼光变成了一只蛾子，然后打了两个腻心的嗝，伸手拿起玻璃罐，仰头喝了一个饱。等她放下玻璃罐时，听见他的脚步声已下了台阶。在他睡过的枕头上有一个凹下去的半圆，她拿起来嗅了几嗅，有一股汗酸味。她将枕头往墙角一扔，重又倒头睡下。有人在后面的沟里撒尿，"噼里啪啦"的声音肆无忌惮地响起来，很长的一泡尿。她走到窗眼那里往外一瞧，看见了那件圆领汗衫，他正在若无其事地扣裤子前面的扣子，还擤了一把鼻涕。她连忙往旁边一闪，躲起来。听见他在大声打哈欠，同时就从窗玻璃上看出汗衫被绷开了线缝，露出了腋窝里的黑毛。后来她闭上眼，竭力沉入到一种热烘烘的想象里面去，在她的这些画面里，总有一个穿粗呢大衣的成年男子，一会儿慷慨，一会儿温柔地说出一些动听的话语来，一直说得她的耳朵嗡嗡地叫起来。已经是黄昏，夕阳昏昏地照在窗玻璃上，许多小虫正在上面爬来爬去，好像在举行一个什么集会。远处什么地方有一支送殡的队伍，一个老女人拖长了嗓音滑稽地号叫着，恶劣地模仿着悲哀。在黄昏里总是有无数细小的声音响起，骚乱不安。在这一切的后面，是那巨大的，无法抗拒的毁灭的临近。曾经有过一次，她在黄昏试着哼了一支从前的曲子，结果那支曲子像冰柱儿似的冻结在她的嘴唇上面了。她睁开眼扫视了一下房内，摸摸铁栅的牢度，冲着隔壁那男人"喂"了一声。男人惊奇地转过身来，对站在灰蒙蒙的玻璃后面的这个女人审视了好久。一丝自信的冷笑浮上了她的嘴角。她将线毯披在身上，开始在屋里疯跑。线毯浮在空中，发出"呼呼"的怒叫。天花板上的蛾子惊恐地飞下来，又被毯子撞落在地，做着垂死的挣扎。她喘着粗气，停下来的时候，瞥见衣柜的镜子里有许多溃烂的舌头。她害怕窗玻璃上那昏然的夕阳光线，那黄黄的一条，刺得她的眼珠十分难受。她用深色的毯子蒙上玻璃，然而还是透出零零星星的光点。

"今天我不想吃炖排骨，能不能想出一点新的花样？比如萝卜干炒辣椒什么的。"隔壁那男人说。

"炖排骨怎么也吃不厌，"那女人回答，声音里含着讥讽，"要是再加些肉块，就更鲜了。我怎么也想不出，你竟会讨厌炖排骨，那是只有疯子才这么想。你这可怜的人，也许神志不清了吧。"

之三：二

她把窗帘掀开一角，阴沉沉地看着外面那几个人，然后试着扳了几下铁的栅栏，向他们扮了一个放肆的鬼脸，放下了窗帘。"除非太阳从西边出！"她在屋里挑衅地喊道。

门外的四个人先是一愣，然后一齐扑上去擂门，直擂得整个小屋颤动起来。忽然约好了似的，四个人一齐停下，面面相觑。

"我们斗不过她。"沉默了好久，老况终于沮丧地开口说，"所有的门窗全钉上铁栅了，是她事先唆使我钉的，原来她早就起了这种卑鄙的意图，她老是欺骗我。"

她在前面蹒跚地走着。她身上的水分老是排不出去，这使她全身变得沉甸甸的，皮肤绷得十分难受，手和腿的屈伸也很困难。她老是吃利尿的药，今天一早起床还吃来着，医生曾多次警告她不能连续吃，但她的确是十分难受。

　　他想要赶上她，他的麻秆儿似的细腿哆嗦着，瘦小的影子犹犹豫豫地与她那庞大的黑影忽而叠在一起，忽而又分开。他看出她被浮肿折磨得十分痛苦，她那张衰老的白脸激动地颤动着。

　　"原来她欺骗了我们大家。"到他同她并肩而行的时候，他开口说，"真是一个历史的误会呀，这下她给我们当头一棒！"

　　她一怔，似乎要停下脚步，后来又改变主意，默不作声地同他走起来。

　　"你怎样看？这不是耻辱吗？人家会如何看？我们俩的名誉在外面会变得怎样？万万没料到呀！这下可不是什么都完了吗？啊？"他高高兴兴地搓着胸口。

　　"我要把那座小屋捣毁。"她一字一顿地从牙缝里说。他闻见她身上透出衰老的躯体特有的那种气味。

　　"我们两人要联合起来。"他毫不迟疑地宣布，然后向四周溜了几眼，挺神秘地叽喳起来："首先得弄清她的动机，是什么动机促使她将自己封闭在小屋里，与世隔绝起来的呢？这真是一个微妙的问题，我有一些线索，这些线索都与那个流氓女婿有关。不知你有没有注意到，每天夜里，他都在街上来去，搜集过路行人遗下的唾沫，装在一个随身的公文包里面。有一天他跟我吵起来，扬言要用他搜集的唾沫淹死我！从那以后我就睡不好了，小腿不住地抽筋。"

　　她将眼光移到他的身上，她的眼光里流出一丝暖意，然而她脸上的每一个皱褶里都含满了阴森的气息。她喘着气，用力提起岩石样的腿子，痛苦地扭曲着嘴唇说："我就像一大块吸饱了脏水的烂肉。"

　　他们踏进那座尘封的老屋的时候，听见天花板上的石灰在每个房间里"嚓嚓"地落下，老鼠们在房里"嘎嗒嘎嗒"地赛跑。他又坐在昔日的藤靠椅上面了，刚一坐下，壁上的挂钟就吓人地响了起来，空洞而悠长，一共响了十二下。"这钟现在老是骗人。"她说，脸上泛出冷笑，"房里的每样东西都跟我作对。有一天我打开了窗子，结果风把墙头上青苔的气味刮进来，弄得每件家具上都沾满了那种味儿。当夕阳照到天井里的时候。我就开始将麻雀钉在墙上，这工作很不顺利，羽毛弄得到处飞扬。你刚才说什么？她这一手是怎么回事？我可以告诉你，她的目标只在我，她要让我身败名裂，像她朝思暮想的那样。谁也猜不透她打的什么主意，我却再清楚不过了。我站在窗外，她正在帐子里恶狠狠地磨牙，她咬过我一口，你还记得吗？那一回我几乎丧了命。也许你想和我一起用饭？长期以来，我就不做饭了，我一直吃着从店子里买回的泡面。他们说我的浮肿是因为缺乏维生素。我强壮过一段，本来可以和她较量到底，但现在彻底垮下来了，因为她想出了这么一招。你看见我脸上的黑斑没有？我活不长了。要是今晚打雷，我一定要去看看那棵树的情况……"

从朽烂的地板下面传出一种沉重的、闷闷的声音，震得灰尘跳跃起来。他从座位上弹起来，脸色发白，声音哽在喉咙里：

"什么声——音？"

"石磨。"她低声回答，"巨大的、阴森的怪物，日夜不停地磨，碾碎一切。你别怕，习惯了就好了。你看这些老鼠，它们也习惯了。"

已经是下午，屋里的光线暗下来了。他们断断续续地谈了那么多的话，喉咙嘶哑了，对方面部的轮廓也变得模模糊糊，像是从颈部割断了似的浮在空中。壁上的挂钟每隔半小时就敲响一次。挂钟一响，他们的思路就被打断，然后又艰难地、费尽心力地重新起头。最后，他们心神不定地沉默下来了，头部像岩石一样沉重地落到颈脖上面。这当儿一只麻雀从朽烂的纱窗的洞眼里闯进来，在房内绕了半个圈子，飞快地钻到了床底下，在那里弄出鬼鬼祟祟的响声。

"每天都有麻雀从那个眼里钻进来。床底下摆着母亲的骨灰坛子呢。"她的声音颤抖了一下，解脱似的舒了一口气，似乎要站起来找什么东西。

"麻雀钻进房里来！你怎么能允许这种岂有此理的事？到处都是这种吓人的鬼东西，石磨！麻雀！说不定还有游尸吧？你居然活到了今天，这件事本身就叫我全身起鸡皮疙瘩。"

"我昨天把屎屙在一只从前的酒杯里，丢了两只臭虫进去，结果打了整整一夜的嗝儿。"她微笑着陷入了回忆之中。

他像被狗蚤咬了一样跳起来，摇摇晃晃地跑出去。"你应该去死！"他回过头来喊道。

巨大的石磨转动起来了。老女人脸上呈现冻结的微笑。

"妈妈，我们大祸临头啦！"

她严厉地盯了他一眼，她的眼光像两把锥子将他刺了个透穿。鸽子"咕咕"叫着，弹棉厂的碎花像密密麻麻的一群群飞蛾一样从窗前飘过。她鄙视地看着他，庄严地端起痰盒子，用力朝里面吐了一口痰。

"我从前是一个小姑娘来着。"

"是，妈妈。"

"我胸口有一个肿块，已经长了十年啦，近来它里面发生了脓肿，一跳一跳地痛得慌。我一听到你对我说话就难受得要死，精神上失去平衡，你不要轻易对我开口，这对我的神经很不利。我有一个建议，我们将中间这道门钉死，各自从自己房里的门出进怎么样？这样一来就可以防止相互打扰，可以保持内心的平静。"

"是，妈妈。"

他佝偻着背出去了。她看见他的裤带从衣服下摆那里掉了出来。

前不久的一天夜里，她正在做一个捕蝗虫的梦，忽然梦里的一声雷鸣将她惊醒过来。她扯亮电灯，又听见了第二声，第三声……她披上衣，朝儿子房里走去，看见他像一个肉球那样蜷缩着，雷声原来就是从那个颤抖的肉球里面发出的："轰隆隆，轰隆隆……"

整整一夜，她在窗外那条煤渣路上踱来踱去，脚下"喳喳"作响，胸中狂怒地发出呻吟。

"谁？"一个算命瞎子朝她抬起黑洞洞的两眼。

"一个鬼魂。"她恶狠狠地回答。

一直到天亮，雷声才渐渐平息下来。

然而第二天夜里，一切又重演了。开始是蝗虫的梦，然后又是惊醒……

她大踏步走进儿子的房间，猛烈地摇醒了他。

"好大的雨呀，妈妈。"他迷迷糊糊地说，"我正在田里捕蝗虫，忽然一声惊雷，接着就下大雨了。"

她目瞪口呆地听着他的梦呓，然后，瞥了一眼连通两个房间的那扇门，明白了。原来他的梦就是从那扇门进入她的房间，然后进入她的身体的。

那扇门从那天起成了她的心病。

他贴着门缝在倾听隔壁房间里的动静。

封门后的那个傍晚，白头发的乞丐就来了，他的一只手探在怀里捉虱子，口里大声说："这屋里怎么这么闷?"然后直瞪瞪地看着他，鞠了三下躬，在床沿上坐了下来。"我今晚要在你这里睡下。"他又说，一边脱下他的鞋。他的身上散发出老鼠的气味。

"妈妈！妈妈……"他惶恐地小声呼道，在屋里转来转去，然而门是封起来了。

他嘟嘟囔囔地抱怨了一整夜。床很窄，老人的臭脚不时伸到了他的嘴边，虱子一刻不停地袭击着他。

"你干吗不关电灯?"母亲在隔壁威严地说。

"妈妈，这里有一个人……"

老人忽然下死力踢了他一脚，刚好踢在他的要害部位，他痛得几乎晕了过去。

听见母亲恶毒地诅咒着，一会儿就响起了鼾声。那天夜里她肯定睡得很死。算命的瞎子又来了，敲了几下她的窗子，里面毫无反应。

然而他一个梦也没做。黄黄的灯光照着老人的脸，他的很长的白发向四面张开，如同一些箭，那面目狰狞可憎。他将他挤到了床边，还用枯干的细腿夹住他，他的身上落下许多灰质鳞片，弄得到处都是。黄的灯光照着，屋里有种隐秘的邪恶。天快亮的时候，老人下了床，一瘸一拐地走出去了。

"妈妈！妈妈……"他捶打着房门，声音细弱得如同婴儿。

当夕阳从琉璃瓦屋顶那里沉下去，风在空中烦人地吹响哀乐的时候，老人又来了。仍旧带着那只长长的破布袋，一进屋就坐在床上，脱掉鞋。

破布袋神秘地动弹着。

"里面是什么?"

"眼镜蛇。"

疯狂的、恐怖的夜晚，蛇从袋子里探出头来。

他裹着毯子，紧贴那张门守候了一夜。他的鼻孔里长满了米粒大小的疖子。

"我们斗不过她，"他绕到那边门口，扯住母亲的衣袖哀哀地说，"她将要制造奇迹，所有的门全钉上了铁栅，是我亲自钉的。"

"啐！"她朝痰盒子里吐了一口痰，迎着他"砰"的一声关上了门。

现在她每天夜里都睡得沉。她儿子独自一个在墙那边捕蝗虫。

打雷的那天夜里，他打着油布伞站在楮树下的小屋外面。屋里一片墨黑。隔着窗户听见了里面沉重的喘息，那喘息令他想起冒烟的烟囱。他爬上窗，借着电光一闪往里看，见她正在仰头喝那玻璃罐里的水，果然有两条浓烟呈螺旋状从她张得大大的鼻孔里冒出来。

"巴在窗户上的是一只大蜘蛛吗？"她在里面用嘲弄的口气问，然后奇怪地哼着，居然哼出一支歌子来。那支歌子哼了又哼，冗长单调，老是提到一只没有胡子的瞎眼白猫，提到一个婴孩被这只猫咬去了大拇指，鲜血淋漓，惨不忍睹。

"你干吗不关灯？"

"我怕，妈妈。"

"看见灯光从壁缝里透出来，我误认为你房里起了火。好好注意自己的灵魂吧。"

"不要撇下我，妈妈，我在田里爬呀爬的，蝗虫把我的腿子咬得满是窟窿。"

之三：三

他将一砂锅炖排骨泼在门前的台阶上面了。慕兰摆好餐具，叫他吃饭的时候，他默默地走过去端起砂锅，将排骨"砰！"的一声泼在台阶上，动作干净利落。

他坐下，看着妻子讥诮的眼光，心里直想呕吐。

"一只死雀从隔壁屋顶的破洞里掉到了天花板上。没有人射，雀子怎么会死的呢。"她毫不在意地说着。

她出去了，麻老五笑眯眯地走进来。

"没有杀虫药剂。"他连忙抢先说。

"是这样吗?"他不相信地扫了他一眼,假装亲密地挨着他坐在床沿上,悄悄地对着他的耳朵说:"今天我坐在屋里的靠椅上想了整整一上午,我弄不清楚,你和我到底是一种什么样的关系呢? 你是我的邻居,又是朋友,对不对? 我时常感觉,你和我有一种很老很老的关系,还在娘肚子里,你和我就被决定了是要唇齿相依的。你搬来的第一天,我就看着你很面熟似的。那一天有火烧云,我正在追赶我饲养的十来只公鸡,忽然你来了,穿着灰不灰蓝不蓝的衣服,可怜巴巴的。我心里涌起一种很亲切的情绪,就像一种甜糨糊。你呢,你毫不懂得,你认为我是在缠你? 我的胯间长了一个瘤子,你看,在这儿,我知道你要幸灾乐祸的,不过医生说了不要紧的。我来告诉你,免得你有种得了解放似的感觉。这是一定要好的,医生下过保证了。你我唇齿相依,这是在娘肚子里就被决定了的。"他站起身,若有所失地向四周看了一遍又一遍,然后悻悻地离开了。但走出房门时裤子再一次掉了下来。麻老五最近对他的侵犯越来越忍无可忍了,昨天他当街死死揪住他,将臭烘烘的脸凑到他面前亲了几下,然后跳开去,哈哈大笑。他又一次向围观的人说:要将他的私人秘密抖搂于众。当时他面如土色,吓掉了魂。然而此刻,他并不觉得有得了解放的感觉,他呆呆地瞪着他的背影,看见他的裤子落下去,露出劈柴般的大腿和胯间的黑毛(他明明是故意让裤子掉下去的),心里像吃了老鼠药一般地倒腾。他一点也不幸灾乐祸,他像一只快被毒死的瘦猫一样抽着风。

"你的眼镜到哪里去了?"所长拍拍他的肩膀说,"噢,原来你在混日子! 你干得真巧妙! 同志们看罢,这真是一种奇异的社会现象! 这个人,他每天坐在这里,究竟是怎么回事? 从前我有一个同事,每天白天坐在办公室里,夜里却在干着盗墓的勾当,神不知鬼不觉……哈!"

老刘头凑近他嗅了几嗅,怀疑地摇着头咕噜道:"有什么东西不对头,极不对头……这人究竟是怎么回事? 该不会发羊痫风吧?"

他听见隔壁女人从玻璃瓶里倒水的"叮当"声,以及喉咙里"咕咚咕咚"的响声。他忆起他们谈论过的林子里看到的事,只觉得周身燥热,痛苦不堪。那些事是他极力要忘却的,他愿意自己完全摆脱的。麻老五的这一着将他彻底打垮了,他的裤子掉下去的时候,他全身像蚯蚓一样扭曲着。他听说过肠穿孔这种病，他自己会不会得了肠穿孔呢？

"那老头被送到医院里去了。"慕兰凝视着他，放了几个闷屁。

"谁？"

"还有谁。他还给邻居留下话，说千万不能让你知道他住院的事。他们要锯他的腿子了。你们之间究竟是怎么回事？邻居已经在议论这件事，说你见了他就像老鼠见了猫，又说你是不是一个男性这件事很值得怀疑，因为谁也没亲眼看见过，所以没法证实……"

"我患了肠穿孔。"他说完又倒在地上抽起风来。

"从那以后，多少时间过去了啊！"那女人的声音"咝咝"地从板壁缝里钻出来，"你注意到了没有？树叶已经枯透了，用脚一踩，立刻碎成齑粉。落雨的那天，我梦见它的根膨胀得纷纷裂开了，它干吗喝得那么凶呢？现在这些水分全部蒸发了。火是从内部烧起来的，连着这些天不落雨，根部又全部成了红炭。今天早上撩开窗帘，看见青烟从树顶袅袅上升，枝丫痛苦地张得很开，很开。那火是虚火，阴火，永远烧不出明亮的火花来……昨天中午，老况梦见了树底下的葡萄架，他一来，我闻见他身上的味儿，立刻猜出他做了什么梦，为此他恼火得要命。"

"如果再等一等，会有什么事情发生呢？"他在心里反驳着她。

"麻老五就要变成一个肉团。"妻子的声音像苍蝇在耳边嗡嗡，"想一想吧，那样一团东西在地上滚来滚去，滚来滚去，你干吗怕他？"

"我的门窗钉得多么牢！现在我多么安全！他们来过，夜夜都来，但有什么法子？徒劳地在窗外踱来踱去，打着无法实现的鬼主意罢了。太阳升起，我的心就在胸腔里'怦怦'直跳，我要把窗帘遮得严严的，他们说我是一只老鼠，这话不错，我的确喜欢躲在阴暗的地方咬啮家具，我的牙齿也曾由此磨得十分尖利。老况说他想用老鼠药毒死我，也不过就想一想罢了，他一点胆量也没有，他是一条圆滚滚的蛔虫，我看见他夜里钻进他母亲的肠子，十分惬意地巴在那上面了。说不定有一天他母亲会把他屙出来的，一想到他被他母亲从肛门挤出来的样子就好笑。"

她的声音一天比一天微弱，那床破毯子却一天比一天凶狠地怒叫着。

慕兰抬起头，做出倾听的样子，然后嘘了一口气说："那女人已经完蛋了。我很奇怪，她怎么能做到一天到晚不弄出一点响声来的？我贴着板壁听，听不出一点细微的响动，好久以来就这样了。有几回我以为她完蛋了，但半夜又亮起了灯。昨天夜里电灯没亮，你注意到了没有？"

"你应该将这件事记在你的小本本上。"

"你这是什么意思？"

"我这是什么意思？我已经记不得我要讲的话的意思了，结果我讲了一句自己也不懂的话。我总在想一些不想干的事，比如刚才，我就正在想我们是不是在后面砌一个蓄水池来养鱼，我又想到墙壁会不会爆裂开，从里面钻出蛇的脑袋来，我整天被这些想法纠缠不休，辛苦得不得了，闹得自己患了神经衰弱。你已经睡着了，我却睁着眼，倾听虫子在衣柜里咬啮衣物的声音，那声音日夜不息。"

老婆一走开，岳父的红鼻头又从窗眼里伸进来了。当然，他们是串通好了的。

"你以为我和她是串通好了的吗？"他滑稽地皱着鼻子，"你弄错了，女婿。我一直恨死了她。每次你们吵起来，我总恨不得让你把她杀了才好，我躲在门后暗暗为你使劲呢。但是你不敢，你这人怎么这么孱头。我每回来拿东西，她就大惊小怪地叫起来，说我是贼，其实你一点也不明白内情。我从这里拿了东西回家，她就半路上截住我，强迫我和她平分，折价付钱给她，有一回吵起来，还把我的脑袋按进烂泥里面。她有许多情夫，她把情夫带到我家里去和她睡觉，逼我老头子站在门外帮她放哨，哪怕落大雨淋得透湿也毫不怜惜。你的事情，我在寺院的楼上看得清清楚楚，不管什么情况都逃不脱我这双老眼。比如你的心头之患我就了如指掌，你最怕的人是麻老五，他总是当街出你的洋相……"

"我要杀你！"他突然跳起来抠住老头的衣领，眼珠发了直。

"嘘！你怎么回事？！啊？"他用力甩脱他的手，"对不起，我要走了，我唠叨些什么呢？对于白痴，你还有些什么好期望的？"

十二点一过，那两个幽灵又来了，在月光下踱来踱去，将枯叶弄得痛苦地"沙沙"作响。隔着窗户，他听见他的疲惫的低语：

"我在来的路上，一条腿陷进一个很深的烂泥坑里面去了，拔也拔不出，有什么东西咬在腿肚子上，针扎似的痛。这屋里新生的一窝鼠崽又长大了，你听见它们窜来窜去的脚步声没有？我们真像荒野里的两匹狼，对不对？"

"刚才我从床上撑起来，简直提不起脚，利尿药把我害苦啦。这些个日日夜夜，每半点钟我就听见壁上的挂钟发了疯地敲，现在它里面的齿轮已经锈坏了，快要咬住了，它这种临终前的挣扎把我吓坏了。"

"我们都这样，我昨天也没睡。我一直在等着什么事发生，我看见夜气里浮着许多冰钩儿，一只猫儿在墙角像人一样叹着气，'踏踏踏，踏踏踏……'数不清的小偷在窗外钻来钻去。奇怪，我们怎么能活得如此长久，我们不是早就垮了吗？"

"我的头发是怎么掉的你清楚吗？那个秋天老是落雨，到处湿漉漉的，我坐在摇椅里读报，她像猫一样溜进来了。我有一种预感似的打了一个寒战，这当儿她闪电一样跳起来在我头皮上啄了一下，然后逃跑了。从那天起我的头发就大块地脱落，头皮全部坏死了。你摸一摸这树，像是烧着了一般烫手……对啦，我的全部灾难正是从那个秋天开始的，那时所有椅子上的油漆都坏了，一坐上去裤子就被紧紧地粘住，脚板也老出汗，鞋子里又冷又潮，脚一伸进去全身都肉麻得不行。"

那两人呻吟着，痛苦地踩响着地面："踏——踏——踏——踏……"

他在床上抽着风，被单像鞭子一样抽打在他赤裸的背脊上，他学会了像蛇一样蠕动。

清晨，他的全身肿得紧绷绷的，僵硬难受。

之三：四

她的一条腿像被钉在床上似的不能动弹了。昨天她烧好了水到浴室去洗澡，因为常年不打扫，浴室的地面溜溜滑滑，她一进去就摔倒在水泥地上了。当时她听见左腿里面有什么东西发出瓷器破碎的声音，那声音很细弱，但是她听到了。她用手撑起来，爬回卧室，和着黏糊糊的有腐烂味儿的衣服倒在床上。现在死亡从她的伤腿那里开始了，她等着，看见它不断地向她的上半身蔓延过来。麻雀一只又一只地从纱窗的破洞里钻进来，猖狂地在半明半暗中飞来飞去。她用尚能活动自如的手在床上摸索着枕头，向这些中了魔的小东西投去。外面也许正出着大太阳吧？屋顶上的瓦不是被晒得"喳喳"作响吗？石磨在地板底下发出空洞干涩的声音，她将死在太阳天里，她的死正如这座阴森的老屋一样黑暗，她终将与这老屋融为一体。壁上的老挂钟最后一次敲响是在昨天夜里，那是一次疯狂的、混乱的敲打，钟的内部发生了不可思议的爆炸，其结果是钟面上的玻璃碎成了好几块。现在它永久地沉默了，带着被毁坏了的死亡的遗容漠然瞪视着床上的她。她的身体从伤腿那儿正在开始腐烂，那气味和浴室里多年来的气味一模一样，她恍然大悟，原来好多年以前，死亡就已经到来了。她挣扎着想要脱掉这件在浴室里跌脏了的衣服，然而办不到，衣服紧紧地巴在她身上，与她的皮肤不可分割，那气味也已渗透到她身体内部的器官里面去了，这件衣服将跟着她一道死亡。床底下的骨灰坛子抵着了她的背脊，像冰块一样袭人。她母亲的死亡也是发生在这间卧室里，在最后的日子里，她的躯体也是在这个床上慢慢消融掉的。她记得她老是抱怨那只挂钟的声音，说一下一下就敲在她的心脏上，但是谁都认为她是神经错乱，没人理会她的话。她死于心脏破裂，她临终的那种怨恨表情至今留在她的脑子里。她想痛哭，她的泪腺堵塞，喉咙里发出近似小猫叫的怪声音。她早已忘了哭的方法了。昨天夜里，她和她的前夫突然跳起来，拼着命用头部朝那棵树的树干撞去，后来两人一齐摔倒在地。女儿房里的灯亮了起来，那灯光是古怪的酱油色，他们从深色窗帘的隙缝里看见了她木乃伊似的身体，她全身一丝不挂，灰白的皮肤上长着许多绿的斑点，斑点上似乎还有很长的毫毛。

"外面有两条饿狼。"女儿鄙夷地说，"那孩子完蛋了，瞎眼猫最后一口咬断了他的颈脖。"

"那真是一个伤心的日子，瘦弱的金银花纷纷飘落在地……"

她一停下来，嘴唇立刻冻僵了，眉毛上也长起了白霜。她划燃一根火柴，吻着那火苗，口里哈出寒冷的白气。火苗熄灭了，她似乎冻得更厉害了，全身硬邦邦的。她找来许多报纸，在地上堆成一大堆，用火柴点燃，让那火苗舔着她的胸膛、背后。火苗越蹿越高，她的身体也越来越柔软、灵活，皮肤泛出玫瑰的红色，鼻孔里冒出烟和火星，眼睛里燃着火，恐怖地睁得很大很大。当火苗几乎舔到了天花板的时候，借着晃动的亮光，她看见前夫像一摊蜡一样融化着，越来越矮下去，头部痉挛地一伸一伸，悲惨地打着呃逆，眼珠渐渐收缩为两个细小的白点。"我的脑血管破裂了……"他可怜地哼了一声，吐出一口黑乎乎的东西。

她的光光的头皮痒得厉害，她使劲去抓，直到抓出了血。她忘不了她失去头发的那件事。那个湿漉漉的秋天，树上的枯叶红得像要滴血，墙壁上渗出黑水。她坐在摇椅里面，惶惶不可终日……然而石磨再一次响起来了，干涩刺耳，震得墙上的石灰纷纷剥落，两只受惊的麻雀被天花板撞伤，破布一样坠落在地，床底的骨灰坛子在跳跃，死人在坛内艰难地辗转。有什么东西落入两片磨盘之间，发出脆弱的一响，像是一声轻微的啜泣，很快又被无情的噪音吞没了。

在街上，前夫紧紧地跟着她，用阴谋家的眼光反复打量她，表情沉重地说："我们老成什么样子了啊！"

她的眼光从浮肿的眼缝后面挣扎出来看他那顶有窟窿的帽子，浑身打着冷战说："你记得我们活了多久了么？"

"我怎么也记不住，我的脑子早就坏了。这些日子，窗外树上的枯叶一直不肯放过我，'沙沙沙，沙沙沙……'我们活了多久了？"

"我梦见过一些事，全是与那个雨天有关的……我一下台阶就滑倒了。"

她的眼光摇摆不定，像一只风筝那样在他脸上掠过。天上出着太阳，光线太强，她失去了最后一点气力，风筝回到了她的眼眶里。

"我眼前一片漆黑。"她诉着苦，扶住了电线杆，"我很快就要瞎了。我真后悔，我把它们用得太苦了。"

"谁？"他大吃一惊。

"我的眼睛呗。"

"也许有那么一天，你从你的房子里走出来，踱到天井里，那时天上飘着细雨，一只猫儿蹲在天井的墙角里哀哀地哭，于是你说：'够了。'好，一切都会结束。你回到屋里，马上入睡了。"

一列火车在远处奔驰而过，悠长地叫着，然后是轮子擦在铁轨上的声音，一节又一节车厢，一节又一节……

"你怎么如此肯定？"她生气地说，"正好相反，根本不可能有什么结束。它们就在我的神经里，挤得满满的，只在做噩梦的时候一点一点钻出来。我记不得这有多久了，反正一切都不会结束。我照过了 X 光，肾脏里面全是小石子，我一弯腰，里面就'哗啦'作响。"

他沮丧地瘪了瘪嘴巴，似乎就要哭起来。"啊。一直到死！一直到死！"他绝望地惊叹道，"'沙沙沙，沙沙沙……'我的梦里也充满了那个声音。从前在黎明，我老听见一个人在煤渣路上踱步，原来那人也受着这种可怕的折磨。他不得不踱来踱去，踱来踱去，一直到挪不动脚步，于是末日来临了。万一我们活得很长久？"

她匆匆地要赶到前面去，他拽住她的衣袖，苦苦地哀求着："再说一点什么吧，再说一点什么吧，我心慌得发抖。"

他的手指缝里渗出许多黏液来，像胶水一样巴在她的袖子上，甩也甩不掉。他的鼻孔、眼角也开始流出那种黄色的黏液。他唏嘘着，还在说个不停。太阳从寺院的屋顶上沉下去了，空中刮着不吉祥的风。她看出来，他一点也不想死，他唠叨不停的原因正是怕死，他对自己的小命如此珍惜这件事，使她感到十分惊骇。他的手指在她衣袖上抽搐着，活像几条丑陋的泥鳅。

"我看不清你的嘴脸。"她开始说。

"说下去，说下去！"

"我跟你说过了头发的事，还有一件事是你不知道的。"

"说下去。"

"那是关于被我钉在墙上的麻雀的事。"

"好极了。"

"在黑暗里，麻雀在墙上叽叫着，扑腾起来，口中流出一滴滴黑血。我把头从被褥里探出来，开始呕吐，我吐出的东西的气味和我浴室里的气味一模一样，月亮照着纱窗，窗棂苦苦地呻吟。有一个东西在天井里走来走去，像是一只狗，麻雀们立刻沉默了。在西头那间小杂屋里，天花板上又剥落了一块石灰，一只老鼠飞快地从屋当中穿过，跑到厨房里去了。"

"有一天夜里，我用钥匙开开了你的大门，在天井里走来走去，一直到天亮。我没有看见麻雀，因为那天没有月亮，四周一片漆黑。"

"当时我正在呕吐，月光照在纱窗上。"她恶狠狠地一摇头，"你闻到一种刺鼻的气味了吗？"

"周围那么黑，我就像掉进了一个细颈瓷瓶的底部。我呼吸不到足够的氧气，只好大张着嘴，像一条憋坏了的鱼。"

石磨缓缓地转，越来越阴沉，越来越杀气腾腾，麻雀在被碾碎前发出的惨叫，隐没在暴怒的、压抑的雷声里。

隔壁房里的天花板整个地塌下来了，她闻到一股刺鼻的石灰味。一只雀子"啪"的一声掉在她的被褥上，还拼命地扑腾了一阵才死。

她听见在远处的什么地方惊雷劈倒了一棵大树。

结 局

她还在梦中，就已经闻到了很浓的焦木味儿，她梦见抽屉里的蛋糕全都化成了油光闪亮的臭虫。她撑起来，用最后一点干肉喂一只母鼠。她把干肉扔在床底下，倾听它"嘎吱嘎吱"的咬啮声。父母昨天没有来，也许就因为这个，她被虫牙折磨着。每隔一点钟，她就往床底下扔一小块干肉，让那只老鼠咬出响声，借以减轻神经的剧痛。到天明，干肉全部扔完了，牙痛也慢慢减轻，这时她忽然记起那两人昨夜没来，觉得诧异。大树是在清晨被雷劈倒的，滚滚的浓烟冲天而起，里面夹着通红的火星。现在它倒在地上，内部全部烧空了。隔壁的男人和女人一齐走了出来，到那零乱地散在地上的枝条中去寻找从前挂在树干上的一面镜子。两个人都把屁股撅得高高的，浮肿的嘴脸几乎凑到了地面，畏缩地用两个指头拣出那些蹓了水银的碎玻璃片。她从窗帘后面打量这一对，听见发僵的脚尖在地上踩来踩去，看见紫胀的手指伸到口里含着，眼里溢着痛苦的泪水。一夜之间，男人的头发全部脱光了，苍白的头皮令人作呕。隔着窗子，她隐约地闻见了熟悉的汗酸味儿，就是他称作"甜味儿"的那种气味。烧完报纸以后，再也没有什么可烧的了，虽然外面出着大太阳，骨头却像泡在冰水里，早上起来几乎全身都冻僵了，必须用毛巾发了疯地擦才能让腿子弯转来，不然就像干竹子，一动就"啪啪"乱响。她不敢用力出气，一用力，鼻尖就出现冰花，六角形的、边缘很锐利的冰花，将嘴唇都割出血来。大柜上的镜子已经用一匹黑布遮住了，好久以来她就不愿照镜子。那一天她突然觉得身上的衣裳宽荡荡的，她剥下衣裳一看，才发现自己的身子已经变得像干鱼那么薄，胸腔和腹腔几乎是透明的，对着光亮，可以隐约看出纤细的芦秆密密地排列着。她用指头敲一敲，里面发出空洞的响声："嘣嘣嘣嘣！"她拿起玻璃罐从水缸里舀出最后一点发黑的水，仰头一饮而尽，她清楚地看见涓涓的细流从胸腔流到腹腔，然后不可思议地消失不见了。她已有一个多月没有尿。老鼠终于丢弃了肉块，拖着沉重的身子回到洞里去了。她像一条干鱼一样在粗毛毯底下发着抖，"嚓嚓嚓嚓！"地擦得毛毯响个不停。南风从瓦缝里灌进来了，毛毯鼓满了风，裹着她一起飘离床铺，在半空中悬了一会儿，然后又"啪！"的一声落回床上。南风里有股腥味，她一闻到那股味脑子里就出现野兔的幻象，它们总是躲在很深的草丛里。萎缩症已经蔓延到下肢，很快她就要下不了床了。她算了一算，她已经两个月零二十天没吃任何东西了。因为这个，她的肠胃渐渐从体内消失。现在她拍一拍肚子，那只是一块硬而薄的透明的东西，里面除了一些芦秆的阴影外空无所有。很久以来，她就分不出白天和黑夜，她完全是按照内心的感觉来划分日子的。照她算来，她把自己封闭在房子里已经有三年零四个月了。在这段时间里，粉虫吃掉了一整把藤椅，只剩下一堆筋络留在墙角；没有喷杀虫剂，蟋蟀却全部冻死了，满地僵硬的尸体；水缸里长满了一种绿色的小虫子，她在喝水时将它们喝进了肚子；一个早上醒来，她发现她的线毯朽成了一堆烂布，用指头一点那布就成了灰；房子中央好久以来就在漏雨，不久就形成了一个小水洼，天一晴，水洼里蹦出几只小蛤蟆。她的腿子里面发出干竹子的裂响，她拖着脚步在房子里走了一圈，看来看去地看了一遍，然后用一根麻绳束起她那一头老鼠色的长发，打开抽屉，找出一瓶从前使用过的甘油，将干裂开叉的指头轮流伸进去浸泡，直到指头重新弥合，然后她小心地上了床，盖好毛毯，决心不再动挪了。她的眼光穿透墙壁，看见那男人将身体摆成极其难受的姿势，在他的长筒套鞋里面，长满了滑溜溜的青苔，那些瘦骨伶仃的脚趾全冻成了青色，发疯地抽搐，他极力要站稳，脚板在巨大的鞋子底部滑来滑去。"所有的碎片都烧焦了……它的有花纹的背上渗出陌生的向日葵的味儿，泥沙割破了暴出的眼珠，忽然，漫天红光，泥浆里翻腾着泡沫，那就像一个真正的结局……哦，哦！怎么回事啊？"他咯着血，身体慢慢地倾斜，向铺满了腐叶的地上倒去。她的眼光变得那样深邃，她看见了母亲住的老公馆，那上面爬满了一种绿色的毛毛虫。在一叶纱窗上面，有一个很大的破洞，麻雀从破洞里鱼贯而入。一阵南风刮来，毛虫纷纷从墙壁上掉落地面，被无数蚂蚁袭击着。在一只破烂的木桶下面有一双开裂的木板拖鞋，她当小姑娘的时候穿的拖鞋，现在那上面奇怪地长着一排木耳。父亲在天井里摸索着滑溜溜的墙壁绕圈子，指甲深深地抠进青苔里面。他的双眼患了白内障，从他脸上神气看出，他根本不认为自己在兜圈子，而是觉得自己在沿着一条笔直的、黑暗的通道不断地前行。他在天井里已经走了三天三夜了。她看不到母亲，但是她能够听见她的声音从破棉絮里隐约传来，那声音就仿佛母亲在咀嚼自己的舌头，痛得直打哆嗦。父亲听见了母亲的呻吟，一丝笑意埋藏在他深刻的皱纹里面，他扶着墙走得更起劲了，简直像在疯跑，他的手指甲里渗出一滴一滴的血珠，脚板底长满了鸡眼。"妈妈也许会死掉的，"她听见自己的声音从天井的墙缝里钻出来，那声音稚嫩，带着热切的企望，"要是她死了，这院子里就会爬满毛毛虫。"但是父亲听不见她的声音，父亲的耳朵已经中了魔，他在听母亲的呻吟，一些遥远的模糊的呼唤传到他耳朵里来，他的面色豁然开朗，全身的神经跃跃欲试，白发可笑地往脑后飞扬。墙上的青苔被他不断地抠下，纷纷掉落在地，他还在跑——朝着臆想中的通道。她听见石磨碾碎了母亲的肢体，惨烈的呼叫也被分裂了，七零八落的，那"咔嚓"的一声大约是母亲的头盖骨。石磨转动，尸体成了稀薄的一层混合胶状物，从磨盘边缘慢慢地流下。当南风将血的腥味送到小屋里来的时候，她看到了死亡的临近。

"母亲……"她忽然觉得嗓子眼里有种不习惯的感觉，于是异想天开地想来哭一哭。她憋足了劲，口里发出一种拙劣可笑的模仿。

在天井里，她的父亲一边跑一边从口里吐出泥鳅来。

当天傍晚，更善无在回家的时候看见被截了肢的麻老五坐在破藤椅上，紧握两个拳头向他号叫着。他在夜里梦见了荆棘，他赤身裸体扑倒在荆棘上面，浑身抽搐着，慢慢地进入了永久的睡眠。

系在皮绳扣上的魂

扎西达娃

现在很少能听见那首唱得很迟钝、淳朴的秘鲁民歌《山鹰》。我在自己的录音带里保存了下来，每次播放出来，我眼前便看见高原的山谷、乱石缝里窜出的羊群、山脚下被分割成小块的田地、稀疏的庄稼、溪水边的水磨房、石头砌成的低矮的农舍、负重的山民、系在牛颈上的铜铃、寂寞的小旋风、耀眼的阳光。

这些景致并非在秘鲁安第斯山脉下的中部高原，而是在西藏南部的帕布乃冈山区。我记不清是梦中见过还是亲身去过。记不清了。我去过的地方太多。直到后来某一天我真正来到帕布乃冈山区，才知道存留在我记忆中的帕布乃冈只是一幅康斯太勃笔下的十九世纪优美的田园风景画。

虽然还是宁静的山区，但这里的人们正悄悄享受着现代化的生活。这里有座小型民航站，每星期有五班直升飞机定期开往城里。附近有一座太阳能发电站。在哲鲁村口自动加油站旁的一家小餐厅里，与我同桌的是一位喋喋不休的大胡子，他是城里一家名气很大的"喜马拉雅运输公司"的董事长，在全西藏第一个拥有德国进口的大型集装箱车队。我去访问当地一家地毯厂时，里面的设计人员正使用电脑程序设计图案。地面卫星接收站播放着五个频道，每天向观众提供三十八小时的电视节目。

不管现代的物质文明怎样迫使人们从传统的观念意识中解放出来，

帕布乃冈山区的人们，自身总还残留着某种古老的表达方式，获得农业博士学位的村长与我交谈时，嘴里不时抽着冷气，用舌头弹出"啰啰"的谦卑的应声。人们有事相求时，照样竖起拇指摇晃着，一连吐出七八个"咕叽咕叽"的哀求。一些老人对待远方的城里人，仍旧脱下帽子捧在怀中站到一旁表示真诚的敬意。虽然多年前国家早已统一了计量法，这里的人们表示长度时还是伸直一条用胳膊，另一只手掌横砍在胳膊的手腕、小臂、肘部直到肩膀上。

桑杰达普活佛快要死了，他是扎妥寺的第二十三位转世活佛。高龄九十八岁。在他之后，将不再会有转世继位。我想为此写篇专题报道。我和他以前有过交道。全世界最深奥和玄秘之一的西藏喇嘛教（包括各教派）在没有了转世继位制度从而不再有大大小小的宗教领袖以后，也许便走向了它的末日，形式在一定程度上也支配着意识，我说。扎妥？桑杰达普活佛摇摇头，表示否认我的观点。他的瞳孔正慢慢扩散。"香巴拉，"他嚅动嘴唇，"战争已经开始。"

根据古老的经书记载，北方有个"人间净土"的理想国——香巴拉。据说天上瑜伽密教起源于此，第一个国王索查德那普在这里受过释迦的教诲，后来宏传密教《时轮金刚法》。上面记载说，在某一天，香巴拉这个雪山环抱的国家将要发生一场大战。"你率领十二天师，在天兵神将中，你永不回头，骑马驰骋。你把长矛掷向哈鲁太蒙的前胸，掷向那反对香巴拉的群魔之首，魔鬼也随之全部除净。"这是《香巴拉誓言》中对最后一位国王神武轮王赞美的描写。扎妥·桑杰达普有一次跟我说起过这场战争。他说经过数百年的恶战，妖魔被消灭后，甘丹寺里的宗喀巴墓会自动打开，再次传布释迦的教义，将进行一千年。随后，就发生风灾、火灾，最后洪水淹没整个世界。在世界末日到达时，总会有一些幸存的人被神祇救出天宫。于是当世界再次形成时，宗教又随之兴起。扎妥？桑杰达普躺在床上，他进入幻觉状态，跟眼前看不见的什么人在说话："当你翻过喀隆雪山，站在莲花生大师的掌纹中间，不要追求，不要寻找。在祈祷中领悟，在领悟中获得幻相。在纵横交错的掌纹里，只有一条是通往人间净土的生存之路。"

我恍惚看见莲花生离开人世时，天上飞来了一辆战车，他在两位仙女的陪伴下登上战车，向遥远的南方凌空驶去。

"两个康巴地区的年轻人，他们去找通往香巴拉的路了。"活佛说。

我疲惫地看着他。"你要说的是——在一九八四年，这里来了两个康巴人，一男一女？"我问。

他点点头。

"男的在这里受了伤？"我又问。

"你也知道这件事。"活佛说。

扎妥·桑杰达普活佛闭上眼，断断续续回忆起当年那两个年轻人来到帕尔乃冈山区的事，他讲起那两个人告诉他一路上的经历。我听出扎妥活佛是在背诵我虚构的一篇小说。这篇小说我给谁都没有看过，写完锁进了箱里。他几乎是在逐字逐句地背诵。地点是一路上直到帕布乃冈一个叫甲的村庄。时间是一九八四年。人物一男一女。这篇小说没给别人看的原因就是到最后我也不知道主人公要去什么地方。经活佛点明我现在才清楚。唯一不同的一点是结尾时主人公是坐在酒店里有一位老人指路。我没写老人指的是什么路，当时连我自己也不知道。而扎妥活佛说是在他的房子里给那两人指的路，但这里还有一个巧合，即老人与活佛都谈起过关于莲花生的掌纹。

最后，其他人进屋来围在活佛身边，活佛眼睛半睁，渐渐进入了失去知觉和思想的状态。

有人开始准备后事了。扎妥活佛将被火葬，我知道有人想拾到活佛的舍利作为永久的收藏和纪念。与扎妥·桑杰达普诀别后，在回家的路上，我边走边考虑着有关文学创作的动机问题……

回到家，我打开贴有"可爱的弃儿"题词的箱子盖。里面整齐地排列着上百只牛皮纸袋，我所有不被发表或我不愿发表的作品都存在这儿。我取出一个编码是840720的纸袋，里面是一个短篇小说，记录着两个康巴人来到帕布乃冈的经过，还没有题目。下面是这篇小说的原文：

　　琼赶着她的二十几只羊下山的时候，站在半山腰。她看见山脚底下那一条宽阔蜿蜒、砾石累累的枯干的河床有个蚂蚁般的小黑点在缓缓移动。她辨认出是一个男人，正朝她家的方向走来，琼挥挥羊鞭，匆匆把羊往山下赶。

　　她粗略算了算，那人得走到天黑时才能到这儿。周围荒野只有这隆起的小山岗上有几间鹅卵石垒起的矮房，房后是羊圈，一共两户人家：琼和她的爸爸，还有一个五十多岁的哑女人。爸爸是个说《格萨尔》的艺人，常常被几十里远的外村人请去说唱，有时还被请到更远的镇里。短则几天，长则数月。来人骑马，还牵匹空马来到小山岗，把身背长柄六弦琴的爸爸请上马。随后马蹄伴着铜铃声有节奏地久久敲响着荒野里的寂静。琼站在岗上，一手抚摩坐立在她裙边的大黑狗，一直望到两匹马拐过前面的山弯。

琼从小就在马蹄和铜铃单调的节奏声中长大，每当放羊坐在石头上，在孤独中冥思时，那声音就变成一支从遥远的山谷中飘过的无字的歌，歌中蕴含着荒野中不息的生命和寂寞中透出的一丝苍凉的渴望。

哑女人整天织氆氇，每天早晨站在小山冈上，向空中撒出一把豌豆糌粑，呼喊着观音菩萨。然后手摇一柄浸满油污的经轮筒，朝东方喃喃祈祷。偶尔在半夜时分，爸爸爬起身去女人房里，天蒙蒙亮时头顶蒙着长长的袍子又钻进自己的羊皮垫里。早晨了起来挤完奶打好茶，喝糌粑糊。然后背上装了一天口粮的小羊皮口袋，背一只小黑锅，去房后拉开羊圈栅栏，软鞭一挥，赶着羊群上山。生活就是这样。琼把食物和热茶准备好，趴在毯子上等待来客。室外的狗叫了，她冲出门，月亮刚刚升起。她拉住狗链，不见四周有人，一会儿，从她前面的坡下冒出个脑袋。

"来吧，不要紧，我抓住狗的。"琼说。

来人是一位顶天立地的汉子。

"辛苦，大哥。"琼说。她把汉子领进了房里，他礼帽下的额边垂着一绺鲜红的丝穗。爸爸不在家，去说《格萨尔》了。隔壁传来哑女人织氆氇时木棰砸下的梆梆声。这位疲惫的汉子吃过饭道谢后便倒在琼的爸爸床上睡了。

琼在门外站了一会儿，天空繁星点点，周围沉寂得没有一点大自然的声音。眼前空旷的峡谷地带在月光下泛着青白色。大黑狗被铁链拴着在原地转圈。琼过去蹲下身搂着它的脖子，想起自己在这寂寞简朴的小山岗上度过的童年和少年时代，想起每次来接爸爸上马的都是些沉闷不语的人，想到屋里那位从远方来明天又要去远方的酣睡的旅人。她哭了，跪在地上捧着脸，默默祈求爸爸的宽恕，然后将眼泪在黑狗的皮毛上蹭擦干，起身回屋。黑暗中，她像发疟疾似的浑身打战，一声不响地钻进了汉子羊毛毯里。

当东方的启明星刚刚升起，在摇曳的酥油灯下，琼把自己的薄毯裹成一个卷，在一只布袋里塞些牛肉干、揉糌粑的皮口袋、粗盐和一块酥油，又背上天天放羊时在山上熬茶用的小黑锅，一个姑娘该带的都在她背上了。她最后巡视一眼昏暗的小屋。"好了。"她说。汉子吸完最后一撮鼻烟，拍拍巴掌上的烟末起身。摸她头顶。搂住她的肩膀，两人低头钻出小屋，向黑魆的西方走去。琼全身负重，身上的东西一路上叮当作响。她根本不想去打听汉子会把她带向何处，她只知道要永远离开这片毫无生气的土地了。汉子手中只提着一串檀香木佛珠，他昂首阔步，似乎对前方漫漫的旅途充满了信心。

"你腰上挂条皮绳干什么？像只没人牵的小狗。"塔贝问。

"用它来计算天数，你没见上面打了五个结吗！"琼告诉他，"我离开家有五天了。"

"五天算什么，我生来没有家。"

她跟着塔贝徒步行走，一路上，有时在村庄的麦场上过夜，有时住羊圈里，有时卧在寺庙废墟的墙角下，有时住山洞，运气好时，能在农人外屋借宿，或是在牧人的帐篷里。

每进一个寺庙，他俩便逐一在每个菩萨像的座台前伸出额头触碰几下，膜拜顶礼。在寺庙外，道路旁，江河边，山口上，只要看见玛尼堆，都少不了拾几块小白石放在上面。一路上还有些磕等身长头的佛教徒，他们一步一磕，系着厚帆布围裙，胸部和膝部磨穿了，又补了几层厚补丁。他们脸上突出的地方全是灰，额头上磕了一个鸡蛋大的肉瘤，血和土粘在一起，手掌上钉铁皮的木板护套在他们身体俯卧的两边地上印出两道深深的擦痕。塔贝和琼没有磕长头，他俩是走路，于是超过了他们。

西藏高原群山绵延，重重叠叠，一路上人烟稀少。走上几天看不到一个人影，更没有村庄。山谷里刮来呼呼的凉风。对着蓝色的天空仰望片刻，就会感到身体在飘忽上升，要离开脚下的大地。烈日烤炙，大地灼烫。在白昼下沉睡的高原山脉，房屋与无极般宁静。塔贝的身体矫健灵活，上山时脚尖踩着一块块滑动的石头步步上蹿，他径直攀上一块圆石，回头看见琼被甩下好长一截，便坐下来等她。他们在赶路时总是默默无言，琼有时在难以忍受的沉默中突然爆发出她的歌声，像山谷里的一只母兽在仰天吼叫。塔贝并不转过头看她一眼，只顾行路。琼过一会不唱了，周围又是死一般沉寂。琼低头跟在他身后，只有坐下来小憩时才说说话。

"不流血了吧？"

"它现在一点也不疼。"

"我看看。"

"你去给我捉几只蜘蛛来，我捏碎了涂在上面就会好得快。"

"这儿没有蜘蛛。"

"去找找，石头缝里，你扒开石块会有的。"

琼在四周扒开一块块半掩在土中的石块，认真地寻找蜘蛛。一会儿她就捉了五六只，握在掌中，走过来扳开塔贝的手掌放在上面。他一只只捏碎后涂在小腿的伤口上。

"那条狗好凶，我跑跑跑跑，背上的锅老碰我的后脑勺，碰得我眼睛都花了。"

"当初我该拔出刀宰了它。"

"那女人给我们这个。"她模仿着做了个最污辱人的下流动作，"真吓人。"

塔贝又抓起一把土撒在伤口上，让太阳晒着。

"她钱放在哪儿的？"

"在酒店的屋柜子里，有这么厚一沓。"他亮亮巴掌，"我只拿了十几张。"

"你用它想买什么呢？"

"我要买什么？前面山下有个次古寺，我给菩萨送去。我还要留一点。"

"好的。你现在好点了吗？不疼了吧？"

"不疼了。我说，我口干得要冒烟。"

"你没见我把锅已经架上了吗？我就去捡点干刺枝。"

塔贝懒洋洋躺在石头上，将宽礼帽拉在眼睛上挡住阳光，嘴里嚼着干草，琼趴在三颗白石垒成的灶前，脸贴着地，鼓起肋帮吹火熬茶。火苗"嘭"地燃烧起来。她跳起身，揉揉被烟熏得灼辣的眼，拉下前额的头发看看，已经被火舌燎焦了。

远处高山顶上两个黑影，大约是牧羊人，一高一矮，像是盘踞在山顶岩石上的黑鹰。他们一动也不动。

琼也看见了他们，挥起右手在空中画圈向他们招呼，上面的人晃动起来，也画起圈向她致意。距离太远，扯破嗓子喊互相也听不见。

"我还以为这里只有我们两个人。"琼对塔贝说。

"我在等你的茶。"他闭上眼。

琼忽然想起了什么，她从怀里掏出一本书，很得意地向塔贝展示自己的猎物，那是昨晚上在村里投宿时从一个往她耳里灌满了甜言蜜语、行为并不太规矩的小伙子屁股兜里偷来的。塔贝接过一看，他不认识这种文字和一些机械图，封面印的是一台拖拉机。"这玩意儿没一点用处。"他扔给琼。琼很沮丧，下一次烧茶时她一页页撕下来用作引火的燃料了。

走到黄昏，站在山弯远远看见前面一个被绿树环抱的村庄时，琼的精神重新振奋起来，又唱起歌了。她抡起挂棍在地边的马兰草堆里乱舞，又端起棍子小心翼翼地戳戳塔贝的胳肢窝和腰下，想逗他发痒。塔贝不耐烦地抓住棍梢往外一甩，拽得她趔趄几下跌倒在地。

进了村，塔贝自己一个人去喝酒或者干别的什么去了。他俩约好在村里小学校边一幢刚刚盖好还没有安装门窗的空房子里住宿。村里的广场晚上演电影，有人在木杆上挂银幕。琼在一片林子里拾柴火时被一群小孩围住，孩子们趴在墙头朝她扔石头，有一颗打在她肩上，她没有回头，直到一个戴黄帽子的年轻人把孩子们轰走。

"他们扔了八颗石头，有一颗打中你了。"黄帽子笑眯眯地说，他把手中握着的一只电子计算机摊在琼跟前，显示屏显出一个阿拉伯数字"8""你从哪儿来？"

琼看着他。

"你记不记得你走了多少天？"

"我不记得。"琼撩起皮绳说，"我数数看，你帮我数数。"

"这一个结算一天吗？"他跪在她跟前，"有意思……九十二天。"

"真的！"

"你没数过吗？"

琼摇摇头。

"九十二天，一天按二十公里计算。"他戳戳计算机上的数字键码，"一千八百四十公里。"琼没有数字概念。

"我是这儿的会计。"小伙子说，"我遇到什么问题，都用它来帮我解答。"

"这是什么？"琼问。

"是电子计算机，好玩极了。它知道你今年多大。"他按出一个数字给琼看。

"多大？"

"十九岁。"

"我今年十九岁吗？"

"那你说。"

"我不知道。"

"我们藏族以前从不计算自己的年龄。但它却知道。看，上面写的是十九吧。"

"不像。"

"是吗？我看看。哦，刚开始看有些不习惯，它的数字有点怪。"

"它能知道我名字吗？"

"当然。"

"叫什么？"

他一连按出八位数，把显示屏显得满满的。

"怎么样？它知道吧。"

"叫什么？"

"你连自己的名字还看不出来？笨蛋。"

"怎么看？"

"你这样看，"他竖着给她看。

"这是叫琼吗？"

"当然叫琼，洽霞布久曲呵琼。"

"嘿！"她兴奋地叫道。

"嘿什么，人家外国人早用了。我在想一个问题，以前我们没日没夜地干活，用经济学的解释是输出的劳动力应该和创造的价值正比。"他信口开河起来，把工分值、劳动值以及商品值和年月日加减乘除乱说一通。又显出数字。"你看看，计算出来倒成了负数。结果到年终我们还要吃返销粮，向国家伸手要粮，这是违反经济规律的……你瞪我干什么？想吃掉我？"

"如果你没晚饭吃，就在这儿吃好了，我拾了柴就烧菜。"

"他妈的。你是从中世纪走来的吗？或者你是……是叫什么外星人。"

"我从很远的地方来，走了……"她又撩起皮绳。"刚才你数了多少？"

"我想想，八十五天。"

"起了八十五天。不对，你刚才说九十二天，你骗我。"琼咯咯笑起来。

"啊啧啧！菩萨哟，我快醉了。"他闭眼喃喃道。

"你在这儿吃吗？我还有点肉干。"

"姑娘，我带你去一个地方好吧？有快活的年轻人，有音乐、啤酒，还有迪斯科。把你手上那些烂树枝扔掉吧！"

塔贝从黑压压一片看电影的人群中挤出来。他没被酒灌醉，倒被那银幕上五光十色、晃来晃去、时大时小的景物和人物弄得昏头涨脑、疲惫不堪，只好拖着脚步回到那幢空房里。小黑锅架在石头上，石头是冰凉的。琼的东西都放在角落边。他端起锅喝了几口凉水，便背靠墙壁对着天空冥思苦想。越往后走，所投宿的村庄越来越失去了大自然夜晚的恬静，越来越嘈杂、喧嚣。机器声，歌声，叫喊声。他要走的绝不是一条通往更嘈杂和各种音响混合声的大都市，他要走的是……

琼撞撞跌跌回来，她靠着没有门框的土坯墙，隔着一段距离塔贝就闻到她身上发出的酒气，比他喷出的酒气要香一些。

"真好玩，他们真快活，"琼似哭似笑地说。"他们像神仙一样快活。大哥，我们后……大后天再走。"

"不行。"他从不在一个村里住两个晚上。

"我累了，我很疲倦。"琼晃着沉甸甸的脑袋。

"你才不懂什么叫累，瞧你那粗腿，比牦牛还健壮。你生来就不懂什么叫累。"

"不，我说的不是身体。"她戳戳自己的心窝。

"你醉了，睡觉。"他扳住琼的肩头将她按倒在满是灰土的地上。最后替她在皮绳上系了个结。

琼越来越疲倦了，每次在途中小憩时，她躺下就不想继续往前走。

"起来，别像贪睡的野狗一样赖着。"塔贝说。

"大哥，我不想走了。"她躺在阳光下，眯起眼望着他。

"你说什么？"

"你一人走吧，我不愿再天天跟着你走啊走啊走啊走。连你都不知道该去什么地方，所以永远在流浪。"

"女人，你什么都不懂。"但是他知道该往哪个方向走。

"是，我不懂。"她闭上眼，蜷缩成一团。

"滚起来，"他在琼屁股上踹了两脚，高高扬起巴掌，做出砍来的样子。"要不，我揍你。"

"你是个魔鬼！"琼哼哼唧唧爬起身。塔贝先走了，她拄着棍子跟在后面。

琼在一个她认为适当的机会时逃跑了。他俩睡在山洞里，半夜时她爬起身，没忘记背上她的小黑锅，借着星光和月光朝山下往回跑。她觉得自己像出笼的小鸟一样自由。到第二天中午，在一边是深谷的岩边休息时，从对面山脊出现了一个黑点，就像那天她放羊回家时所看见的一样。塔贝截住了她，走来。她气得发抖，抢起小黑锅向他头上死命砸去，那奇大无比的力量足以使一头野公牛的脑浆飞迸出来。塔贝很机智地闪过，抬头一拨，黑锅从她手中飞脱，叮叮当当滚下深谷里。他俩互相看看，听见那声音响了好一阵。最后琼只得呜呜咽咽攀下深谷，几个时辰后才把锅捡上来。锅身碰满了大大小的凹坑。

"你赔我的锅。"琼说。

"我看看，"他接过来。两人仔细检查了一阵，"只有一条小缝，我能补好。"

塔贝走了，琼垂头丧气地跟着。

"哎——"她用大得出奇的声音唱起一首歌，把整个山谷震得嗡嗡响。

大概有那么一天，塔贝对琼也厌倦了，他想：只因我前世积了福德和智慧资粮，弃恶从善，才没有投到地狱，生在邪门歪道，成为饿鬼痴呆，而生于中土，善得人身。然而在走向解脱苦难终结的道路上，女人和钱财都是身外之物，是道路中的绊脚石。

不久，他俩来到名叫"甲"的村庄。这个时候，琼的腰间那根皮绳已系了一串密密麻麻的结。没想到甲村的人们会敲锣打鼓站在村口迎接他俩。民兵组成仪仗队背着半自动步枪站在两旁，为了保险起见，枪口都塞了红布卷。两头由四个村民装扮的牦牛在夹道中跳着舞。村长和几个姑娘捧着哈达和壶嘴上沾着酥油花的银壶在最前面迎接。原来这里一直大旱。前不久有人打了卦，今天黄昏时会有两个从东边来的人进村，他们将带来一场琼浆般吉祥的雨水，使久旱的庄稼得到好收成。他俩果然出现了，人们认为这是一个好兆头。欢天喜地将塔贝和琼扶上挂满哈达的铁牛拖拉机簇拥着进了村。男女老少都穿着新衣，家家户户的屋顶都换了新的五色经幡布。有人从琼的音容、谈吐和体态上看出了她有转世下凡的白度母的特征，于是塔贝被搬在了一边。但是塔贝知道琼绝不是白度母的化身。因为在琼睡熟的时候，他发现她的睡相丑陋不堪，脸上皮肉松弛，半张的嘴角流出一股股口涎。

他一人闷闷不乐地去酒店喝酒，他想惹点事，最好有人讨厌他，跟他过不去，他就有事干了。打上一场，那人敢跟他拼刀子更好。

酒店只有一个老头在喝酒。苍蝇在他头顶飞来飞去。塔贝进去后，带着挑衅的神气坐在他对面。一个包花头巾的农家姑娘取一只玻璃杯放在他桌前，斟满酒。

"这酒像马尿。"他喝了一口大声说。

没有人回答。

"你说像不像？"他问老头。

"要说马尿，我年轻时喝过。那真正是用嘴对着公马底下那玩意儿喝的。"

塔贝得意地笑起来。

"为了把我的牛羊从阿米丽尔大盗手中夺回来，我从格则一直追到塔克拉玛干沙漠。"

"阿米丽尔是谁？"

"嘿，那是几十年前从新疆那边来的一支强盗的女首领，是哈萨克人，在阿里和藏北一带赫赫有名。一个万户数不清的牛羊群在一夜之间就从草原上带走，第二天从帐篷出来一看，白茫茫一片，留下的只有数不清的蹄印，连噶厦政府派出的藏兵也治不了她。"

"后来？"

"刚才你说马尿。是啊，我背着叉子枪，骑马追我的牛羊，在那大沙漠里，就是那几口马尿救了我的命。"

"再后来？"

"再后来，女首领要留我，留我给她当……"

"丈夫？"

"羊倌。我是万户的儿子啊！她娘的长得真漂亮，她简直是太阳，谁都不敢对直看她一眼，我逃了回来。你说说，我除了地狱和天堂，还有什么地方没去过？"

"我要去的地方你就没去过。"塔贝说。

"你准备去哪儿？"老头问。

"我，不知道。"塔贝第一次对前方的目标感到迷惘，他不知道该继续朝前面什么地方去。老头明白他的心思。

老头指着他身后的一座山说："谁也没有往那边去过。我们甲村以前是驿站，通四面八方，可就是没人往那边去。1964年时候，"他回忆起来，"这里开始办人民公社，大家都讲走共产主义道路，那时没有几个人讲得清楚共产主义是什么，反正它是一座天堂。在哪儿，不知道。问卫藏的来人说，没有。问阿里的来人说，没有。康藏的人也说没看见。那只有喀隆雪山没人去过。村里就有几个人变卖了家产，背着糌粑口袋，他们说去共产主义，翻越喀隆雪山，从此没回来。后来，村里人没一个再去那边，哪怕日子过得再苦。"塔贝用牙咬住玻璃杯口，翻起眼看他。

"但是我知道有关喀隆雪山下的一点秘密。"老头眨眨眼。

"说吧。"

"你准备去那边吗？"

"也许。"

"爬到山顶，你会听见一种奇怪的哭声，像一个被遗弃的私生子的哭声，不要紧，那是从一个石缝里吹来的风声。爬完七天，到山顶时刚好天亮，不要急着下山。太阳下，雪的反光会刺瞎你的眼，等天黑后再下山。"

"这不是秘密。"塔贝说。

"对，这不是秘密。我要说的是，下山走两天，能看见山脚下时，那底下有数不清的深深浅浅的沟壑。它们向四面八方伸展，弯弯曲曲。你走进沟底就算是进了迷宫，对，这也不是什么秘密，别打断我的话，你知道山脚为什么有比别的山脚多得多的沟壑吗？那是莲花生大师右手的掌纹。当年他与一个叫喜巴美如的妖魔在那里混战一百零八天不分胜负，大师施出种种法力未能降伏喜巴美如。当妖魔变成一只小小的虱子想使对手看不见时，莲花生举起了神奇的右手，口中高声念诵着咒经，一巴掌盖向大地，把喜巴美如镇到了地狱中，从此在那里留下了自己的掌纹。凡人只要走到那里面就会迷失方向。据说在这数不清的沟壑中只有一条能走出去，剩下的全是死路。那条生路没有任何标记。"

塔贝神情严肃地看着老头。

"这是一个传说，我也不知道走出去以后前面是个什么世界。"老头摇摇头，咕噜道。

塔贝准备去那边了。老头后来向他提出要求，请他将琼留下。他家有个儿子，最近刚买了一台拖拉机。现在家家都想买拖拉机。大清早，隆隆的机器声掩盖了千百年雄鸡的打鸣声。道路上的马车和毛驴被挤到了边上。人们喝着从雪山流下的纯洁透明的溪水时，也嗅到一股淡淡的柴油气味。老头自己经营着一座电机磨坊，老伴耕种着十几亩田地。前不久，老头还去大城市出席了一个"治穷致富先进代表大会"，领到奖状和奖品，报纸上也登过他的四寸大照片。他们世世代代没像现在这么富裕过，也世世代代没像现在这么忙碌过。需要一个操持家务的媳妇。说话的时候，他儿子进来了，掏出一沓花花绿绿的钞票，想在外乡人面前炫耀。儿子戴着电子表，腰间挂着小巧的放声机，头上戴着耳机，他随着别人听不见的音乐节奏扭着舞步，真是把城里公子哥儿的派头学到家了。塔贝对此无动于衷，只是门外停着的那辆没熄火的手扶拖拉机的突突声牵动了一下他的心弦。他起身走向拖拉机旁，摸摸扶手。

"好的，琼留给你了。"塔贝说。小伙子大概刚从琼那里得到了一点什么，笑眼蒙眬。

"我能坐坐你这玩意儿吗?"塔贝问。

"当然，半个小时保你会开。"小伙子上前教他操作常识，教他怎样控制油门，教他怎样换挡、离合器怎样配合、怎样起步和刹车。

塔贝慢慢开动了拖拉机，行驶在黄昏的乡村土道上。琼在一旁看着他。她要留下来了。她愉快地流着眼泪。这时后面开来一辆速度很快的带拖斗的铁牛拖拉机，塔贝不知道怎么办。旁边是条浅沟，小伙子在后面高声喊他开进沟里。塔贝从驾驶座跳到了路中间，手扶拖拉机自己慢慢溜进了沟里。他被来不及刹车的"铁牛"后面的拖斗撞倒在地。大家全围上前，塔贝爬起身，拍拍土。他的腰部被撞了，他说没什么，一点事也没有。大家松了口气。

塔贝要走了，他第一次摆弄机器就被它咬了一口。他抱住琼，跟她行了个碰头礼，往喀隆雪山那边去了。到夜晚时，果然下了场雨，村里人高高兴兴唱起歌。塔贝离开甲村，一人进了山。在半路上，他吐了一口血，他的内脏受了伤。

小说到此结束。

我决定回到帕布乃冈，翻过喀隆雪山，去莲花生的掌纹地寻找我的主人公。

从甲村翻过喀隆雪山到掌纹地的路途比我预料的要遥远得多。雇的一匹骡子在途中累倒了。它卧在地上，口中流着白沫，用临死前那样一种眼光看着我。我只得卸下它驮的囊包背在自己身上，在它嘴边放了几块捏碎的压缩面包。一翻过喀隆雪山，首先听见海啸般轰轰巨响，山下的雪堆像云朵般上下翻卷，脚下的雪粒像急流的河水。但是我的整个身体一点没感到风的吹动，空气就像无风的冬夜一样寒冷而静谧。我戴着防护镜，所以用不着等到天黑才下山。整个山面是被厚雪覆盖的一片平滑的大斜坡，看上去没什么凸凹障碍，我背着囊包走"Z"形缓慢下山。沉重的囊包从背上慢慢坠到腰间，就在我收腹挺胸耸肩想把囊必然性提起来时，由于猛烈的失重，脚下站立不稳，一个跟头朝前跌倒。我知道已经无法再站起来，身体正快速往下滑动，于是手脚抱成一团，接着天旋地转向山下滚去。万幸的是，还没掉进雪窝里去。等我醒来，已躺在平整松软的雪地上，我已到了山脚，向上望去，在雪坡中一道深深的条痕通到高处雪雾缥缈的空间。

在山顶时我看了一次表，时间是九点四十六分，此刻再次看表时，指针却指向八点零三分。走下雪线便进入草苔地带，再往下是草地，高寒灌木丛，小树林，接着是一片大森林。穿出森林，树木植物又渐渐稀少，呈现出光秃秃的荒凉的山石、空坝。整个途中，我不时地看表，把心里估计的时间和表上的时间不断加以对照，计算一番后得出了结论：翻过喀隆雪山以后，时间开始出现倒流现象，右手腕上这块精工牌全自动太阳能电子表从月份数字到星期日历全向后翻，指针向逆方向运转，速度快于平常的五倍。

越往前走，映入视觉中的自然景象也越来越产生了形的异变：一株株长着卵形叶子、枝干黄白的菩提树，根部像生长在输送带上一样整整齐齐从我跟前缓缓移过。旁边有座古代寺庙的废墟。在一片广阔的大坝上走来一只长着天梯般长脚的大像。它使我想起了萨尔瓦多？达利的《圣安东尼的诱惑》，我小心翼翼避开这一切，加快脚步，并不回头再望一眼。一直走到蒸腾着热气的温泉边才歇息一会儿。我实在太累了，但不敢睡，我知道一旦合上眼皮，将永远长眠不醒了。透过温泉的热气，前面有些不知哪个时代遗弃在这里的金马鞍、弓箭、盔甲、转经筒和法号，还有破布条的黄旗，这里很象是一个古战场。如果我不那么累的话，我会走过去仔细看看，也许能考证出《格萨尔》史诗中所描写的某一战场是在这里。现在我只能坐在一旁远远地观看。这些金属被温泉长时间的高温溶化了，软绵绵摊在那里，失去了视觉上的硬度感，有的已无法辨认出它本身的形状，变成稀释的物质四处流溢，颇有规律地排列组合成像玛雅文字一样难解的符号。起先我怀疑眼这一切物象是由于患上了孤独症而错误地感知外界客体产生形的变异，但马上又排斥了这个想法，因为我大脑的思维是有逻辑性的，记忆力和分析能力都良好。太阳自始至终由东向西，宇宙不管怎样还是在按照自身的规律存在和运动。虽然白昼和黑夜交替出现，但由于手表上的指针继续向反时针方向作快速运行，日历和星期月份牌不断向后翻。这使我心理上产生一种体内生物钟的紊乱，甚至身体出现失重现象。

等我从一个黎明醒来，发现自己睡在一块高大无比的红色巨石下面。我是在一个呈放射型向前延伸的数不清沟壑的汇聚点上。一定是这又凉又潮的寒意把我冻醒了，加上从四处沟底吹来的风更冷得我牙齿打战。我急忙攀上前一面乱石突出的沟壁，探头一看，前面是一望无际的地平线，我已经到了掌纹地。数不清的黑沟像魔扑一样四处伸展，沟壑像是干旱千百年所形成的无法弥合的龟裂地缝，有的沟深不见底。竟然找不到一棵树，一根草。一片蛮荒，它使我想起一部描写核战争电影的最后一个广角镜头：在世界末日的焦土上，一东一西两个男女主人公慢慢抬起头，费力地向对方爬去，最后这两个世界上唯一的幸存者终于爬到一起，拥抱。苦难的眼光。定格。他们将成为又一对亚当和夏娃。

扎妥？桑杰达普的躯体早已被火葬，大概有人在烫手的灰烬中捡到了几块珍宝般的舍利。我的主人公却没有在眼前出现。

"塔——贝！你——在——哪——儿?"我放开声音喊叫，我觉得他走不出这块地方。声音传得很远，却没有一点回音。

不一会儿，我便看见了奇迹：一两公里外的前面出现了一个黑点。我沿着垄沟朝前飞跑，一面喊着我的主人公的名字。等我看清时，惊讶得站住了：是琼！这是我万万没预料到的。

"塔贝要死了。"她哭哭啼啼走过来说。

"他在哪儿?"

琼把我带到她身边的沟底下。塔贝躺在地上，他脸色苍白，憔悴，沉重地呼吸着。沟边长着苔藓的石缝里滴着水，在地上积成个小水洼，琼不停地用腰带蘸一点水，滴在他半张的嘴里。

"先知，我在等待，在领悟，神会启示我的。"塔贝睁眼看着我说。

"他腰上的伤很严重，需要不停地喝水。"琼在我耳边低语。

"你为什么没留在甲村?"我问。

"我为什么要留在甲村呢?"她反问。"我根本没这样想过，他从来没答应我留在什么地方。他把我的心摘去系在自己腰上，离开他我准活不了。"

"不见得。"我说。

"他一直想知道那是什么。"琼指着我身后，我回过头，从沟底往回望去，这是一条笔直的深沟，一直可见到头，前面那座红色巨石正是我昨晚过夜的地方。现在才看清，红色的心脏上刻着一个雪白的"弓"。站在红石下仰起头是无法看见的。"弓"通常是喇嘛念"吗呢叭哄"六字真言一百遍时要喊出的一个音节。它刻在红石上。据我所知，要么，就是此地是神灵鬼怪出没的地方，要么，这里曾埋葬过一位伟人的英灵。在从江孜到帕里的一个名叫曲米新古河边的一块岩石上也刻着这样一个"弓"，那是为纪念一九〇四年为抵抗英国人的侵略在那里献身的藏军首领二代本拉丁而刻的。但这一切，我觉得没有再对塔贝解释的必要。此时此刻，我才发现一个为时过晚的真理，我那些"可爱的弃儿"原来都是被赋予了生命和意志的。我让塔贝和琼从编有号码的牛皮纸袋里走出来，显然是犯了一个不可弥补的错误。为什么我至今还没塑造出一个"新人"的形象来？这更是一个错误。对人物的塑造完成后，他们的一举一动即成客观事实，如果有人责问我在今天这个伟大的时代为什么还允许他们的存在，我将作何回答呢？

怀着最后的一丝侥幸心理，我俯在塔贝耳边，轻声细语地用各种他似乎能理解的道理说服他，使他相信他要寻找的地方是不存在的，就像托马斯？莫尔创造的《乌托邦》，就那么一回事。

晚了，在他生命的最后一刻要让他放弃多少形成的信仰是不可能了。他翻了个身，将脑袋贴在地面。

"塔贝，"我说，"你会好起来的，你等我一会儿，我的东西全放在那边，里面还有些急救药……"

"嘘！"塔贝制止住我，耳朵贴紧冰凉潮湿的地面。"你听！听！"

好半天，我只听见自己心律跳动中出现的一点微弱的杂音。

"扶我上去！我要到上面去！"塔贝坐起身，挥舞着手喊道。

我只得扶起他。琼先爬到沟上面，我在下面托住塔贝，他身体居然很沉。我扛着他，一手小心护着他腰，另一只手扭住锋利突出的岩石块，一点点把他往上托。两只脚踩在外凸的石块上。攀石的那只手被划了一下，先是麻木，接着灼痛，热乎乎的血流了出来，顺着胳膊流到衣袖里。琼趴在上面，伸下两只手夹住了塔贝的胳肢窝。一个在上面拽，一个在下面托，费好大的劲才把他抬上沟来。太阳正要从地平线上升起，东边辉映着一派耀眼的光芒。他贪婪地吸了一口早晨的空气，眼睛警觉地四处搜寻，想要发现什么。

"它说的是什么，先知？我听不懂，快告诉我，你一定听懂了，求求你。"他转过身匍匐在我脚下。他耳朵里接收的信号比我早几分钟，随后我和琼都听见了一种从天上传来的非常真实的声音。我们注意聆听。

"是寺庙屋顶的铜铃声。"琼喊道。

"是教堂的钟声。"我纠正道。

“山崩了，好吓人。”琼说。

“不，这是气势庞大的鼓号乐和千万人的合唱。”我再次纠正道。琼困惑地看我一眼。

“神开始说话了。”塔贝严肃地说。

这次我没敢纠正。是一个男人用英语从扩音器里传来的声音。我怎么也不能告诉他，这是在美国洛杉矶举行的第二十三届奥林匹克运动会的开幕式，电视和广播正通过太空向地球上的每一个角落报送着这一盛会的实况。我终于获得了时间感。手表上的指针和日历全停止了，整个显出的数字告诉我：现在是公元一千九百八十四年七月，北京时间二十九日上午七时三十分。

“这不是神的启示，是人向世界挑战的钟声、号声，还有合唱声，我的孩子。”我只能对他这样讲。

不知他听见没有，或者他什么都明白了。他好像很冷似的蜷缩起身子，闭上眼，跟睡着了一样。我放下塔贝，跪在他身边，为他整理着破烂的衣衫，将他的身体摆成一个弓形，由于我右手上的血沾在了他衣衫上，这使我感到很内疚。是我害了他，也许，这以前我曾不止一次地将我其他的主人公引向死亡的路。是该好好内省一番了。

“现在，只剩下我一个人了。”琼可怜巴巴地说。

“你不会死。琼，你已经经历了苦难的历程，我会慢慢地把你塑造成一个新人的。”我仰面望着她说，我从她纯真的神情中看见了她的希望。

她腰间的皮绳在我鼻子前晃荡。我抓住皮绳，想知道她离家的日子，便顺着顶端第一个结认真地往下数：“五……八……二十五……五十七……九十六。”

数到最后一个结是一百零八个，正好与塔贝手腕上盒珠的颗数相吻合。

这时候，太阳以它气度雍容的仪态冉冉升起，把天空和大地辉映得黄金一般灿烂。

我代替了塔贝，琼跟在我后面，我们一起往回走。时间又从头算起。

逃亡者说

北村

　　他叫许振中，63岁，原是道江镇东阳完小教师，1957年错划为右派，遣送回蚣坝公社蚣坝大队第四生产队劳动改造。"文革"中险遭杀害，落实政策后在杨家公社中学教书。现退休在家赋闲。听说有记者来道县了解"文革"中那场杀人事件，他一连几天守在招待所等我，今天终于与我见到了面。我隐约感到，我在道县的采访活动，是受到严密监视的；而向我反映情况的人则要承受更大的压力，要受到来自各个方面的冷嘲热讽甚至谩骂围攻。许振中全然不顾这些，声泪俱下地与我谈起了那个年代的切身经历。

　　那是一个噩梦般的年代。

　　在那个年代，只要任何一个大队干部或贫下中农说一句话，谁谁要搞掉，他的脑壳准保不住。我因说了几句真话而戴上右派分子的帽子，送回家乡管制劳动，在"文革"那场动乱中，我也是"要搞掉"之列。幸亏我命大，跑得快，才保住这条老命。

　　我们蚣坝大队，是8月24日晚上"开刀"的。

　　那天白天，我在队里割了一天禾，累得腰酸背痛，我本来体质就弱，经不起重体力劳动的劳累，回到家，早早地倒在床上睡着了。我有一个老母亲，八十多岁了，她耳背，平时打雷都听不见。民兵来喊门时，我们都没听见，没有开门。他们喊了一阵，以为我们不在家，就走了。

第二天一大早，我照样去割禾，我割了一行禾后，贫农李发顺挨到我身边，挤了一下我的肩膀，悄悄地对我说："喂，老庚（他与我同年，所以叫我老庚），不晓得你留心没有，今天割禾，有些人没有来了。"经他这么一说，我才注意到平时来得最早的几个"分子"，其实有些是子女，不见了。李发顺接着压低声音告诉我："昨天晚上搞了一夜……我看你要及早打主意才好！"说完，他走到一边去了。

中午回到家，我母亲也听到了杀人的风声了，她对我说："桂兴（我的乳名），一个人死要死个明白，像昨天晚上那样，把人像抓笼鸡那样抓了去，不明不白地埋在窖眼里，太不抵了，你还是快点想办法跑吧，不要让我这白发人为你这黑发人送终。"我听了这话，心如刀割，眼泪直往肚里流。对于老娘，我是有愧的。我们家本来是响当当的下中农，怪就怪我嘴巴上缺个把门的，自己领来一顶"帽子"戴上，自己遭罪不说，还连累老母亲做不起人。昨天晚上，听说是把二十多个"分子"抓了去，押到村后背的钻子岭上，往一口废红薯窖里一推，用稻草点上一把火熏一阵，再用黄土一填，就活埋了。谁个做母亲的愿意自己的儿子遭此厄运呢？我安慰母亲说："放心吧，死生由命，富贵在天，我既然逃过了昨晚那一劫，兴许能有一条活路！"我心里打定了逃跑的主意。

下午，我照样同社员一道出工，不露声色地割禾，扮禾。一边寻找机会逃跑，可是稻田里一望无际，几十名社员都在田里做事，在这么多人的视线下很难有机会逃出去。眼看太阳落山了，快收工时，我趁别人不注意，走到我的一个侄儿许家兴身边，说："蒙古（他的小名）我今天没有力，你先走一步，等会在路上来接我。"同时我给他使眼色，示意我要逃跑，要他注意观察动静。他点点头，领会了我的意思。挨到天黑，我挑起一担湿谷从从容容向村里走去。半路上，家兴迎面走来接过我的担子，对我说："村里暂时没有动静，你快跑吧！"我不顾一切，转身钻进一座茶树山，拼命地向深山里跑去。

我在茶山里躲了一夜，第二天漫无目的地赶路。我慌慌张张心里没个主张，也不知该往哪里跑。我翻过丰村大岭，来到小甲的坝上冲里。连续两天没地地奔跑，我又累又饿，想冒着生命危险到山外去找点东西吃。刚向山外走，恰巧碰到我本家兄弟许振恩，他也是逃出来的。他问我："你到哪里去？"我说："下山弄点吃的。"他说："去不得，山下到处是岗哨，对来路不明的人盘查得很紧，不要去自投罗网。"他身上带了点过鬼节打的糯米粑粑，就分了一点给我吃。我们商量一同躲到江华他妹妹家里去。我们昼伏夜行过了大河，绕过大坪岭公社，到了棉竹江，眼看就要到江华了，不巧碰上了一群民兵搜山，看见了我们，一个民兵对我们开了一枪，把我们冲散了。

我独自一个继续逃命，在山上乱走了一阵，在笋冲园的荒山野岭上睡了一晚。我搂着一抱枞树毛睡在一棵大树下，那滋味，不亲身体验，是怎么想也想象不出来的：寒冷、饥饿、干渴、潮湿、孤独、蚊叮虫咬……还要时时提防毒蛇猛兽的袭击和民兵的搜捕。我实在太累了，纵使环境这样恶劣，我还是迷迷糊糊地睡着了，醒来又继续逃命。

我像梦游者那样，慌不择路地在荆棘和灌木丛中穿行，浑身肌肉生疼，四肢疲惫不堪，荆棘划破了我的皮肤，留下一道道血痕。我都不知道我的身体所服从的是否是我的意志，我像一只被鞭子抽打着的丧家犬，拼命地企图穿越那些无法穿越的深山密林。有时候，我还碰到了野猪和其他野兽留下的脚印。这时候，我非但不害怕，反而产生了一种与其他动物和平共处的亲切感。只是有一种感觉像烙铁一样烙在我的心上总也抹不掉。我总觉得，有人正在追捕我，我看不见他们，却深信不疑他们的存在。一种尖厉的、无孔不入的声音总是在耳边回响。我为此而疲于奔命，我觉得我已经濒临绝境了，一个逃亡者，只有变成野兽才能自卫。他必须完全依靠自己求生的本能，一切听从这个本能的支配，只有这样才有避开危险的可能，才有在深山荒岭中生存下来的可能。一次，我倚在一座土地庙边歇息，土地菩萨早已被红卫兵破四旧打得稀巴烂了，但神龛两边的对联依然清晰可见，上联是：上天言好事，下联是：下地救冤魂。联系这几天来的遭遇，仔细咀嚼这副对联的含义，觉得十分可笑：这尊土地神的口气也实在太大了，他连自己泥塑木雕的金身都保不住，还能救下世上成千上万的冤魂吗？

我终于逃到了江华竹营寨。这时，这里还没有杀人，我到街上剃了头，吃了点东西，临走时带在身上的五元钱和二斤粮票很快就用光了。在这深山瑶寨，举目无亲，吃，靠乞讨，睡，滚野地里的灰厂窝棚。我一下子灰心了，心想，长此下去也不是路，反正打死也是死，饿死也是死，要死不如死在自己家门口去。做个鬼离屋里也近些。我就返身又转回丰村大岭，扯起一根长棒子，戳起一把管草，装作打柴的样子，往回走。在山上，我碰见了地主子弟朱贤后几兄弟，为了壮胆，我与他们结伴同行。其实，我们大家都不晓得往哪里逃才好，只是觉得只有不停地跑才心安。

大约下午两点多钟，大河大队十几个民兵牵着狗，扛着鸟枪、背起马刀、带着号又来搜山了。他们发现了我们，就来追。我躲在柴草中躲过了。朱贤后几兄弟逼得走投无路，就向他们求情，说："我们都是安分守己的本分人，我们往日无冤，近日无仇，何苦硬要抓我们回去杀掉呢！"搜山的民兵说："我们是奉上级的命令，执行任务。"朱贤后见求情告饶不顶用，把心一横，说："反正我们已经到了山穷水尽的地步，你们硬要抓我们，我们就要跟你们拼个鱼死网破。"一句话，把那些民兵唬住了，只好放了他们。民兵们一路吹着号，下山去了。

就这样，我们又冲散了。我呢，白天躲在山上的茅草丛中，晚上藏在石灰窑里。饿了，吃几颗生红薯，渴了，喝口山泉水，足足熬了半个月。到了9月13号，我的身体实在支撑不住了，就偷偷摸摸跑下了山，开始到蚣坝公社金鸡洞大队下河洲我表哥家里。起初，表哥不敢留我，表嫂心好，经表嫂劝说勉强同意我留下来。白天，躲在表嫂房里，晚上在表哥的杂屋里过夜。在表哥家待了一星期，害怕太连累他们，又躲到兴桥公社许家大队我叔父许修德家。因为他屋里是贫下中农，所以还躲得下。农历8月20日，我叔叔家娶媳妇，我被我们大队一个前来吃酒的人发现了，他立即报告我们蚣坝大队派民兵来捉人，我躲在阁楼上的柴堆上才得脱险。后又辗转了几个地方。到十月底，我历尽千辛万苦，才回到县城我那在县妇幼保健站工作的妻子身边。这个时候，47军早已进驻道县，在解放军的保护下，我才保全了一条性命。

我后来了解到，我们这种被追杀得东躲西藏、流落荒山野岭、无处安身的逃亡生活，竟被一些巧舌如簧的人说成是上山为匪、聚众暴乱而广为传播，从而把这一旷古奇冤更加推向极端，我真是欲哭无泪啊！

许振恩，55岁，蚣坝公社丰村洞大队第八生产队人，1950年3月参加教育工作，1959年因出身地主而开除回乡，"文革"中全家七口，除本人侥幸逃脱外，其余妻子蒋兰桂、儿子许家文（14岁）、许家武（12岁）、许家教（10岁）、许家斌（2岁）、女儿许跃进（8岁）全部被杀害。他给我谈起那段往事，老泪纵横。

提起往事，我就禁不住泪如泉涌。

我五零年3月参加教育工作，因家庭出身不好，59岁以莫须有的罪名开除回家。回家后，我任何地方都没有去过，一直老老实实待在家乡参加农业生产。

我原本有个幸福美满的家庭。妻子蒋兰桂，温柔娴淑，膝下四男一女，一个个长得活泼伶俐，逗人喜爱。在六七年那场大变故中，全部惨遭杀戮，只有我只身一人逃出虎口。

记得8月26日那天下午三四点钟，我由于上午割禾有些疲倦了，倒在屋里床上睡午觉。因为邻近大队杀人的消息已经在我们大队传开，我心里总像有什么事一样，不安。忽然听得一阵打点的钟声，当当当地响个不停。伸头往外一看，只见油榨房那边许多民兵背着鸟铳、梭镖、马刀等武器赶过来了，我预感到大事不好。早两天，我们出身不好的人家已经布置了专人看守。负责看守我家的是位叫黄士贵的贫农。事有凑巧，这时他因肚痛回家去了，或许是借故走开给我一个逃跑的机会也未可知。我也许是命不该死，看到风声不对，觉得要跑了，于是乘机将一双草鞋放在床边，把蚊帐放下来，伪装成我在午睡的样子，只穿一条短裤，抓起一条汗帕，戴上一顶斗笠就要上路。我妻含着眼泪对我说："只要救出你的命来，家里别的事你就不要管了。"她又吩咐大儿子家文送我："给你老子拿个粑粑，拿条裤子，这一去，还不晓得能不能再见面。"我也哽咽地说："你们保重吧。我能活命固然好，逃不出的话死在哪里，你也不要管了。"

大儿子背着背篓追上我，一同从后门跑了出去，上了后面的丰村大岭。我怕孩子跟着我危险，就对他说："儿子，你回去吧，好生带好弟妹。"我太蠢了，太蠢了呀！我只想到他们会杀我，没想到也会杀俫崽们！现在想起来我悔之不尽啊！要是家文跟着我！兴许还不会死。是我叫他回去送死的呀！（说到这里许振恩号啕大哭起来，那种男子汉捶胸顿足地哭，叫人感觉惊心动魄！）

我接过儿子家文送来的粑粑，这是七月半过鬼节做的粑粑，沿着一条上山的小路跑进了山里面。家文下得山去，就被等在家里的民兵促住了。后来我听说，民兵到我屋里来抓人时，我十二岁的小儿子家武，本来躲在猪栏里，身上用稻草盖了，可是因为怕，吓得发抖，还是被发现抓了去。我的妻子和五个儿女被李耀保、李跃余几个凶手用绳子牵着，押到村子后面的烂泥塘，那里有一个探井坑，有四五丈深，两米见方，是当年探矿的废井槽，一梭镖一个戳了下去。他们把人推下去后，就用稻草点燃了，丢下去烧，烧得坑里的人一片惨叫。我们大队共丢了十六个人下井，我家就占了六个。听人说，我有个儿子当时没被烧死，几天后还有人听到他在探井坑里的哭声……

　　……我在丰村岭上与振中哥被冲散后，逢山过山，逢水过水，走了一天一晚，到了江华小墟金田村我妹妹家。当时，他们那里未杀人，也没听到杀人的消息。我妹夫家出身也不好，我害怕连累他们，有话不敢说，有泪不敢流。妹妹看我的神色不对，连连追问我："出了什么事？出了什么事？"我经不起她再三追问，哭着对他说："我们那里杀人了，出身不好的人家都要杀！我是逃出来的，你嫂子和几个侄儿侄女可能都已经被杀死了，我也不晓得死到哪一天。今天我是特意来和你见个面，以后恐怕就再也见不到了。"我妹妹听了，失声痛哭起来，我说："你不要哭，多保重。我在这里对你怕是有妨碍，我还是离开这里的好。"说完我就要走，我妹妹听了我的话，哭得更伤心了，她不准我走："你回去，不是去送死吗？"我说："别人知道你是我妹妹，会派人来搜查，不但救不了我，还害得你家遭殃。"她从家里拿了一块两毛钱塞在我手里，哭哭啼啼送了我好远。

　　离开妹妹家，我左思右想，无路可走，真有"茫茫人海中，何处是乡关"的感觉，我感到绝望了。我多年没有出过远门，又不晓得外面的情况，越在外面流落，越感到困难重重，越感到悲观失望。想来想去，只有回道县，死在那里算了。我想，到了道县，我就到公安局投案，要求坐牢，即使坐牢也比现在这样四处逃窜强。

　　于是，我折转方向，沿着雾江水库一直往回走。沿途岗哨十分严密，见了行人要盘查，没有路条就抓起来。岗哨一般都设立在车站码头，主要交通路口。我翻山越岭，见人就躲，见岗哨就弯路。一路上是说不完的艰险……走了好几天，好不容易走到了离县城只有几里路的地方了。靠近县城，岗哨更密，查问得也更紧，对空着两手的人特别注意，我一看这一关不好过，心里直发怵。正在不知如何是好时，忽然看见一位老人挑起一担红辣椒到县城去卖。我急中生智，连忙跑过去对他说："老伯，你挑这么大一担辣椒上城里卖呀？我来给你挑吧！"他说："那怎么要得呢？"我说："那有什么要不得的，学习雷锋嘛。"不等他答应，我把担子抢了过来，并且把秤杆让老人家拿着，装作一起进城卖菜的，闯过了最后一关，一直进了道江镇。

道江镇的气氛仍然紧张。二中的大门闭得紧紧的，不准人进去。对面的空坪上，就是现在的汽车站那里，搭了个厂棚，铺了些稻草，专门收容从全县各地逃亡而来的地富及子女，有二十来个人。我也在里面住了下来。这时，47军的部属6950部队已经进驻了道县城。我们每天到武装部排队领两餐饭吃。后来，人员越来越多，部队负担不起了，动员我们回乡去，说已经下了通知，下面不得杀人了。可是我们一个个都被吓破了胆，谁也不敢回去。每天都守在武装部门口等饭吃。有时，二中也打开铁门，用箩筐送些饭来给我们吃。我在那里住了五天，到第六天，去零陵的车路通了。道县集中十九部车，运送因公路阻断积压在县城的旅客去零陵。每部车上派两名解放军护送，前座一个，后座一个。我们这些逃亡者也跟着混上了车。其实，当时我们一副落魄相，谁见了都能猜到我们是些什么人。毕竟天下还是好人多，旅客们都同情我们，不赶我们下车。

车子从道江镇出发，经过十里桥时，被"红联"的武装民兵拦住了。命令我们全体下车，要逐个检查。车上的解放军坚决不答应。他们说："凡是车上的人，我们在道县都已经检查过了，有什么问题我们负责，请你们放行。"民兵见解放军态度强硬，只得开了卡子放行。

就这样，我跟着车子到了零陵。虽然当时零陵战斗也搞得很凶，气氛照例十分紧张。但至少我们不参与他们的派性斗争，生命安全是有保障的。零陵也没有人肯收容我们，只好自己找活路。正好我碰到一些做手艺的人，我就跟他们去了湖北。在那里学砌匠、烧砖瓦、打零工，什么能糊口就干什么……直到1969年才又回到了家乡。后来，我在零陵富家桥跟一个叫莫桂香的女人结了婚，回到家乡蚣坝公社后，还遭到了一些极左思想严重的人挂黑牌、游乡、批斗，这是后话。

十一届三中全会以后，党组织落实了我的政策，恢复了我的工作，现在我在公社中心小学搞总务工作。在那场噩梦般的大屠杀中，我家被杀死六人，抄查了全部家产。处遗工作组按照政策给我家补了900元丧葬费，1400元家产损失，我感谢党、感谢政府。

可是时至今日，那些肆意践踏法律、杀害无辜，直接操刀的凶手们，不但未受到法律应有的制裁，就连最起码的良心自责都没有，更有甚者，个别凶手还洋洋自得地说："就是这样搞了也没有咬脱我的屌屌。"我为这些人气愤，也为这些人悲哀。

你别无选择

刘索拉

一

李鸣已经不止一次想过退学这件事了。

有才能，有气质，富于乐感。这是一位老师对他的评语。可他就是想退学。

上午来上课的讲师精神饱满，滔滔不绝，黑板上画满了音符。所有的人都神情紧张，生怕听漏一句。这位女讲师还有一手厉害的招数就是突然提问。如果你走神了，她准会突然说："李鸣，你回答一下。"

李鸣站起来。

"请你说一下，这道题的十七度三重对位怎么做?"

"……"

"你没听讲，好，马力你说吧。"

于是李鸣站着，等马力结巴着回答完了，在一片莫名其妙的肃静中，李鸣带着满脸的歉意坐下了。他仔细注意过女讲师的眼睛，她边讲课边不停地注意每个人的表情。一旦出现了走神的人，她无一漏网地会叫你站起来而坐不下去。

有时李鸣真想走走神，可有点儿怕她。所有的讲师教授中，他最怕她。他只有在听她的课和做她布置的习题时才认真点儿。因为他在做习题时时常会想起她那对眼睛。结果，他这门功课学得最扎实。马力也是。他旷所有人的课，可唯独这门课他不敢不来。

自从李鸣打定主意退学后，他索性常躲在宿舍里画画，或者拿上速写本在课堂上画几位先生的面孔。画面孔这事很有趣，每位先生的面孔都有好多"事情"。画了这位的一二三四，再凭想象填上五六七八。不到几天，每位先生都画遍了，唯独没画上女讲师。然后，他开始画同学。同学的脸远没先生的生动，全那么年轻，光光的，连五六七八都想象不出来。最后他想出办法，只用单线画一张脸两个鼻孔，就贴在教室学术讨论专栏上，让大家互相猜吧。

马力干的事更没意思，他总是爱把所有买的书籍都登上书号，还认真地画上个马力私人藏书的印章，像学校图书馆一样还附着借书卡。为了这件事，他每天得花上两个钟头，他不停地购买书籍，还打了个书柜，一个写字台，把琴房布置得像过家家。可每次上课他都睡觉，他有这样的本事，拿着讲义好像在读，头一动不动，竟然一会儿就能鼾声大作。

宿舍里夜晚十二点以前是没有人回来的。全在琴房里用功。等十二点过后，大家陆陆续续回到宿舍，就开始了一天最轻松的时间。可马力一到这时早已进入梦乡。他不喜欢熬夜，即使屋里人喊破天，他还是照睡不误。李鸣老觉得会突然睡死掉，所以在十二点钟以后老把他推醒。

"马力！马力！"

马力腾的一下坐起，眼睛还没睁开。李鸣松了口气，扔下他和别人聊天去了。

"今天的题你做完了吗?"

"没有。太多了。"

"见鬼了，留那么多作业要了咱们老命了。"

"又要期中考试了。"

"十三门。"

"我已经得了腱鞘炎。"同屋的小个子把手一伸，垂下手背，手背上鼓出一个大包。

马力对什么都无动于衷，他从不开口，除了他的本科——作曲得八十分，别的科目都是"中"。

李鸣跑到王教授那儿请教关于退学问题的头天晚上，突然发生了地震。全宿舍楼的人都跑出站在操场上。有人穿着裤衩，有人披着毛巾被。女生们躲在一个黑角落里叽叽喳喳，生怕被男生看见，可又生怕人家不知道她们在这里。据说声乐系有两个女生到现在还在宿舍里找合适的衣服，说是死也要个体面。站在操场上的人都等再震一下，可站了半天，什么事也没发生。后来才知道，根本没地震，不知是谁看见窗外红光一闪，就高喊了一声地震，于是大家都跑了出来。

第二天，李鸣就到王教授那儿向他请教是否可以退学。王教授是全院公认的"神经病"，他精通几国语言，搞了几百项发明，涉及十几门学问，一口气兼了无数个部门的职称。他给五线谱多加了一根线，把钢琴键重新排了一次队，把每个音都用开平方证实了。这种发明把所有人都能气疯。李鸣最崇拜的就算王教授了。尽管听不懂他说的话，也还是爱听。

"嗯。"

"我不学了。我得承认我不是这份材料。"

"嗯。"

"就这样，我得退学。"

"嗯。"

"别人以为自己是什么就是什么，我以为我不行。"

"嗯。"

"也许我干别的更合适。"

"嗯。"

"我去打报告。"

"嗯。"

李鸣站起来，王教授也站起来：

"你老老实实学习去吧，傻瓜。你别无选择，只有作曲。"

二

现在唯一的事情就只好是做题。无数道习题，不做也得做。李鸣只做上两分钟，就想去上厕所或者喝水。更多的时候是找旁边235琴房管弦系的女孩站在236琴房门口聊天。边聊天那女孩边让弓子和琴弦发出种种噪音，气得263琴房的石白猛砸钢琴。

和石白，李鸣永远也处不好。一道和声题要做六遍，得出六种结果。他已经把一本"和声学"学了七年，可他的和声用在作曲上听起来像大便干燥。但在课上老师要是讲错了半个字，他都能引经据典地反驳一气。

"不对，老师。在275页上是这样说的……"他站起来说。

这时同班的女生就会咳嗽，打喷嚏。

"我不愿和你们这些人在一起。"石白对所有的人说。他不参加任何活动，碰上人家在那儿"撞拐"，他就站在一旁拉小提琴。他学了十五年琴，可还走调。

"你得像个作曲家！"他对小个子说，"作曲家要有风度，比方说吧……"

连个儿都没长全的小个子只能缩缩肩膀从他的眼皮下溜走。要是玩起"撞拐"来，小个子还老占大家上风。

石白对"撞拐"这事气得嘴唇直哆嗦。他在一首自作的钢琴曲谱旁边注上"这首乐曲表达了人生的最高理想境界。"这结果就是使一个作曲系的女生写了同样长短的一首钢琴曲来描写石白，一连串不均等节奏和不谐和音。这曲子在全系演奏，所有人都听得出来它说的是什么。

李鸣住的宿舍是一间房子四个人。屋子里有发的存衣柜、写字台和钢琴，还有马力自己打的家具，弄得宿舍里不能同时站四个人。原来石白和他们一个宿舍，后来石白申请到理论系睡觉去了，因为理论系的人到了夜里两点谈话的内容仍是引经据典。这使他觉得脱了俗。于是指挥系的聂风搬进李鸣宿舍，他以一种与作曲系迥然不同的风度出现在这间屋里，头发烫成蓬松的花卷，衬衣雪白，胸脯笔挺。随着他的到来，女孩子就来了。本来四个人已站不下的屋子，现在要装八个人不止。一到晚上，全宿舍的人自动撤出，供聂风指挥女孩子们的重奏小组用。从此，晚上十二点以后回到宿舍，大家都能闻见女孩子们留下的满屋香气。

隔壁的四个全是作曲系的。戴齐钢琴弹得出众，人长得修长苍白，作品中流露出肖邦的气质，可女孩们爱管他叫"妹妹"。留了大鸟窝式长发的森森，头发永远不肯趴在头上，就像他这个人一样。他不洗衣裳不洗澡，有次钢琴课上把钢琴老师熏得憋气五分钟。那是个和蔼的教授老太太，终于她命令森森脱下衣服，光着膀子离开琴房。一个星期后，管邮件的女生收到一个给森森的包裹，当众让他打开一看，是那件脱给老太太的衬衣，已经洗得干干净净，连扣子也钉上了。有个女生当场说，为这事，如果全世界只剩下森森一个男人，她也不会理他。森森当场反驳说，如果全世界只剩下他和她，他就干脆自杀。

三

李鸣一人躲在宿舍里，不打算再去琴房了，他宁可睡在被窝里看小说，也不愿到琴房去听满楼道的轰鸣。琴房发出的噪音有时比机器噪音还可怕。即使你躲在宿舍里，它们照样还能传过来，搅得你六神无主。刚入学的时候，也不知是哪位用功的大师每天早晨四点起来在操场上吹小号，像起床号似的，害得所有人神经错乱。李鸣甚至有几个星期夜晚即使在梦中仍听见小号声。先是女生打开窗户破口大骂，然后是管弦乐的男生把窗户打开，拿着自己的乐器一齐向楼下操场示威，让全体乐器发出巨大的声响，盖住了那小号。第二天，小号手就不再起床了。可又出现了一个勤奋的钢琴手，他每天早晨五点开始练琴，弹琴和弦连接时从来不解决，老是让旋律在"7"音上停止，搞得人更别扭。终于有位教授（那时教授还没搬进新居，也住在大楼道里）忍不住了，在弹琴人又停止在"7"音上时，他探出脑袋冲着那琴房大吼了一声"1–"，把"7"解决了。所有人的感觉才算一块石头落了地。

李鸣把不去琴房看成神仙过的日子，他躺在被子里拿着一本小说。

"喂，哥们儿，借琴练练。"森森推开门，大摇大摆走到钢琴那儿，打开琴盖就弹。

"你没琴房？"

"没空。我要改主科。"

"少出声。"

"知道。"

可是森森不仅没少出声，而且他的作品里几乎就没有一个和弦是协和的，一大群不协和和弦发出巨大的音响和强烈的不规律节奏，震得李鸣把头埋在被子里，屁股撅起来冲天，趴了足有半小时，最后终于把头从被子里伸出来：

"行行好吧。"

"最后四小节，最后四小节。"

"我已经神经错乱了。"

"因为我在所有的九和弦上又叠了一个七和弦。"

"为什么？"

"妈的力度。"森森得意扬扬。他说完就用力地砸他的和弦，一会儿在最高音区，一会儿在最低音区，一会儿在中音区，不停地砸键盘，似乎无止无休了。李鸣看着他的背影，想拿个什么东西照他脑后来一下，他就不会这么吵人了。

"妈的力度。"森森砸出一个和弦，"还不够。我发现有调性的旋律远远不如无调性的张力大。"

"你的张力就够大了，我已经变成乌龟了。"

森森看着被子里的李鸣大笑："你干吗要睡觉？"

"我讨厌你们。"

"你小子少不务正业。"

"你把十二个音同时按下去非说那是个和弦，那算什么务正？"

"我讨厌三和弦。"

"可你总不能让所有的人听了你的作品都精神分裂吧？"

"我不想，可他们要分裂我也没办法。但我的作品一定得有力度。不是先生说的那种力度，是我自己的力度，我自己的风格。"说完他又砸出一串和弦。

李鸣了解森森，他想干什么谁也阻挡不了。不像孟野。孟野的才气不在森森之下，可一天到晚让女朋友缠住不放。经常莫名其妙地失踪好几天。有几次都是面临考试时失踪的。孟野也长得太出众了点儿，浓密的黑发和卷曲的胡子，脉脉含情的眼睛老给人一种错觉，由此惹得女生们合影时总爱拉上他，被他女朋友发觉免不了要闹个翻天覆地。有一次那姑娘追到学校把孟野大骂了一顿，然后哭着跑到街上，半夜不归，害得作曲系女生全体出动去找她。她坐在电线杆子底下，扭动着肩膀，死活不肯回去。最后还是李鸣叫马力戴上保卫组的红袖章，走过去问："同志，你是哪儿的？"她才一下子从地上站起，跟着大家回去了。

"你这讨厌鬼。"李鸣对森森骂道。森森砸完最后一节和弦，晃着肩膀走了。他一开门，从外面传来一声震天的巨响，那是管弦系在排练孟野作品中的一个高潮。

每次作曲系的汇报演出，都能在院里引起不小的骚动。教十个作曲系的主科教授只有两位，一位是大谈风纪问题的贾教授，一位是才思敏捷的金教授。贾教授平时不苟言笑，假如他冲你笑一下，准会把你吓一跳。他的生活似乎只有一件事情就是讲学。他从不作曲，就像他从不穿新衣服，偶尔作出来的曲调也平庸无奇，就像他即使穿上件新衣服也还是深蓝涤卡中山装一样。但所有人都得承认他的教学能力，循序渐进，严谨有条，无一人可比。但在有些作曲系学生眼里，贾教授除了严谨的教学和埋头研究古典音乐之外，剩下的时间就是全力以赴攻击金教授。金教授太不注意"风纪"，一把年纪的人总爱穿灯芯绒猎装，劳动布的工裤，有时甚至还散发出一股法国香水的味道。以前他在上大课时总爱放一把花生米在讲台上，说几句就往嘴里扔一颗，自从他无意中扔进一颗粉笔头之后。就再也没看见他吃过花生米了。

金教授在讲课时，几乎不会慷慨陈词，老是懒洋洋地弹着钢琴。如果你体会不到他手下的暗示，你就永远也不明白他讲的是什么。随便几个音符的动机他都能随意弹成各种风格的作品，但他懒得讲，有时自己一弹起来，就谁也不理了。马力是贾教授的学生，有次破天荒跑到金教授班上听课，结果什么也没听懂，打了个长长的呵欠。金教授腾地从琴凳上站起来，冲马力鞠了个躬，笑着说："祝您健康。"然后又坐下去弹起琴来。从此马力就不爱在贾教授班上听课了。

每次作曲系学生汇报会，实际也是这两位教授的成就较量。自从金教授的学生在一次汇报会上演出了几首无调性的小调后，贾教授大动肝火，随即要给全体作曲系学生讲一次关于文艺要走什么方向的问题。开会的事情是让李鸣去通知的，李鸣本来连学也要退的，更不愿开什么会，于是，在黑板上写了一个通知，即某日某时团支部与学生会组织游园，请届时参加，等等。于是害得贾教授在教室里等了学生一下午，又无法与团支部学生抗争。

为了弥补这次会议，贾教授呼吁全体作曲系教员要开展对学生从生活到学习的一切正统教育，不仅作品分析课绝不能沾二十世纪作品的边儿，连文学作品讲座也取消了卡夫卡。同时，体育课的剑术多加了一套，可能是为了逻辑思维，长跑距离又加了三圈，为了消耗过剩的精力。搞得男生们脸色蜡黄，女生们唉声叹气，系里有名的"懵懂"——因为她能连着睡三天不起床，中间只起来两次吃饭，两次上厕所——自从贾教授的体育运动开展后，躺在床上大叫"我宁可去劳改！"

李鸣先撕了一本作业，然后去找王教授。

"没劲，没劲。"他边说边在纸上画小人。

"你为什么不学学孟野？你听过亨德米特的《宇宙的谐和》吗？"

李鸣走回去把作业本又拼起来了。

孟野这疯子，门门功课都是五分，可就是不照规章办事。他的作品里充满了疯狂的想法，一种永远渴望超越自身的永不满足的追求。音程的不协和状态连本系的同学都难接受。可金教授还是喜欢他。

"孟野的结构感好，分寸把握好。"金教授对"懵懂"说，"所以他可以这么写，你不行。"

"懵懂"正想模仿孟野，也写个现代化作品。

孟野一说起自己的作品来就滔滔不绝，得意非常。长手指挥上挥下，好像他正在指挥一个乐队。有时他的作品让弦乐的音响笔直地穿过人们的思维，然后让铜管像炸弹似的炸开，打击乐像浓烟一样剧烈地滚动。这可以使乐队和听众都手舞足蹈。而李鸣却不考虑乐队和听众对自己作品的看法，他只想着写完了就算解放了。

"这地方和声是不是这样？"圆号手问。

"什么和声？"李鸣在自己谱子上根本找不到圆号手吹的是哪儿，他早走神了，"随你便吧，管它呢。"

于是圆号手和长号手吹的不在一个和弦里，演奏完了，竟有人说李鸣也搞现代派。

"你们把握不住就不要这样写，"金教授说，"孟野的基本功好。"

孟野用手指勾住大提琴的弦，猛然拨出几个单音，然后把弦推进去、拉出来。又用手掌猛拍几下琴板，突然从喉咙里发出一种非人的喊叫。森森大叫："妈的力度！"然后把两只手全按在钢琴键上，李鸣捂着耳朵钻进被窝。

楼道里充满了孟野像狼一样的号叫。

宇宙的谐和。疯了。李鸣想。

四

李鸣觉得董客这人，踏实得叫人难受。可因为孟野和森森太疯，他只好去找董客聊天，但在董客眼里，李鸣也是不正常，他竟然放着现成的大学不愿上。

"请坐，please。"董客彬彬有礼地让李鸣。好像他身后有一张沙发。

李鸣坐在床上。董客端上一小杯咖啡。他这人很讲究，尽管脚臭味经常在教室里散发。咖啡杯是深棕色的，谁也弄不清它到底有多卫生，李鸣闭着眼把咖啡吞下去。

"西方现代化哲学的思维是非客观与主观形式的相交。"董客老爱说这种驴头不对马嘴的话，他一张嘴就让人后悔来找他，"和声变体功能对位的转换法则应用于……"

李鸣想站起来，他觉得自己走进一个大骗局里了。

"人生的世故在于自己的演变，不要学那些愚昧的狂人，你必须为自己准备一块海绵，恐怕你老婆也愿意你是个硕士。"

李鸣站起来就走。董客为他打开门："please。"

关于创作方向问题的会议到底还是开了。贾教授特地请来团支部书记和学生会主席。这个专题讨论会要每星期开一次。这使学生每星期失去一个晚上做习题，所以大多数人都拿着作业来讨论。照例是先让贾教授讲两小时的话，讲的是什么谁也不知道。下面的笔在唰唰响，教室的秩序极好。可紧接着团支书做了一个提议，建议开始自由发言，并请贾教授回去休息由他来主持会议。贾教授只好摆摆手，坐到后面墙角处去了。团支书是管弦系的乐队队长，他说的第一个问题是关于在排练时作曲系男生冲乐队女生挤眼睛的问题。

"这样就会分散她们的注意力，不去看指挥。"

作曲系的男生大来情绪。

"谁呀？"

"让我去当指挥不就解决问题了？"

"什么？"

"你们管弦系女生压根就不想好好给我们排练。"

"我的竖琴手说反正是不协和和弦，怎么弹都是对的。她就从来不照谱子弹。"

"管弦系的小姐呀，难伺候。"

"还要我们怎么样？"

"娶过来？"

"你？"

贾教授已经坐不住了。

董客突然说了一句：

"人生像沉沦的音符永远不知道它的底细与音值。"

大家一齐回头冲他看，但谁也不知道他要说什么。

"假如，"董客接着说下去，"三和弦的共振是消失在时空里只引起一个微妙的和弦幻想，假如你松开踏板你就找不到中断的思维与音程延续像生命断裂，假如开平方你得出一系列错误的音程平方根并以主观的形象使平方根无止境地演化，试想序列音乐中的逻辑是否可以把你的生命延续到理性机械化阶段与你日常思维产生抗衡与缓解并产生新的并非高度的高度并且你永远忘却了死亡与生存的逻辑还保持了幻想把思维牢牢困在一个无限与有限的机合中你永远也要追求并弄清你并且弄不清与追不到的还是要追求与弄清……"

贾教授大喊一声："好了！"他的长手臂向前伸出来，有点儿哆嗦，"你们的讨论就到这儿。"他走到讲台前，眼神变得游移不定。他提出一道思考题：试想二十世纪以来搞现代派作曲的人物有哪个是革命的？

大家谁也没说话。等散了会，森森大声在楼道里唱了一声："勋-伯-格！"贾教授回头看了一眼。他又喊了一声"勋伯格"然后手舞足蹈地大叫："I cannot remember everything! I must have been unonscious of the time……"

"全疯了。"马力嘟囔着。

"干吗他们要缠住创作方式问题争执不休？"

"这事还是挺有意思。"

"真的？"

"全部意义就是拖延时间。"

"最好是不想。"

"你说到底有什么意思？"

"你真想抽烟？"

"想戒戒不掉。"

"愁什么？写不出教书。"

"唉……"

"他们干吗要缠住创作方式问题争执不休？"

"还不明白？不干这个还干什么？"

五

戴齐的钢琴确实弹得太好了。他可以不像别人那样，每天必练两小时琴，一学期参加两次钢琴考试。可他并不能因此轻松，即使不练琴，各门功课的作业堆在桌上，好像永远也做不完。他把作业放在左边，做完的放在右边，还没等左边的都到右边去，右边的已经又变成了左边的。为此他经常看聂风带着管弦系女孩子排四重奏，更喜欢把自己写的协奏曲拿去和小提琴手姑娘们协奏一番。他喜欢凑到姑娘堆里，因为在男生那儿他老占不了上风。

"你不灵，小个子，像个小爬虫似的。"他在食堂里和小个子开玩笑。食堂是最开心的地方，男女生凑在一桌上吃饭，是该出风头的时候。小个子一下急了："有能耐出去！操场上见！"戴齐一下子不作声，低头吃起饭来。

他的气质不适合和男生交往。他苍白、清秀、修长的手指可以和女性的手指媲美，鼻梁挺直，端正的嘴唇说起话来快得像个女人。只要一下课，他必得走到钢琴前弹奏一段什么，假如是弹他自己的作品，肯定会使人赞叹不已，而假如他弹个什么名作，则就会蹦出个女生和他较量。这也是作曲系的女生，外号叫"猫"。因为只要她不愿做习题就像猫一样喵喵叫。"猫"和戴齐的较量是古典音乐和爵士音乐的较量。"猫"把戴齐从琴凳上挤下来，把他刚弹过的曲子改成爵士，一开始弹，"懵懂"就从座位上蹦起来，边跳边笑。只有在听爵士的时候她不想睡觉。

这个班上有三个女生，已经把全班搅得不亦乐乎。为此，后面几届的作曲班就再也没招进女生。主要是贾教授大为头疼。风纪、风化，都被这三个女生搅了。"猫"是个娇滴滴女孩，动不动就能当着所有人咧开嘴大哭，哭起来像个幼儿园的孩子一样肆无忌惮。这使老师也拿她没办法。遇到她做不好的习题，她把肩膀一扭，冲老师傻呵呵地咧嘴一笑老师就放她过关了。"懵懂"一天到晚只想睡觉。她能很快弄懂老师讲的，又能很快把它们忘掉，她当天听，就得当天做题，还得当天给老师改，否则过了几天，她就会否认这道题是自己做的。你再告诉她对错都是白搭，她早忘了准则。

一次，"懵懂"去上金教授的个别课。整整两小时，金教授在改她的作品，她一句话没听进去。下了课她走出课堂，冲着等在外面的"猫"说"今天金教授洒了那么多香水"，就回去睡觉了。"猫"夹着谱子走进教室，金教授又埋头修改她的作品，"猫"把头凑过去闻了闻金教授身上的香水，正好教授一抬头，吓得"猫"冲着教授"喵"的一声。"你这里写得好，音响丰满。"金教授一本正经地说。"当然，那是森森帮我写的。"过后"猫"对李鸣说。

第三个女生是女生中的楷模，由此得了个"时间"的封号。她精确非常，每天早晨六点铃声一响，腾地就从床上坐起来，中午和晚上无论那两个人说什么她都能马上入睡。"这家伙简直是机器！""猫"对"懵懂"说。"嘘！她能听见。""她早睡着了。""你们在骂我。""时间"嘟囔了一声。

她认真做所有课程的笔记，连开一次班会也要掏出本来。没有一本功课她不认真。作曲系的学生通常是同时开十门课，她则是连运动会也要拿个名次。本来这样的女生是不会使贾教授后悔的，但当同时有两个男生追求"时间"，并且"时间"全不拒绝时，贾教授的气真是不打一处来。

入学一年后，天下大乱。晚上八点钟，李鸣找"时间"谈话，九点钟董客就挤进来把"时间"叫走了。十点钟"时间"回到琴房开始用功。十一点钟，查夜的保卫组来了，勒令所有人都回宿舍睡觉，只见"猫"蹭地一下从琴房窜出来，咔嚓一声，把琴房锁了。等保卫组走后，又打开锁溜了进去，那里面坐着森森。

至于孟野因为和"懵懂"跳了一场舞，被人拍了照拿回家去，招惹出的麻烦已经使人啼笑皆非。

贾教授几乎对这个班的学生感到绝望。但他不能表示出无能，他得管，可又一点儿办法没有。他既说不出办法，又觉得绝望，这使他的脸变得乌黑。他的衣服穿得更破，到后来两个裤腿已经不一样长了。可还是一点儿办法也没想出来。

六

石白对这些人与贾教授无形的对抗又气又恼。他凭直觉认为贾教授是无所不知的圣人。并且他学了七年的和声学，假如在作品中去打破它，不是成心和自己过不去？巴哈的赋格他从来没背下来过，即使考核时他也总不得已地照谱子弹，为此被减了很多分。但那是圣经中的圣经，是不可企及的，既然不可企及，就不要多想。人家已经干过了不可企及的事，你就不要想再去干什么新的了，你再干也是白费，也超不过巴哈。超不过巴哈你就成不了大师，成不了大师你就超不过巴哈。超不过巴哈你就只有惭愧，你只有惭愧但不能超过巴哈。石白觉得自己对这些问题理解得比森森孟野透彻得多。争执是无聊的，所谓"创新"也毫无意义。你认为的创新不过是西方玩儿剩下的东西，玩儿剩下的再玩儿就未免太可笑，玩儿没玩儿过的又玩儿不出来，不如去背巴哈，反正模仿巴哈不会受到方向性抨击。

石白是个心跳本不剧烈但每天去追求剧烈心跳的天才。谁都说他呆，但他对音乐的任何一本理论书都狂热地崇拜。他对音乐的狂热似乎全球无一人可比，他从不迈出琴房去做无意义的聊天，但他每门成绩都勉强得"良＋"或"良－"。他既不参加班会也不参加任何活动，更不去无目的地游山玩水，即便看完一场电影，坐在食堂里，他也要神情严肃地和你讨论电影的主题展开、时代背景、作家生辰、演员技巧。他在这方面的知识少得可怜，但说起来又字字铿锵有力。那股认真劲只能使人毛骨悚然。

他除了音乐书，别的什么书也不看，但每部作品前又都要加上文学语言注释。李鸣每次看到他那么苍白消瘦地追求狂热，都禁不住要可怜他。

那次钢琴考试他又得了四分，大概又是因为背不下巴哈。他大为恼火，问李鸣为什么他得了四分而李鸣不常练琴却能得五分？这问题让"懵懂"帮着解答了。在下一次钢琴考试前，她带着他去逛了四个美术馆，看了十个当代最新画展。第二天他满怀激情与信心地走进钢琴考场，结果又得了个四分。为这事，他发誓再不与"懵懂"打交道。

小个子对他的行为大为诧异："你怎么能这样？"他们那时是在去"采风"的路上，搜集民歌并游览名胜。

"别管我。"石白只是看着自己的游览图，把上面的名胜用笔圈起来，每走到一个地方，不管刮风下雨，掏出照相机就照，甚至连光圈距离都不调。

"难道不是名胜，再好看的风景也不照了？"小个子怒气冲冲，他没带相机，指望着和石白一起照相。

"别废话，你懂个屁。"石白嚓的一声按动快门，然后用笔在游览图的某一个圈上又打了一个对勾。

"你简直是胡闹。"小个子嘟嘟囔囔，"这个人真怪，天下第一白痴。"

"你才是白痴，只知道浪费胶卷。"

小个子气得直跺脚。当游艇在一个著名的河上开时，石白根本无兴致和大家说笑。河两边的名胜与讲解员的滔滔不绝，使他无暇顾及天空和脚下，只是抬眼看看岸边，又低头写下讲解员的话，然后匆匆看一眼游览图上的圈，打个对勾。

为此，有个叫莉莉的小提琴手爱上了他。说他从身上能闻到一股神圣的气味。并且据说石白长得有点儿像聂耳，不过可能比聂耳要高十几公分。

莉莉长得像个运动员，肩宽腰细，两腿细长笔直。整天穿着一双回力鞋，没有什么事她不敢干。她常常夜里十二点钟从学院的高围墙上翻下来，偷偷溜回宿舍，或者晚上在阳台上只穿着胸罩短裤练习体操。那个阳台设在女生宿舍与琴房之间，因此总有男生要路过。每当男生走来，她就用浴巾围住身体，只露出个瘦瘦的肩膀和长长的细腿，站在那儿一动不动。到了夏天，她的裙子短得不能再短，有时在琴房就索性只穿胸罩和短裤练琴。

她和石白的相识也是从这儿开始的。那是个炎热的夏天中午，莉莉正穿着她的"三点式"练琴，没锁门，门突然被石白推开了。石白和莉莉是一个琴房的，他是来取谱子，结果被吓了一大跳，连忙退了出去。莉莉想他反正不会再回来，就接着拉琴，没想到石白又把门推开，恭敬地说了声"对不起"，然后飞快地缩回脑袋把门关上。气得莉莉冲着门连踢了两脚，大骂"傻瓜蛋！"

事后只要一提此事，石白就推推眼睛，连连给她鞠躬。

自从他们成了朋友，莉莉总是说："陪我出去玩儿玩儿吧。"

"我没时间，真的。"石白央求她，"我快考试了。"

石白不愿去陪莉莉，但愿意让莉莉陪着他，可又不许莉莉出声。搞得莉莉觉得很窝囊。一次，他让莉莉给他试奏他的小提琴曲，莉莉为了让他在视觉上也满意，特意穿着演出服，一身黑色的长裙和高跟鞋来为他试奏。搞得石白只顾看她站在那儿边拉琴边摇头晃脑地自我表现，根本没听清楚自己的作品。石白一肚子气恼，把眼睛捂住。

"为什么不看着我？"莉莉问。

"你为什么要穿这么一身衣服试奏？为什么要穿这么高的鞋子？"石白喊起来。

"这又碍你什么事？"

"碍了！碍了！我听不见我的作品！"

莉莉把高跟鞋一甩，就甩到石白眼前的钢琴键上。然后光着脚哭着跑到操场去了。

"跟他吹了!""懵懂"愤愤不平地看着莉莉,她穿着拖地长裙光着脚站在风里,眼睛都哭肿了。

此后莉莉就把琴房里的所有家当都搬到戴齐的琴房里去了。

七

又要考试了。贾教授当众公布了考试时间、科目,又是十门。一下课,马力就嘟囔了一句"×",从此身上老带着一盒清凉油。

所有人桌上的谱子又高出了一尺。每个人的体重都在下降。脸色由白变成青。早晨的出操成了下地狱,连孟野也停止了洗冷水浴。早晨六点钟,"时间"腾地从床上蹦起,跳到地上,飞快地跑到琴房,然后到天黑也没见出来。"猫"一睁眼,先伸手在钢琴上按了一个"A"音,以校正自己的耳朵,然后大声唱视唱练耳的习题。"懵懂"为了让自己醒过来,闭着眼就把录音机打开了,跟着迪斯科的节奏穿好衣服、洗好脸,可却无论如何不能使习题也跟着节奏走。

全校的学生都在准备考试,琴房里一片嘈杂声,气得作曲系的学生骂声乐系是叫驴,是一群只长膘不长脑子的家伙,而声乐系骂作曲系是发育不全的影子。作曲系学生为了躲开噪声,就找了个僻静的大课堂,作为复习基地,一到晚上大家就躲在这儿。可是不知是谁,在这课堂的黑板上贴了个大大的功能圈。T-S-D。这个功能圈大得足以使全体同学恐惧。李鸣想把它撕了,可小个子拦住不让。小个子跳上讲台,告诉大家,牢记功能圈,你就能创作出世界上最最伟大的作品,世界上最最伟大的作品就离不开这个功能圈。结果谁也不敢把它撕下来,只好天天对着它准备考试。

"当然,你们不要把考试看得过分严重,成绩好坏是小事,重要的是你们掌握了没有。你们在复习上要有所偏重,你的体育再好,也进不了体育学院。"贾教授说。

"可是,体育不达标准,要补考,什么时候及格了,才能通过。你永远不及格,就永远要补考。"体育教员说。

"不懂得文艺理论你算什么艺术家？从第一章背到第二十三章。"

"四十位哲学家的生平及主要观点与十位自然科学哲学家的主要科学成就及基本哲学思想，这就是我们的考试内容。"

"背下所有不规则动词。"

"连〔上鼓下登〕字都不认识，你们还算什么大学生？〔有去二横〕字当什么讲？"

……

晚上，阳台上又多了几个穿"三点式"的姑娘，都在练剑术和拳术。

"背剑术比背谱子还难。"

"难多了。"

"我刚发现我是进了体育学院。"

"不，是北大文科。"

"经济学院。"

"气——贯——丹——田。"

阳台下传来嗒嗒的脚步声和呼哧呼哧的喘息。

"八千米的长跑，跑死他们。""猫"探头看着下面围着楼绕圈子的男生。

"喂，〔有去二横〕字是什么意思？"一个男生抬起头冲她喊。

"喵""猫"尖叫一声把身子缩回去。

"他们太累了。"金教授温和地说。

"可我们作曲系历来就是很累的，否则还叫什么作曲系？英国皇家音乐学院今年根本没有作曲系本科生，就是因为太累。"贾教授骄傲地说。

"那一定要考了？"金教授无可奈何地问。

"一定要考。而且还要严格。"贾教授从眼镜后面盯着金教授。

金教授召集了他的全体学生上大课："要看你们的真本事了。不要用钢琴，当场写出一首三部结构的作品，关于动机的展开，你们要去多分析诸如肖邦、舒曼之类的作品，不要走远了，不要照你们平时的方式写，尤其是你们！"他指指孟野和森森，"至于和声——"

"功能圈。""懵懂"接了一句。

"功能圈？"金教授问。

"功能圈。""猫"说。

"噢，对，功能圈吧。"

八

真的考试来了，恐慌也就变成了平静。一声不响的平静。所有的人都懒得多说一句话，低着头匆匆地走路，脑子飞快地转动。

"噢！什么时候完呀？""猫"在快进考场前伸了个懒腰。

石白赶快捂住耳朵，转过身去。

视唱练耳的考试被一个音乐系的男高音搅了。听写已经考了两小时，和弦都听完了，只剩下最后一条长长的有临时离调的三声部复调，这道题占分最多。这是全体考生最最紧张的时候。可这时，隔壁声乐系教室的门打开了，放出来一个刚考完语文的男高音。他痛痛快快地唱了一句很高很高的"妈——"。这下，作曲系教室里就有好几个人耳朵随着这声"妈"走调了。再也想不起刚才教师在琴上弹的是什么调，再也想不起标准音。甚至有人把这声"妈"也算成了最高声部。

大家希望有哪科教员突然病倒或者是家里着火什么的。结果有个语文教员真让车撞了，但语文考试并没停止，而且换了个更厉害的监考官。为了缓和气氛学校决定拖延考试期，把每科考试的间隔再拉长一点，可这么越拖延，大家越紧张。越紧张，就越希望考试索性快点来临，哪怕在一天里全考完，全不及格也行。准备复习用的小卡片上写满了各科的复习题，已经背得串了行。"懵懂"在艺术理论考卷上写道："有：没有。"

小个子手上的腱鞘炎鼓包又大了。他弹琴的时候总让人以为他手背上有个核桃。他一边弹一边吸冷气，一边弹一边骂娘。终于到了钢琴考试那天，他飞快地弹完肖邦的左手练习曲，这曲子正是那只有腱鞘炎的手当主力。弹完以后，他趴在琴上就不起来了。等考官哄他退场时，他一出门就跑到声乐系的视唱练耳考场外，大声唱了一个"妈——"。

李鸣在民族戏曲考场上，刚摇头晃脑地唱完："李白斗酒……酒中仙……"没等老师点头，他就匆匆跑到操场上，冲着体育老师大叫："来吧，八千米！"于是气喘吁吁地围着楼绕圈子。体育老师还算好说话，天天拿着跑表和剑等在操场上，任何人只要有时间就可随时参加考试。

终于只剩作曲考试一关了。还有一天的时间，可全体作曲系的人都不再去琴房，躺在床上一声不出。只有石白终于跳起来，跑进琴房，砰地关上门，开始分析作品。

"谁能让这整个一天都变成黑夜？"李鸣在被窝里问。

"能"马力爬起来，把一床毯子用钉子钉在窗户上。

"哎呀，天永远不亮就好了。"小个子高兴地叫。

可第二天早晨铃声一响，所有人都迅速跳下床，连早饭都顾不上吃，就跑进琴房，几乎毫无头绪地在那儿分析作品。等考试的铃声一响，"猫"的牙齿已经发出嗒嗒的颤音。"懵懂"过来把她搂在怀里，贾教授见了很奇怪，"她发烧了吗？"

"我也发烧了。""懵懂"的牙也抖起来。

空白的五线纸一拿在手上，李鸣觉得精力集中得全分散了，怎么也不能思考。有张纸上写着五个动机，你可以任意挑一个发展成一首三部结构的作品。他把每一个动机全发展了，可看每一个都不顺眼。他想谨慎行事，可耳朵里全是拥挤的噪音，无论哪个和声都听起来不顺耳。任何一个和弦都可能是错的，谁知道对的标准是什么？他硬着头皮挑了一个动机写下去，写着写着就进了一个混沌的圈套。一个反功能的圈套。他不顾一切地想把功能扭过来，但脑子里却是一团糟。功能圈。功能圈。他想。有人开始抽烟了。他急得直想上厕所。关键在于不知道对错，根本不知道对错。写着写着，他脑袋里开始出现了一个长音，一个总是不变音高，高得不能再高的长音。这长音抹掉了他一系列的构思，他赶也赶不走，抽烟的人越来越多。他把它横着写了八遍，竖着又写了八遍。抽烟的人咳嗽起来。突然他在一瞬间看透了什么他妈的对错。根本无所谓对错，反正你永远也无法让贾教授说对，这样一想，他就心花怒放，浑身轻松，跑到厕所里痛痛快快地撒了一泡尿。

考试一直进行到晚上八点钟，大家才陆陆续续交了卷。这一天除了上厕所、吃饭，谁也没出考场，更不许把作品带出去，以防用琴校对。好歹算是结束了，尤其是谱面写得漂亮的，看着还很得意。

贾教授站在那儿收谱子。一边收谱子，一边通知要走的人："明天八点准时还到这儿来。"

"干什么?"

"再考一次。"

九

第二天的考试内容是根据歌词作曲。"懵懂"一拿到歌词,就失去了全部勇气。那上面写着:"青山绿水小村庄,革命精神大发扬,条条渠水绕山间,金光大道直向前。"并且有好几段。她不知道这到底算是民谣还是诗词,到底用大调还是用小调,到底写着民歌还是宣传歌曲或艺术歌曲?而且还要求配上钢琴伴奏,她看着歌词先发了两个小时的呆,然后写了十种方案,全都难听得要了人的命。

"这是什么东西呀?"一直到晚上,她还拿着那十种方案发呆,"这是个什么破东西呀?!"

"别叫,怎么啦?"马力走过来。

"这十首歌是谁写的?"

"这不是你写的吗?"

"我一辈子也不可能写出这样的破玩意儿。"

"不是你写的是谁写的?"

"我不可能写出这首歌词。不是我。"

"为什么?"

"噢,我写不出来,写不出来!"

"哎呀,女的就是不行,啧啧。"石白不耐烦地跺着脚。

这时考场上已经没几个人了。连贾教授都困得不得不回去睡觉了。临走时他留下话,不写完不许出这屋子,但时间不限。

"你这首写得挺好,把这儿改成这样就行。"马力看看"懵懂"的谱子。

"为什么?"

"告诉你这么改你就这么改。"

"为什么?"

已经夜里十点钟了,一股凉意从窗外扑来。"懵懂"向马力要了一根烟。

"我不明白为什么要这么改?"

她把烟点着,看着那十种方案发呆。石白已经走到钢琴旁弹起来了,苍白的脸显得更瘦削,看上去虚弱不堪。"懵懂"冲他大叫:"别弹琴!别弹琴!"

石白瞪了她一眼。

"懵懂"凑过去看他的谱子,除了歌词,那上面还标着各种石白的文字注解,使谱子看上去像篇带音符的散文:"优美如歌,好像看到一缕青烟从村庄飘起……呵,祖国的山河多么壮丽……如醉如痴、意志坚定地……"

"你写作文哪?!""懵懂"冲他大喊了一句。

石白瞪了她一眼,把耳朵堵上了。

"懵懂"用双手在钢琴上使劲一按。然后又跑到马力那儿叫起来:"我为什么要那么改?"

"你干脆回去睡觉吧。"

"为什么?"

马力把自己的谱子写好了,把兜里的烟全掏出来留给"懵懂"。

"懵懂"并不抽烟,她把烟一根接一根地点燃。看着它们一根一根地消耗,然后闭着眼睛把十种方案每种抽出一句凑成一首歌,配上钢琴伴奏。那是首哪句和哪句都没关系,横竖全没关系的曲子。她毫不客气地让人声跨了三个八度,精心设计了一个谁弹起来都会痛苦不堪的钢琴伴奏。第二天早晨五点钟,她把谱子交给石白,石白还坐在钢琴旁,研究自己的文字注解是否有光彩。然后她把铅笔、橡皮、尺子和余下的谱纸统统从窗户中扔出去了。

这是个空气清新的早晨,阳光已经柔和地照在她那张发青的脸上,她想让自己精神起来,可就是不行。她使劲揉眼睛,按太阳穴,太阳穴两边就像有两个铅砣在夹击她。她觉得满脑子都是那十种方案赶也赶不走,并且随便一凑就又是一首蹩脚的旋律。她只好开始跑步,想把它们甩开。但没跑几步,她就睡着了。一下子跪在地上,然后就趴在那儿进入梦乡,直到天又重新黑下来,作曲系课堂里传来放得很响的迪斯科音乐。

十

作曲系课堂迪斯科放得山响。全体同学都凑在这里庆祝考试结束。森森醉醺醺地凑到李鸣面前，说他最近又发现了一个新的音响，名字叫"原始张力第四型"。

"原始张力第四型?"

"就是把所有可能的有力度的音型都叠在一起，分成四十八个声部，还可以变成复调。"森森说得唾沫星乱飞，比手挥脚，直立的头发直抖。李鸣边喝着啤酒边说："你行行好，让我把这首迪斯科听完。""猫"突然跳过来，抓住森森的后脖领子，把他抓到跳舞的行列里去了。

"这算什么音乐? 这算什么音乐?"小个子有点儿坐立不安。

"你说的是森森还是迪斯科?"

小个子没回答，咕嘟咕嘟地喝啤酒。

森森像个原始人一样扭动着身躯。孟野边跳边找机会倒立。他们谁也不跟着拍子，有时比拍子快，有时慢，有时让脚步老和音乐差半拍。他们疯狂地扭动旁若无人，气喘吁吁，汗流满面。突然，"懵懂"在他俩中间出现了，她一出现，全场都喝起彩来，因为她把自己打扮得像个非洲土著，精确地踏着节奏，使三人的舞姿一下就溶成一体了。

"嘿!"聂风和管弦系的男生女生突然闯进来。"乌拉!"作曲系的人眼睛一亮。管弦系的女孩子一个个光彩夺目，每人手里还拿着一份作曲系写的谱子。"你们的谱子太难啦。""我再也不拉了。""真见鬼了。""可是真带劲!"她们把谱子纷纷扔在地上，然后她们围着它们跳起舞来。管弦系的男生拿着铜管，聂风手一挥，突然，一个震天动地的和弦使全屋的人都痛苦不堪。当这声音结束时，长号手抱歉地对森森说："对不起，我们没吹出你要的力度来。""猫"跳过来，冲着森森喊道："你写的东西都像臭狗屎! 我一辈子也没听过这么讨厌的音响，简直讨厌透了! 要是你变成一把琴弦，我一定把它折断!"森森边跳边说："何必，何必!"然后冲着地上的谱子哈哈大笑。孟野正躺在地上，把谱子往自己的身上盖。

小个子还在咕嘟咕嘟喝啤酒。

"你可喝得太多了。"李鸣提醒他。

"你最好别管我。"

"你这个糊涂虫。"

"你这个懒虫。"

"好，你喝吧。"李鸣又给他拿来一瓶啤酒。

孟野自从躺在谱子下面后再没动，外面的世界已经和他无关了，谁要是翻动一下谱纸，他就会骂一声："滚，臭猪！"于是谁也不理他了。他闭起眼睛听着震天响的迪斯科，跳舞的人把尘土都踢起来了，楼板也随着节奏抖动。他突然感到一阵烦躁，他必须去看看女朋友了。

她比他大两岁，是个神经质并患有歇斯底里症的女人。也许是由于这种特殊的素质，她擅长文学写作，在一所文科大学里上学。不知是他们谁更崇拜谁，使他俩一见如故，然后就发誓"白头到老"。她喜欢戏剧性，什么事都想追求戏剧化。比如她看了部爱情片，在电影院哭一场还不够，出电影院门后还要耸着肩模仿片里的女主角走路，而且整整一天都要陶醉在女主角的气氛里。那时你要是和她搭一句话，保你背过气去。

"你饿吗？"孟野问她。

"为什么？为什么？！"她肩膀一耸，眉毛挑起来，眼睛露出绝望的神色。

孟野只好在心里背总谱。

假如在孟野的音乐会上，她必得四处周旋，出人头地，像收入场券的招待员一样忙个不停。假如在同学聚会时，她必得满口成语地滔滔不绝，使作曲系的学生深恨自己没文化。假如她笑，她必得大睁着眼睛，不会使眼睛也随着肌肉抽动而小下来。假如她坐着，只要不是在上课，她必得把两腿扭向一边，使身体侧卧倾斜，显出线条来。

总之，她是个非凡的女性，是个女才子。能从诗经一直背到郭沫若，而且还在背下去。她不能容忍孟野轻易地和"懵懂"跳了舞，拍了照，和那么一个头脑简单的东西。

"你爱她？"

"不。"

"你爱她。"

"没有。"

"你爱她！"

"我不是。"

"世界如此黑暗，人是如此轻薄，你爱她你不承认，卑鄙，卑鄙，卑鄙，卑鄙。"

她把照片用剪子剪碎，扔进马桶里冲了。

她喜欢用剪子这个工具，它可以把任何东西在一会儿时间就毁掉。自己看不上的手稿、男性的情书、新做的连衣裙、还没冲出来的胶卷……

每次一看到她哆嗦着用亮闪闪剪子咔嚓咔嚓地破坏这一切时，孟野就想晕过去。剪着剪着，她已经从气愤变成一种专心致志的工作，最后看看一堆碎片，她就得意起来了。孟野一想到说不定哪天他也会出现被一剪刀一剪刀地剪成这样，一想到剪他时她脸上可能会出现的表情，他真想晕过去。

"远岸收残雨，雨残稍觉江天暮。拾翠汀洲人寂静，立双双欧鹭。"那次他俩一起旅游，她紧紧挽着他的手臂，把头靠在他肩上，"刚断肠，惹得离情苦……"她抬眼看看孟野，孟野眼神迷茫地看着远处。"此去何时见也？襟袖上，空惹啼痕……"她又看看孟野，孟野仍望着远处。"我们结婚吧。"她冲着孟野的耳朵轻轻地说。

"你说什么？"孟野好像吓了一跳。

"你真没听见？"

"真没听见。"孟野一脸诚实。

"那你在想什么？"

"我在想我最近的作品已经不能使我满意了，在下部作品里我得抛弃那种手法。"

"呵？你原来在想这些？你原来爱音乐胜于爱我，我恨你的音乐！恨你的音乐！"她用手撕着书包。

又有人在揭谱纸。

"孟野在想那位——文学家？"

"音乐，音乐，再大点儿声。"

"这音乐永远也不要停。"

"音乐——音乐——音乐——"

"再喝吧。"

"音乐——音乐——音乐——"

"干杯！"

"音乐——音乐——音乐——"

十一

自从李鸣躲进宿舍不打算再去琴房，他给自己找了很多理由。其中最大的理由是他觉得自己生了病，病症之一是身体太健康，神经太健全。这使他只能躲在宿舍里躺着。在宿舍里没人会使他想起他的神经太健全，没人会使他想起乐谱与疯狂的竞争，没人会使他想起关于有调性与无调性、三和弦与空五度的争执。在宿舍他可以什么都忘掉，忘掉功能的走向，忘掉作品分析时的错误，忘掉乐器配置法，忘掉九度三重对位引起的神经错乱。什么都忘掉了，可就是忘不了马力。马力在那次考试后，回家探亲让塌方的窑洞给砸死了。

"小力子！"他娘一定这么叫。

"我的儿！"他爹一定哭得像个稻草人。可是他什么也不会听见，早就变成一团血肉，甚至直接就变成了一堆黄土。马力，马力，一声不吭，站在那儿像个黑塔的马力，可就是不爱吭声，像个空五度在一个极沉闷的音区撞了一下就再没发展下去。他的床和铺盖原封不动地放在这儿，似乎生怕人把他忘掉。没人来搬它们，这样李鸣就只有想着马力。想马力不用考虑和声，不用考虑结构，你可以无休无止地想下去，没人会说你对错，说你该不该终止。这比去教室面对那个大功能圈要好受得多。

功能圈已经被人正式用镜框挂在了墙上，挂在黑板的正上方。功能圈是在一块雪白的的确良上画的。用黑漆涂的TSD三个大的符号上又涂了一层金粉。每个字有人头大小。正上方是T，左面是D，右面是S。这三个符号用一个极圆的圆圈连起来，金粉在阳光下晃人眼睛。镜框是黑色的，玻璃被小个子擦得锃亮，能把全班人在上课时的动作都反映下来，结果全班人都不敢抬头看它，也不敢在课上轻举妄动。只有在回答问题时才敢冲它翻翻眼睛。

"我觉得有一天它得活过来。"戴齐飞快地说，"早知道这样我就转到钢琴系去了。"

"行了，小个子，你有劲头不如给贾教授洗衣服。"

当时小个子正站在讲台桌上卖劲地用一块棉纸在镜框上擦，边擦边呵气。自从马力死后，他就和这个镜框交上朋友了。

"它不妨碍你们任何人，"他眯起一只眼，踮起脚，歪着头观看那玻璃。

"它都跟你说什么了？"

"说得多了。你们这些俗人懂个屁。"

"懵懂。"把嘴里的口香糖用手指一下弹到镜框玻璃上，小个子吓了一跳。

"谁干的？"

"孟野。"

小个子回头看看。

"'懵懂'，你别老把罪过往孟野身上栽，什么事情都会有报应。"

"狗屁。""懵懂"又往嘴里塞进一块巧克力。

"别装疯卖傻了，你他妈给我下来。"李鸣冲小个子说，"你去擦宿舍的玻璃吧。"

李鸣是宿舍长，管着小个子。小个子只好从讲台桌上跳下来。

"我看擦擦功能圈比擦玻璃有价值，人生所负原则众多，生命的代价在于注意事项的严密周到。"董客突然慢慢地说。

没注意到的原则太多了，李鸣要是仔细想起来就会糊涂。做和声题时你想着三十个和弦，等作曲时你就得想着三百个。你从第一个音开始唱起，中途转了八次调，到了最后一个音，你已经走调得一塌糊涂，你必定没脸再活下去。还有那首长得不能再长的二胡曲，没完没了地发展，像胡思乱想一样让背的人摸不着头脑，可你还得背，还得硬说它写作有规律。再没规律的东西教授也能说它有规律，只要他们认为是好的。如果他们知道李鸣是怎么想马力的，如果他们认为李鸣那些关于马力的想法有发表价值，他们也一定能划出结构来。小个子继承了马力的事业，不仅把自己的书全盖上了图章写上书号，填上借书卡，而且把一生被注意的准则都写在一张张卡片上。

"你应该背背常用食品营养表。"李鸣告诉他。

"为什么?"

"我担心你这些准则过几天都得变。"

李鸣确实担心这些准则要变。所以他想永远这么躺着,哪怕躺到毕业,躺到老,躺到死。他可以这么舒服地躺着,不管门外发生了什么变化,不管森森与贾教授的争执,不管孟野与女友的纠纷。他不理解小个子怎么不能分辨出那些准则从第一次出现时就已经走了样,反复出现后已经面目全非,也许到最后出现时,到了大家都不需要它们时,它们才可能回到本来面目。但是他又担心他们永远不会需要它们。

十二

一天,"懵懂"一进钢琴课教室,就抱怨说手疼。

"你要这样用力度。"教钢琴的教授老太太挥手就打了她一拳,她身子一晃倒在钢琴上,撞得钢琴轰轰响。

"我知道要这样。"她冲老太太比画着。

"你不知道,要这样。"老太太打了她一拳,"而不是这样。"又打了她一拳,"假如你不是这样而是这样,"她又打了她一拳,"你就手疼"。

"懵懂"坐下弹起来,"可是我还手疼。"

"你的手指简直像面条。你要像打篮球那样跑呀跑呀,跑呀跑呀,然后三步上篮儿,瞧,就这样,"老太太飞快地在键盘上弹奏,"到了这儿,你就要这样用力,就像打人一拳,不是这样打,而是这样打。"她转过身又打了她一拳,"懂了吗?"

"懂了,是这样打。""懵懂"打了老太太一拳。

"对,就是这样! 现在你可以弹了。"

"干吗非要练琴呢?"晚上"懵懂"委屈地问"时间"。

"作曲家嘛。"

"干吗不能拿跑步代替练琴?"

"作曲家嘛。"

"干吗不能拿跑步代替作曲?"

"嗯?""时间"正埋头抄一份总谱。

"好。""懵懂"一下把录音机打开,震天的摇滚乐突然充满宿舍。"时间"的动作一下变得有节奏起来。她边抄边有节奏地点着头,抄错了,就有节奏地用刀片刮着谱纸,又在一个强拍上吹去了纸屑。这一切使"懵懂"高兴得发狂,在纸上画满了跳舞的小猫,把这种纸贴了一墙。突然,她把灯关掉,头发披散开,用手电灯打亮自己的下巴,冲着门口,一动不动。这时"猫"夹着谱子一推门,看见这情景,"喵"地一声撒腿就跑。"懵懂"追出去:"回来,不吓你了。""我晚上会作噩梦的。"她还是跑个不停,上身不动,跑得飞快。眼看她一拐弯就进了森森的琴房。

"懵懂"没办法,只好转身推开孟野琴房的门。孟野正匆匆把谱子拿到钢琴上,可是钢琴处的光线太暗。钢琴上有一个小台灯,孟野想拉开台灯,才发觉没插插销。他想插插销,才发觉插座板在写字台上,正插着写字台上的台灯插销。他想拉过插销板,才发觉写字台的台灯电线太短。他只好把写字台上的台灯插销拔了,把插座板从写字台拉到钢琴上,插上钢琴上的台灯插销,开始在钢琴上弹刚才的总谱。"懵懂"凑过去,看着总谱,一会儿模仿小号一会儿模仿小提琴地乱唱,唱着唱着,她突然大叫:"绝了!绝了!"然后大声模仿乐队的效果,孟野也越弹越兴奋,手上弹着嘴里还唱着另一声部,"懵懂"手舞足蹈起来。

"轰!"音乐突然停止了。孟野匆匆又把钢琴上的台灯插销拔掉,把插座板拉到写字台上,把写字台上的台灯插销插上,开始继续写谱子。

"懵懂"双手在钢琴上一砸:"你懂礼貌不懂?"

孟野连忙把写字台上的台灯插销拔了,把插座板拉到钢琴上,把钢琴上的台灯插销插上。他坐在钢琴旁,斜眼看着"懵懂":"你真讨厌。"

她笑起来。

"你真讨厌透了。"

她笑得更厉害。

"真讨厌讨厌讨厌透了。"

"懵懂"笑得脸直抽筋,她用手揉着脸:"哎哟——哎哟——"

"你笑什么?"

"谢谢你夸我。哎哟——哎哟——噢——"

"我说你讨厌。"

"你说我可爱。"

"你是个浑蛋。"

"我没说嫁给你。"

"我想让你现在马上出去。"

"我没时间留在这儿。"

"我想让你留在这儿。"

"试试看吧。"

等"懵懂"回到宿舍,"猫"正冲着墙上所有的猫跳舞。

十三

贾教授是个不屈不挠、刻苦不倦的人。因为他一辈子兢兢业业地研究音乐,而几乎无一创新,他尤为恨那些自命不凡没完没了地搞创新的家伙。因为他在四十岁时才找到了一个年轻的妻子,他尤为恨那些二十岁就开始谈恋爱的"小流氓"。他表面上很学究气,是个不拘小节,不修边幅的学者,内心却常因为别人的一点儿小事或流言蜚语气得发抖,因此他活得很紧张,心情老是烦躁。在他看来,金教授什么都不懂,只会作曲,是个肤浅的家伙,而无论国内国外的作曲家会议又老是邀请金教授,这更是肤浅之举。当二十世纪的作曲技术冲击着古典音乐时,他正年轻,还没来得及反应过来,就有人告诉他,那些鬼东西不屑一顾。他在自己的金字塔中研究了大半生,毫不怀疑任何与他不同的研究都是堕落。他庆幸没人否定过他,没有人战胜过他,没有人对他提出过疑问,即使是金教授也没有对他形成巨大的威胁。但,老了,突然蹦出这么几个学生,他们偏偏要在课堂上提出无数的问题来使你措手不及,他们偏偏要违反几百年的古老常规,而去研究那些早已过时并被否定甚至遭唾弃的二十世纪现代技法,这使他不仅担心自己的金字塔,而且担心全国、全世界都必堕落无疑了。当在某国举行的国际青年作曲家比赛的通知送到他手上时,他皱起眉头,心事重重地找金教授商量。

"你有什么具体想法?"他指着通知。

"主要看学生们,让他们自愿报名参加,由我们把关把最好的作品送出去。"

"什么算是最好的作品呢?"

"当然从各方面来看。"

"难道那些鬼哭狼嚎、歇斯底里、毫无美学可言的东西也可以参加评选吗?"

"歇斯底里这词不能乱用,那是妇科病的专用词。"

"为什么不能搞一些美好的作品,比如有着明确的旋律线,严格的声部进行,完整的曲式构思,充分显示我们教学的成就?要么,就鼓励他们学习柏辽兹,写出充满激情的作品来,但决不许学现代派。"

"柏辽兹?好吧,让他们写出十一部柏辽兹的交响乐来。这也不愧为壮举了。"

"你对柏辽兹有意见?"

"没有。"

"你真的认为要随他们的意写。"

"嗯。"

"你能对音乐的前途负责吗?"

"要么放弃比赛,要么让世界知道他们。"

"你能对音乐的前途负责吗?"

"嗯。"

"无聊。"贾教授站起身来要走,"你不知道你的想法有多无聊。"

比赛的事情在班会上正式公布。贾教授一字一板地公布了比赛日期、程序、要求,等等。全班人屏住呼吸连眼睛也不肯眨一下。等最后一个字从贾教授嘴里吐出来,课堂了轰地一下像放出一窝苍蝇。石白啪地拍了一下大腿,然后手捧住下巴开始沉思。戴齐看着他,叫了一声"喝?"然后扑哧笑出声来。石白没理他,仍在那儿沉思,腿也有节奏地抖着,森森和孟野越说声音越大,突然发出一声大笑。李鸣"嘘"的一声,使全场安静了一秒钟。当发现"嘘"者是李鸣,孟野就反过来"嘘"他。

"嘘——"李鸣也不让步。

"嘘——"戴齐跟着起哄。

"嘘——""猫"和"懵懂"也加入进来。

"啧啧啧啧啧啧啧""时间"无可奈何地冲着他们。

石白又啪地拍了一下桌子，瞪了所有人一眼。这一拍把贾教授倒吓了一跳，贾教授气哼哼地瞪着石白，又看着其他人。这一拍倒使全场安静下来。贾教授从这种现象中更证实了他以前的想法：这帮人是干不出好事来的，他们是一批无可就药的人。

"怎么回事？"他瞪着石白，石白吓得端坐不动。

"你们使我很失望，很痛心，你们太没教养，你们平时的作品就证实了这点。你们分不清好坏，你们不知道准则，你们没长脑子，你们无知无识，你们……"贾教授把一肚子怒气撒出来一半，咽下去一半，接着讲参加比赛的重要意义以及他个人所希望大家遵守的法则。

十四

"出了什么事？"所有的人都围在系办公室门口向里观望。马力的母亲坐在办公桌旁不停地抹眼泪，马力的父亲两只手平放在膝盖上，坐立不安地咳嗽。小个子两眼肿得像烂桃似的从人群中挤出办公室。他径直走到教室，爬上讲台，把功能圈擦了又擦。在宿舍里，马力的铺盖已经捆好只等着人来扛走了。李鸣用锤子叮叮当当地把马力的书箱钉死，他敲进最后一个钉子时松了口气，才突然意识到马力确实不在了。

董客推门进来："我打扰吗？"

"不。"李鸣让他坐，"我不明白，你搞的是什么名堂？"

"你是指什么？"

"你要参加比赛的作品。"

"命运命运。"

"怎么？"

"我准备给贾教授的是一部古典作品，而请金教授过目的是序列音乐，评委主席喜欢印象派我已经准备好了，全部乐队的大抒情我在一部浪漫派的作品中已经充分发挥了。"

"哪部是你的个人特点?"

"个人特点一文不值。"

"你要的是什么?"

"获奖。"

"可决定发奖的不在这儿。"

"但决定谁去参加比赛的在这儿。"

"你想把你的所有风格的作品都送出去?"

"可能。你为什么不写?"

"我不感兴趣。看马力这个书箱多大。"

"获了奖你就获得了一切,哪怕人生充满重压……"

"别说了,我不感兴趣。"

"其实那不是一切也只不过是一半儿。"董客有点儿尴尬。

李鸣没有理他,继续在箱子上涂上马力的名字。

董客的各种风格作品在全院到处排练,充满了各个角落,已经成为作曲系的众矢之的。因为管弦系的骨干都被他拉走,私下签了"合同",要保证他的作品排练时间之余才能给别人排练。大家不明白他是用了什么诀窍使乐队对他心悦诚服。他还教会乐队首席一套话:"古希腊柏拉图的美学在当今的作品中得到反映的为数甚少,我们在追求各种形式的至善至美。"

这套话专用在有人来阻止他们无休无止地排练董客作品的时候。比如有一次石白抱着自己的总谱和分谱,前脚刚跨进排练厅,嘴还没来得及张开,乐队首席已经把这套话大声说了三遍。弄得石白不知是该把自己的谱子扔了还是也给董客充当一名小提琴手更合适。

可是有一次"时间"把自己的谱子拿给乐队时,首席刚要说那套话,被"时间"一声冷笑给压回去了:"这么搞太庸俗了吧?再说这些作品……啧啧啧。"

董客一夜未眠,连夜又写了一部新的。这是一部混合了各种风格的作品,让所有的人在短短十五分钟里就能够跨越几个时代体验各种人的情绪。这部作品一拿给乐队,就把乐队整得满脸鼻子眼睛乱爬。

"你难道不知道你要参加的是国际比赛而不是大杂烩?你为什么不看看别人怎么写作?你为什么拿乐队试奏当儿戏?""时间"问。

"别人？他们太固执而不知所云。是国际比赛我知道。但你不知道谁会买下这些作品谁是这些作品的主人谁会拥有比你更大的权力来掌握这些作品的命运我不知道你更不知道你知道吗？"

"你真是俗气得不可救药。""时间"看也不看他一眼。

董客突然变得坐立不安起来。那天天气闷热，他不停地抹去脸上的汗污，大口大口喘着粗气。眼睛很快就充满了泪水，又很快变成汗水滴下来。他直盯盯地望着"时间"："你看看，看看吧，看看它们！"他把一叠叠总谱扔到地上，"我费了多少心血，花了多少夜晚，我是在玩儿吗？难道它们一钱不值？全是破烂？全是小市民、商人的玩意儿？不值得他们演奏？这儿，全是艺术艺术！全是高尚的心灵！全是超脱尘世包含无限的音响！从没有人去演奏、欣赏，甚至是指责它们，连我自己也不知道它们是什么声音。你不知道它们的价值，连我自己也不知道它们的价值，不知道，没把握，这能怪我吗？"

总谱堆在地上，多得令人吃惊。却没人知道它们，的的确确没有人知道它们。"我也有很多总谱我不知道声响。""时间"跪下来把它们捡起来。

"谁让你们写那么难的作品？活该！"圆号手边吃饭边说。那时大家凑在食堂里。

"演奏起来吃力不讨好。"一个乐队队员插话。

"我的手拉得快抽筋了，可台下的人像木瓜一样坐着。"莉莉说。

"台下的人百分之八十是傻瓜蛋，你别理他们，他们是要让广播员给解说完了才会恍然大悟的那种人。"聂风手一挥。

"可你不觉得演奏作曲系的作品不如演奏贝多芬？贝多芬有唱片供参考，可他们的作品你根本摸不着头脑，不知道他们想的是什么，等你好不容易弄明白了，台下的人却一辈子也弄不明白。"乐队首席说。

"我愿意演奏新作品。其实世界名曲指挥好更不容易。不过，看着台下坐满了白痴一样的脸可真不舒服。"这时候，食堂里的立体声音箱中播放出拉赫玛尼诺夫的第二钢琴协奏曲，聂风情不自禁地动起来："像这种通俗易懂的东西，来得多轻松。"他的手臂轻轻划动着。

为此，董客采取了最科学的方法，就是连一分钟也不让乐队停止给他的作品排练。他从家里要来一笔钱，每顿饭都请乐队大吃一顿，还用火车托运来一筐筐新鲜水果，买了橘子汁、糖果、糕点，使乐队在排练中提神。这样乐队只好把别人的作品搁在一边来给董客排练。

"你真是疯了，何苦这么破费?"

董客不理别人的劝说，最后把自己的录音机和手表全卖了。

"你太缺德了，这样别人也得学你的样子。"

董客毫不理解。乐队的人疯狂地给他排练，各种风格的作品搞得他们晕头转向，好不容易排完一遍，大家刚想停下来喘喘气，就听董客说："不行，重来。""重来?""你们根本没拉出音乐的本质。"首席无可奈何地架起弓子："本质是什么?""本质，本质。比如这首贯穿理性的序列作品是哲学思维的根结。哲学是什么? 大地是什么? 人类是什么?"首席被问得毛骨悚然。绝不敢再问下去。

自从董客开创了这种自费排练的方法，作曲系人人效仿。这样一来，离学校最近的一家委托商店就开始买卖兴隆了。

李鸣让董客和他一起把马力的箱子抬到桌子上，然后他钻进被窝，只露出个脑袋。

"你干吗老在被子里思索? 是在追求孤独?"董客自作聪明地问。

"我不愿意去琴房。"

"超脱?"

"我累。"李鸣把身子往被子里又拱了拱。

"如果我再写一部关于死亡与永恒主题的交响诗你看如何?"

"为什么?"

"给马力。"

"马力不需要。"

"为什么?"

"马力真的不需要死亡与永恒主题的交响诗。"

"他真的让窑洞塌方压死了?"

李鸣没说话，又往被子里缩了缩。

"为什么不写个交响诗纪念他?"

"你饶了他吧，他不需要。"

"你不信任我?"

"我不是不信任你。什么死亡与永恒，对马力有什么用? 如果有用，你为什么不写一部关于你自己的音乐是如何包罗万象，如何至高无上的交响诗来让全世界知道呢？"

"我想写，可是没用，没用。"

"不过你别灰心，还是能有用。"

"真的马力不需要死亡与永恒主题的交响诗？"

十五

比赛的事情公布后，森森一直在自己的作品中徘徊。他对自己最近追求的和声效果不太满意，但又没想出更好的。他甚至难以容忍自己的音响。

他除了音乐对什么都漠不关心。包括自己的饮食起居。如果说他留长发，那是他忘记了剃头。常常忘记吃饭，又使他两腮消瘦。他衣冠不整，但举止洒脱。苍白的脸上有一双聪明的黑眼睛，明朗开阔的额头与他整个五官构成一副很自信的面孔。他唯一遗憾自己的就是手指短了点儿。

这是个遗传学上的错误。他是个天才的大音乐家。却长着十根短手指。他知道这无法补救，因此常常看着"猫"的修长而秀丽的手指在钢琴上流动出神。但更多的出神是因为钢琴上滚动出来那些谐和美妙的音响使他越来越纯粹地感到他自身需要的不是这种音响。他需要的是比这更遥远更神秘，更超越世俗但更粗野更自然的音响。他在探索这种音响。他挖掘了所有现代流派现代作品，但写出来的只是那些流派的翻版。

这种探索不断折磨他。有没有一种真正属于他自己的音响？他自己的追求在哪儿？他自己的力度在哪儿？从协和到不协和，从不协和又返回协和，几百年来，音乐家们都在忙什么？音乐的上帝在哪儿？巴托克找到了匈牙利人的灵魂，但在贾教授的课上巴托克永远超不过贝多芬。匈牙利人的灵魂是巴托克找到的，但也许匈牙利人更懂得贝多芬。这是最让森森悲哀的事。森森要找自己民族的灵魂，但自己民族的人也会说森森不如贝多芬。贝多芬，贝多芬，他的力度征服了世界，在地球上竖起了一座可怕的大峰，靠着顽固与年岁，罩住了所有后来者的光彩。

那天，孟野在森森的琴房，悠长地哼着一首古老简单的调子。森森问孟野："你感到没感到这里面的力度？"孟野把大提琴拿过来，深深地拉动琴弓，这首古老简单的曲调骤然变得无比哀伤。森森觉得呼吸都急促了，他拿起小提琴用双弦拉出几个刺耳的和弦，又拉出一连串民间打击乐的节奏。他想和孟野合力去体验那种原始的生存与神秘。他明显地感到他与孟野有一种共同但又不同的追求。他比孟野更重视力度，而孟野比他更深陷于一种原始的悲哀中。孟野就像一个魔影一样老是和大地纠缠不清。尽管他让心灵高高地趴在天上，可还是老和大地无限悲哀地纠缠不清。而森森想表现的是人。是人的什么？他其实说不清，也许是哪块肌肉的抽动？

　　他喜欢"猫"。"猫"能把他从那种浑浊的探索中拉出来，使他得到片刻的休息。"猫"手底下能生出各种动听简单的音乐，听到这种音乐他甚至想放弃任何探索。世界上有那么简单动人的声音，要那些艰涩难懂的音响干什么用？就像这个不爱动脑子的女孩子一本正经地弹着小品，单纯、年轻，修长的手指使他相形见绌。他坐在这儿彻头彻尾是个动荡不安混沌不堪的怪物。所以他不能爱她。可是他又真想爱。

　　就在森森为自己的种种追求苦恼时，小个子有一天突然对他说："我求你别摘那个功能圈。"

　　"为什么？"森森觉得离奇古怪。

　　"因为我要走了。"

　　"我并没有要摘它的意思。"

　　"那我就放心了。"

　　"你上哪儿？"

　　"出国。"

　　"干什么去？"

　　"去找找看。我在这儿什么也找不到。"

　　"怎么可能呢？"

　　小个子低下头，由于老用水擦功能圈把手指都泡白了，像干了好多家务的主妇一样粗糙。森森突然感到这种举动有种神圣的所在。他开始尊重小个子了。

　　"你一个人走吗？"

"嗯。"

"谁照顾你?"

"走到哪儿都会有女人。"

森森苦笑了一下:"如果你什么也找不到呢?"

"我就不找了。"小个子坦白地说。

小个子对他说的这些使他又感到一种震动。他更觉得有许多事情得做,尽管贝多芬矗立在这儿。也许贝多芬压根没见过用方块表达文字的人。音乐的上帝在哪儿?他自己的力度在哪儿?真正属于他的音响在哪儿?也许他一辈子也不会忘记小个子抠着泡白了的手指对他说的话:"去找找看。"

十六

戴齐把自己关进琴房已经三天了。他想酝酿一个充满他内心渴望的作品,但始终写了上句没了下句,每想一个音符都像抠肠扒肚一样吃力。他想得多写得少。直到崇拜他的莉莉听得连连打哈欠,他才深深感到歉意。他从没见过这么忠实的听众。

莉莉自从到戴齐琴房之后,经常和戴齐合作协奏曲。她相信戴齐完全有才能写出世界第一流的优美作品,有时她听着戴齐的钢琴小品就感到像浸在纯净的空气和水中一样。但自从戴齐想投入比赛后,戴齐却什么像样的句子都没写出来。莉莉天天坐在那里听,失望之余又觉得筋疲力尽。但她仍旧坚持坐在那里,在戴齐需要时就拿起提琴。她替戴齐买饭打水,照顾得无微不至,可戴齐还是老重复着一个很美的乐句。

"这不是很好吗?为什么不进行下去?"莉莉奇怪地问。

"进行不下去。"戴齐哭丧着脸,又弹了一遍这个乐句。

"我已经可以倒着唱它了。"莉莉疲倦地打个哈欠。

戴齐把这句倒着弹了一遍。然后茫然地在琴键上摸索。

"真奇怪。"莉莉坐在椅子上伸直长腿,"怎么这么难?"

"我已经死了。"

"什么?"

"我已经死了。"戴齐指指脑袋,"全僵死了。不能动了。"

"你是不是觉得冷?"莉莉摸摸戴齐的头。

"可能吧,反正在作曲史上这个人已经没了。"

"你这是精神失常,你的头是温的,"莉莉使劲摇着戴齐的脑袋,"你别装蒜了,你必须写出第二句来。"

戴齐在琴上又倒着弹了一遍那个乐句:"这就是第二句。"

"扯淡!"莉莉大叫一声。

戴齐哀伤地弹起一首德彪西的曲子。聂风推门而入。

"怎么样?进展如何?肖邦。"聂风一进门就带来一股活力。

戴齐摇摇头,接着弹他的德彪西。

"他说他已经死了。"莉莉说。

"我看他真死了。"聂风的手在琴上给戴齐捣乱,"你要是真死了,我会想你的,不过你死了我还挺高兴的。"

戴齐仍旧弹他的德彪西。

"你得相信你自己,肖邦。"聂风大声说。

戴齐全力以赴弹那串儿固定低音。

"我给你指挥,保你满意。"聂风冲着戴齐耳朵喊。

戴齐的手指飞快地在琴键上滚动,吵得莉莉心烦意乱。"别弹了!别弹了!你这个神经病!"她大叫。

两只手全飞快地弹奏琴键,像一群苍蝇一样讨厌。莉莉捂住耳朵。但很快她就松开手,仔细去倾听,那滚动出来的旋律注入了戴齐的灵魂。戴齐的全身充满了活力,他手上飞快地弹奏,脚下飞快地换着踏板,这些动作加上那些穿透一切的音响,使他从头到脚都仿佛浸透了透明的音符。

"我去钢琴系。"戴齐轻轻弹下最后一组和弦。

戴齐真的去了钢琴系。他的演奏即使在钢琴系也出类拔萃,因为他全身充满了乐感。在舞台上,他端坐在三角钢琴前,灯光打出他的脸侧部的秀美轮廓,他的手无论是表现力与外形都令人惊叹。"简直就是肖邦。"大家说得戴齐也觉得自己是肖邦再世。

"你算个什么?"莉莉问。

戴齐从三角钢琴前抬起头。他们正在排练,莉莉指着空旷黑暗的观众席："你真想让他们觉得你是肖邦？"

戴齐得意地看了一眼台下。

"其实你狗屁都不是。"

"谁说的？"

"我说的。你不是钢琴王子。"

"那是什么？"

"一个逃犯。神经病院里逃出来的逃犯。"莉莉笑起来："人家都说你们作曲系全是神经混乱。"

"我现在不是了。"

"更是。"

"为什么？"

"你应该继续来你的神经混乱，因为你本来就是。"

"我不愿意。"

"所以你更是神经混乱，是个胆小的神经混乱。"莉莉用弓子拉出一声怪叫。

"噢，你别管我的事！"戴齐把耳朵堵上。

十七

小个子擦功能圈比以前次数多了十倍，另外还拼命打扫宿舍和马力的床铺。马力的铺盖卷还没有被拿走，他就把它们又打开铺好了。他把马力的床完全照老样子铺来铺去，甚至在睡觉前还要帮马力铺好被窝，起床后再把它们叠起来。他把宿舍的窗户擦得几乎像没玻璃一样，把地板擦得像打了一层蜡。然后在上面又垫上一层报纸，生怕别人的鞋印会把它们踩脏。这使李鸣烦得不得了，因为地板反而显得更脏更乱。李鸣好不容易劝小个子把报纸取消了，可这样一来，小个子就不停地擦地板。害得李鸣连脚都不敢沾地，也就更不愿起床了。

"来，吃块糖吧。"小个子把巧克力糖盒端到李鸣面前，笑看着李鸣。李鸣看着小个子。伸手取了一块巧克力。

"你别，"他把巧克力塞进嘴里，带着央求的口气说，"别再擦地板了。"

"我想擦。"小个子固执地说。

"你每天擦五十次地板有什么意义?"

"意义就在这儿。"小个子咽下一块糖,"你不是宿舍长吗? 你不愿意让宿舍是最干净的?"

"可我没法下地。"

"反正你也不需要下地。"

"可我要上厕所。"

"你买把夜壶就行了。"小个子狡猾地笑着。

"你这个小浑蛋。"李鸣探出身子揪住他脖领,"你真是个浑蛋。"

"这儿离厕所太近。如果擦不干净地板,屋子里就老有一股厕所味儿,你不觉得?"小个子认真地说,"我想把这一块地板擦成新的,就不会有厕所味儿了。还有门、窗,如果我把它们擦得永远再沾不上灰就好了。那你们住在这儿多安逸。"

"你不是也住在这儿?"

"我? 我住不长了。"小个子神秘地看着马力的床,"我要走了。"

李鸣吃惊地看着小个子:"你去哪儿?"

"我要出国了。"小个子小声说。

"出国留学?"

"嗯。可也说不定。"

"那你要离开我们了?"

"嗯。我不太愿意。可是你瞧,马力老也不回来,该不该去找找?"小个子笑起来。

"你别胡说了。出国是好事。"

"怎么见得?"

"当然是好事。"

"你想知道我为什么老擦功能圈吗?"

"你说吧。"

"哼!"小个子眯起眼睛看着马力的床一笑,进入一种自我状态。

李鸣知道他不会说什么,也就不再问了。李鸣看着宿舍的玻璃窗、地板、马力的床铺。连书桌和椅子、钢琴都是小个子擦干净的。好像他感兴趣的只有擦洗东西。也许他出国后就不再擦洗什么了。也许他还会长高、长胖、长成男人模样。

"你猜我想什么?"小个子问李鸣。没等他回答就说,"我想为什么你们不让我擦功能圈。"

"你说为什么?"

"不知道。可是我爱那个镜框。"

"你可以把它带走。"

"不,我带不走。你不知道,我带不走,也许还会再带回一个来。"小个子笑起来。

"我希望你带回一个姑娘而不是一个功能圈。"

"谁知道呢?"小个子笑着。

小个子临走时,在桌子上留下张纸条,没让任何人去送他。李鸣一点儿也不觉得小个子真的走了。马力的床还铺在那儿,好像晚上还是有人把它们打开,早晨又把它们叠好。窗户的玻璃还是一尘不染,教室里的功能圈黑白分明地端挂在黑板正上方,所有的地方都有小个子的痕迹。李鸣打了很多开水等小个子晚上从琴房回来之后好洗脸洗脚。早晨,开水被聂风倒走了一大半。直到李鸣看着擦得锃亮的地板上人们来回走动的脚印越来越多,才感到小个子是真的走了。

十八

全体作曲系参加比赛的作品在礼堂进行公演,由专家鉴定,决定送谁的作品出去。莉莉死拉活拽才把戴齐从琴房揪出来让他去听。李鸣破例从床上爬起来坐在最后一排最边上的一个角落。音乐会正常进行,有的作品充满激情,但思绪混乱,有的作品逻辑严谨但平淡无味。倒是董客的几种风格的作品引起大家注意。但他毕竟照顾不周,每部作品都有些地方能让人感到天才作曲家的手忙脚乱。随后是森森的五重奏。这部作品给人带来了远古的质朴和神秘感,生命在自然中显出无限的活力与力量。好像一道道质朴粗犷的旋律在重峦叠嶂中穿行扭动、膨胀。李鸣听着听着突然产生一种向前伸手抓住琴弦的欲望。一种想让肌肉紧张的欲望。他龇牙咧嘴地发出无声的傻笑。

当森森的作品演奏完，全场竟无一人鼓掌。所有的人都不想说话，只想抓住什么揍一顿。森森被人们包围住，正要尝受那些激动的拳头袭击，孟野的大提琴协奏曲响起来了。

弦乐队像一群昏天黑地扑过来的幽灵一样语无伦次地呻吟着。大提琴突然悲哀地反复唱起一句古老的歌谣。这句歌谣质朴得无与伦比，哀伤得如泣如诉。把刚才人们听森森作品引起的激动全扭成了一种歪七扭八的痛苦。好像大提琴这个魔鬼正紧抱着泥土翻来滚去，把听众搅得神智不安。"懵懂"哭了起来了。李鸣想哭可哭不出来，一个劲张大嘴呵气。森森走到孟野坐的地方，掐住孟野的脖子，孟野看了他一眼，死命握住森森的手腕。

全体乐队情绪高涨，铜管劈天盖地地铺下来，把所有高山巨石所有参天古树一齐推倒让它们滚落，而那魔鬼似的大提琴仿佛是在这大地的毁灭中挣扎，挣扎出来又不停地给万物唱那首质朴的古老曲调。

"噢！——"演奏会结束了。台上台下的学生叫成一片。有人把森森举到台上打算再扔到台下去，有人想把孟野一弓子捅死。谱纸被抛得满天飞。"猫"飞奔到台上，飞快地吻了森森一下，随后就被大家扔到台下去了。

只有戴齐没有上台，他离开礼堂，跑进琴房，拿起肖邦的谱子飞快地往教学楼跑，越跑越快。他爬上教学楼的最高层，冲着操场大叫起来，然后把肖邦的谱子拼命扔向操场，正好砸在莉莉的头上。莉莉一看是本肖邦曲集，就抱着头坐在地上不起来了。

演奏会的当天晚上，孟野不见踪影。

十九

演奏会大大震动了贾教授。董客毕竟走得太远，做得又过于聪明，但他还是有一部作品接近海顿。至于森森和孟野，那简直不像话，纯粹在蹂躏音乐，是音乐世界的大破坏者。

森森和孟野。这两个学生的名字是两个危险，是神圣的世界的污点。贾教授一想起那两部作品就怒不可遏。竟然会有那种音响！在堂堂的音乐学府。

他们想表达什么？

贾教授想在全院会议上说说这件事，有必要让全国人也知道知道。这是非同小可的事，竟然出现了这种音乐。你能说什么？法西斯、杀人犯。这两种词全用不上，贾教授绞尽脑汁想批评这两部作品。

"你想改变自己的风格？"贾教授对石白在上课时提出的要求感到诧异："为什么？"

石白推推眼镜："这次演奏会就证实了我的风格已经过时了，森森孟野的作品更受欢迎。"

"他们不过用二十世纪一些过时的手法再加上他们自己想的一些鬼花招，而你可是承袭了十七世纪以来最古典最正统的作曲技法。"

石白摇摇头："光把和声题做好是不够的。"

"当然，但你是怎么想的呢？"

"和他们竞争。"

"争什么？"

"作曲技法。"

"如果我不同意呢？"

"恐怕他们这样做是对的。作曲家的创作不应局限。"

贾教授皱了皱眉："你学和声几年了？"

"七年了。"

"真的？"

"真的。七年了，没有长进。"

"不，很好。你学了七年和声，你认为你学好了吗？"

"不，没有。"

"问题就在这儿。你学了七年和声，尚且不够。还谈什么别的呢？"

"但……"

"当然我不强迫你，你想没想过他们这样做的危险性？"

"危险？"

"他们那样做是很危险的。"

"为什么？"

"那是种法西斯的音乐。"

"？"

"可他们却沉浸在那种荒谬反动的狂热里，那种虚荣心！"

"我也激动。"

"法西斯是什么？就是杀人犯。杀人犯的音乐。充满疯狂，充满罪恶，充满黑暗，充满对时代的否定。"

石白忙把这些话写在五线谱上。

"我说得不会错。石白，你要听我的话，你现在搞的绝不比他们差，而且比他们要高明得多。你要成为一个真正的音乐家，一个神圣的，有教养的，规规矩矩的音乐家。你还要向他们这种做法挑战！"

"？！"

"你要写文章批评他们，好让他们改过来。"

"可是……"

"你不能祖护错误。"

"可是……"

"你这是帮助同学。"

"可是——"

"杀人犯音乐。"

石白急忙回去绞尽脑汁写了篇文章把贾教授的原话抄上去。那文章在校刊上发表后，引起了全院的轰动。但却无一人响应石白，反而在下面冲着石白开起火来。石白一看形势不对，就使出浑身解数替自己辩解，他有口说不清，本来是贾教授的原话却又自己重复了一遍，本来是自己想的反倒说成是贾教授的。一怒之下，他去砸贾教授家里的门，可教授夫人说贾教授没时间接见任何人。他觉得自己是一头扎在一个无底深渊里了，笨重的头朝下旋转，即使是掉下去溅起一个巨大的蘑菇云来也无人问津。

二十

石白的批评文章在关键时刻发挥了作用。在评选委员会考虑送出国参加比赛的作品中撤销了孟野的作品。因为"法西斯音乐"这个说法不可不信也不可全信，于是保留了森森的作品。董客也算如愿以偿，他的几部各种风格的作品全部被送了出去，照贾教授的意思是"用以来证实我们的教学"。但孟野的作品被撤销也不能全怪石白，孟野在音乐会当天失踪，而后院方就收到了一封控告信，写信人是孟野的妻子。

孟野已经迫于女朋友爱情的压力和她偷偷结了婚，但他拒绝把音乐的位置和妻子颠倒过来。音乐就是音乐。没有音乐他就不存在，没妻子他照样存在。这是他的想法，女作家写了五篇短文申明女性的重要地位仍没有把孟野的想法给颠倒过来。在妻子写控告信之前，他已经练习倒着走和她散步，这样可以少听几句："空惹啼痕"之类的诗词。结果有一天他无意中漏出一句："有人说我的音乐中缺少升华。""谁说的？""懵懂。"孟野这句话刚一落地，女作家就伤心地尖叫了一声，拿起一把剪刀向他冲过来。他们是住在妻子父母家，房间很小，孟野无处躲闪，只能紧贴墙角站着。

"又是她又是她！"

"我是在说音乐。"

"又是她又是她！"她的剪刀直冲着他的腮帮子。孟野破天荒地用手抓住她一只手，使劲向她背后扭，直到剪刀掉在地上。她全身不停地抽动："你就这样对待我吗？"

孟野松开手："你要怎么样？"

她的泪水像快干涸了的小瀑布一样淌下来。她的头发披散着，手指痉挛。她扑通一声跪在地上，眼巴巴看着孟野，孟野一下受了大感动，忙也跪下抱住她的头："对不起，我是在说音乐。"哪知她的手在地上摸索起来，终于摸到了那把剪刀，而且一下把孟野的衣服剪成了一面旗子。

孟野"噢"的一声跳起来，他想抡起拳头揍她一顿，可又怕把她打死。只得恶狠狠地脱下那件变成旗子的外衣扔到她面前，拔腿就往外跑。

她一下扑上去拽住他的腿轻轻地哭泣。

孟野不知如何是好，他走回来，弯下腰，把她从地上揽起，伤感地吻着她的肩膀。她神志恍惚，哭得凄凄凉凉，令人可怜，更显得骨瘦如柴。孟野一把将她抱到床上，想用爱抚使她平静下来。"别哭，别哭。"这使他陡然想起在乐队里他也是用这种口气对大提琴手说："piano, piano,"那时大提琴手就会心领神会地使演奏弱下来，全体乐队就会沉浸在一种宁静的气氛中。"别哭，别哭，别哭，别哭。"

她可能累了，她头靠在他胳膊上安静了一会儿。突然她凑到他耳边说："再不要提。""不提了。"孟野闭着眼睛。"不要提你们班!""不提。""不要提你们学校。""不提!""不要提你们的音乐。""不提。""不要提音乐。"孟野睁开眼睛。"不要提音乐!"孟野站起来。"不要提音乐!"

"你想让我变成什么?"

"变成我的。"

孟野一动不动地站在那儿。

她大睁着两眼，每一字都加重了语气："我能为你牺牲一切，我什么都可以不要，学位，名誉，我都不在乎。我只求和你在一起，什么人都不见，什么都不想，只有你，只有你在我眼前。如果你需要我现在放弃学习，做你的主妇，我马上就可以退学，如果你需要我和你一起逃走，逃到荒无人烟的地方去，我马上就收拾东西。"

"逃走? 为什么要逃走?"

"因为我爱你，我需要你，而你需要你的音乐。"

"逃走就可以忘掉音乐了?"

"逃到没有音乐的地方去。"

"没有没有音乐的地方。"

她痛苦绝望地捂着脸，自言自语地说："为什么没有没有音乐的地方? 为什么没地方可逃?"

孟野走过去吻着她的头发："因为我选择了音乐。"

"要是我让你改变呢?"她抬眼望他。

"谁也没法改变。"

"但你又选择了我。"她的眼睛露出决断的神色。

孟野惊恐地向后退了一步。然后拔腿就跑出门。

在孟野妻子给学院写来的控告信中，列举了大量事实足以使孟野被开除学籍。首先，他违反了校方规定而私自结婚，这是规定中决不允许的。再者，他不仅非法结婚，还在学校与别的女生闹作风问题，比如跳舞、拍照、甚至在一起游泳，等等。作为妻子，她要求学院严厉惩办孟野这种破坏校规的学生，以端正校风。作为妻子，为了维护学风，她宁可牺牲丈夫，牺牲自己的前途，与丈夫一同流放边疆。

二十一

戴齐的那个优美的乐句有了新发展。这使他欣喜若狂。他钻进琴房，一张谱纸一张谱纸地写下去。越写乐思越多，越写越觉得自己整个都铸在里面了。莉莉坐在旁边看着他，只见他嘴角微微抽动，手指不停地在桌子上敲打。他的头发垂在前额，形容憔悴，他更不爱说话，还把莉莉撵出琴房，说等写好了再让她听。于是莉莉完全不知道他在写什么，只看到他每天进出琴房时，两眼都闪着一种病态的光芒。

戴齐的钢琴协奏曲是由聂风指挥的。第一次排练时，钢琴手被谱子上的临时升降后和无调性的主题搞得莫名其妙，完全找不着感觉。乐队更是怨气冲天。刚试奏一遍，乐队就开始跺脚、唉声叹气、叽叽喳喳怨个不停。

"安静，安静！"聂风对乐队说，"这是一首很美的曲子。是给聪明人演奏的作品。我想你们应该知道怎么办。"他用指挥棍敲敲谱台，"好，从头开始。"他手一挥。

弦乐队安静而悠长地引出了钢琴的主题。这主题像诗而不像歌，无调而有情。它是用一种极弱极轻柔的力度演奏出来的。莉莉坐在弦乐队中刚听完一乐段就被深深打动了。这时，竖琴突然蹩脚地蹦出几个音来。聂风一打手势，乐队全体停下来。

"竖琴要像流水，要像流水。"聂风说，"好，开始。"聂风手一挥。竖琴像流水一般洒下来。伴着梦一样的弦乐队，钢琴骤然清晰悦耳，一串流畅委婉的无调性旋律在人耳边伸延。莉莉边拉琴边把脸上的泪水往胳膊上蹭。乐队越来越沉浸在一种肖邦般优美与典雅但具有典型的现代气质的热情中。

当戴齐这部作品在学院正式公演时，有人感动得前倾后仰，有人百思不得其解。但他拒绝报幕员在演出前对作品作文字解释的要求。演出后他也一句话不说。于是理论系的学生只好就"竖琴要像流水"这一指挥家的启示去请教聂风。

"竖琴就是竖琴。怎么能是流水呢？竖琴就是竖琴。"聂风手一挥。

孟野没有按妻子的意思被流放。学校对他从宽处理，劝他中途退学。他草草收拾完行装，到森森琴房去告别，门没有推开，也许森森正在里面创造新的音响。孟野不再敲门，路过"懵懂"琴房时，他犹豫了一下，就径直走过去。他一下楼来到操场，就开始倒退着走路，尽量让整个校园慢慢和自己拉开距离。有人说这个学校就像一座旧工厂。新的礼堂正在建设，到处堆着砖瓦、木料，还有一座现代化的教学楼刚刚动工，推土机把旧平房推成一片废墟，机器的轰鸣和敲打声整天跟音乐捣乱。他在这里已经待了四年半，再有半年就正式毕业了。现在他只得作为一名肄业学生离开这里。刚入学时校门不是冲这个方向开，而是在相反的方向。他来到传达室，那儿坐着看门的老头。

"我走了。"孟野把背包扔在椅子上，坐在火炉边。

"分哪儿啦？"老头热情地问。

"回去。"

"分回去啦？"老头喝了口茶。

孟野没说话，拿起当天的报纸。

"你们这就毕业啦？"老头又喝了一口茶。

孟野冲他笑了一下。

"你看快不快，转眼你们已经毕业了。"

"晚上不再来敲您的门了。"

"可不，该给他们开门了。"老头指着刚出去的两个学生。他们很年轻，刚入学不久，走起路来像要跳高似的。

孟野仿佛一下看到几年前的自己，接到录取通知书那天，满脸通红在地上倒立了五次，然后莫名其妙地跟着公共汽车跑了两站地才停下来。那天有几个像他那样的幸运儿呢？今天又有像他这样的倒霉鬼？这也许是结局？也许说不上结局？他想起在假期里曾爬上峨眉山看到佛光下面有一层深蓝的云雾，从那时起，他就从没对自己失去过信心。他是生下来注定要创造音乐的，把他这一生的好与坏、幸与不幸都加在一起，再减掉，恐怕就只剩下音乐了。没有没有音乐的地方。他拿起背包走出传达室。看门老头看了看闹钟，伸手按了下电铃。顿时全校各个角落里都充满了铃声。

二十二

　　新年到了，"猫"提前几天就买了各种五光十色的糖果，"懵懂"把教室从这头到那头都装上彩灯。"时间"带着几个男生去街上跑来跑去采购食品和礼品。

　　这个冬天来得很早，十一月份就开始下雪了，因此到了年底冷风刺骨，窗户被风刮得砰砰响。所有宿舍都糊上了窗户缝。只有教室的玻璃没有封上，一夜就落上一层风沙。功能圈的镜框不再那么亮了。不知是怎么搞的，镜框向一边倾斜下来。所有人都装没看见，觉得总会有小个子去把它扶正。可小个子没来扶，所有人就只好装没看见。镜框就这么在冷风中倾斜地摇曳。

　　乘新年之机，大家都想高兴一下，吃过晚饭，作曲系管弦系就要一起在教室开联欢会。教室被布置得灯红酒绿。为了扮成圣诞老人，一个管弦系小伙子闯进李鸣宿舍，非要把马力的红被面拆下来做外衣，被李鸣一拳打了个趔趄。李鸣堵住门，不让任何人到他的宿舍来捣乱，连聂风也不让进门。他把钢琴推到门后，又把书桌顶上。他把马力的被窝铺好，用棉花纸擦了擦地板，然后自己钻进被窝。

　　在教室，联欢会开得热闹非常。莉莉和"猫""懵懂"和"时间"四人表演了"双簧"。演的是一个小伙子向姑娘表白爱情遭到了拒绝，绝望之余自杀了。全场被这个古老的故事逗得哈哈大笑。藏在"时间"后面的"懵懂"在扯"时间"的假头发时把她脸上的胡子也扯掉了。吹圆号的胖子和吹黑管的瘦子表演莫索尔斯基的《两个犹太人》时，胖子边吹圆号边在脚下跳着天鹅湖，瘦子则哆哆嗦嗦地满地找烟头，然后吃掉了一张结婚证书。乐队首席让啤酒像喷泉一样从他嘴里冒出来，谁也不知道他是真喝多了还是在变戏法，酒流了一地，他一跟头又摔在上面。这时，圣诞老人拿着无数礼品出场了，所有的人都乱成一团去抢礼品。

　　"噢！"

　　"我要那个！"

　　"别挤。"

"扔过来！"

"你这个笨蛋！这儿！"

"别挤！别挤！"

"懵懂"被推了一个跟头，随后腿又被人踩了一脚。戴齐一下绊倒了，摔在她身上，紧跟着后面几个人都摔倒了。压在最下面的"懵懂""噢"的一声哭起来。

"呜——""猫"一看见她哭，也跟着哭。

"呜——"森森也起哄。

"呜——"

"呜——"

全教室里的人都"呜呜"起来，好像变成了一种很大的乐趣。管弦系的女孩用琴拉出"呜呜"的声音，圆号和长号也"呜呜"起来，"呜呜"声越来越大，震耳欲聋，致使好几个人真的哭起来。"懵懂"已经哭得伤心至极，好像她的腿断了一样。最后还是圣诞老人用小号尖叫了一声，把这"呜"声骤然中止了。

"我要吃蛋糕。""猫"说。

"我也要吃蛋糕。"莉莉说。

聂风端来了一个他去定做的大蛋糕，奶油上用巧克力挤出几个字：T、S、D。

"懵懂"一看见这个蛋糕就尖叫起来。大家不约而同地往黑板上方看。那个镜框在冷风中摇啊摇，"懵懂"跑过去就想把它摘下来。

"别动。"森森止住她。

"全是它，全是它干的。"

"别动！"森森抓住她的胳膊。

"全是它，全是它干的。""懵懂"扭着胳膊。

"别去动它！"

"你别管！全是它，全是它干的，全是它干的！""懵懂"挣开森森的手，咬牙切齿地冲"镜框"跑去，爬上讲台桌，伸手去揪那个"镜框"。

森森在下面一下把讲台桌撤了。"懵懂"从讲台桌上滚下来。她躺在地上，泪流满面。森森扶着她肩膀一个劲儿说："对不起对不起。为了小个子你别摘它。对不起对不起。""懵懂"捂住眼睛，让眼泪从指缝里流出来。

二十三

又是一个夏季，作曲系这班学生的毕业典礼快开始了。森森在国际作曲比赛中获奖的事恰在毕业典礼前公布。当那张布告一贴上墙，作曲系全体师生无论在干什么，都跳起来了。连李鸣也从被窝里钻出来，跑到森森琴房打了森森一顿。森森简直不相信这是发生在自己身上的事，他想揪住李鸣问个明白，可李鸣打完他就大笑着溜走了。森森的手心出了一层冷汗，他狠狠揪了揪自己的前额头发，对着在镜子里龇牙咧嘴的脸使劲打了一拳。然后捂着发疼的脸跑出来看布告。等他发现这是事实时，他就跑进琴房，把门锁上了。

李鸣为了森森的作品获奖之事从被窝里钻出来后，就再不打算钻进去了。他把马力的铺盖重新捆好，整整齐齐地和马力的书箱摆在一起。明天就会有人来取它们，这次是真的。但李鸣仍不放心，还是写了个条子在上面："请你爱护它们。"李鸣坐在马力床上，想起马力最后一次在宿舍的情景。那是假期的前一天，晚上不到九点，马力就钻进被窝。李鸣想叫他起来打扑克，他死活不肯出来。"你放了假有的是时间睡觉。"李鸣隔着被子打他，他还是死活不肯出来。床下放着的全是他要带走的书，从西洋音乐史一直到梅兰芳京剧曲谱。李鸣怀疑他带这么多书回去是否看得完。"你想在这儿把觉睡够，回家去看书？"马力没理他，鼾声大作，李鸣站起来，走到钢琴旁，想用琴声吵醒马力，可脚下又被绊了一下。他低头一看，是马力的另一个书包，那里面又是书，全是精装的总谱和音乐辞典。李鸣把那书包拎起来，一下放在马力身上，然后把所有马力的书包都堆在他身上。现在想起来，李鸣真后悔。那天晚上，李鸣拿书活埋了马力。要是他不把书放在马力身上多好。要是他把马力从被窝里叫出来多好。马力，马力。他干吗老睡觉？死亡可不管你醒过多长时间，它叫你接着睡，你就得接着睡。它叫你消失你就得消失，它叫你腐烂你就得腐烂。马力，马力，你干吗老睡觉呢？毕业典礼就要开始了，毕业典礼一结束，大家就各奔东西。李鸣急于想去的就是教室。他想在典礼前去摘下那个功能圈。这是他唯一想带走的东西。他走到教室，新年拉的红纸条还留在那儿。功能圈的镜框还是歪斜着。他蹬上讲台桌，伸手去取那镜框，突然小个子的话在他耳边响起来："不，我带不走。"李鸣的手缩回来。他想了想，随后把镜框摆正，掏出手绢擦了擦，跳下讲台桌。

毕业典礼开始时，森森还在琴房里。楼道里空无一人。这个充满噪音的楼道突然静下来，使空气加了分量。森森戴着耳机，好像已经被自己的音响包围了半个世纪了。他越听思路越混乱，越听心情越沉重。一股凉气从他脚下慢慢向上蔓延。他想起孟野；想起"懵懂"冲着功能圈为孟野大哭；想起小个子到处给人暗示；想起李鸣从来不出被窝……所有的人在他眼前掠过，像他的重奏那种粗犷的音响一样搅扰他。他把抽屉打开，用手无目的地翻来翻去。还有一支香烟，可火柴已经没了。有半张总谱纸躺在里面，还够起草一道复调题，他把整个抽屉都抽出来，发现最里面有一盘五年都不曾听过的磁带，封面上写着：《莫扎特朱庇特C大调交响乐》。他下意识地关上了自己的音乐，把这盘磁带放进录音机。登时，一种清新而健全，充满了阳光的音响深深地笼罩了他。他感到从未有过的解脱。仿佛置身于一个纯净的圣地，空气中所有浑浊不堪的杂物都荡然无存。他欣喜若狂，打开窗户看看清净如玉的天空，伸手去感觉大自然的气流。突然，他哭了。

无主题变奏

徐　星

幸好，我还持着一颗失去甘美的种子——一粒苦味的核

幸好，我明日起程登山我要把它藏在

最隐秘的山涧，待它生命的来年

开花飘香，结一树甜蜜

结一树过去

在那没有鸟语的群山深处

一

也许我真的没有出息，也许。

我搞不清除了我现有的一切以外，我还应该要什么。我是什么？更要命的是我不等待什么。

也许每个人都在等待，莫名其妙地在等待着，总是相信会发生点儿什么来改变现在自己的全部生活，可等待的是什么你就是说不清楚。

真的，我什么也不等待。这么说并不是要告诉你我与众不同，其实在另外一个意义上我又太知道该要什么了，要吃饭要干活儿。

除此以外凡是摩登玩意儿都和我不相干。

如果我突然死了，会有多大反响呢？大概就像死了只蚂蚁，也许老

Q会痛苦几天，也会很快过去，她会嫁人，在搞她的所谓的事业的同时也不耽误寻欢作乐，把以前对我的千娇百媚同样地献给另外一个男人。

既然我最爱的人都是如此，那么我还能对谁有那么点儿意义呢？

我不喜欢老Q那些艰深的音乐，据说德彪西经常无主题什么的。尽管有时我也迷恋柴可夫斯基谁谁谁的，可我不喜欢一件乐器的单调声音，除了小号。小号也单调，但是它总是热热闹闹的，那感觉就是有点儿棒，出来进去的。

可惜老Q弄的偏偏不是小号，这一点在我们热烈相爱的那阵子，倒是真让我给忽略了。尽管她拉的是意大利名家提琴，尽管它有几百年的历史，我还是不能容忍那些一串串指法练习、试音、调弦什么的。那他妈太无主题了，无主题还好，无内容、无连贯，除了它徒具形式以外还真是有点儿像我写的小说。这一点常常使我惶惑不安。

我纳闷儿为什么她不能拿起琴来就给我拉点动听的东西，而是长长一段时间由噪音编织成的预备期，一下子就倒了我的胃口，就像拼命咬了一口苹果却咬断了一个又大又粗又胖乎的虫子。

她说我不懂，我也许的确不大懂，就这样她走了，八成又是去哪儿调那四根宝贝弦了。不过她会回来的，我相信她还会继续爱我。

若干日子以前，我们走在月光下，她曾低声对我说，要是我们分手，那她背后的一座大山就突然消失，她回过头来，只会看到一片荒凉、迷蒙的原野，自己就像一个孤零零的影子。我感动得真受不住了，一股温情一个劲儿往上涌，一转身钻进了一个就近的小酒馆儿……

也许没出息，也许。

我走到街上，随随便便地，真是车如流水马如龙，大千世界，芸芸众生。可我孤独得要命，愁得不想喝酒，不想醉什么的。我去看了一场电影，不过不仅没能解脱，反而多了不少晦气。那些地下工作者，穿着曲线毕露的旗袍，露着大半截儿大腿在前面拼命跑，几个坏蛋在后面玩命儿追，可就是追不上，有摩托车也不行。见了他妈鬼了。什么坏蛋，反正一概男的追女的。所以当然不能让他们追上了，导演还得给他们安排扒衣服什么的，大大有伤风化了。说实在的，我始终不相信那些油头粉面的男女们就是当初的地下党。要真是，救民于水火之中就太轻而易举了。

二

回到家里，我信手拿起前些天那个外号叫"现在时"的"诗人"送来的诗集。这诗人喜欢用英文写诗，不知是刻意朦胧还是水平有限，永远用不准时态，所以大家叫他"现在时"。反正他大概会终生用下去。

老Q先读过了，她不客气地说了一句"破玩意儿"。这诗集确实让人倒胃口，尽是什么"我是什么什么""我像什么什么"之类的句子，就像没有他就没有了一切。你是什么呀？你是大屎蛋一个，你像什么呀？像美尼尔氏综合征患者！我见过，犯起病来尽管吐着白沫，嘴里也不会停止无休无止的号叫。也许他以为诗产生美就像东施皱皱眉头那样容易。

那一年我刚离开学校不久，我不是说毕业，你别误会。幸好九门功课的考试我全部在二十分以下，幸好高考时的竞技状态全都没有了，幸好我得了一场大病，于是我和学校双方得以十分君子气的分手，双方都不难堪……

那一年是文艺界的古典主义大复兴，那时人们还不以谈论萨特、弗洛伊德什么的为荣。书店尽是些奥斯丁、济慈，音乐厅也尽是些贝多芬什么的。我也偶尔去去音乐厅。

男人们高声卖弄，女人们嗲声嗲气，简直是时装展览会上的一群模特儿。选择音乐会开始前的音乐厅广场来搞社交真是恰到好处。从广场到音乐厅门口，一路上尽是脂粉味儿，我敢说这帮人没有几个懂音乐的，不过是装模作样附庸风雅罢了。要附庸风雅只要会玩命儿拍巴掌就行。我琢磨从这群姑娘中随便站出一个来让她在贝多芬和夏洛克之间选择，她准会毫不犹豫地选中后者。贝多芬追求爱情的一生即使延续到今天恐怕也没多大指望。这责任也许不尽在女人，金木水火土阴阳五行，缺一不成物质世界呀！

一个外国小妞儿也在人堆里钻来钻去的，还用手帕捂住鼻子，东张西望大概在找谁……

"现在时"居然也在这里，大概来搞点社交什么的。他曾是我的同学，因为哲学考试等知道不少辩证法什么的，所以总得优，总惦着考研究生。在这个意义的比赛里，这小子还真是不难得分。

"怎么，你不打算调动调动了?"

真他妈恶俗恶俗的。"现在时"听说我分配在饭店工作，于是对比出来一大堆优越感。听他那口气，好像我比"四人帮"时的一个政治犯还值得同情。我真纳闷为什么大学里尽是些如此货色，难怪我那外号叫"老讳"的哥们儿解释他为什么上大学时说："大学里高雅的小娘儿们多。"

"对，我哪儿都不想去，就想在饭馆里混一肚子好下水。"我随便应付着，"你呢? 你过得怎么样?"

"写点儿东西。""现在时"满认真，我差点儿没乐出声来。

我读过他写的东西，尽是些扯淡话，什么"人生海洛因幻景"啦，什么"我是和着玉米面蒸的发糕"啦，这个比喻还算确切。他那张脸真像一个倒立着的大窝头。还有，还有，还有什么"人是一碟两毛五的炒三丝儿""真善美是口香糖""真正的痛苦在于一无所爱"什么的，整个的一本箴言哲理集锦。他居然什么都知道，可我无论如何想象不出人怎么会是炒三丝儿?

寓意? 幽默? 深刻? 见了他妈鬼了! 要是我有一点儿喜欢他，我一定会教他玩儿赌点钱的扑克什么的，免得他总是虚度光阴。

那外国女人走过来了，原来和"现在时"是一起的。"现在时"赶快抛下我和她聊了起来，一群姑娘羡慕地盯着他们看，看那外国妞儿的扣子发式什么的。

在那么一个意义上，"现在时"永远得不了分，我比他高大、健壮、漂亮得多。以前我最爱听那帮姑娘们大失所望以后的腔调："哟——我还以为你是搞'艺术'的呢!"真能让我笑破肚皮。我得意极了。我真想用我的天赋优势把北京所有的嗲声嗲气通通乱骗一通，那该多有乐儿!

那外国妞儿用一种我再熟悉不过的眼光瞟着我。原来外国女人也会他妈那个……"现在时"大概感到了一种不安全感，赶快对那妞儿咕噜了一句什么，那妞儿一脸不解的神情。我琢磨着也许是"现在时"用的时态又出了些阴错阳差，他阿谀地用手比画着，那妞儿笑了起来，那群姑娘们虽然只识QKA也不甘寂寞，斜睨着我也跟着讪笑起来……"现在时"一定利用了他的一点儿阴错阳差的优势。偏偏我今天竞技状态良好，我大吼一声："喂！老浑蛋！过来，今天该向你要欠我的赌钱了，过来吧！——"现在时"装聋作哑，赶快去弹弹烟灰。这小子真逗人乐，刚才还和我乱七八糟扔了一地烟头，现在居然跑到二十米以外的垃圾箱去弹一下烟灰。这外国妞儿使他"文雅"了一小会儿……

那天也是我第一次见到老Q，她穿了一件鸡心领的黑纱半袖衬衣，浅蓝色的牛仔裤，梳着一个马尾巴辫儿。她整个的身体被一身瘦瘦的衣服包裹着，显得圆鼓鼓的；最能显现出曲线的部位随着皮鞋跟儿诱惑人的响声，有节奏地颤动着，好像无时无刻不在向四面八方发散着弹性；加上两只流连顾盼的眼睛，真能颠倒了每天站在街头巷尾期待着艳遇的芸芸众生。

她没票，踱来踱去，那双腿的优美姿势就像一匹健壮的马在不安地等着一个好骑手，这可真是个要了命的好机会，"现在时"刚刚给了我两张票，他这方面的路子直通罗马。

我大概是太主动了，说话的热气扑到她脸上，她警惕地看着我，眼睛像大山猫，拿过票谢也不谢甚至连钱都不付就走进剧院了。

不用说，我挨着她，她胸前的艺术院校的校徽熠熠发光，更搅得我心神不定。大学里看起来也有好姑娘，也许是我离开大学后好起来的。不知是我身上哪根神经起了一点怪不拉叽的作用，我尽力朝别的地方看，可还总是看见她：黑暗中两只又大又专注的眼睛直盯着乐队指挥。她居然不看我，连一个稍稍的暗示也没有。是否因为我不是卡拉扬、小泽征尔什么的？

我向来不会对人酸文假醋的，该说什么就说什么，该干什么就干什么，可那大山猫似的眼睛使我不敢造次，我甚至想到了讨还票钱那最后一招儿。

"喂！开导开导吧。"我终于忍不住举了举手里的节目单。

正好是一个谐谑曲乐章。

那大山猫似的眼睛又盯了我几秒钟，盯得我直难堪，我真想用嘴皮子遮上它。

半场过去了，德彪西的一个曲目快完了的时候，她突然转过身来："听！这是要抓住什么的感觉。"口气冷冰冰地像我握着的铁扶手。

那根起作用的神经终于松弛下来了，我不用直勾勾地看着她了，最后一招儿也可以弃置不用。可是和她谈话困难，我像敲着一块雄石的各个侧面，看看哪一面能迸发出些火花儿。我敲得精疲力竭，可发现的还是 nothing。

不过以后发生的一切都证实了我当时进取精神十分可嘉。

音乐会结束了。不时有人和她打招呼，好像她认识全世界所有的红男绿女，不过招呼打过了她也没忘记回头找我。

"我也往那个方向走。"我大概是迷失方向了，那个方向对我来说正好南辕北辙……

一路上她偶尔笑笑，不过总是沉默，这非常吻合我今天产生的那种要命的要向别人倾诉孤独的欲望。我真想和她谈点儿只有知己间才会彼此倾吐的话。

三

我真正喜欢的是我的工作，也就是说我喜欢在我谋生的那家饭店里紧紧张张地干活儿，我愿意让那帮来自世界各地的男男女女们吩咐我干这干那。由此我感觉到这世界还有点儿需要我，人们也还有点儿需要我，由此我感觉到自己或许还有点儿价值。同时我把自己交给别人觉得真是轻松，我不必想我该干什么，我不必决定什么。每周一天的休息对我来说会比工作还沉重，每当这一天到来之前，在下班的路上我都会作出种种设想：比如我将爬在阳台上数数马路上一小时能有多少辆车，都有哪几种；或者走到楼下，数数这栋楼房究竟有多少扇窗户，其中有多少是关闭着的什么的……不过每每都被老 Q 那高亢的进取精神破坏。她把我扔在她家里而独自前往，这倒也没什么，重要的是破坏了我的兴致，我怎么能像她要求那样刻苦攻读什么，我怎么能像她那样抱着德彪西、威尔第什么的？

我走进公用电话间，下意识地拨了老 G 家的电话。她也曾是我的酒肉朋友，不过据说最近戒酒了，买了本陈琳什么的课本在家跟着电视机学 ABC。

"喂喂!"对方还是没人来接,最好还是快点儿来接,让我来不及腻味,也许一转念我就把电话挂断了。

"Hello——"好!看来老G学得真棒!已经会用了。

"喂,我们一起吃饭吧!"

"嗯——"她拖长声音,又是他妈老一套,"我挺忙的,不过……"

"你忙个屁!"

"好吧,老狗!"

如果有什么让我厌恶,那一定是女人搽的那么一种东西,我反正说不上名来,就是搽在脸上像石灰,闻起来也像石灰的那种。她就是带着这种味儿来的。

我不吱声,可心里沮丧透了。

她吃起东西来,两腮就像塞进去两个鹅蛋,还用染成红颜色的小指甲剔牙。我忍无可忍了,尽管是她做东也不行。

"你真他妈讨厌透了。"

她怔了一下,站起来就走了,一副矫揉造作的步态,短发一甩一甩的,她八成觉得自己怪潇洒。在过去我们的多次交往中,一触及她不满意的什么,她总是拔腿就走,不管什么场合,留下我一个人,傻乎乎的,然后就像通常书上写的那样"悻悻"地也走了。

我想去找老讳。我喜欢老讳,他是我那短得可怜的大学生活中的唯一知己。说到老讳实在是无可奉告,这人属于碌碡压不出个屁来之类的人,我喜欢他那憋着偷咬谁一口就跑的狗一样的眼神。在那灰色的七层楼上,七〇七房间,我曾有幸和老讳睡上下铺。我失眠时来回翻身,心想他少不了为此吃苦,没想到连他的呼吸声都听不见。我怀疑他会得什么暴病死了,爬在床沿儿一看,月光下他两只眼睛放射着两条恶光,吓得我忙不迭用被子把头蒙住。

同宿舍当中只有他是真正"矜持"到底的。刚住在一起的时候,除去我,其余几个人都清高矜持得要命,好像对方是瘟疫一样,谁也不主动接近谁。可是没过几天互相又为了过于接近,比如谁用了谁的脸盆了,谁喝了谁打的水了,谁用了谁的刷子刷皮鞋了什么的争吵不休,只有老讳超然物外。

要说起老三届确实和我们不一样,我觉得我们刚好在两代人中间,是既有古人又有来者。老讳对我来说真是古人了。他饱经沧桑，什么黑龙江、广东、山西什么的……有一次他对我说他十岁以前看了大部分巴尔扎克，一个月记一千英语单词。我十岁时对外国的了解就是他妈的《海岸风雷》。他拿出他初一的课本给我看，那上面尽是些"庆历四年春，滕子京谪守巴陵郡……"什么的，我想起我初一时的课本上，尽是些批林批孔、儒法斗争！老讳给我讲起那时候的"老泡儿""喳架"，都是先互通姓名——颇有不斩无名将的阵势，一个只要承认"栽了"，另一个就会马上住手，于是两人一起喝酒。而我们"喳架"是大板儿砖块玩命儿往后脑勺上拍，拍完撒腿就跑。看来我们是不一样，只不过那些上了岁数的人看不出我们之间的差别，叫我们为一代人罢了。

有人说一个人幼年的经验能影响他整个的一生，老讳大概是幼年接受的全是好得不得了的经验，所以他的成绩在全系里总是名列前茅。

我奔向一条曲里拐弯但偏偏取名叫笔直胡同的地方，找到一个大杂院儿，一进院门就是一个套着胶皮管的水龙头，一个驼着背的老头用一条脏得说不出颜色的毛巾擦背，弄得水花四溅。小孩子们的哭闹、大人们亲昵的咒骂和一阵揪心扯肺的京胡组成了一部热热闹闹的大合唱。院子虽大，挤满了各式各样的小厨房，显得非常拥挤，一条环绕着这些小房子的小路到每户人家的门口分出一支。从院门口无论去哪家都要踏上这条迷宫似的小路，不时有个穿着裤衩、光着脊背、摇着偌大蒲扇的男人趿着鞋走过，或者一个最多穿件背心的妇女走到龙头前来倒脏水。花花绿绿的时髦衣服晾在铁丝上，衣服上的水嘀嘀嗒嗒地落进摆在地上的一排用旧尿盆什么的代用花盆里，一些连植物学家也未必能叫上名来的小花小草在旧尿盆里开得还挺茂盛……

我绕到老讳住的那间窗户上严严实实地糊满《参考消息》的房间门口，敲了敲门。

"谁呀？"一阵窸窸窣窣，我等了老半天，那扇不带玻璃的门终于开了。我大吃一惊：来开门的不是老讳，而是七〇七房间另一个叫"伪政权"的怪杰。我走进一看，一个小妞儿正襟危坐。

"老Q怎样？"他先发制人。

"还活着。"我大失所望。

"伪政权"也是我离开大学的一个重要原因，当时我过于偏激，羞于与这种人为伍。

"伪政权"在我们几个人中出身最好，据说他爷爷曾留着辫子留学德国什么的。一般要说起附庸什么大概就是附庸风雅，而他偏偏附庸流氓。据说他风流事儿不少，由此我想到现在一部分姑娘大概不喜欢小伙子的一身又黑又亮的腱子肉了，欣赏的却是两条麻秆似的杏熟打杏枣熟打枣的细腿……你要是有兴趣恭维他一句，他马上就会变得粗俗不堪并以此为荣。他左眼皮上有道疤，每天如果有八个小时洗漱时间，他一定会用七个半小时照镜子，余下的时间则"半缘修道半缘君"——半用来梳头洗脸一半用来为这道疤静默惋惜，然后大步流星神采飞扬地去教室。据说有一天他大胆向一个女生表白心迹，对方委婉回绝，他死缠不放问为什么，那女生被逼得没办法了只好从实招来："什么也不为，就为你眼皮上的大金边！"于是他就被大家叫作"金边——傀儡政权"，因为叫起来顺口，大家又简称"伪政权"。

"他是写小说的。"他居然向屋里那个二十岁出头的小丫头这样介绍我。

"哦！是吗?"又是一个嗲声嗲气。还是老G好点儿，虽然涂脂抹粉，可不装模作样。

"我不是写小说的，我是饭馆儿的。"我一点儿也不想抬举"伪政权"，心里琢磨着老讳为什么会把房子借给他。

那小妞儿的表情开始起了些变化。"这是我老婆。""伪政权"指指她，我差点没呕出来。这小妞大概就是"现在时"小说里描写的那种"没有爱的痛苦"的荡妇什么的。

"你写爱情的?"小妞儿发出一声猫叫。

"我常写和老婆打架，写啃猪尾巴、吃驴蹄子什么的。"

她向上翻眼睛，故作意味深长地看着我，那股劲儿恨不能把长睫毛塞到我的眼睛里。

"下棋吧。"我对"伪政权"说，"我本来是来找老讳杀两盘儿。"

"老讳把房租给我了，每月三十五块。"

"哦！"我心里想老讳真是赚钱有术，"三十五块买一月风流，不贵。"

他把棋拿出来了，不过看得出来不大情愿。

我选择了黑色，我就喜欢这杀气腾腾的颜色。

"走吧，"我心里琢磨着这将是一场不按规则进行的比赛，因为我要杀得他忘了马应该走日，象应该走田。

"当头炮!"真他妈俗，就像"现在时"写的小说。

我把老将儿往上推了一步……

尽管吃掉他的子儿以前，我总是提醒他，让他缓棋，可他还是输了个一塌糊涂。他开始面红耳赤，硬要和我拼一拼，我也赢得腻味了，不想玩儿了，可是不让他在他老婆面前赢上一盘儿。我也难以脱身。

"晚上有俩哥儿们请我喝酒。"他拇指向上一挑，夸张地说。这姿势和语气再加上那据说是他爸爸出国去考察时带来的精致眼镜简直就是一幅漫画。这是一道不太巧妙的逐客令，我懂，不过我想装傻。

"请你喝汽水儿?"

"哪儿呀，喝酒!"真要命，这人缺点儿幽默感。

"我也去凑两杯吧!"

"那几个哥们儿你都不认识。"

"可能，不过酒我总能认识。"这一次他总算听懂了，脸上青一阵白一阵。我真想去见见他那哥们儿，不过因为心里毕竟还装着老Q，就告辞了。

四

我重新走到了大街上。东张张，西望望，看看商店橱窗，逛逛书店，才五点多钟，这钟点正是我无聊的高峰，如果不是休息也正是挤公共汽车的高峰。我只盼着今天快点儿过去，今天实在是让我讨厌。

于是我钻进一家小酒馆儿，买了一盘花生豆儿，打了半斤白酒，坐了下来。

一对小青年手拉着手在"嗞啦嗞啦"地吃面条，边吃边谈得热火朝天。

"你看过'车基斯基'的书吗?"一个甜丝丝的问话。

"怎么啦?"一个瓮声瓮气的回答。

"你就应该像那样爱我。"

"我他妈对你够可以的了，我借钱买了那么多东西给你，我妈差点没跟我玩命儿。"

我一阵心酸，把酒倒在烟缸里，扔进一个烟头，那大花瓷碗都没退回五毛钱押金就走出来了。

我走到音乐厅门口的台阶上坐下来，痴呆呆地看着行人。我琢磨着我是否属于没出息的那一类人，我想着我除了工作干活儿以外，还应该要点什么？向谁要？

老Q曾对我讲过她把人分成四类：

聪明的好人，聪明的坏人。

愚蠢的好人，愚蠢的坏人。

"你就是没有坚实的臂膀让女人来靠上疲倦的头。"有一天老Q曾用这句诗来和我开玩笑。

"我倒是希望能在一个女人的温存里休息上他一辈子。我除了头不疲倦，哪都不行了。"

"女人更疲倦。"老Q也许说对了，不过我不愿承认，她大概看出了我的心理活动，不知为什么归结到这样一句话："你是聪明的坏人。"

老Q曾约我去看了场演出，为了这件和我们双方都风马牛不相及的事，按照她的归类法，我也给她归了类。

在剧场门口，我们看到一个穿着一身油腻腻的工作服的小伙子用高价买了张票后，拿胡萝卜般粗的脏手指头小心翼翼地抚了一下票面。唱歌的、跳舞的、演戏的我着实认识一大帮，经过筛选我就看老Q还像个好样儿的。这些人绝不会把这小伙子之类的人放在眼里，他们不过是从这类人手里巧取他们的血汗钱罢了。别看他们唱个歌跳个舞以后左鞠一个躬右行一个礼，好像观众席上坐的都是他们七八十岁的老爷爷，其实心里想的就是快点儿散场好让他们早点儿分红。据说有个什么演员在台上大吼"要不要吻我"什么的，这小伙子真该上去啃啃她那漂亮脸蛋；然后心里想着也没少吹口哨儿起哄，怪满足的，第二天接着去焊大铁门什么的。

那天就是这样一场"明星"荟萃的音乐会，乐队坐得像大碗喝酒、大秤分黄金的梁山泊好汉们的座次。我在最后一排发现一个像老Q的提琴手，居然拉得还真卖力，让我伤心。我把她指给老Q看，她黯然神伤，大概联想到了自己的命运……

今天晚上是场世界第一流的提琴演奏会，老Q会来的，她绝不会错过这个机会。

也许我真爱她，她也爱我？也许！

她来了，带着面包和泥肠，就像什么也没发生。

我实在不愿看一个提琴手在台上像拖地板似的拉来拽去，而且拽得满头大汗，不过我没敢说。

演出完了，我们走出音乐厅，我表示愿意让她挽着我，就像我们以前多次和好时那样，她故意不理我，嗔怪地说："你现在什么也不干。"

可我知道，她是想温柔点儿。

"我在写呀！"

"你写个屁！"

"你不懂。"我笑眯眯地把我写小说的绝招儿第一次告诉她，"我每天想起一点儿就写一点儿，没主题也不连贯；等写了一把纸头了，就把它们往起一串，嘿！就成了。这叫纸牌小说，跟生活一样，怎么看都成，就是不能解释。"

她笑了，我也兴高采烈地告诉她我看了一场助泄的电影，可我没敢说出于无聊去下了象棋，更没敢说起老G请我吃了晚饭……

五

看来老Q不把我拉到那样一个水平上她绝不会罢休，她一定要把我变成一个和那些人一样的人。我是说——那些搞"事业"的人，那些穿着讲究、举止不俗、谈吐文雅或许还戴个眼镜什么的人。可无论怎样，那些人搞的任何东西我不是不懂，就是不喜欢，可以说凡是我懂的我都不喜欢……

我想起"现在时""伪政权"以及我们七○七房间里其他几位做学问的人，当你问起他们为什么而学的时候，没有一个人能说出所以然，甚至都没有说为革命什么的。只有老讳除外，那天他终于露了一手儿给我。

"我玩命儿学，玩命儿干是为了让有更多的人了解我需要我。"这就是我喜欢老讳的原因所在，他不说就是不说，一说就是实话。其余几位每当我想起他们就不会为自己因"病"退学而感到半点儿懊悔。这些人在外面都是衣冠楚楚、一表人才，而"现在时"脱下油光可鉴的皮鞋，满宿舍的人都准备逃亡，因为他从不洗脚。

难道老Q真的希望我和他们一样？

"你的生活态度是向下的。"老Q曾这样对我说。这个结论我不敢苟同。我认为我看起来是在轻飘飘、慢吞吞地下坠，可我的灵魂中有一种什么东西升华了。生活中能让我振奋的东西很多，比如黄昏时分到郊区一片大山的山脚下眺望群山，猜谜似的想象着最远的、晚霞缭绕着的、太阳依傍着的那座山，山那边是什么？是海？是草原？是一片金黄色的杏园？……

山那边是什么？

有一天我问老Q，她作出了一个非常不诗意的回答："山那边还是山！"也许她说得对，但我不愿相信。山那边仍将让我振奋。虽然这个回答已经深深地印在我的脑子里了……"不过有山就总会有登山的人。"我说。

再如你为别人做了点儿什么，得到了别人由衷的感谢等等，都让我喜欢，令我振奋。老Q为我写小说介绍了不少名人给我，大多是些名声大振的中年人。

"写小说一定要有个小圈子。"她说，"大家互相读读作品，进步会快些。"

"写小说怎样、怎样——"名人们的开场白各有千秋。

"嗯。"我通常不置可否。

"你今年多大了？"

"二十。"

"在哪工作啊？"

"在××饭店。"整个儿一个口述户口簿。

"是吗？"最精彩的时刻到了，于是那只有名人们才会有的混浊无光的小斗鸡眼开始发光发亮，谈话到这阶段开始千篇一律。

"上次我们去吃饭，排队等了一上午，以后找你就方便多了。"

"下次我帮忙。"我他妈忍气吞声。

"师傅，我请了几个外国人，您能不能照顾一下？"

"外国人？火星人也他妈照样排队！"

我开始奔波在这些名人中间。按道理说我这样二十岁的年纪够老了，再加上十二年前就曾流浪各地，再也不应该为小小不言的什么翻船了。可有的时候想入非非的侥幸心理总是能战胜你，比如说你在一个十二月的三更时分流浪到了张家口，如果那正是一个寒风能把人撕成碎片的夜晚，如果你在等待，等待着一列驶向温暖的火车。你用手暖耳朵，再用呵气暖手，最后你捡了一根草绳子系在腰里，开始在站台上拼命跑。当你发现为一切都无济于事时，这车就是不来，于是你说——唉！我敢打赌，那时你就是想不到火，想不到家里那张单人的钢丝床和那床棕黄色的毛毯。你只是侥幸地想到哭。你会想——哭吧！大哭一场也许风就会停了，车就会来了。于是你对着猪肝色的夜，咧开大嘴号啕一场。

"人没有对象就没有价值。"自从我少年时期读到费尔巴哈的这句话以来，我一直琢磨至今。小说——是不是我的对象。

六

老Q终于和我分手了。

自从那次和好以后，有一段时间里老Q对我不再那样苛求了。我们都尽量避免那些敏感的问题。我们相安无事。不过她提出了一些条件，例如不能干扰她练琴什么的。

为了适应我，也许她把一周的工作都压缩在三天之内了。因此一星期我们总有三四次见面，也许会出去玩玩喝点酒什么的。她要求我每次见面时都讲点什么给她听，比如我们分手前的最后一次见面我还给她讲了《伪币制造者》，讲了老斐奈尔怎样偷看母亲往日的情书，发现自己竟是私生子，于是愤然出走，给他继父留下一封恶毒的信等等。

我不愿知道我们为什么分手，但我知道。

那是一个星期三的中午，我接到她的电话。

"喂，告你一个好消息！"

"我有一段时间没什么好消息了。"

"有一个学校招生，专业挺适合你的——"

是不是战幕又拉开了？这次可是她开始的。

我抑制住气愤，稍稍沉默了一会儿，她在电话那边等着。

"我说——你离开我算了。真的！老Q，算了吧！"

沉默。

"还有事吗？我现在正忙。"

"晚上在老地方等我，你妈的！"她急了，恶毒地咒骂了一句，"啪"的一声挂断了电话。

下班后，我步履蹒跚地走向老地方——我们第一次见面的地方。我并不劳累，只是神情恍惚，脑子里各种五彩缤纷的念头交替出现，视而不见，听而不闻，怅怅然宛如在梦中。公共汽车拼命地鸣喇叭，自行车铃声响成一片。警察在十字路口的岗亭上团团乱转，人们背着、提着各式各样的包，吃着冰棍，看起来谁也不像我这样傻乎乎咧着嘴胡乱东张西望，脑子里空空如也。

五点来钟的太阳还是明晃晃的，我眯起眼睛看着站在对面电话亭边上等我的老Q，她穿了件无袖的连衣裙，两个肩膀圆滚滚的，煞是招我喜欢……

"你不要命了！"一辆大轿车在我身边不到两米的地方紧急刹车，刹车声真他妈难听。司机"砰"地关上车门，一个箭步跑到我面前，马上就有一帮人围观。

有的时候你就是说不清楚心里为什么愉快，有的时候你什么也不想只是一味地缅怀那些无时无地的印象，于是你就可能面带傻气十足的微笑。

"说你呢！听见没有？"

"说我？"

周围的人"哄"地笑开了。

"你他妈有毛病是不是？"

"对！我今天早晨从安定医院跳墙出来的，医生追了我七百里地……"我扒在他耳边说，神秘地看看四周。

司机疑惑地看看我，往后退了一步。警察跑来了，围观的人越来越多，我觉得很得意：老Q老Q，我正在这儿露脸呢，你怎么看不见？

我踮起脚向她微笑着招招手，这回你可要原谅我，不是有意迟到，而是身不由己。

人们的视线一起转向马路对面，老Q终于看见我了，她急忙跑过来，还不忘选择人行横道。风把她那棕色的连衣裙吹得紧裹在身上，我心爱的！

"这人缺心眼儿。"

"多危险哪！"

看热闹的人七嘴八舌，真他妈讨厌！据说日本人在大街上绝不围观，人们都忙忙叨叨的，怪不得他们都富得要命。

老Q上下打量我一番，发现我还完整，连忙向司机道歉。老Q真棒！举止不卑不亢恰到好处，司机一定是被她的气质慑服了，回到驾驶室用那五十多分贝的喇叭出气去了，于是人们作鸟兽散。

警察把我们带到交通岗亭，训斥了老Q一番，意思好像是说像我这样的人过马路一定要有人领着，老Q大概连连点头什么的。我只是回忆着刚才老Q跑来时那漂亮的、撩动我情思的步子，最后好像听到警察问我们是什么关系。

"我是她舅舅。"我赶快抢着回答，老Q吃惊地瞪了我一眼，拉着我走了。这回是她带着我，走在人行横道上。

过了马路后，老Q问我为什么是舅舅不是外甥，我也说不上来。接着她就一声不吭。

突然她呜咽了一声转身走进路边的小花园里。我走过来坐在她身边，拿出那套无聊的伎俩。

"你陪我去精神病院吧，我想去检查检查。"

她不说话。

"我去了那儿就太棒了，什么也不用负责。除了听见摇铃就去吃饭以外，整天可以憨不拉几地用手摸着肚子晒太阳。"

"你他妈懒死了，你别这么胡说八道好不好？"她终于忍不住"扑哧"笑了。

唉！老Q！其实我们都是孩子，对！我们都是自然的孩子，无论是教授、部长什么的也都是。自然给他们阳光、空气、水，也同样给我。你何必强我所难？

"好啦。"我装作一本正经，"把你的计划告诉我吧！"

我不得不说，她又是向我宣战了。什么"要现实些"啦，"要有个自我中心"啦，"自我设计"什么的，难道我的这种和千百万人一样的普通生活继续下去的话真有灭顶之灾？于是，我答应去报名，去考试。不过恐怕整个是一本幻想……

七

几天后，我就坐在××学院的一个大教室里考试、考试……

我看着卷子上那些一道道琢磨不出有什么意义的题发呆，几年前考大学时的那种自信和竞技状态不知为什么丝毫也感觉不到了。

"什么是形象思维？"

奥赛罗迈着铜锤大花脸的台步来一段西皮二黄、高老太爷戴顶瓜皮小帽来个托举和祥林嫂的剪式变身跳就是，凡是具备如此创造性的思维活动都可以称作形象思维。

当然了，我不能这样答。什么是呢？我想到了主，我想如果这种时候他不伸出肥胖的、慈祥的手来拉我一把，那他一定是打算在我决定跳楼的那天拉住我，对吗？

他总是他妈帮倒忙！

那天和我一起来报名的那个蓝布小褂儿坐在前面不远的一张桌子上写得专心致志。他一定答得不错，便愿他知道什么是形象思维，但愿他什么都知道，都能写上答案。看起来他竞技状态不错，信心十足。我万分虔诚地希望他能考好，考上了，又多了一个万元户上大学的事例，虽然他未必能在这里学到多少东西……

我伏在课桌上打瞌睡，整个的夏天都昏昏欲睡，可我还在绞尽脑汁，为了爱情，为了不辜负老Q的厚望。

那天老Q陪我来报名，太阳明晃晃的，××学院的教学大楼真漂亮，绿油油的爬山虎一直爬上顶楼。

"你看，要是在这儿受几年系统教育，你会搞出名堂的。"看来老Q对我的价值深信不疑，可她不知道我的价值在大学里怎么也体现不出来。

报名处的两个老师坐在一扇开着的窗户前面，每人面前放着一杯茶。

"外地来的？"其中一个慢吞吞地呷了一口茶，然后客客气气地问那蓝布小褂儿。

"嗯那。"他拘束地点点头。

蓝布小褂儿提着个上面拙劣地绣着几朵荷花的书包，不知出于哪个村姑之手，斜背着军用水壶，裤脚吊得老高，脚上蹬了双塑料凉鞋。

"刚下火车？"

"嗯那！"

"大老远的，喝口水吧！"不知这位老师出于什么意图向另一位故作调皮地挤挤眼，一边用舞台上的表演动作不无夸张地指指保温桶。

老Q大概懂了这位的幽默，"你看，这就是你的竞争对手。"也许有个姑娘对他寄厚望，就像你对我一样："我有点不愉快了。难道七〇七里的那些人之所以丑态百出，仅仅是为了把蓝布小褂儿比下去？难道老Q对我的喋喋不休仅仅是为了让我不至于"沦"为蓝布小褂儿这样的"下等人"？

我喜欢老讳……

轮到我了。

"你的学历证明呢？"

我哪有什么学历证明？不过什么也难不住老Q，她在报名期限的最后一天找来了，不过那证明上写的是高中，完全不顾我曾读过大学。

"请把书包放在椅子底下。只要你一弯腰，我们就认为你是在作憋。"监考老师很客气，这话说得像开玩笑。

这些老师们都客客气气，充分体现了他们的教养。

什么是辩证法？

我开始任意用钢笔在考卷上发表我的见解，那老师能欣赏我的卷子才他妈怪了。

不过开头总是千篇一律的。

辩证法是人们认识世界的一种方法……

辩证唯物主义认为……

也许是最后一天了，所以我第二次来报名的时候几乎没什么人。窗子里面坐的还是那两位，依旧是每人一杯茶。

我靠在大树上喘喘气，究竟是什么力量驱使我为了报名就跑了两趟！

窗子里面的两位显得有点儿无聊，一只苍蝇飞来飞去经过一番选择，终于落在其中一位的鼻子上，他居然懒得挥下手，而是伸出舌头去舔，像他妈牛一样。

另一个想出了一个绝妙办法消遣。他从一摞报名单里随意抽出一张，先端祥了一阵儿，突然哈哈大笑起来，学着河南口音——学得真是唯妙唯肖，不愧艺术院校的——××年——××年，在河南×县××公社中学毕业。姓名×××。有何特长：俺写过四十万字的长篇小说。于是另一个也跟着大笑起来。

我大吃一惊！我感觉头晕目眩。这家伙会不会哪天出于无聊也会拿出我的报名单着实奚落一番?! 我那饱经辛酸的二十岁的一生会不会也让他看得一文不值？假如我考取了，他会不会道貌岸然地在课堂上给我大讲什么社会主义精神文明什么的？

老Q！我只想做个普通人，一点儿也不想做个学者，现在就更不想了。我总该有选择自己生活道路和保持自己个性的权利吧！

那被嘲弄的人如果亲眼目睹了这一情景会作何感想？那河南×县××公社的小伙子，他大概不会多愁善感，但也许会一下子破坏了那个支持他千里迢迢来赶考的自我中心……

我终于把关于辩证法的这道题写出来了，我发挥得淋漓尽致。我想告诉你我怎么答的；对一个人应该辩证地看。比如一个教师是个彻头彻尾的浑蛋，他就喜欢给漂亮女生单独补课，他把农民、工人、当兵的都看成是下等人，可你就不能只说他是个浑蛋，而要辩证地看。

八

发榜后的一个雨天，我和老Q去拜访她的一个朋友。据说此人手眼通天，有点石成金的本领，三年级小学生的诗作，经她"润色"后也能发表拿稿费。我有一段时间曾经急等还清酒账，给她送去过我写的小说。

据我看此人撒谎是一把好手，口气恐怕大于才气几十倍。她企图把每个人都当作一张牌来打，可是打我这张牌对她来说也许扎手了点儿。要是我打她那张牌——怎么说呢？我打"敲三家儿"的话，她就是一张倒霉的草花三；我打"拱猪"的话，她就是一张砸锅的黑桃A。不过我很少玩扑克。

有的人撒谎是可以理解的。比如喊"狼来了"的孩子，一群光秃秃的大山，一群低头吃草的羊，够寂寞的，不妨寻寻开心。再加王二小给鬼子带路打八路什么的，结果把鬼子带到八路的包围圈里，也蛮对，为了革命利益。可一个三十来岁的女光棍还为虚荣撒谎？

纯粹为虚荣撒谎就他妈不大值得了，也许这是出于她的天性？不过三十来岁的女人大概应该有所收敛了。她曾自称是"被社会变得畸了形的人"。

我觉得她撒谎纯粹是因为自以为没有人比她更聪明，真是不可思议。比如她说今天摔了个跟头捡了七百块钱请你吃饭什么的，我就会毫不犹豫地点美尼姆斯餐厅。我还会装出一副羡慕不止的样子，就像江南刺史到了司空李绅家一样。

也许不能说她是个轻浮女人，她不过是习惯了在异性面前发嗲。幸好她还留小姑娘们喜欢的披肩发，所以发起嗲来只不过让人觉得有点儿毛骨悚然，还不至于一下把人吓死。

她长着一张狐狸脸，皮肤蜡黄。奇怪的是她还在屋子里挂些小画儿片啦、洋娃娃啦、高仓健的照片什么的，好像每天都在等着七个小矮人出现的奇迹。

我和老Q找到她家时她正叼着烟卷儿在一张纸片上乱画什么。手上，脖子上戴着一嘟噜廉价首饰。

"我来拿我写的小说。"老Q还在和她寒暄，我开门见山。

"噢！那篇《关于水、关于雨、关于雷的故事》是你写的吗？"她边说边在一个看起来像是放大白菜的筐里翻着，那筐里乱七八糟地放着书报和水果，还有没有打完的毛衣。

"我写的是凯撒和潘金莲的故事。"

"是吗！"她抬起头看看我，"我再找找看。"边翻边嘟嘟囔囔，不知嘟囔些什么，作出一副非常可爱的表情。

"你的小说写得不错,我给××看去了。"又是个名人。

她谈起名人来直呼其名而略其姓。还有一类是按名望大小分别称作×老或老×,好像这些人都是她大家族的成员。

"——哎,对了,你帮我买两条烟怎么样?"

"呸!给你他妈买两条上吊绳儿。"

我一脚踹开门走出来。天黑了,我看着星星深深地吸了口气,然后再深深地吐出那一肚子大白菜味儿。

他妈D!

老Q追出来了。我们一起去吃晚饭。她一言不发,我想今天在我们之间一定会发生些什么。

我们默默地坐在××餐厅二楼临窗的一张桌子旁,窗帷半掩半开,很大的雨滴打在玻璃上慢慢地流下来,街道上的路灯半明半暗。老Q把脸挨近窗子,向外面凝视着。

她的表情莫测高深,手里轻轻转动着斟满浓郁香味儿的"味美思"的高脚杯。我注视着她,不知该说点什么。

老Q继续向外凝视着,我向她摇了摇酒瓶,她摆摆手,又继续看着窗外。我拿过她的酒杯想把它斟满,她猛地转过身一把抢过酒瓶,双手把着瓶颈把它往桌上狠狠一放,然后头垂在双手上,乌黑的头发像瀑布似的倾泻下来。我用脚碰碰她,她大梦初醒似的朝四周看看,又对着我安详地嫣然一笑。

"老Q,有一天我会让你为我自豪的。"

"现在我已经够自豪的了。"

我给她讲起了《伪币制造者》,讲起了老斐奈尔,虽然她也许根本没听……

从餐厅出来已经十点多了,我们踏着泥泞跟跟跄跄地走向车站。老Q沉默着,漠然地看着稀疏的街道。车来了,她跳上去比我高了一截儿,我看见她从车窗里探出身来,泪流满面……

我们分手了。

我累了,我想回家。我想起妈妈一定为了给我换一条干净床单把我床上乱七八糟的书都放回书架上。今天我还要从书架上把《伪市制造者》拿下来继续读……

老Q，我还会给你写一篇故事。若干年后当你被分配到某个团去拉琴，去为香港什么地方来的未流歌星们伴奏，下班后顺便买五毛钱肉馅和几个胡萝卜回家的时候，而我还会和现在一样，心情总是莫名其妙地愉愉快快、恍恍惚惚，过马路时不会看看是否走在人行横道上……

罂粟之家

苏童

　　仓房里堆放着犁耙锄头一类的农具，齐齐整整倚在土墙上，就像一排人的形状。那股铁锈味就是从它们身上散出来的。这是我家的仓房，一个幽暗的深不可测的空间。老奶奶的纺车依旧吊在半空中，轱辘与叶片四周结起了细细的蛛网。演义把那架纺车看成一只巨大的蜘蛛，蜘蛛永恒地俯瞰着人的头顶。随着窗户纸上的阳光渐渐淡薄，一切杂物农具都黯淡下去，只剩下模糊的轮廓，你看上去就像一排人的形状。天快黑了。演义的饥饿感再次袭来，他朝门边跑去，拼命把木扉门推推推，他听见两把大锁撞击了一下，门被多锁得死死的，推不开。

　　"放我出去。我不偷馍馍吃了！"

　　演义尖声大叫。演义蹲下去凑着门缝朝外望。大宅里站着一群长工和女佣。他们似乎有一件好事高兴得跟狗一样东嗅西窜的。演义想他们高兴什么呢，演义用拳头砸着门，门疯狂地响着。他看见天空里暮色像铁块一样落下来，落下来。演义害怕天黑，天一黑他就饥肠辘辘，那种饥饿感使演义变成暴躁的幼兽，你听见他的喊声震撼着1930年的刘家大宅。演义摇撼着门喊：

　　"放我出去。我要吃馍。"

　　有人朝仓房这边看。演义想他们听见了为什么不来开锁？演义从他们的嘴形上判断他们在骂饿鬼。饿鬼饿鬼早晚要把你们杀了。演义用脑袋撞着门。有个女佣腰上挂着一串钥匙走过来了。两把铁锁落下来了，绛紫色的晚光迎面扑来，演义捂着眼睛摇晃了一下，那是因为光的逆差，你看见演义抓起一根杂木树棍顶在女佣的肚子上。这是他对付他们的习惯（这个动作以后将重复出现）。

"我杀了你。"演义说。

"别闹，大少爷。"女佣边退边说，"快去看你娘生孩子。"

"什么？"

"生孩子。往后你更没用了。"女佣摇着钥匙叮叮当当地逃去，回头对演义笑，"那是陈茂的种呀！"

这一年演义八岁。演义把杂木树棍插在泥地上，然后站在上面，他的核桃般的身体随着树棍摇晃。暮色沉沉压在一顶小葫芦帽上。头顶很疼，饥饿从头顶上缠下来缠满他的身体。演义的耳朵突然颤了一下，他听见娘的屋里传来一声婴儿的啼哭。演义以为是一只猫在娘的屋里叫。

坐在红木方桌前喝酒的两个男人，一个已经老了，一个还很年轻。老的穿白绸子衣裤，脸越喝越红，嘴角挂满腌毛豆的青汁。年轻的坐立不安，腰间挂着的铜唢呐不时撞到桌上。那是长工陈茂，你可以从那把铜唢呐上把他从长工堆里分辨出来。他的一只手抓着酒盅，另一只手始终抚摸在裆部，那是一个极其微妙的动作，内涵丰富却常被人忽略。

"是个男孩，叫沉草。"刘老侠说。

"男孩。恭喜老爷了。"

"你想去看看吗？"

"不知道。"长工陈茂站起身，他朝前走了两步又往后退一步，他突然意识到问题：老地主是笑着的。老地主的笑对他来说吉凶难卜。陈茂转过脸探询地望着刘老侠。他说，"去不去？"你听不出来他是问刘老侠还是问自己。

"狗！"刘老侠果然大喝一声。他手里的酒盅以迅雷不及掩耳之势砸向陈茂。陈茂看见自己的胸口爬上一块圆形酒渍，仿佛一只油虫在爬。他觉得胸口又热又疼。

"滚回来！"刘老侠说。

陈茂回到桌前时被刘老扇了一巴掌。陈茂没躲，只是感觉到那只油虫爬到他脸上来了。陈茂站着浑身发黏。他看见刘老侠踢翻了桌子椅子，哐啷啷一阵响。刘老侠扼住了陈茂的喉咙，他说，"陈茂，一条狗。你说你是我的一条狗。"陈茂的光脚踩在一碗毛豆上，喉咙被卡住含糊地重复，"我说你是我的一条狗。""笨蛋，重说。"喉咙被扼得更紧了。陈茂英俊的脸憋得红里发紫。他拼命挣脱开那双虬枝般苍劲的手，他喘着粗气说，"我说，陈茂是你的一条狗。"

长工陈茂穿过堂屋往外走，经过翠花花的屋子，他闻见翠花花的屋里散发出一种血的腥香混杂女人下体的气味。那些气味使他头晕。陈茂站在大宅的门槛上朝外面的长工女佣们做了个鬼脸。他用三根手指配合做了一个猥亵动作。那些人在墙角边嘻嘻地笑。陈茂自己也笑，他脱下酒渍斑斑的布衫，放到鼻子下嗅。酒气消失了。他看见自己的铜唢呐在腰上熠熠闪光。他抓起来猛地一吹，他听见自己的铜唢呐发出一种茫然的声音，呜呜呜地响。

陈茂吹着唢呐去下地。那天跟平日一样，陈茂在刘家的罂粟地里锄草，锄完草又睡了一觉。在熹微的晨光中他梦见一个男婴压在头顶上，石头似的撞碎了他的天灵盖。

枫杨树乡村绵延50里，50里黑土路上遍布你祖先的足迹。几千年了，土地被人一遍遍垦殖着从贫瘠走向丰厚。你祖先饿殍仙游的景象到30年代不再出现，30年代初枫杨树的一半土地种上了奇怪的植物罂粟，于是水稻与罂粟在不同的季节里成为乡村的标志。外乡人从各方迁徙而来，枫杨树成了你的乡土。

你总会看见地主刘老侠的黑色大宅。你总会听说黑色大宅里的衰荣历史，那是乡村的灵魂使你无法回避，这么多年了人们还在一遍遍地诉说那段历史。

祖父把农舍盖在河左岸的岸坡上，窗户朝向河水，烟囱耸出屋顶，象征着男人和女人组合的家庭，父亲晨出晚归在水稻与罂粟地里劳作，母亲把鸡鸭猪羊养在屋后的栏厩里，而儿子们吃着稀粥和咸菜，站在河边凝望地主刘老侠的黑色大宅。枫杨树人体格瘦小而灵巧，晚上有一种相似的满足慵懒的神情。1949年前大约有1000名枫杨树人给地主刘老侠种植水稻与罂粟，佃农租地缴粮，刘老侠赁地而沽，成为一种生活定式，在我看来那是一个典型的南方乡村。祖父告诉孙子，枫杨树富庶是因为那里的人有勤俭持家节衣缩食的乡风。你看见米囤在屋里堆得满满的，米就是发霉长蛆了也是粮食，不要随便吃掉它。我们都就着咸菜喝稀粥，每个枫杨树人都这样。地主刘老侠家也这样。祖父强调说，刘老侠家也天天喝稀粥，你看见他的崽子演义了吗？他饿得面黄肌瘦，整天哇哇乱叫，跟你一样。

  家谱上记载着演义是刘老侠第五个孩子了。前面四个弃于河中顺水漂去了，他们像鱼似的没有腿与手臂，却有剑形摆尾，他们只能从水上顺流漂去了。演义是荒乱年月中唯一生存下来的孩子。乡间对刘老侠的生殖能力有一种说法，说血气旺极而乱，血乱没有好子孙。这里还含有另一层隐秘的意义。演义是他爹他娘野地媾和的收获，那时候刘家老太爷尚未暴毙，翠花花是他的姨太太，那时候刘老侠的前妻猫眼女人还没有溺死在洗澡的大铁锅里，演义却出世了。

  家谱记载演义是个白痴。你看见他像一只刺猬滚来滚去，他用杂木树棍攻击对他永远陌生的人群。他习惯于一边吞食一边说：我饿我杀了你。

  你可以发现演义身上因袭着刘家三代前的血液因子。历史上的刘家祖父因为常常处于饥饿状态而练就一副惊人的胃口，一人能吃一头猪。演义的返祖现象让刘家人警醒，他们几乎怀着一种恐惧的心理去夺下演义手里的馍。很长一段时间里演义迷恋着一只黑陶瓮，陶瓮有半人高，放在他娘翠花花的床后，床后还有一只红漆便桶，那两种容器放在一起，强烈地刺激他的食欲，演义看见瓮盖上洒着一层细细的炉灶灰，他揭开瓮盖把里面的馍藏在胸口跑出去，一直跑到仓房外的木栅子山上。有人站在那里劈栅子。劈栅子的人是演义的叔叔刘老信。你看见刘家叔侄俩坐在木栅子山上狼吞虎咽的模样总是百思不得其解。

  演义总是把指印留在瓮盖上。演义看见爹拎着鞋追过来，爹抓住他的头发问，"今天偷了几块？"演义使劲咽着馍说，"没偷，我饿。"演义听见爹的鞋掌响亮地敲击他的头顶。头顶很疼。"今天偷了几块？""不知道。我饿。""你还给谁吃了？""给叔，他也饿。"演义抱住他的头顶，他看见爹从木栅子山上走下去，木栅子散了倒下去一地。爹拎着鞋说，"饿鬼，全是饿鬼。刘家迟早败在你们的嘴上。"

  坐在木栅子山上的两个人，一个是白痴演义，另一个是他叔叔刘老信。在刘家大宅中叔侄俩的亲密关系显得奇特而孤独。人们记得刘老信从不与人说话，他只跟木枷子和白痴演义说话，而演义唯有坐在他叔身旁，才表现出正常的智力和语言习惯，那是一种异禀诱发的结果。那时候刘老信已不年轻，脸上长满紫色瘢疤，他坐在木枷子山上显得悲凉而宁静，他对白痴演义叙说着，许多叔侄对话有助你进入刘家历史的多层空间。

"你爹是个强盗。他从小就抢别人的东西。"

"强盗抢人的东西。爹也抢我的馍。"

"你爹害死了我爹，抢了翠花花做你娘。"

"我从娘的胳肢窝里掉下来的。"

"你们一家没个好东西，迟早我要放火，大家都别过。"

"放火能把家烧光吗？"

"能。只要狠，一把火把你们都烧光。"

"把我也烧光吗？"

"对，杂种。我不烧死你他们也迟早会杀了你。"

"杀了我我就不饿了。"

在这段历史中刘老信不是主要人物。我只知道他是早年间闻名枫杨树乡村的浪荡子，他到陌生的都市，妄想踩出土地以外的发财之路，结果一事无成只染上满身的梅毒大疮。归乡时刘老信一贫如洗，搭乘的是一只贩盐船。据说左岸的所有土地在十年内像鸽子回窠般地汇入刘老侠的手心，最后刘老侠花十块大洋买下了他弟弟的坟地，那是一块向阳的坡地，刘老侠手持单锨将它夷平，于是所有的地都在河两岸连成一片了。

刘家弟兄间的土地买卖让后人瞠目结舌，后人无法判断功过是非，你要注意的是人间沧桑的歧义之处。刘家兄弟最后一笔买卖是在城里妓院办完的。贩盐船路过枫杨树给刘老侠捎话，"刘老信快烂光了，刘老信还有一亩坟茔地可以典卖。"刘老侠赶到城里妓院的时候他弟弟浑身腐烂，躺在一堆垃圾旁。弟弟说，"把我的坟地给你，送我回家吧。"哥哥接过地契说，"画个押我们就走。"刘老侠把弟弟溃烂的手指抓过来摁到地契上，没用红泥用的是脓血。刘老侠背着他弟弟找到那只贩盐船后把他扔上船，一切就结束了，刘家的血系脉络由两支并拢成一支，枫杨树人这样说。他们还说刘老信其实是毁在自己的鸡巴上了，那是刘家人的通病，但是什么东西也毁不了刘老侠，你不知道什么时候就会把檐上的一片瓦、地里的一棵草都卖给刘老侠。

白痴演义记得木栅子山上的叔叔很快就消失了。

第二年刘老信死于火堆中，上下竟无人知晓。火在木栅子山上燃烧的时候只有演义是目击者。演义满脸黑烟拖着一个麻袋从仓房那里出来，演义把麻袋放在台阶上对着麻袋呜呜大哭。佃户和女佣们头一次听见演义哭。他们把麻袋上的绳结打开，看见刘老信已经被火烧得焦糊了，僵硬的身体发出木材的清香。他的嘴被半只馍塞住，面目很古怪。演义一边哭一边说，"他饿，我给他吃半只馍，他怎么不咽进去呢？"

他们跑到后院看见木栅子山已经燃烧掉了一半，谁也不知道火是什么时候烧起来的。没有人看见火就烧起来了。

家谱记载，刘老信死于1933年十月初五。

木匠们钉好了一口薄皮棺材，四个长工把刘老信抬到右岸大坟场埋葬。听见风吹动白幡，听见丧号戛然而止，死者入土了。那是一种简陋的丧葬，也是发生在刘家大宅的旷世奇事。所有枫杨树人都知道刘老信纵火未成反被烧死的故事。祖父对孙子说起刘老信的奇死时最后总是说：

"别去惹刘老侠。你要放火自己先把自己烧了。"

诞生于故事开首的婴儿一旦长大将成为核心人物，这在家族史中是不言而喻的。

许多年以后沉草身穿黑呢制服手提一口麂皮箱子从县立中学的台阶上向我们走来。阳光呈丝网状在他英俊白皙的脸上跳跃，那是40年前的春天，刘沉草风华正茂告别他的学生生涯，心中却忧郁如铁。他走过一片绿草坪，穿过两个打网球的女学生中间，看见一辆旧式马车停在草坪尽头。家里来人了。沉草的脚步滞重起来，他的另一只手在口袋里掏着，掏出一只网球。网球是灰色的，它在草地上滚动着，很快在草丛中消失不见了。有一种挥手自兹去的苍茫感情压在沉草瘦削的双肩上，他缩起肩膀朝那辆马车走。他觉得什么东西在这个下午遁走了，就像那只灰色的网球。沉草一步三回头。他听见爹在喊，"沉草你看什么？回家啦。"沉草说，"那只球不见了。"

爹来接他回家。赶车人是长工陈茂。沉草看见马车上残存着许多干草条子，他知道爹进城时一定捎卖了一车干草。沉草坐在干草上抱住膝盖，他听见爹喊，"陈茂，上路了。"县中的红房子咯咚咯咚地往后退。后来沉草回忆起那天的归途充满了命运的暗示。马车赶上了一条岔路，归家的路途变得多么漫长，爹让他饱览了500亩田地繁忙的春耕景色。一路上猩红的罂粟花盛开着，黑衣佃户们和稻草人一起朝马车呆望。沉草心烦意乱，听见胶木轮子辘辘地滚过黄土大道。长工陈茂的大草帽把椭圆形阴影投射在车板上。我不知道是什么东西贴着胶木轮子发出神秘的回声。

马车赶上岔路必须经过火牛岭。沉草记得他就是这样头一次见到了姜龙的土匪。在火牛岭半山腰的桦树林子里，有一队骑马的人从树影中驰过。沉草听见那些人粗哑的嗓音像父亲一样呼唤他的名字：

"刘沉草，上山来吧。"

第二天起了雾，丘陵地带被一片白蒙蒙的水汽所湿润，植物庄稼的茎叶散发着温熏的气息。这是枫杨树乡村特有的湿润的早晨，50里乡土美丽而悲伤。沿河居住的祖孙三代在鸡啼声中同时醒来，他们从村庄出来朝河两岸的罂粟地里走。雾气久久不散，他们凭借耳朵听见地主刘老侠的白绸衣衫在风中飒飒地响，刘老侠和他儿子沉草站在蓑草亭子里。

佃户们说，"老爷老了，二少爷回来了。"

沉草面对红色罂粟地和佃户时的表情是迷惘的。沉草缩着肩膀，一只手插在学生装口袋里。那就是我家的罂粟，那就是游离于植物课教程之外的罂粟，它来自父亲的土地却使你脸色苍白就仿佛在噩梦中浮游。田野四处翻腾着罂粟强烈的熏香，沉草发现他站在一块孤岛上，他觉得头晕，罂粟之浪哗然作响着把你推到一块孤岛上，一切都远离你了，唯有那种致人死地的熏香钻入肺腑深处，就这样沉草看见自己瘦弱的身体从孤岛上浮起来了。沉草脸色苍白，抓住他爹的手。沉草说，爹，我浮起来了。

罂粟地里的佃户们目睹了沉草第一次晕厥的场面。后来他们对我描述二少爷的身体是多么单薄，二少爷的行为是多么古怪，而我知道那次晕厥是一个悲剧萌芽，它奠定刘家历史的走向。他们告诉我刘老侠把儿子驮在背上，经过河边的罂粟地。他的口袋里响着一种仙乐般琅琅动听的声音，传说那是一串白金钥匙，只要有了其中任何一把白金钥匙，你就可以打开一座米仓的门，你一辈子都能把肚子吃得饱饱的。

你没有见过枫杨树的蓑草亭子。

蓑草亭子在白雾中显出它的特殊的造型轮廓。男人们把蓑草亭子看成一种男性象征。祖父对孙子说，那是刘老侠年轻时搭建的，风吹不倒雨淋不倒，看见它就想起世间沧桑事。祖父回忆起刘老侠年轻时的多少次风流，地点几乎都在蓑草亭子里。刘老侠狗日的干坏了多少枫杨树女人！他们在月黑风高的夜晚交媾，从不忌讳你的目光。有人在罂粟地埋伏着谛听声音，事后说，你知道刘老侠为什么留不下一颗好种吗？都是那个蓑草亭子。蓑草亭子是自然的虎口，它把什么都吞咽掉了，你走进去走出来浑身就空空荡荡了。

好多年以后枫杨树的老人仍然对蓑草亭子念念不忘，他们告诉我刘家祖祖辈辈的男人都长了一条骚鸡巴。

"那么沉草呢？"我说。

"沉草不。"他们想了想说。

沉草在刘氏家族中确实与众不同，这也是必然的。

沉草归家后的头几天在昏睡中度过，当风偶尔停息的时候罂粟的气味突然消失了，沉草觉得清醒了许多。他从前院走到后院，看见一个蓬头垢面破衣烂衫的人坐在仓房门口，啃咬一块发黑的硬馍。

沉草站住看着演义啃馍。沉草从来不相信演义是他的哥哥，但他知道演义是家中另一个孤独的人。沉草害怕看见他，他从那张粗蛮贪婪的脸上发现某种低贱的痛苦，它为整整一代枫杨树人所共有，包括他的祖先亲人。但沉草知道那种痛苦与他格格不入，一脉相承的血气到我们这一代就迸裂了。沉草想，他是哥哥，这太奇怪了。

罂粟花的气味突然消失了，阳光就强烈起来，沉草看见演义从台阶上蹦起来，像一个肮脏的球体。沉草看见演义手持杂木树棍朝他扑过来，他想躲闪却力不从心，那根树棍顶在他的小腹上。

"演义你干什么？"

"你在笑话我。"

"没有。我根本不想惹你。"

“你有馍吗？”

“我没有馍。馍在爹那儿你问他要。”

“我饿。给我馍。”

“你不是饿，你是贱。”

“你骂我我就杀了你。”

沉草看见演义扔掉了杂木树棍，又从腰间掏出一把柴刀。演义挥舞着柴刀。你从他的怒狮般的目光中可以感受到真正的杀人欲望。沉草一边后退一边凝视着那把柴刀。他不知道演义怎么找到的柴刀。刘家人都知道演义从小就想杀人，爹吩咐大家把刀和利器放在保险的地方，但是你不明白演义手里为什么总有刀或者斧子。刀在演义的手里使你感受到真正的杀人欲望。沉草一边后退一边猛喝一声："谁给你的柴刀？"他看见演义愣了愣，演义回头朝仓房那里指，"他们！"

仓房那里有一群长工在舂米。沉草朝那边望，但阳光刺花了眼睛。沉草不想看清他们的脸，一切都使他厌恶。木杵捣米的声音在大宅里响着，你只要细心倾听就可以分辨出那种仇恨的音色。沉草把手插在衣服口袋里离开后院，他相信种种阴谋正在发生或者将要发生。他们恨这个家里的人，因为你统治了他们。你统治了别人别人就恨你，要消除这种仇恨就要把你的给他，每个人都一样了恨才可能消除。沉草从前在县中的朋友庐方就是这样说的。庐方说马克思的共产主义思想就是基于这个观点产生的。沉草想那不可能你到枫杨树去看看就知道了。沉草缩着肩膀往前院走，他听见长工在无始无终地舂米，听见演义在后院喊"娘，给我吃馍"。所有的思想和主义离枫杨树都很遥远，沉草迷惘的是他自己。他自己是怎么回事？沉草走过爹的堂屋，隔着门帘，看见爹正站在凳子上打开一叠红木箱子，白金钥匙的碰撞声在沉草的耳膜上摩擦。沉草的手指伸进耳孔掏着，他记起来那天是月末了，爹照常在堂屋独自清理钱财。沉草想起日后他也会扮演爹的角色，爹将庄严地把那串白金钥匙交给他，那会怎样？他也会像爹一样统治这个家统治所有的枫杨树人吗？他能把爹肩上那座山搬起来吗？

沉草归家后被一种虚弱的感觉攫住，他忘了那是第几天，他开始用麻线和竹爿编网球拍子，拍子做好以后又开始做球，他在女佣的布笸箩里抓了一把布条，让她们缝成球形。女佣问二少爷你玩布娃娃？他说别多嘴我让你们缝一个网球。球缝好了，像梨子一样大。沉草苦笑着接过那只布球，心里宽慰自己只要能弹起来就行。沉草带着自制的球拍和球走到后院。那里有一块谷场，他看见四月的阳光投射在泥地上，他的影子像一只迷途之鸟。后院无人，只有白痴演义坐在仓房门口的台阶上。沉草朝演义走过去，他把一只拍子伸到演义面前。他想他只能把拍子伸到演义面前，"演义，我们打球。"

他看见演义扔掉手里的馍，一把抓住了那只拍子，他高兴的是演义对网球感兴趣。演义专注地看着他手中的布球。沉草往后跑了几步，摇动手臂在空中抡了几个圆，他听见布球打在麻线上咚的一声飞出去了。

"演义，看那球。"

演义双目圆睁盯着那只布球。演义扔下拍子，矮胖的身子凌空跳起来去抓那只布球。球弹在仓房的墙上又弹到地上，演义嗷嗷叫着去扑球。沉草不明白他想干什么。

"演义，用拍子打别用手抓。"

"馍，给我馍。"

"那不是馍，不能吃。"

沉草喊着看见演义已经把布球塞到嘴里，演义把他的网球当成馍了。他想演义怎么把网球当成馍了？演义嚼不动布球，又把它从嘴里掏出来端详着。演义愤怒地骂了一声，一扬手把布球扔出了院墙。沉草看见那只球在半空中画出一条炽热的白弧，倏地消失不见了。

在枫杨树的家里你打不成网球，永远打不成。沉草蒙住自己的脸蹲下去，他看见谷场被阳光照成了一块白布，白布上沾着一些干草和罂粟叶子。没有风吹，但他又闻见了田野里铺天盖地的罂粟奇香。沉草的拍子几下就折断了，另一只拍子在演义脚下，他走过去抓那只拍子，看见演义穿胶鞋的脚踩在上面，他拍拍演义的脚说，"挪一挪，让我折了它。"演义不动。沉草听见他叽咕了一声，"我杀了你。"他觉得什么沉重的东西在朝他头顶上落，他看见演义手中的柴刀在朝他头顶上落。"白痴！"沉草第一次这样对演义叫，他拼命抓住演义的手腕，但他觉得自己虚弱无力，他抬起腿朝演义的裆下踹了一脚，他觉得那一脚也虚弱无力，但演义却怪叫一声倒下了。柴刀哐啷落地，演义在地上滚着口齿不清地叫着，我杀了你我杀了你。沉草记得那是漫长的一瞬间，他站在白花花的柴刀前发呆，后来他抓起那把柴刀朝演义脸上连砍五刀。

他听见自己数数了，连砍五刀。演义的黑血在阳光下喷溅出来时他砍完了五刀。时隔好久沉草还在想那是归家第几天发生的事，但无论如何想不起来。他只记得一群长工和女佣先拥进后院，随后爹娘和姐姐也赶来了。他们看见仓房前躺着演义的尸体。不是演义杀我，是我杀了演义。沉草紧握另一只球拍一动不动。他茫然地瞪着演义开花的头颅干呕着。他呕不出来。脚下流满一汪黑红的血。后来沉草呜咽起来，"我想跟他打球我怎么把他杀了？"沉草记得爹把他抱住了，爹对他说沉草别怕演义要杀你你才把他杀了，这是命。沉草说不是我不知这是怎么回事我怎么把他杀了？沉草记得他被爹紧紧抱着透不过气来，大宅内外一片混乱，他闻见田野里罂粟的熏香无风而来，他看见那种气味集结着穿透他虚弱的身体。

给演义出殡的那天沉草躺在屋里，一直躺到天黑。爹把门反锁上了。月亮渐渐升高，他听见窗外起风了。风拍打枫杨树乡村的声音充满忧郁和恐惧。沉草把头蒙在被子里仍然隔不断那夜的风声。他在等待着什么在风声中出现，他真的看见演义血肉模糊站在仓房台阶上，演义一边啃着馍一边对他喊，我杀了你我杀了你。

演义睡了棺材。枫杨树老人告诉我，演义的棺材里堆满了雪白雪白的馍，那是一种实实在在的殉葬，他们说白痴演义应该瞑目了，他的馍再也吃不光了。

猫眼女人已经不复存在，有一天她在大铁锅中洗澡的时候溺水而死，怀里抱着女婴刘素子，刘素子不怕水，她从水上复活了——那个猫眼女人的后代，她有着春雪般洁白冰冷的皮肤，惊世骇俗，被乡间广为称颂。

人们记得刘素子18岁被一顶红轿抬出枫杨树，三天后回门，没有再去她的夫家。我们看见她终年蜗居在二院的厢房里，怀抱一只黄猫在打盹，她是个嗜睡的女人，她是爱猫如命的女人。许多个早晨和傍晚，窥视者可以看见刘素子睡在一张陈年竹榻上，而黄猫伏在她髋部的峰线上守卫。窥视者还会发现刘素子奇异的秉性，她一年四季不睡床铺，只睡竹榻。

刘素子每年只回夫家三天，除夕红轿去，初三红轿回。年复一年刘素子的年龄成为一个谜，她的眼睛渐渐地像猫一样发蓝，而皮肤上的雪光越来越寒冷，一颦一笑都是她故世的母亲的翻版。有一个传闻无法证实，说刘素子婚后这么多年还恪守贞洁，依然黄花，说县城布店的驼背老板是个假男人。到底怎么样？要去问刘老侠，但刘老侠不会告诉你。

刘素子一直不剪那条棕黑色长辫，刘素子坐在竹榻上，一旦她爹走进来，她就把黄猫在手里袄着，说："别管我，300亩地。"只有父女俩互相知道300亩地的含义。刘老侠把女儿嫁给驼背老板得了300亩地。刘老侠说闺女你要是不愿出门就住家里，可300亩地不是耻辱是咱们的光荣，爹没白养你一场。刘素子就笑起来把长辫一圈一圈盘到脖子上，她说，爹，那300亩地会让水淹没让雷打散，300亩地会在你手上沉下去的，你等着吧那也是命。

几十年后我偶然在枫杨树乡间看到刘素子的一帧照片。照片的边角是被烧焦的。我看见旧日的枫杨树美人身着黑白格子旗袍怀抱黄猫坐在一张竹榻上，她的眉宇间有一种洞穿人世的散淡之情，其眼神和微笑略含死亡气息。那是一位不知名的乡间摄影师的遗作，朴拙而智慧，它使你直接感受了刘素子的真实形象。

刘素子的黄猫有一天死在竹榻上。刘素子熟睡中听见猫叫得很急，她以为压着它了，她把猫推到一边，猫就安静了。刘素子醒来发现猫死了，猫是被毒死的。

刘素子悲极而泣，她披头散发把死猫抱到她爹屋里，刘素子边哭边在屋里环视着，"翠花花呢？"

"你找她干吗？你们又吵架了？"

"她毒死了我的猫。"

"你怎么知道她毒死了你的猫？"

"我知道。我就是睡死了也知道。"

"别闹，爹再给你抱一只回来。"

"不要你发慈悲，你让她再来吧，别毒猫，毒死我，我知道你们还想毒死我。"

刘素子把死猫抱着坐在院子里等翠花花。翠花花却躲着不敢出来。翠花花坐在床后的便桶上，她也在哭。长工们后来透露翠花花把罂粟芯子拌在鱼汤里喂猫，他们亲眼看见的。长工们说刘老侠镇翻了多少枫杨树人，就是管不了家里的两个女人。刘素子和翠花花。

那天夜里刘素子把死猫葬在翠花花的房前。

第二天死猫却被从土中掘起来重归刘素子的竹榻。

你一眼能识破两个女人间的仇恨。那种仇恨浅陋单薄但又无法泯灭。大宅上下的人知道她们一见面就互相吐唾沫。刘老侠用皮带抽打翠花花裸背时跺着脚说，"让你再吐唾沫让你再吐！"翠花花尖声大喊，"你让我怎么办，她一见我就骂骚货！"

在刘氏家族中女人就是女人，女人不是揣在男人口袋里就是挂到男人脖子上。枫杨树人对我说，翠花花是个骚货，又说翠花花实际上更可怜，她像皮球一样被刘家的男人传来递去拍来打去。

翠花花的女性形象使我疑惑。她几乎是这段历史的经脉，而所有的男人像拴蚂蚱一样串联起来在翠花花的经脉上搭起一座座桥，桥总有一侧落在翠花花那头。

我曾经依据这段历史画了一张人物图表，我惊异于图表与女性生殖器的神似之处。

图示：

刘老信——刘老太爷——刘老侠

翠花花

陈　茂

刘沉草

枫杨树人告诉我翠花花早先是城里的小妓女，那一年刘老信牵着她的手从枫杨树村子经过时翠花花还是个浓妆粉黛蹦蹦跳跳的女孩儿。那一年刘老太爷在大宅里大庆六十诞辰，刘老信掏遍口袋凑不够一份礼钱，就把翠花花送给老子做了份厚礼。他们说翠花花其实是在枫杨树成人的，她一成人刘家的猫眼女人就溺死在洗澡锅里了。

院子里有人拉着驴子转磨。天没亮的时候转磨声就吱嘎嘎响起来了。拉驴子的人突然吼一声，"走，操你个懒驴！"沉草已经熟悉了宅院里杂乱的声音，但拉驴子的人非同寻常，他又浑身发痒了。这是一个奇怪的毛病。他听见那人的声音就浑身发痒。沉草起床拉开窗子，看见一个打赤膊的汉子在晨霭里冒热气。那是陈茂，那是我们家地位特殊的长工，爹说陈茂是坏种，可爹总是留他在家里惹是生非，沉草想那是爹的奇怪的毛病。

"陈茂，把驴牵走。"

"不行，这是条懒驴，赶不动它。"

"天天拉磨你在磨什么？"

"粉啊。少爷你不懂。吃你家饭就得给你家干活。"

"别磨粉留着吃米吧。"

"米太多了，你家米仓堆不下了。"

沉草拉下窗子。隔着窗纸他感觉到他还在看自己。有一首民谣唱道：陈二毛，翻窗王，昨夜会了三姑娘，今儿又跳大嫂墙。沉草知道他是个乡间采花盗。他不厌恶翻窗跳墙的勾当，他厌恶陈茂注视自己的浑浊痴迷的目光。沉草想起陈茂的目光已经追逐了他多年。他想起小时候走向后院的时候总是看见陈茂坐在梨树下。小时候后院长着五棵梨树。爹对儿女们说嘴别馋梨子不是我们吃的，秋后让长工挑到集市上能换苞谷米。沉草记得看守梨树的就是陈茂。陈茂和一条狗一起躺在梨树下，他喜欢用双掌托着我的脸上下摩擦，像铁一样摩擦，"狼崽子，小杂种。"他的嘴里喷出一股粪臭味。沉草奇痒难忍。陈茂说你想吃梨子吗？想，你喊我一声我就上树摘给你吃。喊什么？爹。不，你不是爹你是我家的长工。沉草看见陈茂的眼睛迸发出褐色的光芒。他的有粪臭味的双手差点把我的脸夹碎了。你不懂什么是爹，我就是爹。陈茂轻捷如猿爬上梨树，朝他头顶上扔下七只梨子。沉草记得他先啃了一口梨子，梨子是生涩的，他把七只梨子抱在胸前朝爹屋里跑。他其实是想吃梨子的可不知怎么就跑到了爹屋里，他把梨子全部交给了爹就跑了，一边跑步一边说：

"爹，陈茂给我七只梨。"

沉草记得那天夜里的小小风波。到夜里陈茂跪在爹的腿下。七只梨子已经发黑了像七个小骷髅横在地上。陈茂石板般锋利的脊背在闪闪发亮。那么多汗珠，那是长工们特有的硕大晶莹的汗珠。爹说沉草你过来骑到狗的背上。沉草说狗呢狗在哪里？爹指着陈茂那就是狗你骑到他背上去。沉草看着地上的梨子发呆。爹说骑呀儿子！沉草骑到陈茂背上他胯下的肉体颤动了一下。他喊起来，爹，我浑身发痒。爹说沉草你让他叫让他爬。沉草拍拍陈茂说你叫呀你爬呀。陈茂驮着我往门边爬但是他没有叫。爹大吼陈二毛你这狗你怎么不叫？陈茂跪在门边不动了，他背上的汗珠烫得沉草浑身发痒。沉草喊，爹啊我浑身发痒。爹喊陈二毛你不叫不准吃饭，陈茂的光头垂下去重重地磕在地上。我听见他叫了。"汪汪汪。"真的像狗叫。紧接着沉草被掀到地上。陈茂直起腰站在门槛上，他用双掌遮着眼睛。陈茂的嗓子被什么割破了发出碎裂声。他说，"去你娘的，我不干了，不再当你家的狗了。"陈茂仰起脸，沉草看见那张脸在愤怒的时候依然英俊而痴呆。他摇摇晃晃往外走，他看看天空，转过脸对沉草说，"天真黑啊，我要走了。"

沉草奇怪的是陈茂既然走了为什么还要回来？他有力气有女人总能混饱肚子，他为什么还要回来？多少次沉草听见陈茂的铜唢呐声消失了复又出现，看见陈茂满面尘土肩横破席倚在大宅门边，他不知廉耻地抓着肚皮，说，"东家，我回来了。"

在早晨的转磨声中沉草忽然被某个奇怪的画面惊醒了，隔着窗纸他看见拉驴的陈茂呈现出一条黑狗的虚影，沉草的手指敲打着窗棂，他想也许就是那狗的虚影使我奇痒难忍。沉草再次拉开窗子重新发现陈茂，太阳升起来了，石磨微微发红，他发现陈茂困顿的表情也仿佛太阳地里的狗。

在枫杨树乡村，没有一个男人的性史会比陈茂更加纷繁复杂，更加让人迷惑。陈茂走在村子里人们都注意他的两样东西，一是他家祖传的铜唢呐，二是他那隐物。

旧日的枫杨树男人都相信陈茂金枪不倒，女人们则在屋檐下议论一个永恒的话题：夜里陈茂又翻了翠花花的窗子。

夜里陈茂又翻了翠花花的窗子。他的心进入黑夜深处像船一样颠簸。在镜子的反光中他看见自己真实的形象。他的手臂茫然地伸展，撑在翠花花的床上，它们像两只被拔了羽毛的鸡翅膀一样耷拉着，他觉得自己在沉默中一次次亢奋，又一次次萎缩。陈茂蹲在冰凉的踏板上，嘴里充塞着又甜又腥的气味，翠花花像白蛇一样盘曲着吐出淡红的蛇舌，翠花花的手指揪住他的两只耳朵，他的耳朵快掉下来了。

"我要上来。"

"狗。"

陈茂推开女人雪白的肚皮，他站起来，他觉得自己快要吐了。他往地上一口一口吐着唾沫，腹中空空什么也吐不出来。翠花花突然咯咯笑起来，翠花花抬脚一下子把他踹下了踏板。她说，"滚吧，大公狗。"

地上更凉。陈茂看见翠花花已经裹上了被子，她从枕头下面摸出一只馍吃起来。每次都是这样，陈茂看着翠花花吃馍，他听见自己的肚子里发出响亮的鸣叫。

"给我半只馍。"陈茂说。

"给你。"翠花花掰下半只馍抛给他，"滚吧。"

陈茂嚼着馍，他把裤子挽在腰上跳出窗子，心中充满悲凉和愤怒。他光着脚摸向下房，听见宅院外面有巡夜人经过，竹梆声近了又远了。夜露中饲料堆发出如泣如诉的气味。陈茂想起他的所有日子叠起来就是饲料堆，一些丢在女人们身上，一些丢在刘家的大田里了，这也是生活，他必须照此活下去。

等到成熟的罂粟连花带叶搬进刘家大院，枫杨树的白面作坊就开始生产。如今你走遍南方也见不到这样独特的乡村作坊，从晾晒到磨粉我们的身边充满紧张而忙碌的收获气息。枫杨树罂粟将被佃户们晒18次太阳，被花工焙18次温火，然后筛成灰白的粉面装上贩盐船，你知道贩盐船将把枫杨树罂粟带到许多遥远陌生的地方。

收罂粟的人快要来了。沉草在日记里写道，贩盐船年年来到这里，而我将头一次看见那只船。谁知道枫杨树种植罂粟的历史是从哪一年开始的？那时候你还没出生。爹说这条财路说起来还得谢谢你的鬼叔叔。那时候河东的地是他的。爹说有一天我看见老信的地里长出了猩红夺目的花。我说老信你不好好种庄稼摆弄什么花草。老信说那不是花草那可是最好的庄稼，吃了它不想吃别的庄稼。到底是什么？鸦片。鸦片就是从这花上取出来的。我说你种鸦片干什么？老信说自己抽呀，城里人不吃庄稼就吃这个。"沉草你听着，"爹当时眼睛就亮了，"我走到罂粟地里摸摸那些大花骨朵，我听见那些鬼花花对着我唱歌，真的，我听见它们唱歌就迷窍了。"

聪明和呆傻的区别就在罂粟地边，你能否听见罂粟的歌唱？沉草在日记里写道。鬼叔叔只精通嘴巴快活鸡巴快活，所以他早夭黄泉。爹的聪明就在于他能听见罂粟的歌唱。爹天生就知道什么东西是金子什么东西是土地的命脉，要不然祖上的80亩地不会扩展到整个枫杨树乡村，这是爹半辈子的功绩。

你说不清一个人对某种植物与生俱来的恐惧。在收获罂粟的季节里沉草把门窗关严，一个人坐着在日记上胡涂乱抹。爹每天都来敲他的窗子：沉草，给我出来！爹敲着窗子说，别躲着罂粟，别以为你怕罂粟。沉草对着爹的影子说我怕晕。爹更猛烈地敲着窗子，出来你就不晕了，你明白你已经习惯罂粟了。

沉草打开门靠在门框上，他闻见罂粟的熏香弥漫在大宅里，后院传来铡刀切割花茎花叶的声音。沉草摸摸额角微笑了一下。我没晕，真的不晕了。他不知道这种深刻的变化始于哪一瞬间。他想，我不晕了也许是件好事。

爹手掬一把花粉走出罂粟作坊，他把花粉举高迎着阳光辨别成色，其严峻坦荡的面容一如手捧圣火的天父。沉草想也许爹手里的花粉真的是我们赖以生存的天火。它养育了百年饥饿的枫杨树乡村，养育了我可我依然迷惘。

收罂粟的人快来了。枫杨树人对另一个枫杨树人说。

地主刘老侠站在40年前罂粟作坊的门口，背景一片幽暗。40年前刘老侠不知道自己成了南方最大的罂粟种植主。作为土地的主人他热衷于有效耕种和收成，他不知道手里的罂粟在枫杨树以外的世界里疯狂地燃烧，几乎熏黑了半壁江山。这是身外的事情。几十年后枫杨树的后代们知道故乡原来是闻名遐迩的鸦片王国，一切已经不复存在了，无边无际的罂粟地已经像梦幻般地消失了，你沿着河两岸的田陌寻找不到任何痕迹，有人说这只是土地的历史与人没有太大的关系。

祖父告诉孙子，刘老侠37岁种了第一亩罂粟，夏天收到十斤花面（那一年也是白痴演义的诞辰）。刘老侠背一捆粗竹筒上了路。路上的人看见那些粗竹筒都奇怪，刘老侠一路走一路呵斥围观者，他敲着竹筒说，"滚开滚开，别让竹筒炸了你们的狗眼！"刘老侠是一个人去城里碰运气的，连伙计也没带上。他背着那些粗竹筒又坐火车又坐船往北面去，人们问他你背着什么怎么那么香？他说是粮食，粮食都很香。后来他真的感觉到肩上背的是粮食了。祖父告诉孙子，刘老侠走进都市的时候鞋已经烂光，他像我们一样光着脚丫子遭人白眼。城里的男人像女人，城里的女人像妖精，女人们皮肤都像翠花花一样白里透红满身药水味从他身边经过，可没人朝狗日的刘老侠多看一眼。刘老侠摸着他的脚想是我养活了你们这群狗男女，你们却不认识我。他就挤在百货公司的人堆里乱拱，他一出枫杨树就不想吃饭，肠胃饿得岔气，他就在人堆里拼命放屁。祖父拍着孙子的脸哈哈大笑，刘老侠也放屁的！刘老侠后来在人家门厅里睡了一觉，睡得正香，突然觉得头下的竹筒在滚动，他睁眼一看是个老叫花子在抽他的宝贝竹筒，老叫花子说给我几个竹筒装剩饭。刘老侠就跳起来打他一个巴掌。后来刘老侠走进僻静的巷子，有人告诉他妓院都收购白面。他走到一条曲里拐弯的巷子里，看见一间大房子门口挂着一红一绿两盏灯笼。他就走进去把竹筒放在地板上，前厅灯光昏暗照着许多七叉八仰的狗男女，刘老侠拍拍手说，"我是送白面的。"他看见狗男女们都挺起来，青青白白的脸一窝蜂凑过来看着他。刘老侠说我操你们这些懒虫，我给你们送好东西可你们这样痴痴呆呆地看我干什么？他先劈开一只竹筒，掏出一把花面让花面从指缝间漏泄下来。他听见一个声音尖叫着鸦片鸦片，所有的人都扑向地上的竹筒，刘老侠被挤到了一边。他跺着脚喊，"别抢，给我钱。"谁也不理他，城里的狗男女像一群猪抢食扒空了竹筒子。刘老侠跺着脚喊，"给我钱，给我钱！"他喊破了嗓子，人却溜光了，一下子不知溜到哪里去了。刘老侠后来说他没再追那些钱。他说他们真的像一群猪，我往食槽里填饲料它们就来了，食槽一空它们就全跑走撒欢去了。

祖父们都对刘老侠37岁的城市之行津津乐道，一半出自崇拜心理。而孙子们猜想刘家的罂粟从黑道上来到黑道上去。收罂粟的人一年一度来到枫杨树乡村，贩盐船把收获的罂粟和稻米一起从河上运走，久而久之枫杨树人将两种植物同等看待。祖父指着左岸的稻地和右岸的罂粟对孙子说，"两岸都是粮食，我们就靠这些粮食活下去。"

沉草归家后半年，家中遇到了土匪姜龙的劫难。

半夜里响起马蹄声。马蹄声杂沓地在刘家宅院四周响着。女佣在下房那边惊喊，"姜龙来啦。"

沉草披衣冲到院子里，他看见墙内墙外灯影幢幢一片动乱，唯独爹的屋子黑漆漆没有动静。沉草跑步过去敲窗子，"爹醒醒，姜龙的土匪来啦。"爹在屋里咳嗽了一声，说，"别慌，他进不了门，你让长工打两袋米从墙上扔出去他们就走了。"沉草就站在门廊上喊陈茂的名字，又喊别的长工，没有人答应。下房那里的人像无头苍蝇一样东奔西窜，什么东西被踩翻了，轰隆隆地响。沉草往前院跑的时候听见两扇柏木大门吱嘎嘎地打开了。"谁开门？"沉草喊时已经晚了，马蹄声在前院炸响，九匹马鱼贯冲进来，马灯的火苗扑闪一下又亮。沉草头一次看见姜龙的土匪。他们手持长枪骑在马上，头蒙黑布罩，脚蹬红麻鞋。他们英气逼人使沉草很惊讶，沉草的手插到裤袋里捻着，他对中间骑白马的人说，"你是姜龙吗？"他听见骑白马的人笑了一声，他扯下黑布罩，露出一张瘦削年轻的脸，英气逼人。"姜天洪！"沉草叫起来，姜龙就是私塾同学姜天洪他无论如何想不到。沉草低下头，面对那匹白马那个骑马的人，他想起从前有很多日子，姜天洪背他去私塾上学，每背一次沉草赏给他半只馍。

爹出来的时候腰带还没缠好。爹好像并不慌张，他一边缠腰带一边说，"你们怎么进来了？把米扔过墙不行吗？"

"有人给我们开门，当然进来看看刘家。"

"你们到底想要多少米？"

"十袋就行。"

"今年粮荒，没收成，八袋行吗？"

"不行。一袋不能少，还要一个人？"

"要人？要谁？"

"你儿子刘沉草。"

"别开玩笑，我给你十袋米了。"

"米要人也要。我想拉一个财主的儿子上山，我想让他去杀人！去抢劫！去放火！"

爹愣住不动，沉草看见爹在马灯的照射下脸色青紫，嘴唇直颤，身体却像树桩一样沉稳地站着。

沉草想起归家时路过火牛岭听见的那声呼唤，他觉得这事很奇怪，走到那匹白马跟前，拉拉马缰说，"姜天洪，你还记着以前的事吗？"

"记一辈子。要不然不会来你家。"

"可我也给你吃馍了。"

"馍早化成粪了，可是心里的恨化不掉。"姜龙的马鞭在空中抢了一响，"刘沉草，你不明白我的道理。"

"如果我不想跟你上山呢？"

"烧了这大宅，杀你全家。"

沉草听见爹仰天长啸一声，爹扑过来抱住白马的腿。他的膝盖慢慢下沉，终于跪在地上。沉草蒙住眼睛听见爹说，"把米仓都给你，要多少给多少。"

"米够吃了。我要你家的人，不给儿子给闺女也行。"

"什么？"

"你闺女，刘素子。我要跟你闺女睡，三天三夜，完了就放她下山。"

沉草记得他想搬地上的石碾，他弯下了腰却抱不动。他的疲软的手臂被爹紧紧抓住了。爹轻轻说，"孩子你别动，这是爹的事。"他看见爹已经老泪纵横，他跌跌撞撞朝后院走，走了两步又回头，说，"三天三夜，说话算数吗？"

九匹马又撞开了一道门冲向后院，狂躁的马蹄声粉碎了大宅的这个夜晚。九匹马回头时驮着一个酣睡乍醒的女人。沉草记得姐姐散发披垂满目蓝光的样子，她真的像猫被姜龙挟在臂弯里，白色绸袍在挣扎中撕得丝丝缕缕。姐姐绞着她的长辫，脸色苍白如纸。沉草听见她在喊，"爹救我。"可是爹枯立着紧闭眼睛，像睡着了似的。沉草看见姐姐的长辫突然从马上散落，像树枝擦地而过。她把手伸向沉草喊，"沉草救我。"沉草去抓姐姐的手时看见姜龙的枪口冒出一团红火，那只右手像被什么咬了一口，随即无力地垂落下来。断了，沉草想我的右手断了，这一切仿佛半个噩梦。

大概是午夜时分姜龙的土匪从刘家风卷残云而过。长工女佣们沿墙根站着观望刘家父子。沉草坐在一只箩筐上，玩味着血洇全身的感觉，起初脑子里一片空白然后倏地跳出了演义血肉模糊的脸。曾几何时，血也是这样洇透演义的全身。沉草感觉到冷，他拨开呆若木鸡的下人去穿衣服，他听见爹在一片黑暗中终于哭出声，爹举起双拳捶打自己的脑袋。

"去买枪，去买100条枪。"

沉草穿了棉袄也没暖和过来，他咬着牙再次走到院子里，人已散尽，爹一个人在月光下枯立，爹把手掌摊开，好像要接住什么东西。他对沉草说，"灾祸临头了吗？"沉草挽住爹僵直的手，他看见爹的手里只有一片罂粟叶子。沉草摇摇头，沉草说我不知道爹我真的不知道姜天洪会来。

第三天刘家人守在村口等待刘素子回来。你看见沉草的手中抓着一支驳壳枪。围观的人都说刘老侠用十担米换了那支驳壳枪，枪很贵但你有了枪就不怕土匪了。第三天一匹白马从山上下来，看不见骑手，刘素子像一只昏睡的猫伏在马背上。看不见她的脸，只见那条著名的长辫散成枯柳纷纷飘扬。围观的人发现小姐的白袍换成了一条男人的大裤子。有人说那是姜龙的裤子。

劫后的刘素子回家后泡在大铁锅里洗澡，她一边洗一边哭，洗了三天三夜。两个女佣守着锅下的火，发现小姐在水中与她故世的母亲如出一辙，眼睛绿得让你生出寒意。

沉草你过来，跟我走。

爹牵着沉草的手穿越一段难忘的时光。走出大宅的时候有一只钟在离枫杨树很远的地方敲响。沉草记得这一天爹70寿辰，他20岁。他们穿越一段难忘的时光往刘家祠堂走。祖先的白金钥匙在前面衰弱地鸣叫，听起来就像爹的脉息。那真是一种衰弱的声音，它预示结局将要出现。歇响的枫杨树人从路边阴暗的草屋里跳出来，他们像一群鸡一样跳出来观望刘家父子。沉草直视着不去看两边的佃户，他厌恶那些灰黄呆滞的面孔，他想那些人为什么终年像一群扒食的鸡观望你的手？为什么像一群牛蝇麇集在你的周围赶也赶不走？沉草低下头走过长长的村巷。枫杨树这么狭小，它就像一块黑色疮疤长在世界的表面上，走着走着就到头了。沉草感觉到走了很长的路，阳光突然变灰，祠堂老瓦飞檐的阴影蛰伏在头顶上，刘家祠堂虎踞龙盘，一股潮湿古老的气味蔓延在他身边，沉草看着自己的脚尖驻足了。

沉草，你跟我来。

爹的声音一直在前面呼唤，每一颗空气也都这样呼唤，爹幽灵般扑进祠堂大门，白衫的后背闪着荧光。神龛上点着八支红烛，香烟缭绕。他看见爹跪在祖宗的牌位前，身体绷紧像一块石碑。这是我们的祠堂，这就是我们祖先藏身的地方，他们给予土地和生命，在冥冥中统治着我们的思想。沉草抱紧自己的身体跪在爹的身边，听见某种灾难的声音吱吱叫着往他头顶上坠落。在悸冷中沉草的手摸遍先祖之地，地上冰凉，他又摸到了爹的手，爹的手也冰凉。他看见白金钥匙在神龛上有一圈月晕似的光泽，白金钥匙发出了田野植物的各种气息。它马上要落到你的手里了。

沉草，向祖先起誓。

我起誓。

你接过刘家的土地和财产，你要用这把钥匙打开土地的大门。你要用这把钥匙打开金仓银库，你起誓刘家产业在你这一代更加兴旺发达。

我起誓。

白金钥匙天外陨星般落到沉草手心。他奇怪那把钥匙这么沉重，你简直掂不动它。沉草啊你的祖先在哪里？到底是谁给了我这把白金钥匙？黑暗中历史与人混沌一片，沉草依稀看见一些面呈菜色啃咬黑馍的人，看见鬼叔叔在火中噼啪燃烧，而最清晰的是演义血肉模糊的头颅，它好像就放在青花瓷盘里，放在神龛之上。"我冷。"走出祠堂的时候沉草又缩起了肩膀。风快吹来了。他听见爹说，"挺起肩来。"但是我冷。爹变得空空荡荡跟在后面走，他离开了白金钥匙才真正地苍老不堪。

沉草记得那个正午漫长而阴暗，枫杨树乡村从寂寥中惊醒了一点，狗猖猖地吠叫，猪羊在沟边乱跑。那些佃户站在地里屋边观望，他不知道他们观望什么，听见路边一个放羊的女人冲他喊，"老爷。"

"老爷。"沉草自言自语，他猛地怒视放羊的女人，"喊谁？"

那个正午祖父与孙子站在河边，祖父对孙子说，"别指望他们重换门庭，人跟庄稼一样，谁种的谁收，种什么收什么。你不知道沉草，别指望好日子从天上掉下来。"祖父说下地去吧，太阳那么高了。就这样你看见1948年像流星一样闪过去了，你看地主家庭的历史起了某种变化。

我发现枫杨树刘家的历史发展到1948年起了诸多变化，家国兴亡世事风云有时发生在人生一瞬间。你说刘沉草在这段历史中是斑驳的一点，你还可以说刘沉草是 40 年代最后的地主。你听见古老的金钥匙在他的牛皮裤带下响着，渐渐往地上掉，那是一种神秘的难以分辨的声音。金钥匙快要掉下来啦。枫杨树乡村在千年沉寂中蹦跳了一下，死湖般的历史随之有了新的起伏。

那是 1948 年，短暂的刘沉草时代，祖父们对那个特殊的历史时代有着深刻的印象。他们说刘沉草让我们都种上了地。他把长工和女佣赶出家门，把水稻地都租给外来的迁徙户，许多人从北面南面涉河而来，在沉草手上租到了十亩地，他们说河右岸的外乡人就是这样聚居起来的。人们记得刘沉草铁青着脸把他的土地交给别人，他说我不要这么多地，可你们却想要，想要就拿去吧，秋后我只要一半收成，各得其所，听明白吗？有人跪在刘沉草面前说少爷这是真的吗？刘沉草喊起来别跪别给我下跪，他说我恨死你们这些人了，就像恨我自己一样。

枫杨树人始终没有懂得刘沉草时代。祖父们对他的评价往往很模糊，譬如小善人，譬如怪物，譬如黑面白心。而孙子对祖父说，"刘沉草给了你什么？给你的不是土地而是魔咒，你被它套住再也无法挣脱，直到血汗耗尽老死在地里。你应该恨他，你为什么直到现在还念念不忘1948年？"

这一年收罂粟的人没有来。

贩盐船没有来，而河边的人还在守望。

收割后的罂粟地里枯枝横陈，沟壑涸辙仿佛斑马纹路刻在那里了。原野在风中无比枯寂，风像千人之手从四面出击摇撼我的枫杨树乡村。你走出黑泥房子来到河边，看见两岸秋色依旧，但是风真的像千人之手从四面出击摇撼你，风要把你卷起来抛入河心，你像一片落叶沿着河的方向归去。这一年的秋风多么浩荡，只要走到河边，你将看见这段历史在这阵风中掉下的册页，那更是一堆落叶沿着河的方向归去。

南方解放好久了，枫杨树乡村不知道。

人们记得陈茂头一个从马桥镇带回了解放的消息。

被赶出刘家的长工陈茂挥舞着一只黄色帽子，远远地你就看见帽子上一颗五角星红光闪闪。那是 1949 年历史的一个物证在向你逼近。陈茂向 1949 年历史深处跑来，他的光脚丫子经过村巷逼近刘家大宅，他喊快去马桥镇快去马桥镇，快去马桥镇共产党来革命啦！

陈茂把嵌五角星的黄帽子戴在头上，然后闯进刘家大宅。他站在院子中央愣了会儿，看见翠花花正吆喝着一群鸡吃食，刘素子抱着一只猫坐在屋檐下晒太阳。两个女人的眼神木然。翠花花骂，"蠢货，你满嘴囔什么？快回来干活吧。"陈茂摸着头上的帽子咧嘴一笑，"我再也不回来了，我跟共产党了！"陈茂又跑出大宅朝村里跑，他听见翠花花追到门口骂，"蠢货，回来干活吧。"陈茂掉头朝她做了个鬼脸。骚货色我再也不给你们干活了。风吹响连绵的黑土地，陈茂着从裤腰带上摘下铜唢呐，唢呐声也响起来直冲云霄，他听见了大地气动岩浆奔突的声音。他狂奔着觉得自己像一只金蝇子一样飞了起来。路边的佃户们有的跟着他瞎跑，他们问，"陈二毛怎么啦？""快去马桥镇共产党来革命啦！"陈茂边吹边跑，跟着的人越来越多，他们像一队鸵鸟饥饿地奔跑。他们沿着河岸跑过光秃秃的水稻地罂粟地，最后看见了蓑草亭子，饥饿队伍就是这时戛然而止的。

蓑草亭子状如祭台浑然耸立，青烟缭绕在你的头顶。他们看见烟霭中两个白衣人守护着红香炉。有人说重阳九九，祭祀土地了，那是刘氏家族延续百年的圣事。可是谁知道为什么在圣火前他们相遇了呢？

饥饿队伍散开了，他们站在地里凝望刘氏父子。父子俩面目苍茫，在一片寂静中走出蓑草亭子。

刘老侠已经很老了，目光却依然像巨兽俯视他们弱小的灵魂。这是 1949 年他们头一次看见刘老侠。他们听见刘老侠咳嗽着吐出一口痰，又吐出一个熟悉的音节：

狗

"你们要干什么？"

"去马桥镇，共产党来革命了！"陈茂在人群里踮起脚尖。

"狗。他说什么？"刘老侠问沉草。

"他说革命。"沉草说。

"我们再也不给你卖命了。"陈茂说。

"刘三旺刘喜子你们把陈茂捆起来。"刘老侠说。

人们都站着观察，那些呆滞木然的脸组成的是饥饿队伍。

"捆啊，捆了他给你们每人一袋米！"

"一袋米？不骗人？"

"不骗你们，饿死鬼！"

"一袋米，我来捆！"饥饿队伍都跳了起来，他们动了起来，陈茂返身想跑已经来不及了。佃户们一拥而上抱住了陈茂。"一袋米！"他们大叫着把陈茂抬起来。有人喊没东西捆接着又有人喊把他的裤腰带抽下来，陈茂被高高地抬起来他的裤腰带被抽掉了。陈茂用手去护住着处但双手很快地被缚紧。"放开我刘老侠！"陈茂怒吼着但没有人听见。"把陈二毛的裤子扒下来！"愉快的佃户们一边疯笑一边把他抬到蓑草亭子里，抬到刘氏父子身边。

沉草往后退。他看见陈茂的生殖器露出来在人们的头顶上晃荡着，陈茂的黑裤子被扒下扔到空中飞来飞去。他觉得恶心，浑身奇痒，那种突如其来的奇痒使他抱紧身体，恨不能死。这是怎么啦？他弯下腰朝地上吐口水，他看见无数双光脚丫踩碎了圣火，香烛折成了两截躺在地上。沉草拾起一截，半截香烛仍然很烫手，他把它扔掉了，沉草抓挠着脸和脖子，他喊，"别闹了，你们都快滚蛋！"但他的声音也被快乐的潮声淹没了。佃户们喊，"老爷，把陈二毛捆在哪里？"爹说，"吊起来，吊到梁上。"沉草看见陈茂从人们头顶上升起来，很快地升到蓑草亭子的横梁上。陈茂的嘴张开着，像一只死鸟被挂在横梁上摇摇晃晃。谁把铜唢呐挂到了他的脖子上，铜唢呐也跟随主人在风中摇摇晃晃。沉草觉得陈茂的模样很滑稽，他却笑不出来，只是奇痒加剧。他想这个人与他之间存在某种生物效应，他看见这个人就奇痒难忍，心中充满灾难的阴影。沉草摸出了他的枪，他把枪举起来瞄准，准星线上陈茂的生殖器在空中愈发强壮硕大。狗，沉草想那真的是一条狗让我恶心。沉草想不知道这是第几回了他举枪瞄准陈茂。你想杀了他吗？为什么你面对他总是虚弱不堪？沉草想也许这是害怕的缘故。你害怕一个人经常就是这样。沉草持枪的手垂下来，他发现佃户们瞪大眼睛看着他的手。他用枪管摩挲着脸部，他看见自己的形象映在枪身上那么小那么苍白，疲惫和厌恶是从心里映现在枪身烤蓝上的。除了白痴演义，我谁也杀不了了。我只能将子弹留到最后一天。

"让他吊在那儿，谁也别去管他。"爹指着陈茂对众人说。

沉草扶住爹离开蓑草亭子，背脊上似乎爬满了温热的虫子。他猛然回头发现陈茂的目光是猩红的罂粟追逐着他们父子。对视间陈茂朝他咧嘴笑了一下，紧接着他朝父子俩撒了一泡尿。沉草看见那泡尿也是猩红的一条弧线，他不知道那个人是人还是狗，他又一次在空虚中发现了人面狗身的幻影。

被缚的长工陈茂在野地里摇荡着，度过了难忘的昼夜。夜里他把挂在脖子上的铜唢呐用嘴衔起来，我们听见从蓑草亭子那边传来的唢呐声在枫杨树乡村回荡，响亮而悲壮。那是1949年的深秋，你听到的其实就是历史册页迅速翻动的声响。

第二天庐方的工作队从马桥镇开到枫杨树。他们首先听见的就是那阵唢呐声。他们在河边就看见一个光屁股的男人被吊在蓑草亭子里吹唢呐，那情景非常奇特。工作队长庐方告诉我，把陈茂从梁上解下来时他们差点流出眼泪。陈茂的嘴唇肿胀着，光裸的身上爬满了黑色的飞蚤。庐方从挎包里找出一条裤子让他穿，他没接，却先抢过了别人手里的干粮。他一边嚼咽一边说，"先吃馍馍再穿裤子。"庐方还说从陈茂的脸部轮廓上一眼就能分辨出老同学刘沉草的影子，沉草确实长得像陈茂。这一点谁都认为奇怪。他说枫杨树是个什么鬼地方啊，初到那里你就陷入了迷宫般的气氛中。庐方比喻40年前的工作队生活就像在海底捞沉船，你看见一只船沉在海底却无法打捞，它生长在那里。而每一个枫杨树人像鱼像海藻像暗礁阻拦你下沉，你处在复杂多变的水流里，不知道怎样把沉船打捞上来。

庐方回忆起1949年秋天老地主坐在门槛上眺望南方的时刻。他每天都在等待收罂粟的人到来，等待贩盐船从河下游驶来，泊靠在他的岸边。

解放了。收罂粟的人不会来了。庐方说。

老地主默然不语。庐方跨过刘家门槛，看见大院里到处都是大大小小的竹匾，竹匾里晾着白色与棕色的罂粟粉，他第一次看见那种神奇的植物花朵，罂粟的气味使他神经紧张，他抓住枪套朝大宅深处走，觉得阳光在这里有了深刻的变化，有人站在屋角的黑暗里修理农具或者纳鞋底，神情木然愚蠢，庐方知道那是枫杨树亘古不变的神情。庐方走到中院的时候看见了刘家的两个女人。翠花花丰腴的手臂上点洒着唯一的阳光，她的佩戴六个金银手镯的手臂环抱在胸前，她的乳房丰满超人。翠花花伏在窗台上向庐方点头微笑，"来啦，长官。"而刘素子当时在给一只猫喂食，刘素子不知为什么女扮男装，但庐方一眼就看出她的实质。庐方后来对我说他忍不住对刘素子笑了，他说他的绑腿布松了，他蹲下去系的时候看见刘素子砰地打碎瓷碗逃进了东厢房。在门边她回头张望，她的猫一样的眼睛突然变得恐慌而愤怒，事隔好多年庐方仍然忘不了刘素子的一双眼睛，"她真的像猫！"

庐方走过黑暗的仓房时听见一阵咳嗽声。透过窗缝他看见一个人端坐在屋角大缸上。他看不清那个人的脸，就掏出手电筒照过去。手电筒照亮一张熟悉的苍白的脸，那个人昏昏欲睡但嘴里含着什么东西。"谁在那儿?"那人说。庐方撞开木扉门。就这样他见到了阔别多年的老同学刘沉草，就这样庐方见到了蜗居在家的所有刘氏家族的成员。他说中国的地主家庭基本上都是一览无余的。你只要见到他们心里就有数了，一般来说，我们的工作队足够制服他们。

沉草坐在仓房的大缸上。那也是白痴演义从前啃馍吃的地方。你如果有过吞面的经验会发现沉草在干什么。沉草在吞面。你发现这个细节不符合沉草的性格，你记得沉草归乡时在罂粟地里的昏厥，但沉草现在坐在大缸上，沉草确确实实在吞面。

他听见整个枫杨树在下雨。他走在雨中。一条路在茫茫雨雾中逶迤向北。北面的沙坡上有一座红色楼房。他看见自己已变成一只蜗牛在雨中爬行。他看见红色楼顶上有一只网球在滚动，那只球掉下来了在雨地里消失不见了。他听见整个枫杨树在下雨。蜗牛的背上很沉重，它在水洼里睡着了，而那条路上有人在雨中狂奔，他们从后面狂奔而来，蜗牛听见了疯狂的脚步声，它想躲一下却无法挪动身子。他看见水洼被踩碎了，美丽的水花飞溅起来。他听见蜗牛的身子被踩出清脆的巨响，砰然回荡。

院子里打翻了一只竹匾。沉草走出仓房，嘴里还留有罂粟面的余香。他站在台阶上抱住头，他觉得从那场雨中活过来很累。爹咒骂着谁，把地上的花面拾进竹匾。那些罂粟如今像冬日太阳一样对他发光。沉草站着回忆他感官上的神秘变化。他模模糊糊地记起来很久以前他是厌恶那些花的，那么什么时候变的呢？沉草想不起来，他觉得困倦极了，脑袋不由自主地靠在墙上，他仍然半睁着眼睛，看见爹的手在竹匾里上下翻动着罂粟花面。

"别晒了，收罂粟的人不会来了。"沉草说。

"罂粟会烂掉的，你白忙了一年。"沉草不断舔着下嘴唇，他说，"自己吃吧，爹，那滋味真好，你尝尝就知道了。"

沉草听见自己在说话，他看见爹扔下花面惊惶地看着自己。"沉草你吞面啦?"爹猛然叫起来抓住他摇晃着。

沉草觉得他像一棵草灰那样轻盈，灵魂疲惫而松弛。他说爹我想睡。可爹在用手掰开他紧闭的牙床，爹嗅到了他嘴里残存的罂粟味。"沉草你吞面啦?"爹抓住他头发打了他一巴掌。他不疼。他仍然想睡着等待雨中幻景重新降临。他把头靠在爹的肩膀上说，"爹，我看见那只球，那只球掉下去不见了。"

庐方记得沉草的形象在五年后已不再清俊不再忧郁，他肤色蜡黄，背脊像虾米一样弓起来，远看和他的地主父亲一样苍老。沉草想方设法逃避着庐方。但庐方总能在仓房的黑暗里找到沉草。沉草绕着大缸走一圈，跳进缸里，他像条蛇一样盘在缸里，一动不动，只是不时打着喷嚏，庐方怀疑沉草已经丧失记忆，沉草不认识他，他猜想沉草是装的，一时不知道说什么好。他后来精心设计了谈话的内容，因为他不想把第一场谈话弄得庸俗或者生硬了。

"沉草。周末了，我们去打网球。"

"草坪呢，草坪在哪里?"

"就在你家院子里打。"

"没有球，球掉下去不见了。"

"我带着一只球。""我已经忘了怎么打网球。"

"沉草，你知道你家有多少土地吗?"

"不知道，枫杨树的土地好像都是我家的。"

"你知道你家有多少财产吗?"

"不知道。""别装傻,你拿着你家的白金钥匙。"

"真的不知道,那都是我爹的东西,我没打开过。"

"沉草,你明白我们来干什么吗?"

"不明白,也不想明白,你们愿意干什么就干什么。"

"要土改了,要把你们家的土地和财产分给穷人。"

"我无所谓,我爹他不会同意的。"

庐方看见沉草从大缸里站起来,他的目光涣散游移不定。沉草仰面看着房顶上的一架纺车,半晌打出一个喷嚏。庐方突然听见沉草轻声喊了他的名字,"庐方,拉我一把。"他把手伸出去抓住了沉草冰凉的汗津津的手掌。庐方回忆他们手臂相缠时勾起了往昔的友情。在仓房的蛛网幽影中他们同时看见一块浅绿色的大草坪,阳光在某个傍晚洒下无数金色斑点,他们挥拍击球,那只球在草坪上滚动着。庐方说,"沉草,打球去。"沉草浑身一颤,他的眼睛闪亮了一瞬复又黯淡。沉草抬起手臂擦着眼睛,他的身上散发出罂粟枯干后的气味。"那只球掉下去不见了。"沉草叹了口气。庐方很快甩开了沉草软绵绵的手臂,他也说,"掉下去不见了,不见了我也没办法。"

我听见嘹亮的唢呐声在黎明的乡村吹响,那是1949年末风暴来临的日子。唢呐声召唤着枫杨树的土地和人,召唤所有幽闭的心灵在风中敞开。

风暴来临,所有的人将被卷离古老的居所,集结在新的历史高地上。

"跟我来,乡亲们!跟我来吧,斗倒财主刘老侠!"

我看见长工陈茂在枫杨树乡村奔走呼号。他的腰间挂着一把古老的铜唢呐(后来唢呐在枫杨树成了革命的象征,农会的男人腰间都挂上了唢呐)。庐方回忆说陈茂是他开展农村工作以后遇见的最为自觉的农民革命者。他的翻身意识尤其强烈就像干柴烈火,你一点他就整个燃烧了。那是个难得的农村干部,可惜后来犯了错误。庐方说南方的农民们的生存状态是一潭死水,苦大仇深并不构成翻身意识,你剥夺他的劳动力他心甘情愿,那是一种物化的惰性。在枫杨树佃户和长工们都把自己看成一种农具,而农具的主人是刘老侠。当庐方的工作队访贫问苦的时候从他们嘴里听到的是刘老侠创业的丰功伟绩。他们说,"枫杨树千年出了个刘老侠，他的手指缝里能敛进金元宝。"庐方说只有一种农民才能革地主老财的命，他自己一无所有，他的劳动力乃至全部精神都被剥夺，譬如长工陈茂，他是以一个完整的革命者出现的，你必须信任他。那一年陈茂自然地成为枫杨树的农会主任。陈茂从工作队领到一杆三八式步枪。陈茂腰挂唢呐肩佩步枪风风火火来往于枫杨树乡村，一时成为真正的风云人物。乡村的孩子看见陈茂就躲在草垛后唱起另一首民谣：

> 陈二毛，变了样
> 一把唢呐一杆枪
> 走到东啊奔到西
> 地主老财遭大殃

陈茂走到刘家大宅前突然站住，他抓着腰间的唢呐吹了悠悠一声。他不明白自己这么做的道理。也许是提醒地主一家：我来了是我来了。他踢开门喊我来了，院子里一片死寂，几只鸡在地上的青苔间找谷子吃，厢房的门都关着，陈茂抓起唢呐又吹了一声，他踢飞一只鸡又大喊一声，"人都死光了吗？"

东厢房的窗打开了。陈茂看见刘素子睡眼惺忪地出现在窗口，她的眼圈发黑，脸却苍白如纸，又一只猫伏在她瘦削的肩上。陈茂看见刘素子的淡绿色瞳仁里映着他的长枪，凝眸不动。她又被枪吓坏了。陈茂朝她眨眨眼睛，他总是从那张冰清玉洁的脸上发现受惊的神色。"别怕。"陈茂的手抠着枪带走过去，"我可不是土匪姜龙，我不会把你怎么样的。"

刘素子默然，那只猫叫了一声。陈茂歪着身子倚在窗前，端详着那个闭门不出的女人，他看见她雪白的长颈露在旗袍领子外面，一个梅花形的猫爪印清晰可见。那只猫又叫了一声。刘素子猛地抽搐了一下，砰地关窗，陈茂的脸被木窗重重地撞了一下。

"快滚，别这样看我。"

陈茂一手捂脸一手把窗往里推，他说：

"别关窗，我不是来睡你的。"

"我跟狗睡也不跟你睡。"

"女人嘴凶，可没有一个女人敢这样对我说，你是让姜龙给弄傻了。"

"你来干什么？翠花花不在家，天还没黑，你来干什么？"

"我不找那骚货。我找你爹你弟弟干革命。"

"我不管，我就是不愿看见公狗，恶心。"

"你会明白我是人是狗的，告诉我他们上哪儿了？"

"山上大庙，烧香。"

"烧香？"陈茂笑起来，他用枪托打着木窗，"你家劫数到了，谁也救不了你们，现在我是你们的菩萨，明白吗？"

"你要是菩萨，该上茅房去找供品。"

"小婊子，你明白拿什么供我，你是最好的供品。"

"狗，不要脸的大公狗。"刘素子终于把陈茂关在窗外了，陈茂被关在窗外发愣。他想女人脖颈上的梅花形猫印是怎么回事？它像个小太阳一样照得他熏热难耐，撩动他的情欲。"小婊子，我干了你。"他的额际上沁满了汗，女人的太阳真是熏热难耐。陈茂想这是怎么回事？我跟这家人到底是怎么回事？他想不透，想不透就只有吹唢呐了。

陈茂一边吹唢呐一边坐在门槛上。暮色点点滴滴潜入凄冷宅院，槐树叶子在层层青苔上凋零发烂，他听见一只驴子在磨坊里哞哞地叫，那是他长工生涯的老伙计，陈茂忽然想去摸摸那只驴子，他起身朝磨坊走去，他看见驴子皮包瘦骨半卧在食槽边，食槽是空的。可怜的驴子跟着他们会饿死的。陈茂把墙角堆着的糠全倒在食槽里，看驴子狼吞虎咽地吃食。他的手从上而下抚摸着驴子肮脏干枯的皮毛，思绪纷乱缅怀他的大半辈子长工生涯。不知过了多久，陈茂觉得身后有动静，他猛地回头看见刘家三人站在院子里，他们脸上灰尘蒙蒙，每人手里抓着一把罂粟叶子。陈茂端起枪拉上枪栓，眯缝着眼睛观察地主一家，他觉得他们手持罂粟行色匆匆很奇怪。

"你们带着罂粟干什么去了？"

"上山求神保佑罂粟。山神说收罂粟的人快来了。"老地主的脸上没有任何表情，目光省略了持枪的陈茂显得空灵悲伤。陈茂看着地主一家在他的枪下鱼贯而入，翠花花走在最后面，她的金手镯响着伸手把枪往上一挑，无所顾忌地在陈茂裤裆里拧了一把。陈茂往后跳了一下，但没来得及躲开人的手，那里碎裂般地疼。他骂了一声臭婊子货忽然想起工作队交给的任务，便又跑过去横枪堵住了他们，他猛吼一嗓：

"站住，明天开会！"

地主一家疑惑地瞪着陈茂，然后是面面相觑。

"你说什么？"老地主摇着头，"我听不懂你的话。"

"听不懂？明天开会！"陈茂说，"开会你懂吗？"

"开什么会？"

"批斗会，斗你们地主一家。"

"干吗斗？怎么斗？"

"到蓑草亭子去！用绳子把你们捆起来斗，跟你们那回捆我一样。"

"这是谁定的王法，狗斗人吗？"

"农会。工作队。庐同志说只有斗倒你们枫杨树人才能翻身解放。"

陈茂看见老地主手中的罂粟掉到地上。陈茂想天也掉到地上了，狗为什么不能斗人？风水轮回还有什么不可改变的呢？陈茂朝老地主啐了一口。陈茂一高兴就把唢呐吹起来了，他吹着唢呐退出刘家大宅，他听见自己的唢呐像惊雷一样炸响，把刘家几百年的风光炸飞了。

没有人知道刘家三人上火牛岭去干什么。沉草知道这将成为一个秘密，永远不能启齿。爹带着老婆孩子去找土匪姜龙。沉草想爹是糊涂了，刘家人怎么能上山找土匪姜龙？他问爹到底要干什么。爹说花钱请他们下山。沉草说姜龙坑害了姐姐呀，他们无恶不作你不能在他们面前折腰。爹说我记得你姐的冤，那不是一回事，姜龙再坏也没要我的地，我不能让谁把我的地抢去。沉草跺着脚说你让姜龙下山干什么呀？他看见爹的眼睛里爆出幽蓝火花，爹咬着牙，嗓音哽在喉咙里像在哭泣。

杀了他们。杀了庐方。杀了陈茂那条狗。

谁也不能把我的地抢去。

沉草跟着爹娘往山上走。他想起那次从县城归家的途中，看见姜龙的马队从火牛岭一闪而过。有个声音穿过年轮时光仍然在树林间回荡，"刘沉草，上山来吧。"沉草至今还奇怪，那声呼唤来自何处来自谁的思想中？谁要我上山？也许是我自己？沉草这样想着觉得他始终在某个神秘的圈套中行路，他走不出圈套而茫茫然不知所归。

他们跟着秘密向导寻找姜龙的踪迹，在火牛岭的纵深处他们闻到山霭中浮荡着一股血的腥味，他们朝血腥味浓处走，看见山背上躺着三匹死马和几双红麻草鞋。岩石和干草上淤着紫色的干血。秘密向导说他听见过火牛岭的枪声，他猜姜龙的土匪是往山南去了。

沉草在草丛中发现一颗球状晶体，他以为那是一只小球，走过去拾起了它，它一下子就像磁铁一样粘在他手心上，他把手翻过来端详着，突然尖厉地喊起来，"眼睛，谁的眼睛！"他想摔掉它却无论如何摔不掉，他不知道这是怎么回事，他拾起了一颗人眼珠子！

沉草像在梦里，手上一直黏糊糊地抓着那颗人眼珠子。爹和娘来掰他的手时已经掰不开了，沉草紧握着那颗人眼珠子，就像紧握从前的网球。他看见爹绝望地蹲在一匹死马身边。

山风吹过来山风现在把我们都卷起来抛到天边，这就是你走入绝境的感觉。沉草听见爹对着死马说，"死了，再也没指望了。"沉草觉得火牛岭真像一个圈套，在荒凉无人的山顶上你会体会到跋涉后的空虚。你去找土匪姜龙，但土匪姜龙也走了。沉草忘不了爹面对山南时悲哀而自嘲的笑容。爹从来不笑，爹一笑灾难就已经临头了。这一天像是梦游火牛岭，爹抓着一把罂粟叶子去上山找姜龙！沉草想爹真是糊涂了，在山上你听见喊声你找不到那个人，这就是圈套。沉草疲惫得要命，只是跟在爹娘身后走。回想起来，他是一直抓着那颗人眼珠子的，他想那只网球可能一直滚到这里，网球不见了人眼珠子出现了，他想这也是圈套把我牢牢套住了，我必须抓着这颗人眼珠子。

枫杨树的祖父对孙子说，"传宗接代跟种田打粮不一样。你把心血全花在那上面，不一定有好收成。就像地主老刘家，种花得果，种瓜得草，谁知道里面的奥妙？人的血气不会天长地久，就像地主老刘家，世代单传的好血气到沉草一代就杂了，杂了就败了，这是遗传的规律。"

我明白枫杨树乡亲的观点趋向原始的人本思维。你不能要求枫杨树人对刘家变迁作出更高明的诠释。工作队长庐方对我说，揪斗地主刘老侠时曾经问他有什么交代的，他的回答让工作队的同志们窃笑不已，刘老侠说，"我对不起祖宗，我没操出个好儿子来。"刘老侠又说，"怪我心慈手软，我早就该把那条狗干掉了。"那时候庐方已经知道刘老侠说的狗是农会主席陈茂。

1950年春天3000名枫杨树人参加了地主刘老侠的斗争会。那个场面至今让人记忆犹新。刘老侠站在蓑草亭子里，从前的佃户和长工们坐在四周荒弃的罂粟地里。庐方说当时的气氛就像马桥镇赶会一样，孩子哭大人闹，好多男子在偷吃罂粟叶子，会场湮没在干罂粟的气味中，让工作队难以忍耐。庐方说枫杨树人就是这种散漫的脾气无法改变，他让农会主席朝空中鸣枪三声，蓑草亭子四周才静下来。

"刘老侠，把头低下来！"庐方说。

老地主不肯低头，他仰着脸目光在黑压压的人群中逡巡，神情桀骜不驯，他的鹰眼发出一种惊人的亮度，仍然威慑着枫杨树人。人们发现刘老侠的脸上与其说是哭泣不如说是微笑。

"刘老侠，不准笑！"庐方说。

"我没笑，我想哭的时候就像笑。"

"老实点，把头低下来！"

"分我的地怎么还要我低头呢？"

庐方当时朝陈茂示意了一下，他想让陈茂把他的头摁下去，但陈茂理解错了，他冲上去举起枪托朝刘老侠头上砸去。一记沉闷的响声，刘老侠踉跄了一下又站住了。老地主的眼睛依然放光，他轻轻说了一句，"狗。"庐方说这下会场真正乱了，那些枫杨树人全站了起来，他看见翠花花戴满了金手镯从人群里奔过来，她一路哭号直奔老地主身边，她从一个男人手中抢过一片罂粟叶子给老地主糊伤口，老地主推开她说，"没你的事，给我滚回家。"

翠花花就直奔陈茂去夺他的枪。翠花花一边跟陈茂撕扯一边哭骂不迭，"你怎么敢打东家你这条掏不空的狗鸡巴夹不断的狗鸡巴。"枫杨树人哗地笑开了。庐方对陈茂喊，"把她拽下去！"但陈茂在翠花花的撕扯下只是躲闪。庐方听见台下有人喊："陈二毛，翠花花，×××！"下面的话他听不清，他忍无可忍地吼，"别跟她拉扯，把她拽下去。"陈茂的脸又红又白，他骂了一声臭婊子，然后抬脚踢在翠花花的乳房上，然后陈茂也对女人说，"没你的事，给我滚回家。"庐方说刘老侠的斗争会就开得那样乌烟瘴气让你啼笑皆非。那天天气也怪，早晨日头很好，没有野风，但正午时分天突然暗下来，好多人在看天。在准备当众焚烧刘家的大堆地契账本的时候风突然来了，风突然从火牛岭吹来，吹熄了庐方手里的汽油打火机。风突然把那些枯黄的地契账单卷到半空中，卷到人的头顶上。3000名枫杨树人起初屏息凝望，那些地契账单像蝴蝶一样低飞着发出一种温柔的嗡鸣，从人群深处猛地爆出一声吼，"抢啊!"人群一下子骚乱了，3000名枫杨树人互相碰撞着推搡着，黑压压的手臂全向空中张开。庐方的工作队员扯着嗓子喊，"乡亲们别抢，地契账单没用了。"但没有人听。庐方说他没办法了只能再次鸣枪三声。他说枫杨树人什么都不怕，就怕你的枪声。三声枪响过后枫杨树人再次平静，所有的地契账本都被他们掖在怀里了。他们掖着那些纸片就像掖着土地一样心满意足，你能对他们再说什么? 庐方说他最后就让他们全带回家了。

"沉草，你过来。"

爹在喊他。沉草走到爹的床边，他凝视着爹伸向虚空的那只手，那只手如同地里挨雨淋过的罂粟有一种霉烂的气味。

爹病了。

我知道。

爹头一回生病。

我知道。

爹过不下去才会生病，要靠你了。

什么?

你老是听不懂爹的话。当初我应该把你溺在粪桶里。

当初不如让姜龙带你走，当土匪也比当狗强，现在轮到我们当狗了。沉草看见爹的手里仍然紧抓着一把罂粟叶子。沉草说你把它放下吧，收罂粟的人再也不来了。爹点点头，他的手从空中垂下来在沉草腰间摸索着。沉草说，爹，你在摸什么? 枪，我给你的枪呢。

在这儿。

你放一枪给我听。

只有两颗子弹，放完了就没了。

那就留着吧，路上要用枪。

沉草走到床后，娘已经给他收拾好了行装，一大堆包裹堆放在地上。娘坐在便桶上哭，她总是坐在便桶上哭。沉草觉得饿，别过脸找那只装满干粮的黑陶瓮，陶瓮的木盖已经很久没有开过了，上面蒙着一层灰。他把手伸进去，里面空了，只掏出一块硬邦邦的馍，馍被咬过一口了，月牙形的齿印已经发黑。沉草抓起馍往嘴边送时听见娘叫了起来，"别吃它，那是演义吃剩下的!"他对那只隔年老馍端详着，看见演义血肉模糊的脸刻在馍上，但他放不下馍，"我饿。"他一边干呕一边啃咬，那只馍像蛊药在肚腹中翻江倒海，他一边呕着一边朝外面跑，听见爹愤怒地拍着床板，"别吃了，快滚吧快给我滚吧！"

沉草出逃的那天夜里下着大雨，狗没有叫，雨声掩蔽了刘沉草仓皇迷惘的脚步。第二天清晨刘宅门前留下了一大片像蜂窝一样杂乱的脚印。去稻田排水的枫杨树人围着那些脚印喊逃啦，地主逃啦。

现在看起来逃了就逃了，你没有必要再去追打丧家之犬，庐方说，但是1950年我沉浸在某种亢奋心态中刹不住胯下的红鬃烈马。我带着陈茂和工作队沿着沉草的脚印追，一直追到火牛岭上，我看见沉草在慢悠悠地爬坡，他真的是慢悠悠的一点不像逃亡。他的身上捆绑着五六个包裹，像披铠甲执长矛的武士出征远方。沉草听见了马蹄声回过头，他像个木偶一样站着朝我看。陈茂要拍马上去被我拦住了，我看见他正站在一块石崖上，我怕他跳下去。我对他喊："别逃啦，你逃到哪里都是一样，逃不出我的掌心。"他然后像个木偶站着不动。后来他开始解身上那些包裹，他将包裹迅速地往石崖下推，我听见了金属撞击山石的清脆的响声，我猜他把刘家的金银财宝都推到深涧里去了。

只留下一个最大的包裹，沉草就抱着它坐在石崖上等我们上去。我踢踢那只包是软的，我看见一些灰白色的粉状物从破缝间流出来，发出奇异醉人的香味。

"这是什么？"我问沉草。

"罂粟。"沉草说。

"谁让你逃的？"我又问。我看见沉草神情困顿地歪倒在我的腿上，疲倦地说，"我爹。"

"你想逃到哪里去？"

"找姜龙。"

"你想当土匪了？"

"不知道。一点不知道。"

被堵获的沉草像一片风中树叶一样让人可怜，但你看不到他的枪。庐方说我没想到沉草的腰间藏了一支枪。

知道内情的人谈起刘家的历史都着重强调沉草和长工陈茂的血亲问题。他们说沉草的诞生就是造成地主家庭崩溃消亡的一种自动契机，你要学会从一滴水中看见大海。他们说沉草的诞生预示着刘老侠的衰亡，这里有多种因果辩证关系，我无法阐述清楚，我只能向你们如实描绘刘家历史的发展曲线。

我知道你们感兴趣的还有旧日的长工后来的农会主席陈茂。陈茂其实是个不同凡响的形象。他的出现与消失必将同地主家庭形成一种参照系。庐方说过枫杨树的土地革命因其有了骨干陈茂才得以向前发展。他至今缅怀着那个腰挂唢呐肩佩长枪的农会主席陈茂。我问陈茂后来怎么样了？庐方面露难色不愿提这个话题，他说了一句讳莫如深的话：你能更换一个人的命运却换不了他的血液。他还说，有的男人注定是死在女人裤带上的，你无法把他解下来。

1950 年也是陈茂性史上复杂动荡的一年。那年陈茂与翠花花割断了多年的蛛网情丝，被他的唢呐迷过的人们希望他的生活步入正轨。你注意到他的英俊而猥亵的脸上起了一种变化，这种变化使他重返青春，浑身散发出新颖的男人的魅力。女人们给陈茂提亲络绎不绝，陈茂总是笑而不语。女人们说"陈二毛你让地主婆掏空了吗？"陈茂就端起枪对她们吼，"滚，别管我的鸡巴事，我要谁我自己知道！"

你可以猜到陈茂要的是谁。

陈茂是半夜潜进刘家大宅去的。那天月光很明净，夜空中听不见春天情欲的回流声，他的身体很平静。他挎着枪站在刘素子的窗前，回头看见一个熟悉的影子在青苔地上拉得很长很长，那是他自己的影子。他回想起从前多少个深夜他这样摸到翠花花的窗前，陈茂的心情很古怪，既不兴奋也不紧张，仿佛是依循某个夙愿去完成一件大事。他看见刘素子养的猫伏在窗台上，翡翠色的猫眼在月光下闪闪烁烁。你他妈的鬼猫。陈茂嘀咕了一句，他拉出枪上的刺刀对准猫眼刺进去，刺准了，猫眼喷出暗血猫呜咽了一声。陈茂用刺刀轻轻撬开了木窗，跳进了东厢房。他看见刘素子睡在大竹榻上，她仍然睡着，陈茂知道她是个嗜睡的女人。刘素子半裸在棉被外面。这是他头一次看见刘素子真实的乳房，硕大而饱满，他想刘家的女人吃得好才有这么撩人的乳房。陈茂从脖子上拉下汗巾轻轻蒙在女人的眼睛上，然后他把她从被子里抱起来，那个绵软的身体像竹叶一样清凉清凉的。他奇怪她怎么还不醒，也许在做梦。他抱着她走到院子里时听见那只猫又呜咽了一声。陈茂的手一抖，他想不到死猫又呜咽了一声。被劫的女人终于醒了，她在陈茂的怀里挣扎，张不开的睡眼像猫一样放出惊恐的绿光。

"姜龙，姜龙的土匪来了！"

陈茂抱紧女人往门外跑，他看见翠花花屋里的灯光亮了，翠花花走出来，蓬头垢面地跟着他们。他倚在廊柱上猛地回头，"你跟着我们干什么？骚货。"翠花花不吱声地抓他的枪，他闪开了继续跑，他听见翠花花被什么绊倒了，翠花花终于喊起来，"狗，快把她放下！"

"你再喊我一枪崩了你。"陈茂把刘素子举了举说。他抱紧那个冰凉的女人朝野地里跑。月光清亮亮的，夜风却是潮红的掠耳而过，他觉得怀里的女人越来越凉，他冻得受不了。他必须把那个冰凉的身体带到他的体内去。陈茂飞跑着，他听见自己跑出了一种飞翔的声音，他知道这不是梦却比梦境更具飞翔的感觉，他朝着蓑草亭子那里飞跑，他看见蓑草亭子耸立在月光地里。它以圣殿的姿态呼唤他，他必须飞进去，飞进去！

"狗，放下我，你不能碰我。"女人在他怀里喊。

"非碰不可。"陈茂咬着牙说，"我早晚都要把你干了。"

"你是谁？"女人睁大眼睛，女人怎么也看不清他的脸。

"陈茂。"陈茂想了想回答，"我不是姜龙，我让姜龙先走一步了。"

陈茂把刘素子放到蓑草亭子下，他抬头看见锥形草顶下飞走了一对夜鸟。这真是一个做爱的好地方，陈茂无声地笑着坐到女人的肚子上，月光下那个雪白清凉的胴体微微泛着寒光，他闭上眼睛，手在那圈寒光里摸索蛇行，最后停留在高耸的乳房上。他感觉到女人已经瘫软了，但他的身体也像打摆子一样控制不住颤个不停，他嘴里咝咝地换着气，感觉到自己前所未有的虚弱，"我早晚要把你干了。"他咬着女人的乳晕，听见铜唢呐从身边滚出去，当当地响。

庐方说他曾经感觉到陈茂和地主一家之间存在的神秘的场。但他理不清他们之间千丝万缕的联系。他问陈茂，陈茂自己也说不清，他只知道他恨地主一家。陈茂说，"要么我是狗，要么他们是狗，就这样，我跟他们一家就这么回事。"

庐方不知道陈茂对刘素子实施过暴力，直到有一天翠花花从刘宅门洞里跳出来，拉住他告陈茂的状，说刘素子怀孕了，怀的是陈茂的种。庐方说你别诬陷我们的干部，翠花花指着天发誓，她说长官你可别相信陈茂，那是一条又贱又下流的狗，他干遍了枫杨树女人最后把刘素子也干了，你去看刘素子的肚子吧，那是他的罪孽！庐方后来去找陈茂核证，陈茂坦然承认，他说我是把刘素子干了，他问庐方干革命是不是就不让干刘素子，庐方答不出来。他考虑了好久，决定撤掉陈茂的农会主席，下掉他手里的枪。他记得下枪的时候陈茂把步枪死抱住不放。他脸涨得通红吼，"为什么不让我干了？我恨他们，我能革命！"庐方说他心里也怅然，但事情到这一步已经不可收拾，他知道工作队能把陈茂从蓑草亭子梁上解下来，却不能阻止他作为枫杨树男人的生活。庐方想在枫杨树找到更理想的农会主席。

　　那天凌晨下着雨，也许不是雨，只是风吹树叶声。沉草记得他在一片心造的雨声中蜷缩着，他看见自己幻变成一只黄蜂躲在罂粟的花苞里吸吮着，嘴里一股熏香，他的睡眠总是似醒非醒。鸡啼叫了第一遍以后，雨中传来了脚步声。他听见窗户被什么硬物敲击了一下，一个影子雪白冰凉地映在窗纸上。你是谁？影子不说话。沉草想披衣下床的时候听见姐姐说，"沉草，你如果是刘家的男人就去杀了陈茂。"

　　"你说什么？"

　　"我去摘罂粟，你去杀了陈茂。"

　　沉草点亮灯，窗外的姐姐已经消失了。他觉得她很异样，他想也许是梦游，姐姐经常梦游。那阵脚步声消失在雨中，她去哪里摘罂粟？沉草仿佛又睡去，他蜷缩着不知过了多久，听见东厢房那儿闹起来，有人呼号大哭。他迷迷糊糊地往东厢房跑，看见爹蹲在姐姐身边，姐姐躺在地上，白丝绒旗袍闪烁着寒光，他看见姐姐的脖颈上有几颗暗红的齿痕，还有一道项圈般的绳迹。梁上那根绳子还在微微晃动。她把自己缢死了，她为什么要把自己缢死？沉草看见爹在掩面哭泣，爹说，"好闺女，男人都不如你。"

　　"她说她去摘罂粟。"沉草漫无目的地绕着姐姐尸体转，他闻见一股霉烂的罂粟气味从她张开的嘴里吐出来，她脸上表情轻松自如。沉草想要是我把那股气味吐出来，我也会变得轻松自如的。

"她说她去摘罂粟，我去把陈茂杀了。"沉草说。他看见爹猛然抬起头，嘴角痛苦地咧开笑着。他想这回灾难真的临头了。爹站起来抱紧他的脖子，爹的双手搓着他的脸，"她去了，沉草你怎么办？"

"怎么办？"沉草僵立着任凭爹的手在他脸上搓压，他回忆起小时候陈茂也这样搓压他的脸，以前很疼现在却没有知觉了。你怎么办？沉草摸摸腰间的枪，枪还在，已经好久没使用过它了。沉草想了想说，"那好吧，我就去把陈茂杀了。"

沉草抬臂打了下垂在面前的那根绳子，朝外面走。娘从后面扑上来抱住他，喊道，"沉草你不能去，千万不能去。"爹也扑上来抱住了娘，爹说，"去吧，把陈茂杀了再回家。"娘说，"去了还能回家吗？刘家就你一条根了。"爹说，"管不了那些了，快去吧。"娘又喊了一声，"沉草别去，你杀别人吧不能杀陈茂。"爹这时候一脚踢开了娘，爹吼着："骚货你到现在还恋着那条狗！"沉草回头看着三人相互缠拉的场面觉得很好笑，他说，"你们到底让不让我去？"他看见娘卧在地上哭，爹的脸乌黑发青，爹推了他一把，说，"沉草，去吧。"

那时枫杨树人还不知道刘家大宅发生的事。地里的人们看见刘沉草从家里出来，怕冷似的缩着肩膀。他朝人多的地方走，看见熟识的人就问，"陈茂在哪里？"人们都好奇地看着他恍恍惚惚的模样，他们说你找陈茂干什么？沉草说他们让我杀了陈茂。人们都一笑了之，以为沉草犯魔怔了，谁也不相信他的话。有人头一次当沉草的面开了恶毒的玩笑，"儿子不能杀老子。"沉草对此毫无反应。他经过地里一堆又一堆的人群，最后听见蓑草亭子那里飘来一阵悠扬的唢呐声，他就朝蓑草亭子那里走。

你要相信这一天命运在蓑草亭子布置了一次约会。陈茂这天早晨坐在那里吹唢呐，吹得响亮惊人，整个枫杨树都听到了那阵焦躁不安的唢呐声。陈茂看见沉草走过来了，怕冷似的缩着肩膀，他扔下唢呐说少爷你怎么大清早的出来逛了？他忽然觉得沉草的神情不对劲，沉草皱着眉头把手伸向腰间摸索着，他看见一支缠着红布的驳壳枪对准了自己。陈茂以为沉草在开玩笑，但他又知道沉草从来不跟任何人开玩笑。陈茂抓挠着脸问：

"沉草你想干什么？"

"他们让我把你杀了。"

"你说什么？"

"他们让我把你杀了。"

"别听他们的。沉草你没听说过我是你亲爹？"

"听说了，我不相信。"

"要想杀我让刘老侠来，你不行。"

"我行，我早就会杀人了。"

在最后的时刻陈茂想找枪，但马上意识到他的枪已经被下掉了。"我操你姥姥的！"陈茂骂了一声，然后他把铜唢呐朝沉草头上砸过去。沉草没有躲，他僵立着扣响扳机。枪声就这样响了。沉草打了两枪，一枪朝陈茂的裤裆打，一枪打在陈茂的眼睛上。他低头看见驳壳枪在冒烟，他把枪在手中掂了一下然后扔在地上。地上滚动着一只晶莹的小小的球体，他拾起来发现那是陈茂的眼珠子，它黏糊糊地卡在两个指缝间。血已经在蓑草亭子蔓开了，沉草又找陈茂的生殖器，却找不到。他摸摸陈茂的裤裆，生殖器仍然挺立在他身上。"打不下来。"沉草咕哝着，他觉得这很奇怪。在这个过程中沉草的嗅觉始终警醒，他闻见原野上永恒飘浮的罂粟气味倏而浓郁倏而消失殆尽了。沉草吐出一口浊气，心里有一种蓝天般透明的感觉。他看见陈茂的身体也像一棵老罂粟一样倾倒在地。他想我现在终于把那股霉烂的气味吐出来了，现在我也像姐姐一样轻松自如了。

庐方说事发后你看不见凶手沉草，谁也没看见他往哪里跑。人们赶到刘家大宅，在院子里见到了刘素子的尸体，刘素子死后躺在大竹榻上，容颜不变仿佛午夜的安睡。刘素子的黑发里插着一朵鲜红的罂粟。罂粟盛开的季节早已过去，你不知道地主一家是怎样把那朵罂粟保存下来的。

"刘沉草呢？"庐方问。

"死了，该死的都会死的。"老地主说。

"你们上火牛岭吧，沉草去投奔姜龙了。"翠花花说。

庐方带着人马上火牛岭搜寻凶手沉草。在一个山洞里他们看见了沉草的黑制服和陈茂的铜唢呐，那两件东西靠在一起让你不可思议，但找不到人影，沉草不知跑到哪里去了。庐方的人马回到枫杨树已是天黑时分，远远地就听见整个乡村处在前所未有的骚乱声中。男人女人拉着孩子在村巷里狂奔。他们看见了火，火在蓑草亭子里燃烧成一个巨大的火炬。庐方拍马过去，他目睹了枫杨树乡村生活中惊心动魄的一幕。他首先发现死者陈茂被人从村公所搬迁了，死者陈茂被重新吊到了蓑草亭子的木梁上，被捆绑的死者陈茂在半空里燃烧，身体呈现焦黑的颜色弯曲着，而蓑草亭子燃烧着哗剥有声，你觉得它应该倾颓了但它仍然竖立在那里。走近了你发现地上还躺着三具交缠的尸体，刘老侠、翠花花还有刘素子，他们还没烧着，惊异于那四人最后还是聚到一起来了。

"刘老侠——刘老侠——刘老侠——"

庐方听见围观的人群里有人在高亢地喊着老地主的名字。你真的无法体会刘老侠临死前奇怪的欲望。庐方说你怎么想得到他连死人也不放过，他把陈茂的尸体吊到蓑草亭子上，临死前还把陈茂做了殉葬品。庐方说他从此原宥了死者陈茂的种种错误，从此他真正痛恨了自焚的地主刘老侠，痛恨那一代业已灭亡的地主阶级。

1950年冬天工作队长庐方奉命镇压地主的儿子刘沉草，至此，枫杨树刘家最后一个成员灭亡。

庐方走进关押沉草的刘家仓房，他看见被抓获的逃亡者坐在一只大缸里。庐方想起他到枫杨树与刘沉草重逢也就是在这只大缸边。幽暗的空空的仓房里再次响起一种折裂的声音，你听出来一部历史已经翻完掉到地上了。庐方走过去敲了敲缸说，"刘沉草，给我爬出来。"

沉草好像睡着了。庐方把头探到缸里，看见沉草闭着眼睛嘴里嚼咽着什么东西。"你在嚼什么？"沉草梦呓般地说，"罂粟。"庐方不知道沉草被绑着怎么找到了罂粟，他把沉草从缸里拉起来时才发现那是一只罂粟缸，里面盛满了陈年的粉状罂粟花面。庐方把沉草抱起来，沉草逃亡后身体像婴儿一样轻盈。沉草勾住庐方的肩膀轻轻说，"请把我放回缸里。"庐方迟疑着把他又扔进大缸。沉草闭着眼睛等待着。庐方拔枪的时候听见沉草最后说，"我要重新出世了。"

庐方就在罂粟缸里击毙了刘沉草。他说枪响时他感觉到罂粟在缸里爆炸了，那真是世界上最强劲的植物气味，它像猛兽疯狂地向你扑来，那气味附在你头上身上手上，你无处躲避，直到如今，庐方还会在自己身上闻见罂粟的气味，怎么洗也洗不掉。

作家在刘氏家谱中记了最后一笔。枫杨树最大的地主家庭在工作组长庐方的枪声中灭亡，时为公元1950年12月26日。

红高粱

莫言

一

一九三九年古历八月初九，我父亲这个土匪种十四岁多一点。他跟着后来名满天下的传奇英雄余占鳌司令的队伍去胶平公路伏击日本人的汽车队。奶奶披着夹袄，送他们到村头。余司令说："立住吧。"奶奶就立住了。奶奶对我父亲说："豆官，听你干爹的话。"父亲没吱声，他看着奶奶高大的身躯，嗅着奶奶的夹袄里散出的热烘烘的香味，突然感到凉气逼人，他打了一个战，肚子咕噜噜响一阵。余司令拍了一下父亲的头，说："走，干儿。"

天地混沌，景物影影绰绰，队伍的杂沓脚步声已响出很远。父亲眼前挂着蓝白色的雾幔，挡住他的视线，只闻队伍脚步声，不见队伍形和影。父亲紧紧扯住余司令的衣角，双腿快速挪动。奶奶像岸愈离愈远，雾像海水愈近愈汹涌，父亲抓住余司令，就像抓住一条船舷。

父亲就这样奔向了耸立在故乡通红的高粱地里属于他的那块无字的青石墓碑。他的坟头上已经枯草瑟瑟，曾经有一个光屁股的男孩牵着一只雪白的山羊来到这里，山羊不紧不忙地啃着坟头上的草，男孩子站在墓碑上，怒气冲冲地撒了一泡尿，然后放声高唱：高粱红了——日本来了——同胞们准备好——开枪开炮——

有人说这个放羊的男孩就是我，我不知道是不是我。我曾经对高密东北乡极端热爱，曾经对高密东北乡极端仇恨，长大后努力学习马克思主义，我终于悟到：高密东北乡无疑是地球上最美丽最丑陋、最超脱最世俗、最圣洁最龌龊、最英雄好汉最王八蛋最能喝酒最能爱的地方。生存在这块土地上的我的父老乡亲们，喜食高粱，每年都大量种植。八月深秋，无边无际的高粱红成洸洋的血海。高粱高密辉煌，高粱凄婉可人，高粱爱情激荡。秋风苍凉，阳光很旺，瓦蓝的天上游荡着一朵朵丰满的白云，高粱上滑动着一朵朵丰满白云的紫红色影子。一队队暗红色的人在高粱棵子里穿梭拉网，几十年如一日。他们杀人越货，精忠报国，他们演出过一幕幕英勇悲壮的舞剧，使我们这些活着的不肖子孙相形见绌，在进步的同时，我真切感到种的退化。

出村之后，队伍在一条狭窄的土路上行进，人的脚步声中夹杂着路边碎草的窸窣声响。雾奇浓，活泼多变。我父亲的脸上，无数密集的小水点凝成大颗粒的水珠，他的一撮头发，粘在头皮上。从路两边高粱地里飘来的幽淡的薄荷气息和成熟高粱苦涩微甘的气味，我父亲早已闻惯，不新不奇。在这次雾中行军里，父亲闻到了那种新奇的、黄红相间的腥甜气息。那味道从薄荷和高粱的味道中隐隐约约地透过来，唤起父亲心灵深处一种非常遥远的回忆。

七天之后，八月十五日，中秋节。一轮明月冉冉升起，遍地高粱肃然默立，高粱穗子浸在月光里，像蘸过水银，汩汩生辉。我父亲在剪破的月影下，闻到了比现在强烈无数倍的腥甜气息。那时候，余司令牵着他的手在高粱地里行走，三百多个乡亲叠股枕臂、陈尸狼藉，流出的鲜血灌溉了一大片高粱，把高粱下的黑土浸泡成稀泥，使他们拔脚迟缓。腥甜的气味令人窒息，一群前来吃人肉的狗，坐在高粱地里，目光炯炯地盯着父亲和余司令。余司令掏出自来得手枪，甩手一响，两只狗眼灭了；又一甩手，灭了两只狗眼。群狗一哄而散，坐得远远的，呜呜地咆哮着，贪婪地望着死尸。腥甜味愈加强烈，余司令大喊一声："日本狗！狗娘养的日本！"他对着那群狗打完了所有的子弹，狗跑得无影无踪。余司令对我父亲说："走吧，儿子！"一老一小，便迎着月光，向高粱深处走去。那股弥漫田野的腥甜味浸透了我父亲的灵魂，在以后更加激烈更加残忍的岁月里，这股腥甜味一直伴随着他。

　　高粱的茎叶在雾中滋滋乱叫，雾中缓慢地流淌着在这块低洼平原上穿行的墨河水明亮的喧哗，一阵强一阵弱，一阵远一阵近。赶上队伍了，父亲的身前身后响着踢踢踏踏的脚步声和粗重的呼吸。不知谁的枪托撞到另一个谁的枪托上了。不知谁的脚踩破了一个死人的骷髅什么的。父亲前边那个人吭吭地咳嗽起来，这个人的咳嗽声非常熟悉。父亲听着他咳嗽就想起他那两扇一激动就充血的大耳朵。透明单薄布满细密血管的大耳朵是王文义头上引人注目的器官。他个子很小，一颗大头缩在耸起的双肩中。父亲努力看去，目光刺破浓雾，看到了王文义那颗一边咳一边颠动的大头。父亲想起王文义在演练场上挨打时，那颗大头颠成那般可怜模样。那时他刚参加余司令的队伍，任副官在演练场上对他也对其他队员喊：向右转——，王文义欢欢喜喜地跺着脚，不知转到哪里去了。任副官在他腚上打了一鞭子，他嘴咧开，叫一声：孩子他娘！脸上表情不知是哭还是笑。围在短墙外看光景的孩子们都哈哈大笑。

　　余司令飞去一脚，踢到王文义的屁股上。

　　"咳什么?"

　　"司令……"王文义忍着咳嗽说，"嗓子眼发痒……"

　　"痒也别咳！暴露了目标我要你的脑袋！"

　　"是，司令。"王文义答应着，又有一阵咳嗽冲口而出。

　　父亲觉出余司令前跨了一大步，只手捺住了王文义的后颈皮。王文义口里咝咝地响着，随即不咳了。

　　父亲觉得余司令的手从王文义的后颈皮上松开了，父亲还觉得王文义的脖子上留下两个熟葡萄一样的紫手印，王文义幽蓝色的惊惧不安的眼睛里，飞进出几点感激与委屈。

　　很快，队伍钻进了高粱地。我父亲本能地感觉到队伍是向着东南方向开进的。适才走过的这段土路是由村庄直接通向墨水河边的唯一的道路。这条狭窄的土路在白天颜色青白，路原是由乌油油的黑土筑成，但久经践踏，黑色都沉淀到底层，路上叠印过多少牛羊的花瓣蹄印和骡马毛驴的半圆蹄印，马骡驴粪像干萎的苹果，牛粪像虫蛀过的薄饼，羊粪稀拉拉像振落的黑豆。父亲常走这条路，后来他在日本炭窑中苦熬岁月时，眼前常常闪过这条路。父亲不知道我的奶奶在这条土路上主演过多少风流悲喜剧，我知道。父亲也不知道在高粱阴影遮掩着的黑土上，曾经躺过奶奶洁白如玉的光滑肉体，我也知道。

拐进高粱地后，雾更显凝滞，质量加大，流动感少，在人的身体与人负载的物体碰撞高粱秸秆后，随着高粱嚓嚓啦啦的幽怨鸣声，一大滴一大滴的沉重水珠扑簌簌落下。水珠冰凉清爽，味道鲜美，我父亲仰脸时，一滴大水珠准确地打进他的嘴里。父亲看到舒缓的雾团里，晃动着高粱沉甸甸的头颅。高粱沾满了露水的柔韧叶片，锯着父亲的衣衫和面颊。高粱晃动激起的小风在父亲头顶上短促出击，墨水河的流水声愈来愈响。

父亲在墨水河里玩过水，他的水性好像是天生的，奶奶说他见了水比见了亲娘还急。父亲五岁时，就像小鸭子一样潜水，粉红的屁眼儿朝着天，双脚高举。父亲知道，墨水河底的淤泥乌黑发亮，柔软得像油脂一样。河边潮湿的滩涂上，丛生着灰绿色的芦苇和鹅绿色车前草，还有贴地爬生的野葛蔓，枝枝直立的接骨草。滩涂的淤泥上，印满螃蟹纤细的爪迹。秋风起，天气凉，一群群大雁往南飞，一会儿排成个"十"字，一会儿排成个"人"字，等等。高粱红了，成群结队的、马蹄大小的螃蟹都在夜间爬上河滩，到草丛中觅食。螃蟹喜食新鲜牛屎和腐烂的动物的尸体。父亲听着河声，想着从前的秋天夜晚，跟着我家的老伙计刘罗汉大爷去河边捉螃蟹的情景。夜色灰葡萄，金风串河道，宝蓝色的天空深邃无边，绿色的星辰格外明亮。北斗勺子星——北斗主死，南头簸箕星——南斗司生，八角玻璃井——缺了一块砖，焦灼的牛郎要上吊，忧愁的织女要跳河……都在头上悬着。刘罗汉大爷在我家工作了几十年，负责着我家烧酒作坊的全面工作，父亲跟着罗汉大爷脚前脚后地跑，就像跟着自己的爷爷一样。

父亲被迷雾扰乱的心头亮起了一盏四块玻璃插成的罩子灯，洋油烟子从罩子灯上盖的铁皮、钻眼的铁皮上钻出来。灯光微弱，只能照亮五六米方圆的黑暗。河里的水流到灯影里，黄得像熟透的杏子一样可爱，但可爱一霎霎，就流过去了，黑暗中的河水倒映着一天星斗。父亲和罗汉大爷披着大蓑衣，坐在罩子灯旁，听着河水的低沉呜咽——非常低沉的呜咽。河道两边无穷的高粱地不时响起寻偶狐狸的兴奋鸣叫。螃蟹趋光，正向灯影聚拢。父亲和罗汉大爷静坐着，恭听着天下的窃窃私语，河底下淤泥的腥味，一股股泛上来。成群结队的螃蟹团团围上来，形成一个躁动不安的圆圈。父亲心里惶惶，跃跃欲起，被罗汉大爷按住了肩头。"别急！"大爷说，"心急喝不得热黏粥。"父亲强压住激动，不动。螃蟹爬到灯光里就停下来，首尾相衔，把地皮都盖住了。一片青色的蟹壳闪亮，一对对圆杆状的眼睛从凹陷的眼窝里打出来。隐在倾斜的脸面下的嘴里，吐出一串一串的五彩泡沫。螃蟹吐着彩沫向人类挑战，父亲身上披着的大蓑衣长毛参起。罗汉大爷说："抓！"父亲应声弹起，与罗汉大爷抢过去，每人抓住一面早就铺在地上的密眼罗网的两角，把一块螃蟹抬起来，露出了螃蟹下的河滩涂地。父亲和罗汉大爷把网角系起扔在一边，又用同样的迅速和熟练抬起网片。每一网都是那么沉重，不知网住了几百几千只螃蟹。

　　父亲跟着队伍进了高粱地后，由于心随螃蟹横行斜走，脚与腿不择空隙，撞得高粱棵子东倒西歪。他的手始终紧扯着余司令的衣角，一半是自己行走，一半是余司令牵拉着前进，他竟觉得有些瞌睡上来，脖子僵硬，眼珠子生涩呆板。父亲想，只要跟着罗汉大爷去墨水河，就没有空手回来的道理。父亲吃螃蟹吃腻了，奶奶也吃腻了。食之无味，弃之可惜，罗汉大爷就用快刀把螃蟹斩成碎块，放到豆腐磨里研碎，加盐，装缸，制成蟹酱，成年累月地吃，吃不完就臭，臭了就喂罂粟。我听说奶奶会吸大烟但不上瘾，所以始终面如桃花，神清气爽。用蟹酱喂过的罂粟花朵肥硕壮大，粉、红、白三色交杂，香气扑鼻。故乡的黑土本来就是出奇的肥沃，所以物产丰饶，人种优良。民心高拔健迈，本是我故乡心态。墨水河盛产的白鳝鱼肥得像肉棍子一样，从头至尾一根刺。它们呆头呆脑，见钩就吞。父亲想着的罗汉大爷去年就死了，死在胶平公路上。他的尸体被割得零零碎碎，扔得东一块西一块。躯干上的皮被剥了，肉跳，肉蹦，像只蜕皮后的大青蛙。父亲一想起罗汉大爷的尸体，脊梁沟就发凉。父亲又想起大约七八年前的一个晚上，我奶奶喝醉了酒，在我家烧酒作坊的院子里，有一个高粱叶子垛，奶奶倚在草垛上，搂住罗汉大爷的肩，呢呢喃喃地说："大叔……你别走，不看僧面看佛面，不看鱼面看水面，不看我的面子也看在豆官的面子上，留下吧，你要我……我也给你……你就像我的爹一样……"父亲记得罗汉大爷把奶奶推到一边，晃晃荡荡走进骡棚，给骡子拌料去了。我家养着两头大黑骡子，开着烧高粱酒的作坊，是村子里的首富。罗汉大爷没走，一直在我家担任业务领导，直到我家那两头大黑骡子被日本人拉到胶平公路修筑工地上去使役为止。

这时，从被父亲他们摔在身后的村子里，传来悠长的毛驴叫声。父亲精神一振，眼睛睁开，然而看到的，依然是半凝固半透明的雾气。高粱挺拔的秆子，排成密集的栅栏，模模糊糊地隐藏在气体的背后，穿过一排又一排，排排无尽头。走进高粱地多久了，父亲已经忘记，他的神思长久地滞留在远处那条喧响着的丰饶河流里，长久地滞留在往事的回忆里，竟不知这样匆匆忙忙拥拥挤挤地在如梦如海的高粱地里蹀进是为了什么。父亲迷失了方位。他在前年有一次迷途高粱地的经验，但最后还是走出来了，是河声给他指引了方向。现在，父亲又谛听着河的启示，很快明白，队伍是向正东偏南开进，对着河的方向开进。方向辨清，父亲也就明白，这是去打伏击，打日本人，要杀人，像杀狗一样。他知道队伍一直往东南走，很快就要走到那条南北贯通，把偌大个低洼平原分成两半，把胶县平度县两座县城连在一起的胶平公路。这条公路，是日本人和他们的走狗用皮鞭和刺刀催逼着老百姓修成的。

高粱的骚动因为人们的疲惫困乏而频繁激烈起来，积露连续落下，滴湿了每个人的头皮和脖颈。王文义咳嗽不断，虽连遭余司令辱骂也不改正。父亲感到公路就要到了，他的眼前昏昏黄黄地晃动着路的影子。不知不觉，连成一体的雾海中竟有些空洞出现，一穗一穗被露水打得精湿的高粱在雾洞里忧悒地注视着我父亲，父亲也虔诚地望着它们。父亲恍然大悟，明白了它们都是活生生的灵物。它们根扎黑土，受日精月华，得雨露滋润，上知天文下知地理。父亲从高粱的颜色上，猜到了太阳已经把被高粱遮挡着的地平线烧成一片可怜的艳红。

忽然发生变故，父亲先是听到耳边一声尖厉呼啸，接着听到前边发出什么东西被迸裂的声响。

余司令大声吼叫："谁开枪？小舅子，谁开的枪？"

父亲听到子弹钻破浓雾，穿过高粱叶子高粱秆，一颗高粱头颅落地。一时间众人都屏气息声。那粒子弹一路尖叫着，不知落到哪里去了。芳香的硝烟迷散进雾。王文义惨叫一声："司令——我没有头啦——司令——我没有头啦——"

余司令一愣神，踢了王文义一脚，说："你娘个蛋！没有头还会说话！"

余司令撇下我父亲，到队伍前头去了。王文义还在哀号。父亲凑上前去，看清了王文义奇形怪状的脸。他的腮上，有一股深蓝色的东西在流动。父亲伸手摸去，触了一手黏腻发烫的液体。父亲闻到了跟墨水河淤泥差不多，但比墨水河淤泥要新鲜得多的腥气。它压倒了薄荷的幽香，压倒了高粱的甘苦，它唤醒了父亲那越来越迫近的记忆，一线穿珠般地把墨水河淤泥、把高粱下黑土、把永远死不了的过去和永远留不住的现在联系在一起，有时候，万物都会吐出人血的味道。

"大叔，"父亲说，"大叔，你挂彩了。"

"豆官，你是豆官吧，你看看大叔的头还在脖子上长着吗？"

"在，大叔，长得好好的，就是耳朵流血啦。"

王文义伸手摸耳朵，摸到一手血，一阵尖叫后，他就瘫了："司令，我挂彩啦！我挂彩啦，我挂彩啦。"

余司令从前边回来，蹲下，捏着王文义的脖子，压低嗓门说："别叫，再叫我就毙了你！"

王文义不敢叫了。

"伤着哪儿啦？"余司令问。

"耳朵……"王文义哭着说。

余司令从腰里抽出一块包袱皮样的白布，嚓一声撕成两半，递给王文义，说："先捂着，别出声，跟着走，到了路上再包扎。"

余司令又叫："豆官。"父亲应了，余司令就牵着他的手走。王文义哼哼唧唧地跟在后边。

适才那一枪，是扛着一架耙在头前开路的大个子哑巴不慎摔倒，背上的长枪走了火。哑巴是余司令的老朋友，一同在高粱地里吃过"拤饼"的草莽英雄，他的一只脚因在母腹中受过伤，走起来一颠一颠，但非常快。父亲有些怕他。

黎明前后这场大雾，终于在余司令的队伍跨上胶平公路时溃散下去。故乡八月，是多雾的季节，也许是地势低洼土壤潮湿所致吧。走上公路后，父亲顿时感到身体灵巧轻便，脚板利索有劲，他松开了抓住余司令衣角的手。王文义用白布捂着血耳朵，满脸哭相。余司令给他粗手粗脚包扎耳朵，连半个头也包住了。王文义痛得龇牙咧嘴。

余司令说："你好大的命！"

王文义说："我的血流光了，我不能去啦！"

余司令说："屁，蚊子咬了一口也不过这样，忘了你那三个儿子啦吧！"

王文义垂下头，嘟嘟哝哝说："没忘，没忘。"

他背着一支长筒子鸟枪，枪托儿血红色。装火药的扁铁盒斜吊在他的屁股上。

那些残存的雾都退到高粱地里去了。大路上铺着一层粗沙，没有牛马脚踪，更无人的脚印。相对着路两侧茂密的高粱，公路荒凉，荒唐，令人感到不祥。父亲早就知道余司令的队伍连聋带哑连瘸带拐不过四十人，但这些人住在村里时，搅得鸡飞狗跳，仿佛满村是兵。队伍摆在大路上，三十多人缩成一团，像一条冻僵了的蛇。枪支七长八短，土炮、鸟枪、老汉阳，方六方七兄弟俩抬着一门能把小秤砣打出去的大抬杆子。哑巴扛着一盘长方形的平整土地用的、周遭二十六根铁尖齿的耙，另有三个队员也各扛着一盘。父亲当时还不知道打伏击是怎么一回事，更不知道打伏击为什么还要扛上四盘铁齿耙。

二

为了为我的家族树碑立传，我曾经跑回高密东北乡，进行了大量的调查，调查的重点，就是这场我父亲参加过的、在墨水河边打死鬼子少将的著名战斗。我们村里一个九十二岁的老太太对我说："东北乡，人万千，阵势列在墨河边。余司令，阵前站，一举手炮声连环。东洋鬼子魂儿散，纷纷落在地平川。女中魁首戴凤莲，花容月貌巧机关，调来铁耙摆连环，挡住鬼子不能前……"老太婆头顶秃得像一个陶罐，面孔都朽了，干手上凸着一条条丝瓜瓤子一样的筋。她是一九三九年八月中秋节那场大屠杀的幸存者，那时她因腿上生疖跑不动，被丈夫塞进地瓜窖子里藏起来，天凑地巧地活了下来。老太婆所唱快板中的戴凤莲，就是我奶奶的大号。听到这里，我兴奋异常。这说明，用铁耙挡住鬼子汽车退路的计谋竟是我奶奶这个女流想出来的。我奶奶也应该是抗日的先锋，民族的英雄。

提起我的奶奶，老太太话就多了。她的话破碎零乱，像一群随风遍地滚的树叶。她说起我奶奶的脚，是全村最小的脚。我们家的烧酒后劲好大。说到胶平公路时，她的话连贯起来："路修到咱这地盘时哪……高粱齐腰深了……鬼子把能干活的人都赶去了……打毛子工，都偷懒磨滑……你们家里那两头大黑骡子也给拉去了……鬼子在墨水河上架石桥……罗汉，你们家那个老长工……他和你奶奶不大清白咧，人家都这么说……呵呀呀，你奶奶年轻时花花事儿多着咧……你爹多能干，十五岁就杀人，杂种出好汉，十个九个都不善……罗汉去铲骡子腿……被捉住零刀子剐啦……鬼子糟害人呢，在锅里拉屎，盆里撒尿。那年，去挑水，挑上来一个什么呀，一个人头呀，扎着大辫子……"

刘罗汉大爷是我们家历史上的一个重要的人物。关于他与我奶奶之间是否有染，现已无法查清，诚然，从心里说，我不愿承认这是事实。

道理虽懂，但陶罐头老太太的话还是让我感到难堪。我想，既然罗汉大爷对待我父亲像对待亲孙子一样，那他就像我的曾祖父一样；假如这位曾祖父竟与我奶奶有过风流事，岂不是乱伦吗？这其实是胡想，因为我奶奶并不是罗汉大爷的儿媳而是他的东家，罗汉与我的家族只有经济上的联系而无血缘上的联系，他像一个忠实的老家人点缀着我家的历史而且确凿无疑地为我们家的历史增添了光彩。我奶奶是否爱过他，他是否上过我奶奶的炕，都与伦理无关。爱过又怎么样？我深信，我奶奶什么事都敢干，只要她愿意。她老人家不仅仅是抗日的英雄，也是个性解放的先驱，妇女自立的典范。

我查阅过县志，县志载：民国二十七年，日军捉高密、平度、胶县民伕累计四十万人次，修筑胶平公路。毁稼禾无数。公路两侧村庄中骡马被劫掠一空。农民刘罗汉，乘夜潜入，用铁锨铲伤骡蹄马腿无数，被捉获。翌日，日军在拴马桩上将刘罗汉剥皮零割示众。刘面无惧色，骂不绝口，至死方休。

三

确实是这样，胶平公路修筑到我们这里时，遍野的高粱只长到齐人腰高。长七十里宽六十里的低洼平原上，除了点缀着几十个村庄，纵横着两条河流，曲折着几十条乡间土路外，绿浪般招展着的全是高粱。平原北边的白马山上，那块白色的马状巨石，在我们村头上看得清清楚楚。锄高粱的农民们抬头见白马，低头见黑土，汗滴禾下土，心中好痛苦！风传着日本人要在平原里修路，村里人早就惶惶不安，焦急地等待着大祸降临。

日本人说来就来。

日本鬼子带着伪军到我们村里抓民伕拉骡马时，我父亲还在睡觉。他是被烧酒作坊那边的吵闹声惊醒的。奶奶拉着父亲的手，颠着两只笋尖般的小脚，跑到烧酒作坊院里去。当时，我家烧酒作坊院子里，摆着十几口大瓮，瓮里满装着优质白酒，酒香飘遍全村。两个穿黄衣的日本人端着上了刺刀的步枪在院子里站着。两个穿黑衣的中国人背着枪，正要解拴在楸树上的两头大黑骡子。罗汉大爷一次一次地扑向那个解缰绳的小个子伪军，但一次一次地都被那个大个子伪军用枪筒子戳退。初夏天气，罗汉大爷只穿一件单衫，袒露的胸膛上布满被枪口戳出的紫红圆圈。

罗汉大爷说："弟兄们，有话好说，有话好说。"

大个子伪军说："老畜生，滚到一边去。"

罗汉大爷说："这是东家的牲口，不能拉。"

伪军说："再吵嚷就毙了你个小舅子！"

日本兵端着枪，像泥神一样。

奶奶和我父亲一进院，罗汉大爷就说："他们要拉咱的骡子。"

奶奶说："先生，我们是良民。"

日本兵眯着眼睛对奶奶笑。

小个子伪军把骡子解开，用力牵扯，骡子倔强地高昂着头，死死不肯移步。大个子伪军上去用枪戳骡子屁股，骡子愤怒起蹄，明亮的蹄铁趵起泥土，溅了伪军一脸。

大个子伪军拉了一下枪栓，用枪指着罗汉大爷，大叫："老浑蛋，你来牵，牵到工地上去。"

罗汉大爷蹲在地上，一气不吭。

一个日本兵端着枪，在罗汉大爷眼前晃着，鬼子说："呜哩哇啦哑啦哩呜！"罗汉大爷看着在眼前乱晃的贼亮的刺刀，一屁股坐在地上。鬼子兵把枪往前一送，锋快的刺刀下刃在罗汉大爷光溜溜的头皮上豁开一条白口子。

奶奶哆嗦成一团，说："大叔，你，给他们牵去吧。"

一个鬼子兵慢慢向奶奶面前靠。父亲看到这个鬼子兵是个年轻漂亮的小伙子，两只大眼睛漆黑发亮，笑的时候，嘴唇上翻，露出一只黄牙。奶奶跌跌撞撞地往罗汉大爷身后退。罗汉大爷头上的白口子里流出了血，满头挂色。两个日本兵笑着靠上来。奶奶在罗汉大爷的血头上按了两巴掌，随即往脸上两抹，又一把撕散头发，张大嘴巴，疯疯癫癫地跳起来。奶奶的模样三分像人七分像鬼。日本兵愕然止步。小个子伪军说："太君，这个女人，大大的疯了的有。"

鬼子兵咕噜着，对着我奶奶的头上开了一枪。奶奶坐在地上，呜呜地哭起来。

大个子伪军把罗汉大爷用枪逼起来。罗汉大爷从小个子伪军手里接过骡子缰绳。骡子昂着头，腿抖着，跟着罗汉大爷走出院子。街上乱纷纷跑着骡马牛羊。

奶奶没疯。鬼子和伪军刚一出院，奶奶就揭开一只瓮的木盖子，在平静如镜面的高粱烧酒里，看到一张骇人的血脸。父亲看到泪水在奶奶腮上流过，就变红了。奶奶用烧酒洗了脸，把一瓮酒都洗红了。

罗汉大爷跟骡子一起，被押上了工地。高粱地里，已开出一节路胎子。墨水河南边的公路已差不多修好，大车小车从新修好的路上挤过来，车上载着石头黄沙，都卸在河南岸。河上只有一座小木桥，日本人要在河上架一座大石桥。公路两侧，好宽大的两片高粱都被踩平，地上像铺了一层绿毡。河北的高粱地里，在刚用黑土弄出个模样的路两边，有几十匹骡马拉着碌碡，从海一样高粱地里，压出两大片平坦的空地，破坏着与工地紧密相连的青纱帐。骡马都有人牵着，在高粱地里来来回回地走。鲜嫩的高粱在铁蹄下断裂、倒伏，倒伏断裂的高粱又被带棱槽的碌碡和不带棱槽的石滚子反复镇压。各色的碌碡和滚子都变成了深绿色，高粱的汁液把它们湿透了。一股浓烈的青苗子味道笼罩着工地。

罗汉大爷被赶到河南往河北搬运石头。他极不情愿地把骡子缰绳交给了一个烂眼圈的老头子。小木桥摇摇晃晃，好像随时要塌。罗汉大爷过了桥，站在河南，一个工头模样的中国人，用手中持着的紫红色的藤条，轻轻戳戳罗汉大爷的头，说："去，往河北搬石头。"罗汉大爷抹一把眼睛——头上流下的血把眉毛都浸湿了。他搬着一块不大不小的石头，从河南到河北。那个接骡的老头还未走，罗汉大爷对他说："你珍贵着使唤，这两头骡子，是俺东家的。"老头儿麻木地垂着头，牵着骡子，走进开辟通道的骡马大队。黑骡子光滑的屁股上反映阳光点点。头上还在流血，罗汉大爷蹲下，抓起一把黑土，按在伤口上。头顶上沉重的钝痛一直下导到十个脚趾，他觉得头裂成了两半。

工地的边缘上稀疏地站着持枪的鬼子和伪军。手持藤条的监工，像鬼魂一样在工地上转来转去。罗汉大爷在工地上走，民伕们看着他血泥模糊的头，吃惊得眼珠乱颤。罗汉大爷搬起一块桥石，刚走了几步，就听到背后响起一阵利飕的小风，随即有一道长长的灼痛落到他的背上。他扔下桥石，见那个监工正对着他笑。罗汉大爷说："长官，有话好说，你怎么举手就打人？"

监工微笑不语，举起藤条又横着抽了一下他的腰。罗汉大爷感到这一藤条几乎把自己打成两半，两股热辣辣的泪水从眼窝里凸出来。血冲头顶，那块血与土凝成的嘎痂，在头上嘣嘣乱跳，似乎要迸裂。

罗汉大爷喊："长官！"

长官又给了他一藤条。

罗汉大爷说："长官，打俺是为了啥？"

长官抖着手里的藤条，笑眯眯地说："让你长长眼色，狗娘养的。"

罗汉大爷气噎咽喉，泪眼模糊，从石堆里搬起一块大石头，踉踉跄跄地往小桥上走。他的脑袋膨胀，眼前白花花一片。石头尖硬的棱角刺着他的肚腹和肋骨，他都觉不出痛了。

监工挂着藤条原地不动，罗汉大爷搬着石头，胆战心惊地从他眼前走过。监工在罗汉大爷脖子上抽了一藤条。大爷一个前爬，抱着大石，跪倒在地上。石头砸破了他的双手。他的下巴在石头上碰得血肉模糊。大爷被打得六神无主，像孩子一样糊糊涂涂地哭起来。一股紫红色的火苗，这时，也在他空白的脑子里缓缓地亮起来。

他费力地从石头下抽出手，站起来，腰半弓着，像一只发威的老瘦猫。

一个约有四十岁出头的中年人，满脸堆着笑，走到监工面前，从口袋里摸出一包烟，捏出一支，敬到监工嘴边。监工张嘴叼了烟，又等着那人替他点燃。

中年人说："您老，犯不着跟这根糟木头生气。"

监工把烟雾从鼻孔里喷出来，一句话也不说。大爷看到他握藤条的焦黄手指在紧急地扭动。

中年人把那盒烟装进监工口袋里。监工好像全无觉察，哼了一声，用手掌压压口袋，转身走了。

"老哥，你是新来的吧?"中年人问。

罗汉大爷说是。

他问："你没送他点见面礼?"

罗汉大爷说："不讲理，狗! 不讲理，他们抓我来的。"

中年人说："送他点钱，送他盒烟都行，不打勤的，不打懒的，单打不长眼的。"

中年人扬长进入民伕队伍。

整整一个上午，罗汉大爷就跟没魂一样，死命地搬着石头。头上的血痂遭阳光晒着，干硬干硬地痛。手上血肉模糊。下巴上的骨头受了伤，口水不断流出来。那股紫红色的火苗时强时弱地在他脑子里燃着，一直没有熄灭。

中午，从前边那段修得勉可行车的公路上，颠颠簸簸地驶来一辆土黄色的汽车。他恍惚听到一阵尖厉的哨响，眼见着半死不活的民工们摇摇摆摆地向汽车走去。他坐在地上，什么念头也没有，也不想知道那汽车到来是怎么一回事。只有那簇紫红的火苗子灼热地跳跃着，冲击着他的双耳里嗡嗡地响。

中年人过来，拉他一把，说："老哥，走吧，开饭啦，去尝尝东洋大米吧!"

大爷站起来，跟着中年人走。

从汽车上抬下了几大桶雪白的米饭，抬下了一个盛着蓝花白底洋瓷碗的大筐。桶边站着一个瘦中国人，操着一柄黄铜勺子；筐边站着一个胖中国人，端着一摞碗。来一个人他发给一个碗，黄铜勺子同时往这碗里扣进米饭。众人在汽车周围狼吞虎咽，没有筷子，一律用手抓。

那个监工又转过来，提着藤条，脸上还带着那种冷静的笑容。罗汉大爷脑子的火苗腾一声燃旺了，火苗把他丢去的记忆照耀得清清楚楚，他记起半天来噩梦般的遭际。持枪站岗的日本兵和伪军也聚拢过来，围着一只白铁皮桶吃饭。一只削耳长脸的狼狗坐在桶后，伸着舌头看着这边的民伕。

大爷数了数围着桶吃饭的十几个鬼子和十几个伪军，心里萌生了跑的念头。跑，只要钻到了高粱地里，狗日的就抓不到了。他的脚心里热乎乎地流出了汗。自从跑的念头萌动之后，他的心就焦躁不安。持藤监工冷静的笑脸后仿佛隐藏着什么，罗汉大爷一见这笑脸，脑子立刻就糊涂了。

民伕们都没吃饱。胖子中国人收回洋碗。民伕们舔着嘴唇，眼巴巴地盯着那几只空桶里残存的米粒，但没人敢去动。河北岸有一头骡子嘶哑地叫起来。罗汉大爷听出来了，是我家的黑骡子在叫。在那片新开辟出的空地上，骡马都拴在碌碡或石滚子上。高粱尸横遍野。骡马无精打采地叼吃着被揉烂压扁的高粱茎叶。

下午，有一个二十多岁的小青年，瞅着监工不注意，飞一般窜向高粱地，一颗子弹追上了他。他趴在高粱边缘上，一动也不动。

太阳平西，那辆土黄色的汽车又来了。罗汉大爷吃完了那勺米饭。他吃惯了高粱米饭的肠胃，对这种充满霉气的白米进行着坚决的排斥。但他还是强忍着喉咙的痉挛把它吃了。跑的念头越来越强烈。他惦记着十几里外的村子里，属于他的那个酒香扑鼻的院落。日本人来，烧酒的伙计们都跑了，热气腾腾的烧酒大锅冷了。他更惦记着我奶奶和我父亲。奶奶在高粱叶子垛边给他的温暖令他终生难忘。

吃过晚饭，民伕们都被赶到一个用杉木杆子夹成的大栅栏里。栅栏上罩着几块篷布。杉木杆子都用绿豆粗的铁丝联成一体。栅栏门是用半把粗的铁棍烧成的。鬼子和伪军分住着两个帐篷，帐篷离栅栏几十步远。那条狗拴在鬼子的帐篷门口。栅栏门口，栽着一根高竿，竿上吊着两盏桅灯。鬼子和伪军轮流着站岗游动。骡马都集中地拴在栅栏西边那片高粱的废墟上。那里栽了几十根拴马桩。

栅栏里臭气熏天，有人在打呼噜，有人往栅栏边角上那个铁皮水桶里撒尿，尿打桶壁如珠落玉盘。桅灯的光暗淡地透进栅栏。游动哨的长影子不时在灯影里晃动。

夜渐深了，栅栏里凉气逼人。罗汉大爷无法入睡。他还是想跑。岗哨的脚步声绕着栅栏响。大爷躺着不敢动，竟迷迷糊糊地睡过去。梦中觉得头上扎着尖刀，手里握着烙铁。醒来，遍体汗湿，裤子尿得湿漉漉的。从遥远的村庄里传来一声尖细的鸡啼。骡马弹蹄吹鼻。破篷布上，漏出几颗鬼鬼祟祟的星辰。

白天帮助过罗汉大爷的那个中年人悄悄坐起来。虽然在幽暗中，大爷还是看到了他那两颗火球般的眼睛。大爷知道中年人来历不凡，静躺着看他的动静。

中年人跪在栅栏门口，两臂扬起，动作非常慢。大爷看着他的背，看着他带着神秘色彩的头。中年人运了一回气，猛一侧面，像开弓射箭一样抓住两根铁棍。他的眼里射出墨绿色的光芒，碰到物体，似乎还窸窣有声。那两根铁棍无声无息地张开了。更多的灯光和星光从栅栏门外射进来，照着不知谁的一只张嘴的破鞋。游动哨转过来了。大爷看到一条黑影飞出栅栏，鬼子哨兵咯了一声，便在中年人铁臂的扶持下无声倒地。中年人拎起鬼子的步枪，轻悄悄地消逝了。

大爷好半晌才明白了眼前发生了什么事。中年人原来是个武艺高强的英雄。英雄为他开辟了道路，跑吧！大爷小心翼翼地从那个洞里爬出去。那个死鬼子仰面躺着，一条腿还在抽抽搭搭地动。

大爷爬进了高粱地，直起腰来，顺着垄沟，尽量躲避着高粱，不发出响动，走上墨水河堤。三星正响，黎明前的黑暗降临。墨水河里星斗灿烂。局促地站在河堤上，罗汉大爷彻骨寒冷，牙齿频繁打击，下巴骨的痛疼扩散到腮上、耳朵上，与头顶上一鼓一鼓的化脓般的疼痛连成一气。清冷的掺杂着高粱汁液的自由空气进入他的鼻孔、肺叶、肠胃，那两盏鬼火般的桅灯在雾中亮着，杉木栅栏黑幢幢的，像个巨大的坟墓。罗汉大爷几乎不敢相信，这么容易就逃出来了。他的脚把他带上了那座腐朽的小木桥，鱼儿在水中翻花，流水潺潺有声，流星亮破一线天。好像什么事也没有发生呀，什么也没有发生。本来，罗汉大爷就可以逃回村子，藏起来，躲起来，养好伤，继续生活。可是，当他走在木桥上时，听到在河南岸，有个不安生的骡子嘶哑地叫了一声。罗汉大爷为了骡子重新返回，酿出了一出壮烈的悲剧。

骡马拴在离栅栏不远处的几十根木桩上，它们的身下，漾溢着尿臊屎臭。马打着响鼻，骡子啃着木桩；马嚼着高粱秸子，骡子拉着稀屎。罗汉大爷一步三跌，抢进骡马群。他嗅到我家那两头大黑骡子亲切的味道，他看到了我家那两头大黑骡子熟悉的身影。他扑上去，想去解救自己的患难的伙伴。骡子，这不通理论的畜生，竟疾速地掉转屁股、飞起双蹄。罗汉大爷喃喃地说："黑骡，黑骡，咱一起跑了吧！"骡子暴怒地左旋右转，保护着自己的领地。它们竟然认不出主人啦，罗汉大爷不知道自己身上新鲜的陈旧的血腥味，自己身上新鲜的陈旧的伤痕，已经把自己改变了。罗汉大爷心中烦乱，一步跨进去，骡子飞起一个蹄子，打在了他的胯骨上。老头子侧身飞去，躺在地上，半边身子都麻木不仁。骡子还在撅着屁股打蹄，蹄铁像残月一样闪烁。罗汉大爷胯骨灼热胀大，有沉重的累赘感。他爬起来，歪倒了，歪倒了又爬起来。村里的那只嗓音单薄的公鸡又叫了一声。黑暗逐渐消退，三星愈加辉煌耀目，也辉耀着那亮晶晶的骡子屁股和眼球。

"好两个畜生！"

罗汉大爷，心头火起，一歪一斜地转着，想寻找一件利器。在开挖引水渠的工地上，他找到一柄锋利的铁锹。他毫无拘禁地走，叫骂，忘了百步之外的人与狗。他自由自在，不自由都是因为怕。东方那团渐渐上升的红晕在上升时同时散射，黎明前的高粱地里，静寂得随时都会爆炸。罗汉大爷迎着朝霞，向那两头大黑骡子走去。他对黑骡恨之入骨。骡子静立着不动，罗汉大爷把铁锹端平，对准一头黑骡的一条后腿，猛力铲过去。一道凉凉的阴影落到骡子的后腿上。骡子歪斜了两下，立即挺住，从骡头那儿，响了粗犷豪烈惊愕愤怒的嘶鸣。随即，受伤的骡子把屁股高高扬起，一溜热血抛洒，像雨点一样，淅淅沥沥淋了大爷满脸。大爷瞅准空当，又铲中了骡子的另一条后腿。黑骡叹息了一声，便屁股逐渐堕落，猛然坐在地上，两条前腿还立着，脖子被缰绳吊直，嘴巴朝着已是灰蓝色的苍天呼吁。铁锨被骡子沉重的屁股压住，大爷也蹲了窝。他用尽全力，把铁锨抽出。他感觉到铁锨刃儿牢牢地嵌在骡子的腿骨里。另一头黑骡，傻愣愣地看着瘫倒的同伴，像哭一样，像求饶一样哀鸣着。

大爷平托铁锨，向它逼过去，它用力后退着，缰绳几乎被拉断，木桩哗哗叭叭地响，它的拳大的双眼里，流着暗蓝的光。

"你怕了吗？畜生！你的威风呢？畜生！你这个忘恩负义吃里爬外的混账东西！你这个里通外国的狗杂种！"

罗汉大爷怒骂着，对着黑骡长方形的板脸铲出一锨。铁锨铲在木桩上，他上下左右晃动着锨柄，才把锨刃铲出。黑骡挣扎着，后腿曲成弓箭，秃尾巴扫地嚓啦有声。大爷瞄准骡脸，啪地一响，正中骡子宽广的脑门，坚固的头骨与锨刃相撞，一阵震颤，通过锨柄传导，使罗汉大爷双臂酸麻。黑骡闭口无言，蹄腿乱动，交叉杂错，到底撑不住。嗡隆一声倒下，像倒了一堵厚墙壁。缰绳被顿断，半截在木桩上垂着，半截在骡脸边曲着。大爷垂手默立。光滑的锨柄在骡头上斜立指着天。那边狗叫人喧，天亮了，从东边的高粱地里，露出了一弧血红的朝阳，阳光正正地照着罗汉大爷半张着的黑洞洞的嘴。

四

队伍走上河堤，一字儿排开，刚从雾里挣扎出来的红太阳照耀着他们。我父亲和大家一样都半边脸红半边脸绿，和他们一起观看着墨水河面上残破的雾团。把河南河北的公路连接起来的是跨越墨水河的十四孔大石桥。原来的小木桥在石桥西侧，桥面早断了三五节，几根棕色的桩子兀立在河水中，无可奈何地挡起一簇簇青白的浪花。破雾中的河面，红红绿绿，严肃恐怖。站在河堤上，抬眼就见到堤南无垠的高粱平整如板砥的穗面。它们都纹丝不动。每穗高粱都是一个深红的成熟的面孔，所有的高粱合成一个壮大的集体，形成一个大度的思想。——我父亲那时还小，想不到这些花言巧语，这是我想的。

高粱与人一起等待着时间的花朵结出果实。

公路笔直地往南通去，愈远愈窄，最后被高粱淹没。那最远的地方，与铁青色的穹窿边缘连接着的高粱上，也同样地，呈现出日出时动人的凄婉悲壮情景。

我父亲有几分好奇地看着痴呆呆的游击队员们，他们从哪里来？他们到哪里去？为什么要来打伏击？打了伏击以后还打什么？静穆中，断桥激起的水声节奏更加分明，声音更加清脆入耳。雾被阳光纷纷打落在河水中。墨河水由暗红渐渐燃烧成金红。满河流光溢彩。水边有棵孤独的水荇，黄叶低垂，曾经煊赫过的蚕虫状花序枯萎苍白地挂在叶权间。又是抓螃蟹的节令了！父亲想，秋风起，天气凉，一群大雁往南飞……罗汉大爷说，抓、豆官……抓！螃蟹纤巧的脚爪把细软的河泥印满花纹。父亲从河水中闻到了螃蟹特有的那种淡雅的腥气。我家在抗战前种植的罂粟花用蟹酱喂过，花朵肥大，色彩斑斓，香气扑鼻。

余司令说："都下堤藏好。哑巴放耙。"

哑巴从肩上摘下几圈铁丝，把四盘耙绑在一起。他啊了两声，招呼着几个队员，把连环耙抬到公路与石桥相接处。

余司令说："弟兄们，藏好，等鬼子汽车上了桥，等冷支队的人把退路封住，听我的口号一齐开火，把畜生们打到河里去喂白鳝喂蟹子。"

余司令对哑巴打了几个手势，哑巴点点头，带着一半人枪，到路西边的高粱地里埋伏。王文义跟着哑巴往西走，被哑巴推了回来。余司令说："你别过去，你跟着我。害怕吗？"

王文义连连点头，说："不怕……不怕……"

余司令让方家兄弟把那尊大抬杠在河堤上架好。又对提着一只大喇叭的刘吹手说："老刘，接着火，你什么都别管，可着劲儿给我吹喇叭，鬼子怕响器，你听到了吗？"

刘吹手是余司令早年的伙伴，那时，司令是轿夫，刘是吹鼓手。他双手攥着喇叭筒子，像握着一杆枪。

余司令对大家说："丑话说到前头，到时候谁要草鸡了，我就崩了他。咱要打出个样子来给冷支队看看，那些王八蛋，仗着旗号吓唬人。老子不吃他的，他想改编我？我还想改编他呢！"

众人围坐在高粱地里，方六拿出烟袋装烟，摸出火镰火石打火。火镰乌黑，火石褚红，跟煮熟的鸡肝一样。火镰打击火石嚓嚓地响。火星飞迸，每一个火星都很大。一个大火星溅到方六用食指和无名指捏住的高粱秆芯上，方六噗口吹气，火绒上冒出一缕白烟，红了。方六点燃烟袋，吸一口，余司令吐一口。抽抽鼻子，说："把烟磕了，鬼子闻到烟味还会上桥？"

方六紧着吸了两口，把烟袋磕了，把烟包装好。余司令说："都到河堤漫坡上趴着，省得鬼子来了措手不及。"

大家都有些紧张，卧在河堤上，手抱着枪，如临大敌。父亲趴在余司令身边。余司令问："你怕不怕？"父亲说："不怕！"

余司令说："好样的，是你干爹的种！你是我的传令兵，打起来别离开我，有什么命令我就给你说，你就给我往西边传。"

父亲点点头。他眼馋地盯着余司令腰里那两支枪。一支大，一支小。

大的是德国造自来得匣子枪，小的是法国造勃朗宁手枪。这两支枪各有来历。

父亲嘴里迸出一个字："枪！"

余司令说："你要枪？"

父亲点点头，说："枪。"

余司令说："你会使吗？"

"会！"父亲说。

余司令从腰里抽出勃朗宁手枪，在手里掂量着。手枪已老，烧蓝退尽。余司令拉动枪机，弹仓里跳出一颗黄铜壳的圆头子弹。他把子弹扔了一个高，伸手接住，又压进枪里。

"给你！"余司令说，"就像老子一样用它。"

父亲把枪抓了过来。父亲握着枪，想起前天晚上，余司令就用这支枪打碎了一个酒盅子。

那时候眉月初升，低低地压着枯树枝丫。父亲抱着一个酒坛子，捏着一柄铜钥匙，遵照奶奶的命令，到烧酒作坊里去盛酒。父亲拧开大门，院落里静悄悄的，骡棚里黑洞洞的，作坊里发散着腐烂酒糟的浊气。父亲揭开一个瓮盖子，借着星月光辉，看到清平的酒面上，自己干瘦的脸。父亲眉毛短促，嘴唇单薄，他觉得自己很丑。他把酒坛子按到瓮里，酒咕嘟咕嘟灌进坛。提坛出瓮时，坛上的酒滴滴答答落入瓮内。父亲改变了主意，他把坛里的酒倒进瓮里。父亲想起了奶奶洗过血脸的那瓮酒。奶奶在家里陪着余司令和冷支队长喝酒，奶奶和余司令都是大量，冷支队长却有些醉了。父亲走到那瓮酒前，见木制的瓮盖上压着一扇石磨。他放下酒坛，用尽全力把石磨掀掉。石磨在地上滚了两圈，撞到另一只酒瓮上，在瓮壁上撞出一个大洞，高粱酒呲呲地蹿出来，父亲不去管它。父亲揭开瓮盖，闻到了罗汉大爷的血腥气。他想起了罗汉大爷的血头和娘的血脸。罗汉大爷的脸和娘的脸在瓮里层出不穷。父亲把坛子按到瓮里，装满血酒，双手捧着，回到家中。

八仙桌上，明烛高烧，余司令和冷队长四目相逼，都咻咻喘气。奶奶站在他们二人当中，奶奶左手按着冷支队长的左轮枪，右手按着余司令的勃朗宁手枪。

父亲听到奶奶说："买卖不成仁义在么，这不是动刀动枪的地方，有本事对着日本人使去。"

余司令怒冲冲地骂："舅子，你打出王旅的旗号也吓不住我。老子就是这地盘上的王，吃了十年拤饼，还在乎王大爪子那个驴日的！"

冷支队长冷冷一笑，说："占鳌兄，兄弟也是为你好，王旅长也是为你好，只要你把杆子拉过来，给你个营长干。枪饷由王旅长发给，强似你当土匪。"

"谁是土匪？谁不是土匪？能打日本就是中国的大英雄。老子去年摸了三个日本岗哨，得了三支大盖子枪。你冷支队不是土匪，杀了几个鬼子？鬼子毛也没揪下一根。"

冷支队长坐下，抽出一支烟点燃。

趁着机会，父亲捧着酒坛上去。奶奶接过酒坛，脸色陡变，狠狠地看了父亲一眼。奶奶往三个碗里倒酒，每个碗都倒得冒尖。

奶奶说："这酒里有罗汉大叔的血，是男人就喝了，后日一起把鬼子汽车打了，然后你们就鸡走鸡道，狗走狗道，井水不犯河水。"

奶奶端起酒，咕咯咕咯喝了。

余司令端起酒，一仰脖灌了。

冷支队长端起酒，喝了半碗。放下碗，他说："余司令，兄弟不胜酒力，告辞啦！"

奶奶按着左轮手枪，问："打不打？"

余司令气哄哄地说："你甭求他，他不打，老子打！"

冷支队长说："打。"

奶奶松开手，冷支队长把左轮手枪抓过去，挂在腰带上。

冷支队长白净面皮，鼻子周围有十几颗黑麻子。他的腰带上别着一大圈子弹，挂上枪后，腰带垂成一轮下钩月。

奶奶说："占鳌，我把豆官交给你了，后日，你带着他去。"

余司令看看我父亲，笑着问："干儿子，有种吗?"

父亲轻蔑地看着余司令双唇间露出的土黄色坚固牙齿，一句话也不说。

余司令拿过一只酒盅，放在我父亲头顶上，让我父亲退到门口站定。他抄起勃朗宁手枪，走向墙角。

父亲看着余司令往墙角上跨了三步，每一步都那么大那么缓慢。奶奶脸色苍白。冷支队长嘴角上竖着两根嘲弄的笑纹。

余司令走到墙角后，立定，猛一个急转身，父亲看到他的胳膊平举，眼睛黑得出红光。勃朗宁枪口吐出一缕白烟。父亲头上一声巨响，酒盅炸成碎片。一块小瓷片掉进父亲的脖子上，父亲一耸头，那块瓷片就滑到了裤腰里。父亲什么也没说。奶奶的脸色更加苍白。冷支队长一屁股坐在板凳上，半晌才说："好枪法。"

余司令说："好小子!"

父亲握着勃朗宁手枪，感到它出奇地沉重。

余司令："不用我教你，你知道该怎么打。传我的令给哑巴，让他们准备好!"

父亲提着手枪，钻进高粱地，跨过公路，走到哑巴面前。哑巴盘腿大坐，用一块绿油油的石头磨着一把修长的腰刀。其他队员坐的躺的都有。

父亲对哑巴说："让你们准备好。"

哑巴斜了父亲一眼，继续磨刀。磨一阵，他撕了几个高粱叶子，把刀口上的石末擦掉，又拔了一棵细草，试着刀锋。小草一碰上刀刃就悄悄地断了。

父亲又说："让你们准备好!"

哑巴把腰刀入鞘，放在身旁。他的脸上绽开狰狞的笑容。他抬起一只大手，对着父亲招着。

"唔！唔！"哑巴说。

父亲蹑手蹑脚地走上前，离哑巴一步远停住。哑巴一探身，扯住了父亲的衣襟，用力一带，父亲伏在哑巴怀里。哑巴拧住父亲的耳朵，父亲的嘴咧到了腮上。父亲用勃朗宁手枪，戳着哑巴的脊梁骨。哑巴又按住了父亲的鼻子，用力一揿，父亲的眼泪噗噗冒出。哑巴怪声怪气地笑起来。

散坐在哑巴周围的队员们齐声哄笑。

"像不像余司令？"

"是余司令下的种子。"

"豆官，我想你娘。"

"豆官，我要吃你娘那两个插枣饽饽。"

父亲恼羞成怒，举起手枪，对准那个妄想吃插枣饽饽的就搂了火。勃朗宁手枪里啪嗒一响，子弹没有出膛。

那人脸色灰黄，快速跳起，来夺父亲的手枪。父亲怒火冲天，扑到那人身上，连踢带咬。

哑巴立起来，扯着父亲的脖子用力一摔，父亲的身体离地飘行，下落时砸断了几株高粱。父亲打了一个滚爬起来，破口大骂着，扑到哑巴面前。哑巴"唔唔"两声。父亲看着他铁青的脸，被镇在那儿。哑巴拿去勃朗宁手枪，拉动枪机，一粒子弹落在他的手里。他捏着子弹头，看着子弹屁股门上被撞针击出的小孔，对着父亲比画了几下。哑巴把枪插到父亲腰里，拍了拍父亲的头。

"你在那边闹什么？"余司令问。

父亲委屈地说："他们……要和俺娘困觉。"

余司令板着脸，问："你怎么说？"

父亲抬起胳膊擦擦眼，说："我给了他一枪！"

"你开枪了？"

"枪没响。"父亲把那粒金灿灿的臭火递给余司令。

余司令接过子弹，看看，轻松地摔出，子弹滑着漂亮的弧线，落到河里。

余司令说："好样的！枪子儿先向日本人身上打，打完日本人，谁要是再敢说要和你娘困觉，你就对着他的小肚子开枪。别打他的头，也别打他的胸，记住，打他的小肚子。"

父亲伏在余司令身边。他的右边是方家弟兄。大抬杠子架在河堤上，枪口对着石桥。枪口堵着一团破棉絮。抬杠的后部翘出一根引信。方七的身边，放着一把高粱秆芯制成的火绒，有一根正在燃烧。方六身边放着一个药葫芦，一个盛铁豆子的铁盒。

余司令左边是王文义。他双手攥着长苗子鸟枪，身体抖成一团。他的伤耳已经和白布凝结在一起。

太阳一竿子高了，雪白的核心外还镶着一圈浅淡的红。河水亮晶晶，一群野鸭子从高粱上空飞来，盘旋三个圈，大部分斜刺里扑到河滩的草丛中，小部分落到河里，随着河水漂流。河水中的野鸭子身体稳住不动，只把灵活的头颈转来转去。父亲身上暖洋洋的，被露水打湿的衣服彻底干了。又趴了一会，父亲感到有一粒石子硌得胸痛，便起身坐起，头和胸高出堤面。余司令说："趴下。"父亲又不情愿地趴下。方家老六鼻子里吹出鼾声。余司令抠起一块土坷垃，投到方六的脸上。方六懵懵懂懂地坐起来，打了一个哈欠，挤出两滴细小的泪珠。

"鬼子来了吗？"方六大声说。

"操你亲娘！"余司令说，"不许困觉。"

河南河北寂静无声，宽阔的公路死气沉沉地躺在高粱丛中。河上的大石桥那么漂亮。无边的高粱迎着更高更亮的太阳，脸庞鲜红，不胜娇羞。野鸭子在浅水边，用扁嘴搜索着什么，发出一片呱呱唧唧的响声。父亲的目光停在野鸭子上，研究着它们美丽的羽毛和机灵的眼睛。他端着沉重的勃朗宁手枪，瞄着鸭子平坦的背。他几乎要勾动扳机了。余司令按住他的手，说："小鳖羔子，你想干什么？"

父亲感到烦躁不安了，公路还是枯死地躺着。高粱更加鲜红。

"冷麻子这个畜生，他要是胆敢耍弄老子！"余司令恨恨地说。河南无声无息，冷支队连个影儿都不见。父亲知道鬼子汽车从这儿路过的情报是冷支队得到的，冷支队怕一家打不了，才来联合余司令的队伍。

父亲紧张了一会，又渐渐懈怠。他的目光一次又一次地被野鸭子吸引。他想起跟着罗汉大爷打鸭子的事。罗汉大爷有一只鸟枪，乌红的托子，牛皮的枪带。这支鸟枪正被王文义攥着。

父亲的眼里蒙着泪水，但不到流出眶外的数量。就像去年那天一样。在温暖的阳光里，父亲感到有一阵扎人的寒冷在全身扩散。

罗汉大爷和两头骡子一起被鬼子和伪军捉走，奶奶在酒瓮里洗净了满脸的血。奶奶满脸酒香，皮肤赤红，眼皮有些肿，月白色洋布褂子前胸被酒和血渍湿。奶奶伫立在瓮边，凝视着瓮里的酒。酒里映着奶奶的脸。父亲记得，奶奶扑地跪倒，对着酒瓮磕了三个头。然后，她站起来，双手掬起一捧酒喝了。奶奶满脸的红润，都集中到双腮上，额头和下巴却苍白无色。

"跪下！"奶奶命令父亲，"磕头。"

父亲跪下磕头。

"捧一口酒喝！"

父亲捧了酒喝下。

一道道血丝像线一样，垂直地往瓮底下沉着。瓮里飘着一朵小小的白云，并摆着奶奶和父亲的庄严面孔。奶奶两只细长的眼睛里射出灼人的光，父亲不敢看。父亲的心咚咚跳着，又伸出手，从瓮里掬上一捧酒，酒从指缝下落，打破了青天白云大脸小脸。父亲又喝了一口酒，一股血腥味死死粘在舌上。血丝都沉到瓮底，在凸起的瓮底中间集合成一个拳头大小的混浊的团体。父亲和奶奶看了它好久。奶奶拉上瓮盖，从墙角那儿把一扇磨盘滚过来，用力搬起，压在瓮盖上。

"你不要动它！"奶奶说。

父亲看着磨盘凹槽里潮湿的泥土和蠕蠕爬动的灰绿色潮湿虫，惊恐不安地点了点头。

这一夜，父亲躺在他的小床上，听着奶奶在院子里走来走去。奶奶咯噔咯噔的脚步声和着田野里的高粱悴缫，编织着父亲纷乱的梦境。父亲在梦中听到我家那两头秀丽的大黑骡子在鸣叫。

平明时分，父亲醒了一次。他赤着身体跑到院子里去撒尿，见奶奶还立在院子里望着天空发呆。父亲叫了一声娘，奶奶没搭腔。父亲撒完尿，扯着奶奶的手往屋里拉。奶奶软疲疲地随着父亲转身进屋。刚刚进屋，就听到从东南方向传来一阵浪潮般的喧闹，紧接着响了一枪，枪声非常尖锐，像一柄利刃，把挺括的绸缎豁破了。

父亲现在趴的地方，那时候堆满了洁白的石条和石块，一堆堆粗粒黄沙堆在堤上，像一排排大坟。去年初夏的高粱在堤外忧悒沉重地发着呆。被碌碡压倒高粱闪出来的公路轮廓，一直向北延伸。那时大石桥尚未修建，小木桥被千万只脚、被千万次骡马蹄铁踩得疲惫不堪、敲得伤痕累累。压断揉烂的高粱流出的青苗味道，被夜雾浸淫，在清晨更加浓烈。遍野的高粱都在痛哭。父亲和奶奶听到那声枪响不久，就和村里的若干老弱妇孺被日本兵驱赶到这里。那时候日头刚刚升上高粱梢头，父亲和奶奶与一群百姓站在河南岸路西边，脚下踩着高粱残骸。父亲们看着那个牛棚马圈般的巨大栅栏，一大群衣衫褴褛的民伕缩在栅栏外。后来，两个伪军又把这群民伕赶到路西边，与父亲他们相挨着，形成了另一个人团。在父亲们和民伕们的面前，就是后来令人失色的拴骡马的地方。人们枯枯地立着，不知过了多久，终于看到，一个肩上佩着两块红布、胯上挂着一柄拖地钢刀、牵着一匹狼狗、戴着两只白手套、面孔清癯的日本官儿从帐篷那边走过来。在他的身后，狼狗垂着鲜艳的舌头，在狼狗身后，两个伪军抬着一具硬邦邦的日本兵尸体，两个日本兵在最后，押着被两个伪军架着的血肉模糊的罗汉大爷。父亲使劲往奶奶身上靠，奶奶揽住了父亲。

日本官儿牵着狗停在骡马场附近的空地上。五十多只白鸟从墨水河道里扑楞楞飞出来，飞经人群上方青蓝蓝的天，又拐弯向东，飞向那个金子般的太阳。父亲看到骡马场上那些蓬毛垢面的牲畜，看到了躺在地上的我家那两头大黑骡子。一头骡子死了，它头上还斜立着那根铁锨。黑血把地上的碎高粱，把骡子光洁的脸，都弄得肮脏不堪。另一头骡子坐在地上，血乎乎的尾巴拂着大地，两腹厚皮抖得索索有声。两个时开时合的鼻孔里，吹出口哨一样的响声。父亲不知道自己多么喜爱这两头黑骡子。奶奶挺胸扬头骑在骡背上，父亲坐在奶奶怀里，骡子驮着母子俩，在高粱夹峙下的土路上奔驰，骡子跑得前仰后合，父亲和奶奶被颠得上蹿下跳。细细的骡腿腾起一路烟尘。父亲兴奋得吱哇乱叫。稀稀疏疏的农人，立在高粱地边上，手扶锄头或是别的什么农具，盯着高粱作坊女掌柜艳丽的粉脸，满脸嫉妒仇恨。我家那两头大黑骡子，一头倒在地上死了，嘴唇咧开，一排雪白的长方形大牙齿啃着地。另一头坐着，比死了还难受。父亲对奶奶说："娘，咱的骡子。"奶奶伸手捂住父亲的嘴。

日本兵的尸体停放在挂刀牵狗而立的日本官面前。两个伪军拖着血肉模糊的罗汉大爷向一根拴马高桩走。父亲并没有立刻认出罗汉大爷。父亲看到了一个被打烂了的人形怪物。他被架着，一颗头忽而歪向左，忽而歪向右，头顶上的血嘎痂像落水的河滩上沉淀下那层光滑的泥，又遭阳光曝晒，皱了边儿，裂了纹儿。他的双脚划着地面，在地上划出一些曲曲折折的花纹。人群悄悄地聚缩。父亲感到奶奶的手牢牢捏住他的肩膀。所有的人都变矮了，有的面如黄土，有的面如黑土。一时间鸦雀无声，听得清那条大狼狗哈达哈达的喘气声，那个牵狼狗的日本官儿放了一个嘹亮的屁。父亲看到伪军把那个人形怪物拖到一根高高的拴马桩前，一松手，怪物就像一堆剔了骨的肉瘫在地上。

父亲惊叫一声："罗汉大爷！"

奶奶又捂住了父亲的嘴。

罗汉大爷在马桩下慢慢动着，先把屁股高高地撅起来，造了一个拱桥形状，又双膝跪地，双手按地，竖起了头。他的脸肿胀得透亮，双眼成了两条细缝。两道深绿色的光线，从他的眼缝里射出。父亲正对着罗汉大爷，他相信大爷一定看到了自己。他的胸膛里的器官砰砰啪啪地碰撞着，他说不出是惊恐还是愤怒，他想用力号叫，但嘴巴被奶奶的手掌牢牢地捂住了。

牵狗的日本官儿对着人群喊了一阵，一个留着小平头的中国人，把日本官儿的话翻给大家听。

翻译说的话，我父亲没听全。他被我奶奶捂住嘴巴，憋得眼冒金花，耳朵嗡嗡响。

两个黑衣中国人把罗汉大爷剥得一丝不挂，拴在木桩上。鬼子官儿挥挥手，又有两个黑衣人把我们村的也是高密东北乡有名的杀猪匠孙五，从木栅栏里，推推搡搡地押过来。

孙五个子矮小，浑身是肉，腆着肚子，头上无毛，脸色通红，一双小眼间距很小，深陷在鼻子两侧。他左手提着一把尖刀，右手提着一桶净水，哆哆嗦嗦地走到罗汉大爷面前。

翻译官说："太君说，让你好好剥，剥不好就让狼狗开了你的膛。"

孙五诺诺连声，眼皮紧急眨动。他用口叼着刀，提起水桶，从罗汉大爷头上浇下去。罗汉大爷被冷水一激，头猛然抬起，血水顺着他的脸、脖子，混浊地流到脚跟。一个监工从河里又提来一桶水，孙五用一块破布蘸着水，把罗汉大爷擦洗得干干净净。孙五擦净大爷，屁股扭动着，说："大哥……"

罗汉大爷说："兄弟，一刀捅了我吧，黄泉之下不忘你的恩德。"

日本官儿吼叫一声。

翻译说："快点动手！"

孙五脸色一变，伸出粗短的手指，捏住大爷的耳朵，说："大哥，兄弟没法子……"

父亲看到孙五的刀子在大爷的耳朵上像锯木头一样锯着。罗汉大爷狂呼不止，一股焦黄的尿水从两腿间一窜一窜地呲出来。父亲的腿瑟瑟颤抖。走过一个端着白瓷盘的日本兵，站在孙五身旁，孙五把罗汉大爷那只肥硕敦厚的耳朵放在瓷盘里。孙五又割掉罗汉大爷另一只耳朵放进瓷盘。父亲看到那两只耳朵在瓷盘里活泼地跳动，打击得瓷盘叮咚叮咚响。

日本兵托着瓷盘，从民伕面前，从男女老幼们面前慢慢走过。父亲看到大爷的耳朵苍白美丽，瓷盘的响声更加强烈。

日本兵把耳朵端到日本官面前，军官点点头。日本兵把瓷盘放在日本兵的尸体旁，静默片刻，又端起来，放到狼狗嘴下。

狼狗收起舌头，用尖尖的、乌黑的鼻子去嗅那两只耳朵。它摇摇头，又吐出舌头，蹲坐起来。

翻译对孙五说："喂，再割！"

孙五在原地转着圈，嘴里咕咕噜噜地说着什么，父亲看到他满脸油汗，眼睛眨得像鸡啄米一样迅速。

罗汉大爷的双耳底根上，只流了几滴血，大爷双耳一去，整个头部变得非常简洁。

鬼子军官又吼了一声。

翻译说："快点割！"

孙五弯下腰，把罗汉大爷的男性器官一刀旋下来，放进日本兵托着的瓷盘里。日本兵两根胳膊僵硬地伸着，两眼平视，像木偶一样从人群前走。父亲觉得奶奶冰冷的手指几乎抠进自己肩头肉里。

日本兵把瓷盘放到狼狗嘴下，狼狗咬了两口，又吐出来。

罗汉大爷凄厉地大叫着，瘦骨嶙峋的身体在拴马桩上激烈扭动。

孙五扔下刀子，跪在地上，号啕大哭。

日本官儿把皮带一松，狼狗扑上来，两只前爪按着孙五的肩头，一嘴利齿在孙五面前晃。孙五躺在地上，双手捂住脸。

日本官打一个唿哨，狼狗拖着皮带颠颠地跑回去。

翻译官说："快剥！"

孙五爬起来，捏着刀子，一高一低地走到罗汉大爷面前。

罗汉大爷破口大骂，所有的人在大爷的骂声中昂起了头。

孙五说："大哥……大哥……你忍着点吧……"

罗汉大爷把一口血痰吐到孙五脸上。

"剥吧，操你祖宗，剥吧！"

孙五操着刀，从罗汉大爷头顶上外翻着的伤口剥起，一刀刀细索索发响。他剥得非常仔细。罗汉大爷的头皮褪下。露出了青紫的眼珠。露出了一棱棱的肉……

父亲对我说，罗汉大爷脸皮被剥掉后，不成形状的嘴里还呜呜噜噜地响着，一串一串鲜红的小血珠从他的酱色的头皮上往下流。孙五已经不像人，他的刀法是那么精细，把一张皮剥得完整无缺。大爷被剥成一个肉核后，肚子里的肠子蠢蠢欲动，一群群葱绿的苍蝇漫天飞舞。人群里的女人们全都跪到地上，哭声震野。当天夜里，天降大雨，把骡马场上的血迹冲洗得干干净净，罗汉大爷的尸体和皮肤无影无踪。村里流传来罗汉大爷尸体失踪的消息，一传十，十传百，一代传一代，竟成了一个美丽的神话故事。

"他要是胆敢耍弄老子，我拧下他的脑袋做尿壶！"太阳越升越小，发出白炽的光线，高粱上的露水晞了，野鸭子飞走了一批，又飞来一批。冷支队的人还没到，公路上除了偶尔窜过野兔外，再无一个活物。后来又鬼鬼祟祟地跳出来一只火红的狐狸。余司令骂完冷支队长，喊一声："喂，都起来吧，八成是上了冷麻子这个狗娘养的当啦。"

队员们早就趴累了，巴不得这声喊。司令一声令下，就应声爬起，有的坐在河堤上，嚓嚓地打火吸烟，有的站在河堤上，用力往堤下撒尿。

父亲跳上河堤后，还在想着去年的一些情景，罗汉大爷被剥皮后的头颅在他眼前不停地晃动。野鸭子被突然冒出来的人群惊吓，齐飞起，又陆续落到不远处的河滩上，蹒蹒跚跚地行走，翠绿的鸭羽和黄褐的鸭羽在草丛中闪烁。

哑巴提着他的腰刀和老汉阳步枪，来到余司令面前。他面色沮丧，眼珠子发直。抬手指太阳，太阳已东南晌；低手指公路，公路空荡荡；哑巴指指肚子，嗷嗷地叫着，挥动着胳膊，对准村庄的方向。余司令沉思片刻，对路西边的人喊："都过来！"

队员们跨过公路，聚到河堤上。

余司令说："弟兄们，冷麻子要是敢耍弄咱，我就去把他的脑袋揪来！天还没晌呢，咱再等一会，等到过了晌午头，汽车还不来，咱就直奔谭家洼，跟冷麻子算账。大家先到高粱地里歇着去，我让豆官回去催饭。豆官！"

父亲仰脸看着余司令。

余司令说："回家告诉你娘，让她找人擀拤饼，正晌午时，一定送到，让你娘亲自来送。"

我父亲点点头，提一把裤子，插好勃朗宁手枪，飞快地跑下河堤，沿着公路往北跑了一小段，就一头钻进了高粱地，向着西北方向，哧哧溜溜地游动。父亲在海水一样的高粱地里，碰到了几个长方形的骡马头骨。他用脚踢了一下，从骷髅里跳出了两只短尾巴的、毛茸茸的田鼠，并不怎么吃惊地望他一会，又钻进骷髅里去。父亲又想起了我家那两头大黑骡子，想起了公路修成后很久了，每逢刮东南风，村子里还能闻到刺鼻的尸臭。墨水河里，去年曾经泡胀沤烂了几十具骡马的尸体，它们就停泊在河边的生满杂草的浅水里，肚子着了阳光，胀到极点，便迸然炸裂，华丽的肠子，像花朵一样溢出来，一道道暗绿色的汁液，慢慢地流进墨水河里。

五

我奶奶刚满十六岁时，就由她的父亲做主，嫁给了高密东北乡有名的财主单廷秀的独生子单扁郎。单家开着烧酒锅，以廉价高粱为原料酿造优质白酒，方圆百里都有名。东北乡地势低洼，往往秋水泛滥，高粱高秆防涝，被广泛种植，年年丰产。单家利用廉价原料酿酒谋利，富甲一方。我奶奶能嫁给单扁郎，是我曾外祖父的荣耀。当时，多少人家都渴望着和单家攀亲，尽管风传单扁郎早就染上了麻风病。单廷秀是个干干巴巴的小老头，脑后翘着一支枯干的小辫子。他家里金钱满柜，却穿得破衣烂袄，腰里常常扎一条草绳。奶奶嫁到单家，其实也是天意。那天，我奶奶在秋千架旁与一些尖足长辫的大闺女耍笑游戏，那天是清明节，桃红柳绿，细雨霏霏，人面桃花，女儿解放。奶奶那天身高一米六〇，体重六十公斤，上穿碎花洋布褂子，下穿绿色缎裤，脚脖子上扎着深红色的绸带子。由于下小雨，奶奶穿了一双用桐油浸泡过十几遍的绣花油鞋，一走克嘟克嘟地响。奶奶脑后垂着一根油光光的大辫子，脖子上挂着一个沉甸甸的银锁——我曾外祖父是个打造银器的小匠人。曾外祖母是个破落地主的女儿，知道小脚对于女人的重要意义。奶奶不到六岁就开始缠脚，日日加紧。一根裹脚布，长一丈余，曾外祖母用它，勒断了奶奶的脚骨，把八个脚趾，折断在脚底，真惨！我的母亲也是小脚，我每次看到她的脚，就心中难过，就恨不得高呼：打倒封建主义！人脚自由万岁！奶奶受尽苦难，终于裹就一双三寸金莲。十六岁那年，奶奶已经出落得丰满秀丽，走起路来双臂挥舞，身腰扭动，好似风中招展的杨柳。单廷秀那天撅着粪筐子到我曾外祖父村里转圈，从众多的花朵中，一眼看中了我奶奶。三个月后，一乘花轿就把我奶奶抬走了。

奶奶坐在憋闷的花轿里，头晕目眩。罩头的红布把她的双眼遮住，红布上散着一股强烈的霉馊味。她滑起手，掀起红布——曾外祖母曾千叮咛万嘱咐，不许她自己揭动罩头红布——一只沉甸甸的绞丝银镯子滑到小臂上，奶奶看着镯子上的蛇形花纹，心里纷乱如麻。温暖的熏风吹拂着狭窄的土路两侧翠绿的高粱。高粱地里传来鸽子咕咕咕咕的叫声。刚秀出来的银灰色的高粱穗子飞扬着清淡的花粉。迎着她的面的轿帘上，刺绣着龙凤图案，轿帘上的红布因轿子经年赁出，已经黯淡失色，正中间油渍了一大片。夏末秋初，轿外阳光茂盛，轿夫们轻捷的运动使轿子颤颤悠悠，拴轿杆的生牛皮吱吱咽咽地响，轿帘轻轻掀动，把一缕缕的光明和一缕缕比较清凉的风闪进轿里来。奶奶浑身流汗，心跳如鼓，听着轿夫们均匀的脚步声和粗重的喘息声，脑海里交替着出现卵石般的光滑寒冷和辣椒般的粗糙灼热。

自从奶奶被单廷秀看中后，不知有多少人向曾外祖父和曾外祖母道过喜。奶奶虽然也想过上上马金下马银的好日子，但更盼着有一个识字解文、眉清目秀、知冷知热的好女婿。奶奶在闺中刺绣嫁衣，绣出了我未来的爷爷的一幅幅精美的图画。她曾经盼望着早日成婚，但从女伴的话语中隐隐约约听到单家公子是个麻风病患者，奶奶的心凉了。奶奶向她的父母诉说心中的忧虑。曾外祖父遮遮掩掩不回答，曾外祖母把奶奶的女伴们痛骂一顿，其意大概是说狐狸吃不到葡萄就说葡萄是酸的之类。曾外祖父后来又说单家公子饱读诗书，足不出户，白白净净，一表人才。奶奶恍恍惚惚，不知真假，心想着天下无有狠心的爹娘，也许女伴真是瞎说。奶奶又开始盼望早日完婚。奶奶丰腴的青春年华辐射着强烈的焦虑和淡淡的孤寂，她渴望着躺在一个伟岸的男子怀抱里缓解焦虑消除孤寂。婚期终于熬到了，奶奶被装进这乘四人大轿，大喇叭小唢呐在轿前轿后吹得凄凄惨惨，奶奶止不住泪流面颊。轿子起行，忽悠悠似腾云驾雾，偷懒的吹鼓手在出村不远处就停止了吹奏，轿夫们的脚下也快起来。高粱的味道深入人心。高粱地里的奇鸟珍禽高鸣低哞。在一线一线阳光射进昏暗的轿内时，奶奶心中丈夫的形象也渐渐清晰起来。她的心像被针锥扎着，疼痛深刻有力。

　　"老天爷，保佑我吧！"奶奶心中的祷语把她的芳唇冲动。奶奶的唇上有一层纤弱的茸毛。奶奶鲜嫩茂盛，水分充足。她出口的细语被厚重的轿壁和轿帘吸收得干干净净。她一把撕下那块酸溜溜的罩头布，放在膝上。奶奶按着出嫁的传统，大热的天气，也穿着三表新的棉袄棉裤。花轿里破破烂烂，肮脏污浊。它像具棺材，不知装过多少个必定成为死尸的新娘。轿壁上衬里的黄缎子脏得流油，五只苍蝇有三只在奶奶头上方嗡嗡地飞翔，有两只伏在轿帘上，用棒状的黑腿擦着明亮的眼睛。奶奶受闷不过，悄悄地伸出笋尖状的脚，把轿帘顶开一条缝，偷偷地往外看。她看到轿夫们肥大的黑色衫绸裤里依稀可辨的、优美颀长的腿，和穿着双鼻梁麻鞋的肥大的脚。轿夫的脚踏起一股股噗噗作响的尘土。奶奶猜想着轿夫粗壮的上身，忍不住把脚尖上移，身体前倾。她看到了光滑的紫槐木轿杆和轿夫宽阔的肩膀。道路两边，板块般的高粱坚固凝滞，连成一体，拥拥挤挤，彼此打量，灰绿色的高粱穗子睡眼未开，这一穗与那一穗根本无法区别，高粱永无尽头，仿佛潺潺流动的河流。道路有时十分狭窄，沾满蚜虫分泌物的高粱叶子擦得轿子两侧沙沙地响。

轿夫身上散发出汗酸味，奶奶有点痴迷地呼吸着这男人的气味，她老人家心中肯定漾起一圈圈春情波澜。轿夫抬轿从街上走，迈得都是八字步，号称"踩街"，这一方面是为讨主家欢喜，多得些赏钱；另一方面，是为了显示一种优雅的职业风度。踩街时，步履不齐的不是好汉，手扶轿杆的不是好汉，够格的轿夫都是双手卡腰，步调一致，轿子颠动的节奏要和上吹鼓手们吹出的凄美音乐，让所有的人都能体会到任何幸福后面都隐藏着等量的痛苦。轿子走到平川旷野，轿夫们便撒了野，这一是为了赶路，二是要折腾一下新娘。有的新娘，被轿子颠得大声呕吐，脏物吐满锦衣绣鞋；轿夫们在新娘的呕吐声中，获得一种发泄的快乐。这些年轻力壮的男子，为别人抬去洞房里的牺牲，心里一定不是滋味，所以他们要折腾新娘。

那天抬着我奶奶的四个轿夫中，有一个成了我的爷爷——他就是余占鳌余司令。那时候他二十浪当岁，是东北乡打棺抬轿这行当里的佼佼者——我爷爷辈的好汉们，都有高密东北乡人高粱般鲜明的性格，非我们这些孱弱的后辈能比——当时的规矩，轿夫们在路上开新娘子的玩笑，如同烧酒锅上的伙计们喝烧酒，是天经地义的事，天王老子的新娘他们也敢折腾。

高粱叶子把轿子磨得嚓嚓响，高粱深处，突然传来一阵悠扬的哭声，打破了道路上的单调。哭声与吹鼓手们吹出的曲调十分相似。奶奶想到乐曲，就想到那些凄凉的乐器一定在吹鼓手们手里提着。奶奶用脚撑着轿帘能看到一个轿夫被汗水溻湿的腰，奶奶更多的是看到自己穿着大红绣花鞋的脚，它尖尖瘦瘦，带着凄艳的表情，从外边投进来的光明罩住了它们，它们像两枚莲花瓣，它们更像两条小金鱼埋伏在澄澈的水底。两滴高粱米粒般晶莹微红的细小泪珠跳出奶奶的睫毛，流过面颊，流到嘴角。奶奶心里又悲又苦，往常描绘好的、与戏台上人物同等模样、峨冠博带、儒雅风流的丈夫形象在泪impression里先模糊后湮灭。奶奶恐怖地看到单家扁郎那张开花绽彩的麻风病人脸，奶奶透心地冰冷。奶奶想这一双乔乔金莲，这一张桃腮杏脸，千般的温存，万种的风流，难道真要由一个麻风病人去消受？如其那样，还不如一死了之。高粱地里悠长的哭声里，夹杂着疙疙瘩瘩的字眼：青天哟——蓝天哟——花花绿绿的天哟——棒槌哟亲哥哟你死了——可就塌了妹妹的天哟——我不得不告诉您，我们高密东北乡女人哭丧跟唱歌一样优美，民国元年，曲阜县孔夫子家的"哭丧户"专程前来学习过哭腔。大喜的日子碰上女人哭亡夫，奶奶感到这是不祥之兆，已经沉重的心情更加沉重。这时，有一个轿夫开口说话：

"轿上的小娘子，跟哥哥们说几句话呀！远远的路程，闷得慌。"

奶奶赶紧拿起红布，蒙到头上，顶着轿帘的脚尖也悄悄收回，轿里又是一团漆黑。

"唱个曲儿给哥哥们听，哥哥抬着你哩！"

吹鼓手如梦方醒，在轿后猛地吹响了大喇叭，大喇叭说：

"唗咚——唗咚——"

"猛捅——猛捅——"轿前有人模仿着喇叭声说，前前后后响起一阵粗野的笑声。

奶奶身上汗水淋漓。临上轿前，曾外祖母反复叮咛过她，在路上，千万不要跟轿夫们磨牙斗嘴，轿夫，吹鼓手，都是下九流，奸刁古怪，什么样的坏事都干得出来。

轿夫们用力把轿子抖起来，奶奶的屁股坐不安稳，双手抓住座板。

"不吱声？颠！颠不出她的话就颠出她的尿！"

轿子已经像风浪中的小船了，奶奶死劲抓住座板，腹中翻腾着早晨吃下的两个鸡蛋，苍蝇在她耳畔嗡嗡地飞，她的喉咙紧张，蛋腥味冲到口腔，她咬住嘴唇。不能吐，不能吐！奶奶命令着自己，不能吐啊，凤莲，人家说吐在轿里是最大的不吉利，吐了轿一辈子没好运……

轿夫们的话更加粗野了，他们有的骂我曾外祖父是个见钱眼开的小人，有的说鲜花插到牛粪上，有的说单扁郎是个流白脓淌黄水的麻风病人，他们说站在单家院子外，就能闻到一股烂肉臭味，单家的院子里，飞舞着成群结队的绿头苍蝇……

"小娘子，你可不能让单扁郎沾身啊，沾了身你也烂啦！"

大喇叭小唢呐呜呜咽咽地吹着，那股蛋腥味更加强烈，奶奶牙齿紧咬嘴唇，咽喉里像有只拳头在打击，她忍不住了，一张嘴，一股奔突的脏物窜出来，涂在了轿帘上，五只苍蝇像子弹一样射到呕吐物上。

"吐啦吐啦，颠呀！"轿夫们狂喊着，"颠呀，早晚颠得她开口说话。"

"大哥哥们……饶了我吧……"奶奶在呃嗝中，痛不欲生地说着，说完了，便放声大哭起来。奶奶觉得委屈，奶奶觉得前途险恶，终生难脱苦海。爹呀，娘呀，贪财的爹，狠心的娘，你们把我毁了。

奶奶放声大哭，高粱深径震动。轿夫们不再癫狂，推波助澜、兴风作浪的吹鼓手们也停嘴不吹。只剩下奶奶的呜咽，又和进了一支悲泣的小唢呐，唢呐的哭声比所有的女人哭泣都优美。奶奶在唢呐声中停住哭，像聆听天籁一般，听着这似乎从天国传来的音乐。奶奶粉面凋零，珠泪点点，从悲婉的曲调里，她听到了死的声音，嗅到了死的气息，看到了死神的高粱般深红的嘴唇和玉米般金黄的笑脸。

轿夫们深默无言，步履沉重。轿里牺牲的哽咽和轿后唢呐的伴奏，使他们心中萍翻浆乱，雨打魂幡。走在这高粱小径上的，已不像迎亲的队伍，倒像送葬的仪仗。在奶奶脚前的那个轿夫——我后来的爷爷余占鳌，他的心里，有一种不寻常的预感，像熊熊燃烧的火焰一样，把他未来的道路照亮了。奶奶的哭声，唤起他心底早就蕴藏着的怜爱之情。

轿夫们中途小憩，花轿落地。奶奶哭得昏昏沉沉，不觉把一只小脚露到了轿外。轿夫们看着这玲珑的、美丽无比的小脚，一时都忘魂落魄。余占鳌走过去，弯腰，轻轻地，轻轻地握住奶奶那只小脚，像握着一只羽毛未丰的鸟雏，轻轻地送回轿内。奶奶在轿内，被这温柔感动，她非常想撩开轿帘，看看这个生着一只温暖的年轻大手的轿夫是个什么样的人。

——我想，千里姻缘一线穿，一生的情缘，都是天凑地合，是毫无挑剔的真理。余占鳌就是因为握了一下我奶奶的脚唤醒了他心中伟大的创造新生活的灵感，从此彻底改变了他的一生，也彻底改变了我奶奶的一生。

花轿又起行，喇叭吹出一个猿啼般的长音，便无声无息。起风了，东北风，天上云朵麇集，遮住了阳光，轿子里更加昏暗。奶奶听到风吹高粱，哗哗哗啦啦啦，一浪赶着一浪，响到远方。奶奶听到东北方向有隆隆雷声响起。轿夫们加快了步伐。轿子离单家还有多远，奶奶不知道，她如同一只被绑的羔羊，愈近死期，心里愈平静。奶奶胸口里，揣着一把锋利的剪刀，它可能是为单扁郎准备的，也可能是为自己准备的。

奶奶的花轿行走到蛤蟆坑被劫的事，在我的家族的传说中占有一个显要的位置。蛤蟆坑是大洼子里的大洼子，土壤尤其肥沃，水分尤其充足，高粱尤其茂密。奶奶的花轿行到这里，东北天空抖了一个血红的闪电，一道残缺的杏黄色阳光，从浓云中，嘶叫着射向道路。轿夫们气喘吁吁，热汗涔涔。走进蛤蟆坑，空气沉重，路边的高粱乌黑发亮，深不见底，路上的野草杂花几乎长死了路。有那么多的矢车菊，在杂草中高扬着细长的茎，开着紫、蓝、粉、白四色花。高粱深处，蛤蟆的叫声忧伤，蝈蝈的唧唧凄凉，狐狸的哀鸣悠怅。奶奶在轿里，突然感到一阵寒冷袭来，皮肤上凸起一层细小的鸡皮疙瘩。奶奶还没明白过来是怎么一回事，就听到轿前有人高叫一声：

"留下买路钱！"

奶奶心里咯噔一声，不知忧喜，老天，碰上吃拤饼的了！

高密东北乡土匪如毛，他们在高粱地里鱼儿般出没无常，结帮拉伙，拉驴绑票，坏事干尽，好事做绝，结果肚子饿了，就抓两个人，扣一个，放一个，让被放的人回村报信，送来多少张卷着鸡蛋大葱一把粗细的两拃多长的大饼。吃大饼时要用双手拤住往嘴里塞，故曰"拤饼"。

"留下买路钱！"那个吃拤饼的人大吼着。轿夫们停住，呆呆地看着劈腿横在路当中的劫路人。那人身材不高，脸上涂着黑墨，头戴一顶高粱篾片编成的斗笠，身披一件大蓑衣，蓑衣敞着，露出密扣黑衣和拦腰扎着的宽腰带。腰带里别着一件用红绸布包起的鼓鼓囊囊的东西。那人用一只手按着那布包。

奶奶在一转念间，感到什么事情也不可怕了，死都不怕，还怕什么？她掀起轿帘，看着那个吃拤饼的人。

那人又喊："留下买路钱！要不我就崩了你们！"他拍了拍腰里那件红布包裹着的家伙。

吹鼓手们从腰里摸出曾外祖父赏给他们的一串串铜钱，扔到那人脚前。轿夫放下轿子，也把新得的铜钱掏出，扔下。

那人把钱串子用脚踢拢成堆，眼睛死死地盯着坐在轿里的我奶奶。

"你们，都给我滚到轿子后边去，要不我就开枪啦！"他用手拍拍腰里别着的家伙大声喊叫。

轿夫们慢慢吞吞地走到轿后。余占鳌走在最后，他猛回转身，双目直逼吃拤饼的人。那人瞬间动容变色，手紧紧捂住腰里的红布包，尖叫着："不许回头，再回头我就毙了你！"

劫路人按着腰中家伙，脚不离地蹭到轿子前伸手捏捏奶奶的脚。奶奶粲然一笑，那人的手像烫了似的紧着缩回去。

"下轿，跟我走！"他说。

奶奶端坐不动，脸上的笑容像凝固了一样。

"下轿！"

奶奶欠起身，大大方方地跨过轿杆，站在烂漫的矢车菊里。奶奶右眼看着吃拤饼的人，左眼看着轿夫和吹鼓手。

"往高粱地里走！"劫路人按着腰里用红布包着的家伙说。

奶奶舒适地站着，云中的闪电带着铜音嗡嗡抖动，奶奶脸上粲然的笑容被分裂成无数断断续续的碎片。

劫路人催逼着奶奶往高粱地里走，他的手始终按着腰里的家伙。奶奶用亢奋的眼睛，看着余占鳌。

余占鳌对着劫路人笔直地走过去，他薄薄的嘴唇绷成一条刚毅的直线，两个嘴角一个上翘，一个下垂。

"站住！"劫路人有气无力地喊着，"再走一步我就开枪！"他的手按在腰里用红布包裹着的家伙上。

余占鳌平静地对着吃拤饼的人走，他前进一步，吃拤饼者就缩一点。吃拤饼的人眼里跳出绿火花，一行行雪白的清明汗珠从他脸上惊惶地流出来。当余占鳌离他三步远时，他惭愧地叫了一声，转身就跑，余占鳌飞身上前，对准他的屁股，轻捷地踢了一脚。劫路人的身体贴着杂草梢头，蹭着矢车菊花朵，平行着飞出去，他的手脚在低空中像天真的婴孩一样抓挠着，最后落到高粱棵子里。

"爷们，饶命吧！小人家中有八十岁的老母，不得已才吃这碗饭。"劫路人在余占鳌手下熟练地叫着。余占鳌抓着他的后颈皮，把他提到轿子前，用力摔在路上，对准他吵嚷不休的嘴巴踢了一脚。劫路人一声惨叫，半截吐出口外，半截咽到肚里，血从他鼻子里流出来。

余占鳌弯腰，把劫路人腰里那个家伙拔出来，抖掉红布，露出一个弯弯曲曲的小树疙瘩，众人嗟叹不止。

那人跪在地上，连连磕头求饶。余占鳌说："劫路的都说家里有八十岁的老母。"他退到一边，看着轿夫和吹鼓手，像狗群里的领袖看着群狗。

轿夫吹鼓手们发声喊，一拥而上，围成一个圈圈，对准劫路人，花拳绣腿齐施展。起初还能听到劫路人尖厉的哭叫声，一会儿就听不见了。奶奶站在路边，听着七零八落的打击肉体沉闷声响，对着余占鳌顿眸一瞥，然后仰面看着天边的闪电，脸上凝固着的，仍然是那种粲然的、黄金一般高贵辉煌的笑容。

一个吹鼓手挥动起大喇叭，在劫路者的当头心里猛劈了一下，喇叭的圆刃劈进颅骨里去，费了好大劲才拔出。劫路人肚子里咕噜一声响，痉挛的身体舒展开来，软软地躺在地上。一线红白相间的液体，从那道深刻的裂缝里慢慢地挤出来。

"死了?"吹鼓手提着打瘪了的喇叭说。

"打死了，这东西，这么不经打!"

轿夫吹鼓手们俱神色惨淡，显得惶惶不安。

余占鳌看看死人，又看看活人，一语不发。他从高粱上撕下一把叶子，把轿子里奶奶呕吐出的脏物擦掉，又举起那块树疙瘩看看，把红布往树疙瘩上缠几下，用力摔出，飞行中树疙瘩抢先，红包布落后，像一只赤红的大蝶，落到绿高粱上。

余占鳌把奶奶扶上轿:"上来雨了，快赶!"

奶奶撕下轿帘，塞到轿子角落里，她呼吸着自由的空气，看着余占鳌的宽肩细腰。他离着轿子那么近，奶奶只要一跷脚，就能踢到他青白色的结实头皮。

风利飕有力，高粱前推后拥，一波一波地动。路一侧的高粱把头伸到路当中，向着我奶奶弯腰致敬。轿夫们飞马流星，轿子出奇的平稳，像浪尖上飞快滑动的小船。蛙类们兴奋地鸣叫着，迎接着即将来临的盛夏的暴雨。低垂的天幕，阴沉地注视着银灰色的高粱脸庞，一道压一道的血红闪电在高粱头上裂开，雷声强大，震动耳膜，奶奶心中亢奋，无畏地注视着黑色的风掀起的绿色的浪潮，云声像推磨一样旋转着过来，风向变幻不定，高粱四面摇摆，田野凌乱不堪。最先一批凶狠的雨点打得高粱颤抖，打得野草馨觫，打得道上的细土凝聚成团后又立即迸裂，打得轿顶啪啪响，打在奶奶的绣花鞋上，打在余占鳌的头上，斜射到奶奶的脸上。

余占鳌他们像兔子一样疾跑，还是未能躲过这场午前的雷阵雨。雨打倒了无数的高粱，雨在田野里狂欢，蛤蟆躲在高粱根下，哈达哈达地抖着颔下雪白的皮肤，狐狸蹲在幽暗的洞里，看着从高粱上飞溅而下的细小水珠。道路很快就泥泞不堪，杂草伏地，矢车菊清醒地擎着湿漉漉的头。轿夫们肥大的黑裤子紧贴在肉上，人都变得苗条流畅。余占鳌的头皮被冲刷得光洁明媚，像奶奶眼中的一颗圆月。雨水把奶奶的衣服也打湿了，她本来可以挂上轿帘遮挡雨水，她没有挂，她不想挂。奶奶通过敞亮的轿门，看到了纷乱不安的宏大世界。

六

父亲分拨着高粱，向着西北方向，我们的村庄，飞快地钻。人脚獾沿着高粱垄沟笨拙地逃窜，父亲顾不上理它。父亲上了那条土路，没了高粱的羁绊，跑得像野兔一样快，沉重的勃朗宁手枪把他的红布腰带坠成一牙残月。手枪颠打着他的胯骨，在麻辣的痛楚中，父亲觉得自己成了举刀跃马的男子汉。村庄遥遥在望，村头那棵郁郁青青已逾百年的白果树，严肃地迎接着父亲。父亲把枪拔出，举在手里，边跑，边瞄着在天空中滑来滑去的优雅的鸟影。

街道上空无一人，不知谁家的一条瘸腿瞎眼的毛驴，拴在一堵灰泥剥落的土墙边上，毛驴垂头而立，一动不动。露天的石碾上，落着两只深蓝的乌鸦。村里的人，都集中在我家烧酒作坊前一个土场上。这场上曾经铺红叠丹，堆满了我家收购的红高粱。那时候奶奶常常手持白尾拂尘，姗姗移动着小脚，看着我家醉醺醺的伙计，用木斗收购高粱，奶奶的脸上染着灿烂的朝霞。场上的人都面向东南方，听着随时可能传来的枪响。一些和我父亲年龄相仿的顽童，虽然手脚发痒，但也不敢打闹。

父亲和去年用杀猪刀把罗汉大爷零割活剥了的孙五从两个方向跑到场内。孙五干了那事后，就精神错乱，手舞足蹈，眼睛笔直，腮上肉跳，胡言乱语，口吐白沫，扑地跪倒，喊着："大哥大哥大哥，太君让我干，我不敢不干……你死后升了天，骑白马，佩雕鞍，穿蟒袍，坠金鞭……"村里人见他这样，也就把恨他的心淡了。孙五疯了几个月，又添了新症候：他在一阵喊叫之后，突然口眼㖞斜，鼻涕口水淋淋漓漓，话也说不清了。村里人说这是上天报应。

父亲手提勃朗宁，气喘吁吁，一头皮高粱上的白粉红尘。孙五衣衫成缕，大肚子上布满皱纹，左腿棒硬，右腿软弱，蹒跚进场子，没人理他。人们都看我英气勃勃的父亲。

奶奶走到父亲面前。奶奶刚过三十岁，扎着盘头髻，刘海五绺，像稀疏的珠帘遮着光洁的额头。奶奶的眼睛里永远秋水汪汪，有人说是被高粱酒醮的。十五年风雨狂心魂激荡，我奶奶由黄花姑娘变成了风流少妇。

奶奶问："怎么啦？"

父亲呼呼喘着气，把勃朗宁手枪插进腰带。

"鬼子没来！"奶奶问。

父亲说："冷支队，狗娘养的，我们饶不了他！"

"怎么回事？"奶奶问。

父亲说："擀抹饼。"

"没听到打呀！"奶奶说。

父亲说："擀抹饼，多卷鸡蛋大葱。"

奶奶问："鬼子没有来？"

"余司令让擀抹饼，要你亲自送去！"

奶奶说："乡亲们，回去凑面抹饼吧。"

父亲转身要跑，被奶奶伸手拉住，奶奶说："豆官，告诉娘，冷支队是怎么回事？"

父亲挣开奶奶的手，气汹汹地说："冷支队没见影，余司令饶不了他们。"

父亲跑了。奶奶追着父亲瘦小的背影，叹了一口气。空阔的场上，孙五歪立着，僵着眼望着奶奶，他的手比画着，口水吐噜吐噜地在嘴上流。

奶奶不理孙五，向倚在墙边上的一个长脸姑娘走去。长脸姑娘对着奶奶吃吃地笑。奶奶走到她眼前时，她忽然蹲下身，双手紧紧地捂住裤腰，尖声哭起来。她的两只深潭般的眼睛里，跳出疯傻的火星。奶奶摸着她的脸说："玲子，好孩子，别怕。"

十七岁的玲子姑娘，当时是我们村第一号美女。余司令初挑大旗招兵买马，聚起了一支五十多人的队伍，队伍里有一个穿一身黑制服，穿一双白皮鞋，面色苍白，留着乌黑长发的瘦削青年。据说玲子爱上了这个青年。他操着一口漂亮的京腔，从来不笑，眉毛日日紧蹙，双眉之间有三条竖纹，人们都叫他任副官。玲子觉得任副官冷俏的外壳里，有一股逼人的灼热，烧燎得她坐立不安。那时候余司令的队伍每天上午都在我家收购高粱的空场上练习步伐。吹大喇叭的吹鼓手刘四山是余司令队伍里的号兵，大喇叭权充军号。每次训练前，刘四山就吹喇叭集合队伍。玲子一听到喇叭响，就从家里风快地跑出来，跑到土场边，趴到土墙上，等着看任副官。任副官是训练教官，他腰扎牛皮宽腰带，皮带上挂着一支勃朗宁手枪。

任副官挺胸凹腹，走到队伍前，喊一声立正，那两行人的脚跟就使劲碰在一起。

任副官说："立正时，要双腿绷直，肚子回收，胸脯挺出，眼睛睁圆，像豹子吃人一样。"

"看你这个屌样！"任副官踢了王文义一脚，说，"看你劈腿拉胯，好像骡马撒尿，揍你都揍不上个劲。"

玲子喜欢看任副官打人，喜欢听任副官骂人。任副官潇洒的神态令她如痴似醉。任副官没事时，常在我家的空场上背着手散步，玲子躲在墙后偷偷看他。

任副官问："你叫什么名字？"

"玲子。"

"你躲在墙后看什么？"

"看你哩。"

"你识字吗？"

"不识。"

"你想当兵吗？"

"不想。"

"噢，不想。"

玲子后来感到后悔，她对我父亲说，要是任副官再问她，她就说想当兵。但任副官没有再问。

玲子和我父亲他们趴在墙头上，看着任副官在空场上教唱革命歌曲，父亲身矮，脚下垫了三块土坯才能看到墙里的情景。玲子把秀挺的下巴支在土墙上，紧盯着沐着朝霞的任副官。任副官教着队伍唱：高粱红了，高粱红了，东洋鬼子来了，东洋鬼子来了。国破了，家亡了，同胞们快起来，拿起刀拿起枪，打鬼子保家乡……

队伍里的人拙嘴笨舌，总学不出正调。趴在墙外的孩子们，把这首歌儿学得滚瓜溜熟。我父亲生前，还牢牢记着这首歌的曲词。

玲子姑娘有一天大着胆子去找任副官，误入了军需股长的房子。军需股长是余司令的亲叔余大牙，四十多岁，嗜酒如命，贪财好色，那天他喝了个八成醉，玲子闯进去，正如飞蛾投火，正如羊入虎穴。

任副官命令几个队员，把糟蹋玲子姑娘的余大牙捆了起来。

那时，余司令落宿在我家，任副官去向他报告时，余司令正在我奶奶炕上睡觉。奶奶已梳洗停当，正准备烧几条柳叶鱼下酒，任副官怒冲冲闯进来，吓了奶奶一大跳。

任副官问奶奶："司令呢？"

"在炕上睡觉哩！"奶奶说。

"叫他起来。"

奶奶叫起余司令。

余司令睡眼惺忪地走出来，伸一个懒腰，打一个哈欠，说："有什么事？"

"司令，要是日本人奸淫我姐妹，当不当杀？"任副官问。

"杀！"余司令回答。

"司令，要是中国人奸淫自己姐妹，该不该杀？"

"杀！"

"好，司令，就等着你这句话。"任副官说，"余大牙奸污了民女曹玲子，我已经让弟兄们把他捆起来了。"

"有这种事？"余司令说。

"司令，什么时候执行枪决？"

余司令打了一个嗝，说："睡个女人，也算不了大事。"

"司令，王子犯法，一律同罪！"

"你说该治他个什么罪？"余司令阴沉沉地问。

"枪毙！"任副官毫不犹豫地说。

余司令哼了一声，焦躁地踱着脚，满脸怒气。后来，他脸上又漾出笑容，说："任副官，当众打他五十马鞭，给玲子家二十块大洋，怎么样？"

任副官刻薄地说："就因为他是你亲叔叔？"

"打他八十马鞭，罚他娶了玲子，老子也认个小婶婶！"

任副官解下腰带，连同勃朗宁手枪，摔到余司令怀里。任副官拱手一揖，道一声："司令，两便了！"便大踏步走出我家院子。

余司令提着枪，看着任副官的背影，咬牙切齿地说："滚你娘的，一个学生娃娃，也想管辖老子！老子吃了十年拤饼，还没有人敢如此张狂。"

奶奶说："占鳌，不能让任副官走，千军易得，一将难求。"

"妇道人家懂得什么！"余司令心烦意乱地说。

"原以为你是条好汉，想不到也是个窝囊废！"奶奶说。

余司令拉开手枪，说："你是不是活够了？"

奶奶一把撕开胸衣，露出粉团一样的胸脯，说："开枪吧！"

父亲高叫一声娘，扑到我奶奶胸前。

余占鳌看着我父亲的端正头颅，看着我奶奶的花容月貌，不知有多少往事涌上心头。他叹一口气，收起了枪，说："弄好你的衣裳！"便手提马鞭，走到院里，从拴马桩上解下他那匹精致的小黄马，不及备鞍，骑到了训练场。

队员们懒散地倚在墙上，见到余司令来了，便立正站好，没有一个人吭气。

余大牙被绑住双臂，拴在一棵树上。

余司令跳下马，走到余大牙面前，说："你真干啦？"

余大牙说："鳌子，给老子松绑，老子不在你这儿干啦！"

队员们瞪着大小不一的眼，看着余司令。

余司令说："叔，我要枪毙你。"

余大牙吼叫着："杂种，你敢毙你亲叔？想想叔叔待你的恩情，你爹死得早，是叔叔挣钱养活你娘俩，要是没有我，你小子早就喂了狗啦！"

余司令扬手一鞭，打在余大牙脸上，骂一声："混账！"借着便双膝跪地，说："叔，占鳌永远不忘您的养育之恩，你死之后，我给你披麻戴孝，逢年过节，我给你祭扫坟墓。"

余司令翻身跳上马背，在马腔上打了一鞭，向着任副官走去的方向，飞马追去，嘚嘚嗒嗒的马蹄声，把一个世界都震动了。

枪毙余大牙时，父亲在场观看。余大牙被哑巴和两个队员押到村西头，刑场选在一个积着一汪汪乌黑臭水，滋生着大量蚊虻蛆虫的半月形湾子边。湾崖上孤零零地站着一棵叶子焦黄的小柳树。湾子里扑扑通通地跳着蛤蟆，一堆乱头发渣子边上，躺着一只女人的破鞋。

两个队员把余大牙架到湾崖上，松开手，看着哑巴。哑巴从肩上抢下步枪，拉动枪栓，子弹清脆地上了膛。

余大牙转过身，面对着哑巴，笑了笑。父亲发现他的笑容慈祥善良，像一轮惨淡的夕阳。

"哑巴兄弟，给我松了绑，我不能带着绳子死！"

哑巴想了想，提枪上前，从腰里拔出刺刀，噌噌噌三五下，把细麻绳挑断。余大牙舒展着胳膊，回转身，大喊："打吧，哑兄弟，打准穴位，别让我受罪！"

父亲认为人在临死前的一瞬间，都会使人肃然起惊。余大牙毕竟是我们高密东北乡的种子，他犯了大罪，死有余辜，但临死前却表现出了应有的英雄气概，父亲被他感动得脚底生热，恨不得腾跳。

余大牙面向臭水湾子，望着在他脚下的水汪汪里，野生着一枝绿荷，一枝瘦小洁白的野荷花，又望着湾子对面光芒四射的高粱，吐口高唱："高粱红了，高粱红了，东洋鬼子来了，东洋鬼子来了，国破了，家亡了……"

哑巴的枪举起放下，放下举起。

两个队员说："哑巴，向司令说说情，饶了他吧！"

哑巴扶着枪，听着余大牙把那首歌子杂乱无章地唱。

余大牙回转身，怒目圆睁，大叫："开枪呀，兄弟！难道还要我自己崩了自己吗？"

哑巴托起枪，瞄了瞄余大牙瓦块般的额头，勾动了扳机。

父亲看到余大牙的额头像碎瓦片一样迸裂了，紧跟眼见的情景耳朵听到沉闷的枪声。哑巴在枪声中低下头，一缕雪白的硝烟，从枪筒里吐出来。余大牙的身体静止了两眨眼的工夫，就像一节木头，疾速地跌到湾子里。

哑巴拖枪便走，两个队员尾随着。

父亲和一群孩子们，胆战心惊地涌到湾子边，居高临下地看着仰面朝天躺在湾子里的余大牙。他的脸上只剩下一张完好无缺的嘴，脑盖飞了，脑浆糊满双耳，一只眼球被震到眶外，像粒大葡萄，挂在耳朵旁。他的身体落下时，把松软的淤泥砸得四溅，那株瘦弱的白荷花断了茎，牵着几缕白丝丝，摆在他的手边。父亲闻到了荷花的幽香。

后来，任副官搞来了一口黄缎子挂里、外刷了铜钱厚清油的柏木棺材，把余大牙盛装厚葬，坟墓建在湾子边那棵小柳树下。出殡那天，任副官黑衣挺括，毛发灿烂。他的左臂上缠了一块红绸子。余司令披麻戴孝，大声号哭。一出村头，他用力把一个新瓦盆摔在砖头上。

那天，奶奶给我父亲缠了一道白孝布——奶奶自己也是披麻戴孝，父亲手持一根新鲜的柳木棍子，跟在余司令和奶奶后边走。父亲亲眼见到瓦盆的碎片从砖头上迸起的情景，接着想起余大牙的脑壳也像瓦片一样迸裂的情景。父亲隐隐约约地预感到这两件极端相似的破碎之间有一种内在的必然性联系。这件事情与那件事情碰到一起，还会出现第三个情景。

父亲一个眼泪也没掉，冷眼观察着送葬的人。送葬队伍在柳树下围成一个圆圈站定时，那口沉重的棺木，由十六个精壮的小伙子，扯着八根一把粗的麻辫子的两头，轻轻地送下深深的墓穴。余司令抓起一把土，冷酷地打在锃亮的棺盖上，砰然一响，人心动摇。几个持锹的人，扎起大块的黑土，填到墓穴里，棺材愤怒地叫着，渐渐隐没在黑土之中。黑土上长，填平了墓穴，隆出了地面，凸成一个馒头状的大丘。余司令掏出枪来，对着柳树上面的天，连放三响。子弹鱼贯着穿过树冠，冲掉几片细眉般的黄叶，在空中旋转着飞。三颗亮晶晶的弹壳，弹到腐臭的湾子里，一个男孩子跳下湾子，扑扑哧哧地踩着绿色的淤泥，把弹壳捡走了。任副官掏出勃朗宁手枪，断断续续地放了三枪。勃朗宁子弹出膛，打着鸡鸣般的呼哨，冲向高粱上空。余司令与任副官各提着冒烟的手枪，四目对视。任副官点点头，说："是大英雄自风流！"然后就插枪进腰，大步往村里走去。

父亲发现余司令提着枪的手臂缓缓地举起来，枪口追踪着任副官的背影。送葬的人惊讶万分，但无人敢吱声。任副官全无知觉，昂首阔步，有条不紊，迎着齿轮般旋转的太阳，向着村子走。父亲看到手枪在余司令手里抖了一下。父亲几乎没有听到这一声枪响，它是那么微弱，那么遥远。父亲看到这粒子弹在低空悠闲地飞翔，贴着任副官乌黑的头发滑过去。任副官头也不回，保持着均匀协调的步子继续前行。父亲听到从任副官那儿，传来噘唇吹出的口哨声，曲调十分熟悉，是"高粱红了，高粱红了！"我父亲热泪盈了眶。任副官越走越远，身影愈高大。余司令又开了一枪。这一枪惊天动地，子弹的飞行与枪声的飞行同时被我父亲感知。子弹打在一棵高粱颈上，高粱落地。在高粱穗子落地的缓慢行程中，又一颗子弹把它打碎。父亲恍惚觉得，任副官弯腰从路边揪了一朵金黄色的苦菜花，放在鼻下久久地嗅着。

父亲对我说过，任副官八成是个共产党，除了共产党里，很难找这样的纯种好汉。只可惜任副官英雄命短，他在昂首阔步，走出了大英雄八面威风之后三个月，竟在擦洗那支勃朗宁手枪时，自己走火把自己打死。枪弹从右眼进去，从右耳出来，他的半边脸上沾满了钢蓝色的粉末，右耳流出了三五滴黑血，人们听到枪声扑进去，他已经歪倒在地死了。

余司令捡起任副官那支勃朗宁手枪，良久不语。

七

奶奶挑着一担拤饼，王文义的妻子挑着两桶绿豆汤，匆匆地往墨水河大桥赶。她们本来想斜穿高粱地，直插东南方向，但走进高粱地后，才发现挑着担子寸步难行。奶奶说："嫂子，走直路吧，慢就是快。"

奶奶和王文义的妻子，像两只飞翔的大鸟，在非常空虚的大气里，极端充实地移动。奶奶换上了一件深红上衣，头上的黑发用梳头油抹得乌亮。王文义的妻子精悍短小，手脚利索。余司令招兵买马时，她把王文义送到我家，让奶奶帮着说情，留下王文义当游击队员。奶奶一口答应。余司令碍着奶奶的情面，就收留了王文义。余司令问王文义："你怕死不怕?"王文义说:"怕。"他妻子说:"司令,他说怕就是不怕,日本飞机把俺的三个儿子全炸成了碎块。"王文义天生不是当兵的料,他反应迟钝,不分左右,在操场练习步伐时,不知道挨了任副官多少搂。他妻子帮他出了个主意,让他在右手里握着一节高粱秆,听到向右转的口令时,就往握着高粱秆的手这边转。王文义当兵后没武器,奶奶把我们家那支鸟枪给他。

她们走上弯弯曲曲的墨水河堤,顾不上看堤坡上盛开着的黄花和堤外密密匝匝的血红高粱,一个劲地往东赶。王文义妻子受惯了苦,奶奶享惯了福。奶奶汗水淋淋,王文义妻子一滴汗珠也不出。

父亲早就跑回桥头。父亲向余司令报告,说拃饼一会就到,余司令满意地在他头上打了一巴掌。队员们多半躺在高粱地里,对着太阳晒鼻孔。父亲闲得发闷,便转到路西边高粱地里,去看哑巴他们在干什么。哑巴精心地磨着腰刀,父亲手按着腰里的勃朗宁,站在哑巴跟前,脸上挂着胜利者的笑容。看到我父亲,哑巴龇牙一笑。有一个队员睡着了,打着很响的呼噜。没睡觉的人也无精打采地躺着,无人和父亲讲话。父亲又跳到公路上来,公路黄中透出白来,疲惫不堪。那四盘横断了道路的连环耙,尖锐的齿尖朝着天,父亲想它们也一定等得不耐烦了。石桥伏在水面上,像一个大病初愈的病人。后来父亲就到河堤上坐着了。他看一会东,看一会西,看一会河中流水,看一会野鸭子。河里的景色很美,每一棵水草都活着,每一朵小小的浪花里,都隐藏着秘密。父亲看到了几堆被特别茂密的水草包围着的不知是骡子还是马的白骨。父亲又想起我家那两头大黑骡子了。春天时,田野里奔驰着成群的野兔子,奶奶骑着骡子,手持猎枪追逐野兔,父亲坐在骡子上,搂着奶奶的腰。骡子把野兔惊起,奶奶开枪把野兔打倒。回家时,骡子的脖子上,总是挂着一串野兔子。奶奶的后槽牙缝里,夹着一粒高粱米粒大的铁砂子,那是吃野兔肉时塞进去的,怎么抠也抠不出来。父亲又看到了堤上的蚂蚁。一队暗红色的蚂蚁,匆匆搬运着泥土。父亲在蚂蚁中放了一块土坷垃,被阻的蚂蚁不绕道,奋力登攀。父亲把坷垃拿起,投到河里去,河水被坷垃打破,河水却不响。日头正晌了,河里泛起热烘烘的腥气,到处都闪烁光亮,到处都滋滋地响。父亲觉得,天地之间弥漫着高粱的红色粉末,弥漫着高粱酒的香气。父亲一仰身子躺在堤上,就在这一瞬间，他心里一阵猛跳，后来他才明白，原来一切等待都会有结果的，这结果出现时，是那么普通平常，随便自然。父亲发现，被红高粱夹峙的公路上，有四个深绿色的甲虫状的怪物，无声无息地爬过来了。

"汽车。"我父亲含含糊糊地说了一句，没有人理他。

"鬼子的汽车！"我父亲跳起来，怔怔地望着那些像流星一样射过来的汽车。汽车的尾部拖着一条长长的焦黄的尾巴，车头上噼噼啪啪地晃动着白炽的光芒。

"汽车来啦！"父亲的话像一把刀，仿佛把所有的人斩了似的，高粱地里笼罩着痴呆呆的平静。

余司令高兴地吼一声："小舅子们，到底来了，弟兄们，准备好，我说开火就开火。"

路西边，哑巴拍着屁股跳高。几十个队员，都哈着腰，提着武器，趴到河堤漫坡上。

已经听到了汽车嗡嗡的吼叫声。父亲伏在余司令身边，擎着沉重的勃朗宁手枪，手腕灼热酸麻，手掌汗水黏湿，手虎口那儿有一块肉突然跳了一下，接着便突突地乱跳起来。父亲惊讶地看着那块杏核大的皮肉有节奏地跳动，好像里边藏着一只破壳欲出的小鸟。父亲不想让它跳，却因了用力，连动得整条胳膊都哆嗦起来。余司令在他背上按了一下，那块肉跳动猛停，父亲把勃朗宁手枪换到左手，右手五指痉挛，半天伸不直。

汽车飞快地驶近，增大，车头前那两只马蹄大的眼睛射出一道道白光，轰轰的马达声像急雨前的风响，带着一种陌生的、压迫人心的激动。父亲是平生第一次看到汽车，父亲猜想着这种怪物是吃草还是吃料，是喝水还是喝血，它们比我家那两头年轻力壮的细腿骡子跑得还要快。月亮般的车轮飞速旋转，黄尘飞腾。渐渐看到车上的东西了，临近石桥时，汽车慢慢减速，黄烟从车后漫过车头，朦胧地遮掩着第一辆车上二十几个穿杏黄色衣服、头上扣着乌亮铁帽子的人，父亲后来知道了铁帽子名叫钢盔。——一九五八年大炼钢铁时，我们家的铁锅被征收走了，我哥哥从钢铁堆里偷回一个钢盔，吊在炭火上烧水做饭。父亲凝视着在烟火中变换颜色的钢盔，绿色的眼睛里，流露出伏枥老马的悲壮神色。中间两辆汽车上，装着小山一样高的雪白口袋，最后一辆汽车上，跟第一辆车一样，站着二十几个头戴钢盔的日本兵。

汽车逼近河堤，缓缓转动的轮子显得高大笨重，方方正正的汽车头，在父亲看来，像一个硕大无比的蚂蚱头。黄尘慢慢淡薄，汽车尾部，一屁一屁打出深蓝色的烟雾。

父亲把头使劲缩着，一种从未有过的冰冷从脚底上升到腹部，在腹部集合成团，产生强大压力，父亲感到尿急，尿水激得鸡头乱点，他用力扭动着臀部，来克制即将洒出的水。余司令严厉地说："兔崽子，别动！"

父亲万般无奈，叫了一句干爹，请求下去撒尿。

父亲得到余司令的允许，退到高粱地里，费劲撒出一泡红高粱颜色、烧灼得鸡头热辣辣发痛的尿。这时他感到轻松多了。他无意中看了一眼队员的脸色，都如庙中塑像一般狰狞可怖。王文义舌头吐出，目光好似蜥蜴，呆板不转。

汽车像警觉的大兽，屏住呼吸往前爬，父亲闻到了它们身上那股香喷喷的味道。这时，汗透红罗衫的我奶奶和气喘吁吁的王文义妻子出现在蜿蜒的墨水河堤上。

我奶奶挑着一担拤饼，王文义妻子挑着一担绿豆汤，轻松地望见了墨水河中凄惨的大石桥。奶奶欣慰地对王文义妻子说："嫂子，总算挨到了。"奶奶出嫁之后，一直养尊处优，这一担沉重的拤饼，把她柔嫩的肩膀压出了一道深深紫印，这紫印伴随着她离开了人世，升到了天国，这道紫印，是我奶奶英勇抗日的光荣的标志。

还是我的父亲最先发现我的奶奶，父亲靠着某种神秘力量的启示，在大家都目不转睛地盯着缓缓逼近的汽车时，他往西一歪头，看到奶奶像鲜红的大蝴蝶一样款款地飞过来。父亲高叫一声："娘——"

父亲的叫声，像下达了一道命令，从日本人的汽车上，射出了一阵密集的子弹。日本人的三顶歪把子机枪架在汽车顶上。枪声沉闷，像雨夜中阴沉的狗叫。父亲眼见着我奶奶胸膛上的衣服啪啪裂开两个洞。奶奶欢快地叫了一声，就一头栽倒，扁担落地，压在她的背上。两笸斗拤饼，一笸斗滚到堤南，一笸斗滚到堤北。那些雪白的大饼，葱绿的大葱，揉碎的鸡蛋，散在绿草茵茵的草坡上。奶奶倒地后，王文义妻子那颗长方形的头颅上，迸出了红黄相间的液体，溅得好远好远，溅到了堤下的高粱上。父亲看到这个小个子女人中弹之后，后退一步，身体一仄，歪在了堤南边，又滚到河床上。她挑来的那担绿豆汤，一桶倾倒，另一桶也倾倒，汤汁淋漓，如同英雄血。铁桶中的一只，跌跌撞撞跳进河，在乌黑的河水中，慢慢地向前漂着，从哑巴的面前漂过，在石桥墩上碰撞几下，钻过桥洞，又从余司令从我父亲从王文义从方六方七兄弟面前漂过。

"娘——"我父亲撕肝裂胆地高叫一声，身体弹到堤上。余司令扯了一把我父亲，没扯住。余司令吼一声："回来！"我父亲没听见余司令的命令，他什么也听不到。父亲瘦小孱弱的身体跑在狭窄的河堤上，父亲身上阳光斑斓，他在弹上堤的同时，就扔掉了手枪，手枪落在一棵叶子折断的金苦色菜花上。父亲张着两只手，像飞腾的小鸟，向奶奶扑去。河堤上安静，落尘有声，河水只亮不流，堤外的高粱安详庄重。父亲瘦弱的身体在河堤上跑着，父亲高大雄伟漂亮，父亲高叫着："娘——娘——娘——"这一声声"娘"里渗透了人间的血泪，骨肉的深情，崇高的缘由。父亲跑完东边的河堤，跳过连环的铁耙，攀上西边的河堤。堤下，哑巴们化石般的面孔从父亲身边擦过。父亲扑到奶奶身上，又叫一声娘。奶奶平卧堤上，脸贴着堤边的野草。奶奶背上，有两个翻边的弹洞，一股新鲜的高粱酒的味道，从那洞里涌出来。父亲扳着奶奶的肩头，把奶奶翻过来。奶奶脸上没有受伤，面容整肃，头发纹丝不乱，五绺刘海下，两条眉梢儿下垂，奶奶半睁着眼，苍翠的脸上双唇鲜红。父亲抓住奶奶温暖的手，又叫一声娘。奶奶睁开眼，满脸绽开天真的笑容。奶奶又伸出一只手，交给父亲。

鬼子汽车停在桥头，马达高一阵低一阵轰鸣着。

一个高大的人影在河堤上一闪，我父亲和我奶奶被拉下河堤，是哑巴干得好事。父亲未及思想，又一阵狂风般的子弹，把他们头上的无数棵高粱，打断了，打碎了。

四辆汽车紧挨着，在桥外不动，第一辆车上和最后一辆车上，八挺歪把子机枪，射出的子弹，织成一束束干硬的光带，交叉出一个破碎的扇面，又交叉成一个破碎的扇面，时而在路东，时而在路西，高粱齐声哀鸣，高粱的残破肢体成直线下落成弧线飞升，钻到堤上的子弹，激起一泡泡黄烟，发出一串串噗噗声。

堤漫坡上的队员们身体紧贴着野草和黑土，一动不动。机枪扫射持续了三分钟，突然停止，汽车周围布满了金灿灿的弹壳。

余司令压低声音说："不许开枪！"

鬼子沉默着。河面上一缕缕淡薄的硝烟，随着轻俏的小风向东飘去。

父亲告诉我，在这片刻的宁静里，王文义摇摇晃晃地走上河堤，他站在河堤上，手提长苗子鸟枪，目瞪口呆，痛苦万分，高叫一声："孩子他娘！"不及挪步，就被几十颗子弹把腹部打成了一个月亮般透明的大窟窿。那些沾带着肠子的子弹从余司令头上淅淅沥沥地飞过去。

王文义一头栽下河堤，也滚到了河床上，与他的妻子隔桥相望，他的心脏还在跳，他的头完整无缺，他感到一种异常清晰的透彻感涌上心头。

父亲告诉过我，王文义的妻子生了三个阶梯式的儿子。这三个儿子被高粱米饭催得肥头大耳，生动茂盛。有一天，王文义和妻子下地锄高粱，三个孩子在院里玩耍，一架双翅日本飞机，嗡嗡怪叫着，从村子上空飞过。飞机下了一蛋，落在王文义家院子里，把三个孩子炸得零零碎碎，弃置房脊，挂胃树梢，涂之墙壁……余司令一树起抗日旗，王文义就被妻子送去……

余司令咬牙瞪眼，恨恨地瞅着半个头颅扎进河水的王文义，又低吼一声："不要动！"

八

飞霞的高粱米粒在奶奶脸上弹跳着，有一粒竟蹦到她微微翕开的双唇间，搁在她清白的牙齿上。父亲看着奶奶红晕渐褪的双唇，哽咽一声娘，双泪落胸前。在高粱织成的珍珠雨里，奶奶睁开了眼，奶奶的眼睛里射出珍珠般的虹彩。她说："孩子……你爹呢……"父亲说："他在打仗，我爹。""他就是你的亲爹……"奶奶说。父亲点了点头。

奶奶挣扎着要坐起来，她的身体一动，那两股血就汹涌地蹿出来。

"娘，我去叫他来。"父亲说。

奶奶摇摇手，突然折坐起来，说："豆官……我的儿……扶着娘……

咱回家、回家啦……"

父亲跪下，让奶奶的胳膊揽住自己的脖颈，然后用力站起，把奶奶也带了起来。奶奶胸前的血很快就把父亲的头颈弄湿了，父亲从奶奶的鲜血里，依然闻到一股浓烈的高粱酒味。奶奶沉重的身躯，倚在父亲身上，父亲双腿打战，趔趔趄趄，向着高粱深处走，子弹在他们头上屠戮着高粱。父亲分拨着密密匝匝的高粱秸子，一步一步地挪，汗水泪水掺和着奶奶的鲜血，把父亲的脸弄得残缺不全。父亲感到奶奶的身体越来越沉重，高粱秸子毫不留情地绊着他，高粱叶子毫不留情地锯着他，他倒在地上，身上压着沉重的奶奶。父亲从奶奶身下钻出来，把奶奶摆平，奶奶仰着脸，呼出一口长气，对着父亲微微一笑，这一笑神秘莫测，这一笑像烙铁一样，在父亲的记忆里，烫出一个马蹄状的烙印。

奶奶躺着，胸脯上的灼烧感逐渐减弱。她恍然觉得儿子解开了自己的衣服，儿子用手捂住她乳房上的一个枪眼，又捂住她乳下的一个枪眼。奶奶的血把父亲的手染红了，又染绿了；奶奶洁白的胸脯被自己的血染绿了，又染红了。枪弹射穿了奶奶高贵的乳房，暴露出了淡红色的蜂窝状组织。父亲看着奶奶的乳房，万分痛苦。父亲捂不住奶奶伤口的流血，眼见着随着鲜血的流失，奶奶脸愈来愈苍白，奶奶的身体愈来愈轻飘，好像随时都会升空飞走。

奶奶幸福地看着在高粱阴影下，她与余司令共同创造出来的、我父亲那张精致的脸，逝去岁月里那些生动的生活画面，像奔驰的走马掠过了她的眼前。

奶奶想起那一年，在倾盆大雨中，像坐船一样乘着轿，进了单廷秀家住的村庄，街上流水洗洗，水面上漂浮着一层高粱的米壳。花轿抬到单家大门时，出来迎亲的只有一个梳着豆角辫的干老头子。大雨停后，还有一些零星落雨打在地面上的水汪汪里。尽管吹鼓手也吹着曲子，但没有一个人来看热闹，奶奶知道大事不妙。扶我奶奶拜天地的是两个男人，一个五十多岁，一个四十多岁。五十多岁的就是刘罗汉大爷，四十多岁的是烧酒锅上的一个伙计。

轿夫、吹鼓手们落汤鸡般站在水里，面色严肃地看着两个枯干男子把一抹酥红的我奶奶架到了幽暗的堂房里。奶奶闻到两个男人身上那股强烈的烧酒气息，好像他们整个人都在酒里浸泡过。

奶奶在拜堂时，还是蒙上了那块臭气熏天的盖头布。在蜡烛燃烧的腥气中，奶奶接住一根柔软的绸布，被一个人牵着走。这段路程漆黑憋闷，充满了恐怖。奶奶被送到炕上坐着。始终没人来揭罩头红布，奶奶自己揭了。她看到在炕下方凳上蜷曲着一个面孔痉挛的男人。那个男人生着一个扁扁的长头，下眼睑烂得通红。他站起来，对着奶奶伸出一支鸡爪状的手，奶奶大叫一声，从怀里摸一把剪刀，立在炕上，怒目逼视着那男人。男人又萎萎缩缩地坐到凳子上。这一夜，奶奶始终未放下手中的剪刀，那个扁头男人也始终未离开方凳。

第二天一早，趁着那男人睡着，奶奶溜下炕，跑出房门，开开大门，刚要飞跑，就被一把拉住。那个梳豆角辫的干瘦老头子抓住她的手腕，恶狠狠地看着她。

单廷秀干咳了两声，收起恶容换笑容，说："孩子，你嫁过来，就像我的亲女儿一样，扁郎不是那病，你别听人家胡说。咱家大业大，扁郎老实，你来了，这个家就由你当了。"单廷秀把一大串黄铜钥匙递给奶奶，奶奶未接。

第二夜，奶奶手持剪刀，坐到天明。

第三天上午，我曾外祖父牵着一匹小毛驴，来接我奶奶回门，新婚三日接闺女，是高密东北乡的风俗。曾外祖父与单廷秀一直喝到太阳过晌，才动身回家。

奶奶偏坐毛驴，驴背上搭着一条薄被子，晃晃荡荡出了村。大雨过后三天，路面依然潮湿，高粱地里白色蒸汽腾腾升集，绿高粱被白汽缭绕，俱有了仙风道骨。曾外祖父褡裢里银钱叮当，人喝得东倒西歪，目光迷离。小毛驴蹙着长额，慢吞吞地走，细小的蹄印清晰地印在潮湿的路上。奶奶坐在驴上，一阵阵头晕眼花，她眼皮红肿，头发凌乱，三天中又长高了一节的高粱，嘲弄地注视着我奶奶。

奶奶说："爹呀，我不回他家啦，我死也不去他家啦……"

曾外祖父说："闺女，你好大的福气啊，你公公要送我一头大黑骡子，我把毛驴卖了去……"

毛驴伸出方方正正的头，啃了一口路边沾满细小泥点的绿草。

奶奶哭着说："爹呀，他是个麻风……"

曾外祖父说："你公公要给咱家一头骡子……"

曾外祖父已醉得不成人样，他不断地把一口口的酒肉呕吐到路边草丛里。污秽的脏物引逗得奶奶翻肠搅肚。奶奶对他满心仇恨。

毛驴走到蛤蟆坑，一股扎鼻的恶臭，刺激得毛驴都垂下耳朵。奶奶看到了那个劫路人的尸体。他的肚子鼓起老高，一层翠绿的苍蝇，盖住了他的肉皮。毛驴驮着奶奶，从腐尸跟前跑过，苍蝇愤怒地飞起，像一团绿云。曾外祖父跟着毛驴，身体似乎比道路还宽，他忽而擦动左边高粱，忽而踩倒右边野草。在倒尸面前，曾外祖父嘀嘀连声，嘴唇哆嗦着说："穷鬼……你这个穷鬼……你躺在这里睡着了吗……"奶奶一直不能忘记劫路人南瓜般的面孔，在苍蝇惊起的一瞬间，死劫路人雍容华贵的表情与活劫路人凶狠胆怯的表情形成鲜明的对照。走了一里又一里，白日斜射，青天如涧，曾外祖父被毛驴摔在后面，毛驴认识路径，驮着奶奶，徜徉前行。道路拐了个小弯，毛驴走到弯上，奶奶身体后仰，脱离驴背，一只有力的胳膊挟着她，向高粱深处走去。

奶奶无力挣扎，也不愿挣扎，三天新生活，如同一场大梦惊破，有人在一分钟内成了伟大领袖，奶奶在三天中参透了人生禅机。她甚至抬起一只胳膊，揽住了那人的脖子，以便他抱得更轻松一些。高粱叶子嚓嚓响着。路上传来曾外祖父嘶哑的叫声："闺女，你去哪儿啦？"

石桥附近传来大喇叭凄厉的长鸣和机枪分不清点儿的射击声。奶奶的血还在随着她的呼吸，一线一线往外流。父亲叫着："娘啊，你的血别往外流啦，流完了血你就要死啦。"父亲从高粱根下抓起黑土，堵在奶奶的伤口上，血很快洇出，父亲又抓上一把。奶奶欣慰地微笑着，看着湛蓝的、深不可测的天空，看着宽容温暖的、慈母般的高粱。奶奶的脑海里，出现了一条绿油油的缀满小白花的小路，在这条小路上，奶奶骑着小毛驴，悠闲地行走，高粱深处，那个伟岸坚硬的男子，顿喉高歌，声越高粱。奶奶循声而去，脚踩高粱梢头，像腾着一片绿云……

那人把奶奶放到地上，奶奶软得像面条一样，眯着羊羔般的眼睛。那人撕掉蒙面黑布，显出了真像。是他！奶奶暗呼苍天，一阵类似幸福的强烈震颤冲激得奶奶热泪盈眶。

余占鳌把大蓑衣脱下来，用脚踩断了数十棵高粱，在高粱的尸体上铺上了蓑衣。他把我奶奶抱到蓑衣上。奶奶神魂出舍，望着他脱裸的胸膛，仿佛看到强劲剽悍的血液在他黝黑的皮肤下川流不息。高粱梢头，薄气袅袅，四面八方响着高粱生长的声音。风平，浪静，一道道炽目的潮湿阳光，在高粱缝隙里交叉扫射。奶奶心头撞鹿，潜藏了十六年的情欲，迸然炸裂。奶奶在蓑衣上扭动着。余占鳌一截截地矮，双膝啪嗒落下，他跪在奶奶身边，奶奶浑身发抖，一团黄色的、浓香的火苗，在她面上哗哗剥剥地燃烧。余占鳌粗鲁地撕开我奶奶的胸衣，让直泻下来的光束照耀着奶奶寒冷紧张、密密麻麻起了一层小白疙瘩的双乳上。在他的刚劲动作下，尖刻锐利的痛楚和幸福磨砺着奶奶的神经，奶奶低沉喑哑地叫了一声："天哪……"就晕了过去。

奶奶和爷爷在生机勃勃的高粱地里相亲相爱，两颗蔑视人间法规的不羁心灵，比他们彼此愉悦的肉体贴得还要紧。他们在高粱地里耕云播雨，为我们高密东北乡丰富多彩的历史上，抹了一道酥红。我父亲可以说是秉领天地精华而孕育，是痛苦与狂欢的结晶。毛驴高亢的叫声，钻进高粱地里来，奶奶从迷荡的天国回到了残酷的人世。她坐起来，六神无主，泪水流到腮边。她说："他真是麻风。"爷爷跪着，不知从什么地方抽出一柄二尺多长的小剑，噌一声拔出鞘，剑刃浑圆，像一片韭叶。爷爷手一挥，剑已从高粱秸秆间滑过，两棵高粱倒地，从整齐倾斜的茬口里，渗出墨绿的汁液。爷爷说："三天之后，你只管回来！"奶奶大惑不解地看着他。爷爷穿好衣。奶奶整好容。奶奶不知爷爷又把那柄小剑藏到什么地方去了。爷爷把奶奶送到路边，一闪身便无影无踪。

三天后，小毛驴又把奶奶驮回来。一进村就听说，单家父子已经被人杀死，尸体横陈在村西头的湾子里。

奶奶躺着，沐浴着高粱地里清丽的温暖，她感到自己轻捷如燕，贴着高粱穗子潇洒地滑行。那些走马转篷般的图像运动减缓，单扁郎、单廷秀、曾外祖父、曾外祖母、罗汉大爷……多少仇视的、感激的、凶残的、敦厚的面容都已经出现过又都消逝了。奶奶三十年的历史，正由她自己写着最后的一笔，过去的一切，像一颗颗香气馥郁的果子，箭矢般坠落在地，而未来的一切，奶奶只能模模糊糊地看到一些稍纵即逝的光圈。只有短暂的又黏又滑的现在，奶奶还拼命抓住不放。奶奶感到我父亲那两只兽爪般的小手正在抚摸着她，父亲胆怯的叫娘声，让奶奶恨爱湮灭、恩仇并泯的意识里，又溅出几束眷恋人生的火花。奶奶极力想抬起手臂，爱抚一下我父亲的脸，手臂却怎么也抬不起来了。奶奶正向上飞奔，她看到了从天国射下来的一束五彩的强光，她听到了来自天国的、用唢呐、大喇叭、小喇叭合奏出的庄严的音乐。

奶奶感到疲乏极了，那个滑溜溜的现在的把柄、人生世界的把柄，就要从她手里滑脱。这就是死吗？我就要死了吗？再也见不到这天，这地，这高粱，这儿子，这正在带兵打仗的情人？枪声响得那么遥远，一切都隔着一层厚重的烟雾。豆官！豆官！我的儿，你来帮娘一把，你拉住娘，娘不想死，天哪！天……天赐我情人，天赐我儿子，天赐我财富，天赐我三十年红高粱般充实的生活。天，你既然给了我，就不要再收回，你宽恕了我吧，你放了我吧！天，你认为我有罪吗？你认为我跟一个麻风病人同枕交颈，生出一窝癞皮烂肉的魔鬼，使这个美丽的世界污秽不堪是对还是错？天，什么叫贞节？什么叫正道？什么是善良？什么是邪恶？你一直没有告诉过我，我只有按着我自己的想法去办，我爱幸福，我爱力量，我爱美，我的身体是我的，我为自己做主，我不怕罪，不怕罚，我不怕进你的十八层地狱。我该做的都做了，该干的都干了，我什么都不怕。但我不想死，我要活，我要多看几眼这个世界，我的天哪……

奶奶的真诚感动上天，她的干涸的眼睛里，又滋出了新鲜的津液，奇异的来自天国的光辉在她的眼里闪烁，奶奶又看到了父亲金黄的脸蛋和酷似爷爷的那两只眼睛。奶奶嘴唇微动，叫一声豆官，父亲兴奋地大叫："娘，你好了！你不要死，我已经把你的血堵住了，它已经不流了！我就去叫俺爹，叫他来看看你，娘，你可不能死，你等着我爹！"

父亲跑走了。父亲的脚步声变成了轻柔的低语，变成了方才听到过的来自天国的音乐。奶奶听到了宇宙的声音，那声音来自一株株红高粱。奶奶注视着红高粱，在她朦胧的眼睛里，高粱们奇谲瑰丽，奇形怪状，它们呻吟着，扭曲着，呼号着，缠绕着，时而像魔鬼，时而像亲人，它们在奶奶眼里盘结成蛇样的一团，又忽喇喇地伸展开来，奶奶无法说出它们的光彩了。它们红红绿绿，白白黑黑，蓝蓝绿绿，它们哈哈大笑，它们号啕大哭，哭出的眼泪像雨点一样打在奶奶心中那一片苍凉的沙滩上。高粱缝隙里，镶着一块块的蓝天，天是那么高又是那么低。奶奶觉得天与地、与人、与高粱交织在一起，一切都在一个硕大无朋的罩子里罩着。天上的白云擦着高粱滑动，也擦着奶奶的脸。白云坚硬的边角擦得奶奶的脸绛绛作响。白云的阴影和白云一前一后相跟着，闲散地转动。一群雪白的野鸽子，从高空中扑下来，落在了高粱梢头。鸽子们的咕咕鸣叫，唤醒了奶奶，奶奶非常真切地看清了鸽子的模样。鸽子也用高粱米粒那么大的、通红的小眼珠来看奶奶。奶奶真诚地对着鸽子微笑，鸽子用宽大的笑容回报着奶奶弥留之际对生命的留恋和热爱。奶奶高喊：我的亲人，我舍不得离开你们！鸽子们啄下一串串的高粱米粒，回答着奶奶无声的呼唤。鸽子一边啄，一边吞咽高粱，它们的胸前渐渐隆起来，它们的羽毛在紧张的啄食中奓起，那扇状的尾羽，像风雨中幡动着的花序。我家的房檐下，曾经养过一大群鸽子。秋天，奶奶在院子里摆一个盛满清水的大木盆，鸽子从田野里飞回来，整齐地蹲在盆沿上，面对着清水中自己的倒影，把膆子里的高粱吐噜吐噜吐出来。鸽子们大摇大摆地在院子里走着。鸽子！和平的沉甸甸的高粱头颅上，站着一群被战争的狂风暴雨赶出家园的鸽子，它们注视着奶奶，像对奶奶进行沉痛的哀悼。

奶奶的眼睛又朦胧起来，鸽子们扑棱棱一起飞起，合着一首相当熟悉的歌曲的节拍，在海一样的蓝天里翱翔，鸽翅与空气相接，发出飕飕的风响。奶奶飘然而起，跟着鸽子，划动新生的羽翼，轻盈地旋转。黑土在身下，高粱在身下。奶奶眷恋地看着破破烂烂的村庄，弯弯曲曲的河流，交叉纵横的道路；看着被灼热的枪弹划破的混沌的空间和在死与生的十字路口犹豫不决的芸芸众生。奶奶最后一次嗅着高粱酒的味道，嗅着腥甜的热血味道，奶奶的脑海里忽然闪过了一个从未见过的场面：在几万发子弹的钻击下，几百个衣衫褴褛的乡亲，手舞足蹈躺在高粱地里……

最后一丝与人世间的联系即将挣断，所有的忧虑、痛苦、紧张、沮丧都落在了高粱地里，都冰雹般打在高粱梢头，在黑土上扎根开花，结出酸涩的果实，让下一代又一代承受。奶奶完成了自己的解放，她跟着鸽子飞着，她的缩得只如一只拳头那么大的思维空间里，盛着满溢的快乐、宁静、温暖、舒适、和谐。奶奶心满意足，她虔诚地说：

"天哪！我的天……"

九

　　汽车顶上的机枪持续不断地扫射着，汽车轮子转动着，爬上了坚固的大石桥。枪弹压住了爷爷和爷爷的队伍。有几个不慎把脑袋露出堤面的队员已经死在了堤下。爷爷怒火填胸。汽车全部上了桥，机枪子弹已飞得很高。爷爷说："弟兄们，打吧！"爷爷啪啪啪连放三枪，两个日本兵趴到了汽车顶棚上，黑血涂在了车头上。随着爷爷的枪声，道路东西两边的河堤后，响起了几十响破烂不堪的枪声，又有七八个日本兵倒下了。有两个日本兵栽到车外，腿和胳膊扑动着，直扎进桥两边的黑水里。方家兄弟的大抬杠怒吼一声，喷出一道宽广的火舌，吓人地在河道上一闪，铁砂子、铁蛋子全打在第二辆汽车上载着的白口袋上，烟火升腾之后，从无数的破洞里，哗哗啦啦地流出了雪白的大米。我父亲从高粱地里，蛇行到河堤边，急着要对爷爷讲话，爷爷紧急地往自来得手枪里压着子弹。鬼子的第一辆汽车加足马力冲上桥头，前轮子扎在朝天的耙齿上。车轮破了，咻咻地泄着气。汽车轰轰地怪叫着，连环铁耙被推得咔嗒咔嗒后退，父亲觉得汽车像一条吞食了刺猬的大蛇，在痛苦地甩动着脖颈。第一辆汽车上的鬼子纷纷跳下。爷爷说："老刘，吹号！"刘大号吹起大喇叭，声音凄厉恐怖。爷爷喊："冲。"爷爷抢着手枪跳起，他根本不瞄准，一个个日本兵在他的枪口前弯腰俯背。西边的队员们也冲到了车前，队员们跟鬼子兵搅和在一起，后边车上的鬼子把子弹都射到天上去。汽车上还有两个鬼子，爷爷看到哑巴一纵身飞上汽车，两个鬼子兵端着刺刀迎上去，哑巴用刀背一磕，格开一柄刺刀，刀势一顺，一颗戴着钢盔的鬼子头颅平滑地飞出，在空中拖着悠长的号叫，扑通落地之后，嘴里还吐出半句响亮的鸣叫。父亲想哑巴的腰刀真快。父亲看到鬼子头上凝着脱离脖颈前那种惊愕的表情，它腮上的肉还在颤抖，它的鼻孔还在抽动，好像要打喷嚏。哑巴又削掉了一颗鬼子头，那根尸体倚在车栏上，脖颈上的皮肤突然褪下去一节，血水咕嘟咕嘟往外冒。这时，后边那辆车上的鬼子把机枪压低，打出了不知多少发子弹，爷爷的队员像木桩一样倒在鬼子的尸体上。哑巴一屁股坐在汽车顶棚上，胸膛上有几股血窜出来。

父亲和爷爷伏在地上，爬回高粱地，从河堤上慢慢伸出头。最后边那辆汽车吭吭吭吭地倒退着，爷爷喊："方六、开炮！打那个狗娘养的！"方家兄弟把装好火药的大抬杠顺上河堤，方六弓腰去点引火绳，肚子上中了一弹，一根青绿的肠子，滋溜滋溜地钻出来。方六叫了一声娘，捂着肚子滚进了高粱地。汽车眼见着就要退出桥，爷爷着急地喊："放炮！"方七拿着火绒，哆哆嗦嗦地往引火绳上触，却怎么也点不着。爷爷扑过去，夺过火绒，放在嘴边一吹，火绒一亮。爷爷把火绒触到引火绳上，引火绳嗞嗞地响着，冒着白烟消逝了。大抬杠沉默地蹲踞着，像睡着了一样。父亲想它是不会响了。鬼子汽车已经退出桥头，第二辆第三辆汽车也在后退。车上的大米哗哗啦啦地流着，流到桥上，流到水里，把水面打出了那么多的斑点。几具鬼子尸体慢慢向东漂，尸体散着血，成群结队的白鳝在血水中转动。大抬杠沉默片刻之后，呼隆一声响了。钢铁枪身在河堤上跳起老高，一道宽广的火焰，正中了那辆还在流大米的大米车。汽车下部，刮剌剌地着起了火。

那辆退出大桥的汽车停住了，车上的鬼子乱纷纷跳下，趴到对面河堤上，架起机枪，对着这边猛打。方六的脸上中了一弹，鼻梁被打得四分五裂，他的血溅了父亲一脸。

起火汽车上的两个鬼子，推开车门跳出来，慌慌张张蹦到河里。中间那辆流大米的汽车，进不得退不得，在桥上吭吭怪叫，车轮子团团旋转。大米像雨水一样哗哗流。

对面鬼子的机枪突然停了，只剩下几只盖子枪在叭哽叭哽响。十几个鬼子，抱着枪，弯着腰，贴着着火汽车的两边往北冲。爷爷喊一声打，响应者寥寥。父亲回头看到堤下堤上躺着队员们的尸体，受伤的队员们在高粱地里呻吟喊叫。爷爷连开几枪，把几个鬼子打下桥。路西边也稀疏地响了几枪，打倒几个鬼子。鬼子退了回去。河南堤飞起一颗枪弹，打中了爷爷的右臂，爷爷的胳膊一蜷，手枪落下，悬在脖子上。爷爷退到高粱地里，叫着："豆官，帮帮我。"爷爷撕开袖子，让父亲抽出他腰里那条白布，帮他捆扎在伤口上。父亲趁着机会，说："爹，俺娘想你。"爷爷说："好儿子！先跟爹去把那些狗娘养的杀光！"爷爷从腰里拔出父亲扔掉的勃朗宁手枪，递给父亲。刘大号拖着一条血腿，从河堤边爬过来，他问："司令吹号吗？"

"吹吧！"爷爷说。

刘大号一条腿跪着，一条腿拖着，举起大喇叭，仰天吹起来，喇叭口里飘出暗红色的声音。

"冲啊，弟兄们！"爷爷高喊着。

路西边高粱地里有几个声音跟着喊。爷爷左手举着枪，刚刚跳起，就有几颗子弹擦着他的腮边飞过。爷爷就地一滚，回到了高粱地。路西边河堤上响起一声惨叫。父亲知道，又一个队员中了枪弹。

刘大号对着天空吹喇叭，暗红色的声音碰得高粱棵子嗦嗦打抖。

爷爷抓住父亲的手，说："儿子，跟着爹，到路西边与弟兄们汇合去吧。"

桥上的汽车浓烟滚滚，在哔哔叭叭的火焰里，大米像冰雹一样满河飞动。爷爷牵着父亲，飞步跨过公路，子弹追着他们，把路面打得噗噗作响。两个满面焦煳、皮肤开裂的队员见到爷爷和父亲，嘴咧了咧，哭着说："司令，咱们完了！"

爷爷颓丧地坐在高粱地里，好久都没抬起头来，河对岸的鬼子也不开枪了。桥上响着汽车燃烧的爆裂声，路东响着刘大号的喇叭声。

父亲已经不感到害怕，他沿着河堤，往西出溜了一段，从一蓬枯黄的衰草后，他悄悄伸出头。父亲看到从第二辆尚未燃烧的汽车棚里，跳出一个日本兵，日本兵又从车厢里拖出了一个老鬼子。老鬼子异常干瘦，手上套着雪白的手套，腚上挂着一柄长刀，黑色皮马靴装到膝盖。他们沿着汽车边，把着桥墩，哧溜哧溜往下爬。父亲举起勃朗宁手枪，他的手抖个不停，那个老鬼子干瘪的屁股在父亲枪口前跳来跳去。父亲咬牙闭眼开了一枪，勃朗宁嗡的一声响，子弹打着呼哨钻到水里，把一条白鳝鱼打翻了肚皮。鬼子官跌到水中。父亲高叫着："爹，一个大官！"

父亲的脑后一声枪响，老鬼子的脑袋炸裂了，一团血在水里噗啦啦散开了。另一个鬼子手脚并用，钻到了桥墩背后。

鬼子的枪弹又压过来，父亲被爷爷按住。子弹在高粱地里叽叽咕咕乱叫。爷爷说："好样的，是我的种！"

父亲和爷爷不知道，他们打死的老鬼子，就是有名的中岗尼高少将。

刘大号的喇叭声不断，天上的太阳，被汽车的火焰烤得红绿间杂，萎萎缩缩。

父亲说："爹，俺娘想你啦，叫你去。"

爷爷问："你娘还活着？"

父亲说："活着。"

父亲牵着爷爷的手，向着高粱深处走。

奶奶躺在高粱下，脸上印着高粱的暗影，脸上留着为我爷爷准备得高贵的笑容。奶奶的脸空前白净，双眼尚未合拢。

父亲第一次发现，两行泪水，从爷爷坚硬的脸上流下来。

爷爷跪在奶奶身旁，用那只没受伤的手，把奶奶的眼皮合上了。

一九七六年，我爷爷死的时候，父亲用他的缺了两个指头的左手，把爷爷圆睁的双眼合上。爷爷一九五八年从日本北海道的荒山野岭中回来时，已经不太会说话，每个字都像沉重的石块一样从他口里往外吐。爷爷从日本回来时，村里举行了盛大的典礼，连县长都来参加了。那时候我两岁。我记得在村头的白果树下，一字儿排开八张八仙桌，每张桌子上摆着一坛酒，十几个大白碗。县长搬起坛子，倒出一碗酒，双手捧给爷爷。县长说："老英雄，敬您一碗酒，您给全县人民带来了光荣！"爷爷笨拙地站起来，灰白的眼珠子转动着，说："喔——喔——枪——枪"我看到爷爷把那杯酒放到唇边，他的多皱的脖子梗着，喉结一上一下地滑动，酒很少进口，多半顺着下巴，哗哗啦啦地流到了他的胸膛上。

我记得爷爷牵着我，我牵着一匹小黑狗，在田野里转。爷爷最喜欢去看墨水河大桥，他站在桥头上，手扶着桥墩石，一站就是半个上午或半个下午。我看到爷爷的眼睛常常定在桥石上那些坑坑洼洼的痕迹上。高粱长高时，爷爷带我到高粱地里去，他喜欢去的地方也离着墨水河大桥不远，我猜想，那儿就是奶奶升天的地方，那块普普通通的黑土地上，浸透奶奶的鲜血。那时候，我们家的老房子还没拆，爷爷有一天操起一把镢头，在那棵楸树下刨起土来。他刨出了几个蝉的幼虫，递给我，我扔给狗，狗把蝉的幼虫咬死，却不吃。"爹，您刨什么？"我的要去公共食堂做饭的娘问。爷爷抬起头，用恍若隔世的目光看着娘。娘走了，爷爷继续刨土。爷爷刨出了一个大坑，斩断了十几根粗细不一的树根，揭开了一块石板，从一个阴森森的小砖窖里，搬出了一个锈得不成形的铁皮匣子。铁匣子一落地就碎了。一块破布里，露出了一条锈得通红的、比我还要长的铁家伙，我问爷爷是什么，爷爷说："喔——喔——枪——枪。"

爷爷把枪放在太阳下晒着，他坐在枪前，睁一会眼，闭一会眼，又睁一会眼，又闭一会眼。后来，爷爷起身，找来一柄劈木柴的大斧，对着枪乱砍乱砸。爷爷把枪砸成一堆碎铁，然后，一件件拿开扔掉，扔得满院子都是。

"爹，俺娘死了？"父亲问爷爷。

爷爷点点头。

父亲说："爹！"

爷爷摸了一下父亲的头，从屁股后掏出一柄小剑，砍倒高粱，把奶奶的身体遮起来。

堤南响起激烈的枪声，喊杀声和炸弹爆炸声。父亲被爷爷拽着，冲上桥头。

桥南的高粱地里，冲出一百多个穿灰布军衣的人。十几个日本鬼子跑上河堤，有的被枪打死，有的被刺刀捅穿。父亲看到，腰扎宽皮带，皮带上挂着左轮手枪的冷支队长在几个高大卫兵的簇拥下，绕过着火的汽车，向桥北走来。爷爷一见冷支队长，怪笑一声，持枪立在桥头不动了。

冷支队长大模大样地走过来，说："余司令，打得好！"

"狗娘养的！"爷爷骂。

"兄弟晚到了一步！"

"狗娘养的！"

"不是我们赶来，你就完了！"

"狗娘养的！"

爷爷的枪口对准了冷支队长。冷支队长一使眼色，两个虎背熊腰的卫兵就以麻利的动作把爷爷的枪下了。

父亲举起勃朗宁，一枪打中了撕掳爷爷那个卫兵的屁股。

一个卫兵飞起一脚，把父亲踢翻，用大脚在父亲手腕上跺了一下，弯腰把勃朗宁捡到手里。

爷爷和父亲被卫兵架起来。

"冷麻子，你睁开狗眼看看我的弟兄！"

公路两侧的河堤上，高粱地里，横七竖八地躺着死尸和伤兵。刘大号断断续续地吹着喇叭，鲜血从他的嘴角鼻孔往外流。

冷支队长脱掉军帽，对着路东边的高粱地鞠了一躬，对着西边的高粱地鞠了一躬。

"放开余司令和余公子！"冷支队长说。

卫兵放开爷爷和父亲。那个挨枪的卫兵手捂着屁股，血从他的指缝里滴滴答答往下流。

冷支队长从卫兵手里接过手枪，还给爷爷和父亲。

冷支队长的队伍络绎过桥，他们扑向汽车和鬼子尸体，他们拿走了机枪和步枪、子弹和弹匣、刺刀和刀鞘、皮带和皮靴、钱包和刮胡刀。有几个兵跳下河，抓上来一个躲在桥墩后的活鬼子，抬上了一个死老鬼子。

"支队长，是个将军！"一个小头目说。

冷支队长兴奋地靠前看了看，说："剥下军衣，收好他的一切东西。"

冷支队长说："余司令，后会有期！"

一群卫兵簇拥着冷支队长往桥南走。

爷爷吼叫一声："立住，姓冷的！"

冷支队长回转身，说："余司令，谅你不会打我的黑枪吧！"

爷爷说："我饶不了你！"

冷支队长说："王虎给余司令留下一挺机枪！"

几个兵把一挺机枪放在爷爷脚前。

"这些汽车，汽车上的大米，也归你了。"

冷支队长的队伍全部过了桥，在河堤上整好队，沿着河堤，一直向东走去。

夕阳西下。汽车烧毕，只剩下几具乌黑的框架，胶皮轱辘烧出的臭气令人窒息。那两辆未着火的汽车一前一后封锁着大桥。满河血一样的黑水，遍野血一样的红高粱。

父亲从河堤上捡起一张未跌散的拤饼，递给爷爷，说："爹，您吃吧，这是俺娘擀的拤饼。"

爷爷说："你吃吧！"

父亲把饼塞到爷爷手里，说："我再去捡。"
父亲又捡来一张抃饼，狠狠地咬了一口。

　　谨以此文召唤那些游荡在我的故乡无边无际的通红的高粱地里的英魂和冤魂。我是你们的不肖子孙，我愿扒出我的被酱油腌透了的心，切碎，放在三个碗里，摆在高粱地里。伏唯尚飨！尚飨！

枣树的故事

叶兆言

第一章

没人知道只是城墙的一个窟窿，粗粗野野一道不规则的裂缝，藏得下这么多人。都想着那不过是道裂缝，隙开着，黑黑的阴影，睡着冬眠的蛇和快饿死的狗。当白脸领着岫云拨开枯草，深伏的黑鸟惊起，蝴蝶乱飞，有着古怪花纹的老鼠嗖嗖游出去，一场围歼匪徒的战斗打响了。

尔勇最担心的，是这该死的城墙窟窿里，另有一条通道。他跟踪白脸已经半年多，整整七个月，二百十一天。

这次该收场了。

结果证明尔勇的担心多余。那鲓鱼嘴似的洞口下面，是个侧卧着的闷葫芦。白脸一生中犯过无数次错误，偏偏这一次要了他的命。鲓鱼的肚皮里是座废弃的军火仓库，虽然要害部位用钢筋水泥加固，一次致命的爆炸，已经使军火库失了原形。选择这样的洞窟作为藏匿逃避之处，尔勇多少年以后回想起来，都觉得曾经辉煌一时的白脸，实在愚不可及。不用说狡猾的狐狸，就是耗子也知道留条退路，一九五〇年的春天似乎来得早了些。天气像夏天一样干燥。春风拂过，可以听到干枯茅草折断的裂声。岫云身不由己跌进鲓鱼嘴，她的脑袋刚挨着白脸厚实的胸腔，那厚实的胸膛就像堵墙倒过来似的猛地把她闪开，噼里啪啦的枪声响成一片，赛过新年的爆竹。

岫云是人们称为小家碧玉的那种角色，细皮嫩肉，很招人喜欢。她的父亲开过一家水果店。当年秦淮河一带，都知道东关头有个筱老板，筱老板有个独养女儿叫岫云。

岫云的祖母堂子里出身，挂牌时虽不曾大红大紫，却碰上了交好运的机会，从良嫁了个阔佬。那阔佬后来做官成了要人，妓女出身的小老婆舍不得丢，便拿出钱来打发小老婆拖油瓶带来的私生子。这私生子就是再后来的筱老板。筱老板十六岁在夫子庙摆摊做生意，生意一时好，一时坏。筱老板不穷也不富。

岫云一看就是老实巴交的人，小小的个，却不瘦。她自己的妈死得早，因此有个后妈张氏。张氏无儿无女，便指望岫云招个好女婿。她娘家开当铺的，挑三拣四最拿手，不是这位不满意，就是那个不称心，拖来拖去，女儿已经十九岁，慢腾腾地依旧不着急。又过了一年，日本人来了。先是新修的店铺一把火烧了，紧接着税务所的小院里，住了日本兵。

那税务所紧挨着筱老板的家。

税务所自从住了日本兵，时常有花里胡哨的女人出出进进。日本兵似乎有些兔子不吃窝边草的意思，高兴时也拿出些糖果来，哄那巷子里的小孩玩。和平共处了几个月光景，那些憋不住的日本兵，终于动起周围女人的脑筋。

幸好筱老板夫妇防护得紧，岫云足足有几个月没有露过面。那些日本兵先向那些容易捕获的目标下手，跟踪到为他们洗衣服的二嫂家里，像逛妓院一样放肆行乐。他们把糖果分给二嫂的五个儿女吃，并请躺在病榻上的二嫂男人抽日本香烟。一个过路的女孩，从二嫂家门口走过，也许是听见里边吃吃的笑声太响，也许是看见孩子们举着花花绿绿的糖果追出来，只是出于好奇心才探了一下头，便被那些日本兵笑着抱进房间，扔在痴痴呆呆斜躺着的二嫂身边。

巷子里的女孩子赶紧忙不迭地找婆家。筱老板夫妇总算明白自己当年过分挑剔，果然是个不可原谅的错误。男人们突然变得紧俏金贵，甚至一班压根没挨过女人边的穷光蛋，也趁机打劫挑肥拣瘦。一时风气大变，女儿多的人家，只要过了十三四岁，有人肯娶便仿佛是天大的恩德。

人都说好运气都是从天上掉下来的。好运气来了，攥都攥不走。好运气也有两条腿，来就是来了，走就是走了。有一天尔汉忽然被领进了岫云家，他跟着李老板，莫名其妙地便坐在人家客厅里吃起茶来。张氏笑容可掬，把个尔汉上上下下辨真假似的看不够，一边看，一边和李老板说笑。李老板曾经是筱老板的伙计，伙计能成老板，手腕上多少有点功夫。张氏看够了尔汉，便是一味地和李老板敷衍。李老板脱离了筱老板自己开店，生意很快做得比筱老板还好，他摆不出财大气粗的派头，嘴里"师娘，师娘"叫个不歇。张氏顿时又年轻了十岁，也顾不上筱老板坐一旁自始至终一声不吭，突然提高了声音叫岫云出来见客。岫云应声而出，慢吞吞地看了大家一眼，挨个地沏了茶回自己闺房。尔汉只觉得她穿了件葱绿色的印度绸单褂，转身进屋时，那屁股又结实又大。这印象至死都留在他的脑子里。

婚事办得匆忙得不像话。那张氏和李老板几乎是把岫云硬塞到了尔汉手里。明知道是捡了个大便宜，但是直到令人难忘的新婚之夜过去，尔汉心头残存的疑惑还是丢不开。他对岫云的清白确信不疑。清白两字，对尔汉却有一种自惭形秽内疚的折磨。

李老板靠做妓女的生意发的财。秦淮河一带的明妓暗娼，很难说谁没有用过李老板店里的东西。所有的妓女都是店里的熟人，所有的伙计不熟识妓女便做不了生意。尔汉十三岁学做生意，十五岁时就领略了女人是怎么回事。他屁颠颠地往妓院送货物，妓院里男男女女都拿下流活吓唬他。一位可以做他母亲的女人终于把他引上床。那是个xx子大得喂得饱五个孩子的女人，她让尔汉脱得就像娘胎里才出来似的，钻进她的大红缎子面的新棉被。她自己慢吞吞地梳洗，又搬了椅子，坐在小尔汉的枕边和他说话。

尔汉所有的积蓄都花在了妓院，他成了个能在妓女身上打滚的好手。好在没有多少钱，他成不了十足的浪荡子。又因为没有多少钱，娶不了女人的尔汉只能往妓院跑。他是个半吊子的浪荡子，整天处在堕落的边缘，想回头却回不了头。娶了岫云以后，他带着新婚的老婆火烧火燎往老家赶。南京的妓院是个大磁场，离得越远越好。

多少年来，岫云一直觉得当年她和尔汉一起返回乡下，是个最大的错误。这个错误是以后一系列悲剧的序幕，错误的开场导致了连续的错误的结束。他们小夫妻根本就不应该离开南京。尔汉为什么要对老丈人唯命是从呢，这样的问题岫云永远想不通。明摆的事实是，筱老板夫妇已叫日本人的荒淫吓破了胆，他们把女儿硬塞给了一个男人，还逼着这男人把女儿带走拉倒。

岫云一共就读了两年书。就是这短短的两年里，她也几乎是门门功课不及格。筱老板虽然就一个女儿，心疼不用说，却从不肯在女儿身上多花一个钱。据说筱老板交给女婿的那笔钱，还是他母亲做妓女时积下的私房。没人分析得出筱老板的用意何在。这位一年四季差不多打扮的水果店老板，常常有些事让人捉摸不透。按照一般的情理推论，筱老板不可能把大笔的钱财，毫无理由地交给女婿保管。很可能他觉得女儿是个没用的人，交给她迟早也是落在女婿手里。更可能的是，他对徐娘半老的续弦不放心，这样的女人倒贴起来没有底。

尔汉的家乡是土匪出没的地方。一百年前，这里没一家没出过土匪。都说土匪猖狂的年代，过路江船不留下买路钱便是奇迹。尔汉为了保住老丈人托付的钱财，一到家急忙和弟弟尔勇商量。当时白脸正在这一带招兵买马，大有占山为王之势。作为国都的南京已落倭寇虎口，天下大乱，长江中这一片沙滩和望不断的芦苇，很自然成了落草的好场所。乱世必出英雄，依了尔勇的见解，既然有了笔不算少的钱财，买两支枪回来看家第一要紧。

这一带民风剽悍，许多人家私藏武器，舞枪弄棍算不得什么稀罕事。当尔汉兄弟俩拿着新买回来的两尺短枪，比试来比试去的时候，岫云只知道她的心跳比平日快得多，仿佛有一只手在急速地拍她的胸脯。也许女人在这方面的直觉，出乎意料地比男人准确，岫云意识中，这两支七八成新的短枪，准保会惹出祸来。因此白脸手下的人翻箱倒柜，从墙缝里搜出钱财和那两支枪时，岫云有一种果真应验的感觉。正像十年以后，她看着白脸把驳壳枪往怀里一塞产生的奇异恐惧感一样，她突然觉得白脸即将大祸临头。

直到尔汉像条野狗似的被人宰了，岫云还以为自己是在做噩梦。她像在梦魇中一样无声地、又自以为声嘶力竭地哭喊。这时候，弟弟尔勇正在一个极远的地方。幸好是在极远的地方，要不然十年后的复仇，便将是另一个场面。不要说尔汉就一个弟弟，在当时的情况下，就是有十个弟弟也活不了。

自从那钱和两支短枪搜出来，尔汉就没有再说过一句话。他诚惶诚恐地坐在地上，两条腿叉开着，脸上是岫云熟悉的那种表情。白脸骑坐在一条长凳上，冷笑着不停地剔手指甲。或许是在等尔汉求饶，或许是故意拖延时间，以使可以有更多的人围上来看。熟悉白脸的人都知道，只要他冷笑着剔手指甲，十次中有九次准得杀人。

尔汉便是那么默默地坐在那。围观的人越来越多。无数双眼睛都盯着尔汉看。岫云想象不出，在这无数双眼睛中，她自己的一双眼睛，正闪烁着什么样的光芒。冰凉的眼泪一个劲地在睫毛上打转，打转，喉咙口仿佛有只老鼠想爬出来。没人知道尔汉为什么要这么耍孩子气地坐在地上。说不定这是他最舒服的姿势，死到临头，他不愿意放弃最后的享受。

很可能是夫妻生活太短的缘故，实际上，在岫云的记忆中，尔汉并没有留下太多太深的印象。尔汉只是她的第一个男人，唯一合法的男人，一个被称为风流寡妇的名义上的已故的丈夫。她印象里最深的是他总喜欢这么叉着腿坐床上。他不是个能说会道的人，除非谈到他的嫖经。他像讲述别人的经历一样，娓娓如诉地说他和那些妓女打的交道。忏悔的心情下说的似乎都不是忏悔的事。他讲他怎样把钱分成三份，因为他从来都是只拿出三分之一的钱上妓院。他精通少花钱多办事的艺术，虽然说得慢条斯理，他的嫖经栩栩如生。男人那种迫切需要女人的欲望，在不动声色的描述中，具体得仿佛手都能摸到。在那野猫叫春的日子里，尔汉的老板甚至会赊账拿出钱来，让伙计们去嫖。李老板年纪不大，却算得上是老掉牙的色鬼，他向伙计们免费传授他的下流经验，夸耀他过人的精力，好像能使天下的女人都受孕一样。

岫云红着脸听男人讲他讨厌的过去。即使是死神在她眼前走来走去的时刻，一看到尔汉坐地上那熟悉的姿势，那叉开的两条腿，那种没有表情的表情，岫云便要联想尔汉说过的那些故事。她分不清男人是忏悔，还是无意识地卖弄。尔汉的故事使人不得不有一种疑心，好像不是为了挑逗女人的妒忌，就是为了煽动她的情欲。这些故事让岫云久久不能平静，常有一种置身于大海波浪中颠簸的感觉。故事里的天地像草原一般的广阔，岫云和尔汉置身骏马上飞奔驰骋，夜色如洗，他们放开缰绳，来来往往，一趟一趟，刚刚返回原地便又重新起程。尔汉是个高明的驭手，岫云不可能因此喜欢自己的男人，也不会为过去的陈年旧事真正记恨。尔汉的过去已铸成铁一般的事实。既然是铁一般的事实，原谅本身就变得无关紧要。原谅是一种奢侈品，一种多余的浪费。岫云生来宽宏大量，岫云原谅一切人一切事。很难想象岫云这样柔情似水的女人，会真正仇恨个男人，她忠心于每一个喜欢她的男人，甚至杀夫仇人的白脸也不例外。有相当一段时间，她恨不能从白脸身上咬下一块肉来。她也挣扎过，哭喊过，不止一次想到用绳子剪刀洗去耻辱。那天晚上，白脸就仿佛回到自己家中一样随便，径直走进她的房间，极闲散地坐在床沿上，用尔汉一般的眼神注视她。这是种因为简单所以复杂的眼神，没有表情并且无从描述的眼神。多少年后，老乔在另一张床沿上这么坐着，薄薄的眼镜片后面，也是这种眼神。

令人难以置信的是，无论在当年，还是在守寡漫长的岁月中，岫云都是真心地喜欢尔汉故事中的那些女人。这些让男人们意识到自己是男人的女人，一次次引起岫云异样的感情，这感情她永远捉摸不透。尔汉所以能把那些隔年陈芝麻的老故事，没完没了反反复复唠唠叨叨，至少也和岫云乐意听下去有关。对于新婚燕尔的小夫妻，这些该死的故事显然地不合适，然而正是在那些近乎猥亵的描述中，岫云知道了小红的轶事。小红的事迹是一串断了线的珠子。零零散散根本连不起一个完整的故事。岫云只知道小红这样的名字成千上万，成千上万的小红中，有一位年纪不大不小的妓女，身上的梅毒已到了第三期。当尔汉讲好了价钱，一件件脱了衣服，正要上床之际，那叫作小红的女人突然良心发现，坐起来把尔汉推向一边。第三期的梅毒传染起来百发百中，尔汉在虎口边上走了一遭，竟然出乎意外地脱了险。

尔勇领着人往洞口冲时，唯一的念头，就是活捉白脸。多少年来，他和白脸交替玩着猫捉老鼠的把戏。这一次尔勇稳操胜券。如果不是为了担心岫云，只要很随便地扔几颗手榴弹，便可以早早结束战斗。他手指紧扣着扳机，随时可以旋风一般地射出复仇的子弹。大丈夫报仇，十年不算晚。尔勇替哥哥报仇正好整十年。枪声噼里啪啦又响了一阵。尔勇为自己的形势感到满意。关起门来打狗，瓮中捉鳖，所有的匪徒都将一网打尽。他甚至有一种落水狗不值一打的得意。

固守城墙窟窿的残兵败将，除了白脸被当场击毙，像条死鱼似的躺在离洞口不远的地方，其余经过无效抵抗，都举了手乖乖地走出来。虽然投降已是第二天中午的事，这帮亡命之徒最终免不了兔子一样胆小，他们沿着斜斜的山坡往下走，惊飞的鸟叫声把他们都吓趴在地上，丧魂落魄。

这些残兵败将，有几个是南京本地的地痞。有几个是国民党军队的溃兵。只有三和尚和立信是白脸的老人马。显赫的日子一去不返，白脸很快便到了孤家寡人的地步。第一阵枪声响过，外头"缴枪不杀"的喊声连成一片，三和尚带头高叫，怪罪白脸把人马引了来。"我们临了都会栽在这该死的女人手上，都是什么时候了，你偏要去找这个骚货。"如果不是对白脸还有些残存的畏惧，三和尚很可能一梭子就把岫云撂倒。

三和尚杀人从来不眨眼睛。十年前，三和尚弄死尔汉的时候，他还是个十七岁的毛孩子。虽然嘴上的毛刚长出来，杀人一行显然已经称得上老手。当时围观的人越来越多，白脸骑坐在长板凳上，冷笑着剔手指甲，右脚锃亮的亮统皮靴，时而搁地上，时而拎起踩在长凳面上。三和尚拎着把刺刀，从后头悄悄走上去，用刀背在坐地上的尔汉后脑勺，玩似的敲了一记，尔汉如痴如醉，往侧里一歪，倒在地上。

白脸猛地伸手，捞住眼前飞过的一只苍蝇，捏在手心摇了一阵，突然往地上一砸，看苍蝇昏死在地上，笑着说："三和尚，若是没有刀，你难道还弄不死一个人？"三和尚把刺刀向地上一戳，说："别说一个，你要我弄死两个，也不怕。"说着，一把拎起尔汉的衣领，举起来，鬼脸一拳，手再就势一推，尔汉滚出几步远。

白脸的手下，有的嘘声叫好，有的唆使尔汉和三和尚对打。三和尚得意万分地站定在那，等尔汉从地上爬起来。尔汉好不容易站稳了，眼梢向四下一扫，急步向人群里钻。人群是一堵活动着的墙，他撞得两眼冒金星，临了依旧被三和尚揪到广场中间。也许是明白了自己必死无疑，死神耗子一般地在他血管里穿来钻去，尔汉的眼里忽然流露出极度的恐惧，眼神里闪现出黑夜深处鬼火一样的光。三和尚拍了拍尔汉的肩膀，笑着示意尔汉站稳站好，他自己嘴角极淘气地撇了一下，猛地跳起来，像豹子扑食似的，一个鱼跃扑在尔汉身上，两只手紧紧卡住他的脖子，不让对手有任何喘气机会。尔汉的腿渐渐弯下去，三和尚居高临下，龇着牙咧着嘴，又是卡又是压。由于用力过度，三和尚的脸几乎和尔汉的贴在一起。仅仅是看表情，简直判断不了两人的情形到底是谁的更糟糕。尔汉奋力抵抗，垂死挣扎地想把三和尚的手腕掰开。

　　就像三和尚后来把岫云掀翻在城墙洞的草垛上一样肆无忌惮，他无论杀人或者玩弄女性，处处都显得粗野气十足。他总是以那种破坏一切的气势，充分自由地发泄着他身上的那股兽性。他的粗野狂暴，恰恰和白脸在这两方面的潇洒娴熟形成黑白分明的强烈对比。这个由可怜寡妇一手拖大的孤儿，从一懂事开始，就露出生性残忍的种种迹象。还是在四五岁，三和尚一次无缘无故发脾气，便用锅铲柄敲落了他妈的门牙。人们很难理解，为什么一位笃信菩萨的寡妇人家，养得出一个恶魔一般的孽障来，他很显然是魔鬼附了身，等他长到十二三岁，已经没有孩子是他打架的对手。没有孩子敢欺负他，也没有他不欺负的孩子。他能够很轻松地拧断鸡和鸭的颈子。鸭颈子细而且长，三和尚绞麻花似的向一个方向死拧，然后用力向两侧一拉，几声清脆的声响，鸭颈子裂成了几截。

　　尔汉的生命比鸭子强得多，他跪在地上，力图把大拇指挤进卡他脖子的手环之间。有几次尔汉差不多已经成功，他拼命地后仰，再后仰。终于大拇指取得了进展，钩子似的卡住了三和尚的虎口，所有的力都被分解开。这场无声的搏斗不可能持续太久，但是却以电影手法慢镜头的形式，久久贮存在观众的记忆中。人们被眼前的景象吓得惊慌失措，都知道白脸这样的魔鬼招惹不起，况且他是借破坏抗日的罪名杀鸡儆猴。胆小的人悄悄离开了现场，更多的人依然麻木地在看。

　　三和尚的同伙开始起哄。接二连三的嘘声使三和尚变得十二分暴躁。他突然咬牙切齿地咒骂对手。从尔汉那张僵化了的痛苦脸上，三和尚看到死神的黑黑的阴影正冲他冷笑。如果不能在最短的时间之内，置尔汉于死地，三和尚便觉得犹如自己被活活掐死一样可耻。这一闪而过的念头，膨胀了三和尚的疯狂，他用全身的重量压向尔汉，嘴里哎呀一声怪叫。

　　尔汉背朝地和三和尚一块跌地上。三和尚加大了手上的压力，脸上的表情十分狰狞。尔汉因为平躺着地，有了更多的支撑点。对三和尚的反抗卓有成效。呼吸方面的障碍，使尔汉不可能使出最大的劲，不过生命的本能，却宣告了尔汉不会放弃最后的抵抗。两个人都已精疲力尽，明摆的事实是，谁也坚持不了多久。三和尚开始以恶毒的咒骂代替用力，在咒骂的间歇中大声喘气。

尔汉找准了一个机会，竟然鱼跃翻身，把三和尚掀倒在地上。三和尚大失脸面，他孩子气地又骑坐在尔汉身上，又一次被尔汉掀翻在一旁。人群中有了些激动，白脸怪声怪气地叫起好来。两人在场地上辗来滚去，围观的人潮水般地后退，又潮水般地向前涌。

白脸是站在那张长凳上叫好的，他幸灾乐祸地挥着拳头，嘻嘻哈哈。人们清楚地记得，当尔汉被野蛮地杀戮以后，白脸正是冠冕堂皇地站在同一张凳子上，发表了他那通不三不四的所谓演说。从他把杀人当作儿戏的态度上，可以看出他把抗日同样当作儿戏。天下万物都是儿戏。他只知道要钱要枪。枪是立足的本钱，有枪自成王。有了枪，有了人马，天塌下来他管不着。白脸决定杀死尔汉，看起来仿佛只是一时冲动。很显然白脸是奔那两支短枪来的，他不仅知道那枪的型号，而且知道价钱。如果尔汉乖乖地缴出货，很可能会免于一死。白脸最忌恨性格方面的不爽快，尤其不能容忍他的对手苦着脸不说话。私藏武器不是什么大不了的罪过，备几支枪防防盗匪，早在大家的父亲那一辈就成了习惯。问题的关键，在于尔汉私藏武器不肯交出来。白脸自恃一身好功夫，但他更知道枪杆子的厉害。

当时间这匹野马不停蹄向前奔驰一段路程后，人们联系到白脸和岫云的关系，深信不疑地确认是场卑鄙的情杀。虽然真实的情况是白脸连尔汉是否娶亲都不知道，然而岫云毕竟犯了个致命的错误。这个错误足以使她终生蒙上不白之冤。说起来似乎好笑，有那么点喜剧的味道，错误的理由在于岫云哭得太迟。哭这玩意本来是可以招之即来，可惜直到白脸领着人马扬长而去，看热闹的人渐渐散了，她才扑到尔汉尸体上放声大哭。很自然她哭得绝对伤心，年纪轻轻守寡绝不是桩儿戏，她的痛苦明摆着的货真价实，可是人们在施舍同情方面忽然十分吝啬。没人理解她失去丈夫的痛苦。谁也不愿意原谅岫云在尔汉备受折磨的时刻，居然能保持一声不吭的态度。即使是害怕也应该有个极限。大家都为自己不能"路见不平，拔刀相助"的行为害羞。在反省的后悔中，甚至弱未也陡然勇敢起来。没人相信岫云当真会吓得像傻子一样。就算是傻子，在类似的情况下，也不可能保持那样的沉默，那样无动于衷。感情这玩意做了奇妙的转移，人们对待尔汉的惨死，从害怕到遗憾惭愧自己不能打抱不平。遗憾和惭愧再向前走一小截路，便只剩下了对岫云的怪罪。

下结论往往非常容易。人人都可能有考据的兴趣，不过多是浅尝辄止。都说当时就是怎么回事，其实根本就没人知道怎么回事。人们根本不会相信，就在三和尚和尔汉扭一起的时候，从东滚到西，又从西滚到东，白脸站在那张又瘦又细又摇晃的长板凳上，脑子里确是闪过饶恕尔汉的念头；不识时务的尔汉又一次错过了生的机会。就和那两支该死的短枪被搜出以后，尔汉知罪地坐地上不求饶，没人肯出来打圆场一样、尔汉的运气再次糟到了极点。也许压根就没听见白脸吆喝的"住手"两个字，就算是听见了，尔汉可能也不敢相信自己的耳朵。什么事都太突然。尔汉给人的印象，是处在一种半疯狂的状态，他死死地抓住三和尚的手腕，不想或者说不敢松手，即使三和尚不再用力的时候也一样。白脸终于一时性起，虽然他和揉在一起的三和尚与尔汉有几丈远，但是人们几乎不敢相信自己的眼睛，没人说得清白脸是怎样从长凳上飞下来，又怎样一个箭步蹿到那两人面前，只见黑色锃亮的皮靴在空中划过一道黑弧线，尔汉的背上已经重重挨了一皮靴。这一脚踢得十分潇洒，尔汉立即全线崩溃，彻底失去抵抗力。三和尚跑出去，拔起先前插在地上的刺刀，回过身，戳棉花胎似的，在尔汉身上乱扎一气。

第二章

有一位四十年代常在上海小报上发表连载小说的作家；解放后很长一段时间内，闲着无事可干。他落实在一家文化单位工作，拿不算太高的作家薪水，却不写作。虽然他非常怀念自己过去大笔捞稿酬的日子，但是他熟悉的世界和艺术方法，已经远远落后时代的要求。直到有一天，他突然决定以尔勇的素材，写一部电影脚本，创作冲动才像远去的帆船，经过若干年的空白，慢慢地向他漂浮着回来。

这位作家细眉大眼，生得极风流的样子。他翻阅了大量无效的资料，卡片做得像一包包香烟。幸好他是那种称为常有信心的人，主意既定，便不犹豫，火烧火燎地向领导打了报告。又告别了妻儿老小，另置了一副行李铺盖，带着本蓝封面的笔记本，一头扎下去蹲点，和尔勇在一起足足体验了一年的生活。一年三百六十五天，他老婆怨天怨地，人瘦了一圈。

尔勇此时已是镇派出所的所长。和过去的岁月相比，这位曾差一点被日本人捉住，几次被白脸追杀的传奇人物，正悄悄开始发胖。他远不是作家设想中的那副模样。只要翻阅一下解放前的旧报纸，人们就会发现这位作家同志心目中的男子汉，常常高大英俊。他在这方面的趣味，和几十年后中国大多数女人的要求不谋而合。尔勇的身材，显而易见地比一般人矮了些。脸是黑的，额头又方又正，略有些前倾。他不是位喜欢说话的人，作家一开始便碰到困难，对这样的人进行采访，毫无疑问吃力不讨好。

最初的会面是办公室。尔勇对一位声称要在他身边待一年的作家疑虑重重。那本蓝封面的笔记本，爬满了蝌蚪一样的文字，似乎要把尔勇的一言一行，统统记录在案。这样的谈话说不出的别扭，而且充满戒意。办公室设在一间阴暗的北屋里，外面正下着冰凉的雨。一架老式的手摇电话机躺在办公桌上打瞌睡，尔勇无话可说的时候，专心致志地看那手摇的把手，有时干脆伸出手去瞎摇几下。在他身后的墙壁上，钉着好几寸长的钉子，钉子头上用旧报纸缠了缠，挂着尔勇使用的驳壳枪。

作家脑海中酝酿的电影序幕，是从尔勇给哥哥尔汉报仇开始。银幕上最初出现的，应该是那把用来复仇的刀。那刀在月光下闪着寒光。考虑到究竟选择什么造型的刀，作家绞尽脑汁煞费心机。现实生活中，尔勇刺杀白脸，用的就是那种割茅草的镰刀，极平常的样式，长长的木把，不过刀背处略厚一些。这样的镰刀用来杀人多少有点煞风景，尤其是要通过电影银幕，以艺术的形式再现在人的眼前。作家曾有过用菜刀代替镰刀的意思，立即遭到尔勇有力的反对。尔勇说："什么菜刀剪刀的，都是女人用的玩意。"虽然作家拐弯抹角，试图以"贺龙两把菜刀闹革命"的故事说服尔勇，尔勇却把作家的故事驳得一钱不值。"革命，拎着脑袋干出来的事，就两把菜刀，你当是玩呀？你们这些写东西的！"

在作家的电影脚本里，尔勇用的是深山老林中砍柴的砍刀。因为电影最终没有拍摄这回事，尔勇也弄不清那把作家视为好看而且实用的砍刀，到底什么模样。月色朦胧，电影上的尔勇默默走在乡间路上。忽然传来潺潺的流水声，尔勇赤着脚从浅溪中走过，蹲在一块大石头边，霍霍地磨起刀来。磨刀声中音乐起，字幕出现。月牙从阴云里露出些面孔，银白色的光射向越磨越亮的砍刀。

早在五十年代，作家就运用了八十年代使观众哗然的现代派技巧，砍刀的闪光中乱跳过一系列蒙太奇镜头。尔勇消失在月色中。黑暗，黑暗，连续的黑暗。黑暗中出现了白脸那张淫邪的脸，丑而且恶。他单独潜进村庄搞女人的细节，已被改作由两个保镖护着，醉醺醺闯进一家地主大院。一个妖冶放荡的女人举着风灯走过来。一扇能看见黑影子的窗户。两个越来越贴近的男女剪影。灯灭了，那种听不清又故意是给人听的下流声音。

作家曾翻过当年缉捕白脸的档案。没人知道白脸的正式来历，种种传说都未必靠得住。有人说白脸本来就是土匪出身，一度招过安，本性难移，便又逃到这一带来重操旧业。有人则说白脸是大户人家的子弟，正规军人，只是吃了败仗，无颜回去重见江东父老，才流落到这儿来做草头王。大家一致能肯定的，不过他是北方人，说话极动听，有一身好功夫，而且人长得漂亮。他是靠打抗日旗号起家的，在这之前，他只是凭他那身耍起来好看的武功，为镇上的一家米号做保镖。

档案对白脸的性格做了较多描述，其中特别强调的有两点，这就是凶残和好色。白脸杀人无数，糟蹋女人也无数。和作家最初设想大相径庭的地方，是白脸很有一套勾引女人的办法。他和他的手下不一样，从来不会无论见着什么样的女人，都公狗似的翘起尾巴。白脸糟蹋起女人来也保持着绅士风度。他搞女人的目的，不仅为了肉体的占有，而且包括了心灵的征服。在他横行乡里的日子里，他是一方的皇帝，尽管没有三宫六院的形式，却实在有三宫六院的内容。

确切说，那是个月白风清之夜。白脸去会的那个女人，当年还不能算妖冶放荡。白脸看中的女人肯定不会难看这点毋庸置疑。是白脸使这个良家闺女变成人们眼里的坏女人。这个家境颇宽裕的小家碧玉，所有的美好梦想都在一个瞬间，让白脸的无耻下作扯得粉碎。就像岫云和其他女人有过的经历一样，这姑娘在把自己的美梦重新编织在白脸身上之前，也想到过寻死觅活。"如果不是为了我那可怜的爸爸妈妈，我早就跳了长江。"她不止一次这么对人说，对毫不相干的人说，甚至在后来和白脸打得火热的日子里，也一样唠唠叨叨。她爸爸妈妈人前人后感到脸红。他们只好说："好好的闺女，落到白脸那号乌龟王八蛋手里，就成了这种下流种子，你又有什么办法？"两位老人对白脸深恶痛绝，渐渐对独养女儿也少了些感情。

这姑娘对于白脸，从害怕到盼望他来，又从盼望发展到想做压寨夫人。有那么不长的一段时间，就算白脸这种风月场上的老手，也确实让她搞得神魂颠倒。如果尔勇砍的第一刀再偏左一些，姑娘准保当场送命。锋利的镰刀把姑娘高耸的右乳房。从顶端向心窝斜拉了一下，像剖橘子似的一分为二，并且当场斩断了根肋骨。白脸死到临头，才突然意识到大门洞开，是个多了不得的冒险。当尔勇发现自己袭击错了，举刀重新向白脸砍过去时，白脸往里侧一滚，就势站在床板上。尔勇一刀扑空，紧接着横扫一记，就听见一声惨叫，刀锋剁进白脸的大腿。尔勇的镰刀还没有拔下来，白脸已经抓住了镰刀柄。两人僵持了一会，都想把那唯一的兵器抢在手上。

尔勇有一身蛮力气，加上报仇心切，势在置白脸于死地。白脸见夺不下刀来，猛地一松手，尔勇向后面跌去，他自己侧身一跃，那床哗啦一声坍了。白脸和姑娘一起滚在地上。黑暗中光听见姑娘痛苦的呻吟，尔勇举刀摸索过去，不提防白脸捞起衣服，接二连三地乱扔过来，其中一件衣服突然和刀绞在一起。尔勇用左手去扯那件衣服，白脸趁机夺门而出，后背上轻轻擦了一镰刀。值得一提的是，慌乱中白脸竟没有忘了抢条裤子在手上，虽然这是姑娘的裤衩，白脸却用它在尔勇脸上狠狠抽了一下。尔勇顿时眼冒金星，白的雾飘来飘去，分不清东西南北。月光下，白脸赤裸着身体，无心恋战，白色幽灵一般落荒而逃。

那姑娘在尔勇一镰刀之下，活送了半条命。白脸从此和她一刀两分开，断了往来。姑娘后半世的命运，实在说不上一点点好。没人敢娶跟白脸好过的女人。她在只有人恨、没有人爱的环境中又活了十八年。在白脸又和别的什么女人好上的日子里，也许只有这姑娘一个人，真心地吃醋和痛苦。当白脸恶贯满盈，一排子弹拦腰扫过，像堵墙似的坍倒在山坡上的消息传来，小小的江心岛屿无不欢欣鼓舞。孩子们奔走相告，爆竹声一阵又一阵。只有姑娘独自一个表情悲伤，关起房门来尽情哭泣。总算她收起了去南京收尸的念头。人们看见在很长一段时间内，她头上都带着白花。女人傻起来常常没有底，即使大家眼里的坏女人也一样。

作家采访尔勇的那一年，姑娘坟上的青草勉强遮住黄土。她是一年前的春天死的。就葬在她母亲的坟旁边。尔勇带作家去拜访过姑娘的老父亲，而且在那间尔勇和白脸厮打过的房间里喝了茶。门前是一排杂七杂八的树，其中那株柳树最大，风拂着柳丝，树枝中有鸟儿在叫。尔勇喝了一气茶，笑着对作家说，他和白脸之间的较量，总是不肯轻易结束。"多少次了，不是我差一点弄死他，就是他差一点弄死我。我们多少次，真是差一点。实说了，当年他死了，真死了，我就这么站在他尸首旁边，都有些不放心，真不相信他就算死了。死有时好难，有时又太容易。"

花一年的时间体验所谓生活，对于作家这位机灵的人来说，不仅绰绰有余，而且简直有些奢侈。体验生活对于五十年代的文人，是个含糊不清的字眼。事实上，我们这位作家常常闲着无事可做。在一个与世颇隔膜的江心小岛屿上，作家品尝到了做仙人的寂寞。小镇上虽有个刷了绿漆的邮筒，但是作家已有半年收不到妻子的来信。派出所的工作算不上繁忙，偶尔有些什么事情，也用不到作家插手。那本蓝封面的笔记本似乎再没什么可记，作家就在上面打电影脚本的底稿。小镇上有所极小的小学，作家和小学的女教师总算还谈得来。可惜女教师的男人太喜欢吃醋，动不动就瞪眼睛，常弄得作家十分尴尬。

一年之内，唯一有所改变的，是尔勇和作家的关系。尔勇平时乐意住在派出所，很少回家过夜，两位有老婆的单身汉渐渐话多起来。这一带有一种土酿的酒，用大碗喝，就着价钱极贱的荸荠红水菱，很有种雅俗共赏的味道。乐勇与电影脚本里的主人公，相去越来越远，有时听作家谈构思，一会儿无动于衷，一会儿入了迷，好歹和自己毫无关系。尔勇自己真实的经历，已经让七荤八素的艺术处理，折腾得稀里糊涂。时间不顾一切地向前走着，尔勇不免有真假难辨的疑惑。

尔勇家在小镇的另一头，依然是那栋冷清的老房子。有四个孩子，都是一惹就哇哇叫的小千金。那年头计划生育自然谈不上。作家觉得尔勇不乐意住回去，和害怕凑满五朵金花大大有关。既然尔勇的老婆晋芳五六年能养四个女儿，没有任何理由相信第五个就一定是小子。作家曾经有意无意地，似笑非笑向尔勇暗示避孕套这个标志现代文明的玩意，但是尔勇笑而不语，显然羞于把它当桩事。

到了中秋之夜，作家第一次去尔勇家喝酒赏月。前一天晋芳就亲自来请，第二天又差大女儿娟娟来喊。尔勇说："既是叫我们回去，就去，如果不是你在这，这什么倒头的节，我是不想过的。"

菜并没有做多少，有自己制的月饼。那土酿的米酒不觉喝了小半坛。作家解放前在上海小报上写小说，素以健笔与善饮著称，一时有连载小说中李白之誉。这一次棋逢对手，作家尝到了土造酒后劲的厉害。醉眼蒙眬之际，作家听尔勇侃侃而谈往事。

"我哥，那时候，就死在这。当年那血，从这，直流到那枣树底下，就是那——你真不知道，那兔崽子，那杂种捅了我哥多少刀，你根本想不出来。"尔勇取了块月饼，示意作家自己动手，掰了一小块，塞在嘴里慢慢嚼。他小时候，哥哥尔汉弄了两棵小枣树苗来，种好了天天浇水，哄尔勇说这枣树也是弟兄俩。那其中的一棵枣树当年就死了，剩下的一棵已经高大成材、只是水土不服，结的枣子总甜不了。

夜凉如水，枣树坚硬枝干的阴影，重重投在门前发白的空地上。尔勇又说起他哥哥死了以后的种种事。当嫂嫂岫云如何如何痛苦的话题刚刚展开，晋芳便发起脾气。岫云无疑是晋芳不愿听到的人，如果不是尔勇一连串地呵斥，晋芳难听的话可以像小河一样流出来。好好的中秋佳节大有被糟蹋的可能，晋芳赌气而去，四个千金中有两个被打得哇哇直叫。作家因为喝了酒，也不觉着这场面尴尬，朦朦胧胧地觉得这团圆的日子，能叫老婆恶恶地骂一顿也好。他太太是那种小资情调极重的人，看的都是浪漫派的小说，作家无端地有些不放心，后悔不该弄什么电影脚本。晋芳又赌着气走出来，人趿得似乎更厉害，嘴里只是说："凭什么，我一提到她，你就急？"尔勇笑着叹气，说给作家听："明明是我一提，她就跳起来，你说这女人是不是倒打一耙？"大家听了，都笑，尔勇笑着又说："为了这家，县公安局几次调我，我都没去，你和她有什么道理可讲。"晋芳说："要去县里，你去好了，我不拦你。"尔勇叹气说："你何苦，她好歹也是我们嫂子，这么不容她干什么？"

"干什么？"晋芳双手叉腰，冷笑说："她是你嫂子。我们可不敢有这种下流的嫂子。"

作家回到住处便大吐一场，然后倒头睡觉，半夜里又起来吐了几场，搞得一房间臭味。他告辞时，尔勇曾提出和他一起回去，作家那时候已有些站不稳，满脸堆笑，嘴里却说："这是什么话，什么话？一年里有几个中秋节，我老婆不在这儿，那是没办法！"一路东倒西歪，拖着自己的影子，过了两次极窄的木板桥，竟没有掉到河沟里去。

这天晚上，作家没有梦到老婆，他梦见那株枣树，坚硬的树枝把他从酣梦中戳醒。

第三章

尔勇几次想和作家谈谈岫云的事。

作家对这个话题，始终不是太用心。

作家后来和岫云见过几次面，都是偶然的原因。

有一件事，尔勇从未对人提起过。这段往事实在窝囊，想到就难受。那一年，他刺杀白脸功亏一篑，多少算报了些仇，连夜带着寡嫂岫云奔南京。他们搭了条江船，溯水而上，一路仍摆脱不了惊慌。船上干活的伙计，都当这两人是夫妻，让他们住在一个舱里，江上时不时遇到日本人的巡逻艇。好不容易快到南京，那船叫日本宪兵扣住了不许开，又活活地耽搁了一天一夜。

不过是一年多的工夫，变化巨大，岫云简直是有隔世之感。尔勇初到南京，第一次领略都市的繁华，痴痴地跟着痴痴的岫云，眼睛不时向四下匆匆乱扫。眼前都是陌生人，没人注意到他们从哪儿来，更没人理会他们往哪儿去。岫云已是极虚弱的人，拖着两条注了铅水的腿，走得失了信心，幸好途中遇到了黄包车，岫云上前要下来，还了价，直奔东关头。

没想到岫云的父亲筱老板半年前就死了。继母张氏无处报丧，从兄弟那儿过继了个儿子，一个半傻不傻，见人不是笑就是瞪眼睛的小伙子。尔勇没见过筱老板的模样，看着寡嫂痛失慈父，心头跟着发酸。他因为避着白脸的缘故，一时不便回乡，原计划在南京躲藏一阵，现在这家里没有个像样的男人，倒有些进退两难。他曾经听嫂子说过这位张氏的厉害。

没想到张氏极爽快地留下他们。筱老板很可能没留下什么钱来，那张氏总是不知不觉地哭穷。岫云好歹也是又惯又宠长大的，本不是那种有心机的人，如今父亲死了，张氏肯收留已是天大的面子。嫁出去的女儿泼出去的水，更何况还领了个不相干的小叔子来。岫云极识相地拿出钱来贴补家用，张氏口是心非地得了钱，却不会见好就收，从此哭穷更急，连个喘气的节奏都舍不得给。

尔勇第一次有了寄人篱下的感觉。他深悔没有一举成功砍死白脸，反落得自己失了退路，有家不能回。打掉了牙往肚里咽，人穷有时只得乖乖志短，他由岫云陪着，去找尔汉当年的老板李老板。李老板这年生意兴旺，财大气粗，两只牛眼珠子在岫云胸前滚来滚去，满口地答应。尔勇在李老板那干了不到半个月，那李老板借机来看岫云七八次，岫云的后母是过来人，肚子里点了一千瓦的大灯泡，早已见惯了这类把戏，找机会当着众人的面，什么话都挑明了说："筱老板生前也没什么对你不到的地方，你那贼肚子里装着什么坏水，当我不知道？"李老板忙不迭赔笑脸，嘴里师娘长师娘短叫个不歇，又说了东家当年的种种好处，但是他那师娘依然竖着脸，不等李老板唠叨完，泼口骂道："你个贼杂种，你的娘我们担当不起，少来灌你娘的迷魂汤。当年吃我耳光的日子忘了？实说了这家里放着老少两代寡妇，你少来。若是你这家伙想换换口味，先回去把你那黄脸婆离了，再来明媒正娶，若论想占便宜吃点什么，你试试看！"

李老板好大没趣走了，第二天便找尔勇碴子。尔勇正憋着一团火，三句话没说完，操起拳头就往下砸，揍得李老板鼻血喷涌而出，流得一下巴一胸口。店里其他的伙计捂着嘴一旁看笑话，待尔勇住了手，才一个个上前假装拉架。李老板不比年轻时的气势。嘴里还不服软，骂尔勇是杀人犯，没必要在这抖威风，杀头掉脑袋的日子在后头呢。尔勇也懒得和他斗嘴，取了衣物，和管账的算了工钱，扬长而去。途中经过一家酒店，那女招待用极好看的眼睛勾他进去，尔勇有心赌气进去喝一通酒，立在门口犹豫了再三，又径自去了。

尔勇回家满心不痛快，岫云深悔推荐他去李老板那儿做事。本想借说李老板几句，给尔勇消消气，没料到反惹起尔勇一团火，跺着脚骂道："我哥当年怎么会跟这样的畜生做事，依着我，早揍得他屎出来，亏你还有性子和他来往。"岫云有口难辩，又不知道怎样安慰尔勇，只得呆呆地陪小叔子傻坐。她明知道李老板和后母张氏有一手，那筱老板生前也有所察觉，她让尔勇去李老板处谋事，多多少少，有意无意的是想利用这种关系，没想到背了石臼做戏，吃力不讨好，偏偏弄巧成拙，几头都得罪了人。岫云又抱定了家丑不外扬的宗旨，事物的原委不便细说，因此除了陪坐叹气，还是陪坐叹气。

依着岫云的劝说，尔勇将半个月的工钱，如数缴给了张氏。张氏客气了一通，让尔勇看了三天的好脸色。第四天刚刚到，那脸色又和先前的一样，硬邦邦地直竖在那里，叫人都不忍心看。尔勇真心真意地想搬出去住，一来找不到房子，二来即使暂时找到了，也付不起定钱。咬着牙一日三次地出去找工作做，找来找去，有几次还是岫云陪着，没活干仍旧没活干。不得已日日去外秦淮河码头背米，那是桩吃苦的差事，尔勇虽然庄稼人出身，有一股子牛力气，常常也累得半死。回到家中，一身的臭汗都不想靠近人。

尔勇想搬出去住的一个重要原因，实在是住的地方别扭。他和岫云几乎是睡在一间屋子里，中间虽隔了一道极薄的夹墙，那门洞虚设却没有门。拉了半截布做门帘，里外都看得见人的脚走来走去。两边的声音听着清清楚楚。尔勇常常被岫云夜里起来用马桶的声音弄醒，岫云则时时听见外间竹榻叽叽嘎嘎，知道尔勇翻来覆去睡不着。

事实果然如预料的一样，张氏安排他们这么住别有用心。按理由，尔勇完全可以住到她过继的儿子房间。那小伙子近二十岁模样，一副受虐待的苦脸相，除了见他为张氏捶腿捶腰，总不见他做过一桩什么正经事。他住的是厢房，算不上大，再放一张床却绰绰有余。尔勇几次三番地想向张氏提出来，搬到她那过继的儿子房间去住，话到嘴边，终究说不出。俗话说，身正不怕影子歪，好藕不怕沾泥，张氏既然觉得安排他们这么住没关系，他提出异议反倒坐实了心虚。何况客随主便，他寄寓人荫下，有个落脚点就不错，哪来的挑三拣四的道理。再说这事也应该由岫云提出来合适，不管怎么说她管张氏叫妈，尔勇如果贸然说了，张氏说不定会疑心岫云对他多情。自己清白了，害得岫云无辜受累，这种事尔勇不能做。

尔勇一门心思地想搬出去住。世上的事偏偏不让人称心，他越是想搬出去，越搬不出去。背米的工钱本来微乎其微，他因为一日三餐吃在外面，加上重体力消耗把个胃弄成无底洞，吃多少都不嫌饱，剩下的钱缴给张氏，连买个笑脸都不够。岫云的那点私房早已贴干净，尔勇拼死拼活的血汗钱，用张氏的话来说，单单岫云一个人吃饭也不够。话难听时，啰里啰唆地说米贵柴贵，又说如今的房子什么价，若是租给人住，不知要得多少多少钱。

岫云的日子也不好过，她一个小鸟依人的性情，小时有筱老板宠着，嫁了人总以为丈夫是靠山。丈夫横死，回娘家是不得已的事，明摆着后母张氏一日更比一日不容她，岫云有机会和尔勇说心里话，言谈中大有如果不是为了躲白脸的报复，真不如回乡下好。她的意思，是尔勇继续留在南京，她独自回去，嘴上这么说了几次，想到当真一人回去，无论是在路上，还是住乡下家里，心里都有些怕。

张氏有打麻将牌的嗜好，向来是在邻居任家里雀战，输赢不大，日日晚上要过几圈瘾。自从任家新娶了媳妇，张氏便把牌桌移到自家来，就放在尔勇睡觉的地方。时常三缺一，岫云只好作陪。她难得打，手是生的，脑筋迟钝，又不好意思太顶真，因此只见输，不见赢。尔勇白天里背米差不多散了骨架；到晚上又不能早早睡，硬头皮到张氏那过继的儿子处串门，先还受欢迎，让他翻翻陈年旧月的报纸，渐渐地不客气了，把他晾在一边，小伙子自己倒头睡觉，呼噜声吵得人心烦。

尔勇一生的不得意，一生的窝囊，一生的晦气和别扭，都集中在这不长的一小段时间。他有时想想，真不如索性回到乡下，和白脸拼个你死我活来得痛快。月有阴晴圆缺，尔勇坐在小天井里，头顶上一块极小的天，听着屋内哗啦啦的麻将声，女人之间有一句无一句的闲扯，他心头不由动起了各种各样的念头，其中一个最重要最干脆的想法，就是寻死不如闯祸，索性豁出去。天下之大，总有容人处。

那天注定有事。千年难得轮到岫云赢了些钱，偏偏输家是张氏。张氏原不是有牌品的人，桌面上就横怪竖怨，说岫云存心不给她牌吃，散了伙嘴里还是没完没了。岫云只好当没听见，打完牌，照例是磕了一地的瓜子壳，她一边极麻利地扫着地，一边随口说道："今天总算赢了个瓜子钱。"没想到张氏突然变脸，冷笑道："我听出姑娘话里头的意思了，该不是嫌我总吃了你的瓜子吧。幸好还有好几张嘴一起动呢，要不然我们担当不起！"岫云连忙赔笑说："娘也真会多心，别人家都是一颗心，偏娘多生了一个。女儿买些瓜子孝敬你老人家嘛，也是应该的。"

张氏说："少变着法子骂人，我原是两颗心的，你当心才是。"

岫云做出受委屈的样子，似笑非笑说："娘，你看，叫你不多心，还是多心。"说了，扫帚又在扫过的地上，做掸的动作。张氏看在眼里，嘴角抿着，越发的不高兴。

岫云又说："譬如今天一分钱也没赢，我全买了瓜子来吃，怎么样？"

张氏脸上极难看地冷笑着，不说话。岫云一时窘在那儿，下不了台，硬头皮十分亲热地又叫了声娘，没想到硬僵僵地得了这么一句："哟，好姑娘，你那娘，我们做不起，饶了我们吧！"岫云听了，红着脸说："娘怎么这样说话？"

"什么这样说话那样说话，"张氏看着尔勇板着脸走进来，知道所有的话已经都落在他耳朵里，不示弱地瞪了他一眼，"我在自己家里，想怎么说话还不行？"

尔勇一肚子火憋在心里，赌气对岫云说："赶明天别打牌，输也不是，赢也不是，这倒头的麻将牌，有什么好打的。"张氏一听这话，双手把定了腰，眼睛使劲斜着，只见白不见黑，说："乖乖，好大的口气，是嫌我占了你的房间握了几圈麻将，心里不痛快是不是。我告诉你，这没办法，我又没请你住这！"尔勇热血直往脸上冲，也硬僵僵地还了一句："你呀别凶，我一找到房子就搬，当我想赖在你这儿不成？"张氏冷笑说："阿弥陀佛，早走早好，我烧着香求你快找房子呢！"

岫云在一旁急得没主意，一边替尔勇赔不是，一边暗暗拉扯尔勇，让他别作声。张氏又看在眼里，就跟得了什么把柄似的，胸有成竹地暗暗窃笑。尔勇早看不惯张氏的嚣张，自言自语嘀咕道："别见着我嫂子人老实，就尽拣软的捏。"

张氏立即声高起来，指着岫云对尔勇说："哎哟，我还不晓得呢，你这位嫂子老实在什么地方，说给我们听听。说呀——"她这一声高，惊动了四下乡邻，有推门出来，立在小院里听的，也有直接过来劝架的，那张氏却更来了劲，声音更高，措辞更刻薄。尔勇说，有理不在声高。张氏偏大声叫喊：“我凭什么不声高，我又没做什么见不得人的事。”

尔勇恶声说：“你把话说说清楚，谁做了见不得人的事了？”

张氏说：“我哪敢，哪敢说你，说你们，水牛吃了萤火虫，肚子里雪亮，谁做了什么事，还不自己明白。我说你们杀了人啦？我说你们小叔子偷嫂子，嫂子偷小叔子啦？乖乖，幸好没说，说了还不知怎么不得了呢！”

岫云气得乱打摆子，抽泣着想说什么，却没有词，依然是拉着尔勇，不让他冲到张氏面前去。张氏别有用心地向观战的人使眼色，嘴角也是那种别有用心的微笑。尔勇忍耐到了极限，撒起乡下人的粗野来，嘴里恶声骂着，一把推开岫云，捞起张小板凳便向张氏扔过去。劝架的见动了真格，赶快把张氏拉走。张氏脸吓白了一阵，回到自己房里，嘴皮子又厉害十倍，话自然更难听。那些邻居听得有味不肯走，附和着说笑。对尔勇和岫云的关系，人们本来就有些疑心，加上张氏一贯人前背后有意渲染，早存着不过就是那么回事的想法。秦淮河边的人家，向来对男女之事看得穿，想得开。岫云是那种有姿色的女人，既然委屈做了寡妇，人们想象中她就不应该太安分。而且小叔子死赖在寡嫂家里，瓜田李下，多少有些罪过。黄泥巴掉到裤裆里，不是屎也是屎。

这一夜，没人知道他们什么时候睡觉。张氏出了口恶气，极容易地进了梦乡。外面月朗星稀，小窗户往外面看，只觉得十分的亮。尔勇和岫云都睡不着。没有声响，除了里间和外间的人，在床上尽量轻轻辗过的嗦嗦声。没有梦的世界，都在等天亮，都在想这地方不能再待了，都有种解脱的感觉。

第四章

白脸的报复，来得缓慢而凶猛。这中间隔着很长时间。很长的时间内，又有过一个白脸和尔勇携手合作的很短时间。报复既在命中注定，就有避免不开的意味。从一开始，尔勇就知道他和白脸之间，只能是你死我活。你死我活是唯一结局，迟早而已。

很显然，白脸的疯狂报复，和尔汉当年的被杀毫无关系。事实上白脸杀人如麻，根本不把杀个把人当回事。对于他来说，不知道什么叫陈年旧账，杀了就是杀了，没有后果可言，人一死，所谓一了百了。甚至尔勇当年刺死他，他也是至死不曾明白过。他这人的脾气。竟是懒得会想究竟谁想谋害他。他觉得他谁都可以杀，因此，谁都可能反过来杀掉他。当年他拎着女人的花裤衩落荒而逃，说不出的狼狈。正因为威风扫地，所以很少乐意重温这种旧事。大难不死，本是桩感激不尽的买卖，白脸一辈子出生入死，也就不当回事。

那群如狼似虎的人向尔勇家扑过来时，已经入了共产党的尔勇早就得到消息躲开。那一段时间，白色恐怖甚嚣尘上，尔勇肯定不会待在家里。这一点也恰恰是白脸的预料。他领着手下，气势汹汹，就像当年他高擎抗日旗号一样。这次的招牌是清乡剿共，他从来没把尔勇放在眼里过，捉不捉住尔勇他无所谓，他只不过要向人们证实，即使是日本人来了，他白脸仍然是白脸，仍然是这江心小岛的主人。他靠抗日起家，随着日本人势力的增长，又极识相地变不抗日来保本。

那时候，尔勇在共产党队伍里干了已两年。自从尔汉惨死，尔勇没有一天真正意义上的忘却报仇。虽然他和白脸一度处于同一战壕，共同的抗日主张化敌为友，但是尔勇从来不忘你死我活的唯一结局。尔勇最大的过错，仍然是他的运气还不够好。机会像手指缝里的水一样流过去。死里逃生，在尔勇和白脸漫长的较量中，早有了特殊默契的含义。往后的岁月，短暂而漫长，最终的结局到来之前，他们彼此不止一次死里逃生。

晋芳强敌面前，表现得英勇过人。也许觉得尔勇并不在危险之中，也许根本就没想到危险，她大喊大叫，不停地跳脚。好男难与女敌，白脸的手下一时有些手足无措。转眼间，尔勇家翻箱倒柜，鸡犬不宁。凡是能打碎的东西都砸了，三和尚扛起晋芳陪嫁时带来的一面大方镜，跑到外间，当着众人的面，死劲地摔下去，碎镜片顿时飞了一地。随着那"哐当"一声巨响，晋芳连续几个碎步，跑到了三和尚身边，拉着他的衣服要拼命。三和尚连打带踢，偏偏晋芳死扯住了不放。白脸的手下便笑着说："三和尚，这女人看上你了，瞧她，对你多有那个感情！"说完，极放肆地哈哈大笑。笑声刺激了三和尚，加上他脸上又叫晋芳狠抓了一把，一时性起，把晋芳掀到在地上，抓起她一支左脚，绞麻花似的转，又乱踏晋芳的下身，嘴里歇斯底里地叫着："我让你凶，让你再凶！"晋芳硬是不讨饶，手乱动，嘴上还是骂，人已经滚了一身泥。

晋芳的一条腿，就是这一次让打瘸的。她痛得满地滚，骂不绝口。她的不屈不挠的抵抗，早让三和尚火冒三丈。不过像三和尚这样的悍匪，手刃晋芳这样手无寸铁的弱女子，同伙面前有失身份，白脸的队伍正在壮大，三和尚已充当了小头目这类的角色。晋芳忽然一声惨叫，三和尚触电一般地撒了手。经过短暂的沉寂，晋芳号啕大哭，侧躺在地上，翻不了身。三和尚一边往回走，一边嬉笑着说："碰到这样的女人最丧气，缠着你不放，竟一点办法都没有。"同伙中有一个跟着说笑："这还不算麻烦，你若是在床上碰到这么一位，嗨，那才叫糟呢！"

晋芳大哭了一阵，转成了抽泣。她家里原养头小母狗，禁不起这帮土匪强盗乱打，早跑到一边去了，这会又来到晋芳身边，东闻闻西嗅嗅。白脸在一旁看着，慢腾腾地摸出手枪来，上了膛，走近了，指着小母狗的脑袋，一扣扳机，小母狗向前一窜，瘫在地上变成了一团死肉。晋芳着实受了些惊吓，睁大了眼睛看白脸，人往后缩。白脸重新瞄了瞄准星，举起来对着晋芳，又笑着把枪收了，懒洋洋地说："你男人回来，这就是下场。"脚伸出去，踩在僵硬的木棍一般的狗腿上，辗了辗。和尔汉的被杀大不一样，这一次几乎没什么看客。太平镇上的人似乎对太平失了信心。有杀人的，自然有被杀的人。人既然处在杀或被杀之外，本能地躲得极远。从窗洞里，从不为人知的墙角处，从细细窄窄的门缝，有几双眼睛匆匆扫了几下，一切都归于太平，寂静得恰如什么事也不曾发生。

如果岫云知道白脸那帮人正在说笑什么，她吃了豹子胆，也不会去照应晋芳。显而易见，她的莽撞行动愚蠢至极。那边早有人找了锅来，重新架在灶上，点火煮水。擅长杀狗之徒，在枣树上插上匕首，把狗挂上去，双手十分麻利地剥起皮，就听见"哗哗"的声音，转眼间那瘦骨嶙峋的鲜红色的身体，脱了皮袄，全然暴露在人面前。晋芳躺在地上，十分惊恐地望着眼前的一切，那一双手在狗身上熟练地忙乱，血污撒尿似的往下滴，忽快忽慢。一股又腥又臊的臭味，迅速蔓延开，像一阵浓雾直逼过来，压得人喘不过气。

晋芳的腿一定断了，要不便是骨头上有道很深的裂纹。她试着向前爬，刚一启动，慌忙惨叫一声，叫声引起白脸一伙的哈哈大笑。三和尚笑着对那正用刀剖开狗肚，把肚肠子拉出来抖在地上的同伙说："你小子老喊不碰女人，今儿还不是现成的吗，喏，头儿在这，我算替他答应了，怎么样，就算今儿为弟兄们忙得辛苦，慰劳慰劳。"那杀狗的当真停下手来，看什么似的对晋芳上下打量一番，回转过脑袋，笑着对三和尚说："你小子一肚子坏水，我的事，用不着你忙。你又不是没那玩意。说得倒好听，你替头儿答应了，乖乖隆里，好大的口气！我们干脆以后都听三和尚的算了。"说完，正待进一步去折腾那狗，眼珠子突然定在那儿，直了。

岫云就在这不合时宜的情况下，很不识相地出现。她根本没有预测到自身将会有的危险，她根本顾不上什么危险。一刹那，她觉得前面躺的就是她那血肉模糊的丈夫，身上全是窟窿全是眼儿全是洞。那个被称作勇气的东西，一旦贸然来到岫云这样怯弱的女人身上，所有的问题便变得更麻烦，更不可收拾。她眼前只有晋芳这个人，这个躺在地上折了腿的，一向对她充满敌意和戒备心的女人，她冲她缓慢地走过去，心头洋溢一种她不明白而人们誉之为崇高的情绪。

所有的眼神都射向岫云，甚至那条倒挂在树上剥了皮的狗眼睛，也痴痴地盯着岫云看。时间突然之间静止，岫云上上下下叫那些男人的眼珠子射得千疮百孔。她身上的衣服已在幻觉中消逝，赤裸裸地按照男人们的想法，活生生地出现在男人们面前。白脸以他在鉴赏女人方面的挑剔，一眼就看到了岫云的过人之处。他还没来得及喘气，没来得及眨眼，便叫眼前的尤物迷住了。

晋芳正好和岫云形成了鲜明对比。一个女人的粗糙，更有力地衬出了另一个女人的细腻。乡下女人典型的黝黑皮肤，让那些乡巴佬出身的土匪强盗，第一次领悟到城市女人的种种好处。晋芳依旧一摊泥似的瘫在地上。岫云缓慢坚定地走了过去。从那死狗身上散发出来的腥臊臭味，陡然无踪无影。白脸侧过脸去，打听岫云的来由。岫云小心翼翼，庄严地走到晋芳身边，竭尽全力想把她扶起来，但是扶不动。白脸示意两个人过去帮忙，立刻有两个人屁颠颠站起来，屁颠颠地走到站着和躺着的两个女人身旁，迟疑了一下，弯下腰，在晋芳的惨叫声中，把晋芳抬起来，送回家放在零乱的床板上。岫云默默跟着，脚步发颤，仿佛走在云里雾里。

这以后，岫云足足忙了一整天。先是帮晋芳擦洗，洗完了，再收拾房间。屋里糟蹋得不成个样子。马桶被砸向墙壁，里面的污秽淌了一地。墙上的一张年画，绝大部分已在地上，剩下的一小块，猪耳朵似的竖在那里。外间狗肉煮熟的气味，和着房间里的恶臭，熏得岫云一阵一阵想吐。房间收拾完，一切安排妥当，外头白脸领着人大呼小叫去了，剩下些狗骨头和汤在锅里。

这一夜，岫云就住晋芳屋里。晋芳一夜呻吟，使得妯娌之间的隔阂，短时间地消失殆尽。岫云很晚才在晋芳脚头睡下，迷迷糊糊记得自家大门都没关。她太累，再附带有些怕，合上眼睛想休息一下，不料竟睡着了。第二天抽空回去，那大门已经虚掩上了，她因此怀疑起自己的记性，进屋拿了些东西，又去照顾晋芳。那晋芳腿还是疼，还是动不了，到晚上又有留岫云的意思。岫云一口答应，借口回去收拾收拾，晋芳先睡。

就算岫云知道白脸正在她房间等候她，她依然逃脱不了白脸的手心。白脸只有看不上的女人。却没有弄不上手的女人。妯娌之间暂时的和好，岫云心头十分愉快，她暗暗哼着一首未出嫁时常唱的歌，极轻松地推开房门，老地方摸到了煤油灯，划着火柴，她并不知道自己回来干什么，只是觉得应该回来一下。

白脸正坐在床沿上冲她笑，摇曳的灯光增添了他脸上的光彩。疑惑比吃惊更先来到岫云心头，她先怀疑，然后才是害怕。白脸的笑那么平静，岫云一开始都吃不透他的用意，她只是出于本能地向门口跑去，但是白脸比她快了半步。门外一片黑暗，白脸倚在大门口，仍然先前那样地笑，岫云房间的那盏煤油灯还点在那，看得见墙上的黑影跳动。

岫云立刻全线崩溃，她的脚仿佛陷进了泥沼，并且越陷越深。白脸突然背过脸去，大步走过门前的空地，到了那株枣树下面。掏出家伙撒尿。岫云只看到一道白色的曲线，源源不断地浇向树根。尔汉当年也常在同一个地方做同一件事。白脸又慢慢走过来，脸上还是那种漫不经心的笑，就像回自己家一样。

第五章

多少年以后，尔勇对在南京做保姆的岫云拜访的时候，实际上她已经和老乔那个上了。老乔叫乔发品，人都叫他老乔。用人们常说的话，他们早勾搭上了。尔勇看在眼里，心中不愿意这么想。

尔勇去，正是岫云坐床上，穿着城里人的短裤，哄老乔女儿睡觉的时间。很可能当时岫云也迷迷糊糊地睡着，隐隐听见门外有人敲门，爬起来，开了门，尔勇已站在小院子里。

尔勇来南京参加一个治安方面的会议。通过公安局的熟人，尔勇很轻易就找到了岫云的地址。像岫云这样的女人，只有公安局才能找得到。听尔勇说他想去见见她。公安局的熟人不免吃惊，总觉得去见一个在局里挂了号的女人，多多少少有些冒昧，起码也是不合适。尔勇说："她好歹还是我嫂子，按礼上说，我也该看看她。就不知道那家人家怎么样？"公安局的熟人说："我们具体也不太清楚，反正夫妻俩都是干部，那女的好像一直不在家，这女人——你嫂子在那，主要是带小孩。"

恰好是梅雨季节，出门时，公安局的熟人让尔勇穿他的雨衣，尔勇嫌闷热，取了把旧纸伞，没料到有一阵无一阵的雨忽然大起来，那纸伞上不止一处破洞，半边身体都淋湿了。地方不算难找，要寻的那条街道，问了几次便在眼前，只是门牌上的号码有些绕人。敲了半天门，没人应，尔勇索性一推，人进了院子。

岫云几年不见，人似乎又胖了些，那两条极白的大腿匆匆在眼前晃过，忙不迭地找裤子穿。尔勇十分自然地看着岫云，岁月磨炼了人的意志，他已由当年过度的腼腆，变得恰到好处的成熟。等岫云慌乱套上长裤，又草草地把头发掸了掸，尔勇才正式开始说话。他一直觉得自己不善言辞，这是典型的乡巴佬的遗憾，因此，他轻易不说什么话，简单地敷衍之后，便望着岫云微笑。

这几年是个空白。岫云不由得两颊发热，羞愧地低下头来，就像那年白脸被打死后，她随着那些举了手的匪徒，从尔勇面前走过时一样，岫云想自己实在无脸面对尔勇。她觉得自己不可饶恕，罪在不赦，而尔勇流露出来的那种善意的微笑，自然而然地显得过分宽容。对于岫云来说，那熟悉的善意宽容的微笑，同时又是十分残忍。它勾起她难以忘怀并且最不想回忆起的旧事。

尔勇自己捡了一张椅子坐下。在岫云眼里，人胖了些总是好事，她对尔勇的腰身注视了一会，又重复那句："真想不到你会来。"

尔勇笑着说："几次想来看嫂子，你的地方不好找，要不然，要不然早来了。"

岫云想问，尔勇又是怎么会问到这个地方来的，话到嘴边，又没问。她知道尔勇在公安局做事，一起做保姆的人常说，像她这样身份不明白的人，躲到天边去也瞒不了公安局。她因为自己和白脸的关系，真想一辈子也不要再见到尔勇。

"嫂子这一向还好吧，"尔勇抓了抓叫雨淋湿的头发，继续笑着说："看看气色，也还不错，听说这家一家——"

岫云突然脸一红，低着头说："你别叫我嫂子了。"她想说："我没脸做，我——不配。"心里一阵绞疼，眼睛已经酸了，连忙极做作地笑出来。

尔勇怔了一怔，有些吃不透："嫂子这话什么意思？"又说，"我是一直没把自家嫂子当外人，除非嫂——子，"一抬头，看见岫云眼泪唰唰流下来，话到嘴边说不下去。

岫云流了一会眼泪，心里头倒痛快了许多，她看着尔勇不言语地坐在那里，嘴里忍不住又说了声："真想不到你会来！"尔勇不由笑着说："嫂子老说这句话，该不是不欢迎我来吧。"岫云听了，情不自禁地说："不要说你亲来，只要你还能想到一点嫂子，我就感激死了。"说了，破涕为笑，转身去拿脸盆毛巾，让尔勇擦把热水脸，又叫他把半湿的衣服脱了，连声问他凉不凉。这情景仿佛又回到了当年在南京的避难。岫云找了个大白搪瓷缸，放了些白糖，冲开水给尔勇喝。

两人显然都想把中间有过的不愉快事回避掉，因此都只谈眼前的事。岫云与过去相比，老了许多，已是个十足的妇道人家。虽然脸上也会一闪而过那种羞答答的神情，但是那种少女时代的余韵，犹如人临死之前的回光返照，更容易引出人的一段辛酸来。尔勇喝着白糖甜水，心里是另一种滋味。哥哥尔汉死得太惨太早，他做弟弟的，却没能保护好寡嫂。

老乔的女儿，在床上翻了个身，说着梦话又睡。这是个三岁左右的孩子，看上去十分白皙。岫云笑着跑过去，坐在床沿上，一边拍哄早已不作声的小孩，一边回过头来，说："这孩子，人不大，睡着了老做梦。"

尔勇的原意，是看看岫云就走。治安会议已经结束，他打算明后天回太平镇。没想到临了留下吃了饭，还住了一夜。男主人老乔是个极好客的热心肠，见了尔勇，倒像是认识了许多年一样。他在一个机关工作，是个科长之类的干部。人十分潇洒，除了眼睛略小一些，算得上是个美男子。尔勇第一次发现，男人里头，也有皮肤和女人样细腻的人。老乔比尔勇高出了一个头，因此说起话来，总有些居高临下。他是个话多的人，一说了，就没有完。

岫云做了两样拿手菜，又上街剁了盐水鸭和三毛钱的猪头肉。老乔新开了瓶白酒，取了两个极小的酒盅，嘴里十分热情地要尔勇不客气。尔勇不客气地坐了，心里暗笑那酒盅半爿鸡蛋壳似的太小，太精致。岫云哄孩子吃饭，嘴里哄着，耳朵里听两个男人说话。老乔口若悬河，说到有趣处，岫云便抿嘴一笑。这笑里面有种种含义，尔勇没法不往心上去。

老乔的女儿，本来是送幼儿园的，偏偏老要生病。她母亲一年半载地在外头工作，官做得比男人都大，已经是副县长。岫云来了以后，小女儿身体渐渐好了，和医院绝了缘，老乔因此逢人必夸岫云。夸完了岫云，老乔又和尔勇讲他解放前怎样参加地下工作，讲得十分惊险，尔勇听了，又信又不信。

"我们这些人参加革命，老实说，老实说和你们不一样，"老乔喝了两盅酒，示意自己酒量已到了极限，又示意尔勇尽情喝，"喝，这酒，能喝掉，我最高兴。你知道，为什么说我们不一样呢？你想，你们是苦大仇深，为了自身的解放，才投身于革命工作的。我们呢，我们不一样，你想，你只要想想我们是什么出身。像我和我爱人，都出身于剥削家庭，我们参加革命，那是背叛家庭。为了人类的解放，我们背叛了家庭。"

老乔的女儿似懂非懂地听着，一个极小的孩子脸上已有了些大人的表情，尔勇觉得非常有趣。岫云总是在偷偷地注意他，他不得不做出十分认真听讲的样子。老乔说："像我这样的家庭，那还算不了什么，你知道我爱人，我是说我爱人她家，当年有半个县城都是她家的。半个县！"

"半个县？"尔勇吃了一惊，想象不出半个县有多大。

"可不是半个县，"老乔拎起酒瓶，给尔勇斟满了，喊着："来，你能喝，看得出的，一口一杯，喝完，干掉！"尔勇生性贪杯，喝酒是爽快脾气，艺高人胆大，一气喝了大半瓶。老乔说，留一点没意思。于是喝个精光。

那老乔最佩服能喝酒的人，佩服之余，又嫉妒尔勇当真喝了这么多酒。尔勇脸微红，话也多了几句。趁尔勇去上厕所，老乔便向岫云说他已经醉了。岫云连忙留心，果真觉得尔勇走路似乎摇晃，而且多多少少有一些垂头丧气。外面又下起大雨来，尔勇要告辞，老乔和岫云执意不让他走。

尔勇也奇怪自己竟然会住下来。老乔和岫云都以为他醉了，他也不愿意强辩，索性由他们说去。两个人背着他做了几次眼色，只当他酒后糊涂，不知道他一肚子算盘珠，心里全有数。岫云倒了水，伺候他和老乔洗了脸，又洗了脚，又说了会话，大家睡觉。岫云和小孩睡一间屋，哄睡着了小孩，又从床上下来，听见老乔还在那边大声说笑，一眼瞥见尔勇的衣服孤单单地挂在那，情不自禁上前摸了摸，还是湿的。尔勇和老乔睡一张床，说了大半夜话。他有些后悔不该来看什么嫂子，他已经没有嫂子了，心头有的只是一种厌恶和疲倦。究竟厌恶谁他说不清。天亮时他才迷迷糊糊睡着，在梦中，他第一次梦到了早死的谢司令。

第六章

谢司令是无锡人，家乡口音极重。尔勇最初给他当警卫员时，常常为听岔了音，闹出笑话来。司令部的警卫员，平时闲着玩笑，便是模拟谢司令的腔调。谢司令十十足足一副书生模样，原先是县中学的校长，地下党，抗战爆发，领了一群人在这一带打游击，队伍发展得很快。尔勇投身革命，最想不通的一件事，就是收编白脸的人马。多少年过去了，尔勇仍然觉得谢司令当年棋错一着。

自从刺杀白脸不成，尔勇第一次和白脸见面，是白脸接受改编后一个月。那时候日本人已经注意到了这个孤立的岛屿，几次和白脸发生冲突。那白脸手下一帮乌合之众，先不把日本兵放在眼里，仗着地头熟，小打小敲斗了几次。等到正式接触，叫机关枪压住了一扫，一个个顿时傻了眼，溃不成军。幸好谢司令带了人马赶来接应，白脸才在绝境中，有了条活路。

白脸因此躲着不敢见人，谢司令派人和他谈判，谈妥了，封白脸为第四小队队长。当谢司令领着尔勇到白脸那里视察时，白脸已经恢复了元气，乌合之众依然凑拢起来。

谢司令自然要用共产党的一套，对白脸的队伍进行改造。但是大敌当前，许多事情事实上也顾不过来。谢司令约法三章，白脸一口答应，高声说谢司令既是他白脸的救命恩人，不要说约法三章，就是成千上百条意见，也不敢说个"不"字。

白脸在谢司令面前装足了孙子。尔勇再次眼睁睁地失去送白脸归天的机会。他和谢司令在白脸的大本营住了三天，干掉白脸可说是唾手可得。那天晚上，白脸和谢司令谈了许久，临走，谢司令嘱咐尔勇送他一程。

这是尔勇和白脸之间，唯一的一次正面交往。他们俩你死我活，追过来，杀过去，实际上的面对面并不多。这次机会失之太可惜。虽然尔勇只是个普通警卫员，白脸却放下小队长的架子对他百般敷衍。那是个星光之夜，细细的月牙儿尖刀一般地戳在天上。微风吹过，庄稼沙沙响。青蛙叫着，仿佛在叫"报仇，报仇"。乡间小路忽宽忽窄，白脸一会和他并排，一会又走在他前面。第一次刺杀白脸失误的阴影重现在尔勇心头，他发誓这一次务必要干得出色些。头一枪当然是打脑袋，然后可以从容地打完其他子弹。或许以匕首更好，不声不响从后面扑上去，干净利落，也捅他个千疮百孔。天下之大，何处不可以抗日，只是，只是这么做有些对不起谢司令。犹豫这玩意一出现，尔勇到手的机会便没了踪影。

白脸的手下突然从路边冒出来。他们和尔勇打着招呼，然后拥着白脸扬长而去。

多少年后，时过境迁，轮到尔勇领着人缉拿白脸。白脸已经穷途末路，丧家之犬似的到处乱奔。如果不是为了一网打尽，尔勇早把白脸抓获归案。大约有半个月，白脸的一举一动，始终处在尔勇的严密监视之下。这是猫和耗子一起玩的游戏。甚至尔勇也觉得这结局，太可笑太可悲。恶有恶报，白脸杀了他的哥哥，奸了他的嫂子，又打断了他老婆的一条腿，当三和尚被押回原籍公审时，整个太平镇的人，都为不能亲眼看见枪毙白脸感到遗憾。三和尚剃光了脑袋壳，让开花子弹打成一摊稀泥，血浆喷出去多远。相比之下，白脸的死实在有些太便宜。

谢司令直到临死，才认清白脸的真面目。死到临头，一切都变得太晚，太无济于事。谢司令生前威名远扬，死后又树碑立传，但是他的遇害太惨，太不明不白，太叫人心碎。想不到英雄一世，日本人听到名字就头疼和胆寒，却毫不值得地死于白脸的暗算。那时候长江南岸的新四军，或是挥师西撤，或是渡江北上。日本人为了疏通长江下游的航运，调集了重兵围打这孤立无援的岛屿。

已经有情报证明，白脸和日本人进行了接触。如果谢司令当机立断，动用优势兵力，在日本人大举进攻之前，迅速解决白脸，历史便明摆着是另外一个面貌。可是谢司令又轻犯了英雄脾气，他领着尔勇直闯到白脸那里，找到了白脸儿子一般地教训。谢司令的轻率吓得白脸手足无措，对于送上门的肥肉却不敢下手，他小心翼翼地向谢司令赌咒发誓，又把日本人恶骂一通。白脸过分的表演并不高明，尔勇第一眼就看穿了他的把戏。当时已是剑拔弩张，白脸的手下都把手按在枪柄上，千钧一发，十万火急，但是谢司令依然大声叫喊，全不把这帮土匪放在眼里。

谢司令从白脸那里回来，立即着手准备和日本人的决战。他决定诱敌深入，来一个反包围。他万万没有想到，既然白脸已经决心背叛，他的决战方案便失去了意义。在最后关键的一刹那间，谢司令表现得书生气十足。他为了换取白脸的信任，不是把他调去打头阵，而是让他作为预备队。

当白脸领着手下从背后扑过来，谢司令的人马全垮了。暗箭难防，这种偷袭太出乎意外，司令部十多个人几乎如数活捉。日本人坐山观虎斗，事后凭一张空头委任状，极轻松地拿下了梦寐以求的地盘。这场交易也注定了日后白脸对日本人的背叛。在抗战结束前夕，用的差不多是一样的偷袭手段。白脸的手下把捉住的日本人杀得一个不剩。

谢司令的队伍，因为群龙无首，相约到苏北和主力部队会师。做了阶下囚的谢司令，依然不失英雄本色，对白脸骂不绝口，又鼓动白的手下奋起抗日。白脸说："谢司令，我这么做，也是不得已。你是我救命的恩人，我哪敢背信弃义。谁若是敢碰你一根毛，我先揭了他的皮，你信不信？"谢司令只是蔑视地冷笑，不愿和白脸对话。白脸又说："若论为人，谢司令，我要是不佩服你，我就是这地上的砖头。有人劝我把你交给日本人，真是太看轻我白脸了。谢司令什么人？我能这么做……胡说八道。我白脸就是白脸，不是黑脸。这几位弟兄，我留下了。你谢司令，我派弟兄送你走。你放心，我白脸也还数得上条汉子，你的性命安全，保在兄弟我身上。"说完了，冷笑着看自己的手指甲，剔了一下，又剔了一下。

尔勇过后才知道谢司令怎么死的，不过大家早就意识到了他必死无疑。谢司令昂首挺胸离开的时候，任何人都可以从他脸上，看到异常的光芒。那光芒叫人激动，更叫人害怕。白脸毕恭毕敬目送谢司令离去，然后懒洋洋地回过头来，懒洋洋地看着剩下的几个人，懒洋洋地想着，又懒洋洋说："你们怎么办？不比人家谢司令，对我大恩大德，你们呢？"没人回答，尔勇想到了死，感觉中死近得仿佛一抬手就可以触摸到。

"我不为难你们，想回家的，滚他妈蛋，回家抱老婆养儿子去，不想回家的，跟老子干，老子正他妈缺人呢，我亏不了你们的，跟我干，比跟着谢司令有味，不信你们问他们。"白脸手点出去，顿时有人笑着答："我们这儿可没什么规矩，你若干好了，见着漂亮的娘儿们，扑上去就是了，没人管。"白脸听了，笑着骂："放你娘的狗屁。"

谢司令让两个匪徒押上一条小船，小船向江心驶去。江水滔滔，风很大，谢司令想立在船头上，两匪徒不允许，非要他坐在船中间。忽然，站在谢司令身后的一个匪徒，举起事先准备好的麻袋，猛地往谢司令的身上一套，另一个匪徒急忙捆住谢司令的手和脚，又绑上两块大石头。绑好之后，大石头往江心一扔，就势轻轻一拨，一代英豪谢司令便永远沉入江底。那麻袋很快就浮了上来，两匪徒静对着毫无动静的江水看了一会，摇船而去。

第七章

解放后，追捕白脸，起先由县公安分局负责，紧接着上升到省局直接部署。尔勇自始至终处在第一线。事实上，早在大军渡江前夕，白脸便没了踪影。他手下的队伍，让尔勇领的挺进支队，打得落花流水。多少年来，自从尔勇从白脸手里脱身之后，自从他又回到太平镇一带为谢司令报仇，白脸一直处在追杀尔勇的位置上。这个位置的颠倒显然来之不易。尔勇不止一次陷入绝境，又不止一次死里逃生。多少次，尔勇被迫离岛远去。但是他总是重整旗鼓，不屈不挠，一有可能，就再次回到老地方和白脸较量，即使在极短的时间内又告失败。

追捕白脸，一开始就断了线索。有人说他已经逃往浙西，有人却说他在安徽大别山。没人相信白脸会赖在太平镇上不肯走，更没人想到他就藏在尔勇身边，躲在他嫂子岫云的房间里。虽然这日子极短，却是尔勇和白脸生死搏斗，最末了的一次死里逃生。当南京市局发现了白脸的线索，尔勇火急火燎赶到南京，从隐匿的地方，看着白脸和岫云同出同进，尔勇如同五雷轰顶，根本都不敢相信自己的眼睛。

白脸成了太平镇的主人以后，他和岫云的关系早已不是什么瞒人的秘密。寡妇风流已是桩不可饶恕的罪过，何况她勾搭的是杀夫仇人。除了尔勇有自己的看法之外，岫云处在万人唾骂的地位。没人相信岫云曾有过的强烈反抗，甚至白脸的手下也为她的顺从感到生气。多少年以后，白脸像条狗似的死在离城墙洞不远的地方，三和尚拎包袱一般把岫云扔在草垛上，一边动手撕她的衣服，一边恶骂她给男人带来的不幸。外面枪声吵得让人心乱，尔勇正领着人在喊缴枪不杀。三和尚处在那种绝对的疯狂之中，他光着下身在城墙洞里跑来跑去，手里提着枪管冒热气的驳壳枪，不时地伏在洞口，朝外头没目标地乱打一气。

岫云左边脸颊上有几颗痣，看相的都说不是吉相。筱老板就一个爱女，心肝宝贝地疼着，家里一有灾难，忍不住要看女儿脸上的痣。那痣是黑的，排成一个三角形。痣的黑，衬出了皮肤的白。皮肤的白，更显得那痣的黑颜色黑得人。岫云三岁死了妈，岫云自小就多病，岫云注定了要吃苦，注定了要遭罪，注定了一生的恩恩怨怨。

当年看着岫云从那城墙洞里衣衫不整走出来的人，都记得她那种淡漠的表情。那是一种不成表情的表情。头发是乱的，眼圈发黑，目中无人没有知觉向前走，甚至对站在显要位置的尔勇都没看一眼。尔勇注视着她默默从眼前走过，先是看她的正面，然后是侧影，最后是越来越远的背影。

那只是具行尸走肉。被称作为生命的那个玩意，对岫云来说，已经失去全部意义。自从白脸留下的那个罪恶之夜，岫云便算彻底完了蛋。那天晚上，岫云的一去不返，使得刚刚和缓的妯娌关系又恢复水火。白脸留下一场永远做不完的噩梦。晋芳躺在床上，对岫云痛苦无望的呼唤，渐渐只能在岫云的想象中才能听见。没人知道晋芳腿断了最初的几天是怎么熬过来的。

想象中的岫云早死过许多次。没人能够理解她心灵经过的不平凡历程。她从来没有死心塌地地爱过白脸，她所做的不过是对命运的一个顺从。很难想象。像她这样的懦弱女子，凭一把绣花用的剪刀，就能致白脸这样的悍匪于死地。也许老天爷压根不愿意成全她，也许老天爷压根不赞成那些本来不大可能的可能性，反正在岫云胸揣剪刀，心敲鼓一般乱跳的一周里，白脸连影子也没有出现过。除了让人送来一小箱女人用品之外，白脸似乎对岫云并没有多大兴趣。他向来不把已经到手的女人当回事，即使是岫云这样看来很不错的女人。他是寻花问柳的高手，在岫云鼓足了勇气，准备用剪刀对付他的同时，他早又在动别的女人的脑筋。

白脸在这个孤单单的岛屿上的霸业，有一段时期仿佛很牢固。日、蒋、汪三方面的人都和他有来往。他一改土匪习气，把司令部扎在太平镇上，正正经经地摆出统治者的模样来。他甚至扮演过清官这样的角色，凡是被抢劫过的老百姓，被强奸过的妇女，只要有胆量告状，白脸便要严惩一二以树威信。为了解决弟兄们的那个问题，白脸亲自到扬州去挑了几个妓女回来。太平镇第一次有了妓院和露天的唱戏舞台，良家妇女的安全似乎有了些保障，戏班子零零落落来了几次，看的人真不少。

这太平镇说大不大，说小又不小。它形状如蜘蛛，中间极密集的一团，有好几条腿延伸出去。南北两条细腿上，各住着一位美人。南美人青春年少，只有十六七岁，正做着押寨夫人的美梦。北美人是白脸一个手下的婆娘，三十岁光景，一身肉摸不到骨头。一段时间内，白脸把爱情平均地用在这两位女人身上。常常可以看到白脸携着南美人从街上招摇走过，那北美人只好在床上暗下功夫，弄得白脸神魂颠倒，然后再找尽偏心一类的字眼，向白脸发嗲撒娇。北美人收拾起男人来另有一种门道。她丈夫相貌堂堂，活像《水浒》中的打虎英雄武松，难得他有一身力气，却一贯不吃醋。知道内情的人都晓得他怕的不是白脸，而是怕他那娇精一般的媳妇。

白脸迷上岫云明显是在日本人完蛋之后。虽然还都的南京政府没与他过分顶真，但是做过汉奸的罪名并非轻易就可以抹掉。如果不是共产党势力一天天增大，老蒋苦于打内战，他这支半兵半匪的队伍，早让人家开了刀。时过境迁，南美人怀了胎坐月子，难了一回产，从此花容失色。北美人又毕竟是人家的老婆，相好归相好，天下没有不散的筵席。白脸已经走下坡路。走下坡路的白脸又一次看上岫云。

那天自然是偶然相逢，冤家路窄这种旧小说中迂腐的套话用不上，人都处在太平镇上，碰碰面从来不稀罕。偏偏这次相遇非同一般。对于岫云来说，时间的流逝，甚至仇恨也变得模糊。她记得是这个人让她成了寡妇，又是这个人毁了她的贞节。她知道自己最应该恨的无疑就是这个人。但是，就连岫云自己也不曾意识到，她最恨的，是白脸根本不把她当回事。白脸的风流韵事一直是太平镇上公开的笑话，人们背后没完没了地说南美人北美人，世上或许没有什么比玩弄女人，又不把女人放在眼里，更伤女人的心。白脸那种无动于衷，仿佛根本不乐意认识她的态度，在岫云胸中引起莫名怒火，这怒火熊熊燃烧，使她不仅仇恨白脸，同时也仇恨什么南美人北美人。

大约岫云狠狠瞪了一眼，反正白脸突然停步，目不转睛看岫云，脸上是想不通的表情。也许他一时想不起面前的女人是谁，也许正因为想起这个女人是谁，白脸好像做错事的孩子一样尴尬起来。岫云已从他身边擦肩而过，这个不可一世的土匪头子，正在走下坡路的魔王，看着岫云离去的背影发怔。岫云走着，忍不住地想回头，背后却有双眼睛知道白脸准盯着她看，脚步一阵乱，人已经拐了弯。

白脸和岫云的下流关系，第一个知道者是晋芳。没几天就闹得太平镇风风雨雨。大家对这种关系的前因后果毫无兴趣。岫云的声誉顿时跌落千丈。北美人调唆南美人大闹一场，这位因为憔悴而不再美丽的失宠姑娘。披头散发有失体统地赶了来，当众扇了岫云两耳光，又揪住了胸口要拼命。作为更不幸的女人，岫云一次又一次出尽洋相。她越来越糟糕，无可救药。没人想得通到底怎么一回事，甚至她自己也百思不解。以一个床上的男人来说，白脸丝毫不比尔汉出色。这种比较常让岫云充满负罪之感。但是也许正因为有了负罪感的缘故，白脸的邪恶反显得和她般配。是白脸把她毁了，因此唯有在一种毁灭的状态中，岫云才能得到心灵深处的满足。岫云很快喜欢上了白脸温文尔雅的粗话，喜欢他那种把人不当人，或是把她当作下流女人的态度。女人一切的弱点，仿佛都体现在她一个人身上。她无疑成了那号嫁鸡随鸡，嫁狗随狗，嫁了石头抱着走的女子。作为女人，尤其处境不好的女人，她需要男人的保护，哪怕是坏男人也一样。她已经被钉在耻辱架上，除了自暴自弃，别无出路。没人知道路遇的戏剧场面，没人去管那么多闲事，谁也不知道多少年前，还有岫云受辱这一幕。

天才知道白脸怔在那里想什么。岫云从他身边走过的时候，简直就感受到大地在颤抖。事实上，当岫云拐弯之际，白脸就向前极机械地追了两步，又突然停下来，继续怔在那里看岫云的背影。看起来仅仅是凭直觉，岫云便知道白脸一定会来，她似乎早晚都要落入白脸的手心，一回家慌忙把门闩了，又徒劳无益地搬了张八仙桌把门顶住。那天晚上天仿佛黑得迟了些，周围的猫无缘无故一起乱叫。没有月亮，也没有云，只有满天星星毫不相干瞎眨眼睛。岫云微弱地反抗有点滑稽而且多余，门闩和八仙桌也只能是摆摆样子。白脸说得理直气壮，"是我让你做了寡妇，就应该还是我让你不守寡。"他既然能够落草做土匪，破门入民宅便明摆着的轻而易举。

第八章

我深感自己这篇小说写不完的恐惧。事实上添油加醋，已经使我大为不安。我怀疑自己这样编故事，于己于人都将无益，自己绞尽脑汁吃力不讨好，别人还可能无情地戳穿西洋景。现成的故事已让我糟蹋得面目全非。当我拿着以上的篇幅去见岫云的时候，我突然产生了瞒着她的念头，虽然我答应要把她的一生编成小说，并因为这样的许诺骗得她一次次说真话。我和岫云非亲非故。为了给自己的创作不得不做些理直气壮的广告，我只能说我和岫云这个人关系非同一般。我和她死去的儿子同年同月生，也许就凭这一点，她对我就有种特殊的感情。一旦提到那些难以启齿的事，她总是重复着这句话："你和我儿子一样，我什么都告诉你。"

我的确骗取了她相当的感情。那时候，我和她一起在一个街道办的小厂做工人，她徐娘已老，孤身一人，住在夫子庙一带的矮房子里。她属于那种有暴露狂的女人，你只要耐心地和她坐一起，等她抽完了两支香烟，眨着干巴巴的嘴唇，你便可以源源不断听到关于她自己的故事。她的故事在街道小厂里算不了什么机密。实际上，她的为人和我以上的描写，有着明显的格格不入。她在自己叙述的故事里再造了一个人，而这个人又被我自讨苦吃加工一番。润色这玩意有时是桩好事，并且必不可少，有时却比坏事还要糟。只要一桩小事，便可以说明她性格中我故意漏写的一面。一次，几个男女学徒坐在电扇旁边，听她讲日本人在南京时的旧事。刘师傅突然进来，极轻薄地说了几句什么，小眼睛眯成一条缝，岫云脸一板，大喊："小姑娘们你们出去，小伙子，你们给我守着门。"正当几个女学徒红着脸往外走的时候，她又喊，人已经站了起来，叉着腰，"来呀，姓刘的，谁含糊了不是人！"

自从我有了做作家的痴想以后，她对我便刮目相待。有一段时间，我是她那间简陋小屋里唯一的客人。当时她已经退休，闲着无事，在繁华地带照看停放的自行车。我陪着她在成排的自行车旁边坐过好几天，一次又一次套她的话，一遍一遍核对细节，并想从她那证实我自以为是的种种猜想。我们的关系特殊到了快给人以非议的地步，我甚至陪她回到那个孤单的江心小岛，见到了我小说中所写到的还活着的人。

很难说清我最初打算写这么一篇小说的动因是什么。我打着写小说的幌子，自我感觉良好，探听到了许多常人不易打听到的隐私。毫无疑问，我掌握了一打根本没有办法写进小说的细节。我最深刻的体会就是，如果想按期把什么小说写完，唯一的办法是忘记眼前的活人。但是要想忘记岫云这样一个已经老了的女人，忘掉她叙述往事时的音容笑貌，又怎么可能是桩容易事。

岫云在谈到她勾引老乔的时候，总是十二分从容。勾引这个词绝非我的杜撰，她不止一次向我说道："我就不信把他勾引不过来。"她在乔家做了将近六年的保姆，六年之中，有五年他们常常像夫妻一样在一张床上睡觉。"刚开始，刚开始都是他来找我，黑黑地就摸了来了，后来因为老要把小孩弄醒，我就去找他。"她说到这类事情，最让人吃惊的是她的坦率，木匠推刨子，直来直去，"有个小孩要添不少麻烦。老乔那女儿，胆小得不知道像什么，醒过来只要一个人，就死哭。"

按照她的说法，老乔事实上绝对的正派人。捉弄这样的老实人，岫云常常感到后悔。她的意思似乎是，自己反正是个堕落的人，拉着老乔一起往下流的坑里跳，实在有些不应该。"要怪也该怪他那个女人，那女人，成年整月地不回家。真是一点也不为男人想想。你反正也是结过婚的人了，你知道有老婆，偏让他一个人的滋味。"她的叙述中没有老乔的一句坏话。如果借用旁人的眼睛，老乔抵赖不掉的是那种忘恩负义的家伙，但是，但是她总小心翼翼地避开这个意思。她故事中的老乔永远是个老实巴交唯命是从的男人。堕落这玩意最大的坏处，或者说一个不太小的好处，就是给下一次堕落提供信心上的借口。也许这就是我们说的破罐子破摔的意思。老年岫云的暴露癖是否和她生的屈辱有关。令人费解的是，她只乐于暴露那些一般人难于说出口的东西。在她冷冰冰不动声色的叙述中，说故事的和听故事的之间，仿佛隔了层薄薄的窗纸。幸好这层窗纸掩盖了人的羞耻之心，然而有时候依然使人坐立不安。记忆中有这么一天，好像也下着雨，人有一种到处都是湿润的感觉，我去那间简陋的小屋核对白脸死后的时间问题。街面上有男人女人在吵架。我第一次知道有老红这么一个女人。老红是岫云做保姆时期的朋友，在一个办药厂的资本家家中做事。解放前干过私娼，想来总是叫小红吧。解放后经过一番改造，进一家手工业社做工，不久又当了保姆。岫云曾给我看过一张她们俩合拍的照片，那是一张发黄的历史文献一样的照片，照片上的老红显然不及岫云漂亮，小眼睛，嘴又厚又大，是副傻样。照片的左小角印有公私合营的照相馆落款，字有些模糊，很可能当时就没有印好。

"那个什么资本家，还是什么红色资本家呢。红色，其实狗屁，老红就是不检举他，要不然，坐牢都够的。"我从岫云那儿知道了老红和老板的淫乱关系，她说起这类事来多少有点津津有味，"那资本家老婆，可怜哪是什么太太，男人眼里狗屎一堆，叫治得服服帖帖，活是一团面泥，想怎么捏，就怎么捏。哪敢对男人说一个'不'字。"岫云不止一次说到老红常当着女主人的面，和资本家上床做夫妻。"那男人不要看吃这药，吃那药，他那是毛病，不这样，就不行。你懂不懂，就不行。"

依我的傻想法，岫云的叙述中夹了一大堆不实之词。也许她只是为了引人注意，才有意说一些她自以为男人们喜欢听的故事。人们往往喜欢掩盖见不得人的东西，一旦这种东西掩盖不住，便索性把丑玩意都兜底抖出来。我甚至怀疑老红的作为，就是岫云自己的事，如果仅仅就凭一张发黄的照片，我竟然相信一个女人说另一个女人的事全是真话，那我一定傻得没有药能治。虽然我的人生经验还到不了什么了不得的程度，还辨不出什么真假，然而我起码懂得了什么叫怀疑。每当我从岫云那狭小的房间走出来，一走上熙熙攘攘的夫子庙大街，看着毫不相干的人热热闹闹地说笑，我便想到岫云一个人可能会有的孤独。按说人老了万念俱灰，凡事都会收了心，人们只要看到今日之岫云的不肯安分，自然而然地会想到她当年勾引老乔时的魅力。

我想象中老乔最吃不消的，很可能就是岫云一次又一次冷冰冰地谈她的屈辱。她不止一次提到老乔深深同情她的遭遇，"他起先只是同情我，他可怜我，老说我这人怎么怎么不幸。"看来他们的缘分，最早不过是同情和被同情。凡有暴露狂的人，往往都是为了获得人之同情那玩意，虽然弄不好效果适得其反。而喜欢同情别人的人，却很容易借了同情的名目，大意失荆州，无意中干了和同情丝毫不相干的事。"他一次又一次地要我讲我经过的那些事，"这话同时还可以理解成岫云存心这么做，因为她紧接着便说，"我知道他要听什么，是呀，我什么事都不瞒他。不瞒，既然他想知道，我就把什么都告诉了他。"

在最初的一段日子里，他们各自似乎都有自己永恒不变的谈话主题。老乔总是谈他当年怎样从事学生运动，岫云则几次三番地描述那些和她发生过关系的男人。不过，三和尚这个人从来不曾向老乔提起过。她告诉我，出于一种莫名其妙的目的，她甚至编了个和小叔子通奸的故事。这个谎言一度老让她问心有愧，"我给老乔造成了一个印象，什么样的男人我都拒绝不了。我喜欢看他那副发急的腔调，红着脸，红着眼睛，一只脚在地上划来划去，然后突然抬起头来，偷偷地盯着你看，就这样。"

我对老乔的印象始终好不了。坦白说，我真不在意在我的蹩脚小说中，描述岫云那种自以为是的胜利者心情。令人难以理解之处，在于她仿佛根本就不知道仇恨这回事。对于她来说，对于那些和她发生关系的男人，不提到或者干脆不想他们，就算作是惩罚。

终于有一天，常见的谈话快结束时，老乔要岫云等一会到他房间里去一趟。"我知道，一去准会发生那种事，整整一天，他都跟丢了魂一样。"岫云好不容易把小丫头哄睡着，去洗了脸，洗了脚，大约还抹了点雪花膏，然后信心百倍地去见老乔。"他吓了我一跳，他吓了我一跳，"她反复说着，眼睛里闪着狡黠的笑，"我们说了一会话，他就吓了我一跳。"这一次老乔十分狼狈，没想到岫云毫不含糊地拒绝了他。作为一个偷鸡摸狗的男人，老乔最初的表现最多是小学生水平。他用的是中世纪的方法，错把岫云当作妇人一样来求欢做爱。一刹那间，岫云不知所措，老乔方寸全乱，僵了几分钟，岫云突然落荒而去。

岫云以十分欢快的心情和我一起进入回忆。虽然过了许多许多年，老乔的大出洋相，仍然足以引得她大笑不止。"第二天他一本正经把我找去认错，就跟干了坏事的小孩子一样。他支支吾吾，舌头抽了筋似的，什么话都说不清楚。"我忘不了岫云说这话时，露出了粉红色的牙床，不知什么原因让她卸掉了镶着的假牙，牙齿间过大的缝隙使她有几个音发得非常怪，我仿佛听见是另一个人在说话。"他一有机会就认错，那几天，那几天他天天是一张闯了祸的脸。他像骂别人似的拼命骂自己。"岫云说隔了没几天正好老乔夫人回来。副县长去省城开会，匆匆几天过去，依然风尘仆仆的样子。"那女人哪会把男人放在眼里。成天也不知怎么个忙法，老乔屁颠颠地跟出跟进，老是那张认罪和真心悔过的脸。真的，我就担心老乔那人会向老婆认错，他那人做得出来。吃饭时候，他老可怜巴巴看着我，又可怜巴巴地看看她。那几天，那女人身上正好来女人的那东西，我真想不通，她捡这样的日子回家，到底有什么意思，真是的。"

第九章

岫云的儿子和我同年同月，她总是随口说道："你就和我儿子一样，"令人猜不透的，是她很少向我说关于她儿子的事。"我家勇勇如果不死，不也是正像你这么大吗？"她反反复复说这几句话。我见到勇勇最清楚的一张照片，是在太平镇，那是个七八岁的小男孩，腰里束着帆布制的儿童腰带，别一支玩具手枪，傻傻地冲看照片的人笑。

另一张照片是抱在晋芳手上，仍然是七八岁的模样，脸紧贴着晋芳，似乎对拍照有些紧张，又仿佛有些不耐烦。这张焦距不准又皱又黄的照片要附带着许多说明才能弄清楚。

晋芳向我说起这张照片的来龙去脉是后来的事。她最初给我的印象，是对勇勇的毫无兴趣。她喋喋不休说她的一个女婿，一个邻近村子里土生土长做生意发了财的小伙子。当知道我月薪还不如她女婿一天赚的钱，晋芳带着可怜而又可笑的表情看着我，叹了叹气，好半天才说一句话："念大学，啊作孽！"

她的女婿在县城里炒瓜子，极便宜地买进来，炒熟了，并非太贵地卖出去，不当回事地就发了财。晋芳无疑地已是个老太太形象，白的脸黑的皱纹，却不像岫云说的那般难看。她的跛脚迫使她慢吞吞地走路，路走得慢，反而有了沉着的感觉。很快我意识到她存心避开谈勇勇，因为事实上一谈到勇勇，她便不可能不是滔滔不绝。

"真是的，我真是只缺个肚子装装他了。勇勇自到了我手里，到了我手里，唉，自己亲生的儿子又怎样了，真是只缺个肚子——"

晋芳没完没了地大谈勇勇，证实了岫云所说的晋芳抢走了她儿子绝非虚言。那种被岫云一再提到的晋芳强烈的妒忌心，突然活生生地出现在我面前。"她觉得我想抢走她男人，便拼命地抢我儿子。"在晋芳叙述的勇勇的故事里，我对岫云所描绘的晋芳有了新的认识。真的东西和假的玩意有机地纠缠在一起，真是一片绿茵茵的草地，假是草地上那几朵美丽的黄花。我第一次产生了这么个不雅的担心，如果世界上当真没有假的玩意，该是一桩多么煞风景的事。

据岫云说，当年所以要把两岁的勇勇送到乡下，实在出于无奈。无奈在晋芳嘴里却成了借口，她毫不客气地攻击岫云："什么没办法，不知道又遇上了什么相好的人，她熬得住？可怜两岁不到的娃儿，瘦得哪像个人样，我说了你也不会相信，那娃儿要不是我来带，真，早死了。"

那时候晋芳正怀着第五个女儿，岫云捧着勇勇跪在她面前，垂着脑袋不肯起来。晋芳听见岫云说："他婶子，你只当抱了个儿子，儿子归你，我月月寄钱回来——我给你磕头，求你了。"勇勇忽然大哭，晋芳只觉得肚子里猛地一动，慌忙说："磕头这玩意，我们消受不了的，娃儿留不留，总得问问我家男人，你怎么不去问他？你去求他呀！"

晋芳承认自己当初收下勇勇，是盼着自己能够借光生个儿子。她生第四个女儿时，婴儿哇哇地哭着，就意识到自己下一胎还得是千金。勇勇给她带来了希望。她信心十足地抚摸着肚子，那种越来越滚圆的感觉，改善了她和勇勇的关系。"那娃儿，命里注定是我的儿子，"晋芳抽出一块又皱又脏的手绢，在眼角处揉着说，"我自己那五个娃儿，哪个不喜欢他。她们自己打来吵去，一天到晚不肯安生的，就是都护着他，都护着他。他那时候，你知道，人已经多大的了，常说，常说就是二妈妈好，我不到南京去，我不要南京妈妈，就是要和二妈妈在一起嘛。"晋芳突然一噎，喊了声"我的娃儿呀"，把我撂在一旁，独自哭开了，哭了一会，向我摆摆手，表示她不想再说下去。

勇勇第一次回南京，是开始要念小学。晋芳似乎没有理由继续拖住他不放。当岫云兴冲冲来领儿子时，晋芳正正经经大病一场。电动玩具汽车在地上嘟嘟开着，勇勇哭着闹着不肯走。人走了多远哭声闹声依然传回来。母子间的陌生感是岫云终生的遗憾，她千方百计地讨好儿子，但是为时已晚，儿子的心永远给了第二个妈妈。有时候勇勇一个人坐在那发怔，任岫云千呼万唤不开口，问急了，只说："我想二妈妈。"半年后，晋芳收到一封勇勇几个月前写的信，就那么歪歪倒倒的几个字，读了叫人心碎：我想二妈妈，要回家，二妈妈，快来。

勇勇人瘦了许多，眼睛更大更黑，在学校里念书成绩差得不像话，邻里街坊的又一味欺负他，三天两头被打得鼻青脸肿。岫云已经整个地失去信心，接二连三地和邻居吵架。把心境弄得十二分的坏。换回了个母老虎的声名，儿子却还是不即不离。晋芳没花太大的气力就把勇勇接走了。看着儿子大喜望外扑向晋芳，看着儿子小鸟依人一般地随晋芳而去，岫云忍不住咬牙切齿，挤出了一句恨透的话："既然死去了，你再也不要回来好了！"

我虽然只在太平镇住了两天。短短的两天，足以使我想象出勇勇是个什么样的角色。这个和我同岁却又早逝的青年人，这个束着帆布皮带别着玩具手枪的孩子，已经部分地改变了晋芳在我小说中的形象。人们总是自以为是，自以为这样，自以为那样。我发现晋芳完全游离于我构思的小说框架之外，她根本不进入我设想的情节的圈套。当我再一次回到她身边，琢磨着就勇勇这个小插曲，说些劝慰之类的废话，晋芳依然在和我谈勇勇的地方垂泪。我敢说她是真正地伤心。那块又脏又皱的手绢，抹去了我脑海中试图涌现出的每一个词。在这种场合里，什么样的话都是装腔作势。晋芳自顾自地哭泣着，根本无视其他人的存在。我默默地陪她站了好半天，直到外面岫云叫我，才趁机应声跑出去。

晚饭不是预料中的那般丰盛。尔勇的酒量还是那么豪爽。我看不出他和别的派出所所长有什么区别，尽管事实上我并不熟悉什么派出所所长，而尔勇也离休多年。他总是冷眼看着你，让人家十分尴尬。我吃不准自己是陪他喝酒好，还是不喝酒好。晚上看电视时，大家坐在黑地里，屏幕上乒乒乓乓在打枪，我脑子一热，忽然想到关于尔勇的电影脚本。也许我的提问不合时宜，也许他压根就讨厌我知道得太多，冷了好半天场，尔勇才说："我们那时候，哪是这样，真笑话！"

晚饭期间，晋芳那位万元户的女婿来转了转。他果然有了发财的气派，从口袋里掏出"三五"牌香烟，请我和他的老丈人抽。临走，回过头来，从口袋里掏出另一包"三五"烟，连同原先的那半包，都留在茶几上，笑着出门。

我被安排在勇勇过去住的小厢房里。睡的床和床头的小桌据说也是勇勇的遗物。有一段时间内，我简直就不知道岫云躲到哪里去了。我和晋芳坐在床沿上，没完没了地说着话。当然，总是她在说，我在听。晋芳告诉我，如果勇勇不死，便没有那位能寻钱的女婿。"什么事命中注定了，真叫一点点办法都没有。我们家五小子，和勇勇那娃儿，用你们城里人的话，青梅竹马，真叫是，唉！"

小五子是位很漂亮的乡下姑娘。仅仅是凭照片，我发现自己就有爱上她的可能性。当小厢房只剩下我一个人时，灯色昏黄，我久久注视着墙上挂的六寸小镜框，心头有一种说不出的滋味。小五子圆圆的脸，圆圆的眼睛，又粗又短两条辫子。幸福也许就是那么回事，近时一抬手便摸得到，远了，就好比气枪打飞机，不知道差多少。我望着镜框中的小五子笑，她正对着我笑，笑了一会，掀开被子坐在床上。后背一靠结实，那种称为疲倦感的玩意，毫不客气地向我直扑过来。我的结结实实的梦，不止一次叫江面上的汽笛声撞破，那凄凉的呜呜声，不能不让人联想到沙漠上的狼嗥。我从未见过真正的沙漠，动物园里见到的狼又太像狗一样。狼和狗一样总有些讨厌。我想象中的狼应该是江轮一般大，钢一般的牙，那号叫铿锵有力，绝不输于汽笛。它极孤独地来来去去，漂亮而且潇洒。月光下的江面波光闪闪，江轮一般大有着钢一般牙的灰狼在梦中轻轻走过，又轻轻走回来。

第十章

勇勇直到十五岁，才开始做城里人的梦。城里人的梦五光十色。乡下人勇勇忽然开了窍，觉得当年死活要赖在乡下，大错特错。高中他是上不了的，初中生的字写得比小学生还要糟糕。一年里总有几封信写给岫云，内容都是催她快把他的户口调上去。岫云也不知道儿子调不回来的关键是什么。居委会不肯开证明，派出所也不相信她有这么个亲生儿子。所有的人都是对私生子的父亲更有兴趣。既然岫云在这方面守口如瓶，任何具有考古解的人便有理由将她拒之门外。

勇勇死的时候是二十二岁，再过三天就是他的生日。说起来真有些可惜。调回南京已经接近事实。勇勇做好了一切走的准备。他对未婚妻小五子信誓旦旦，又许诺日后一定把晋芳接到南京去住。万事俱备，只欠一纸调令。

太平镇虽然是镇，毕竟有残存的田园风格。稀稀落落的树木，白墙黑瓦的矮房子，三五缕炊烟，鸡鸭，牛羊，猫和狗，滚了一身泥的猪，都在街上走。出了镇，满眼大块小块的农田，一道小溪绕来绕去。秋雨过后，江风徐徐吹来，麦苗青青。等调令的日子让人心烦意乱。等调令的日子长得像失恋之夜无尽的懊恼和相思。勇勇一干活就觉得没劲，一日的农忙下来，带着小五子走在田野上。夕阳残照，勇勇领着未婚妻，田埂上一前一后。红红的太阳血一般的热烈，血一般热烈的红太阳点缀了勇勇的城里人的梦。

勇勇迎着太阳撒尿，哗哗地洒出去。小五子离他远远的，背朝着他。紫红色的酱油汤一般的尿滴在翠绿的麦田里，勇勇有一种湿漉漉凉飕飕的感觉。红红的太阳一动不动。勇勇站在那一动不动，小五子笑着迟疑着朝他走过来，走过来。

医生的诊断是必须手术摘除一个腰子。这诊断有些莫名其妙，而且蛮不讲理。那血始终滴滴答答和尿一起淌出来，勇勇在县医院输了血，风尘仆仆赶南京，火烧火燎找医院。手术并不是想象中那么长，一位年轻医生捧着个饭盆走出来，用镊子钳起摘除下来的血淋淋的肾脏，给等在门外的亲属看。小五子冲上去，又急忙退下来，在一旁呕开了，岫云和晋芳一肚子话，想问却不敢开口，可怜兮兮地看着年轻医生，看着白底上印着小红字的大口罩，看着大口罩上那双没表情的眼睛。隔了半天，那大口罩里咕哝出轻描淡写的四个字："手术不错。"

三个人轮流侍候勇勇。小五子年轻，日日夜里陪。大病房的病友很快相互熟悉，照例出主意的出主意，提建议的提建议，热心的还用自己的公费医疗证，领了药给勇勇吃。感谢的话不知说了多少，终于到出院的日子。借来了一辆三轮货车，搁一张躺椅，把勇勇拉回岫云那间简陋的小屋。勇勇躺在吱吱咔咔的小铁床上，瞪着眼看三个女人忙来忙去，都围着他转，心头免不了极难受。难受也不愿意挂在脸上，那表情让人捉摸不透。只有小五子一个人敢当着他面哭，默默坐床沿上，捉住了未婚夫的手，泪珠一滴一滴往下落。小床正冲着两扇对开的玻璃窗，窗外是个没有树的小院子。转眼已是三九严寒，天阴了好几天，悄悄地下起雪。雪大大小小，小小大大，积了厚厚一层。雪后初晴，强烈的阳光折射进来，小屋子里亮得刺眼。门前的炉子上煎着药。热气扑扑向上冒，岫云和晋芳一前一后走进来，一个弯腰去揭那药罐的盖，一个就那么站在那，对着小五子和勇勇出神。小五子接了擦眼角，打开床头的收音机，却是现代器乐伴奏的黄梅戏《天仙配》。

病中的日子特别长。太阳升起来，屋檐上的冰凌慢吞吞地滴水。天天就这么滴着，慢条斯理的，一滴一滴，仿佛永远也滴不完。勇勇有时也想，人如果老是这么生病，老是这么让人侍候着，又有多好。他的尿中总是有那种红红的血丝。去问医生，都说手术过后这样，也不能算不正常。

岫云忽然决定去找老乔。她的决定令人欢欣鼓舞。春天的气息立刻降临，甚至沉闷的小房间也有了笑声回荡。事过境迁，老乔的官已做得有几分大。他唯一的女儿在一家不大不小的医院当干部，年轻而且有为。多少年来，岫云第一次向人提起老乔这个人。她让别人吃了一惊，自己也吓了一跳。她的一生实在乱七八糟，乱七八糟的一生中，又究竟有几桩是清晰的，连她自己也弄不清楚。

岫云到老乔的单位去找他。坐在大的皮沙发里，秘书极不当回事地送了茶，又极不当回事地去了，她一时无话可说。一张大得放得下两张世界地图的办公桌，仿佛把她和老乔隔得更远。老乔忽然笑着走过来，那熟悉的手势扬了扬，请她喝茶。她喝着茶，心定了定，把准备要说的话都说了。没有人进来打扰。老乔脸上总是十二分尴尬地笑，他不愿意让岫云觉得他很为难，不声不响地听着，听完了吧嗒吧嗒地抽烟，又把半截香烟在烟灰缸里戳来戳去。

最后，最后他答应去看看勇勇。

老乔在勇勇房间里坐了一会。勇勇觉得那时间短得就像蚊子叮了一下。小五子忙不迭地烧开水，水开了，用一把勺子搅拌了一下，将三个鲜鸡蛋磕入旋转的水中，鸡蛋浮起来后，细心地撇去浮沫，盛在碗里加上糖，端来给老乔吃。老乔笑着客气了一下，站起来告辞。他极留恋地对小屋打量一番，对勇勇点点头，让他好好养病。

出了院子门，老乔回过头来，只有岫云一个人送他。他叹了口气，说："勇勇都这么大了，"从兜里摸出四百块钱，交给岫云，说是给勇勇随便买些什么。老乔的太太年轻时从来不理家政，渐入老境，反而养成了锱铢必较的脾气。这四百块钱来之不易，老乔想了几句话，安慰着岫云，说有机会可以再拿些钱来。他的遗憾是医疗方面无能为力，他女儿的那个医院没什么名气，甚至泌尿科都没有，他自己看病，向来是干部门诊，跑了去就能看。岫云说不出的失望，看着老乔为难和苦恼的模样，不忍心逼他，跟在他后面走走停停，忽然想到似的说："勇勇顶替，基本上就算定下来，在我们厂，炊事员，烧烧饭。花了好多力气。"老乔一怔，说："噢，蛮好，蛮好。"

勇勇的病好好坏坏，一直起不了床。大家的情绪都围着那痰盂罐子转。一时尿清了，便喜形于色，于是有了说笑。一时尿里见了红色，都愁眉苦脸，说什么话皆小心翼翼。时间拖拖沓沓过去了。勇勇的病情终于严重起来。吃辛吃苦地去医院看，医生一脸的不高兴，埋怨勇勇不该这不该那，又怪罪家属麻痹大意，不及时将病人送医院。医院的病人不知怎么的会那么多，勇勇的病小医院治不了，大医院住不进。

这一年的春天也是来得特别早。时髦的女人争先恐后穿了裙。那小五子耐不了小屋的寂寞，换了洗干净的出客衣服，梳了头，在附近找电影院看电影。虽不是第一次来南京，对外边世界上任何一桩事却都有兴趣。她担心勇勇久卧着太无聊，把马路上的新闻说给他听，又极认真地讲电影里的故事。影片里的情节往往相似，讲着讲着，这部故事就和那部故事串在一块。勇勇似懂非懂地听，有时候兴致非常好，有时候也发脾气。有时候，听着听着，人睡着了。

晋芳和小五子轮番劝岫云去找老乔。明知道未必有作用，都当作最后的希望。妯娌间又有了口角之争，老乔也成了挨骂的攻击对象。有一天，因为没有第三个人在旁边，勇勇说："就不能再去找找他，妈，他那么大的官，"说了，挤出一句话，"二妈，你就我这么一个儿子，我——"

岫云第二次也是最后一次找老乔。正下着春天的细雨，空气湿漉漉沉甸甸，挤得出水，压得人心烦。仍然还是过去的门牌号码，远远地望过去，一切都旧了些。她没有贸然敲门，却远远站在那，举着伞，十分犹豫。一切都像预料中那样精确。老乔和夫人果然打着伞迎面过来，步伐悠闲，节拍合标准的慢。很显然，老乔已经看见岫云。当那伞与伞擦边而过，当那伞下的人本能地重心向外移，岫云的心口突然抽紧起来。她觉得老乔一定会停下步，扬起熟悉的手势。等老乔走过去了，又无望地觉得他可能会回过头来。那黑的雨伞忠实地保护着主人，钢丝骨架锃锃发亮，黑伞下老乔夫妇换得更近更紧。眼见着到了门口，老乔让夫人照应伞，掏出钥匙来，门不重不轻地关上了。雨依然自顾自地下，岫云举伞的手有些酸。她想象中的自己已经跟进院子，登堂入室，名正言顺。多少年前，白脸被击毙在荒凉的山坡上，四脚朝天躺着，岫云衣衫不整地从城墙洞里走出来。她当年确实就是这么走的，每走一步，人便有飘然欲仙的感觉。白脸死了，岫云最实在的感觉，是他依然拖着她东躲西藏。永远的东躲西藏。儿子是她最后的骄傲，如今这最后的骄傲也将烟消云散。老乔的家就在眼前。岫云步履蹒跚，走向那熟悉的碰上和涂了漆的木门。她像读一本书似的，注视着木门的漆纹，注视着门牌上的阿拉伯数字，无形的手指戳向门铃的红揿钮。她知道自己很快就要转过身去，毫无知觉地往回走，无论哪条都是回那破旧简陋的小屋。儿子勇勇还躺在小床上，小铁床一翻身吱吱咔咔直叫。等候在门口的一定是小五子，穿着出客的衣服，新洗了脸，抹了零拷的凤凰珍珠霜，远远地迎过来，迎过来。

敬告作者

为了保护有关作者的合法权益，我社曾多方联系本套书所涉及作者的版权事宜。但遗憾的是，由于种种原因，仍未能与少数作者取得联系。现谨对尚未取得联系的作者深表歉意，并请有关作者或著作权人见书后，尽快致函作家出版社，以便及时奉寄样书和稿酬。

通讯单位：作家出版社

通讯地址：北京市朝阳区农展馆南里10号

邮政编码：100125

联系电话（传真）：010-65925260

图书在版编目（CIP）数据

先锋文学 / 陈晓明主编． -- 北京：作家出版社，
2018.12
（改革开放40年文学丛书）
ISBN 978-7-5212-0315-8

Ⅰ．①先⋯ Ⅱ．①陈⋯ Ⅲ．①小说集 – 中国 – 当代
Ⅳ．①I247

中国版本图书馆CIP数据核字（2018）第296134号

先锋文学

主　　编：陈晓明
统　　筹：兴　安　崔庆蕾
责任编辑：宋辰辰
装帧设计：意匠文化・丁奔亮
出版发行：作家出版社有限公司
社　　址：北京农展馆南里10号　　邮　　编：100125
电话传真：86-10-65067186（发行中心及邮购部）
　　　　　86-10-65004079（总编室）
E-mail:zuojia@zuojia.net.cn
http://www.zuojiachubanshe.com
印　　刷：三河市兴博印务有限公司
成品尺寸：152×230
字　　数：402千
印　　张：28.5
版　　次：2018年12月第1版
印　　次：2018年12月第1次印刷
ISBN 978-7-5212-0315-8
定　　价：1200.00元（全20册）